# LIBRO
## DEL
# DESASOSIEGO

FERNANDO
PESSOA

Título: Libro del desasosiego
Título original: *Livro do Desassossego*
Autor: Fernando Pessoa

© Edimat Libros, SA
C/ Primavera, 10, nave 35
28500 Arganda del Rey
Madrid-España
www.edimat.es

Edición y traducción: Elena Fresco Barreira
Diseño e ilustraciones de cubierta: Karakachoff estudio

ISBN: 978-84-9794-567-7
Depósito Legal: M-1275-2024

Impreso en España – *Printed in Spain*

# PRÓLOGO

Fernando Pessoa nació y murió en Lisboa (1888-1935), y allí residiría casi toda su vida. Pasó parte de su juventud en Sudáfrica, donde recibió una educación británica que le permitiría, más adelante, emplearse en una oficina de Lisboa como traductor de correspondencia comercial. En sus horas libres se entregaba a la creación de textos literarios, eminentemente poéticos, con la salvedad de algunos artículos y los fragmentos del *Libro del desasosiego*. En Sudáfrica publicó poesía en inglés y, más adelante, ya en su ciudad, escribiría prolíficamente, aunque concluyó y publicó pocas obras.

Pessoa firmaba sus poemas con diferentes heterónimos, autores inventados, completamente verosímiles por estar dotados de personalidad, estilo y visión poética propias. A través de esta multiplicidad de creadores, Pessoa («persona» en portugués) abrió un profundo cuestionamiento de las nociones de verdad, existencia e identidad, sintomático del malestar del sujeto moderno. Entre sus heterónimos, destacan Alberto Caeiro, Álvaro de Campos y Ricardo Reis, y también Bernardo Soares, semiheterónimo con el que Pessoa firmó el *Libro del desasosiego;* el *Libro,* no obstante, también incorpora textos de otro autor ficticio, Vicente Guedes (esta edición incluye aquellos integrados en el corpus).

*Libro del desasosiego* es el título que Pessoa quiso dar al conjunto de fragmentos escritos, posiblemente, entre los años 1913 y 1934. Pero no llegó a publicarlos en vida; se hallaron dentro de un baúl en 1982. Su datación, ordenación y sistematización continúa siendo objeto de análisis en la actualidad.

\* \* \*

ESTE LIBRO NO EXISTE

Esta declaración, frecuente en alusión al *Libro del desasosiego,* no es una mera pirueta ontológica. Pessoa nunca acabó de diseñar una estructura definitiva para *Libro,* pese a que ideó varias posibles. Por ello, estamos ante una obra siempre incipiente, a punto de brotar, que existe solamente en cada lectura. Desarrolla, así, la letanía pessoana contenida en el fragmento 64:

«Nosotros nunca nos realizamos. Somos dos abismos: un pozo escrutando el cielo».

Si sólo somos esto, un vacío que mira otro vacío, entonces sólo existe nuestro mirar, nuestro escribir, nuestro leer. Pessoa nos da el material para construir su obra en nuestra mirada, posibilitando su existencia sólo a través del reflejo en nuestro pozo interior, único y singular.

Expertos pessoistas como Richard Zenith y Jerónimo Pizarro, entre muchos otros, han transcrito la caligrafía impenetrable de los manuscritos del *Libro,* han datado, ordenado y, por ende, interpretado los textos. Constructores del canon de Pessoa, trazan senderos por los que aventurarnos a la comprensión de esta obra, extraordinariamente lúcida y sí, desasosegante, en su examen angustioso del sujeto moderno. La presente edición bebe de las fuentes de ambos estudiosos, añadiendo sencillamente a sus caminos algún recodo donde pararse a contemplar el paisaje.

## El autor de este libro no existe

La supuesta autoría de Bernardo Soares es una atribución desapasionada. Soares no es Pessoa pero no deja de serlo. Es un autorretrato de Pessoa, reconocible en las numerosas coincidencias con su biografía y su posición subjetiva; pero hay más, porque otro nombre, Vicente Guedes, entra en juego para culminar esta desmembración del sujeto único, esta atomización del autor. Sólo existe el texto y de ello nos avisa cuando dice: «Fui, no el actor, sino sus gestos». (F. 82).

La conciencia estilística es el centro de la poética de Pessoa. La palabra, más allá de ser medio de transmisión, ornamento o herramienta de evocación, es el objeto. No hay sujeto creador, ni objeto designado, ni sujeto lector. Sólo hay el decir, el ser-escribir. Ello no implica que en esta prevalencia del decir no se diga nada, sino que la potencia del texto está en el decir mismo. El *Libro del desasosiego* presenta una prosa ritmada, con un claro latido poético, donde la puntuación –de huella anglosajona– contraviene a menudo la norma gramatical; como explica Pessoa, «la gramática es un instrumento, y no una ley». (F. 103). El fluir del pensamiento viene, así, posibilitado por una puntuación exclusivamente deudora del ritmo.

En Pessoa los contornos que distinguen lo exterior y lo interior son borrosos, y la entidad de las cosas está por fijar. Vuelve aquí el rebosar de dentro afuera, el fluir entre la imaginación y la realidad, con los que

Pessoa explora la capacidad de las palabras-objeto para moldearse a los meandros del río. En el plano léxico nos encontramos combinaciones inesperadas de sustantivos y adjetivos, y un lenguaje simbólico de una potencia arrolladora. Neologismos, extranjerismos, transitivización de verbos intransitivos, adverbialización de sustantivos y adjetivos, anacolutos, faltas deliberadas de concordancia... El léxico de Pessoa se dobla, se desdobla, se desenrolla y se despieza, las funciones gramaticales se descategorizan, flota el lenguaje en un torrente discursivo que nunca cesa de fluir, para finalmente aparecer en la página como madera erosionada por las mareas.

UNA EDICIÓN IMPOSIBLE

La presente edición es una fantasía. En un ejercicio de imaginación, extiende la concepción de la palabra como un objeto a los fragmentos sueltos de Pessoa, y los exhibe como las obras de un museo. Esta edición imposible violenta el discurrir temporal de otras propuestas, que se estructuran, con indiscutible acierto, sobre la datación de los fragmentos. Aun sabiendo de la imposibilidad de aislar los textos del fluir discursivo del que emergen, se ofrecen aquí cuatro familias temáticas –entretejidas con una única fibra de inquietud subjetiva– desde las que escudriñar las profundidades y maravillarse ante la belleza extraordinaria del *Libro del desasosiego*. Estas cuatro familias temáticas ofrecen cuatro puntos de observación, cuatro rocas para sentarse en el camino. La presente edición, lejos de ser una propuesta, expresa una lectura personal y emocionada de la obra de Pessoa.

# FAMILIAS TEMÁTICAS

I. RUA DOS DOURADORES

Esta calle de Lisboa es el núcleo de los dos lugares interiores del autor: su oficina y su cuartucho de alquiler. El pensamiento surge a partir de la monotonía y la grisura de la actividad profesional, donde los asientos contables desencadenan tormentas sensoriales y metafísicas. El cuartucho también es el terreno del tedio, pero lejos del alivio concedido por la sistematicidad de la oficina, surgen en él la angustia privada, el torpor viscoso, el sueño, los sueños y la imposibilidad.

«Y, si la oficina de la Rua dos Douradores representa para mí la vida, este mi segundo piso, donde moro, en la misma Rua dos Douradores, representa para mí el Arte [...]». (F. 9).

## II. Ser-escribir

El ser sucede en la escritura. La palabra no designa un objeto, sino que la palabra es el objeto. Con enorme complejidad, Pessoa medita sobre el ser, la angustia de existir y la imposibilidad del Otro. En la metafísica pessoana sólo existe la escritura.

> «Escribo demorándome en las palabras, como escaparates donde no veo, y son medios sentidos, casi expresiones lo que me queda, como colores de tapicería que no vi lo que son, armonías exhibidas compuestas de no sé qué objetos. Escribo acunándome, como una madre loca a un hijo muerto [...]». (F. 144).

## III. Espacios exteriores

Pessoa da interminables paseos por Lisboa y describe su paisaje, donde brota el lenguaje de la imaginación. Lluvia, campo, fincas, mar, niñez, pasado, recuerdo, río, bosques, avenidas y arboledas son espacios físicamente fuera y emocionalmente dentro, cajas de resonancia de sus meditaciones. Pero son más que paisajes, son fuerzas también. El mar, la lluvia y el viento, son poderosas entidades ingobernables, testimonios del horror de una soledad universal. Lo interior es exterior, y lo exterior, interior.

> «Llueve, llueve, llueve...
> Llueve constantemente, gemidoramente, //
> Mi cuerpo me tiembla el alma de frío... No un frío que hay en el espacio, sino un frío que hay en ver la lluvia...». (F. 467).

## IV. Gentes

Los transeúntes, la mujer del tranvía, los borrachos y los mozos de los recados son espejismos, recortes bidimensionales de la vida exterior. En cambio, los personajes representados en cuadros o en vajillas resultan a veces conmovedores para el autor, tienen biografías, pasiones y ternura, hasta el punto de ofrecerle la fantasía de un romance. La sexualidad con otros se presenta sucia, angustiosa.

> «Las palabras de los demás son errores de nuestro oído, naufragios de nuestro entender [...]». (F. 475).

\* \* \*

# NOTA SOBRE LA TRADUCCIÓN

He mantenido la puntuación, extranjerismos, neologismos, discordancias y agramaticalidades de los textos originales. Donde no hay un sentido claro, no he querido ofrecerlo, aspirando a una asepsia interpretativa en los fragmentos más complejos. Cuando falta una palabra en el texto original, lo he marcado como «//».

La prosa de Pessoa es acuosa; él mismo habla de la naturaleza fluida de las personas, los lugares y las ideas. Esta traducción tiene presente la importancia y la dificultad de preservar esta condición. Lejos de cualquier tentación domesticadora del texto, la traducción da un pequeño saltito al otro lado de la *raia* y nos sitúa a la distancia mínima, y no más, para hacer el *Libro* inteligible en español. Es una traducción orgullosamente pegada al original: no presento una versión castellana, sino un *Libro* en mi idioma, el español atlántico de Galicia, trufado de préstamos, bastardo de neologismos. Por ello, he prescindido casi por completo de pretéritos compuestos, pues aquí, como en Pessoa, el pasado es un paisaje, un espacio de ficción, sin mucha cabida para la exactitud.

Esta traducción se gestó en un invierno gallego largo y lluvioso, empapado de las mismas brumas que esponjan las palabras de Pessoa. La proximidad del portugués y el gallego, y por extensión del español de Galicia, nos regala una «meteorología psíquica» compartida. He mantenido palabras comunes a ambos lados de la raya, como luar (luz de luna), saudade (melancolía), o saudoso (aquejado de saudade). Conservarlas intactas nos coloca en un lugar desde el que oír el texto y nos aproxima, además, a su ritmo original, a su latido.

Quien lea a Pessoa sentirá el desasosiego, la soledad y el malestar de vivir. Quien lo traduzca necesitará, al final de una jornada de trabajo a la intemperie del texto, guarecerse al calor de las personas queridas. Carlos, Roi y Gael: gracias.

ELENA FRESCO
Vigo (Galicia).

# LIBRO
## DEL
## DESASOSIEGO

Hay en Lisboa un pequeño número de restaurantes o casas de comida en que, sobre una tienda con aspecto de taberna decente, se alza una entreplanta con hechura pesada y casera de restaurante de un pueblo sin trenes. En esas entreplantas, salvo en domingo poco frecuentadas, es habitual encontrarse con tipos curiosos, caras sin interés, una serie de apartes en la vida.

El deseo de sosiego y la conveniencia de precios me llevaron, en un período de mi vida, a frecuentar una de esas entreplantas. Sucedía que, cuando tocaba cenar sobre las siete, casi siempre encontraba a un individuo cuyo aspecto, no interesándome al principio, poco a poco pasó a interesarme.

Era un hombre que aparentaba treinta años, delgado, más alto que bajo, exageradamente curvado cuando estaba sentado, pero menos cuando estaba de pie, vestido con cierto descuido no enteramente descuidado. En la cara pálida carente de interés en las facciones, el aire de sufrimiento no añadía interés, y era difícil definir qué clase de sufrimiento indicaba ese aire: parecía indicar varios: privaciones, angustias y ese sufrimiento que nace de la indiferencia procedente de haber sufrido mucho.

Cenaba siempre poco, y terminaba fumando picadura de tabaco. Miraba extraordinariamente a las personas que estaban allí, no con sospecha, pero sí con un interés especial; no las observaba como escrutándolas, sino interesándose por ellas sin querer fijarse en sus facciones o detallar las expresiones de su semblante. Fue ese trazo curioso lo que despertó mi interés por él.

Pasé a observarlo mejor. Verifiqué que cierto aire de inteligencia animaba de cierto modo incierto sus facciones. Mas el abatimiento, la quietud de la angustia fría, cubría tan regularmente su aspecto que era difícil desvelar algún otro rasgo.

Supe accidentalmente, por un empleado del restaurante, que era un trabajador comercial, en una tienda cerca de allí.

Un día hubo un acontecimiento en la calle, bajo las ventanas: una escena pugilística entre dos individuos. Los que estaban en la entreplanta corrieron a las ventanas, y yo también, y también el individuo de quien hablo. Intercambié con él una frase casual, y él respondió en el mismo tono. Su voz era opaca y trémula, como la de las criaturas que no esperan nada, porque es completamente inútil esperar. Pero era tal vez absurdo dar esa relevancia a mi compañero vespertino de restaurante.

No sé por qué, pasamos a saludarnos desde ese día. Un día cualquiera, en que nos acercó quizá la circunstancia absurda de coincidir en cenar a las nueve y media, entablamos una conversación casual. En cierto momento él me preguntó si yo escribía. Respondí que sí. Le hablé de la revista *Orpheu,* de reciente aparición. Él la elogió, la elogió bastante, y yo entonces me quedé pasmado de verdad. Me permití comentarle mi extrañeza, porque el arte de los que escriben en *Orpheu* suele ser para unos pocos. Él me dijo que tal vez fuese de esos pocos. Por lo demás, añadió, ese arte no le había aportado especialmente ninguna novedad: y observó tímidamente que, al no tener a dónde ir ni qué hacer, ni amigos que visitar, ni interés en leer libros, solía dedicar las noches, en su habitación de alquiler, a escribir también.

* * *

Había amueblado –es imposible que no fuese a costa de algunas cosas esenciales– con un cierto y aproximado lujo sus dos estancias. Había puesto especial cuidado en las sillas –de brazos, tapizadas, blandas–, en las cortinas y en las alfombras. Él decía que así había creado un interior «para mantener la dignidad del tedio». En una habitación de estilo moderno el tedio se torna en malestar, en pena física.

Nada lo había obligado nunca a hacer nada. La niñez había transcurrido aislada. Sucedió que nunca pasó por ningún grupo. Nunca asistió a un curso. No perteneció nunca a una multitud. Con él se había dado el mismo curioso fenómeno que se da con tantos otros –quién sabe, bien mirado, si no con todos– de que las circunstancias ocasionales de su vida cincelaron la imagen y semejanza de la dirección de sus instintos, todos de inercia, y de alejamiento.

Nunca se tuvo que enfrentar a las exigencias del Estado o de la sociedad. Él mismo se privó de las exigencias propias de su instinto. Nada lo acercó ni a amigos ni a amantes. Fui el único que, de alguna manera, estuvo en su propia intimidad. Pero –aparte que él vivió siempre con una falsa personalidad propia, y yo sospeché que nunca me tuvo realmente por un amigo– siempre percibí que él tenía que atraer a alguien para dejarle el libro que dejó. Me agrada pensar que, aunque al principio me doliese, cuando lo noté, por fin viéndolo todo a través del único criterio digno de un psicólogo, seguí siendo igualmente amigo de él y dedicado al fin para el que él me atrajo hacia sí: la publicación de este, su libro.

Hasta en esto, es curioso descubrirlo, las circunstancias, poniéndole delante a quien, con mi carácter, le pudiese servir, le fueron favorables.

FERNANDO PESSOA.

# DIARIO DE BERNARDO SOARES
## ayudante de contable en Lisboa

*Para todos nosotros descenderá la noche y llegará la diligencia. Gozo de la brisa que me dan y del alma que me dieron para gozarla, y no interrogo más ni busco. Si lo que deje escrito en el libro de los viajeros pudiese, releído un día por otros, entretenerlos también en el trayecto, estará bien. Si no lo leen, ni se entretienen, estará bien también. (F. 1).*

## 1. RUA DOS DOURADORES

*El tedio es la sensación física del caos, y de que el caos es todo. El aburrido, el que siente malestar, el cansado se sienten presos en una celda estrecha. El que está a disgusto por la estrechez de la vida se siente encadenado en una celda grande. Pero el que tiene tedio se siente preso en libertad frustrada en una celda infinita.* (F. 39).

*1.*

Nací en un tiempo en el que la mayoría de los jóvenes había perdido la creencia en Dios, por la misma razón que sus mayores la habían tenido: sin saber por qué. Y entonces, como el espíritu humano tiende naturalmente a criticar porque siente, y no porque piensa, la mayoría de esos jóvenes escogió a la Humanidad como sucedánea de Dios. Pertenezco, sin embargo, a aquella especie de hombres que están siempre al margen de aquello a lo que pertenecen, y no ven solamente la multitud de lo que son, sino también los grandes espacios que hay al lado. Por eso nunca abandoné a Dios tan ampliamente como ellos, ni acepté nunca a la Humanidad. Consideré que Dios, siendo improbable, podría existir, pudiendo pues deber ser adorado; pero que la Humanidad, siendo una mera idea biológica, y no significando más que la especie animal humana, no era más digna de adoración que cualquier otra especie animal. Este culto a la Humanidad, con sus ritos de Libertad e Igualdad, siempre me ha parecido una reviviscencia de los cultos antiguos, en los que los Animales eran como dioses, o los dioses tenían cabezas de animales.

Así, no sabiendo creer en Dios, y no pudiendo creer en una suma de animales, me quedé, como otros muchos de la orla de las gentes, en esa distancia de todo que comúnmente se llama la Decadencia. La Decadencia es la pérdida total de la inconsciencia; porque la inconsciencia es el fundamento de la vida. El corazón, si pudiese pensar, se pararía.

A quien, como yo, así, viviendo no sabe tener vida, ¿qué le queda sino, como a mis pocos pares, la renuncia por modo y la contemplación por destino? No sabiendo lo que es la vida religiosa, ni pudiendo saberlo, porque no se tiene fe con la razón; no pudiendo tener fe en la abstracción del hombre, ni sabiendo tampoco qué hacer con ella ante nosotros, nos quedaba, a causa de tener alma, la contemplación estética de la vida. Y así, ajenos a la solemnidad de todos los mundos, indiferentes a lo divino y despreciadores de lo humano, nos entregamos fútilmente a la sensación sin propósito, cultivada en un epicureísmo sutilizado, como conviene a nuestros nervios cerebrales.

Reteniendo de la ciencia solamente su precepto central, de que todo está sujeto a leyes fatales, contra las cuales no se reacciona con independencia, porque reaccionar es que ellas hayan hecho que reaccionemos; y verificando cómo ese precepto se ajusta al otro, más antiguo, de la divina fatalidad de las cosas, abdicamos del esfuerzo como los débiles del entretenimiento de los atletas, y nos curvamos sobre el libro de las sensaciones con un gran escrúpulo de erudición sentida.

No tomando nada en serio, ni considerando que se nos diese por cierta otra realidad ajena a nuestras sensaciones, en ellas nos abrigamos, y las exploramos como grandes países desconocidos. Y si nos empleamos asiduamente, no sólo en la contemplación estética sino también en la expresión de sus modos y resultados, es que la prosa o el verso que escribimos, destituidos de la voluntad de querer convencer al entendimiento ajeno o conmover la voluntad ajena, es apenas como el hablar en alto de quien lee, hecho para dar plena objetividad al placer subjetivo de la lectura.

Sabemos bien que toda obra tiene que ser imperfecta, y que la menos segura de nuestras contemplaciones estéticas será la de aquello que escribimos. Pero imperfecto es todo, no hay ocaso tan bello que no lo pudiese ser más, ni brisa leve que nos dé sueño que no nos pueda dar un sueño más tranquilo aún. Y así, contempladores iguales de las montañas y de las estatuas, gozando los días como los libros, soñándolo todo, sobre todo, para convertirlo en nuestra íntima sustancia, haremos también descripciones y análisis que, una vez hechas, pasarán a ser cosas ajenas, que podemos gozar como si viniesen con la tarde.

No es este el concepto de los pesimistas, como aquel de Vigny, para quien la vida es una cárcel en la que él tejía esparto para distraerse. Ser pesimista es tomar cualquier cosa como trágica, y esa actitud es una exageración y una incomodidad. No tenemos, es cierto, un concepto de valía que apliquemos a la obra que producimos. La producimos, es cierto, para distraernos, pero no como el preso que teje esparto para distraerse del Destino, sino como la muchacha que borda almohadas, para distraerse, sin más.

Considero la vida como una posada en la que tengo que hacer tiempo hasta que llegue la diligencia del abismo. No sé a dónde me llevará, porque no sé nada. Podría considerar esta posada una prisión, porque estoy obligado a esperar en ella; podría considerarla un lugar social, porque aquí me encuentro con otros. No soy, sin embargo, ni impaciente ni común. Dejo a lo suyo a quienes se encierran en la habitación, tirados blandamente en la cama donde esperan sin sueño; dejo a lo suyo a quienes conversan en las salas, desde donde me llegan las músicas y las voces cómodas. Me siento a la puerta y embebo mis ojos y oídos en los colores y los sonidos del paisaje, y canto lento, para mí sólo, cantos vagos que compongo mientras espero.

Para todos nosotros descenderá la noche y llegará la diligencia. Gozo de la brisa que me dan y del alma que me dieron para gozarla, y no interrogo más ni busco. Si lo que deje escrito en el libro de los viajeros pudiese, releído un día por otros, entretenerlos también en el trayecto, estará bien. Si no lo leen, ni se entretienen, estará bien también.

## 2.

Tengo que escoger lo que detesto: o el sueño, que mi inteligencia odia; o la acción, que a mi sensibilidad repugna; o la acción, para la que no nací, o el sueño, para el que no nació nadie.

Resulta que, como detesto ambos, no escojo ninguno; pero como debo, en alguna ocasión, o soñar o actuar, mezclo una cosa con la otra.

## 3.

Amo, en las tardes demoradas de verano, el sosiego de la ciudad baja, y sobre todo ese sosiego que acentúa el contraste en la parte que el día sumerge en más bullicio. La Rua do Arsenal, la Rua da Alfândega, la prolongación de las calles tristes que se arrastran al este desde el fin de la de Alfândega, toda la línea separada de los muelles serenos: todo eso reconforta mi tristeza, si me interno, en esas tardes, en la soledad de su conjunto. Vivo una era anterior a aquella en la que vivo; gozo de sentirme coetáneo de Cesário Verde, y tengo en mí no otros versos como los suyos, sino una sustancia igual a la de los versos que fueron suyos. Por allí arrastro, hasta caer la noche, una sensación de vida parecida a la de esas calles. De día están llenas de un bullicio que no quiere decir nada. De noche están llenas de una falta de bullicio que no quiere decir nada. Yo de día soy nulo, y de noche soy yo. No hay diferencia entre mí y las calles junto a la Alfândega, salvo que ellas son calles y yo soy alma, lo que puede ser que nada vaya antes de lo que es la esencia de las cosas. Hay un destino igual, porque es abstracto, para los hombres y para las cosas: una designación igualmente indiferente en el álgebra del misterio.

Pero hay alguna otra cosa... En esas horas lentas y vacías, me sube del alma a la mente una tristeza de todo el ser, la amargura de que todo sea al mismo tiempo una sensación mía y una cosa externa, que no esté en mi poder alterar. ¡Ay, cuántas veces mis propios sueños se me yerguen en cosas, no sustituyendo la realidad, sino confesándoseme como sus pares al no quererlos yo, surgiéndome de fuera, como el tranvía que da la vuelta a la curva extrema de la calle, o la voz del pregonero nocturno de no sé qué cosa, que se destaca, tonada árabe, como un súbito chafariz desde la monotonía del atardecer!

Pasan matrimonios futuros, pasan las parejas de las costureras, pasan muchachos con prisa de placer, fuman en su paseo de siempre los reformados de todo, en alguna que otra puerta reparan en poca cosa los vagos parados que son dueños de las tiendas. Lentos, fuertes y flacos, los reclutas sonambulizan en conglomerados ora muy ruidosos ora más que ruidosos. Gente normal surge de vez en cuando. Los automóviles que están allí a esta hora no son muy frecuentes; esos son musicales. En mi corazón hay una paz de angustia, mi sosiego está hecho de resignación.

Pasa todo eso, y nada de todo eso me dice nada, todo es ajeno a mi destino, ajeno, incluso, al propio destino –inconsciencia, círculos de superficie cuando el azar tira piedras, ecos de voces incógnitas– la ensalada colectiva de la vida.

## 4.

... y de lo alto de la majestad de todos los sueños, a ayudante de contable en la ciudad de Lisboa. Pero el contraste no me aplasta: me libera, y la ironía que hay en él es mi sangre. Lo que debería humillarme es mi bandera, que despliego; y la risa, con la que debería reírme de mí mismo, es un clarín con el que saludo y genero una alborada en la que me hago.

¡La gloria nocturna de ser grande no siendo nada! La majestad sombría del esplendor desconocido... Y siento, de repente, lo sublime del monje en el yermo, y del eremita en su retiro, enterado de la sustancia de Cristo en los arenales y en las cavernas de apartamiento del mundo.

Y en la mesa de mi cuarto abrumado, deleznable, empleado y anónimo, escribo palabras como la salvación del alma y me doro del ocaso imposible de pináculos altos vastos y lejanos, de mi estola recibida por placeres y del anillo de renuncia en mi dedo evangélico, joya detenida de mi desdén extático.

## 5.

Tengo delante de mí las dos páginas grandes del libro pesado; me incorporo de su inclinación en el viejo escritorio, con ojos cansados, un alma más cansada que los ojos. Más allá de la nada que esto representa, el almacén, hasta la Rua dos Douradores, es una hilera de estanterías regulables, de empleados regulables, de orden humano y sosiego de lo vulgar. En los cristales está el ruido de lo diverso, el ruido diverso es vulgar, como el sosiego al pie de las estanterías.

Bajo ojos nuevos sobre las dos páginas blancas, en las que mis números cuidadosos pusieron los resultados de la sociedad. Y, con una sonrisa que guardo para mí, recuerdo que la vida, que tiene estas páginas con nombres de fincas y dinero, con sus blancos, y sus trazos con regla y de letra, incluye también a los grandes navegadores, a los grandes santos, a los poetas de todas las eras, todos ellos sin escritura, la vasta prole expulsada de los que hacen el valor del mundo.

En el registro adecuado de un tejido que no sé qué es se me abren las puertas del Indo y de Samarcanda, y la poesía de Persia, que no es de un lugar ni de otro, hace de sus cuartetos, desrimados en el tercer verso, un apoyo remoto para mi desasosiego. Pero no me engaño, escribo, sumo y la escritura sigue, hecha con normalidad por un empleado de esta oficina.

## 6.

Pedí tan poco a la vida y ese mismo poco la vida me negó. Un rayo de parte del sol, un campo cercano, un bocado de sosiego con un bocado de pan, no pesarme mucho conocer que existo, no exigir nada de los otros y que ellos no exijan nada de mí... Esto mismo me fue negado, como quien niega una limosna no por falta de buena alma, sino para no tener que desabrocharse el abrigo.

Escribo, triste, en mi cuarto silencioso, solo como siempre he estado, solo como siempre estaré. Y pienso si mi voz, aparentemente tan poca cosa, acaso encarna la sustancia de millares de voces, el hambre de decirse de millares de vidas, la paciencia de millones de almas, sumisas como la mía al destino cotidiano, al sueño inútil, a la esperanza sin vestigios. En estos momentos mi corazón late más alto por mi conciencia de él. Vivo más porque vivo mayor. Siento en mi persona una fuerza religiosa, una especie de oración, una semejanza de clamor. Mas la reacción contra mí me habla de la inteligencia... Me veo en el cuarto piso alto de la Rua dos Douradores; me siento con sueño; observo, sobre el papel medio escrito, mi mano sin belleza y el cigarrillo barato que la izquierda extiende sobre el viejo papel secante.

Aquí, yo, en este cuarto piso, ¡interpelando a la vida! ¡Diciendo lo que sienten las almas! ¡Haciendo prosa como los genios y los célebres! Aquí, yo, ¡así!...

## 7.

Hoy, en uno de los devaneos sin propósito ni dignidad que constituyen gran parte de la sustancia espiritual de mi vida, me imaginé liberado para siempre de la Rua dos Douradores, del jefe Vasques, del contable Moreira, de todos los empleados, del mozo, del muchacho y del gato. Sentí en sueños mi liberación, como si mares del sur me hubiesen ofrecido islas maravillosas por descubrir. Sería entonces el reposo, el arte logrado, el cumplimiento intelectual de mi ser.

Pero de repente, y en el propio imaginar, que practicaba en un café en un descanso modesto en medio del día, una impresión de desagrado asaltó mi sueño: sentí que tendría pena. Sí, lo digo como si lo dijese exhaustivamente, tendría pena. El jefe Vasques, el contable Moreira, el cajero Borges, todos los buenos chicos, el muchacho alegre que lleva las cartas al correo, el mozo de los recados, el gato mimoso: todo eso se tornó parte de mi vida; no podría dejar todo eso sin llorar, sin comprender que, por mal que me pareciese, era parte de mí lo que quedaba con todos ellos, que al separarme de ellos era una mitad y semejanza de la muerte.

Por otro lado, si mañana me apartase de todos ellos, y me desvistiese de este traje de la Rua dos Douradores, ¿a qué otra cosa me incorporaría, porque a otra me tendría que incorporar?, ¿con qué otro traje me vestiría, porque con otro me tendría que vestir?

Todos tenemos al jefe Vasques, para unos visible, para otros invisible. Para mí se llama realmente Vasques, y es un hombre sano, agradable, en ocasiones brusco pero sin dobleces, interesado pero en el fondo justo, con una justicia que les falta a muchos grandes genios y a muchas maravillas humanas de la civilización, a derecha e izquierda. Para otros será la vanidad, el ansia de mayor riqueza, la gloria, la inmortalidad... Prefiero al Vasques hombre mi jefe, que es más tratable, en las horas difíciles, que todos los jefes abstractos del mundo.

Considerando que yo ganaba poco, me dijo el otro día un amigo, socio de una firma que es próspera con negocios por todo el Estado: «Usted está explotado, Soares». Eso me recordó que lo estoy, pero como en la vida todos tenemos que ser explotados, pregunto si valdrá menos la pena ser explotados por el Vasques de las fincas que por la vanidad, por la gloria, por el despecho, por la envidia o por lo imposible. Hay a quienes Dios mismo explota, y son profetas y santos en la vacuidad del mundo.

Y me recojo, como en el hogar que otros tienen, en la casa ajena, la oficina amplia, de la Rua dos Douradores. Me acerco a mi secretaria como a un baluarte contra la vida. Tengo ternura, ternura hasta las lágrimas, por mis libros de otros en los que escrituro, por el tintero viejo del que me sirvo, por la espalda encorvada de Sergio, que hace listas de remesas un poco más allá de mí. Tengo amor a esto, tal vez porque no tengo nada más que amar, o tal vez, también, porque no vale nada el amor de un alma y, si tenemos que darlo por sentimiento, lo mismo vale dárselo al pequeño aspecto de mi tintero como a la gran indiferencia de las estrellas.

## 8.

El jefe Vasques. Tengo, muchas veces, inexplicablemente, la hipnosis del jefe Vasques. ¿Qué es para mí ese hombre, salvo el obstáculo ocasional de ser dueño de mis horas, en un tiempo diurno de mi vida? Me trata bien, me habla con amabilidad, salvo en los momentos bruscos de preocupación desconocida en los que no habla bien a nadie. Sí, pero ¿por qué me preocupa? ¿Es un símbolo? ¿Una razón?, ¿o qué es?

El jefe Vasques. Me acuerdo ya de él en el futuro con la saudade que sé que tendré entonces. Estaré sosegado en una casa pequeña en los alrededores de algo, disfrutando de un sosiego en el que no haré la obra que no hago ahora, y buscaré, para seguir no habiéndola hecho, disculpas diferentes de aquellas con las que hoy me esquivo a mí mismo. O estaré internado en un hospicio para mendigos, feliz por toda la derrota, mezclado con la chusma de los que se juzgaban genios y no fueron más que mendigos con sueños, junto con la masa anónima de los que no tuvieron poder para vencer ni renuncia larga para volver del revés. Esté donde esté, recordaré con saudade al jefe Vasques, la oficina de la Rua dos Douradores, y la monotonía de la vida cotidiana será para mí como la memoria de los amores que no me llegaron, o de los triunfos que no habrían de ser míos.

El jefe Vasques. Hoy lo veo desde allí, como hoy lo veo desde aquí mismo –estatura media, achaparrado, grosero con límites y afectos, franco y astuto, brusco y afable– jefe, apartado de su dinero, en las manos velludas y lentas, con las venas marcadas como pequeños músculos coloridos, el cuello relleno pero no gordo, el rostro colorado y al mismo tiempo tenso, bajo la barba oscura siempre bien recortada. Lo veo, veo sus gestos de vagar enérgico, sus ojos pensando para dentro cosas de fuera, recibo la perturbación de la ocasión en la que no le agrado, y mi alma se alegra con su sonrisa, una sonrisa amplia y humana, como el aplauso de una multitud.

Será, tal vez, porque no tengo cerca ninguna figura de más prominencia que el jefe Vasques, que, muchas veces, esa figura común y hasta ordinaria se me enmaraña en la inteligencia y me distrae de mí mismo.

Creo que alberga un símbolo. Creo o casi creo que en algún lugar, en una vida remota, este hombre fue algo más importante en mi vida de lo que es hoy.

### 9.

¡Ah, comprendo! El jefe Vasques es la Vida. La Vida, monótona y necesaria, mandante y desconocida. Este hombre banal representa la banalidad de la Vida. Él lo es todo para mí, por fuera, porque la Vida lo es todo para mí por fuera.

Y, si la oficina de la Rua dos Douradores representa para mí la vida, este mi segundo piso, donde moro, en la misma Rua dos Douradores, representa para mí el Arte. Sí, el Arte, que vive en la misma calle que la Vida, pero en un lugar diferente, el Arte, que alivia de la Vida sin aliviar de vivir, que es tan monótono como la vida misma, pero sólo en un lugar diferente. Sí, esta Rua dos Douradores abarca para mí todo el sentido de las cosas, la solución de todos los enigmas, salvo la existencia de los enigmas, que es lo que no puede tener solución.

### 10.

Y así soy, fútil y sensible, capaz de impulsos violentos y absorbentes, malos y buenos, nobles y viles, pero nunca de un sentimiento que subsista, nunca de una emoción que continúe, y entre en la sustancia del alma. Todo en mí es la tendencia a seguir siendo otra cosa; una impaciencia del alma consigo misma, como con un niño inoportuno, un desasosiego siempre creciente y siempre igual. Todo me interesa y nada me cautiva. Atiendo a todo soñando siempre; fijo los mínimos gestos faciales de aquellos con los que hablo, recojo las entonaciones milimétricas de sus decires expresos; pero al oírlo no lo escucho, estoy pensando en otra cosa, y lo que menos extraje de la conversación es la noción de lo que en ella se dijo, por mi parte o por parte de la persona con la que hablé. Así, muchas veces, le repito a alguien lo que ya le repetí, le pregunto de nuevo aquello a lo que ya me respondió; pero puedo describir, en cuatro palabras fotográficas, el semblante muscular con el que él dijo aquello que no recuerdo, o la inclinación de oír con los ojos con los que recibí la narración que no recordaba haberle hecho. Soy dos, y ambos tienen distancia: ¡hermanos siameses que no están pegados!

## 11.

En los primeros días del otoño entrado de repente, cuando el oscurecer toma una evidencia de cosa prematura, y parece que tardamos mucho en lo que hacemos de día, disfruto, incluso entre el trabajo cotidiano, esta anticipación de no trabajar que la propia sombra trae consigo, por eso de que es de noche y la noche es sueño, hogares, liberación. Cuando las luces se encienden en la oficina amplia que deja de ser oscura, y hacemos velada sin dejar de trabajar de día, siento una paz absurda como un recuerdo de otra persona, y estoy sosegado con lo que escribo como si leyese hasta sentir que me duermo.

Somos todos esclavos de circunstancias externas: un día de sol nos abre campos largos en medio de un café de callejón; una sombra en el campo nos encoge hacia adentro, y nos cobijamos mal en la casa sin puertas de nosotros mismos; un llegar de la noche, hasta en las cosas del día, alarga, como un abanico que se abre lento, la conciencia íntima de deber reposar.

Pero con eso el trabajo no se retrasa: se anima. Ya no trabajamos: nos recreamos con el asunto al que estamos condenados. Y, de repente, por la hoja vasta y pautada de mi destino numerador, la casa vieja de las tías antiguas alberga, cerrada contra el mundo, el té de las diez horas somnolientas, y la lámpara de petróleo de mi infancia perdida, brillando únicamente sobre la mesa de lino, me oscurece, con la luz, la visión de Moreira, iluminado con una electricidad negra infinitamente más allá de mí.

Traen el té –es la criada más vieja que las tías quien lo trae con los restos del sueño y del mal humor paciente de la ternura del viejo vasallaje– y yo escribo sin errar una palabra o una suma a través de todo mi pasado muerto. Me reabsorbo, me pierdo en mí, me olvido de las noches largas, impolutas de deber y de mundo, vírgenes de misterio y de futuro.

Y tan suave es la sensación que me separa del débito y del crédito que, si acaso se me hace una pregunta, respondo suavemente, como si tuviese mi ser hueco, como si no trajese conmigo más que la máquina de escribir, portátil de mí mismo abierto. No me choca la interrupción de mis sueños: de tan suaves que son, continúo soñándolos por detrás del hablar, del escribir, del responder, hasta del conversar. Y a través de todo el té perdido acaba, y la oficina va a cerrar... Me levanto del libro, que cierro lentamente, ojos cansados del llanto que no tuvieron, y, en una mezcla de sensaciones, sufro que al cerrar el escritorio se me cierre el sueño también; que en el gesto de la mano con la que cierro el libro encubra el pasado irreparable; que va a la cama de la vida sin sueño, sin compañía ni sosiego, en el flujo y reflujo de mi conciencia mezclada, como dos mareas en la noche negra, en el fin de los destinos de la saudade y de la desolación.

## 12.

Pienso a veces que nunca saldré de la Rua dos Douradores. Y esto escrito entonces me parece la eternidad.

No al placer, no a la gloria, no al poder: la libertad, únicamente la libertad.

Pasar de los fantasmas de la fe a los espectros de la razón y solamente haber cambiado de celda. El arte, si nos libera de los ídolos ausentes y abstractos, también nos libera de las ideas generosas y de las preocupaciones sociales –ídolos también.

Encontrar la personalidad al perderla –la misma fe abona ese sentido de destino.

## 13.

... y un profundo y tedioso desdén por todos cuantos trabajan para la humanidad, por todos cuantos se baten por la patria y dan su vida para que la civilización continúe...

... un desdén lleno de tedio por ellos, los que desconocen que la única realidad para cada uno es su propia alma, y el resto –el mundo exterior y los otros– una pesadilla sin estética, como un resultado en los sueños de una indigestión del espíritu.

Mi aversión por el esfuerzo se excita hasta el horror casi gesticulante ante todas las formas de esfuerzo violento. Y la guerra, el trabajo productivo y enérgico, el auxilio a los otros... todo esto no me parece más que el producto de un impudor, //.

Y, durante la realidad suprema de mi alma, todo lo que es útil y exterior me sabe a frívolo y trivial ante la soberana y pura grandeza de mis sueños más originales y frecuentes. Esos, para mí, son más reales.

## 14.

No son las paredes cutres de mi habitación vulgar, ni los escritorios viejos de la oficina ajena, ni la pobreza de las calles intermedias de la Baixa usual, tantas veces por mí recorridas que ya me parece que han usurpado la fijeza de la irreparabilidad, que forman en mi espíritu la náusea, frecuente en él, de la cotidianidad injuriosa de la vida. Son las personas que habitualmente me rodean, son las almas que, desconociéndome, todos los días me conocen con la camaradería y la charla, que me ponen en la garganta del espíritu el nudo salivar del disgusto físico. Es la sordidez monótona de su vida, paralela a la exterioridad de la mía, es su conciencia íntima de ser mis semejantes, lo que me atavía con el traje de forzado, lo que me da la celda de penitente, lo que me hace apócrifo y mendigo.

Hay momentos en que cada pormenor de lo vulgar me interesa en su propia existencia, y yo tengo por todo la afición de saber leer todo claramente. Entonces veo –como Vieira dice que Sousa describía– lo común con singularidad, y soy poeta con aquella alma con la que la crítica de los griegos formó la edad intelectual de la poesía. Pero también hay momentos, uno es este que me oprime ahora, en los que me siento más a mí que a las cosas externas, y todo se me convierte en una noche de lluvia y barro, perdida en la soledad de un apeadero de desvío, entre dos vagones de tercera clase.

Sí, mi virtud íntima de ser frecuentemente objetivo, y así extraviarme de pensar, sufre, como todas las virtudes, y hasta todos los vicios, menguas de afirmación. Entonces me pregunto a mí mismo ¿cómo sobrevivo, cómo oso tener la cobardía de estar aquí, entre esta gente, con esta igualdad certera con ellos, con esta conformación verdadera con la porquería de ilusión de todos ellos? Se me ocurren con un brillo de farol distante todas las soluciones con las que la imaginación es mujer: el suicidio, la fuga, la renuncia, los grandes gestos de la aristocracia de la individualidad, la capa y espada de las existencias sin balcón.

Pero la Julieta ideal de la realidad mejor cerró sobre el Romeo ficticio de mi sangre la ventana alta de la entrevista literaria. Ella obedece a su padre; él obedece al suyo. Continúa la discordia de los Montescos y los Capuletos, cae el telón sobre lo que no se dio; y yo recojo la casa –aquella habitación donde es sórdida la dueña de la casa que no está allí, los hijos que raras veces veo, y la gente de la oficina que sólo veré por la mañana– con el cuello de un abrigo de empleado comercial levantado sin extrañezas sobre el pescuezo de un poeta, con las botas compradas siempre en la misma casa evitando inconscientemente los charcos de la lluvia fría, y un poco preocupado, confusamente, por haberme olvidado del chubasquero y de la dignidad del alma.

### 15.

El socio capitalista aquí de la firma, siempre enfermo en un punto incierto, quiso, no sé por qué capricho de qué intervalo de la enfermedad, tener un retrato del conjunto del personal de la oficina. Y así, antes de ayer, nos alineamos todos, por indicación del fotógrafo alegre, contra la barrera blanca sucia que divide, con madera frágil, la oficina general del despacho del jefe Vasques. En el centro el mismo Vasques; en las dos alas, en una distribución primero definida, después indefinida, de categorías, las otras almas humanas que aquí se reúnen en cuerpo todos los días para pequeños fines cuyo propósito último sólo lo conoce el secreto de los Dioses.

Hoy cuando llegué a la oficina, un poco tarde, en verdad, olvidado ya el acontecimiento estático de la fotografía dos veces tomada, me encontré a Moreira, inesperadamente matutino, y a uno de los cajeros inclinados disimuladamente sobre unas cosas ennegrecidas, que reconocí después, con sobresalto, como las primeras pruebas de las fotografías. Eran, al final, sólo dos de una, de la que había quedado mejor.

Sufrí la verdad al verme allí, porque, como es de suponer, fue a mí mismo a quien primero busqué. Nunca tuve una idea noble de mi presencia física, pero nunca la sentí tan nula como en comparación con las otras caras, tan conocidas para mí, en aquella alineación de cotidianos. Parezco un jesuita insustancial. Mi cara delgada e inexpresiva no tiene inteligencia, ni intensidad, ni nada, sea lo que fuere, que la eleve de la marea mortal de las otras caras. De la marea mortal, no. Hay allí rostros verdaderamente expresivos. El jefe Vasques está tal cual es –el largo rostro placentero y duro, la mirada firme, el bigote rígido completando. La energía, la viveza, del hombre –al final tan banales, y tantas veces repetidas por tantos miles de hombres en todo el mundo– aun están escritas en aquella fotografía como en un pasaporte psicológico. Los dos cajeros-viajantes están admirables; el cajero de plaza está bien, pero se quedó casi por detrás de un hombro de Moreira. ¡Y Moreira! ¡Mi jefe Moreira, esencia de la monotonía y de la continuidad, está mucho más persona que yo! Hasta el mozo –me fijo sin poder reprimir un sentimiento que busco suponer que no es envidia– tiene una certeza de rostro, una expresión directa que dista sonrisas de mi apagamiento nulo de esfinge de papelería.

¿Qué quiere decir esto? ¿Qué verdad es esta que una película no yerra? ¿Qué certeza es esta que una lente fría documenta? ¿Quién soy, para que sea así? Y además... ¿Y el insulto del conjunto?

–Usted sale muy bien –dice de repente Moreira. Y después, girándose al cajero: –Es justamente su carita, ¿eh? Y el cajero asintió con una alegría amiga que me escurrió a la basura.

## 16.

Y, hoy, pensando en lo que ha sido mi vida, me siento como cualquier bicho vivo, transportado en un cesto que obliga a curvar el brazo, entre dos estaciones suburbanas. La imagen es estúpida, pero la vida que define es más estúpida aún que ella. Estos cestos suelen tener dos tapas, como medios óvalos, que se levantan un poco en uno u otro de los extremos curvos si el bicho se agita. Pero el brazo de quien transporta, apoyado un poco a lo largo del pliegue central, no deja que una cosa tan débil levante miserablemente más que las extremidades inútiles, como alas de mariposa que flaquean.

Me olvidé de que hablaba de mí con la descripción del cesto. Lo veo nítidamente, y el brazo gordo y blanco quemado de la criada que lo transporta. No consigo ver a la criada más allá del brazo y de su pelusa. No consigo sentirme bien si no –de repente– una gran frescura de // de aquellas varas blancas y cintas de // con las que se tejen los cestos y donde rebullo, bicho, entre dos paradas que siento. Entre ellas reposo en lo que parece ser un banco, y hablan fuera de mi cesto. Duermo porque me sosiego, hasta que me levanten de nuevo en la parada.

## 17.

Rechacé siempre que me comprendiesen. Ser comprendido es prostituirse. Prefiero ser tomado en serio como lo que no soy, ignorado humanamente, con decencia y naturalidad.

Nada podría indignarme tanto como si en la oficina me extrañasen. Quiero gozar conmigo la ironía de que no me extrañen. Quiero el cilicio de que me consideren igual a ellos. Quiero la crucifixión de que no me distingan. Hay martirios más sutiles que los que se registran de los santos y los eremitas. Hay suplicios de la inteligencia como los hay del cuerpo y del deseo. Y de esos, como de los otros, suplicios nace una voluptuosidad //.

## 18.

El mozo ataba los paquetes de todos los días en el frío crepuscular de la oficina grande. «Qué enorme trueno», dijo para nadie, con un tono alto de «buenos días», el cruelísimo bandido. Mi corazón empezó a golpear de nuevo. El apocalipsis había pasado. Se hizo una pausa.

Y con qué alivio –luz fuerte y clara, espacio, trueno duro– este tronar cercano ya alejado nos aliviaba de lo que hubiera. Dios había cesado. Me sentí respirar con los pulmones enteros. Noté que había poco aire en la oficina. Noté que había allí otra gente, que no era el mozo. Todos habían estado callados. Sonó una cosa trémula y encrespada: era la gran hoja espesa del Libro Mayor que Moreira había girado hacia adelante, bruscamente, para verificar.

## 19.

Pienso, muchas veces, en cómo sería yo si, resguardado del viento de la suerte por el biombo de la riqueza, nunca hubiese sido traído, por la mano moral de mi tío, a una oficina de Lisboa, ni hubiese ascendido de ella a otras, hasta este pináculo barato de buen ayudante de contable, con un trabajo como una cierta siesta y un sueldo que da para vivir.

Sé bien que, si ese pasado que no fue hubiese sido, yo no sería hoy capaz de escribir estas páginas, en todo caso mejores, por ser algunas, que las ningunas que en mejores circunstancias sólo habría podido soñar. Es que la banalidad es una inteligencia y la realidad, sobre todo si es estúpida o áspera, un complemento natural del alma.

Debo a ser contable gran parte de lo que puedo sentir y pensar como la negación y la fuga del cargo.

Si tuviera que escribir, en el lugar sin letras de respuesta a un cuestionario, a qué influencias literarias estaba agradecida la formación de mi espíritu, abriría el espacio de puntos con el nombre de Cesário Verde, pero no lo cerraría sin que en él se escribiesen los nombres del jefe Vasques, del contable Moreira, de Vieira el empleado de caja y de Antonio el chico de la oficina. Y a todos pondría, en letras mayúsculas, la dirección clave LISBOA.

Bien visto, tanto Cesário Verde como estos fueron, para mi visión del mundo los coeficientes de corrección. Creo que es esta la frase, cuyo sentido exacto obviamente ignoro, con la que los ingenieros se refieren al tratamiento que se hace a las matemáticas para que puedan caminar hacia la vida. Si es así, fue eso mismo. Si no lo es, pase por lo que podría ser, y que la intención valga por la metáfora que falló.

Considerando, además, y tan claramente como puedo, lo que aparentemente ha sido mi vida, la veo como una cosa colorida –capa de chocolate o vitola de puro– barrida, por el ligero cepillo de la criada que escucha desde arriba, del mantel hasta el recogedor de migas, entre las cortezas de la realidad propiamente dicha. Se distingue de las cosas cuyo destino es el mismo por un privilegio que va también a la pala. Y la conversación de los dioses continúa por encima del cepillar, indiferente a estos incidentes del servicio del mundo.

Sí, si yo hubiera sido rico, protegido, cepillado, ornamental, no habría sido este breve episodio de papel bonito entre migajas; se habría quedado en un plato cualquiera –«No, muchas gracias»– y recogido en el aparador para envejecer. Así, rechazado después de que me comieran la miga práctica, voy con el polvo de lo que queda del cuerpo de Cristo al cubo de la basura, y no puedo imaginar lo que sigue, y entre qué astros; pero siempre es un seguir.

## 20.

*(Chapter on Indifference or something like that)*

Toda alma digna de sí misma desea vivir la vida en Extremo. Contentarse con lo que le dan es propio de esclavos. Pedir más es propio de los niños. Conquistar más es propio de los locos, porque toda conquista es //.

Vivir la vida en Extremo significa vivirla hasta el límite, pero hay tres maneras de hacerlo, y a cada alma elevada le compete escoger una de las maneras. Se puede vivir la vida en extremo por su pose extrema, por su viaje ulíseo a través de todas las sensaciones vividas, a través de todas las formas de la energía exteriorizada. Raros, sin embargo, son, en todas las épocas del mundo, los que pueden cerrar los ojos llenos del cansancio suma de todos los cansancios, los que poseyeron todo de todas las maneras.

Raros los que pueden así exigir de la vida, consiguiéndolo, que ella se les entregue en cuerpo y alma; sabiendo no ser celosos de ella por saber tenerle el amor enteramente. Pero este debe ser, sin duda, el deseo de toda el alma elevada y fuerte. Cuando esa alma, no obstante, comprueba que le resulta imposible tal realización, que no tiene fuerzas para la conquista de todas las partes del Todo, tiene dos otros caminos que seguir: uno, la abdicación entera, la abstención formal, completa, relegando para la esfera de la sensibilidad aquello que no puede poseer integralmente en la región de la actividad y de la energía. Más vale supremamente no actuar que actuar inútilmente, fragmentariamente, insuficientemente, como la innumerable superflua mayoría inane de los hombres; otro, el camino del perfecto equilibrio, la búsqueda del Límite en la Proporción Absoluta, por donde el ansia de Extremo pasa de la voluntad y de la emoción a la Inteligencia, siendo toda la ambición no de vivir toda la vida, no de sentir toda la vida, sino de ordenar toda la vida, de cumplir en Armonía y Coordinación inteligente.

El ansia de comprender, que para tantas almas nobles sustituye la de actuar, pertenece a la esfera de la sensibilidad. Sustituir por la Inteligencia la energía, romper el lazo entre la voluntad y la emoción, desnudando de interés todos los gestos de la vida material, es lo que, conseguido, vale más que la vida, tan difícil de poseer completa, y tan triste de poseer parcial.

Decían los argonautas que navegar es necesario, pero que vivir no es preciso. Argonautas, nosotros, de la sensibilidad doliente, digamos que sentir es preciso, pero que no es preciso vivir.

## 21.

No hicieron, Señor, vuestras naves viaje más importante que el que mi pensamiento, en la derrota de este libro, consiguió. No doblaron cabo, ni vieron playa más apartada, tanto de la audacia de los audaces, como de la imaginación de los que no osan, igual a los cabos que doblé con mi meditación, y a las playas a las que, con mi //, hice llegar a mi esfuerzo.

Por vuestro inicio, Señor, se descubrió el Mundo Real; por el mío se descubrirá el Mundo Intelectual.

Combatieron vuestros argonautas contra monstruos y miedos. También, en el viaje de mi pensamiento, tuve monstruos y miedos que combatir. En el camino al abismo abstracto, que está en el fondo de las cosas, hay horrores, que pasar, que los hombres del mundo no imaginan, y miedos que tener que la experiencia humana no conoce; es más humano tal vez el camino al lugar indefinido del mar común que la senda abstracta para el vacío del mundo.

Apartados del uso de sus hogares, exiliados del camino de sus casas, viudos para siempre de la blandura de que la vida sea la misma, llegarán por fin vuestros emisarios, muerto ya vos, al extremo oceánico de la Tierra. Vendrán, en lo material, un nuevo cielo y una tierra nueva.

Yo, lejos de los caminos de mí mismo, ciego de la visión de la vida que amo, //, llegué por fin, también, al extremo vacío de las cosas, a la borda imponderable del límite de los seres, a la puerta sin lugar del abismo abstracto del Mundo.

Entré, Señor, por esa Puerta. Deambulé, Señor, por ese mar. Observé, Señor, ese abismo que no se puede ver.

Pongo esta obra de Descubrimiento supremo en la invocación de vuestro nombre portugués, creador de argonautas.

## 22.

Tengo grandes estancamientos. No es que, como todo el mundo, tarde días y días en responder por correo a una carta urgente que me hayan escrito. No es que, como nadie, aplace indefinidamente lo fácil que me resulta útil, o lo útil que me resulta agradable. Hay más sutileza en mi desinteligencia conmigo. Me estanco en la misma alma. Se da en mí una suspensión de la voluntad, de la emoción, del pensamiento, y esta suspensión dura magnos días; sólo la vida vegetativa del alma –la palabra, el gesto, el hábito– me explican a mí para los otros, y a través de ellos, para mí.

En esos períodos de la sombra, soy incapaz de pensar, de sentir, de querer. No sé escribir más que guarismos, o trazos. No siento, y la muerte de alguien a quien amase me daría la impresión de haber sucedido en una lengua extranjera. No puedo; es como si durmiese y mis gestos, mis palabras, mis actos ciertos, no fuesen más que una respiración periférica, instinto rítmico de un organismo cualquiera.

Así se pasa un día tras otro, y no sé decir cuánto de mi vida, si sumase, se habría pasado así. A veces me ocurre que, cuando desnudo este lugar de mí, quizá no esté en la desnudez que supongo, y haya aún vestidos impalpables que cubran la eterna ausencia de mi alma verdadera; me ocurre que pensar, sentir, querer también pueden ser estancamientos, durante un pensar más íntimo, un sentir más mío, una voluntad perdida en algún lugar del laberinto de lo que soy realmente.

Sea como fuere, dejo que sea. Y al dios, o a los dioses, que haya, alargo mi mano con lo que soy, conforme la suerte manda y el azar hace, fiel a un compromiso olvidado.

## 23.

No me indigno, porque la indignación es para los fuertes; no me resigno, porque la resignación es para los nobles; no me callo, porque el silencio es para los grandes. Y yo no soy fuerte, ni noble, ni grande. Sufro y sueño. Me quejo porque soy frágil y, porque soy artista, me entretengo tejiendo musicales mis quejas y arreglando mis sueños conforme me parece mejor mi idea de hallarlos bellos.

Sólo lamento no ser niño, para poder creer en mis sueños, o no estar enfermo para poderme apartar del alma de todos los que me rodean, //.

Tomar el sueño por real, vivir demasiado los sueños me dio esta espina en la rosa falsa de mi soñada vida: que ni los sueños me agradan, porque les saco defectos.

Ni pintando ese vidrio de sueños coloridos me oculto el rumor de la vida ajena al mirarla, del otro lado.

¡Dichosos los hacedores de sistemas pesimistas! No sólo se amparan de haber hecho algo, como también se alegran de lo explicado, y se incluyen en el dolor universal.

Yo no me quejo por el mundo. No protesto en nombre del universo. No soy pesimista. Sufro y me quejo, pero no sé si lo que hay de general es el sufrimiento ni sé si es humano sufrir. ¿Qué me importa saber si eso es cierto o no?

Yo sufro, no sé si merecidamente. (Corza perseguida).

Yo no soy pesimista, soy triste.

## 24.

¡Providenciara a los dioses, mi corazón triste, que el destino tuviese un sentido!

¡Providenciara antes al Destino que los dioses lo tuviesen!

Siento a veces, despertando en la noche, manos invisibles que tejen mi hado...

Yazgo a la vida. Nada de mí interrumpe nada.

## 25.

La tragedia principal de mi vida es, como todas las tragedias, una ironía del Destino. Aborrezco la vida real como una condena; aborrezco el sueño como una liberación innoble. Pero vivo lo más sórdido y cotidiano de la vida real; y vivo lo más intenso y lo más constante del sueño. Soy como un esclavo que se emborracha en la siesta: dos miserias en un solo cuerpo.

Sí, veo nítidamente, con la claridad con que los relámpagos de la razón destacan en la negrura de la vida los objetos cercanos que nos la forman, lo que hay de vil, de laxo, de dejado y ficticio, en esta Rua dos Douradores que es para mí mi vida entera –esta oficina sórdida hasta su médula de gente, esta habitación alquilada mensualmente donde nada pasa salvo que vive un muerto, esta mercería de la esquina cuyo dueño conozco como gente conoce gente, estos mozos de la puerta de la vieja taberna, esta inutilidad trabajosa de todos los días iguales, esta repetición pegada de los mismos personajes, como un drama que consiste sólo en el escenario, y el escenario estuviese del revés...

Pero veo también que huir a esto sería dominarlo o repudiarlo, y yo ni lo domino, porque no lo excedo dentro de lo real, ni lo repudio, porque, sueñe lo que sueñe, me quedo siempre donde estoy.

¡Y el sueño, la vergüenza de huir hacia mí, la cobardía de tener como vida esa basura del alma que otros tienen en el sueño, en la figura de la muerte con la que roncan, en la calma con la que parecen vegetales progresados!

¡No poder tener un gesto noble que no sea de puertas para adentro, ni un deseo inútil que no sea de verdad inútil!

Definió César toda la figura de la ambición cuando dijo aquellas palabras: «¡Antes el primero en la aldea que el segundo en Roma!». Yo no soy nada ni en la aldea ni en ninguna Roma. Al menos el mercero de la esquina es respetado desde la Rua da Assunção hasta la Rua da Vitória; es el César de una manzana de calles y a las mujeres les gusta condignamente. ¿Yo superior a él? ¿En qué, si la nada no comporta superioridad, inferioridad o comparación?

Y así arrastro, haciendo lo que no quiero, y soñando lo que no puedo tener, mi vida //, absurda como un reloj público parado.

## 26.

**Día de lluvia**

El aire es de un amarillo escondido, como un amarillo pálido visto a través de un blanco sucio. Mal hay amarillo en el aire agrisado. La palidez del gris, sin embargo, tiene un amarillo en su tristeza.

## 27.

Cualquier dislocación de las horas habituales trae siempre al espíritu una novedad fría, un placer levemente incómodo. Quien tiene la costumbre de salir de la oficina a las seis, y por casualidad sale a las cinco, tiene desde luego un festivo mental y algo que parece pena de no saber qué hacer consigo mismo.

Ayer, como tenía que trabajar fuera, salí de la oficina a las cuatro, y a las cinco había terminado mi tarea externa. No suelo estar en la calle a esa hora, y por eso estaba en una ciudad diferente. El tono lento de la luz en las fachadas habituales era de una dulzura frustrada, y los transeúntes de siempre pasaban a mi lado en la ciudad de al lado, marineros desembarcados de la escuadra de anoche.

Eran aún horas de estar abierta la oficina. Entré en ella con el pasmo natural de los empleados de los que ya me había despedido. ¿Así que has vuelto? Sí, de vuelta. Estaba allí libre de sentir, solo con los que me acompañaban sin que espiritualmente estuviesen allí para mí... Era en cierto modo el hogar, es decir, el lugar donde no se siente.

## 28.

Pienso a veces, con un deleite triste, que si un día, en un futuro al que yo ya no pertenezca, estas frases, que escribo, perdurarán con elogio, tendré por fin gente que me «comprenda», los míos, una familia verdadera en la que nacer y ser amado. Pero lejos de ir a nacer en ella, habré muerto hace mucho. Seré comprendido sólo en efigie, cuando el afecto ya no compense a quien murió el desafecto único que hubo, cuando vivía.

Un día tal vez comprendan que cumplí, como ningún otro, mi deber nato de intérprete de una parte de un siglo; y cuando lo comprendan, escribirán que en mi tiempo fui incomprendido, que desgraciadamente viví entre desafecto y frialdad, y que es una pena que esto me sucediese.

Y quien escriba esto será, en la época en que lo escriba, incomprendedor, como los que me rodean, de mi análogo de aquel tiempo futuro. Porque los hombres sólo aprenden para uso de sus bisabuelos, que ya murieron. Sólo a los muertos les podemos enseñar las verdaderas reglas del vivir.

La tarde en que escribo, el día de lluvia paró. Una alegría del aire es fresca de más contra la piel. El día va acabando no en gris, sino en azul pálido. Un azul vago se refleja, incluso, en las piedras de las calles. Duele vivir, pero es de lejos. Sentir no importa. Se enciende algún que otro escaparate.

En otra ventana alta hay gente que sale del trabajo. El mendigo que pasa a mi lado se asombraría si me conociese.

En el azul menos pálido y menos azul, que se espeja en los edificios, atardece un poco más la hora indefinida.

Cae leve, fin del día cierto, en que los que creen y yerran se afanan en el trabajo de costumbre, y tienen, en su propio dolor, la felicidad de la inconsciencia.

Cae leve, ola de luz que cesa, melancolía de la tarde inútil, bruma sin niebla que entra en mi corazón. Cae leve, suave, indefinida palidez lúcida y azul de la tarde acuática –leve, suave, triste sobre la tierra sencilla y fría. Cae leve, ceniza invisible, monotonía apenada, tedio sin torpor.

## 29.

Tres días seguidos de calor sin calma, tempestad latente en el malestar de la quietud de todo, vinieron a traer, porque la tormenta se escoró a otro punto, un leve frescor cálido y grato a la superficie lúcida de las cosas. Así a veces, en este decurso de la vida, el alma, que sufrió porque la vida le pesó, siente súbitamente un alivio, sin que haya nada que lo explique.

Concibo que seamos climas sobre los que flotan amenazas de tormenta, en otro punto realizadas //.

La inmensidad vacía de las cosas, el gran olvido que hay en el cielo y en la tierra...

## 30.

**Fragmentos de una autobiografía**

Primero me entretuvieron las especulaciones metafísicas, las ideas científicas después. Me atrajeron finalmente las // sociológicas. Pero en ninguno de estos estadios de mi búsqueda de la verdad encontré seguridad y alivio. Poco leía, en cualquiera de las preocupaciones. Pero en lo poco que leía tantas teorías me cansaba de ver, contradictorias, igualmente asentadas en razones desarrolladas, todas ellas igualmente probables y de acuerdo con una cierta elección de hechos que tenían siempre el aire de ser todos los hechos. Si levantaba de los libros mis ojos cansados, o si de mis pensamientos desviaba al mundo exterior mi perturbada atención, sólo una cosa veía, desmintiéndome toda la utilidad de leer y pensar, arrancándome uno a uno todos los pétalos de la idea del esfuerzo: la infinita complejidad de las cosas, la inmensa suma //, la prolija inalcanzabilidad de los propios pocos hechos que se podrían concebir como necesarios para el levantamiento de una ciencia.

\* \* \*

Poco a poco el disgusto de no encontrar nada en mí. No hallé más razón ni más lógica, salvo en un escepticismo que ni siquiera buscaba la lógica para defenderse. En curarme de esto no pensé –¿por qué habría de curarme de eso? ¿Curarme? ¿Y qué era estar sano? ¿Qué certeza tenía de que este estado de alma debía pertenecer a la enfermedad? ¿Quién nos dice que, si era enfermedad, la enfermedad no era más deseable, o más lógica, o más //, que la salud? Al ser la salud preferible, ¿por qué estaba yo enfermo si no era por estarlo naturalmente, y si naturalmente lo estaba, por qué ir contra de la Naturaleza, que para algún fin, si fin tiene ella, me querría sin duda enfermo?

Nunca encontré argumentos más que para la inercia. Día a día, más y más se infiltraba en mí la conciencia sombría de mi inercia de abdicador. Procurar modos de inercia, proponerme huir de todo esfuerzo en cuanto a vivir, a toda la responsabilidad social –esculpí en esa materia de // la estatua pensada de mi existencia.

Dejé lecturas, abandoné casuales caprichos de este o aquel modo estético de la vida. De lo poco que leía, aprendí a extraer sólo elementos para el sueño. De lo poco que presenciaba, me apliqué a sacar sólo lo que podía, en reflejo distante y errado, prolongar más dentro de mí. Me esforcé para que todos mis pensamientos, todos los capítulos cotidianos de mi experiencia me proporcionasen sensaciones solamente. Creé para mi vida una orientación estética. Y orienté esa estética a lo puramente individual. La hice mía solamente.

Me apliqué después, en el transcurso buscado de mi hedonismo interior, a hurtarme a las sensibilidades sociales. Lentamente me acoracé contra el sentimiento de ridículo. Me enseñé a ser insensible tanto a los llamamientos de los instintos como a las peticiones //.

Reduje al mínimo mi contacto con los demás. Hice lo que pude para perder todo el afecto a la vida, //. Del propio deseo de la gloria lentamente me desnudé, como quien lleno de cansancio se desviste para descansar.

*

Del estudio de la metafísica, de las ciencias //, pasé a ocupaciones de espíritu más violentas para el equilibrio de mis nervios. Pasé noches empavorecidas absorto sobre volúmenes de místicos y cabalistas, que nunca tenía paciencia para leer del todo, de otra manera que no fuese intermitentemente, trémulo y //. Los ritos y los misterios de los Rosa-Cruz, la // simbólica de la Cábala y los Templarios, // –sufrí durante un tiempo la opresión de todo eso. Y llenaron la fiebre de mis días especulaciones venenosas, de la razón demoníaca de la metafísica –la magia, // la alquimia– extrayendo un falso estímulo vital de sensación dolorosa y buscada de estar siempre a punto de conocer un misterio supremo.

Me perdí en los sistemas secundarios, excitados, de la metafísica, sistemas llenos de analogías perturbadoras, de trampillas hacia la lucidez, grandes paisajes misteriosos donde reflejos de lo sobrenatural despertaban misterios en los contornos.

Envejecí por las sensaciones... Me gasté generando pensamientos... Y mi vida pasó a ser una fiebre metafísica, siempre descubriendo sentidos ocultos en las cosas, jugando con el fuego de las analogías misteriosas, procrastinando la lucidez integral, la síntesis normal para desnudarse...

Caí en una compleja indisciplina cerebral, llena de indiferencias. ¿Dónde me refugié? Tengo la impresión de no haberme refugiado en ninguna parte.

Me abandoné, pero no sé a qué.

Concentré y limité mis deseos, para poder refinarlos mejor. Para llegar al infinito, y creo que se puede llegar, es necesario tener un puerto, uno sólo, firme, y zarpar desde allí hacia lo Indefinido.

Hoy soy ascético en mi religión de mí. Una taza de café, un cigarrillo y mis sueños sustituyen bien al universo y a sus estrellas, el trabajo, el amor, incluso la belleza y la gloria. Casi no tengo necesidad de estímulos. Tengo opio en el alma.

¿Qué sueños tengo? No sé. Me forcé a llegar a un punto en el que ni sé ya en qué pienso, con qué sueño, lo que visiono. Me parece que sueño cada vez desde más lejos, que sueño cada vez más lo vago, lo impreciso, lo invisionable.

No hago teorías respecto de la vida. Si es buena o mala no lo sé, no lo pienso.

Para mis ojos, es dura y triste, con sueños deliciosos de por medio. ¿Qué me importa lo que es ella para otros?

La vida de los otros sólo me sirve para que yo los viva, a cada uno la vida que me parece que les conviene en mi sueño.

## 31.

Mi hábito vital de descreencia en todo, especialmente en lo instintivo, y mi actitud natural de insinceridad, son la negación de obstáculos a que yo haga esto constantemente.

En el fondo, lo que sucede es que hago de los otros mi sueño, doblándome a las opiniones de ellos para, expandiéndolas por mi raciocinio y mi intuición, volverlas mías y (yo, no teniendo opinión, puedo tener las de ellos como otras cualesquiera) para doblarlas a mi gusto y hacer de sus personalidades cosas aparentadas con mis sueños.

De tal modo antepongo el sueño a la vida que consigo, en el trato verbal (otro no tengo), continuar soñando, y persistir, a través de las opiniones ajenas y de los sentimientos de los otros, en la línea fluida de mi individualidad amorfa.

Cada otro es un canal o un caño por donde el agua de mi ser corre a gusto de ellos, marcando, con las titilaciones del agua al sol, el curso curvo de su orientación más realmente de lo que podría hacerlo su sequía.

Pareciendo a veces, mi análisis rápido, parasitar a los otros, en realidad lo que sucede es que los obligo a ser parásitos de mi posterior emoción. De las vidas habito las cáscaras de sus individualidades. Calco sus pasadas en arcilla de mi espíritu y así más que ellos, tomándolas hacia dentro de mi conciencia, yo he dado sus pasos y andado en sus caminos.

En general, por el hábito que tengo de, desdoblándome, seguir al mismo tiempo dos, diversas, operaciones mentales yo, al paso que me voy adaptando en exceso y lucidez al sentir de ellos, voy analizando en mí el desconocido estado del alma de ellos, haciendo el análisis puramente objetivo de lo que ellos son y piensan. Así, entre sueños, y sin alargar mi devaneo interrupto, voy, no sólo viviéndoles la esencia refinada de sus emociones a veces muertas, sino comprendiendo y clasificando las lógicas interconexas de varias fuerzas de su espíritu que quedaban a veces en un estado simple de su alma.

Y en el medio de todo esto su fisonomía, su traje, sus gestos, no se me escapan. Vivo al mismo tiempo en mis sueños, el alma del intelecto y el cuerpo y las actitudes de ellos. En una gran dispersión unificada, me ubico en ellos y yo creo y soy, a cada momento de la conversación, una multitud de seres, conscientes e inconscientes, analizados y analíticos, que se reúnen en un abanico abierto.

## 32.

Pensar, aun así, es actuar. Sólo en el devaneo absoluto, donde nada activo interviene, donde por fin hasta nuestra conciencia de nosotros mismos se empantana en un lodazal –sólo ahí, en ese cálido y húmedo no-ser, la abdicación de la acción se logra competentemente.

No querer comprender, no analizar... Verse como la naturaleza; mirar hacia sus impresiones como hacia un campo –la sabiduría es esto.

## 33.

... el sagrado instinto de no tener teorías...

## 34.

Tan dado como soy al tedio, es curioso que nunca, hasta hoy, se me haya ocurrido meditar en qué consiste. Estoy hoy, de veras, en ese estado intermedio del alma en que ni apetece la vida ni otra cosa. Y empleo el recuerdo súbito de no haber pensado nunca en qué es, en soñar, a lo largo de pensamientos medio impresiones, el análisis, siempre un poco facticio, de lo que ello sea.

No sé, realmente, si el tedio es sólo la correspondencia despierta de la somnolencia del holgazán, si es algo, en verdad, más noble que ese entorpecimiento.

En mí, el tedio es frecuente, pero, que yo sepa, porque me fijase, no obedece a reglas de aparición. Puedo pasar sin tedio un domingo inerte; puedo sufrirlo repentinamente, como una nube externa, en pleno trabajo atento. No consigo relacionarlo con un estado de salud o la falta de ella; no alcanzo a conocerlo como producto de causas que están en la parte evidente de mí.

Decir que es una angustia metafísica disfrazada, que es una gran desilusión desconocida, que es una poesía sorda del alma que aflorando aborrecida en la ventana que da a la vida –decir esto, o lo que sea hermano de esto, puede colorear el tedio, como un niño un dibujo cuyos contornos desborde y borre, pero no me traiga nada más que un sonido de palabras resonando en las cavernas del pensamiento.

El tedio... Pensar sin que se piense, con el cansancio de pensar; sentir sin que se sienta, con la angustia de sentir; no querer sin que no se quiera, con la náusea de no querer –todo esto está en el tedio sin ser el tedio, y no es de él más que una paráfrasis o una traducción. Es, en la sensación directa, como si sobre el foso del castillo del alma se alzase el puente levadizo, no quedase, entre el castillo y las tierras, más que el poder mirarlas sin poder recorrerlas.

Hay un aislamiento de nosotros en nosotros mismos, pero un aislamiento donde lo que separa está estancado como nosotros, agua sucia cercando nuestro desentendimiento.

Tedio... Sufrir sin sufrimiento, querer sin voluntad, pensar sin raciocinio... Es la posesión por un demonio negativo, un embrujo de la nada. Dicen que los brujos, o los pequeños magos, consiguen, haciendo de nosotros imágenes, y a ellas infligiendo malos tratos, que esos malos tratos, por una transferencia astral, se reflejen en nosotros. El tedio me surge, en la sensación transpuesta de esta imagen, como el reflejo maligno de los hechizos de un demonio de las hadas, ejercida no sobre una imagen mía, sino sobre su sombra. Es en la sombra íntima de mí, en el exterior del interior de mi alma, donde se pegan papeles o se clavan alfileres. Soy como el hombre que vendió la sombra, o, más bien, como la sombra del hombre que la vendió.

El tedio... Trabajo bastante. Cumplo lo que los moralistas de la acción llamarían mi deber social. Cumplo ese deber, o esa suerte, sin gran esfuerzo ni notable desinteligencia. Pero, unas veces en pleno trabajo, otras veces en pleno descanso que, según los mismos moralistas, merezco y me debe ser grato, me desborda el alma una hiel de inercia, y estoy cansado, no de la obra o del descanso, sino de mí.

¿De mí por qué, si no pensaba en mí? ¿De qué otra cosa, si no pensaba en ella? ¿El misterio del universo, que baja a mis cuentas o a mi reclamo? ¿El dolor universal de vivir que se particulariza súbitamente en mi alma mediúmnica? ¿Por qué ennoblecer tanto a quien no se sabe quién es? Es una sensación de vacío, un hambre sin voluntad de comer, tan noble como estas sensaciones del simple cerebro, del simple estómago, venidas de fumar de más o de no digerir bien.

El aburrimiento... Y tal vez, en el fondo, la insatisfacción del alma íntima por no haberle dado una creencia, la desolación del niño triste que íntimamente somos, por no haberle comprado el juguete divino. Es tal vez la inseguridad de quien necesita una mano que lo guíe, y no sienta, en el camino negro de la sensación profunda, más que la noche sin ruido de no poder pensar, la carretera sin nada de no saber sentir...

El tedio... Quien tiene Dioses nunca tiene tedio. El tedio es la falta de una mitología. Para quien no tiene creencias, hasta la duda es imposible, hasta el escepticismo no tiene fuerza para desconfiar. Sí, el tedio es eso: la pérdida, por el alma, de su capacidad de engañarse, la falta, en el pensamiento de la escalera inexistente por la que sube sólido hacia la verdad.

## 35.

Conozco, trasladada, la sensación de haber comido de más. La conozco con la sensación, no con el estómago. Hay días en que en mí se comió de más. Estoy pesado de cuerpo y tonto de gestos; tengo voluntad de no sacarme de allí de ninguna manera.

Pero en esas ocasiones, como un hecho improbable, suele surgir, de mi modorrar indemne, un resquicio de imaginación perdida. Y hago planes en el fondo del desconocimiento, estructuro cosas en las raíces de la hipótesis, y lo que no va a suceder tiene para mí un gran brillo.

En esas horas extrañas, no es sólo mi vida material, sino mi misma vida moral, que sólo son apéndices para mí –descuido la idea del deber, pero también la idea del ser, y tengo sueño físico del Universo entero. Duermo lo que conozco y lo que sueño con una igualdad que pesa sobre mis ojos. Sí, en esas horas sé más de mí de lo que nunca he sabido, y todo yo son las siestas de los mendigos entre los árboles de la quinta de Nadie.

## 36.

No subordinarse a nada –ni a un hombre, ni a un amor, ni a una idea, tener esa independencia distante que consiste en no creer en la verdad, ni, si la hubiese, en la utilidad de conocerla– tal es el estado en que, me parece, debe discurrir, para sí misma, la vida íntima intelectual de los que no viven sin pensar. Pertenecer –he ahí banalidad.

Credo, ideal, mujer o profesión –todo eso es la celda y los grilletes. Ser es estar libre. La misma ambición, si siente orgullo de lo que es, es una carga, no nos enorgulleceríamos si comprendiésemos que es una cuerda de la que nos tiran.

No: ¡sin ataduras con nosotros! Libres de nosotros mismos como de los demás, contemplativos sin éxtasis, pensadores sin conclusión, viviremos, liberados de Dios, el pequeño intervalo que la distracción de los verdugos concede a nuestro extremo en la parada. Tenemos mañana la guillotina. Si no la tuviésemos mañana, la tendríamos pasado mañana. Pasemos al sol el descanso antes del fin, ignorantes voluntariamente de los propósitos y de las persecuciones. El sol dorará nuestras frentes sin arrugas y la brisa tendrá frescura para quien deje de esperar.

Lanzo el bolígrafo al otro lado del escritorio y rueda, volviendo, sin que yo lo recoja, por la inclinación donde trabajo. Sentí todo de repente. Y mi alegría se manifiesta en este gesto de la rabia que no siento.

## 37.

La idea de viajar me seduce por traslación, como si fuera la idea indicada para seducir a alguien que no fuese yo. Toda la vasta visibilidad del mundo me recorre, en un movimiento de tedio colorido, la imaginación despierta; esbozo un deseo como quien ya no quiere hacer gestos, y el cansancio anticipado de los paisajes posibles me aflige, como un viento torpe, la flor del corazón que se estancó.

Y como los viajes las lecturas, y como las lecturas todo... Sueño una vida erudita, entre la convivencia muda de los antiguos y los modernos, renovando las emociones por las emociones ajenas, llenándome de pensamientos contradictorios en la contradicción de los meditadores y de los que casi pensaron, que son la mayoría de los que escribieron. Pero sólo la idea de leer se me desvanece si tomo de encima de la mesa cualquier libro; el hecho físico de tener que leer anula para mí la lectura... Del mismo modo se debilita la idea de viajar si me aproximo a donde pueda haber embarque. Y vuelvo a las dos cosas nulas de las que estoy seguro, de nulo también que soy –a mi vida cotidiana de transeúnte incógnito, y a mis sueños como insomnios de despierto.

Y como las lecturas todo... Dado que cualquier cosa se puede soñar como interrumpiendo de verdad el transcurso mudo de mis días, alzo ojos de protesta pesada a la sílfide que me es propia –aquella, pobre, que sería tal vez sirena si hubiera aprendido a cantar.

## 38.

El mundo es de quien no siente. La condición esencial para ser un hombre práctico es la ausencia de sensibilidad. La cualidad principal en la práctica de la vida es la cualidad que conduce a la acción, es decir, la voluntad. Ahora bien, hay dos cosas que estorban a la acción –la sensibilidad y el pensamiento analítico, que no es, por su naturaleza más que pensar con sensibilidad. Toda acción es, por su naturaleza, la proyección de la personalidad sobre el mundo externo, y como el mundo externo está en gran y principal parte compuesto por seres humanos, se sigue que esa proyección de la personalidad es esencialmente el atravesarnos en el camino ajeno, el estorbar, herir y aplastar a los otros, conforme a nuestra manera de actuar.

Para actuar es, pues, preciso que no nos figuremos con facilidad las personalidades ajenas, sus dolores y alegrías. Quien simpatiza, se para. El hombre de acción considera el mundo exterior como compuesto exclusivamente de materia inerte –o inerte en sí mismo, como una piedra sobre la que pasa o que aparta del camino; o inerte como un ser humano que, porque no lo puede resistir, tanto da que sea hombre o piedra, pues, como la piedra, o se apartó o pasó por encima.

El ejemplo máximo del hombre práctico, porque combina la extrema concentración de la acción con su extrema importancia, es el del estratega. Toda la vida es guerra, y la batalla es, pues, la síntesis de la vida. Pero el estratega es un hombre que juega con vidas como el jugador de ajedrez con piezas del juego. ¿Qué sería del estratega si pensase que cada lance de su juego pone noche en mil hogares y pena en tres mil corazones?

¿Qué sería del mundo si fuésemos humanos? Si el hombre sintiese de veras, no habría civilización. El arte sirve de fuga para la sensibilidad que la acción tuvo que olvidar. El arte es la Cenicienta, que se quedó en casa porque tenía que ser.

Se conoce a un hombre de acción por no estar nunca mal dispuesto. Quien trabaja pero está de mal humor es un subsidiario de la acción; puede ser en la vida, en la gran generalidad de la vida, un contable, como yo lo soy en su particularidad. Lo que no puede ser es regente de cosas ni de hombres. La regencia pertenece a la insensibilidad. Gobierna quien es alegre porque para ser triste hay que sentir.

El jefe Vasques hizo hoy un negocio en el que arruinó a un individuo enfermo y a su familia. Al hacer el negocio olvidó por completo que ese individuo existía, excepto como parte contraria comercial. Hecho el negocio, le vino la sensibilidad. Sólo después, está claro, pues si viniese antes, el negocio nunca se haría. «Me da pena el tipo», me dijo. «Se va a quedar en la miseria». Después, encendiendo el puro, añadió: «En todo caso, si necesitase algo de mí» –se entiende, alguna limosna– «yo no olvido que le debo un buen negocio y unas decenas de miles».

El jefe Vasques no es un bandido: es un hombre de acción. El que perdió el lance en este juego puede, de hecho, porque el jefe Vasques es un hombre generoso, contar con su limosna en el futuro.

Como el jefe Vasques son todos los hombres de acción –líderes industriales y comerciales, políticos, hombres de guerra, idealistas religiosos y sociales, grandes poetas y grandes artistas, mujeres hermosas, niños que hacen lo que quieren. Manda quien no siente. Vence quien piensa sólo lo que precisa para vencer. El resto, que es la vaga humanidad general, amorfa, sensible, imaginativa y frágil, y no más que el telón de fondo contra el cual se destacan estas figuras hasta que la obra de marionetas acabe, el fondo liso de casillas sobre el que se yerguen las piezas de ajedrez hasta que las guarde el Gran Jugador que, falseando la doble personalidad, juega, entreteniéndose, siempre contra sí mismo.

## 39.

Nadie definió aún, con lenguaje con el que comprenda quien no lo haya experimentado, qué es tedio. A lo que algunos llaman tedio no es más que aburrimiento; a lo que lo llaman otros no es más que malestar; hay otros, también, que llaman tedio al cansancio. Pero el tedio, aunque partícipe del cansancio, y del malestar, y del aburrimiento, participa de ellos como el agua participa del hidrógeno y el oxígeno de los que se compone. Los incluye sin parecerse a ellos.

Si unos dan así al tedio un sentido restringido e incompleto, uno u otro le presta un significado que en cierto modo lo trasciende –como cuando se llama tedio al disgusto íntimo y espiritual de la variedad e incertidumbre del mundo.

Lo que hace abrir la boca, que es el aburrimiento; lo que hace cambiar de posición, que es el malestar; lo que hace no poder moverse, que es el cansancio –ninguna de estas cosas es el tedio; pero tampoco lo es el sentimiento profundo de la vacuidad de las cosas, por el cual la aspiración frustrada se libera, el ansia desilusionada se alza, y se forma en el alma la semilla de la que nace el místico o el santo.

El tedio es, sí, el aburrimiento del mundo, el malestar de estar viviendo, el cansancio de haber vivido; el tedio es, en realidad, la sensación carnal de la vacuidad amplia de las cosas. Pero el tedio es, más que esto, el aburrimiento de otros mundos, existan o no; el malestar de tener que vivir, aun siendo otro, aun de otra manera, aun en otro mundo; el cansancio, no sólo de ayer y de hoy, sino también de mañana, de la eternidad, si la hubiera, y de la nada, si es ella la eternidad. Ni es solo el vacío de las cosas y de los seres lo que duele en el alma cuando tiene tedio: es también el vacío de otra cosa cualquiera, que no las cosas y los seres, el vacío del alma misma que siente el vacío, que se siente vacía, y que en ella consigo mismo se enoja y se repudia.

El tedio es la sensación física del caos, y de que el caos es todo. El aburrido, el que siente malestar, el cansado se sienten presos en una celda estrecha. El que está a disgusto por la estrechez de la vida se siente encadenado en una celda grande. Pero el que tiene tedio se siente preso en libertad frustrada en una celda infinita. Sobre el que se aburre, o tiene malestar, o fatiga, pueden desmoronarse las paredes de la celda y enterrarlo. Al que se disgusta de la pequeñez del mundo, se le pueden caer los grilletes, y él huir, o dolerse de no podérselos quitar, y él, sintiendo el dolor, revivirse sin disgusto. Pero las paredes de la celda infinita no nos pueden enterrar, porque no existen; ni siquiera nos pueden hacer vivir el dolor de los grilletes que nadie nos puso.

Y esto es lo que siento ante la belleza plácida de esta tarde que finaliza imperecederamente. Miro el cielo alto y claro, donde cosas vagas, rosadas, como sombras de nubes, son una pelusa impalpable de una vida alada y lejana. Bajo los ojos al río, donde el agua, no más que levemente trémula, es de un azul que parece espejado de un cielo más profundo. Alzo de nuevo los ojos al cielo, y hay ya, entre lo que vagamente coloreado se deshilacha sin harapos en el aire invisible, un tono algenado de blanco opaco, como si alguna cosa también de las cosas, donde son más altas y frustrantes, tuviese un tedio material propio, una imposibilidad de ser lo que es, un cuerpo imponderable de angustia y desolación.

¿Pero qué? ¿Qué hay en el aire alto más que el aire alto, que no es nada? ¿Qué hay en el cielo más que un color que no es suyo? ¿Qué hay en estos harapos de menos que nubes, de los que ya dudo, más que unos reflejos de luz materialmente incidentes de un sol ya sumiso? ¿Qué hay en todo esto sino yo? Ah, pero el tedio es eso, es sólo eso. ¡Es que en todo esto –cielo, tierra, mundo– lo que hay en todo esto no es otra cosa que yo!

### 40.

Llegué a ese punto en que el tedio es una persona, la ficción encarnada de mi convivencia conmigo.

### 41.

No sé por qué –lo noto súbitamente– estoy solo en la oficina. Ya, indefinidamente, lo había presentido. Había en algún aspecto de mi conciencia de mí una amplitud de alivio, un respirar más profundo de pulmones diversos.

Es esta una de las más curiosas sensaciones que nos puede ser dada por el azar de los encuentros y las faltas: la de estar solo en una casa ordinariamente llena, ruidosa o ajena. Tenemos, de repente, una sensación de posesión absoluta, de dominio fácil y amplio, de amplitud –como dije– de alivio y sosiego.

¡Qué bueno es estar solo largamente! ¡Poder hablar en alto con nosotros mismos, pasear sin estorbo de vistas, descansar hacia atrás en una ensoñación sin que nos llamen! Cada casa se convierte en un campo, cada habitación en una granja.

Todos los ruidos son ajenos, como si pertenecieran a un universo próximo pero independiente. Somos, finalmente, reyes. A eso todos aspiramos, al fin y al cabo, y los más plebeyos de nosotros –quién sabe– con más vigor que los de más oro falso. Por un momento somos pensionistas del universo, y vivimos, con la regularidad del sueldo dado, sin necesidad ni preocupaciones.

Ah, pero reconozco, en ese paso en la escalera, subiendo hasta mí no sé qué, el alguien que va a interrumpir mi soledad. Será invadido por los bárbaros mi imperio implícito. No es que el paso me diga quién viene, ni que me recuerde el paso de este o de aquel que yo conozca. Hay un instinto más sordo en el alma que me hace saber que hacia mí viene el que sube, por ahora sólo pasos, en la escalera que súbitamente veo, porque pienso en él que la sube. Sí, es uno de los criados. Se detiene, se oye la puerta, entra. Lo veo entero. Y me dice, al entrar: «¿Solo, señor Soares?». Y yo respondo: «Sí, hace tiempo ya...». Y él entonces dice, desprendiéndose de la chaqueta con la mirada en la otra, la vieja, en el perchero: «Una gran faena estar aquí solo, señor Soares, y además...». «Gran faena, no hay duda», respondo yo. «Hasta dan ganas de dormir», dice él, ya con la chaqueta rota, y encaminándose al escritorio. «Sí que dan», confirmo, sonriente. Después, alargando la mano hacia el bolígrafo olvidado, vuelvo a entrar, gráfico, en la salud anónima de la vida normal.

## 42.

... la lluvia caía aún triste, pero más suave, como en un cansancio universal; no había relámpagos, y sólo, de vez en cuando, con el sonido de estar ya lejos, un breve trueno rezongaba ásperamente, y a veces como que se interrumpía, cansado también. Como que súbitamente, la lluvia se ablandó aún más. Uno de los empleados abrió las ventanas a la Rua dos Douradores. Un aire fresco, con restos muertos de calor, se insinuó en la sala grande. La voz del jefe Vasques sonó alta por el teléfono de la oficina: «Bueno, ¿sigues hablando?». Y hubo un sonido de habla seca y aparte –comentario, obsceno (se adivina), a la chica lejana.

## 43.

Saber no tener ilusiones es absolutamente necesario para tener sueños.

Alcanzarás así el punto supremo de la abstención soñadora, donde los sentidos se mezclan, los sentimientos se desbordan, las ideas se interpenetran.

Del mismo modo que los colores y los sonidos saben unos a otros, los odios saben a amores, los vigores a tedios, las cosas concretas a abstractas, y las abstractas a concretas.

Se rompen los lazos que, al mismo tiempo que unían todo, separaban todo, aislando cada elemento. Todo se funde y confunde.

## 44.

Ficciones del interludio, cubriendo coloridamente el marasmo y desidia de nuestra íntima incredulidad.

## 45.

Del resto, yo no sueño, yo no vivo. Sueño la vida real. Todas las naves son naves de sueño, después de que esté en nosotros el poder de soñarlas. Lo que mata al soñador es no vivir cuando sueña; lo que hiere al agente es no soñar cuando vive. Yo fundí en un color pleno de felicidad la belleza del sueño y la realidad de la vida.

Por más que poseamos un sueño, nunca se posee un sueño tanto como se posee el pañuelo que se tiene en el bolsillo, o, si quisiéramos, como se posee nuestra propia carne. Por más que se viva la vida en plena y desvariada y turbulenta acción, nunca desaparecen el // del contacto con los otros, el tropezar en obstáculos, aunque mínimos, el sentir el tiempo discurrir.

Matar el sueño es matarnos. Es mutilar nuestra alma. El sueño es lo que tenemos de verdaderamente nuestro, impenetrable e inexpugnablemente nuestro.

El Universo, la Vida –sea eso real o una ilusión– es de todos, todos pueden ver lo que yo veo, y poseer lo que yo poseo –o, por lo menos, puede concebirse viéndolo y poseyendo, y eso es //.

Pero lo que yo sueño nadie lo puede ver más que yo, nadie poseer que no sea yo. Y del mundo exterior si mi visión difiere de cómo otros lo ven, eso viene de lo que de mi sueño yo pongo en verlo, sin querer, de lo que de mi sueño se pega a mis ojos y oídos.

## 46.

Considerar nuestra mayor angustia como un incidente sin importancia, no sólo en la vida del universo, sino en la de nuestra propia alma, es el principio de la sabiduría. Considerar esto en pleno medio de esa angustia es la sabiduría entera. En el momento en que sufrimos, parece que el dolor humano es infinito. Pero ni el dolor humano es infinito, porque nada hay humano de infinito, ni nuestro dolor vale más que ser un dolor que tenemos.

Cuántas veces, bajo el peso de un tedio que parece ser locura, o de una angustia que parece pasar más allá, paro, dudoso, antes de rebelarme, vacilo, parando, antes de que me divinice. Dolor de no saber lo que es el misterio del mundo, dolor de que no nos amen, dolor de ser injustos con nosotros, dolor de pesar la vida sobre nosotros, sofocando y prendiendo, dolor de dientes, dolor de zapatos apretados –¿quién puede decir cuál es mayor para él, y menos aún para los demás, o en la generalidad de los que existen?

Para algunos que me hablan y me oyen, soy un insensible. Soy, no obstante, más sensible –creo– que la inmensa mayoría de los hombres. Lo que soy, no obstante, es un sensible que se conoce, y que, por tanto, conoce la sensibilidad.

Ah, no es cierto que la vida sea dolorosa, o que sea doloroso pensar en la vida. Lo que es verdad es que nuestro dolor sólo es serio y grave cuando lo fingimos así. Si somos naturales, pasará así como vino, se desvanecerá así como creció. Todo es nada, y nuestro dolor también.

Escribo esto bajo la opresión de un tedio que no parece caber en mí, ni precisar de más que de mi alma para tener donde estar; de una opresión de todos y de todo lo que me estrangula y desvaría; de una sensación física de incomprensión ajena que me perturba y aplasta. Pero levanto la cabeza hacia el cielo azul ajeno, expongo la cara al viento inconscientemente fresco, bajo los párpados después de haber visto, olvido la cara después de haber sentido. No mejoro, pero soy diferente. Verme me libera de mí. Casi sonrío, no porque me comprenda, sino porque, habiéndome convertido en otro, dejé de poder comprenderme. En lo alto del cielo, como una nada visible, una nube pequeñísima es un olvido blanco del universo entero.

## 47.

De tan suave y aérea, la hora era un altar para orar. Por cierto que en el horóscopo de nuestro encuentro benéficos conjuntos culminaban. Tal era, tan sedosa y tan sutil, la materia incierta de sueño visto que se entrometía en nuestra conciencia de sentir. Había cesado por completo, como un verano cualquiera, nuestra noción ácida de que no vale la pena vivir. Aquella primavera que, aunque por error, podíamos pensar que hubiésemos tenido. En el desprestigio de nuestras semejanzas los estanques se lamentaban de la misma manera, entre árboles, y las rosas en los parterres descubiertos, y la melodía indefinida de vivir... todo irresponsablemente.

No vale la pena presentir ni conocer. Todo el futuro es una niebla que nos cerca y mañana sabe a hoy cuando se entrevé. Mis destinos son los payasos que la caravana abandonó, y esto sin mejor luz que la luna de los caminos, ni otros estremecimientos en las hojas que la brisa, y la incertidumbre de la hora y nuestro juzgar allí estremecimientos. Púrpuras distantes, sombras fugitivas, el sueño siempre incompleto y no creyendo que la muerte lo complete, rayos de sol mortecino, la lámpara de la casa en la ladera, la noche angustiosa, el perfume a muerte entre libros sólo, con la vida allá fuera, árboles que huelen a verdes en la inmensa noche más estrellada del otro lado del monte. Así tus amarguras tuvieron su compañía benigna; tus pocas palabras consagraron regiamente el embarque, ninguna nave volvió nunca, ni las verdaderas, y el humo de vivir desvistió los contornos de todo, dejando sólo las sombras, y los engastes, penas de las aguas en los lagos aciagos entre bojes por portones (a la vista desde lejos), Watteau, la angustia, y nunca más. Milenios, sólo los que vengan, pero el camino no tiene curva, así que nunca podrás llegar. Copas sólo para las cicutas inevitables –no las tuyas, sino la vida de todos, e incluso los faroles, los escondrijos, las alas vagas, oídas sólo, y con el pensamiento, en la noche inquieta, sofocada, que minuto a minuto se alza de sí y avanza afuera de su angustia. ¡Amarillo, verde-negro, azul-amor –todo muerto, mi señora, todos muertos, y todos los navíos aquel navío sin partir! Reza por mí, y tal vez Dios exista por ser por mí que rezas. Bajito, la fuente lejos, la vida incierta, el humo acabando en la aldea donde ya anochece, la memoria turbia, el río alejado... Dame que yo duerma, dame que yo olvide, señora de los Designios Inciertos, Madre de las Caricias y de las Bendiciones irreconciliables con existir...

## 48.

*Mis sueños:* como me creo *amigos* en el sueño, ando con ellos. Su imperfección es otra.

Ser puro, no para ser noble, o para ser fuerte, sino para ser uno mismo. Quien da amor, pierde amor.

Abdicar de la vida para no abdicar de sí mismo.

La mujer –una buena fuente de sueños. Nunca la toques.

Aprende a desligar las ideas de voluptuosidad y de placer. Aprende a gozar en todo, no lo que él es, sino las ideas y sueños que provoca. (Porque nada es lo que es, y los sueños son siempre sueños). Para ello, necesitas no tocar nada. Si lo tocas, tu sueño morirá, el objeto tocado ocupará tu sensación.

Ver y oír son las únicas cosas nobles que contiene la vida. Los otros sentidos son plebeyos y carnales. La única aristocracia es no tocar nunca. No aproximarse –he ahí lo que es hidalgo.

### 49.

Todo se me volvió insoportable, excepto la vida. La oficina, la casa, las calles –incluso lo contrario, si lo tuviese– me abruma y me oprime; sólo el conjunto me alivia. Sí, algo de todo esto basta para consolarme. Un rayo de sol que entra eternamente en la oficina muerta; un pregón lanzado que sube rápido hasta la ventana de mi habitación; la existencia de gente; el que haya clima y cambio de tiempo; la espantosa objetividad del mundo...

El rayo de sol entró de repente en mí, que de repente lo vi... Así era, no obstante, un rayo de luz muy agudo, casi incoloro que cortaba a cuchillo desnudo el suelo negro y maderoso, avivando, en torno a donde pasaba, los pliegos viejos, y los surcos entre las tablas, negras pautas del no-blanco.

Minutos seguidos seguí el efecto insensible de la penetración del sol en la oficina silenciosa... ¡Ocupaciones carcelarias! Sólo los enclaustrados ven el sol moverse así, como quien mira a las hormigas.

### 50.

Dicen que el tedio es una dolencia de inertes, o que ataca sólo a los que no tienen nada que hacer. Esa molestia del alma es más sutil: ataca a los que tienen disposición para ella, y perdona menos a los que trabajan, o fingen que trabajan (lo que para el caso es lo mismo) que a los inertes de verdad.

Nada hay peor que el contraste entre el esplendor natural de la vida interna, con sus Indias naturales y sus países desconocidos, y la sordidez, aunque en verdad no sea sórdida, de la cotidianidad de la vida. El tedio pesa más cuando no tiene la excusa de la inercia. El tedio de los grandes esforzados es el peor de todos.

No es el tedio la enfermedad del aburrimiento de no tener nada que hacer, sino la enfermedad mayor de sentir que no vale la pena hacer nada. Y, siendo así, cuanto más hay que hacer, más tedio hay que sentir.

¡Cuántas veces me levanto del libro donde estoy escribiendo lo que trabajo con la cabeza vacía de todo el mundo! Más me valdría estar inerte, sin hacer nada, sin tener que hacer nada, porque ese tedio, aunque real, al menos lo gozaría. En mi tedio presente no hay reposo, ni nobleza, ni bienestar en que haya malestar: hay un apagamiento enorme de todos los gestos realizados, no un cansancio virtual de los gestos por no hacer.

*51.*

### Omar Khayyam (I)

El tedio de Khayyam no es el tedio de quien no sabe lo que hace, porque en verdad nada puede o sabe hacer. Ese es el tedio de los que nacieron muertos, o de los que legítimamente se orientan hacia la morfina o la cocaína. Es más profundo y más noble el tedio del sabio persa. Es el tedio de quien pensó claramente y vio que todo era oscuro; de quien midió todas las religiones y todas las filosofías y después dijo, como Salomón: «Vi que todo era vanidad y aflicciones del ánimo», o como, al despedirse del poder y del mundo, otro rey, que era emperador, en él, Septimio Severo: *Omnia fui, nihil expedit.* «Fui todo; nada vale la pena».

La vida, decía Tarde, es la búsqueda de lo imposible a través de lo inútil; así lo diría, si lo hubiera dicho, Omar Khayyam.

De ahí la insistencia del persa en el uso del vino. ¡Bebe! ¡Bebe! Es toda su filosofía práctica. No es el beber de la alegría, que bebe porque es más alegre, porque es más él mismo. No es la bebida de la desesperación, que bebe para olvidar, para ser menos él mismo. Al vino le junta la alegría la acción y el amor; y hay que fijarse en que no hay en Khayyam nota alguna de energía, ninguna frase de amor. Aquella Sàki, cuya figura grácil surge entrevista (pero surge poco) en los *rubaiyat,* no es más que la «muchacha que sirve el vino». El poeta está agradecido a su esbeltez como lo estaba a la esbeltez del ánfora, donde se contenía el vino.

La alegría habla, del vino, como el Deán Aldrich:

> *La gente tiene, a mi ver,*
> *cinco razones para beber:*
> *un brindis, un amigo, o si no*
> *sed, o posiblemente tenerla,*
> *o cualquier otra razón.*

La filosofía práctica de Khayyam se reduce pues a un epicureísmo suave, desdibujado al mínimo del deseo de placer. Le basta ver rosas y beber vino. Una brisa leve, una conversación sin intención ni propósito, un chato de vino, flores, en eso, y en no más que eso, pone el sabio persa su máximo deseo. El amor agita y cansa, la acción dispersa y falla. Nadie sabe saber y pensar lo empaña todo. Más vale pues que dejemos de desear o de esperar, de tener la pretensión fútil de explicar el mundo, o el propósito necio de enmendarlo o gobernarlo. Todo es nada, o, como se dice en la Antología griega, «todo procede de la sinrazón», y es un griego, y por tanto un racional, quien lo dice.

## 52.

Permaneceremos indiferentes a la verdad o mentira de todas las religiones, de todas las filosofías, de todas las hipótesis inútilmente verificables que llamamos ciencias. Tampoco nos preocupará el destino de la llamada humanidad, ni lo que sufra o no sufra en su conjunto. Caridad, sí, para con el «prójimo», como en el Evangelio se dice, y no con el hombre, del que en él no se habla. Y todos, hasta cierto punto, así somos: ¿cuánto nos pesa, al mejor de nosotros, una masacre en China? Más nos duele, a lo que en nosotros más pueda imaginar, la bofetada injusta que vimos dar en la calle a un niño.

Caridad para con todos, intimidad con ninguno. Así interpreta FitzGerald, en un pasaje de una nota suya, algo de la ética de Khayyam.

Recomienda el Evangelio el amor al prójimo: no dice el amor al hombre o a la humanidad, que verdaderamente nadie puede curar.

Se preguntará tal vez si hago mía la filosofía de Khayyam, como aquí, creo que con justicia, reescribo e interpreto. Responderé que no sé. Hay días en que esa me parece la mejor, y hasta la única, de todas las filosofías prácticas. Hay otros días en que me parece nula, muerta, inútil, como una copa vacía. No me conozco, porque pienso. No sé pues lo que verdaderamente pienso. No sería así si tuviese fe, pero tampoco sería así si estuviese loco. En verdad, si fuese otro sería otro.

Más allá de estas cosas del mundo profano, hay, es cierto, las lecciones secretas de las órdenes iniciáticas, los misterios declarados, cuando secretos, o velados, cuando los figuran ritos públicos. Hay lo que está oculto o medio oculto en los grandes ritos católicos, sea en el Ritual de María en la Iglesia Romana, sea la Ceremonia del Espíritu en la Francmasonería.

Pero, ¿quién nos dice, al final, que el iniciado, cuando morador de los pasadizos de los misterios, no es más que una avara presa de una nueva cara de la ilusión? ¿Qué es la certeza que tiene, si más firme que él la tiene un loco en lo que para él es locura? Decía Spencer que lo que sabemos es una esfera que, cuanto más se ensancha, en tantos más puntos tiene contacto con lo que no sabemos. Tampoco olvido, en este capítulo de lo que las iniciaciones pueden aportar, las terribles palabras de un Maestro de Magia. «Ya vi a Isis», dice, «ya rocé a Isis: pero no sé si ella existe».

### 53.

## Omar Khayyam (II)

Omar tenía una personalidad; yo, feliz o infelizmente, no tengo ninguna. De lo que soy una hora en la hora siguiente me separo; de lo que fui un día, al día siguiente me olvidé.

Quien, como Omar, es quien es, vive en un solo mundo, que es el externo; quien, como yo, no es quien es, vive no sólo en el mundo externo, sino en un sucesivo y diverso mundo interno. Su filosofía, aunque quiera ser la misma que la de Omar, forzosamente no lo podrá ser. Así, sin que de verdad lo quiera, tengo en mí, como si fuesen almas, las filosofías que critiqué; Omar podía rechazarlas todas, pues eran externas a él; yo no las puedo rechazar, porque son yo.

### 54.

Hay penas íntimas que no sabemos distinguir, por lo que contienen de sutil y de infiltrado, si son del alma o del cuerpo, si son el malestar de estar sintiendo la futilidad de la vida, si son la mala disposición que viene de cualquier abismo orgánico: estómago, hígado o cerebro. ¡Cuántas veces se me nubla la conciencia vulgar de mí mismo, en un sedimento torvo de estancamiento inquieto! ¡Cuántas veces me duele existir, en una náusea hasta tal punto incierta que no sé distinguir si es tedio, o presagio de vómito! Cuántas veces...

Mi alma está hoy triste hasta el cuerpo. Todo yo me duelo, memoria, ojos y brazos. Hay una especie de reumatismo en todo lo que soy. No me influye en el ser la claridad límpida del día, cielo de gran azul puro, marea alta de luz difusa. No me ablanda nada el leve soplo fresco, otoñal como si el verano no olvidase, con el que el aire tiene personalidad. Nada me resulta nada. Estoy triste, pero no con una tristeza definida, ni siquiera con una tristeza indefinida. Estoy triste ahí fuera, en la calle sembrada de cajas desperdigadas.

Estas expresiones no traducen exactamente lo que siento porque sin duda nada puede traducir exactamente lo que alguien siente. Pero de algún modo intento dar la impresión de lo que siento, mezcla de varias especies de mí y de la calle ajena, que, porque la veo, también, de un modo íntimo que no sé analizar, me pertenece, es parte de mí.

Quisiera vivir distinto en países lejanos. Quisiera morir otro entre banderas desconocidas. Quisiera ser aclamado emperador en otras eras, mejores hoy porque no son de hoy, vistas en vislumbre y colorido, inéditas a esfinges. Quisiera todo cuanto puede tornar ridículo lo que soy, porque hace ridículo lo que soy. Quisiera, quisiera... Pero está siempre el sol cuando el sol brilla y la noche cuando la noche llega. Hay siempre la pena cuando la pena nos duele y el sueño cuando el sueño nos arrulla. Hay siempre lo que hay, y nunca lo que debería haber, no por ser mejor o por ser peor, sino por ser otro. Hay siempre...

En la calle llena de cajas, van los mozos de carga limpiando la calle. Uno a uno, con risas y dichos, ponen las cajas en los carros. Desde lo alto de mi ventana de la oficina yo los voy viendo, con ojos tardíos en que los párpados están durmiendo. Y algo sutil, incomprensible, une lo que siento a los encargos que estoy viendo hacer, alguna sensación desconocida hace caja de todo mi tedio, o angustia, o náusea, y lo sube, a hombros de quien bromea alto, a un carro que no está aquí. Y la luz del día, serena como siempre, luce oblicuamente, porque la calle es estrecha, sobre donde se están levantando las cajas –no sobre las cajas– que están en la sombra, sino sobre el ángulo allá al final donde los mozos de carga están haciendo no hacer nada, indeterminadamente.

## 55.

Cuanto más alta la sensibilidad, y más sutil la capacidad de sentir, más absurdamente vibra y se estremece ante las cosas pequeñas. Es precisa una prodigiosa inteligencia para tener angustia ante un día oscuro. La humanidad, que es poco sensible, no se angustia por el tiempo, porque siempre hay tiempo. No siente la lluvia más que cuando le cae encima.

El día, opaco y blando escalda húmedamente. Solo en la oficina, paso revista a mi vida, y lo que veo en ella es como el día que me oprime y me aflige. Me veo niño contento de nada, adolescente aspirando a todo, viril sin alegría ni aspiración. Y todo esto pasó en la blandura y la opacidad, como el día que me lo hace ver o recordar.

¿Quién de nosotros puede, volviéndose en el camino donde no hay regreso, decir que lo siguió como lo debía haber seguido?

## 56.

La fe es el instinto de la acción.

## 57.

Sabiendo cómo las cosas más pequeñas tienen con facilidad el arte de torturarme, a propósito esquivo el toque de las cosas más pequeñas. Quien, como yo, sufre porque una nube pasa delante del sol, ¿cómo no va a sufrir en la oscuridad del día siempre nublado de su vida?

Mi aislamiento no es una búsqueda de la felicidad, que no tengo alma para conseguir; ni de tranquilidad, que nadie obtiene más que cuando nunca la perdió –sino de sueño, de apagamiento, de renuncia pequeña.

Las cuatro paredes de mi cuarto pobre son, al mismo tiempo, celda y distancia, cama y ataúd.

Mis horas más felices son aquellas en que no pienso nada, no quiero nada, no sueño siquiera, perdido en un torpor de vegetal errado, de mero musgo que creciese en la superficie de la vida. Disfruto sin amargura la conciencia absurda de no ser nada, el antesabor de la muerte y el apagamiento.

Nunca tuve a nadie a quien pudiera llamar «Maestro». No murió por mí ningún Cristo. Ningún Buda me indicó un camino. En lo alto de mis sueños ningún Apolo o Atenea se me apareció, para iluminarme el alma.

## 58.

Pero la exclusión, que me impuse, de los fines y de los movimientos de la vida; la ruptura, que busqué, de mi contacto con las cosas –me condujo precisamente a aquello de lo que yo procuraba huir.

No quería sentir la vida, ni tocar las cosas, sabiendo, por la experiencia de mi temperamento contaminado por el mundo, que la sensación de la vida era siempre dolorosa para mí. Pero al evitar ese contacto, me aislé, y, aislándome, exacerbé mi sensibilidad ya excesiva. Si fuese posible cortar de todo el contacto con las cosas, bien le iría a mi sensibilidad. Pero ese aislamiento total no puede realizarse. Por poco que haga, respiro; por poco que actúe, me muevo. Y así, consiguiendo exacerbar mi sensibilidad por el aislamiento, conseguí que los hechos mínimos, que antes no me harían nada, me hiriesen como catástrofes. Erré el método de fuga. Hui, por un rodeo incómodo, al mismo lugar donde estaba, con el cansancio del viaje sobre el horror de vivir allí.

Nunca contemplé el suicidio como una solución, porque yo odio la vida por amor a ella. Me llevó tiempo convencerme de este lamentable equívoco en que vivo conmigo. Convencido de él, me quedé a disgusto, lo cual siempre me pasa cuando me convenzo de algo, porque el convencimiento es en mí siempre la pérdida de una ilusión.

Maté la voluntad de analizarla. ¡Quién me devolviera a la infancia antes del análisis, antes aun de la voluntad!

En mis parques, sueño muerto, la somnolencia de los estanques al sol alto, cuando los rumores de los insectos gimen en la hora y me pesa vivir, no como una pena, sino como un dolor físico por concluir.

Palacios muy lejos, parques absortos, la estrechez de las callejuelas a lo lejos, la gracia muerta de los bancos de piedra a los que se fueron –pompas muertas, gracia deshecha, oropel perdido. Mi anhelo que olvido, quién me diera recuperar la pena con que te soñé.

## 59.

Sosiego al fin. Todo cuanto fue huella y desperdicio se me hunde en el alma como si nunca fuera. Estoy solo y tranquilo. La hora que paso es como aquella en que me convierto a una religión. Pero nada me atrae hacia arriba, aunque nada ya me atrae hacia abajo. Me siento libre, como si dejase de existir, conservando la conciencia de eso.

Sosiego, sí, sosiego. Una gran calma, suave como una inutilidad, desciende en mí hasta el fondo de mi ser. Las páginas leídas, los deberes cumplidos, los pasos y los acasos de vivir –todo eso se convirtió en una vaga penumbra, en un halo mal visible, que envuelve algo tranquilo que no sé lo que es. El esfuerzo, en que puse, una y otra vez, el olvido del alma; el pensamiento, en el que puse, una y otra vez, el olvido de la acción –ambos se vuelven hacia mí en una especie de ternura sin sentimiento, de compasión frustrada y vacía.

No es el día lento y suave, nublado y blando. No es el airecillo imperfecto, casi nada, poco más que el aire que ya se siente. No es el color anónimo del cielo aquí y allá azul, tenuemente. No. No, porque no siento. Veo sin intención ni remedio. Asisto atento a ningún espectáculo. No asisto a ningún espectáculo. No siento un alma, sino sosiego. Las cosas externas, nítidas y quietas, incluso las que se mueven, son para mí como para el Cristo sería el mundo, cuando, desde la altura de todo, Satanás lo tentó. No son nada, y comprendo que Cristo no se tentase. No son nada, y no comprendo cómo Satanás, viejo de tanta ciencia, pensase que con eso lo tentaría.

¡Corre leve, vida que no se siente, arroyo en silencio móvil bajo árboles olvidados! ¡Corre blanda, alma que no se conoce, murmullo que no se ve más allá de grandes ramas caídas! ¡Corre inútil, corre sin razón, conciencia que no es de nada, vago brillo a lo lejos, entre claros de hojas, que no se sabe de dónde viene ni adónde va! ¡Corre, corre, y déjame olvidar!

Vago soplo del que no oso vivir, murmullo frustrado de lo que no puedo sentir, murmullo inútil de lo que no quise pensar, vete lento, vete flojo, vete en torbellinos que tienes que tener y en pendientes que te dan, vete a la sombra o a la luz, hermano del mundo, vete a la gloria o al abismo, hijo del Caos y de la Noche, recordando aún, en cualquier rincón tuyo, que los Dioses vinieron después, y que los Dioses pasan también.

## 60.

Quien haya leído las páginas de este libro, que están antes de esta, se habrá sin duda formado la idea de que soy un soñador. Se habría engañado si se la formó. Para ser un soñador me falta el dinero.

Las grandes melancolías, las tristezas llenas de tedio, sólo pueden existir en un ambiente de comodidad y lujo sobrio. Por eso el Egeo de Poe, concentrado horas y horas en una absorción enfermiza, lo hace en un antiguo, ancestral, donde, más allá de las puertas del gran salón donde yace la vida, mayordomos invisibles administran la casa y la comida.

El gran sueño requiere ciertas circunstancias sociales. Un día que, enamorado de cierto movimiento rítmico y doloroso de lo que había escrito, recordé a Chateaubriand, no tardé en recordarme que yo no era vizconde, ni siquiera bretón. Otra vez que creí sentir, en el sentido de lo que había dicho, una semejanza con Rousseau, no tardó, también en ocurrírseme que, al no haber tenido el privilegio de ser noble y castellano, tampoco lo había tenido de ser suizo y vagabundo.

Pero, en fin, también hay universo en la Rua dos Douradores. También aquí Dios concede que no falte el enigma de vivir. Y por eso, si son pobres, como el paisaje de carretas y cajas, los sueños que logro extraer de entre las ruedas y las tablas, aun así son para mí lo que tengo, y lo que puedo tener.

En otro lugar, sin duda, es donde están los ocasos. Pero incluso desde este cuarto piso sobre la ciudad se puede pensar en el infinito. Un infinito con almacenes debajo, pero con estrellas al final... Es lo que se me ocurre, en este final de tarde, en la ventana alta, en la insatisfacción del burgués que no soy y la tristeza del poeta que nunca podré ser.

## 61.

Cuando el verano entra, entristezco. Parece que la luminosidad, aunque acre, de las horas estivales debiera acariciar a quien no sabe quién es. Pero no, a mí no me acaricia. Hay un contraste excesivo entre la vida externa que exubera y lo que siento y pienso, sin saber sentir ni pensar –el cadáver perennemente insepulto de mis sensaciones. Tengo la impresión de que vivo, en esta patria informe llamada el universo, bajo una tiranía política que, aunque no me oprima directamente, todavía ofende cualquier oculto principio de mi alma.

Y entonces desciende sobre mí, sordamente, lentamente, la saudade anticipada del exilio imposible.

Tengo principalmente sueño. No un sueño que trae latente, como todos los sueños, incluso los mórbidos, el privilegio físico del sosiego. No un sueño que, porque va a olvidar la vida, y tal vez traer sueños, trae en la bandeja con que nos llega al alma las ofrendas plácidas de una gran abdicación. No: este es un sueño que no consigue dormir, que pesa en los párpados sin cerrarlos, que junta en un gesto que se siente de estupidez y repulsa las comisuras sentidas de los labios decrecientes. Este un sueño como el que tortura inútilmente el cuerpo en los grandes insomnios del alma.

Sólo cuando viene la noche, de algún modo siento, no una alegría, sino un descanso que, porque otros descansos están contentos, se siente contento por analogía de los sentidos. Entonces el sueño pasa, la confusión del claroscuro mental que ese sueño había dado, se difumina, se aclara, casi se ilumina. Viene, un momento, la esperanza de otras cosas. Pero esa esperanza es breve. Lo que sobreviene es un tedio sin sueño ni esperanza, el mal despertar de quien no llegó a dormir. Y desde la ventana de mi habitación miro, pobre alma cansada de cuerpo, muchas estrellas; muchas estrellas, nada, la nada, pero muchas estrellas...

## 62.

El hombre no debe poder ver su propia cara. Eso es lo más terrible. La naturaleza le dio el don de no poder verla, así como de no poder mirar a los ojos propios.

Solo en el agua de ríos y lagos podía mirar su cara. Y la postura, incluso, que había de adoptar, era simbólica. Tenía que curvarse, bajarse para cometer la ignominia de verse.

El creador del espejo envenenó el alma humana.

## 63.

Me oyó leer mis versos –que en ese día leí bien, porque me distraje– y me dijo, con la simplicidad de una ley natural: «Usted, así, y con otra cara, sería un gran fascinador»... La palabra «cara», más que la referencia que contenía, me sacó de mí mismo por el cuello de desconocernos. Vi el espejo de mi habitación, mi pobre rostro de mendigo sin pobreza; y de repente el espejo de la Rua dos Douradores se abrió delante de mí como un nirvana de cartero.

La agudeza de mis sensaciones llega a ser una dolencia que me resulta ajena. La sufre otro de quien yo soy la parte doliente, porque verdaderamente siento como una dependencia de una mayor capacidad de sentir. Soy como un tejido especial, o hasta una célula, sobre la que pesa toda la responsabilidad de un organismo.

Si pienso, es porque divago; si sueño, es porque estoy despierto. Todo en mí se envuelve conmigo, y no tiene forma de saber cómo ser.

## 11. Ser-escribir

*Moverse es vivir, decirse es sobrevivir. No hay nada de real en la vida que no lo sea porque se describió bien.* (F. 75).

*64.*

**Letanía**

Nosotros nunca nos realizamos.
Somos dos abismos: un pozo escrutando el cielo.

*65.*

Envidio –pero no sé si envidio– a aquellos de quienes se puede escribir una biografía, o a aquellos que pueden escribir la propia. En estas impresiones sin nexo, en este deseo de nexo, narro indiferentemente mi autobiografía sin hechos, mi historia sin vida. Son mis Confesiones, y, si en ellas no digo nada, es que no tengo nada que decir.

¿Qué tiene nadie que confesar que valga o que sirva? Lo que nos sucedió, o sucedió a todo el mundo o sólo a nosotros; por un lado no es ninguna novedad, y por otro no se puede comprender. Si escribo lo que siento es porque así disminuyo la fiebre de sentir. Lo que confieso no tiene importancia, porque nada tiene importancia. Hago paisajes con lo que siento. Convierto en vacaciones las sensaciones. Comprendo bien a las bordadoras por pena y a las que tejen porque hay una vida. Mi vieja tía hacía solitarios durante el infinito posterior a la cena. Estas confesiones de sentir son mis solitarios. No las interpreto, como si usase cartas para saber el destino. No las ausculto, porque en los solitarios las cartas no tienen valor propiamente. Me desenrollo como una madeja multicolor, o hago conmigo mismo figuras de cordel, como las que se tejen en las manos abiertas y se pasan de unos niños a otros. Sólo me preocupo de que el pulgar no falle el lazo que le compete. Después giro la mano y la imagen sale diferente. Y vuelta a empezar.

Vivir es hacer punto con una intención de los otros. Pero, al hacerlo, el pensamiento es libre, y todos los príncipes encantados pueden pasear en sus parques entre zambullida y zambullida de la aguja de marfil con pico reverso. Croché de las cosas... Intervalo... Nada.

Por lo demás, ¿en qué puedo contar conmigo? Una horrible agudeza de las sensaciones, y la comprensión profunda de estar sintiendo... Una inteligencia afilada para destruirme, y un poder de sueño ávido de entretenerme... Una voluntad muerta y una reflexión que la acuna, como a un hijo vivo... Sí, croché...

## 66.

La miseria de mi condición no se ve importunada por estas palabras conjugadas, con las que formo, poco a poco, mi libro casual y meditado. Subsisto nulo en el fondo de toda la expresión, como un polvo indisoluble en el fondo de la copa en la que sólo se bebió agua. Escribo mi literatura como escribo mis asientos: con cuidado e indiferencia. Ante el vasto cielo estrellado y el enigma de muchas almas, la noche del abismo incógnito y el caos de no entenderse, ante todo esto lo que escribo en la caja auxiliar y lo que escribo en este papel del alma son cosas igualmente restringidas a la Rua dos Douradores, muy poco en los grandes espacios millonarios del universo.

Todo esto es sueño y fantasmagoría, y poco vale que el sueño sean asientos contables con prosa de buen porte. ¿De qué sirve soñar con princesas, más que soñar con la puerta de entrada a la oficina? Todo lo que sabemos es una impresión nuestra, y todo lo que somos una impresión ajena, aislada de nosotros, que al sentirnos, nos constituimos en nuestros propios espectadores activos, nuestros dioses con permiso del Ayuntamiento.

## 67.

Saber que será mala la obra que no se hará nunca. Peor, no obstante, será la que nunca se hizo. La que se hace, al menos, queda hecha. Será pobre pero existe, como la planta mezquina en el único tiesto de mi vecina contrahecha. Esa planta es una alegría para ella, y a veces también para mí. Lo que escribo, lo que reconozco como malo, puede también dar unos momentos de distracción de lo peor a un espíritu abatido o triste. Eso me basta, o no me basta, pero sirve de alguna manera, y así es toda la vida.

Un tedio que incluye la anticipación únicamente de más tedio; la pena, ya, de mañana sentir pena de haber sentido pena hoy: grandes enmarañamientos sin utilidad ni verdad, grandes enmarañamientos...

... donde, encogido en un banco de espera de la estación apeadero, mi desprecio duerme entre el gabán de mi desaliento...

... el mundo de imágenes soñadas del que se componen, por igual, mi conocimiento y mi vida...

En nada me pesa ni en mí dura el escrúpulo de la hora presente. Tengo hambre de la extensión del tiempo, y quiero ser yo sin condiciones.

## 68.

Conquisté, palmo a pequeño palmo, el terreno interior que nació mío. Reclamé, espacio a pequeño espacio, el pantano en el que me quedé nulo. Parí mi ser definitivo, pero me saqué con fórceps de mí mismo.

## 69.

Varias veces, en el transcurso de mi vida oprimida por circunstancias, me ha sucedido, cuando quiero liberarme de cualquier grupo de ellas, que me veo súbitamente cercado por otras del mismo orden, como si hubiese claramente una enemistad contra mí en la tela incierta de las cosas. Arranco de la garganta una mano que me sofoca. Veo que en la mano, con la que arranqué, me vino atado un lazo que me cayó en la garganta con el gesto de liberación. Aparto, con cuidado, el lazo, y con mis propias manos casi me estrangulo.

## 70.

Haya o no dioses, de ellos somos siervos.

## 71.

**Absurdo**

Tornarnos en esfinges, aunque falsas, hasta llegar al punto de ya no saber quiénes somos. Porque, por lo demás, nosotros lo que somos es esfinges falsas y no sabemos lo que somos realmente. El único modo de estar de acuerdo con la vida es estar en desacuerdo con nosotros mismos. Lo absurdo es lo divino.

Establecer teorías, pensándolas paciente y honestamente, sólo para después actuar contra ellas: levantarnos y justificar nuestras acciones con teorías que las condenan. Tallar un camino en la vida, y enseguida actuar contrariamente a seguir por ese camino. Tener todos los gestos y todas las actitudes de algo que ni somos ni pretendemos ser tomados como lo que somos.

Comprar libros para no leerlos; ir a conciertos para no oír la música ni para ver quién está allí; dar largos paseos por estar harto de andar e ir a pasar días al campo sólo porque aborrecemos el campo.

## 72.

Hoy, como si me oprimiese la sensación del cuerpo aquella angustia antigua que a veces rebosa, no he comido bien, ni bebido lo que acostumbro, en el restaurante, o en la casa de comidas, en cuya entreplanta baso la continuación de mi existencia. Y, como, al salir yo, el camarero comprobó que la botella de vino quedaba a la mitad, se volvió hacia mí y dijo: «Hasta luego, señor Soares, espero que se mejore».

Al toque de clarín de esta frase simple mi alma se alivió como si en un cielo de nubes el viento de repente se apartase. Y entonces reconocí lo que nunca había reconocido claramente, que en estos camareros de café y restaurante, en los barberos, en los mozos de los recados de las esquinas, hallo una simpatía espontánea, natural, que no me puedo enorgullecer de recibir de los que se relacionan conmigo en mayor intimidad, impropiamente dicha...

Unos gobiernan el mundo, otros son el mundo. Entre un millonario americano, un César o Napoleón, o Lenin, o el jefe socialista de la aldea: no hay diferencia de calidad, sino sólo de cantidad. Debajo de estos estamos nosotros, los amorfos, el dramaturgo desorganizado William Shakespeare, el maestro de escuela John Milton, el ocioso Dante Alighieri, el repartidor que me hizo ayer el recado, yo, el barbero que me cuenta anécdotas, el criado que me acaba de hacer el favor de desearme esa mejoría, por no haber bebido más que la mitad del vino.

## 73.

Hace mucho —no sé si hace días, si hace meses— que no registro ninguna impresión; no pienso, por tanto no existo. Me he olvidado de quién soy; no sé escribir porque no sé ser. Por un adormecimiento oblicuo, he sido otro. Saber que no me acuerdo es despertar.

Estuve desmayado un trozo de mi vida. Vuelvo en mí sin memoria de lo que he sido, y la de lo que fui sufre por haber sido interrumpida. Hay en mí una noción confusa de un intervalo incógnito, un esfuerzo fútil de parte de la memoria para querer encontrar a otra. No consigo reatarme. Si he vivido, me olvidé de saberlo.

No es que sea este primer día del otoño sensible —el primero de frío no fresco que viste el verano muerto de menos luz— que me dé, en una transparencia alienada, una sensación de plan muerto o de voluntad falsa.

No es que haya, en este interludio de cosas perdidas, un vestigio incierto de memoria inútil. Es, más dolorosamente que eso, un tedio de estar recordando lo que no se recuerda, un desaliento de lo que la conciencia perdió entre algas o juncos, a la orilla de no sé qué.

Sé que el día, límpido e inmóvil, tiene un cielo positivo y un azul menos claro que el azul profundo. Sé que el sol, vagamente menos de oro de lo que era, dora de reflejos húmedos las paredes y las ventanas. Sé que, no habiendo viento, o brisa que lo recuerde y niegue, duerme todavía una frescura despierta por la ciudad indefinida. Sé todo eso, sin pensar ni creer, y no tengo sueño salvo por recuerdo, ni añoranza salvo por desasosiego.

Convalezco, estéril y distante, de la enfermedad que no tuve. Me predispongo, ágil de despertar, a lo que no me atrevo. ¿Qué sueño no me dejó dormir? ¿Qué caricia no me quiso hablar? ¡Qué bueno ser otro con este sorbo frío de primavera fuerte! ¡Qué bueno poder al menos pensarlo, mejor que la vida, mientras, a lo lejos en la imagen recordada, los juncos, sin viento perceptible, se inclinan glaucos en el arroyo!

¡Cuántas veces, recordando quien no fui, me creo joven y olvido! Y eran distintos de lo que fueron los paisajes que no vi nunca; eran nuevos sin haber sido los paisajes que realmente vi. ¿Qué me importa? Acabé en acasos e intersticios, y, mientras lo fresco del día es el sol mismo, duermen fríos, en el ocaso que veo sin tener, los juncos oscuros del arroyo.

## 74.

Aunque quisiera crear, //.

El único arte verdadero es el de la *construcción*. Pero el *medio* moderno hace imposible la aparición de cualidades de construcción en el espíritu.

Por eso se desarrolló la ciencia. La única cosa en la que hay construcción, hoy, es una máquina; el único argumento en que hay un encadenamiento el de una demostración matemática.

El poder de crear precisa de punto de apoyo, la muleta de la realidad.

El arte es una ciencia...

Sufre rítmicamente.

No puedo leer, porque mi crítica hiperacentuada sólo desvela defectos, imperfecciones, posibilidades de mejora. No puedo soñar, porque siento el sueño tan vivamente que lo comparo con la realidad, de modo que siento luego que no es real, y así su valor desaparece. No puedo entretenerme en la contemplación inocente de las cosas y de los hombres, porque el ansia de profundizarla es inevitable, y, puesto que mi interés no puede existir sin ella, o morirá a manos de ella o se secará //.

No puedo entretenerme con la especulación metafísica porque sé de sobra, y por mí, que todos los sistemas son defendibles e intelectualmente posibles; y para gozar del arte intelectual de construir sistemas, me falta el poder olvidar que el fin de la especulación metafísica es la búsqueda de la verdad.

Sin pasado feliz en cuyo recuerdo torne a ser feliz; sin nada en el presente que me alegre o me interese, sin sueño o hipótesis de futuro que sea diferente de este presente o que puede tener otro pasado que este pasado, yazgo en mi vida, consciente espectro de un paraíso en el que nunca estuve, cadáver nacido de mis esperanzas de tener.

¡Felices los que sufren con unidad! Aquellos, a quienes la angustia altera pero no divide, quienes creen, aun en el descreimiento, y pueden sentarse al sol sin pensamiento reservado.

## 75.

La literatura, que es el arte casado con el pensamiento, es la realización sin la mácula de la realidad, me parece ser el fin hacia el que debería tender todo el esfuerzo humano, si fuese verdaderamente humano, y no una superfluidad de lo animal. Creo que decir una cosa es conservarle la virtud y sacarle el terror. Los campos son más verdes en el decirse que en su verdor. Las flores, si se describen con frases que las definan en el aire de la imaginación, tendrán los colores de una permanencia que la vida celular no permite.

Moverse es vivir, decirse es sobrevivir. No hay nada de real en la vida que no lo sea porque se describió bien. Los críticos de medio pelo suelen apuntar que tal poema, largamente rimado, no quiere, al final, decir sino que hace buen día. Pero decir que hace buen día es difícil, el buen día, él mismo, pasa. Tenemos pues que conservar el buen día en una memoria florida y prolija, y así constelar de nuevas flores o nuevos astros los campos o los cielos de la exterioridad vacía y pasajera.

Todo es lo que somos, y todo será, para los que nos sigan en la diversidad del tiempo, conforme nosotros intensamente lo hayamos imaginado, esto es, lo hubiésemos, con la imaginación metida en el cuerpo, verdaderamente sido. No creo que la historia sea más, en su gran panorama desvaído, que un transcurso de interpretaciones, un consenso confuso de testimonios distraídos. El novelista es todos nosotros, y narramos cuando vemos, porque ver es complejo como todo.

Tengo en este momento tantos pensamientos fundamentales, tantas cosas verdaderamente metafísicas que decir, que me canso de repente, y decido no escribir más, no pensar más, y dejar que la fiebre de decir me dé sueño, y yo haga fiestas con los ojos cerrados, como a un gato, a todo cuanto podría haber dicho.

## 76.

Un hálito de música o de sueño, cualquier cosa que haga casi sentir, cualquier cosa que haga no pensar.

## 77.

Reconozco, no sé si con tristeza, la sequedad humana de mi corazón. Vale más para mí un adjetivo que un llanto real del alma. Mi maestro Vieira //.

Pero a veces soy diferente, y tengo lágrimas, lágrimas de las calientes, de quienes no tienen ni tuvieron madre; y mis ojos que arden de esas lágrimas muertas arden dentro de mi corazón.

No me acuerdo de mi madre. Ella murió cuando yo tenía un año. Todo lo que hay de disperso y duro en mi sensibilidad viene de la ausencia de ese calor y de la saudade inútil de los besos de los que no me acuerdo. Soy postizo. Siempre desperté contra pechos ajenos, arropado por desvío.

¡Ay, es la saudade del otro que yo podría haber sido lo que me dispersa y sobresalta! ¿Qué otro sería yo si me hubiesen dado cariño que viene desde el vientre hasta los besos en la cara pequeña?

Es posible que la saudade de no ser hijo tenga una gran parte en mi indiferencia sentimental. Quien, en la niñez, me abrazó contra la cara no me podía abrazar contra el corazón. Esa estaba lejos, en un sepulcro —esa que me pertenecería, si el Destino hubiese querido que me perteneciese.

Me dijeron, más tarde, que mi madre era bonita, y dicen que cuando me lo dijeron, yo no dije nada. Ya era apto de cuerpo y alma, desentendido de emociones, y hablar aún no era una noticia de otras páginas difíciles de imaginar.

Mi padre, que vivía lejos, se mató cuando yo tenía tres años y nunca lo conocí. Todavía no sé por qué vivía lejos. Nunca me preocupé de saber. Recuerdo la noticia de su muerte como una gran seriedad en las primeras comidas después de saber. Miraban, recuerdo, de vez en cuando hacia mí. Y yo miraba hacia ellos, entendiendo estúpidamente. Después comía con más modales, pues quizás, sin yo ver, seguían mirando.

Soy todas estas cosas, aunque no lo quiera, en el fondo confuso de mi sensibilidad fatal.

78.

El reloj que está allá atrás, en la casa desierta, porque todos duermen, deja caer lentamente el cuádruple sonido claro de las cuatro horas de cuando es noche. No he dormido todavía, ni espero dormir. Sin que nada me detenga la atención, y así no duerma, o me pese en el cuerpo, y por eso no sosiegue, yazgo en la sombra, que el vago luar de las farolas de la calle torna todavía más desacompasada, el silencio amortecido de mi cuerpo extraño. Ni sé pensar, del sueño que tengo; ni sé sentir, del sueño que no consigo tener.

Todo a mi alrededor es el universo desnudo, abstracto, hecho de negaciones nocturnas. Me divido en cansado e inquieto, y llego a tocar con la sensación del cuerpo un conocimiento metafísico del misterio de las cosas. A veces se me ablanda el alma, y entonces los pormenores sin forma de la vida cotidiana flotan subiendo a la conciencia, y doy saltos sobre la superficie al son de no poder dormir. Otras veces, despierto desde dentro del medio-sueño en que me he estancado, e imágenes vagas, de un colorido poético e involuntario, dejan escurrir por mi desatención su espectáculo sin ruidos. No tengo los ojos cerrados por completo. Me orla la vista floja una luz que viene de lejos una luz que viene de lejos; son las farolas públicas encendidas allá abajo, en los confines abandonados de la calle.

¡Cesar, dormir, sustituir esta consciencia intervalada por mejores cosas melancólicas dichas en secreto a quien me desconociese! ¡Cesar, pasar fluido y litoral, flujo y reflujo de un mar vasto, en costas visibles en la noche en que verdaderamente se durmiese!... ¡Cesar, ser incógnito y externo, movimiento de ramas en alamedas apartadas, tenue caer de hojas, conocido por el sonido más que por la caída, mar alto fino de chorros alejados, y todo lo indefinido de los parques de noche, perdidos entre enmarañamientos continuos, laberintos naturales de las tinieblas!... Cesar, acabar finalmente, pero con una supervivencia trasladada, ser la página de un libro, la madeja de un cabello suelto, el oscilar de la trepadora al pie de la ventana entreabierta, los pasos sin importancia en la gravilla fina de la curva, el último humo alto de la aldea que se adormece, el olvido del látigo del cochero en el borde matutino del camino... El absurdo, la confusión, el apagamiento –todo lo que no fuese la vida...

Y duermo, a mi modo, sin sueño ni reposo, esta vida vegetativa de la suposición, y sobre mis párpados sin sosiego queda al pairo, como la espuma quieta de un mar sucio, el reflejo lejano de las farolas mudas de la calle.

Duermo y desduermo.

Al otro lado de mí, allá atrás de donde yazgo, el silencio de la casa toca en el infinito. Oigo caer el tiempo, gota a gota, y ninguna gota que cae se oye caer. Me oprime físicamente el corazón físico la memoria, reducida a nada, de todo cuanto fue o fui. Siento la cabeza materialmente colocada en la almohada donde la tengo haciendo valle. La piel de la funda tiene con mi piel un contacto de gente en la sombra. La propia oreja, sobre la cual me apoyo, se me graba matemáticamente contra el cerebro. Pestañeo de cansancio, y mis pestañas hacen un sonido pequeñísimo, inaudible, en la blancura sensible de la almohada erguida. Respiro, suspirando, y mi respiración acontece –no es mía. Sufro sin sentir ni pensar. El reloj de la casa, lugar cierto allí en medio del infinito, suena la media hora seca y nula. ¡Todo es tanto, todo es tan hondo, todo es tan negro y tan frío!

Paso tiempos, paso silencios, mundos sin forma pasan por mí.

Súbitamente, como el niño del Misterio, un gallo canta sin saber de la noche. Puedo dormir, porque es mañana en mí. Y siento mi boca sonreír, dislocando levemente los pliegues blandos de la funda que me prende el rostro. Puedo dejarme a la vida, puedo dormir, puedo ignorarme... Y, a través del sueño nuevo que me oscurece, o recuerdo el gallo que cantó, o es él, de verdad, que canta por segunda vez.

## 79.

### Sinfonía de una noche inquieta

Dormía todo como si el universo fuese un error; y el viento, fluctuando incierto, era una bandera sin forma desplegada sobre un cuartel sin ser. Nada se deshilachaba en el aire alto y fuerte, y las hojas de las ventanas sacudían los cristales para que la extremidad se oyese. En el fondo de todo, callada, la noche era el mausoleo de Dios (el alma sufría con pena de Dios).

Y, de repente –nuevo orden de las cosas universales actúa sobre la ciudad–, el viento silbaba en el intervalo del viento, y había una noción dormida de muchas agitaciones en la altura. Después la noche se cerraba como una escotilla, y un gran sosiego hacía voluntad de haber estado durmiendo.

## 80.

**Intervalo doloroso**

Cosa desechada a un lado, trapo caído en la carretera, mi ser innoble ante la vida se finge.

## 81.

Envidio a todas las personas el no ser yo. Como de todos los imposibles, ese siempre me pareció el mayor de todos, fue el que más se constituyó en mi ansia cotidiana, mi desesperación de todas las horas tristes.

Una racha débil de sol turbio me quemó en los ojos la sensación física de mirar. Un amarillo de calor se estancó en el verde oscuro de los árboles. El torpor //.

## 82.

De repente, como si un destino médico me hubiese operado de una ceguera antigua con grandes resultados repentinos, levanto la cabeza, de mi vida anónima, hacia el conocimiento claro de cómo existo. Y veo que todo lo que he hecho, todo lo que he pensado, todo lo que he sido, es una especie de engaño y de locura. Me maravillo de lo que conseguí no ver. Extraño cuanto fui y que veo que al final no soy.

Miro, como en una extensión al sol que rompe nubes, mi vida pasada; y noto, con un pasmo metafísico, cómo todos mis gestos más ciertos, mis ideas más claras y mis propósitos más lógicos, no fueron, al final, más que una borrachera nata, una locura natural, un gran desconocimiento. Ni siquiera he representado, me representaron. Fui, no el actor, sino sus gestos.

Todo lo que he hecho, pensado, sido, es una suma de subordinaciones, o a un ente falso que juzgué mío, porque actué de él para afuera, o a un peso de circunstancias que supuso ser el aire que respiraba. Soy, en este momento de ver, un solitario súbito, que se reconoce desterrado donde se encontró siempre ciudadano. En lo más íntimo de lo que pensé no fui yo.

Me viene, entonces, un terror sarcástico de la vida, un desaliento que sobrepasa los límites de mi individualidad consciente. Sé que fui error y descamino, que nunca viví, que existí solamente porque llené el tiempo con consciencia y pensamiento. Y mi sensación de mí es la de quien despierta después de un sueño lleno de sueños reales, o la de quien es liberado, por un terremoto, de la escasa luz de la cárcel a la que se habituó.

Me pesa, realmente me pesa, como una condena a conocer, esta noción repentina de mi individualidad verdadera, de esa en la que anduvo siempre viajando con somnolencia entre lo que siente y lo que ve.

Es tan difícil describir lo que se siente cuando se siente que realmente se existe, y que el alma es una entidad real, que no sé cuáles son las palabras humanas con las que las puedo definir. No sé si estoy con fiebre, como siento, si dejé de tener la fiebre de ser dormidor de la vida. Sí, repito, soy como un viajante que de repente se encuentra en una ciudad extraña, sin saber cómo llegó allí; y se me ocurren esos casos de los que pierden la memoria, y son otros durante mucho tiempo. Fui otro durante mucho tiempo –desde el nacimiento y la consciencia–, y ahora despierto en medio del puente, asomado al río, y sabiendo que existo más firmemente de lo que fui hasta aquí. Pero la ciudad me resulta una incógnita, las calles nuevas, el mal sin cura. Espero, pues, asomado desde el puente, que me pase la verdad, y yo me restablezca nulo y ficticio, inteligente y natural.

Fue un momento, y ya pasó. Ya veo los muebles que me cercan, los estampados del papel viejo de las paredes, el sol por las ventanas polvorientas. Vi la verdad de un momento. Fui un momento, con consciencia, lo que los grandes hombres son con la vida. ¿Con la vida? Les recuerdo los actos y las palabras, y no sé si no serían también tentados vencedoramente por el Demonio de la Realidad. No saber de uno mismo es vivir. Saber mal de uno mismo es pensar. Saber de uno, de repente, como en este momento lustral, es tener súbitamente la noción de la mónada íntima, de la palabra mágica del alma. Pero esa luz súbita lo quema todo, lo consume todo, nos deja desnudos ante nosotros mismos.

Fue sólo un momento, y me vi. Después ya no sé si quiero decir lo que fui. Y, por fin, tengo sueño, porque, no sé por qué, creo que el sentido es dormir.

## 83.

Me siento a veces tocado, no sé por qué, por un presagio de muerte. Sea una vaga dolencia, que no se materializa en dolor y por eso tiende a espiritualizarse en fin, o sea un cansancio que quiere un sueño tan profundo que el dormir no le basta –lo cierto es que siento como si, al final de un empeorar de enfermo, por fin alargase sin violencia ni saudade las manos débiles sobre la colcha sentida.

Considero entonces qué cosa es esta que llamamos muerte. No quiero decir el misterio de la muerte, en el que no penetro, sino la sensación física de cesar de vivir. La humanidad tiene miedo de la muerte, pero inciertamente; el hombre normal se bate bien en un ejército, el hombre normal, enfermo o viejo, rara vez mira con horror el abismo de la nada que él atribuye a ese abismo. Todo eso es falta de imaginación. No existe nada menor que aquel que piensa que la muerte supone un sueño. ¿Por qué lo ha de ser la muerte si en nada se asemeja a un sueño? Lo esencial del sueño es despertarse de él, y de la muerte, suponemos, no se despierta. Y si la muerte se parece al sueño, deberemos tener la noción de que se despierta de ella. No es así, no obstante, lo que el hombre normal se figura: se figura para sí la muerte como un sueño del que no se despierta, lo que nada quiere decir. La muerte, dice, no se parece al sueño, pues en el sueño se está vivo y durmiendo; ni sé tampoco cómo puede alguien comparar la muerte a cualquier cosa, pues no puede tener experiencia de ella, o cosa con la que comparar.

A mí, cuando veo a un muerto, la muerte me parece una partida. El cadáver me da la impresión de ser un traje que se ha dejado. Alguien se fue y no necesitó llevar aquel traje único que vestía.

## 84.

No comprendo sino como una especie de falta de aseo esta inerte permanencia en que yazgo de mi misma e igual vida, detenida como polvo o porquería en la superficie del nunca cambiar.

Así como lavamos el cuerpo, deberíamos lavar el destino, mudar de vida como mudamos de ropa –no para salvar la vida, como comemos y dormimos, sino por aquel respeto ajeno por nosotros mismos, al que propiamente llamamos aseo.

Hay muchos en los que el desaseo no es una disposición de la voluntad, sino un encoger de hombros de la inteligencia. Y hay muchos en quienes lo apagado y lo igual de la vida no es una forma de quererla, o un conformarse natural con no haberla querido, sino un apagamiento de la inteligencia de sí mismos, una ironía automática del conocimiento. Hay puercos que se repugnan de su propia porquería, pero no se apartan de ella por aquel mismo extremo de un sentimiento por el cual el aterrorizado no se aparta del peligro. Hay puercos de destino, como yo, que no se apartan de la banalidad cotidiana por esa misma atracción de la propia impotencia. Son aves fascinadas por la ausencia de serpiente; moscas estacionadas en los troncos sin ver nada, hasta llegar al alcance viscoso de la lengua del camaleón.

Así paseo lentamente mi inconsciencia consciente, en mi tronco de árbol de lo habitual. Así paseo mi destino que anda, pues yo no ando; mi tiempo que sigue, pues yo no sigo. Nada me salva de la monotonía sino estos breves comentarios, que hago a propósito de ella. Me contento con que mi celda tenga ventana por dentro de las rejas, y escribo en los cristales, en el polvo de lo necesario, mi nombre en letras grandes, asignatura cotidiana de mi escritura con la muerte.

¿Con la muerte? No, ni con la muerte. Quien vive como yo no muere: se acaba, se amustia, se desvegeta. El lugar donde estuviera queda allí sin que esté él, la calle por la que andaba queda sin que él sea visto, la casa donde moraba es habitada por no-él. Es todo, y le llamamos la nada; pero en esa tragedia de la negación podemos representar con aplauso, pues ni con certeza sabemos si es nada, vegetales de la verdad como de la vida, polvo que tanto está por dentro como por fuera de las ventanas, nietos del Destino e hijastros de Dios, que se casó con la Noche Eterna cuando ella enviudó del Caos que nos procreó.

Partir de la Rua dos Douradores hacia el imposible... Levantarme de mi escritorio hacia lo Ignoto... Pero todo esto interseccionado con la Razón –el Gran Libro, como dicen los franceses.

## 85.

Hay un sueño de la atención voluntaria, que no sé explicar, y que frecuentemente me ataca, si de algo tan borroso se puede decir que ataca a alguien. Sigo por una calle como quien está sentado, y mi atención, despierta a todo, tiene todavía la inercia de un reposo de cuerpo entero. No sería capaz de desviarme conscientemente de un transeúnte en dirección opuesta. No sería capaz de responder con palabras, ni siquiera, dentro de mí, con pensamientos, a una pregunta cualquiera casual que hiciese escala por mi casualidad coincidente. No sería capaz de tener un deseo, una esperanza, una cosa cualquiera que representase un movimiento, no ya de la voluntad de mi ser completo, sino hasta, si así lo puedo decir, de la voluntad parcial y propia de cada elemento en que soy descomponible. No sería capaz de pensar, de sentir, de querer. Y ando, sigo, callejeo. Nada en mis movimientos (reparo en lo que otros no reparan) transfiere hacia lo observable el estado de estancamiento en el que voy. Y este estado de falta de alma, que sería cómodo, porque cierto, en uno acostado o en uno reclinado, es singularmente incómodo, incluso doloroso, en un hombre que va andando por la calle.

Es la sensación de una ebriedad de inercia, de una borrachera sin alegría, ni en ella, ni en su origen. Es una dolencia que no tiene sueños de convalecer. Es una muerte alacre.

## 86.

Para comprender, me destruí. Comprender es olvidarse de amar. No conozco nada más a un tiempo falso y significativo que aquel dicho de Leonardo da Vinci de que sólo se puede amar u odiar una cosa después de comprenderla.

La soledad me desola; la compañía me oprime. La presencia de otra persona me desencamina los pensamientos; sueño su presencia como una distracción especial, que toda mi atención analítica no consigue definir.

## 87.

El aislamiento me esculpió a su imagen y semejanza. La presencia de otra persona –de una sola persona aunque sea– me atrasa inmediatamente el pensamiento, y, mientras que en un hombre normal el contacto con otros es un estímulo para la expresión y para el dicho, en mí ese contacto es un contraestímulo, si es que esta palabra compuesta es viable en el lenguaje. Soy capaz, a solas conmigo, de idear los dichos de espíritu que sea, respuestas rápidas a lo que nadie dice, fulguraciones de una sociabilidad inteligente sin ninguna persona; pero todo eso se desvanece si estoy ante otro físico, pierdo la inteligencia, dejo de poder decir, y, al cabo de un cuarto de hora casi siento sueño. Sí, hablar con gente me da ganas de dormir. Sólo mis amigos espectrales e imaginados, sólo mis conversaciones transcurridas en el sueño, tienen una verdadera realidad y un justo relevo, y en ellas el espíritu está presente como una imagen en el espejo.

Me pesa, además, toda la idea de ser forzado a un contacto con otro. Una simple invitación para comer con un amigo me produce una angustia difícil de definir. La idea de una obligación social cualquiera: ir a un entierro, tratar con alguien de un tema de la oficina, ir a esperar a la estación a cualquiera persona, conocida o desconocida; sólo esa idea me estorba los pensamientos de un día, y a veces me preocupo desde la misma víspera, y duermo mal, y el caso real, cuando se da, es absolutamente insignificante, no justifica nada, y el caso se repite y no aprendo nunca a aprender.

«Mis hábitos son de la soledad, no de los hombres»; no sé si fue Rousseau, si Senancour, quien dijo esto. Pero fue algún espíritu de mi especie, no podré tal vez decir de mi raza.

## 88.

Cuando, como una noche de tempestad a la que el día sigue, el cristianismo pasó por encima de las almas, se vio el estrago que, invisiblemente, había causado; la ruina, que había causado, sólo se vio cuando ya había pasado. Algunos juzgaron que por su falta había venido esa ruina; pero había sido por su marcha que la ruina se había mostrado, no que se causó.

Quedó, entonces, en este mundo de almas, la ruina visible, la desgracia patente, sin la tiniebla que la cubriese de su cariño falso. Las almas se habían visto tal y como eran.

Comenzó, entonces, en las almas recientes aquella dolencia a la que se llamó romanticismo, aquel cristianismo sin ilusiones, aquel cristianismo sin mitos, que es la propia seguridad de su esencia doliente.

Todo el mal del romanticismo es la confusión entre lo que necesitamos y lo que deseamos. Todos necesitamos las cosas indispensables para la vida, para su conservación y su continuación; todos deseamos una vida más perfecta, una felicidad completa, la realidad de nuestros sueños y //.

Es humano querer lo que nos es necesario, es humano desear lo que no nos es necesario, pero para nosotros es deseable. Lo que duele es desear con igual intensidad lo que es preciso y lo que es deseable, y sufrir por no ser perfecto como si se sufriese por no tener pan. El mal romántico es este: es querer la luna como si hubiese manera de obtenerla.

«No se puede comer un bollo sin perderlo».

En la esfera baja de la política, como en el recinto íntimo de las almas: el mismo mal.

El pagano desconocía, en el mundo real, este sentido doliente de las cosas y de sí mismo. Como era hombre, deseaba también lo imposible; pero no lo quería. Su religión era // y sólo en los penetrales el misterio, sólo apenas a los iniciados, lejos del pueblo y de los //, se enseñaban aquellas cosas trascendentes de las religiones que llenan el alma del vacío del mundo.

## 89.

El personaje individual e imponente, que los románticos plasmaban en sí mismos, varias veces, en sueño, lo intenté vivir y, tantas veces cuantas lo intenté vivir, me encontré riendo a carcajadas ante mi idea de vivirlo. El hombre fatal, a fin de cuentas, existe en los sueños propios de todos los hombres vulgares, y el romanticismo no es sino poner patas arriba el dominio cotidiano de nosotros mismos. Casi todos los hombres sueñan, en lo más secreto de su ser, con un gran imperialismo propio, el sometimiento de todos los hombres, la entrega de todas las mujeres, la adoración de los pueblos y, en los más nobles, de todas las eras... Pocos como yo habituados al sueño, son por eso lo bastante lúcidos como para reírse de la posibilidad estética de soñar así.

La mayor acusación al romanticismo no se ha realizado aún: que representa la verdad interior de la naturaleza humana. Sus exageraciones, sus ridículos, sus diversos poderes para conmover y para seducir, residen en ser la figuración exterior de lo que hay más dentro del alma, más concreto, visualizado, hasta posible, si ser posible dependiese de una cosa diferente del Destino.

¡Cuántas veces yo mismo, que me río de tales seducciones de la distracción, me encuentro suponiendo que estaría bien ser famoso, que sería agradable ser mimado, que sería deslumbrante ser triunfal! Pero no consigo verme en esos papeles de renombre sino con una carcajada del otro yo que tengo siempre cerca como una calle de la Baixa. ¿Me veo célebre? Pero me veo célebre como contable. ¿Me siento alzado a los tronos de ser conocido? Pero el caso se pasa en la oficina de la Rua dos Douradores y los muchachos son un obstáculo. ¿Me oigo aplaudido por multitudes variadas? El aplauso llega al cuarto piso donde habito y colisiona con el mobiliario tosco de mi habitación barata, con la miseria que me rodea, y me amezquina desde la cocina al sueño. No tuve siquiera castillos en España, como los grandes españoles de todas las ilusiones. Los míos habían sido de naipes viejos, sucios, de una baraja incompleta con la que no se podría jugar nunca; ni siquiera cayeron, fue necesario destruirlos con un gesto de la mano, bajo el impulso paciente de la criada vieja, que quería recomponer, sobre la mesa entera, el mantel extendido sobre la mitad de la mesa, porque la hora del té había sonado como una maldición del Destino. Pero hasta esto es una visión infecunda, pues no tengo en la casa de provincias, ni las tías viejas, en cuya mesa yo tome, al final de una velada de familia, un té que me sepa a reposo. Mi sueño falló hasta en las metáforas y en las figuraciones. Mi imperio no llegó siquiera a los naipes viejos. Moriré como he vivido, entre el *bric-à-brac* de los alrededores, apreciado por mi valor entre las posdatas de lo perdido.

Que al menos me lleve, al inmenso posible del abismo de todo, la gloria de mi desilusión como si fuese la de un gran sueño, el esplendor de no creer como un estandarte de derrota –estandarte aun así en manos débiles, estandarte arrastrado entre el fango y la sangre de los enclenques, mas erguido en lo alto, al sumirnos en las arenas movedizas, nadie sabe si como protesta, si como desafío, si como gesto de desesperación. Nadie sabe, porque nadie sabe nada, y las arenas engolfan a los que tienen estandartes y a los que no los tienen. Y las arenas lo cubren todo, mi vida, mi prosa, mi eternidad.

Llevo conmigo la conciencia de la derrota como un estandarte de victoria.

## 90.

Por más que pertenezca, por alma, al linaje de los románticos, no encuentro más reposo que en la lectura de los clásicos. Su misma estrechez, a través de la cual se exprime la claridad, me reconforta no sé de qué. Tomo de ellos una impresión alegre de vida larga, que contempla amplios espacios sin recorrerlos. Los mismos dioses paganos reposan del misterio.

El análisis excesivamente curioso de las sensaciones –a veces de las sensaciones que suponemos tener–, la identificación del corazón con el paisaje, la revelación anatómica de todos los nervios, el uso del deseo como voluntad y de la aspiración como pensamiento –todas estas cosas me resultan demasiado familiares como para que en otros sean novedosas, o me den sosiego. Siempre que las siento, desearía, exactamente porque las siento, estar sintiendo otra cosa. Y, cuando leo un clásico, esa otra cosa se me da.

Lo confieso sin embozo ni vergüenza... No hay fragmento de Chateaubriand o canto de Lamartine –fragmentos que tantas veces parecen ser la voz de lo que pienso, cantos que tantas veces parecen serme dichos para conocer– que me eleve y me levante como un párrafo de prosa de Vieira o una u otra oda de nuestros pocos clásicos que siguieron de verdad a Horacio.

Leo y estoy liberado. Adquiero objetividad. Dejo de ser yo y me disperso. Y lo que leo, en vez de ser un traje mío que malveo y a veces me pesa, es la gran claridad del mundo externo, toda ella notable, el sol que los ve a todos, la luna que golpea de sombras el suelo quieto, los espacios largos que acaban en el mar, la solidez negra de los árboles que oscilan verdes en la cima, la paz sólida de los estanques de las quintas, los caminos tapados por las viñas, en los declives breves de las laderas.

Leo como quien abdica. Y, como la corona y el manto regios nunca son tan grandes como cuando el Rey que parte los deja en el suelo, depongo sobre los mosaicos de las antecámaras todos mis triunfos de tedio y de sueño, y subo la escalinata con la sola nobleza de ver.

Leo como quien pasa. Y es en los clásicos, en los tranquilos, en los que se sufren, y no dicen, que me siento sagrado transeúnte, ungido peregrino, contemplador sin razón del mundo sin propósito, Príncipe del Gran Exilio, que dio, partiéndose, al último mendigo, la limosna extrema de su desolación.

## 91.

Cada vez que mis propósitos se elevaron, por influencia de mis sueños, por encima del nivel cotidiano de mi vida, en un momento me sentí alto como un niño en un columpio, cada una de esas veces tuve que descender como él al jardín municipal, y conocer mi derrota sin banderas llevadas a la guerra ni espada que tuviese fuerzas para desenvainar.

Supongo que la mayoría de aquellos con quienes me cruzo en la casualidad de las calles, trae consigo –se lo noto en el movimiento silencioso de los labios y en la indecisión indistinta de los ojos o en el subir la voz con la que rezan juntos– una misma proyección para la guerra inútil del ejército sin estandartes. Y todos –me giro para atrás a contemplar sus espaldas de vencidos pobres– soportarán, como yo, la gran derrota vil, entre el fango y los juncos, sin luz de luna sobre las orillas ni poesía en los pantanos, miserable y melancólica.

Todos tienen, como yo, un corazón exaltado y triste. Los conozco bien: unos son tenderos, otros son empleados de oficina, otros son comerciantes de pequeños negocios, otros son los vencedores de los cafés y de las tascas, generosos sin dinero en el éxtasis de la palabra egoísta, o contentos en el silencio del egoísmo avaro sin tener qué guardar. Pero todos, desgraciados, son poetas, y arrastran, a mis ojos, como yo a los ojos de ellos, la misma miseria de nuestra incongruencia común. Todos tienen, como yo, el futuro en el pasado.

Ahora mismo, que estoy inerte en la oficina, y se han ido todos a almorzar menos yo, contemplo, a través de la ventana empañada, al viejo oscilante que recorre lentamente el paseo al otro lado de la calle. No está borracho; está soñador. Está atento a lo inexistente; tal vez aún espere. Los Dioses, si son justos en su injusticia, nos conserven los sueños aun cuando sean imposibles; y nos den buenos sueños, aunque sean bajos. Hoy, que aún no soy viejo, puedo soñar con islas del Sur y con Indias imposibles; mañana tal vez me sea dado, por los mismos Dioses, el sueño de ser dueño de un pequeño estanco, o jubilado en una casa en los alrededores. Cualquiera de los sueños es el mismo sueño, porque son todos sueños. Que me cambien los dioses los sueños, pero no el don de soñar.

En el rato de pensar esto, el viejo ha salido de mi atención. Ya no lo veo. Abro la ventana para verlo. No lo veo definitivamente. Ha salido. Tiene, para mí, el deber visual de símbolo; acabó y giró en la esquina.

Si me dijesen que giró la esquina absoluta, y nunca estuvo aquí, lo aceptaré con el mismo gesto con el que cierro ahora la ventana.

¿Conseguir?...

¡Pobres semidioses marcianos, que ganan imperios con la palabra e intención noble y tienen necesidad de dinero para la habitación y la comida! Parecen las tropas de un ejército desertado, cuyos jefes tuviesen un sueño de gloria, en que a estos, perdidos entre los fangos de los pantanos, sólo les queda la noción de grandeza, la conciencia de haber sido del ejército, y el vacío de no saber lo que hacía el jefe que nunca vieron.

Así cada uno se sueña, un momento, el jefe del ejército de cuya retaguardia ha huido. Así cada uno, entre el barro de los riachuelos, saluda a la victoria que nadie puede tener, y de la que quedó como migajas entre las manchas del mantel que olvidaron sacudir.

Llenan los intersticios de la acción cotidiana como el polvo los intersticios de los muebles cuando no se limpian con cuidado. En la luz vulgar del día común se vienen a lucir como gusanos cenicientos contra la caoba rojiza o entre la caoba y el hule viejo. Se sacan con un clavo pequeño, pero nadie tiene paciencia para sacarlos.

Mis pobres compañeros que sueñan alto, ¡cómo los envidio y los desprecio! Conmigo están los otros –los más pobres, los que no tienen más que a sí mismos para contar sus sueños y hacer lo que serían versos si ellos los escribiesen– los pobres diablos sin más literatura que la propia alma, sin más leer de la otra, que mueren asfixiados por el hecho de existir sin haber hecho aquel desconocido examen trascendente que habilita para vivir.

Unos son héroes y tiran por el suelo a cinco hombres en una esquina de ayer. Otros son seductores y hasta las mujeres que nunca los habían visto no osan resistirse. Creen esto cuando lo dicen, y tal vez lo digan para que lo crean. Otros, soñando más modestos, oyen y aceptan. Otros //. Para todos ellos los vencedores del mundo, cualesquiera que sean, son gente.

Y todos, como anguilas en un barreño, se enrollan entre ellos y se cruzan los unos encima de los otros, y nunca salen del barreño. A veces hablan de ellos los periódicos. Los periódicos hablan de algunos más que algunas veces, pero la fama nunca.

Esos son los felices porque les es dado el sueño mentido de la estupidez. Pero a los que, como yo, tienen sueños sin ilusiones //.

## 92.

**Intervalo doloroso**

Si me preguntáis si soy feliz, os responderé que no lo soy.

## 93.

Es noble ser tímido, ilustre no saber actuar, grande no tener ojo para vivir.

Solo el Tedio, que es un apartamiento, y el Arte, que es un desdén, doran de una especie de contento nuestra //.

Fuegos fatuos que nuestra podredumbre genera, son al menos luz en nuestras tinieblas.

Sólo la infelicidad eleva –y el tedio, que curtimos de la infelicidad, es heráldico como el ser descendiente de los héroes lejanos.

Soy un pozo de gestos que ni en mí se esbozaron todos, de palabras que no pensé poniendo curvas en mis labios, de sueños que me olvidé de soñar hasta el final.

Soy ruinas de edificios que nunca fueron más que esas ruinas, que alguien se hartó, en medio de construirlas, de pensar en querer construir.

No nos olvidemos de odiar a los que disfrutan porque disfrutan, de despreciar a los que son alegres, por no saber ser, nosotros, alegres como ellos... Ese desdén falso, ese odio flaco, no son señal de pedestal tosco y sucio de la tierra sobre el que se erige, altiva y única, la estatua de nuestro Tedio, bulto oscuro cuyo rostro nimba una sonrisa vagamente de secreto.

Benditos los que no confían la vida a nadie.

## 94.

Tengo la náusea física de la humanidad vulgar, que es, de hecho, la única que hay. Y se me antoja, a veces, profundizar en esa náusea, como se puede provocar un vómito para aliviar la voluntad de vomitar.

Uno de mis paseos predilectos, las mañanas en las que temo la banalidad del día que va a seguir como quien teme la cárcel, es el de seguir lentamente fuera por las calles, antes de la apertura de las tiendas y de los almacenes, y oír los retazos de frases que los grupos de chicas, de chicos, y de los unos con las otras, dejan caer, como limosnas de la ironía, en la bolsita invisible de mi meditación abierta.

Y es siempre la misma sucesión de las mismas frases... «Y entonces ella dice...» y el tono sugiere la intriga de ella. «Si no fue él, fuiste tú...»

y la voz que responde se levanta en la protesta que ya no oigo. «Dijiste, sí señor, dijiste...» y la voz de la costurera afirma estridente «Mi madre dice que no quiere...». «¿Yo?» y el pasmo del chico que trae el *lunch* envuelto en papel de estraza no me convence, ni debe convencer a la rubia sucia. «A lo mejor era...» y la risa de tres de las cuatro chicas acerca a mis oídos la obscenidad. «Y entonces me puse justo delante del tipo, y allí mismo en su cara –en su cara, eh, el Zé...» y el pobre diablo miente, porque el jefe de la oficina –sé por la voz que el otro rival era el jefe de oficina que desconozco– no recibió en la arena entre las secretarias el gesto de gladiador de sombrero de paja. «... Y entonces yo me fui a fumar al baño...» ríe el pequeño de fundillos oscuros.

Otros, que pasan solos o juntos, no hablan y yo no oigo, pero todas las voces me resultan claras por una transparencia intuitiva y rota. No oso decir –no oso decírmelo a mí mismo por escrito, aunque luego lo elimine– lo que he visto en las miradas casuales, en su dirección involuntaria y baja, en sus atrevimientos sucios. No oso porque, cuando se provoca el vómito, sólo es necesario provocar uno.

«El tipo estaba tan borracho que ni veía la escalera». Alzo la cabeza. Este muchachote, al menos, describe. Y esta gente cuando describe es mejor que cuando siente, porque quien describe se olvida de sí mismo. Se me pasa la náusea. Veo al tipo. Lo veo fotográficamente. Hasta el argot inocente me anima. Bendito aire que me da en la frente –el tipo tan borracho que no veía que la escalera tenía escalones– tal vez la escalera donde la humanidad sube a tumbos, palpándose y atropellándose en la falsedad reglada del declive a este lado del zaguán.

La intriga, la maledicencia, la progenie hablada de lo que no se osó hacer, la satisfacción de cada pobre bicho vestido con la conciencia inconsciente de la propia alma, la sexualidad sin lavado, las bromas como cosquillas de macaco, la horrorosa ignorancia de la inimportancia de lo que soy... Todo esto me produce la impresión de un animal monstruoso y burdo hecho en lo involuntario de los sueños, de los harapos húmedos de los deseos, de los restos mordisqueados de las sensaciones...

### 95.

Toda la vida del alma humana es un movimiento en la penumbra. Vivimos, en un ocaso de la conciencia, nunca seguros de lo que somos o de lo que nos suponemos ser. En los mejores de nosotros vive la vanidad de algo, y hay un error cuyo ángulo no sabemos. Somos cualquier cosa que pasa en el intervalo de un espectáculo; a veces, por ciertas puertas, entrevemos lo que tal vez no sea sino escenario. Todo el mundo está confuso como voces en la noche.

Estas páginas, en las que registro con una claridad que perdura para ellas, ahora mismo las he releído y me interrogo. ¿Qué es esto?, ¿y para qué es esto?, ¿quién soy cuando siento?, ¿qué es lo que muero cuando soy?

Como alguien que, desde muy alto, intente distinguir las vidas del valle, en mí mismo me contemplo desde una cima, y soy, con todo, un paisaje indistinto y confuso.

Y en estos momentos de un abismo en el alma en que el más pequeño pormenor me oprime como una carta de despedida. Me siento constantemente en una víspera de despertar, sufro el envolverme a mí mismo, en un agobio de conclusiones. De buen grado gritaría si mi voz llegase a alguna parte. Pero hay un gran sueño conmigo, y se disloca de unas sensaciones a otras, como una sensación de nubes, de las que dejan de diversos colores de sol y verde y el prado medio ensombrecido de los campos prolongados. Soy como alguien que busca el azar, sin saber dónde se ocultó el objeto que no le dijeron qué es. Jugamos a escondidas con nadie. Hay en algún sitio un subterfugio trascendente, una divinidad fluida y sólo oída.

Releo, sí, estas páginas que representan horas pobres, pequeños sosiegos o ilusiones, grandes esperanzas desviadas para el paisaje, penas como habitaciones donde no se entra, ciertas voces, un gran cansancio, el evangelio por escribir.

Cada uno tiene su vanidad, y la vanidad de cada uno es su olvido de que hay otros con el alma igual. Mi vanidad son algunas páginas, unas estrofas, ciertas dudas...

¿Releo? ¡He mentido! No oso releer. No puedo releer. ¿De qué me sirve releer? Lo que está ahí es otro. Ya no comprendo nada...

## 96.

Lloro sobre mis páginas imperfectas, pero los venideros, si las leen, sentirán más con mi llanto de lo que sentirían con la perfección, si yo la consiguiese, que me privaría de llorar y por lo tanto hasta de escribir. Lo perfecto no se manifiesta. El santo llora, y es humano. Dios está callado. Por eso podemos amar al santo, pero no podemos amar a Dios.

## 97.

Aquella divina e ilustre timidez que es el guarda // de los tesoros y de las regalías del alma. Λh, pero cómo desearía lanzar al menos en un alma un poco de veneno, de desasosiego y de inquietud. Eso me consolaría un poco de la nulidad de acción en la que vivo. Pervertir sería el fin de mi vida. ¿Pero vibra algún alma con mis palabras? ¿Las oye alguien que no sea yo?

98.

**Encogerse de hombros**

Damos normalmente a nuestras ideas de lo desconocido el color de nuestras nociones de lo conocido: si llamamos a la muerte un sueño es porque parece un sueño por fuera; si llamamos a la muerte una nueva vida es porque parece una cosa diferente de la vida. Con pequeños malentendidos con la realidad construimos las creencias y las esperanza, y vivimos de cortezas que llamamos bollos, como los niños pobres que juegan a ser felices.

Pero así es toda la vida; así, por lo menos, es aquel sistema de vida particular al que en general se llama civilización. La civilización consiste en dar a cualquier cosa un nombre que no le corresponde, y después soñar sobre el resultado. Y realmente el nombre falso y el sueño verdadero crean una nueva realidad. El objeto se torna realmente otro, porque lo tornamos otro. Manufacturamos realidades. La materia prima continúa siendo la misma, pero la forma, que el arte le dio, la aparta efectivamente de continuar siendo la misma. Una mesa de pino es pino pero también es mesa. Nos sentamos a la mesa y no al pino. Un amor es un instinto sexual, pero no amamos con el instinto sexual, sino con la presuposición de otro sentimiento. Y esa presuposición es, en efecto, ya otro sentimiento.

No sé qué efecto sutil de luz, o ruido vago, o memoria de perfume o música, tañida por no sé qué influencia externa, me trajo de repente, en pleno ir por la calle, estas divagaciones que registro sin prisa, al sentarme, en el café, distraídamente. No sé dónde iba a conducir los pensamientos, o dónde prefería conducirlos. El día es de una leve bruma húmeda y caliente, triste sin amenazas, monótona sin razón. Me duele un cierto sentimiento que desconozco, me falta cualquier argumento no sé sobre qué; no tengo voluntad en los nervios. Estoy triste debajo de la conciencia. Y escribo estas líneas, realmente mal anotadas, no para decir esto, ni para decir algo, sino para dar trabajo a mi desatención. Voy llenando lentamente, a trazos blandos de lápiz romo –que no tengo sentimentalidad para afilar–, el papel blanco de envolver sándwiches, que me aprovisionaron en el café, porque no necesitaba nada mejor y cualquier cosa me servía, puesto que era blanco. Y me doy por satisfecho. Me recuesto. La tarde cae monótona y sin lluvia, en un tono de luz desalentado e incierto... Y dejo de escribir porque dejo de escribir.

*99.*

**Intervalo doloroso (I)**

Todo me cansa, hasta lo que no me cansa. Mi alegría es tan dolorosa como mi dolor.

Quién me diera ser un niño poniendo barcos de papel en un estanque de una quinta, con un dosel rústico de entrelazamientos de emparrado poniendo ajedreces de luz y sombra verde en los reflejos sombríos del agua escasa.

Entre yo y la vida hay un vidrio tenue. Por más nítidamente que vea y comprenda la vida, no la puedo tocar.

¿Racionalizar mi tristeza? ¿Para qué, si el raciocinio es un esfuerzo? Y quien está triste no puede esforzarse.

Ni tampoco abdico de aquellos gestos banales de la vida de lo que yo tanto querría abdicar. Abdicar es un esfuerzo, y yo no poseo el del alma con el que esforzarme.

¡Cuántas veces me atormenta no ser el marinero de aquel barco, el cochero de aquel carruaje! ¡Cualquier banal Otro supuesto cuya vida, por no ser mía, deliciosamente se me imbuye de yo quererla y se me imbuye de ajena!

Yo no tendría el horror a la vida como a una Cosa. La noción de la vida como un Todo no me aplastaría los hombros del pensamiento.

Mis sueños son un refugio estúpido, como un paraguas contra un rayo.

Soy tan inerte, tan pobrecito, tan carente de gestos y de actos.

Por más que por mí me embreñe, todos los atajos de mi sueño van a dar a claros de angustia.

Incluso yo, el que tanto sueña, tengo intervalos en los que el sueño me huye. Entonces las cosas se me aparecen nítidas. Se desvae la niebla de la que me rodeo. Y todas las aristas visibles hieren la carne de mi alma. Todas las durezas observadas me dañan al saberlas durezas. Todos los pesos visibles de objetos me pesan por el alma adentro.

Mi vida es como si me golpeasen con ella.

*100.*

Los carros de la calle ronronean, sonidos separados, lentos, de acuerdo, parece, con mi somnolencia. Es la hora de comer pero me he quedado en la oficina. El día es tibio y un poco velado. En los ruidos hay, por algún motivo, que tal vez sea mi somnolencia, la misma cosa que hay en el día.

## 101.

No sé qué vaga caricia, tanto más blanda cuanto no es caricia, la brisa incierta de la tarde me trae a la frente y a la comprensión. Sé sólo que el tedio que sufro se me ajusta mejor, un momento, como una vestidura que deje de rozar una llaga.

¡Pobre de la sensibilidad que depende de un pequeño movimiento del aire para el logro, aunque episódico, de su tranquilidad! Pero así es toda la sensibilidad humana, y no creo que pese más en la balanza de los seres el dinero súbitamente ganado, o la sonrisa súbitamente recibida, que son para otros lo que fue para mí, en este momento, el paso breve de una brisa sin continuación.

Puedo pensar en dormir. Puedo soñar con soñar. Veo más clara la objetividad de todo. Uso con más comodidad el sentimiento externo de la vida. Y todo esto, efectivamente, porque, al llegar casi a la esquina, un giro del aire de la brisa me alegra la superficie de la piel.

Todo cuanto amamos o perdemos –cosas, seres, significaciones– nos roza la piel y así nos llega al alma, y el episodio no es, en Dios, más que la brisa que no me trae nada salvo el alivio supuesto, el momento propicio y el poder perder todo espléndidamente.

## 102.

¡Remolinos, más remolinos, en la futilidad fluida de la vida! En la gran plaza del centro de la ciudad, el agua sobriamente multicolor de la gente pasa, se desvía, hace pozos, se abre en riachuelos, se junta en regatos. Mis ojos ven desatentamente, y construyo en mí esa imagen acuosa que, mejor que cualquier otra, y porque pensé que vendría lluvia, se ajusta a este incierto movimientos.

Al escribir esta última frase, que para mí exactamente dice lo que define, pensé que sería útil poner en el fin de mi libro, cuando lo publique, debajo de las «Erratas» unas «No-Erratas», es decir, la frase «a este incierto movimientos» en la página tal, es así mismo, con las voces adjetivas en el singular y el sustantivo en el plural. Pero, ¿qué tiene esto que ver con aquello en lo que estaba pensando? Nada, y por eso me dejo pensarlo.

Alrededor del centro de la plaza, como cajas de cerillas móviles, grandes y amarillas, en las que un niño clavó una cerilla quemada inclinada, para hacer de mal mástil, los tranvías rezongan y tintinean; arrancados, silban a hierro alto. Alrededor de la estatua central las palomas son migajas oscuras que se mueven, como si les diese un viento diseminador. Dan pasitos, gordas sobre pies pequeños.

Vista de cerca, toda la gente es monótonamente diversa. Decía Vieira que fray Luís de Sousa escribía «lo común con singularidad». Esta gente es singular con comunidad, al contrario del estilo de la *Vida do Arcebispo*. Todo esto me da pena, siéndome a la vez indiferente. Vine a parar aquí sin razón, como todo en la vida.

Del lado del oriente, entrevista, la ciudad se alza a plomada falsa, asalta estáticamente el Castillo. El sol pálido moja de un aureolar vago esa mole súbita de casas, que hacia aquí lo ocultan. El cielo es de un azul húmedamente blanqueado. La lluvia de ayer quizá se repita hoy, pero más suave. El viento parece este, tal vez porque aquí mismo, de repente, huele vagamente a lo maduro y lo verde del mercado cercano. Del lado oriental de la plaza hay más forasteros que del otro. Como descargas alfombradas, las puertas onduladas descienden hacia arriba; no sé por qué, es así la frase que me transmite aquel sonido. Es tal vez porque hacen más ese sonido al descender, pero ahora suben. Todo se explica.

De repente, estoy solo en el mundo. Veo todo esto desde lo alto de un tejado espiritual. Estoy solo en el mundo. Ver es estar distante. Ver claro es parar. Analizar es ser extranjero. Toda la gente pasa sin rozarme. Tengo sólo aire a mi vuelta. Me siento tan aislado que siento la distancia entre yo y mi traje. Soy un niño, con una palmatoria mal encendida, que atraviesa, en camisón, una gran casa desierta. Viven sombras que me cercan –sólo sombras, hijas de los muebles erguidos y de la luz que me acompaña. Ellas me rondan, aquí al sol, pero son gente. Y son sombras, sombras...

## 103.

Medité hoy, en un intervalo de sentir, sobre la forma de prosa que uso. En verdad, ¿cómo escribo? He tenido, como muchos han tenido, la voluntad pervertida de querer tener un sistema y una norma. Es cierto que escribí antes de la norma y del sistema; en eso, sin embargo, no soy diferente de los otros.

Analizándome por la tarde, descubro que mi sistema de estilo se asienta en dos principios, e inmediatamente, y a la buena manera de los buenos clásicos, erijo esos dos principios en fundamentos generales de todo estilo: decir lo que se siente exactamente como se siente –claramente, si está claro; oscuramente, si es oscuro; confusamente, si es confuso–; comprender que la gramática es un instrumento, y no una ley.

Supongamos que veo ante nosotros a una chica con ademanes masculinos. Un ser humano vulgar dirá de ella, «Esa chica parece un chico». Otro incluso, igualmente consciente de los deberes de la expresión, pero más animado por el afecto a la concisión, que es la lujuria del pensamiento, dirá de ella, «ese chico». Yo diré «Esa chico», violando la más elemental de las normas de la gramática, que manda que haya concordancia de género, como de número, entre la voz sustantiva y la adjetiva. Y habré dicho bien; habré hablado en absoluto, fotográficamente, fuera de la vulgaridad, de la norma, y de la cotidianidad. No habré hablado; habré dicho.

La gramática, definiendo el uso, hace divisiones legítimas y falsas. Divide, por ejemplo, los verbos en transitivos e intransitivos; sin embargo, el hombre que sabe decir tiene muchas veces que convertir un verbo transitivo en intransitivo para fotografiar lo que siente, y no para, como el común de los animales hombres, verlo a oscuras. Si quisiese decir que existo, diré «Soy». Si quisiese decir que existo como alma separada, diré «Soy yo». Pero si quisiese decir que existo como entidad que a sí misma se dirige y forma, que ejerce junto a sí misma la función divina de crearse, ¿cómo debo emplear el verbo «ser» sino convirtiéndolo súbitamente en transitivo? Y entonces, triunfalmente, antigramaticalmente supremo, diré «Me soy». Habré dicho una filosofía en dos palabras pequeñas. ¿No es esto preferible a no decir nada en cuarenta frases? ¿Qué más se puede exigir de la filosofía y de la dicción?

Obedezca a la gramática quien no sabe pensar lo que siente. Sírvase de ella quien sabe mandar en sus expresiones. Se cuenta de Segismundo, Rey de Roma, que, habiendo, en un discurso público, cometido un error de gramática, respondió a quien se lo apuntó, «Soy Rey de Roma, y estoy por encima de la gramática». Y la historia narra que a partir de ahí fue conocido como Segismundo «supra-grammaticam». ¡Maravilloso símbolo! Cada hombre que sabe decir lo que dice es, a su manera, rey de Roma. El título no es malo, y el alma es serse.

## 104.

Reparando a veces en el trabajo literario abundante, o, por lo menos, hecho de cosas extensas y completas, de tantas criaturas que conozco o de quienes sé, siento en mí una envidia incierta, una admiración despectiva, una mezcla incoherente de sentimientos mezclados.

Hacer una cosa completa, entera, sea buena o sea mala –y, si nunca es enteramente buena, muchas veces no es enteramente mala–, sí, hacer una cosa completa me causa, tal vez, más envidia que cualquier otro sentimiento. Es como un hijo: es imperfecta como todo ser humano, pero es nuestra como los hijos lo son.

Y yo, cuyo espíritu de autocrítica no me permite sino ver los defectos, los fallos, yo, que no oso escribir más que pasajes, trozos, fragmentos de lo inexistente, yo mismo, en lo poco que escribo, soy imperfecto también. Más valdrá, pues, o la obra completa, aunque mala, que en todo caso es obra; o la ausencia de palabras, el silencio entero del alma que se reconoce incapaz de actuar.

## 105.

Pienso si todo en la vida no será la degeneración de todo. El no ser no será una aproximación –una víspera, o unos alrededores...

Así como el Cristianismo no fue sino la degeneración bastarda del neoplatonismo rebajado, la judaización del helenismo por los romanos, también nuestra época, es el desvío múltiple de todos los grandes propósitos confluyentes u opuestos, de cuya ruina surgió la suma de las negaciones con las que nos afirmamos.

Vivimos una bibliofilia de analfabetos, un entreacto con orquesta.

¿Pero qué tengo yo, en este cuarto piso, con todas estas sociologías? Todo esto me es sueño, como las princesas de Babilonia, y el ocuparnos de la humanidad es fútil, fútil –una arqueología del presente.

Me voy a sumir entre la niebla, como un extranjero a todo, isla humana desprendida del sueño del mar, navío con ser superfluo en la superficie de todo.

## 106.

La metafísica me ha parecido siempre una forma prolongada de la locura latente. Si conociésemos la verdad, la veríamos; todo lo demás es sistema y alrededores. Bástenos, si lo pensamos, la incomprensibilidad del universo; querer comprenderlo es ser menos que hombres, porque ser hombre es saber que no se comprende.

Me traen la fe como un paquete cerrado en una bandeja ajena. Quieren que lo acepte para que no lo abra. Me traen la ciencia, como un cuchillo en un plato, con el que abriré las hojas de un libro de páginas blancas. Me traen la duda, como polvo dentro de una caja; ¿pero para qué me traen la caja si no tiene más que polvo?

A falta de saber, escribo; y uso los grandes términos de la Verdad conforme a las exigencias de la emoción. Si la emoción es clara y fatal, hablo, naturalmente, de los dioses, y así la encuadro en una conciencia del mundo múltiple. Si la emoción es profunda, hablo, naturalmente, de Dios, y así la engarzo en una conciencia una. Si la emoción es un pensamiento, hablo, naturalmente, del Destino, y así la apoyo en la pared.

Unas veces el propio ritmo de la frase exigirá Dios y no Dioses; otras veces, han de imponerse las dos sílabas de los Dioses, y cambio verbalmente de universo; otras veces pesarán, al contrario, las necesidades de una rima íntima, un dislocamiento del ritmo, un sobresalto de la emoción, y el politeísmo o el monoteísmo se amolda y se prefiere. Los Dioses son una función del estilo.

## 107.

¿Dónde está Dios, aunque no exista? Quiero rezar y llorar, arrepentirme de crímenes que no cometí, gozar de ser perdonado como una caricia no exactamente materna.

Un regazo para llorar, pero un regazo enorme, sin forma, espacioso como una noche de verano, y aun así próximo, caliente, femenino, al pie de un hogar cualquiera... Poder allí llorar cosas impensables, fracasos que no sé cuáles son, ternuras de cosas inexistentes, y grandes dudas estremecidas de no sé qué futuro...

Una infancia nueva, un ama vieja otra vez, y un lecho pequeño donde acabar durmiendo, entre cuentos que arrullan, mal oídos, con una atención que se torna tibia, de peligros que penetraban en jóvenes cabellos rubios como el trigo... Y todo esto muy grande, muy eterno, definitivo para siempre, de la estatura única de Dios, allá en el fondo triste y somnoliento de la realidad última de las Cosas...

Un regazo o una cuna o un brazo caliente en torno a mi cuello... Una voz que canta en bajo y parece querer hacerme llorar... El ruido del fuego en la chimenea... Un calor en invierno... Un extravío tibio de mi conciencia... Y después sin sonido, un sueño tranquilo en un espacio enorme, como la luna rodando entre estrellas...

Cuando dejo de lado mis artificios y arrincono en una esquina, con un cuidado lleno de cariño –con voluntad de darles besos–, mis juegos, las palabras, las imágenes, las frases –me quedo tan pequeño e inofensivo, tan solo en una habitación tan grande, y tan triste, ¡tan profundamente triste...!

¿Al final yo quién soy, cuando no juego? Un pobre huérfano abandonado en las calles de las Sensaciones, tiritando de frío en las esquinas de la Realidad, teniendo que dormir en los escalones de la Tristeza y comer el pan dado de la Fantasía. De mi padre sé el nombre; me dijeron que se llamaba Dios, pero el nombre no me da idea de nada. A veces, en la noche, cuando me siento solo, lo llamo y lloro, y me hago una idea de él que pueda amar... Pero después pienso que no lo conozco, que tal vez él no sea así, que tal vez no sea nunca ese el padre de mi alma...

¿Cuándo acabará todo esto, estas calles donde arrastro mi miseria, y estos escalones donde encojo mi frío y siento las manos de la noche por entre mis harapos? Si un día Dios me viniese a buscar y me llevase a su casa y me diese calor y afecto... A veces pienso esto y lloro con alegría al pensar que lo puedo pensar... Pero el viento se arrastra por la calle afuera y las hojas caen en el paseo... Levanto los ojos y veo las estrellas que no tienen sentido ninguno... Y de todo esto sólo quedo yo, un pobre niño abandonado, que ningún Amor quiso para hijo adoptivo, ni ninguna Amistad para su compañero de juegos.

Tengo frío de más. Estoy tan cansado en mi abandono. Ve a buscar, oh Viento, a mi madre. Llévame en la Noche a la casa que no conocí... Vuelve a darme, oh Silencio inmenso, a mi ama y mi cuna y mi canción con la que dormía...

*108.*

**Intervalo doloroso (II)**

Ni en el orgullo tengo consuelo. ¿De qué enorgullecerme si no soy el creador de mí mismo? E incluso si hay en mí de lo que enorgullecerme, cuánto para no enorgullecerme.

Yazgo mi vida. Y ni siquiera sé hacer con el sueño el gesto de levantarme, tan hasta el alma estoy desnudo de la capacidad de esforzarme.

Los creadores de sistemas metafísicos, los // de explicaciones psicológicas son aún jóvenes en el sufrimiento. Sistematizar, explicar, ¿qué es sino // y construir? Y todo eso –ordenar, disponer, organizar– qué es sino esfuerzo realizado– ¡y cuán desoladoramente eso es vida!

Pesimista –yo no lo soy. Dichosos los que consiguen traducir a universal su sufrimiento. Yo no sé si el mundo es triste o malo ni me importa, porque lo que los otros sufren me resulta aborrecido e indiferente. Mientras que no lloren o giman, lo cual me irrita e incomoda, ni un encoger de hombros tengo, –tan hondo me pesa mi desdén por ellos– para su sufrimiento.

Pero yo quiero creer que la vida sea medio luz medio sombras. Yo no soy pesimista. No me quejo del horror de la vida. Me quejo del horror de la mía. El único hecho importante para mí es el hecho de que yo exista y de que yo sufra y de que no pueda siquiera soñarme de todo más allá de sentirme sufriendo.

Soñadores felices son los pesimistas. Forman el mundo a su imagen y así siempre consiguen estar en casa. A mí lo que me duele más es la diferencia entre el ruido y la alegría del mundo y mi tristeza y mi silencio aborrecido.

La vida con todos sus dolores y recelos y sacudidas debe ser buena y alegre, como un viaje en una vieja diligencia para quien va acompañado (y la puede ver).

Ni siquiera puedo sentir mi sufrimiento como señal de grandeza. No sé si lo es. Pero sufro en cosas tan bajas, me hieren cosas tan banales que no oso insultar con esa hipótesis la hipótesis de que yo pueda tener genialidad.

La gloria de un ocaso bello, con su belleza, me entristece. Ante ellos digo siempre: ¡cómo quien sea feliz debe sentirse contento al ver esto!

Y este libro es un gemido. Cuando esté escrito, el *Só* ya no será el libro más triste que habrá en Portugal.

Al pie de mi dolor todos los otros dolores me parecen falsos o mínimos. Son dolores de gente feliz o dolores de gente que vive y se queja. Los míos son de quien se encuentra encarcelado de la vida, aparte...

Entre yo y la vida...

Así que veo todo lo que angustia. Y todo lo que alegra no lo siento. Y me di cuenta de que el mal más se ve que se siente, la alegría más se siente de lo que se ve. Porque no pensando, no viendo, se adquiere un cierto contento, como el de los místicos, los bohemios y los canallas. Pero todo el mal entra en casa por la ventana de la observación y por la puerta del pensamiento.

## 109.

Vivir del sueño y para el sueño, desmontando el Universo y recomponiéndolo, distraídamente cuanto más se aplaza nuestro momento de soñar. Hacer esto consciente, muy conscientemente, de la inutilidad y // de hacerlo. Ignorar la vida con todo el cuerpo, perderse de la realidad con todos los sentidos, abdicar del amor con toda el alma.

Amar con toda el alma. Llenar de arena vana los cántaros de nuestra ida a la fuente y vaciarlos para volver a llenarlos y a vaciarlos, futilísimamente.

Tejer guirnaldas para, después de acabadas, desmontarlas totalmente y minuciosamente.

Coger tintas y mezclarlas en la paleta sin lienzo ante nosotros donde pintar. Encargar piedra para burilar sin tener buril ni ser escultor. Hacer de todo un absurdo y refinar para la futilidad todas nuestras horas estériles. Jugar al escondite con nuestra conciencia de vivir.

Oír a las horas decirnos que existimos con una sonrisa encantada e incrédula. Ver al Tiempo pintar el mundo y encontrar el cuadro no sólo falso sino vano.

Pensar en frases que se contradigan, hablando alto en sonidos que no son sonidos y colores que no son colores. Decir –y entenderlo, por otro lado, imposible– que tenemos conciencia de no tener conciencia, y que no somos lo que somos. Explicar esto todo por un sentido oculto y paradójico de que las cosas tengan en su aspecto otro-lado y divino, y no creer demasiado en la explicación para que no tengamos que abandonarla.

Esculpir en silencio nulo todos nuestros sueños de hablar. Estancar en torpor // todos nuestros pensamientos de acción.

Y sobre todo esto, como un cielo uno y azul, el horror de vivir pende distante.

## 110.

La única actitud digna de un hombre superior es el *pursuit* tenaz de una actividad que se reconoce inútil, el hábito de una disciplina que se sabe estéril, y el uso fijo de normas de pensamiento filosófico y metafísico cuya importancia se siente nula.

Reconocer la realidad como una forma de la ilusión, y la ilusión como una forma de la realidad, es igualmente necesario e igualmente inútil. La vida contemplativa, sólo para existir, tiene que considerar los accidentes objetivos como premisas dispersas de una conclusión inalcanzable; pero tiene al mismo tiempo que considerar las contingencias del sueño como en cierto modo dignas de esa atención a ellas, por la cual nos tornamos contemplativos.

Cualquier cosa, conforme se considera, es un asombro o un estorbo, un todo o un nada, un camino o una preocupación. Considerarla cada vez de un modo diferente es renovarla, multiplicarla por sí misma. Por eso el espíritu contemplativo que nunca salió de su aldea tiene a pesar de todo a sus órdenes el universo entero. En una celda o en un desierto está el infinito. En una piedra se duerme cósmicamente.

Hay, sin embargo, ocasiones de meditación –y les llegan a todos los que meditan– en las que todo está gastado, todo viejo, todo visto, aunque esté por ver. Porque, por más que meditemos cualquier cosa, y, meditándola, la transformemos, nunca la transformamos en algo que no sea sustancia de meditación. Nos llega entonces el ansia de la vida, de conocer sin ser con el conocimiento, de meditar sólo con los sentidos o pensar de un modo táctil o sensible, desde dentro del objeto pensado, como si fuésemos agua y él esponja. Entonces también tenemos nuestra noche, y el cansancio de todas las emociones se ahonda por ser emociones del pensamiento, ya hondas de por sí. Pero es una noche sin reposo, sin luar, sin estrellas, una noche como si todo se hubiese girado del revés –el infinito tornado interior y acercado, el día hecho forro negro de un traje desconocido.

Más vale, sí, más vale siempre ser la babosa humana que ama y desconoce, la sanguijuela que es repugnante sin saberlo. ¡Ignorar como vida! ¡Sentir como olvido! ¡Qué episodios perdidos en la estela verde blanca de naves partidas, como saliva fría del timón alto sirviendo de nariz sobre los ojos de las cámaras viejas!

## 111.

Una vista breve de campo, por encima de un muro de los alrededores, me libera más completamente de lo que un viaje entero liberaría a otro. Todo punto de vista es un ápice de una pirámide invertida, cuya base es indeterminable.

Hubo un tiempo en que me irritaban las cosas que hoy me hacen sonreír. Y una de ellas, que casi todos los días me recuerdan, es la insistencia con la que los hombres cotidianos y activos en la vida se sonríen ante los poetas y los artistas. No siempre lo hacen, como creen los pensadores de los diarios, con un aire de superioridad. Muchas veces lo hacen con cariño. Pero es siempre como quien acaricia a un niño, alguien ajeno a la certeza y a la exactitud de la vida.

Esto me irritaba antiguamente, porque suponía, como los ingenuos, y yo era ingenuo, que esa sonrisa dada a las preocupaciones de soñar y decir era un efluvio de una sensación íntima de superioridad. Es solamente un estallido de indiferencia. Y, si antiguamente yo consideraba esa sonrisa como un insulto, porque implicaba una superioridad, hoy lo considero como una duda inconsciente; como los hombres adultos muchas veces reconocen en los niños una agudeza de espíritu superior a la propia, así nos reconocen, a nosotros que soñamos y lo decimos, una cosa diferente de la que ellos desconfían como extraña. Quiero creer que, muchas veces, los más inteligentes de ellos entreven nuestra superioridad; y entonces sonríen superiormente, para esconder que la entreven.

Pero esa superioridad nuestra no consiste en aquello que tantos soñadores han considerado como la superioridad propia. El soñador no es superior al hombre activo porque el sueño sea superior a la realidad. La superioridad del soñador consiste en que soñar es mucho más práctico que vivir, y en que el soñador extrae de la vida un placer mucho más vasto y mucho más variado que el hombre de acción. En palabras mejores y más directas, el soñador es el verdadero hombre de acción.

Siendo la vida esencialmente un estado mental, y todo, cuanto hacemos o pensamos, válido para nosotros en la proporción en que lo pensamos válido, depende de nosotros la valorización. El soñador es un emisor de notas, y las notas que emite corren en la ciudad de su espíritu del mismo modo que las de la realidad. ¿Qué me importa que el papel moneda de mi alma nunca sea convertible en oro, si no hay oro nunca en la alquimia ficticia de la vida? Después de todos nosotros viene el diluvio, pero es sólo después de todos nosotros. Mejores, y más felices, los que, reconociendo la ficción de todo, hacen el romance antes de que les sea hecho, y, como Maquiavelo, visten los trajes de la corte para escribir bien en secreto.

## 112.

Hoy me he despertado muy temprano, en un sobresalto embrollado, y me he levantado despacio de la cama, bajo el estrangulamiento de un tedio incomprensible. Ningún sueño lo había causado; ninguna realidad lo podría haber hecho. Era un tedio absoluto y completo, pero fundado en cualquier cosa. En las profundidades oscuras de mi alma, invisibles, fuerzas desconocidas libraban una batalla en la que mi ser era el suelo, y todo yo temblaba del embate desconocido. Una náusea física de la vida entera nació con mi despertar. Un horror de tener que vivir se levantó conmigo de la cama. Todo me pareció hueco y tuve la impresión fría de que no hay solución para ningún problema.

Una inquietud enorme me hacía estremecer hasta los gestos mínimos. Tuve recelos de desnortarme, no de locura, sino de allí mismo. Mi cuerpo era un grito latente. Mi corazón golpeaba como si sollozase.

Con pasos largos y falsos, que en vano procuraba tornar en otros, recorrí, descalzo, la superficie pequeña de la habitación interior, que tiene la puerta a un lado hacia el pasillo de la casa. Con movimientos incoherentes e imprecisos, toqué los cepillos de encima de la cómoda, descoloqué una silla, y golpeé columpiando una mano el hierro áspero de los pies de la cama inglesa. Encendí un cigarrillo, que fumé por subconsciencia, y sólo al ver que había caído ceniza sobre el cabecero de la cama –¿cómo, si yo no me había inclinado ahí?– comprendí que estaba poseso, o algo parecido en ser, cuando no en nombre, y que la conciencia de mí, que yo debería tener, se había intercalado con el abismo.

Recibí el anuncio de la mañana, la poca luz fría que da un leve azul blanquecino al horizonte que se revela, como un beso de gratitud por las cosas. Porque esa luz, ese verdadero día, me liberaba, me liberaba no sé de qué, me daba el brazo a la vejez incógnita, hacía fiestas a la infancia postiza, amparaba el reposo mendigo de mi sensibilidad transbordada.

¡Ay, qué mañana ésta, que me despierta para la estupidez de la vida, y para la gran ternura de ella! Casi lloro, viendo clarearse delante de mí, debajo de mí, la vieja calle estrecha, y cuando las contraventanas de la mercería de la esquina ya se revelan castaño sucio en la luz que se derrama un poco, mi corazón tiene un alivio de cuento de hadas reales, y empieza a conocer la seguridad de no sentir.

¡Qué mañana esta pena! ¿Y qué sombras se apartan? ¿Y qué misterios se dieron? Nada: el sonido del primer tranvía como una cerilla que va a alumbrar la oscuridad del alma, y los pasos altos de mi primer transeúnte que son la realidad concreta diciéndome, con voz de amigo, que no esté así.

## 113.

Hay momentos en los que todo cansa, hasta lo que nos descansaría. Lo que nos cansa porque nos cansa; lo que nos descansaría porque la idea de obtenerlo nos cansa. Hay abatimientos del alma debajo de toda la angustia y de todo el dolor; creo que no los conocen quienes no se hurtan a las angustias y los dolores humanos, y tienen diplomacia consigo mismos para esquivarse al propio tedio. Reduciéndose, así, a seres acorazados contra el mundo, no sorprende que, en cierta altura de su conciencia de sí mismos, les pese de repente el bulto entero de la coraza, y la vida les resulte una angustia al revés, un dolor perdido.

Estoy en uno de esos momentos, y escribo estas líneas como quien quiere al menos saber que vive. Todo el día, hasta ahora, he trabajado como un somnoliento, haciendo cuentas por procesos de sueño, escribiendo a lo largo de mi torpor. Todo el día me sentí pesar la vida sobre los ojos y contra las sienes –sueño en los ojos, presión hacia afuera en las sienes, conciencia de todo esto en el estómago, náusea y desaliento.

Vivir me parece un error metafísico de la materia, un descuido de la inacción. Ni siquiera observo el día, para ver lo que tiene que me distraiga de mí, y, escribiéndolo aquí en descripción, tape con palabras la jícara vacía de mi no quererme. Ni siquiera observo el día, e ignoro la espalda doblada si el sol o la falta de sol lo que está ahí fuera en la calle subjetivamente triste, en la calle desierta en la que está pasando el sonido de la gente. Ignoro todo y me duele el pecho. He parado de trabajar y no quiero moverme de aquí. Estoy mirando el papel secante blanco sucio, que se extiende, doblado en los bordes, por la gran edad del escritorio inclinado. Miro atentamente los garabatos de absorción y distracción que están borrados en ella. Varias veces mi firma torcida y al revés. Algunos números aquí y allí, así mismo. Unos dibujos de nada, hechos por mi desatención. Miro todo esto como un aldeano de secantes, con una atención de quien ve novedades, con todo el cerebro inerte por detrás de los centros cerebrales que promueven la visión.

Tengo más sueño íntimo de lo que cabe en mí. Y no quiero nada, no prefiero nada, no hay nada a lo que huir.

## 114.

Vivo siempre en el presente. El futuro, no lo conozco. El pasado, ya no lo tengo. Me pesa el uno como la posibilidad de todo, lo otro como la realidad de nada. No tengo esperanzas ni saudades. Conociendo lo que ha sido mi vida hasta hoy –tantas veces y en tantas cosas lo contrario de lo que había deseado–, ¿qué puedo presumir que sea mi vida mañana, sino que será lo que no presumo, lo que no quiero, lo que me sucede desde fuera, hasta atravesar mi voluntad? Ni tengo nada de mi pasado que recuerde con el deseo inútil de repetirlo. Nunca he sido más que un vestigio y un simulacro de mí. Mi pasado es todo lo que no he conseguido ser. Ni siquiera la saudade de los momentos pasados me resulta *saudosa:* lo que se siente exige el momento; pasado este, hay un pasar de página y la historia continúa, pero no el texto.

Breve sombra oscura de un árbol de ciudad, leve sonido de agua cayendo en el tanque triste, verde del prado regular –jardín público al casi crepúsculo–, sois, en este momento, el universo entero para mí, porque sois el contenido pleno de mi sensación consciente. No quiero más de la vida de lo que sentí perderla en estas tardes imprevistas, al sonido de niños ajenos que juegan, en estos jardines enrejados por la melancolía de las calles que los cercan, y copados, más allá de las ramas altas de los árboles, por el cielo viejo en el que recomienzan las estrellas.

## 115.

Si nuestra vida fuese un eterno estar en la ventana, si nos quedásemos así, como un humo parado, siempre, teniendo siempre el mismo momento de crepúsculo dolorido en la curva de los montes. ¡Si nos quedásemos así más allá de siempre! ¡Si al menos, a este lado de la imposibilidad, pudiésemos quedarnos así, sin cometer una acción, sin que nuestros labios pálidos pecasen más palabras!

¡Mira cómo va oscureciendo!... El sosiego positivo de todo me llena de rabia, algo como lo agrio en el sabor de la aspiración. Me duele el alma... Un trazo lento de humo se eleva y se dispersa allá lejos... Un tedio inquieto me hace no pensar más en ti...

¡Tan superfluo todo! Nosotros y el mundo y el misterio de ambos.

## 116.

La vida es para nosotros lo que concebimos en ella. Para el rústico para quien su campo propio lo es todo para él, ese campo es un imperio. Para el César cuyo imperio aún le parece poco, ese imperio es un campo. El pobre posee un imperio; el grande posee un campo. En la verdad, no poseemos más que nuestras propias sensaciones; en ellas, entonces, que no en lo que ellas ven, tenemos que fundamentar la realidad de nuestra vida.

Esto no viene a propósito de nada.

He soñado mucho. Estoy cansado de haber soñado, pero no cansado de soñar. De soñar nadie se cansa, porque soñar es olvidar, y olvidar no pesa y es un sueño sin sueños en el que estamos despiertos. En sueños lo conseguí todo. También me he despertado, pero ¿qué importa? ¡Cuántos Césares fui! Y los gloriosos, ¡qué mezquinos! César, salvado de la muerte por la generosidad de un pirata, manda crucificar a ese pirata después de que, tras buscarlo bien, consigue apresarlo. Napoleón, haciendo su testamento en Santa Helena, deja un legado a un criminal que había intentado asesinar a Wellington. ¡Oh grandezas iguales a las del alma de la vecina bizca! ¡Oh grandes hombres de la cocinera de otro mundo! Cuántos Césares fui, y sueño todavía con ser.

Cuántos Césares fui, pero no de los reales. Fui verdaderamente imperial en cuanto soñé, y por eso nunca fui nada. Mis ejércitos fueron derrotados, pero la derrota fue humilde, y nadie murió. No perdí banderas. No soñé hasta el punto del ejército, donde ellas apareciesen a mi vista en cuyo sueño hay esquina. Cuántos Césares fui, aquí mismo, en la Rua dos Douradores. Y los Césares que fui viven aún en mi imaginación; pero los Césares que fueron están muertos, y la Rua dos Douradores, es decir la Realidad no los puede conocer.

Tiro la caja de cerillas, que está vacía, al abismo que es la calle más allá del alféizar de mi ventana alta sin balcón. Me incorporo en la silla y escucho. Nítidamente, como significando algo, la caja de cerillas vacía suena en la calle que me declara desierta. No hay ningún sonido más, salvo los de la ciudad entera. Sí, los de la ciudad entera –tantos, sin entenderse, y todos ciertos.

Cuán poco, en el mundo real, forma el soporte de las mejores meditaciones. Haber llegado tarde para desayunar, haberse acabado las cerillas, haber tirado yo, individualmente, la caja a la calle, la indisposición por haber comido fuera de horas, ser domingo, la promesa aérea de un atardecer malo, no ser nadie en el mundo, y toda la metafísica.

¡Pero cuántos Césares fui!

## 117.

Cultivo el odio a la acción como una flor de invernadero. Me vanagloria conmigo mismo de mi disidencia de la vida.

## 118.

Escribir es olvidar. La literatura es la manera más agradable de ignorar la vida. La música acuna, las artes visuales animan, las artes vivas (como la danza y la representación) entretienen. La primera, no obstante, se aparta de la vida por hacer de ella un sueño; las segundas, aun así, no se apartan de la vida –unas porque usan fórmulas visibles y por lo tanto vitales, otras porque viven de la misma vida humana.

No es ese el caso de la literatura. La literatura simula la vida. Un romance es una historia de lo que nunca fue, y un drama es un romance dado sin narrativa. Un poema es la expresión de ideas o de sentimientos en un lenguaje que nadie emplea, puesto que nadie habla en verso.

## 119.

La mayoría de la gente enferma de no saber decir lo que ve o lo que piensa. Dicen que no hay nada más difícil de definir en palabras que una espiral: es preciso, dicen, hacer en el aire, con la mano sin literatura, el gesto, ascendentemente enrollado en orden, con el que la figura abstracta de los muelles se manifiesta a nuestros ojos. Pero, siempre que nos acordemos de que decir es renovar, definiremos sin dificultad una espiral: es un círculo que sube sin conseguir cerrarse nunca. Pero no, la definición aún es abstracta. Buscaré lo concreto, y todo se verá: una espiral es una serpiente sin serpiente enroscada en ninguna cosa humana.

Toda la literatura consiste en un esfuerzo por convertir la vida en algo real. Como todos saben, aun cuando actúan sin saber, la vida es absolutamente irreal en su realidad directa; los campos, las ciudades, las ideas, son cosas absolutamente ficticias, hijas de nuestra compleja sensación de nosotros mismos. Son intransmisibles todas las impresiones salvo si las tornamos literarias. Los niños son muy literarios porque hablan como sienten y no como debe sentir quien siente según otra persona. Un niño, que oí una vez, dijo, queriendo decir que estaba a punto de llorar, no «Tengo ganas de llorar», que es como lo diría un adulto, es decir, un estúpido, sino esto: «Tengo ganas de lágrimas». Y esta frase, absolutamente literaria, hasta el punto de que resultaría afectada en un poeta célebre, si él la pudiese decir, refleja absolutamente la presencia caliente de las lágrimas al romper en los párpados conscientes de la amargura líquida. ¡«Tengo ganas de lágrimas»! Ese niño pequeño definió bien su espiral.

¡Decir! ¡Saber decir! ¡Saber existir por la voz escrita y la imagen intelectual! Todo esto es lo que vale la vida: lo demás son hombres y mujeres, amores supuestos y vanidades ficticias, subterfugios de la digestión y del olvido, gente que se revuelve, como bichos cuando se levanta una piedra, sobre el gran pedrusco abstracto del cielo azul sin sentido.

## 120.

¿Qué me importa que nadie lea lo que escribo? Me escribo para distraerme de vivir, y me publico porque el juego tiene esa regla. Si mañana se perdiesen todos mis escritos, tendría pena, pero, creo bien, no una pena violenta y loca como sería de suponer, puesto que en todo eso iba toda mi vida. ¿No es cierto, pues, que la madre, muerto el hijo, meses después ya ríe y es la misma? La gran tierra, que sirve a los muertos, serviría, menos maternalmente, esos papeles. No todo importa y creo de verdad que hay quien ve la vida sin una gran paciencia con ese niño despierto y con un gran deseo de sosiego de cuando ella, al fin, se haya ido a acostar.

## 121.

Siempre leí con disgusto en el diario de Amiel las referencias que recuerdan que él publicó libros. La figura se rompe allí. Si no fuera eso, ¡qué grande!

El diario de Amiel me dolió siempre por causa mía.

Cuando llegué a aquel punto en el que dice que Scherer le describió el fruto del espíritu como «la conciencia de la conciencia», sentí una referencia directa a mi alma.

## 122.

Esa malicia incierta y casi imponderable que alegra cualquier corazón humano ante el dolor de los otros, y la incomodidad ajena, la pongo yo en el examen de mis propios dolores, la llevo tan lejos que en las ocasiones en que me siento ridículo o mezquino, la gozo como si fuese otro quien lo estuviese siendo. Por una extraña y fantástica transformación de sentimientos, sucede que no siento esa alegría malvada y humanísima ante el dolor y el ridículo ajeno. Siento ante el rebajamiento de los otros no un dolor, sino una incomodidad estética y una irritación sinuosa. No es por bondad que pasa esto, sino porque quien se vuelve ridículo no sólo se vuelve ridículo para mí, sino también para los otros, y me irrita que alguien esté siendo ridículo para los otros, me duele que cualquier animal de la especie humana se ría a costa del otro, cuando no tiene derecho a hacerlo. Si los otros se ríen a mi costa no me importa, porque de mí hacia afuera hay un desprecio proficuo y blindado.

Más terribles que cualquier muro, puse rejas altísimas demarcando el jardín de mi ser, de manera que, viendo yo perfectamente a los otros perfectísimamente los excluyo y mantengo otros.

Escoger modos de no actuar fue siempre la atención y el escrúpulo de mi vida.

No me someto al Estado ni a los hombres; resisto inertemente. El Estado sólo me puede querer para una acción cualquiera. Si no actúo yo, él no consigue nada de mí. Hoy ya no se mata, y él sólo me puede incomodar; si eso sucediera, tendría que blindar más mi espíritu y vivir más lejos dentro de mis sueños. Pero eso no sucedió nunca. Nunca me apocó el Estado. Creo que la suerte supo providenciar.

## 123.

Como todos los individuos de gran movilidad mental, tengo un amor orgánico y fatal a la fijación. Abomino la vida nueva y el lugar desconocido.

## 124.

La idea de viajar me da náuseas.

Ya vi todo lo que nunca había visto.

Ya vi todo lo que aún no vi.

El tedio de lo constantemente nuevo, el tedio de descubrir, sobre la falsa diferencia de las cosas y de las ideas, la perenne identidad de todo, la semejanza absoluta entre la mezquita, el templo y la iglesia, la igualdad de la cabaña y del castillo, el mismo cuerpo estructural sea rey vestido y salvaje desnudo, la eterna concordancia de la vida consigo misma, el estancamiento de todo lo que vive sólo de moverse.

Los paisajes son repeticiones. En un simple viaje de tren me divido inútil y angustiadamente entre la falta de atención al paisaje y la falta de atención al libro que me entretendría si yo fuese otro. Tengo de la vida una náusea vaga, y el movimiento me la acentúa.

Sólo no hay tedio en los paisajes que no existen, en los libros que nunca leeré. La vida, para mí, es una somnolencia que no llega al cerebro. Ese lo conservo libre para que en él yo pueda estar triste.

¡Ay, que viajen los que no existen! Para quien no es nada, como un río, el correr debe ser vida. Pero para los que piensan y sienten, para los que están despiertos, la horrorosa litera de los trenes, de los automóviles, de los navíos no deja dormir sin despertar.

De cualquier viaje, aunque sea pequeño, regreso como de un sueño lleno de sueños –en una confusión tórpida, con las sensaciones coladas unas a otras, borracho de lo que vi.

Para el reposo me falta la saudade del alma. Para el movimiento me falta algo que hay entre el alma y el cuerpo; se me niegan, no los movimientos, sino el deseo de tenerlos.

Muchas veces me ha sucedido querer atravesar el río, estos diez minutos del Terreiro do Paço a Cacilhas. Y casi siempre he tenido como una timidez de tanta gente, de mí mismo y de mi propósito. Una u otra vez he ido, siempre oprimido, siempre disfrutando solamente del pie en la tierra de cuando estoy de vuelta.

Cuando se siente de más, el Tajo es Atlántico sin número, y Cacilhas otro continente, o hasta otro universo.

## 125.

Soy curioso de todos, ávido de todo, voraz de la idea de todas. Me pesa como la pérdida de // la noción de que no todo puede ser visto, ni todo leído, ni todo pensado...

Pero no veo atentamente, ni leo con importancia, ni pienso con proseguimiento. En todo soy un diletante intenso y frustrado. Mi alma es demasiado frágil como para tener la fuerza de su propio entusiasmo. Estoy hecho de las ruinas de lo inacabado, y es un paisaje de desistimientos el que definiría mi ser.

Divago, si me concentro; todo en mí es decorativo e incierto, como un espectáculo en la bruma.

Que don Sebastião venga por la niebla no desdice la historia. Toda la historia va y viene entre nieblas, y las mayores batallas que se narran, las mayores pompas, los más grandes logros no son más que espectáculos en la bruma, cortejos en la distancia del crepúsculo y del apagamiento.

El alma en mí es expresiva y material. O me estanco en un no-ser de lino sensible, o me despierto, y si me despierto me proyecto en palabras como si fuesen el abrir de ojos de mi ser. Si pienso, el pensamiento me surge en el propio espíritu con frases, secas y ritmadas, y yo nunca distingo bien si pienso antes de decirlo, si apenas después de verme haberlo dicho. Si me sorprendo soñando, hay palabras luego en mí. En mí toda emoción es una imagen, y todo sueño una pintura musicada. Lo que escribo puede ser malo, pero es más yo de lo que pienso. Así lo creo a veces...

Desde que vivo, me narro, y el más pequeño de mis tedios conmigo, si me inclino sobre él, se desabrocha, por un magnetismo de // en flores de colores de musicales abismos.

Esta tendencia carnal a convertir todo el pensamiento en expresión, o, mejor, pensar como expresión de todo pensamiento; de ver toda la emoción en color y forma, e incluso toda negación en ritmo, //.

Escribo con una gran intensidad de expresión; lo que siento no sé lo que es. Soy mitad sonámbulo y la otra parte nada.

La mujer que soy cuando me conozco.

El opio de los crepúsculos regios, y la maravilla tumbada a oscuras, la mano que se desenrosca de los harapos.

A veces es tan grande, tan rápida, tan abundante la fluencia concentrada de imágenes y frases ciertas que se me desarrollan en el espíritu desatento, que rabio, me retuerzo, lloro de tener que perderlas –porque las pierdo. Cada una tiene su momento, y no puede recordarse fuera de él. Y me queda, como a un enamorado la saudade de un rostro amable entrevisto y no fijado, la memoria de mi ser como de muertos, el asomarme al abismo de un pasado rápido de imágenes e ideas, figuras muertas de la bruma de la que ellas mismas se forman.

Fluido, ausente, inesencial, me pierdo de mí como si me ahogase en nada; soy pasado, y esta palabra, que habla y detiene, dice, tiene, todo.

El ritmo de la palabra, la imagen que evoca, y su sentido como idea, juntos necesariamente en cualquier palabra, son para mí juntos con separación. Sólo con pensar una palabra comprendería el concepto de la Trinidad. Pienso la palabra «innumerable», y la escojo como ejemplo porque es abstracta y excusa. Pero si la oigo en mi ser, ruedan grandes olas como sonidos que no paran en el mar sin fin; se constelan en cielos, y no es de estrellas, sino de la música de todas las olas que los sonidos se constelan, y la idea de un infinito que discurre se me abre, como una bandera desplegada, en estrellas con sonidos de mar, y a un mar que refleje todas las estrellas.

## 126.

No teniendo nada que hacer, ni nada que pensar en hacer, voy a poner en este papel la descripción de mi ideal.

*Apunte*

La sensibilidad de Mallarmé dentro del estilo de Vieira; soñar como Verlaine en el cuerpo de Horacio; ser Homero a la luz de la luna.

Sentir todo de todas las maneras; saber pensar con las emociones y sentir con el pensamiento; no desear mucho sino con la imaginación; sufrir con *coquetterie;* ver claro para escribir justo; conocerse con fingimiento y táctica, naturalizarse diferente y con todos los documentos; en resumen, utilizar por dentro todas las sensaciones, pelándolas hasta Dios; pero envolver de nuevo y reponer en el escaparate como ese vendedor que veo aquí con las latas pequeñas de betún de la nueva marca. Todos estos ideales, posibles o imposibles, se acaban ahora. Tengo la realidad delante de mí –no es siquiera el cajero, es su mano (a él no lo veo), tentáculo absurdo de un alma con familia y suerte, que hace de gestos de araña sin tela al extenderse en el reemplazo ahí enfrente.

Y una de las latas cayó, como el Destino de todos.

## 127.

Cuanto más contemplo el espectáculo del mundo, y el flujo y reflujo de la mutación de las cosas, más profundamente me compenetro con la ficción congénita de todo, del falso prestigio de la pompa de todas las realidades. Y en esta contemplación, que a todos, los que reflexionamos, una u otra vez habrá sucedido, la marcha multicolor de las costumbres y las modas, el camino complejo del progreso y las civilizaciones, la grandiosa confusión de los imperios y culturas –todo eso me parece un mito y una ficción, soñado entre sombras y olvidos. Pero no sé si la definición suprema de todos esos propósitos muertos, hasta cuando son conseguidos, debe estar en la abdicación extática del Buda, quien, al comprender la vacuidad de las cosas, se levantó de su éxtasis diciendo: «Ya lo sé todo», o en la indiferencia demasiado experimentada del emperador Severo: *«omnia fui, nihil expedit* –lo fui todo, nada vale la pena».

## 128.

... el mundo, vertedero de fuerzas instintivas, que en todo caso brilla al sol con tonos paletados de oro claro y oscuro.

Para mí, si lo pienso, pestes, tormentas, guerras, son productos de la misma fuerza ciega, operando una vez a través de microbios inconscientes, otra vez a través de rayos y agua inconscientes, otra vez a través de hombres inconscientes. Un terremoto y una masacre no son más diferentes para mí que asesinar con un cuchillo y asesinar con un puñal. El monstruo inmanente de las cosas tanto se sirve –para bien o para mal, que, al parecer, le son indiferentes– de mover un pedrusco en un alto o de mover la envidia o la codicia en un corazón. El pedrusco cae, y mata a un hombre; la codicia o la envidia arman a un brazo, y el brazo mata a un hombre. Así es el mundo, vertedero de fuerzas instintivas, que todavía brilla al sol con tonos paletados de oro claro y oscuro.

Para hacer frente a la brutalidad de la indiferencia, que constituye el fondo visible de las cosas, descubrieron los místicos que lo mejor era repudiar. Negar el mundo, apartarse de él como de un pantano a cuya orilla nos encontrásemos. Negar como Buda, negando su realidad absoluta; negar como Cristo, negando su realidad relativa; negar //.

No le pedí a la vida nada excepto que no me exigiese nada. A la puerta de la cabaña que no tuve, me senté al sol que nunca hizo, y disfruté la vejez futura de mi realidad cansada (con el placer de no tenerla aún). No haber muerto aún basta a los pobres de la vida, y tener aún esperanza para //.

... contento con el sueño sólo cuando no estoy soñando, contento con el mundo sólo cuando sueño lejos de él. Péndulo oscilante, siempre moviéndose para no llegar, yendo sólo para volver, preso eternamente en la doble fatalidad de un centro y un movimiento inútil.

## 129.

Me busco y no me encuentro. Pertenezco a horas crisantemos, nítidas en alejamientos de jarrones. Dios hizo de mi alma una cosa decorativa.

No sé qué detalles excesivamente pomposos y escogidos definen el hechizo de mi espíritu. Mi amor a lo ornamental es sin duda porque siento en él algo idéntico a la sustancia de mi alma.

## 130.

Las cosas más simples, más realmente simples, que nada puede tornar semisimples, me las torna complejas el vivirlas. Dar a alguien los buenos días a veces me intimida. Se me seca la voz, como si hubiera una audacia extraña en decir esas palabras en voz alta. Es una especie de pudor de existir –¡no tiene otro nombre!

El análisis constante de nuestras sensaciones crea un modo nuevo de sentir, que parece artificial a quien analiza sólo con la inteligencia, pero no con la propia sensación.

Toda mi vida fui fútil metafísicamente, serio de broma. Nada he hecho en serio, por más que quisiese. Se divirtió en mí conmigo un destino *malin*.

¡Tener emociones de cretona, o de seda, o de brocado! ¡Tener emociones descriptibles así! ¡Tener emociones descriptibles!

Sube por mí en el alma un arrepentimiento que es de Dios por todo, una pasión sorda de lágrimas por la condena de los sueños en la carne de quienes los soñaron... Y odio sin odio a todos los poetas que escribieron versos, todos los idealistas que quisieron ver su ideal, todos los que consiguieron lo que querían.

Vago indefinidamente por las calles sosegadas, ando hasta cansar el cuerpo de acuerdo con el alma, me duele hasta ese extremo de dolor conocido que tiene un gozo en sentirse, una compasión materna por sí misma, que es musicalizada e indefinible.

¡Dormir! ¡Adormecer! ¡Sosegar! Ser una conciencia abstracta de respirar sosegadamente, sin mundo, sin estrellas, sin alma –¡mar muerto de emoción reflejando una ausencia de estrellas!

## 131.

¡El peso de sentir! ¡El peso de tener que sentir!

## 132.

... la hiperacuidad no sé si de las sensaciones, si sólo de la expresión de ellas, o si, más propiamente, de la inteligencia que está entre unas y otra y forma del propósito de expresar la emoción ficticia que existe sólo para ser expresa. (Tal vez no sea más en mí que la máquina de revelar quien no soy).

## 133.

Hace mucho tiempo que no escribo. Han pasado meses sin que viva, y voy durando, entre la oficina y la fisiología, en un estancamiento íntimo de pensar y de sentir.

Esto, desgraciadamente, no descansa: en la putrefacción hay fermentación.

Hace mucho tiempo que no sólo no escribo, sino que ni siquiera existo. Creo que apenas sueño. Las calles son calles para mí. Hago el trabajo de oficina con conciencia sólo para él, pero no puedo decirlo bien sin distraerme: estoy por detrás, en vez de meditando, durmiendo, pero estoy siempre otro por detrás del trabajo.

Hace mucho tiempo que no existo. Estoy sosegadísimo. Nadie me distingue de quién soy. Ahora me sentí respirar como si hubiera practicado algo nuevo, o atrasado. Empiezo a tener conciencia de tener conciencia.

Tal vez mañana despierte para mí mismo, y reate el curso de mi propia existencia. No sé si, con eso, seré más feliz o menos. No sé nada. Levanto la cabeza de paseante y veo que, en las laderas del Castillo, el poniente opuesto arde en decenas de ventanas, en una reverberación alta de fuego frío. Alrededor de esos ojos de llama dura, toda la ladera es suave al final del día. Puedo al menos sentirme triste, y darme cuenta de que con esta tristeza mía se cruzó ahora –visto con el oído– el sonido súbito del tranvía que pasa, la voz casual de los conversadores jóvenes, el susurro olvidado de la ciudad viva.

Hace mucho tiempo que no soy yo.

## 134.

Me ocurre a veces, y siempre que ocurre es casi de repente, que me surge en medio de las sensaciones un cansancio tan terrible de la vida que no hay siquiera hipótesis de acto con que dominarlo. Para remediarlo el suicidio parece incierto, la muerte, incluso supuesta la inconsciencia, aún es poco. Es un cansancio que ambiciona, no dejar de existir –lo que puede ser o puede no ser posible– sino una cosa mucho más horrorosa y profunda, dejar de haber existido siquiera, lo cual no hay manera de que pueda ser.

Creo entrever, a veces, en las especulaciones, en general confusas, de los indios, algo de esta ambición más negativa que la nada. Pero o les falta la agudeza de sensación para relatar así lo que piensan, o les falta la acuidad de pensamiento para sentir así lo que sienten. El hecho es que lo que en ellos entreveo no veo. El hecho es que me creo el primero en entregar a palabras el absurdo siniestro de esta sensación sin remedio.

Y la curo con escribirla. Sí, no hay desolación, si es profunda de veras, que no sea puro sentimiento, mientras en ella participe la inteligencia, para la que no exista el remedio irónico de decirla. Cuando la literatura no tuviera otra utilidad, ésta, aunque para pocos, tendría.

Los males de la inteligencia, desgraciadamente, duelen menos que los del sentimiento, y los del sentimiento, desgraciadamente, menos que los del cuerpo. Digo «desgraciadamente» porque la dignidad humana exigiría lo contrario. No hay sensación angustiada del misterio

que pueda doler como el amor, los celos o la saudade, que pueda sofo-
car como el miedo físico intenso, que pueda transformar como la ira o
la ambición. Pero tampoco ningún dolor de los que despedazan el alma
consigue ser tan realmente dolor como el dolor de muelas, o de los có-
licos, o (supongo) el dolor del parto.

De tal modo estamos constituidos que la inteligencia que ennoblece
ciertas emociones o sensaciones, y las eleva encima de otras, las depri-
me también si extiende su análisis a la comparación entre todas.

Escribo como quien duerme, y toda mi vida es un recibo por firmar.

Dentro de la caponera de donde saldrá para que lo maten, el gallo
canta himnos a la libertad porque le han dado dos gallineros.

## 135.

Cuanto más alto el hombre, de más cosas tiene que privarse. En la
cima no hay lugar sino para el hombre solo. Cuanto más perfecto, más
completo; y cuanto más completo, menos otros.

Estas consideraciones me vinieron después de leer en un periódico
la noticia de la gran vida múltiple de un hombre célebre. Era un millonario americano, y lo había sido todo. Tuvo todo cuanto ambicionó
–dinero, amores, afectos, dedicaciones, viajes, colecciones. No es que
el dinero lo pueda todo, pero el gran magnetismo, con el que se obtiene
mucho dinero puede, efectivamente, casi todo.

Cuando dejé el periódico sobre la mesita, ya reflexionaba que lo
mismo, en su esfera, podría decirse del dependiente de la tienda, más o
menos conocido mío, que come todos los días, como hoy está comiendo, en la mesa del fondo de la esquina. Todo cuanto tenía el millonario,
lo tenía este hombre; en menor grado, es cierto, pero lo justo para su
estatura. Los dos hombres han conseguido lo mismo, no hay diferencia
de celebridad, porque ahí también la diferencia de ambientes establece
la identidad. No hay nadie en el mundo que no conozca el nombre del
millonario americano; pero no hay nadie en la plaza de Lisboa que no
conozca el nombre del hombre que está comiendo allí.

Estos hombres, al final, consiguieron todo lo que la mano puede
alcanzar, extendiendo el brazo. Variaba en ellos la longitud de sus brazos, por lo demás eran iguales. Nunca conseguí envidiar a este tipo de
gente. Pensé siempre que la virtud residía en conseguir lo que no se alcanzaba, en vivir donde no se está, en estar más vivo después de muerto
que cuando se está vivo –en conseguir, en fin, cualquier cosa difícil,
absurda, en vencer, como obstáculo la realidad misma del mundo.

Si me dijeran que es nulo el placer de perdurar después de no existir, responderé, primero, que no sé si lo es o no, pues no sé la verdad

sobre la supervivencia humana; responderé después que el placer de la fama futura es un placer presente –la fama es la que es futura. Y es un placer de orgullo igual a ninguno que cualquier posesión material consiga dar. Puede ser, de hecho, ilusorio, pero sea lo que fuere, es mayor que el placer de disfrutar sólo lo que está aquí. El millonario americano no puede creer que la posteridad aprecie sus poemas, ya que no ha escrito ninguno; el oficinista de la plaza no puede suponer que el futuro se deleite con sus cuadros, puesto que ninguno pintó.

Yo, no obstante, que en esta vida transitoria no soy nada, puedo disfrutar de la visión del futuro al leer esta página, pues efectivamente la escribo; puedo enorgullecerme, como de un hijo, de la fama que tendré, porque al menos tengo con qué tenerla. Y cuando pienso esto, levantándome de la mesa, es con una íntima majestad que mi estatura invisible se eleva por encima de Detroit, Michigan, y de toda la plaza de Lisboa.

Reparo, no obstante, en que no fue con estas reflexiones con que comencé a reflexionar.

Lo que pensé luego fue en lo poco que tiene que ser en la vida quien tiene que sobrevivir. Tanto da una reflexión o la otra, pues son la misma. La gloria no es una medalla, sino una moneda: de un lado tiene la Figura, del otro una indicación de valor. Para los valores más altos no hay monedas: son de papel, y ese valor es siempre poco.

Con estas psicologías metafísicas se consuelan los humildes como yo.

## 136.

Algunos tienen un gran sueño en la vida y faltan a ese sueño. Otros no tienen en la vida ningún sueño, y faltan a ése también.

## 137.

Todo esfuerzo, sea cual fuere el fin hacia el que tiende, sufre, al manifestarse, los desvíos que la vida le impone. Se convierte en otro esfuerzo, sirve a otros fines, consuma a veces justo lo contrario de lo que pretendía realizar. Sólo un fin bajo merece la pena, porque sólo un fin bajo puede realizarse plenamente. Si quiero emplear mis esfuerzos para conseguir una fortuna, podré en cierto modo conseguirla; el fin es bajo, como todos los fines cuantitativos, personales o no, y es alcanzable y verificable. Pero, ¿cómo voy a efectuar mi intento de servir a mi patria, o extender la cultura humana, o mejorar la humanidad? Ni puedo tener la certeza de los procesos, ni la verificación de los fines; //.

## 138.

El hombre perfecto del pagano era la perfección del hombre que hay; el hombre perfecto del cristiano la perfección del hombre que no hay; el hombre perfecto del budista la perfección de no haber el hombre.

La naturaleza es la diferencia entre el alma y Dios.

Todo cuanto el hombre expone o expresa es una nota al margen de un texto apagado de todo. Más o menos, por el sentido de la nota, sacamos el sentido que debía ser del texto; pero queda siempre una duda, y los sentidos posibles son muchos.

## 139.

Muchos han definido al hombre, y en general lo han definido en contraste con los animales. Por eso, en las definiciones del hombre, es frecuente el uso de la frase «el hombre es un animal» y un adjetivo, o «el hombre es un animal que...» y se dice qué. «El hombre es un animal enfermo», dijo Rousseau, y en parte es verdad. «El hombre es un animal racional», dice la Iglesia, y en parte es verdad. «El hombre es un animal que utiliza herramientas», dice Carlyle, y en parte es verdad. Pero estas definiciones, y otras como ellas, son siempre imperfectas y laterales. Y la razón es muy sencilla: no es fácil distinguir al hombre de los animales, no hay criterios seguros para distinguir al hombre de los animales. Las vidas humanas transcurren en la misma inconsciencia íntima que las vidas de los animales. Las mismas leyes profundas que rigen desde fuera los instintos de los animales, rigen, también desde fuera, la inteligencia del hombre, que parece no ser más que un instinto en formación, tan inconsciente como todo instinto, menos perfecto porque aún no se ha formado.

«Todo viene de la sinrazón», se dice en la Antología griega. Y en efecto, todo proviene de la sinrazón. Aparte de las matemáticas, que sólo tienen que ver con números muertos y fórmulas vacías, y que por eso pueden ser perfectamente lógicas, la ciencia no es más que un juego de niños en el crepúsculo, un querer atrapar sombras de aves y parar sombras de hierbas al viento.

Y es curioso y extraño que, no siendo fácil encontrar palabras con las que verdaderamente se defina el hombre como distinto de los animales, es todavía fácil encontrar una manera de diferenciar al hombre superior del hombre vulgar.

Nunca he olvidado aquella frase de Haeckel, el biólogo, que leí en la infancia de mi inteligencia, cuando se leen las divulgaciones científicas y las razones contra la religión. La frase es esta, o casi esta: que mucho más lejos está el hombre (un Kant o un Goethe, creo que dijo) del hombre vulgar, que el hombre vulgar del mono. Nunca he olvidado la frase porque es verdadera. Entre mí, que soy poco en el orden de los que piensan, y un campesino de Loures hay, sin duda, mayor distancia que entre ese campesino y, ya no digo un mono, sino un gato o un perro.

Ninguno de nosotros, desde el gato hasta mí, lleva realmente la vida que le es impuesta, o el destino que le es dado; todos somos igualmente derivados de no sé qué, sombras de gestos hechos por otros, efectos encarnados, consecuencias que sienten. Pero entre el campesino y yo hay una diferencia de cualidad, procedente de la existencia en mí del pensamiento abstracto y de la emoción desinteresada; y entre él y el gato no hay, en espíritu, más que una diferencia de grado.

El hombre superior difiere del inferior, y de los hermanos animales de éste, por la simple cualidad de la ironía. La ironía es el primer indicio de que la conciencia se ha hecho consciente. Y la ironía atraviesa dos estadios: el estadio marcado por Sócrates, cuando dijo «sólo sé que no sé nada», y el estadio marcado por Sanches, cuando dijo «ni siquiera sé si nada sé». El primer paso llega a ese punto en el que dudamos de nosotros y de nuestra duda, y pocos hombres lo han alcanzado en la corta extensión ya tan larga del tiempo en el que, humanidad, hemos visto el sol y la noche sobre las diversas superficies de la Tierra.

Conocerse es errar, y el oráculo que dijo «Conócete a ti mismo» propone una tarea mayor que las de Hércules y un enigma más negro que el de la Esfinge. Desconocerse conscientemente, ese es el camino. Y desconocerse conscientemente es el uso activo de la ironía. No conozco nada más grande, ni más propio del hombre verdaderamente grande, que el análisis paciente y expresivo de los modos de desconocernos, el registro consciente de la inconsciencia de nuestras conciencias, la metafísica de las sombras autónomas, la poesía del crepúsculo de la desilusión.

Pero siempre algo nos elude, siempre cualquier análisis nos embota siempre la verdad, aunque falsa, está a la vuelta de la esquina. Y esto cansa más que la vida, cuando ella cansa, y que el conocimiento y la meditación sobre ella, que nunca dejan de cansar.

Me levanto de la silla desde donde, apoyado distraídamente en la mesa, me entretuve narrando para mí estas impresiones irregulares. Me levanto, levanto mi cuerpo en sí mismo, y me dirijo a la ventana, alta encima de los tejados, desde donde puedo ver la ciudad ir a dormir en un comienzo lento de silencio. La luna, grande y de un blanco blanco, dilucida tristemente los desniveles aterrazados de las casas. Y el luar parece iluminar álgidamente todo el misterio del mundo. Parece mostrar todo, y todo son sombras con mezclas de luz mala, intervalos falsos, desnivelamientos absurdos, incoherencias de lo visible. No hay brisa, y parece que el misterio es mayor. Tengo náuseas ante el pensamiento abstracto. Nunca escribiré una página que me revele o que revele alguna cosa. Una nube muy leve se cierne vaga encima de la luna, como un escondrijo. Ignoro como estos tejados. Fallé, como la naturaleza entera.

## 140.

La persistencia instintiva de la vida a través de la apariencia de la inteligencia es para mí una de las contemplaciones más íntimas y constantes. El disfraz irreal de la conciencia sólo sirve para subrayarme esa inconsciencia que no se disfraza.

Del nacimiento a la muerte, el hombre vive siervo de la misma exterioridad de sí mismo que tienen los animales. Toda la vida no vive, sino que vegeta en mayor grado y con más complejidad. Se guía por normas que no sabe que existen, ni que por ellas se guía, y sus ideas, sus sentimientos, sus acciones, son todas inconscientes –no porque en ellas falte la conciencia, sino porque en ellas no hay dos conciencias.

Atisbos de tener la ilusión –eso, y no más, tiene el más grande de los hombres.

Sigo, en un pensamiento divagante, la historia vulgar de las vidas vulgares.

Veo cómo en todo son siervos del temperamento subconsciente, de circunstancias externas ajenas, de los impulsos de convivialidad y de inconvivialidad que en él, por él y con él chocan como pocas cosas.

Cuántas veces los he oído decir la misma frase que simboliza todo el absurdo, toda la nada, toda la despreocupación hablada de sus vidas. Es esa frase que usan de cualquier placer material: «eso es lo que la gente se lleva de esta vida»...

¿Se lleva a dónde? ¿Se lleva para dónde? ¿Se lleva para qué? Sería triste despertarlos de la sombra con una pregunta como esta... Habla así un materialista, porque todo hombre que habla así es, aunque subconscientemente, materialista. ¿Qué es lo que él se piensa llevar de la vida, y de qué manera? ¿Para dónde lleva sus chuletas de cerdo y el vino tinto y la chica casual? ¿A qué cielo en el que no cree? ¿A qué tierra en la que no lleva más que la podredumbre que toda su vida fue latente? No conozco frase más trágica, ni más plenamente reveladora de la humanidad humana. Es lo que dirían las plantas si supieran que disfrutan del sol. Es lo que dirían sobre sus placeres sonámbulos los animales inferiores al hombre en la expresión de sí mismos. Y quién sabe, yo que hablo, si al escribir estas palabras con la vaga impresión de que puedan durar, no pienso también que el recuerdo de haberlas escrito es lo que «me llevo de esta vida». Y, como el inútil cadáver de lo vulgar a la tierra común, baja al olvido común el cadáver igualmente inútil de mi prosa hecha a medida. ¿Las chuletas de cerdo, el vino, la chica del otro? ¿Para qué me burlo yo de ellos?

Hermanos en la despreocupación común, modos diferentes de la misma sangre, formas diferentes de la misma herencia –¿cuál de nosotros puede renegar del otro?

Uno reniega de su mujer, pero no de su madre, ni de su padre, ni de su hermano.

## 141.

Quedo asombrado siempre cuando acabo algo. Asombrado y desolado. Mi instinto de perfección debería inhibirme de acabar; debería inhibirme hasta de empezar. Pero me distraigo y hago. Lo que consigo es el producto, en mí, no de una aplicación de la voluntad, sino de un ceder a ella. Empiezo porque no tengo fuerzas para pensar; acabo porque no tengo alma para suspender. Este libro es mi cobardía.

La razón por la que tantas veces interrumpo un pensamiento con un trecho de paisaje, que de algún modo se integra en el esquema, real o supuesto, de mis impresiones, es que ese paisaje es una puerta por la que huyo del conocimiento de mi impotencia creadora. Tengo la necesidad, en medio de las conversaciones conmigo mismo que forman las palabras de este libro, de hablar de repente con otra persona, y me dirijo a la luz que cuelga, como ahora, sobre los tejados de las casas, que parecen mojados por recibirla de lado; al agitarse suave de los árboles altos de la ladera de la ciudad, que parecen cerca, en posibilidad de derrumbamiento mudo; a los carteles superpuestos de las casas empinadas, con ventanas por letras donde el sol muerto dora goma húmeda.

¿Por qué escribo si no escribo mejor? ¿Pero qué sería de mí si no escribiera lo que consigo escribir, por inferior a mí mismo que sea en eso?

Soy un plebeyo de la aspiración, porque intento realizarla; no oso el silencio como quien recela de un cuarto oscuro. Soy como los que valoran más la medalla que el esfuerzo, y disfrutan de la gloria en la pelliza.

Para mí, escribir es despreciarme, pero no puedo dejar de escribir. Escribir es como la droga que aborrezco y tomo, el vicio que desprecio y en el que vivo. Hay venenos necesarios, y los hay sutilísimos, compuestos de ingredientes del alma, hierbas cogidas en los rincones de las ruinas de los sueños, amapolas negras halladas al pie de las sepulturas del propósito, hojas largas de árboles obscenos que agitan las ramas en las orillas oídas de los ríos infernales del alma.

Escribir, sí, es perderme, pero todos se pierden, porque todo es pérdida. Sin embargo, yo me pierdo sin alegría, no como el río en la hoz para la que nació sin saberlo, sino como el lago hecho en la playa por la marea alta, y cuya agua sumida nunca vuelve al mar.

### 142.

Me levanto de la silla con un esfuerzo monstruoso, pero tengo la impresión de que me llevo la silla conmigo, y que es más pesada, porque es la silla del subjetivismo.

### 143.

¿Quién soy yo para mí? Sólo una sensación mía.

Mi corazón se vacía sin querer, como un balde roto. ¿Pensar? ¿Sentir?

¡Cómo cansa todo si es una cosa indefinida!

### 144.

Como hay quien trabaja por tedio, yo escribo, a veces, porque no tengo nada que decir.

El devaneo, en que naturalmente se pierde quien no piensa, yo me pierdo en él por escrito, porque sé soñar en prosa. Y hay mucho sentimiento sincero, mucha emoción legítima, que saco de no estar sintiendo.

Hay momentos en los que la vacuidad de sentirse vivir alcanza el espesor de una cosa positiva. En los grandes hombres de acción, que son los santos, puesto que actúan con toda la emoción y no sólo con una parte de ella, este sentimiento de que la vida no es nada conduce al infinito. Se adornan de noche y de astros, se ungen de silencio y de soledad.

En los grandes hombres de inacción, a cuyo número humildemente pertenezco, el mismo sentimiento conduce a lo infinitesimal; se estiran las sensaciones, como bandas elásticas, para ver los poros de su falsa continuidad.

Y unos y otros, en estos momentos, aman el sueño, como el hombre vulgar que ni actúa ni no actúa, mero reflejo de la existencia genérica de la especie humana. El sueño es la fusión con Dios, el Nirvana, sea en las definiciones lo que fuere; el sueño es el análisis lento de las sensaciones, ya sea usada como una ciencia atómica del alma, ya sea dormida como una música de la voluntad, anagrama lento de la monotonía.

Escribo demorándome en las palabras, como escaparates donde no veo, y son medios sentidos, casi expresiones lo que me queda, como colores de tapicería que no vi lo que son, armonías exhibidas compuestas de no sé qué objetos. Escribo acunándome, como una madre loca a un hijo muerto.

Me encontré en este mundo cierto día, que no sé cuál fue, y hasta allí, desde que evidentemente nací, había vivido sin sentir. Si pregunté dónde estaba, todos me engañaron, y cada uno me dijo una cosa suya. Si, por no saber, paré en el camino, todos se asombraron de que no siguiese adonde nadie sabía lo que había, o que no me volviera atrás –yo, que, despierto en la encrucijada, no sabía de dónde había venido. Vi que estaba en escena y no sabía el papel que los otros decían después, sin saberlo tampoco. Vi que estaba vestido de paje, y no me daban la reina, culpándome de no tenerla. Vi que tenía en las manos el mensaje para entregar, y cuando les dije que el papel estaba en blanco, se rieron de mí. Y todavía no sé si rieron porque todos los papeles están en blanco, o porque todos los mensajes se adivinan.

Por fin me senté en la piedra de la encrucijada, como el hogar que me faltó. Y empecé, a solas conmigo, a hacer barcos de papel con la mentira que me habían dado. Nadie me quiso creer, ni por mentiroso, y yo no tenía lago con el que probar mi verdad.

Palabras ociosas, perdidas, metáforas sueltas que una vaga angustia encadena a sombras... Vestigios de mejores horas, vividas no sé dónde en callejones... Lámpara apagada cuyo oro brilla en la oscuridad por la memoria de la extinta luz... Palabras dadas, no al viento, sino al suelo, dejadas ir de los dedos sin aprieto, como hojas secas que en ellos hubiesen caído de un árbol invisiblemente infinito... Saudade de los estanques de las quintas ajenas... Ternura por lo nunca sucedido...

¡Vivir! ¡Vivir! Y sospechando, al menos, si quizá en el huerto de Proserpina podría yo bien dormir.

## 145.

¿Qué reina imprecisa guarda al pie de sus lagos la memoria de mi vida partida?

Fui paje de alamedas insuficientes en las horas aves de mi sosiego azul. Naves lejanas completaron el mar ondeando en mis terrazas, y en las nubes del sur perdí mi alma, como un remo dejado caer.

## 146.

Crear dentro de mí un Estado con una política, con partidos y revoluciones, y ser todo eso, ser yo Dios en el panteísmo real de este pueblo–yo, esencia y acción de sus cuerpos, de sus almas, de la tierra que pisan y de los actos que hacen. Ser todo, ser ellos y no ellos. ¡Ay de mí! Este aún es uno de los sueños que no logro realizar. Si lo realizase, moriría tal vez, no sé por qué, pero no se debe poder vivir después de eso, tamaño el sacrilegio cometido contra Dios, tamaña usurpación del poder divino de serlo todo.

¡Qué placer me daría crear un jesuitismo de las sensaciones!

Hay metáforas más reales que las personas que caminan por la calle. Hay imágenes en los rincones de los libros que viven más nítidamente que muchos hombres y muchas mujeres. Hay frases literarias que tienen una individualidad absolutamente humana. Hay pasajes en mis párrafos que me estremecen de pavor, tan nítidamente gente los siento, tan dentados contra las paredes de mi habitación, en la noche, en la sombra, //. Escribí frases cuyo sonido, leído alto o bajo –es imposible ocultarles el sonido– es absolutamente el de una cosa que ganó exterioridad absoluta y alma enteramente.

¿Por qué expongo de vez en cuando procesos contradictorios e irreconciliables de soñar procesos de soñar y de aprender a soñar? Porque, probablemente, tanto me he acostumbrado a percibir lo falso como verdadero, lo soñado tan nítidamente como lo visto, que perdí la distinción humana, falsa, creo, entre la verdad y la mentira.

Basta que yo vea nítidamente, con los ojos o con los oídos, o con otro sentido cualquiera, para sentir que aquello es real. Puede ser incluso que yo sienta dos cosas irreconciliables al mismo tiempo. No importa.

Hay criaturas capaces de sufrir largas horas por no serles posible ser una figura de un cuadro o de un naipe de una baraja de cartas. Hay almas sobre las que pesa como una maldición el que no les sea posible ser hoy gente de la Edad Media. Me sucedió este sufrimiento en tiempos. Hoy ya no me sucede. Me refiné más allá de eso. Pero me duele, por ejemplo, no poder soñar con dos reyes en reinos diferentes, pertenecientes, por ejemplo, a universos con diferentes clases de espacios y de tiempos.

No conseguir eso me apena realmente. Me sabe a sentir hambre.

Poder soñar lo inconcebible haciéndolo visible es uno de los grandes triunfos que yo, que soy tan grande, rara vez consigo. Sí, soñar que soy por ejemplo, simultáneamente, separadamente, inconfusamente, el hombre y la mujer de un paseo que un hombre y una mujer dan a la orilla del río.

Verme, al mismo tiempo, con igual nitidez, del mismo modo, sin mezcla, siendo las dos cosas con igual integración en ellas, un navío consciente en un mar del sur y una página impresa de un libro antiguo. ¡Qué absurdo parece esto! Pero todo es absurdo, y el sueño aún es lo que lo es menos.

### 147.

A quien, aunque en sueños, como Hades raptó a Proserpina, ¿qué puede parecerle sino sueño el amor de cualquier mujer del mundo?

Amé, como Shelley, a Antígona antes del momento: todo amor temporal no tenía para mí otro sabor que el de recordar lo que perdí.

### 148.

Dos veces, en esa adolescencia mía que siento lejana, y que, por así sentirla, me parece algo leído, un relato íntimo que me han hecho, disfruté el dolor de la humillación de amar. Desde las alturas del hoy, mirando atrás, a ese pasado, que ya no sé designar como lejano ni como reciente, creo que fue bueno que esa experiencia de la desilusión me sucediese tan pronto.

No fue nada, salvo lo que pasé conmigo. En el aspecto externo del asunto íntimo, legiones humanas de hombres han pasado por la misma tortura. Pero //.

Demasiado pronto obtuve, por una experiencia, simultánea y conjunta, de la sensibilidad y de la inteligencia, la noción de que la vida de la imaginación, por enfermiza que parezca, es aun así la que encaja en temperamentos como el mío.

Las ficciones de mi imaginación (posterior) pueden cansar, pero no duelen ni humillan. A las amantes imposibles es también imposible la sonrisa falsa, el dolo del cariño, la astucia de las caricias. Nunca nos abandonan, ni de cualquier manera nos dejan.

Son siempre cataclismos del cosmos las grandes angustias de nuestra alma. Cuando nos llegan, en torno a nosotros yerra el Sol y se perturban las estrellas. En toda alma que siente llega el día en que el Destino representa en ella un apocalipsis de angustia –un entornar de los cielos y de todos los mundos sobre su desconsuelo.

Sentirse superior y verse tratado por el Destino como inferior a los ínfimos –¿quién puede presumir de ser un hombre en semejante situación?

Si un día pudiera adquirir un estallido de expresión tan grande, que concentrase todo el arte en mí, escribiría una apoteosis del sueño. No conozco mayor placer en toda mi vida que poder dormir. El apagamiento de la vida y del alma, el apartamiento completo de todo lo que son seres y personas, la noche sin memoria ni ilusión, sin tener pasado ni futuro, //.

### 149.

Todo el día, en toda su desolación de nubes leves y cálidas, estuvo ocupado por la información de que había una revolución. Estas noticias, falsas o ciertas, me llenan siempre de un malestar especial, mezcla de desdén y náusea física. Náusea. Me duele en la inteligencia que alguien crea que altera algo agitándose. La violencia, sea cual sea, siempre ha sido una forma de estupidez humana. Al fin y al cabo, todos los revolucionarios son estúpidos, como, en grado menor, porque es menos incómodo, lo son todos los reformadores.

Revolucionario o reformador –el error es el mismo. Impotente para dominar y reformar su propia actitud para con la vida, que es casi todo, o ante su propio ser, que lo es casi todo, el hombre huye para querer cambiar a los demás y al mundo exterior. Todo revolucionario, todo reformador, es un fugitivo. Luchar es no poder luchar. Reformar es no tener enmienda posible.

El hombre de sensibilidad justa y recta razón, si se encuentra preocupado por el mal y la injusticia del mundo, busca naturalmente enmendarla, primero, en lo que más cerca se manifiesta; y encontrará eso en su propio ser. Le llevará esa obra toda la vida.

Para nosotros, todo está en nuestro concepto del mundo; modificar nuestro concepto del mundo es, para nosotros, modificar el mundo, esto es, cambiar el mundo, porque nunca será para nosotros otra cosa distinta de lo que es para nosotros. Esa justicia íntima por la que escribimos una página fluida y bella, esa reforma verdadera, por la que volvemos viva nuestra sensibilidad muerta –estas cosas son la verdad, nuestra verdad, la única verdad. Lo demás que hay en el mundo es paisaje, molduras que enmarcan sensaciones nuestras, encuadernaciones de lo que pensamos. Y es así, ya sea el paisaje colorido de las cosas y los seres –los campos, las casas, los carteles y los trajes–, ya sea el paisaje incoloro de las almas monótonas, subiendo un momento a la superficie en palabras viejas y gestos gastados, descendiendo de nuevo al fondo en la estupidez fundamental de la expresión humana.

¿Revolución? ¿Cambio? Lo que yo quiero de veras, con toda la intimidad de mi alma, es que cesen las nubes átonas que enjabonan cenicientamente el cielo; lo que yo quiero es ver el azul empezar a surgir de entre ellas, verdad cierta y clara porque nada es ni quiere.

## 150.

Nada me pesa tanto en el disgusto como las palabras sociales de moral. Ya la palabra «deber» es para mí desagradable como un intruso. Pero los términos «deber cívico», «solidaridad», «humanitarismo», y otros de la misma estirpe, me repugnan como porquerías que tirasen sobre mí desde una ventana. Me siento ofendido con la suposición, que alguien pueda tener, de que esas expresiones tienen que ver conmigo, de que les encuentro, no sólo una valía, sino siquiera un sentido.

Vi hace poco, en el escaparate de una tienda de juguetes, unas cosas que exactamente me recordaron lo que son esas expresiones. Vi, en platos falsos, manjares falsos para mesas de muñecas. Al hombre que existe, sensual, egoísta, vanidoso, amigo de los otros porque tiene el don de la palabra, enemigo de los otros porque tiene el don de la vida, a ese hombre, ¿qué hay que ofrecerle para que juegue a las muñecas con palabras vacías de sonido y tono?

El gobierno se asienta en dos cosas: refrenar y engañar. Lo malo de esos términos lentejuelados es que ni refrenan ni engañan. Emborrachan, como mucho, y eso es otra cosa.

Si algo odio, es a un reformista. Un reformista es un hombre que ve los males superficiales del mundo y se propone curarlos agravando los fundamentales. El médico intenta adaptar el cuerpo enfermo al cuerpo sano; pero nosotros no sabemos lo que es sano o enfermo en la vida social.

Sólo puedo considerar la humanidad como una de las últimas escuelas en la pintura decorativa de la naturaleza. No distingo, fundamentalmente, un hombre de un árbol; y por cierto, prefiero el que más decore, el que más interese a mis ojos pensantes. Si el árbol me interesa más, me pesa más que corten el árbol que el que el hombre muera. Hay puestas de sol que me duelen más que muertes de niños. En todo soy el que no siente, para que sienta.

Casi me culpo de estar escribiendo estas medias reflexiones en este momento en que de los confines de la tarde sube, coloreándose, una ligera brisa. Coloreándose no, que no es ella la que se colorea, sino el aire en el que flota incierta; pero como me parece que es ella misma la que se colorea, eso es lo que digo, pues debo por fuerza decir lo que me parece, puesto que soy yo.

## 151.

Todo lo desagradable que nos ocurre en la vida –papeles ridículos que hacemos, malos gestos que tenemos, lapsus en que caemos de cualquiera de las virtudes– debe ser considerado como meros accidentes externos, impotentes para alcanzar la sustancia del alma. Tengámoslos como dolores de muelas, o callos, de la vida, cosas que nos incomodan pero son externas aunque nuestras, o que sólo tiene que sufrir nuestra existencia orgánica, o que preocuparse lo que hay de vital en nosotros.

Cuando alcanzamos esta actitud, que es, de otro modo, la de los místicos, estamos defendidos no sólo del mundo sino de nosotros mismos, pues vencemos lo que en nosotros es externo, es otro, es lo contrario de nosotros y, por eso, nuestro enemigo.

Dice Horacio, hablando del varón justo, que permanecería impávido aunque en torno a él se derrumbara el mundo. La imagen es absurda, justo su sentido.

Aunque a nuestro alrededor se derrumbe lo que fingimos que somos, porque coexistimos, debemos permanecer impasibles, no porque seamos justos, sino porque somos nosotros, y ser nosotros es no tener nada que ver con esas cosas externas que se derrumban, aunque se derrumben sobre lo que somos para ellas.

La vida debe ser, para los mejores, un sueño que rechaza la confrontación.

### 152.

La experiencia directa es el subterfugio, o el escondrijo, de quienes están desprovistos de imaginación. Leyendo los riesgos que corrió el cazador de tigres corro cuantos riesgos valió la pena correr, salvo el propio riesgo, que no valió tanto la pena correr, que pasó.

Los hombres de acción son los esclavos involuntarios de los hombres de entendimiento. Las cosas no valen más que en su interpretación. Unos, pues crean cosas para que los otros, transmutándolas en significado, las tornen vidas. Narrar es crear, porque vivir es sólo ser vivido.

### 153.

La inacción consuela de todo. No actuar nos lo da todo. Imaginar lo es todo, siempre que no tienda a actuar. Nadie puede ser rey del mundo más que en sueños. Y cada uno de nosotros, si de verdad se conoce, quiere ser rey del mundo.

No ser, pensando, es el trono. No querer, deseando, es la corona. Tenemos lo que abdicamos, porque lo conservamos soñado, intacto, eternamente a la luz del sol que no hay, o de la luna que no puede haber.

## 154.

Todo cuanto no es mi alma es para mí, por más que yo quiera que no lo sea, no más que escenario y decoración. Un hombre, aunque pueda reconocer por el pensamiento que es un ser vivo como yo, siempre tuvo, para lo que en mí, por serme involuntario, es verdaderamente mío, menos importancia que un árbol, si el árbol es más bello. Por eso sentí siempre los movimientos humanos –las grandes tragedias colectivas de la historia o de lo que de ella hacen– como frisos coloridos, vacíos del alma de los que pasan por ellos.

Nunca me pesó lo trágico que pasase en China. Es un decorado lejano, aunque sea a sangre y peste.

Recuerdo, con tristeza irónica, una manifestación de obreros, hecha no sé con qué sinceridad (porque me pesa siempre admitir sinceridad en las cosas colectivas, ya que es el individuo, a solas consigo, el único ser que siente). Era un grupo compacto y suelto de estúpidos animados, que pasó gritando cosas diferentes delante de mi indiferencia de extraño. Tuve de repente náuseas. Ni siquiera estaban suficientemente sucios. Los que verdaderamente sufren no hacen plebe, no forman conjunto. El que sufre, sufre solo.

¡Qué mal grupo! ¡Qué falta de humanidad y de dolor! Eran reales y por lo tanto increíbles. Nadie haría con ellos un cuadro de novela, una escena de descripción. Discurrían como basura en un río, en el río de la vida. Tuve sueño de verlos, nauseado y supremo.

## 155.

Si considero con atención la vida que los hombres viven, no encuentro nada en ella que la diferencie de la vida que viven los animales. Unos y otros se lanzan inconscientemente a través de las cosas y del mundo; unos y otros se entretienen con intervalos; unos y otros recorren diariamente el mismo camino orgánico; unos y otros no piensan más allá de lo que piensan, ni viven más allá de lo que viven. El gato se desparrama al sol y duerme allí. El hombre se desparrama a la vida, con todas sus complejidades, y duerme allí. Ni el uno ni el otro se liberan de la ley fatal de ser como es. Ninguno intenta levantar el peso del ser. Los más grandes de los hombres aman la gloria, pero no la aman como una inmortalidad propia, sino como una inmortalidad abstracta, de la que tal vez no participen.

Estas consideraciones, que en mí son frecuentes, me llevan a una admiración súbita por aquella clase de individuos que instintivamente me repugna. Me refiero a los místicos y ascetas –los remotos de todos los Tibetes, a los Simones Estilitas de todas las columnas. Estos, incluso en el absurdo, intentan, de hecho, librarse de la ley animal. Estos, aun en la locura, intentan, de hecho, negar la ley de la vida, desparramarse al sol y esperar la muerte sin pensar en ella. Buscan, aun parados en lo alto de una columna; ansían, aun en una celda sin luz; quieren lo que no conocen, aun en el martirio y la pena impuesta.

Los otros, que vivimos como animales con más o menos complejidad, cruzamos el palco como figurantes que no hablan, contentos con la solemnidad vanidosa del viaje. Perros y hombres, gatos y héroes, pulgas y genios, jugamos a existir, sin pensar en ello (que los mejores piensan sólo en pensar) sobre el gran sosiego de las estrellas. Los otros –los místicos de la mala hora y del sacrificio– sienten al menos, con el cuerpo y lo cotidiano, la presencia mágica del misterio. Están liberados, porque niegan el sol visible; están plenos porque se han vaciado del vacío del mundo.

Soy casi místico, como ellos, cuando hablo de ellos, pero sería incapaz de ser más que estas palabras escritas al capricho de mi inclinación ocasional. Siempre seré de la Rua dos Douradores, como toda la humanidad. Seré siempre, en lo místico o en lo no místico, un oficinista. Siempre seré místico o no místico, local y sumiso, siervo de mis sensaciones y del momento en que las tengo.

Seré siempre, bajo el gran palio azul del cielo mudo, paje de un rito incomprendido, vestido de vida para cumplirlo, y ejecutando, sin saber por qué, gestos y pasos, posturas y maneras, hasta que la fiesta termine, o mi papel en ella, y pueda ir a comer cosas de gala en las grandes carpas que están, dicen, allá abajo al fondo del jardín.

## 156.

Estoy en un día en que me pesa, como una entrada en la cárcel, la monotonía de todo.

La monotonía de todo no es, no obstante, sino la monotonía de mí. Cada rostro, aunque sea el de quien vimos ayer, es otro hoy, porque hoy no es ayer. Cada día es el día que es, y nunca hubo otro igual en el mundo. Sólo en nuestra alma está la identidad –la identidad sentida, aunque falsa, consigo misma– a través de la cual todo se asemeja y se simplifica. El mundo son cosas destacadas y aristas diferentes; pero, si somos miopes, es una niebla insuficiente y continua.

Mi deseo es huir. Huir a lo que conozco, huir a lo que es mío, huir a lo que amo.

Deseo partir, no a las Indias imposibles, o a las grandes islas al sur de todo, sino a cualquier lugar –aldea o yermo– que tenga en sí no ser este lugar. Quiero no ver más estos rostros, estos hábitos y estos días. Quiero reposar, ajeno, de mi fingimiento orgánico.

Quiero sentir el sueño llegar como vida, y no como reposo. Una cabaña a la orilla del mar, una caverna, incluso, en el bancal rugoso de una sierra, me puede dar esto. Desgraciadamente, sólo mi voluntad no me lo puede dar.

La esclavitud es la ley de la vida, y no hay otra ley, porque esta tiene que cumplirse, sin revuelta posible ni refugio que hallar. Unos nacen esclavos, otros se vuelven esclavos, y a otros la esclavitud les es dada. El amor cobarde que todos tenemos por la libertad –que, si la tuviéramos, extrañaríamos, por nueva, repudiándola– es la verdadera señal del peso de nuestra esclavitud. Yo mismo, que acabo de decir que desearía la cabaña o caverna, sabiendo, por conocimiento, que, puesto que la monotonía es mía, la debería tener siempre conmigo, ¿osaría yo partir para esa cabaña o caverna, sabiendo por conocimiento que, puesto que la monotonía es mía, la tendría que tener siempre conmigo?

Yo mismo, que me sofoco donde estoy y porque estoy, ¿dónde respiraría mejor, si la dolencia es de mis pulmones y no de las cosas que me rodean? Yo mismo, que ansío en alto el sol puro y los campos, el mar visible y el horizonte entero, ¿quién me dice que no extrañaría la cama, o la comida, o no tener que bajar los ocho tramos de escalera hasta la calle, o no entrar en el estanco de la esquina, o no intercambiar los buenos días con el barbero ocioso?

Todo lo que nos rodea se vuelve parte de nosotros, se infiltra en la sensación de la carne y de la vida, y, baba de la gran Araña, nos liga sutilmente a lo que está cerca, atándonos en un lecho leve de muerte lenta, donde nos balanceamos al viento. Todo es nosotros, y nosotros somos todo; pero, ¿de qué sirve esto, si todo es nada? Un rayo de sol, una nube que la sombra súbita dice que pasa, una brisa que se yergue, el silencio que se sigue cuando ella cesa, un rostro u otro, algunas voces, la risa casual entre ellas que hablan, y después la noche donde emergen sin sentido jeroglíficos quebrados de las estrellas.

### 157.

...Y yo, que odio la vida con timidez, temo la muerte con fascinación. Tengo miedo de este nada que puede ser otra cosa, y tengo miedo de él simultáneamente como nada y otra cosa cualquiera, como si en él se pudiesen reunir lo nulo y lo horrible, como si en el ataúd me encerrasen la respiración eterna de un alma corpórea, como si allí triturasen de clausura lo inmortal. La idea de infierno, que sólo un alma satánica podría haber inventado, me parece derivarse de una confusión de esta manera –ser la mezcla de dos miedos diferentes, que se contradicen y malignizan.

*158.*

Releo lúcido, demoradamente, pasaje por pasaje, todo lo que he escrito. Y pienso que todo es nulo y que más me valdría no haberlo hecho. Las cosas conseguidas, sean imperios o frases, tienen, porque se consiguieron, esa peor parte de las cosas reales, que es el saber nosotros que son perecederas. No es esto, no obstante, lo que siento y me duele de lo que he hecho, en estos lentos momentos en que lo releo. Lo que me duele es que no valió la pena hacerlo, y que el tiempo que perdí en lo que hice, no lo gané más que en la ilusión, ahora deshecha, de haber valido la pena hacerlo.

Todo cuanto buscamos, lo buscamos por una ambición, pero esa ambición o no se consigue, y somos pobres, o creemos que la conseguimos, y somos locos ricos.

Lo que me duele es que lo mejor sea malo, y que otro, si lo tuviese, y que yo sueño, lo habría hecho mejor. Todo cuanto hacemos, en el arte o en la vida, es la copia imperfecta de lo que pensamos hacer. Desdice, no sólo la perfección externa, sino la perfección interna; falla no sólo la regla de lo que debería ser, sino la regla de lo que pensábamos que podría ser. Estamos huecos no sólo por dentro, sino también por fuera, parias de la anticipación y la promesa.

Con qué vigor del alma sola hice página tras página en reclusa, viviendo sílaba a sílaba la magia falsa, no de lo que escribía, ¡sino de lo que suponía que escribía! ¡Con qué encanto de brujería irónica me juzgué poeta de mi prosa, en el momento alado en que me nacía, más rápida que los movimientos de la pluma, como un desafío falaz a los insultos de la vida! Y al final, hoy, releyendo, veo reventar mis muñecas, salirles la paja por los rasgos, vaciándose sin haber sido...

*159.*

La cuesta lleva al molino, pero el esfuerzo no lleva a nada.

Era una tarde a principios del otoño, cuando el cielo tiene un calor frío muerto, y hay nubes que sofocan la luz con mantos de lentitud.

Dos cosas solamente me dio el destino: unos libros de contabilidad y el don de soñar.

## 160.

El sueño es la peor de las drogas, porque es la más natural de todas. Así se insinúa en las costumbres la facilidad que una de las otras no tiene, se prueba sin querer, como un veneno dado. No duele, no descorazona, no abate –pero el alma que de él hace uso se vuelve incurable, porque no hay manera de separarse de su veneno, que es ella misma.

Como un espectáculo en la niebla //.

Aprendí en los sueños a coronar con imágenes las frentes // de lo cotidiano, a decir lo común con extrañeza, lo simple con derivación, a dorar, con un sol de artificio, los rincones y los muebles muertos y dar música, como para arrullarme, cuando las escribo, a las frases fluidas de mi fijación.

## 161.

Después de una noche mal dormida, no a todo el mundo le gustamos. El sueño ido se llevó consigo algo que nos tornaba humanos. Hay una irritación latente con nosotros, parece, en el mismo aire inorgánico que nos cerca. Somos nosotros, al final, que nos desapoyamos, y es entre nosotros y nosotros que se hiere la diplomacia de la batalla sorda.

Hoy he arrastrado por la calle los pies y el gran cansancio. Tengo el alma reducida a una madeja atada, y lo que soy y fui, que soy yo, se olvidó de su nombre. Si tengo un mañana, sólo sé que no dormí, y la confusión de varios intervalos pone grandes silencios en mi habla interna.

¡Ah, grandes parques de los otros, jardines habituales para tantos, maravillosas avenidas de los que nunca me conocerán! Me detengo entre vigilias, como quien nunca osó ser superfluo, y lo que medito se estremece como un sueño que llega a su fin.

Soy una casa viuda, claustral de sí misma, sombreada por espectros tímidos y furtivos. Estoy siempre en la habitación de al lado, o están ellos, y hay grandes ruidos de los árboles que me rodean.

Divago y encuentro; encuentro porque divago. ¡Mis días de niño vestidos vosotros mismos con mandilón!

Y, en medio de todo esto, voy fuera por la calle, adormilado de mi vagabundeo hoja. Un viento lento me barrió del suelo, y tropiezo, como un fin de crepúsculo, entre los acontecimientos del paisaje. Me pesan los párpados en los pies arrastrados. Quisiera dormir porque ando. Tengo la boca cerrada como si fuese para pegarse los labios. Quisiera atrapar mis labios. Naufrago mi deambular.

Sí, no dormí, pero estoy más seguro así, cuando nunca dormí ni duermo. Soy yo verdaderamente en esta eternidad casual y simbólica del estado de media-alma en que engaño. Una u otra persona me mira como si me conociese y me extrañase. Siento que los ojos también, con órbitas sentidas dentro de párpados que las rozan, y no quiero saber si hay mundo.

¡Tengo sueño, mucho sueño, todo el sueño!

## 162.

Cuando nació la generación, a la que pertenezco, encontró el mundo desprovisto de apoyos para quien tuviese cerebro, y al mismo tiempo corazón. El trabajo destructivo de las generaciones anteriores hizo que el mundo, para el cual nacimos, no tuviese seguridad que darnos en el orden religioso, apoyo que darnos en el orden moral, ni tranquilidad que darnos en el orden político. Nacimos ya en plena angustia metafísica, en plena angustia moral, en pleno desasosiego político. Ebrias de las fórmulas externas, de los meros procesos de la razón y la ciencia, las generaciones, que nos precedieron, destruyeron todos los fundamentos de la fe cristiana, porque su crítica bíblica, subiendo de crítica de los textos a crítica mitológica, redujo los evangelios y la anterior hierografía de los judíos a un montón incierto de mitos, de leyendas y de mera literatura; y su crítica científica gradualmente señaló los errores, las ingenuidades salvajes de la «ciencia» primitiva de los evangelios; y, al mismo tiempo, la libertad de discusión, que pone en práctica todos los problemas metafísicos, arrastró con ellos los problemas religiosos allí donde fuesen de la metafísica. Ebrias de una cosa incierta, a la que llamaron «positividad», estas generaciones criticaron toda moral, escudriñaron todas las reglas de vivir, y de tal choque de doctrinas, sólo quedó la certeza de ninguna, y el dolor de no tener esa certeza. Una sociedad así indisciplinada en sus fundamentos culturales no podía, evidentemente, sino ser víctima, en la política de esta indisciplina; y así fue que despertamos a un mundo ávido de novedades sociales, y con alegría iba a la conquista de una libertad que no sabía lo que era, de un progreso que nunca había definido.

Pero la crítica frustrada de nuestros padres, si nos legó la imposibilidad de ser cristianos, no nos legó la satisfacción con que la tuviésemos; si nos legó la incredulidad en las fórmulas morales establecidas, no nos legó la indiferencia a la moral y a las reglas de vivir humanamente; si dejó incierto el problema político, no dejó indiferente nuestro espíritu a cómo se resolviese ese problema.

Nuestros padres lo destruyeron alegremente, porque vivían en una época que aún reflejaba la solidez del pasado. Fue aquello mismo que ellos destruyeron lo que daba fuerza a la sociedad para que pudiesen destruir sin sentir romperse el edificio. Nosotros heredamos la destrucción y sus resultados.

En la vida de hoy, el mundo sólo pertenece a los estúpidos, a los insensibles y a los agitados. El derecho a vivir y a triunfar se conquista hoy casi por los mismos procesos por los que se conquista el internamiento en un manicomio: la incapacidad de pensar, la amoralidad y la hiperexcitación.

### 163.

**La posada de la razón**

A medio camino entre la fe y la crítica está la posada de la razón. La razón es fe en lo que se puede comprender sin fe; pero es una fe aún, porque comprender implica presuponer que hay algo comprensible.

### 164.

Teorías metafísicas que pueden darnos un momento la ilusión de que explicamos lo inexplicable; teorías morales que puedan engañarnos durante una hora con el convencimiento de que por fin sabemos cuál, de todas las puertas cerradas es el edicto de la virtud; teorías políticas que nos persuaden durante un día de que resolvamos cualquier problema, ya que no hay ningún problema resoluble, excepto los de las matemáticas –resumamos nuestra actitud para con la vida en esta acción conscientemente estéril, en esta preocupación que, si no da placer, evita, al menos, que sintamos la presencia del dolor.

Nada hay que tan notablemente determine la altura de una civilización como el conocimiento, en los que la viven, de la esterilidad de todo esfuerzo, porque nos rigen leyes implacables, que nada revoca ni obstruye. Somos, acaso, siervos esposados al capricho de dioses, más fuertes pero no mejores que nosotros, subordinados, nosotros como ellos, a la regencia férrea de un Destino abstracto, superior a la justicia y a la bondad, ajeno al bien y ajeno al mal.

### 165.

Somos muerte. Esto, que consideramos vida, es el sueño de la vida real, la muerte de lo que verdaderamente somos. Los muertos nacen, no mueren. Han cambiado, para nosotros, los mundos. Cuando creemos que vivimos, estamos muertos; vamos a vivir cuando estamos moribundos.

Aquella relación que hay entre el sueño y la vida es la misma que hay entre lo que llamamos vida y lo que llamamos muerte. Estamos durmiendo, y esta vida es un sueño, no en un sentido metafórico o poético, sino en un sentido verdadero.

Todo aquello que en nuestras actividades consideramos superior participa de la muerte, todo eso es muerte. ¿Qué es el ideal sino la confesión de que la vida no sirve? ¿Qué es el arte sino la negación de la vida? Una estatua es un cuerpo muerto, esculpido para fijar la muerte, en materia de incorrupción. El mismo placer, que tanto parece una inmersión en la vida, es antes una inmersión en nosotros mismos, una destrucción de las relaciones entre nosotros y la vida, una sombra agitada de la muerte.

El propio vivir es morir, porque no tenemos un día de más en nuestra vida que no tengamos un día de menos en ella.

Poblamos sueños, somos sombras errando a través de florestas imposibles, en que los árboles son casas, costumbres, ideas, ideales y filosofías.

¡Nunca encontrar a Dios, nunca saber, siquiera si Dios existe! Pasar de mundo a mundo, de encarnación a encarnación, siempre en la ilusión que acaricia, siempre en el error que halaga.

La verdad nunca, ¡la parada nunca! ¡La unión con Dios nunca! Nunca enteramente en paz sino siempre un poco de ella, ¡siempre el deseo de ella!

## 166.

El instinto infantil de la humanidad, que hace que el más orgulloso de nosotros, si es un hombre y no un loco, ansíe, beatísimo Padre, que la mano paternal lo guíe, aunque sea que lo guíe después, a través del misterio y la confusión del mundo. Cada uno de nosotros es una mota de polvo que el viento de la vida levanta, y después deja caer.

Tenemos que arrimarnos a un apoyo, que poner la mano pequeña sobre la otra mano; porque la hora es siempre incierta, el cielo siempre lejos, y la vida siempre ajena.

El más alto de nosotros no es más que un conocedor más cercano del hueco y de lo incierto de todo.

Puede ser que nos guíe una ilusión; la conciencia, no obstante, es la que no nos guía.

## 167.

Si algún día me sucediese que, con una vida firmemente asegurada, pueda libremente escribir y publicar, sé que tendré saudades de esta vida incierta en la que apenas mal escribo y no publico. Tendré saudades, no sólo porque esa vida frustrante es pasado y vida que ya no tendré más, sino porque hay en cada especie de vida una cualidad propia y un placer peculiar, y cuando se pasa a otra vida, aunque mejor, ese placer peculiar es menos feliz, esa cualidad peculiar es menos buena, dejan de existir, y hay una falta.

Si algún día me sucede que consiga llevar al buen calvario la cruz de mis intenciones, encontraré un calvario en ese buen calvario, y tendré saudades de cuando era fútil, frustrado e imperfecto. Seré menos de cualquier manera.

Tengo sueño. El día fue pesado de trabajo absurdo en la oficina casi desierta. Dos empleados están enfermos y los demás no están aquí. Estoy solo, salvo por el joven distante. Tengo saudades de la hipótesis de poder tener un día saudades, y aun así absurdas.

Casi pido a los dioses que haya que me guarden aquí, como en una caja fuerte, defendiéndome de las amarguras y también de las felicidades de la vida.

## 168.

En las vagas sombras de luz aún por llegar antes de que la tarde sea anochecer, disfruto de vagar sin pensar entre lo que la ciudad se torna, y ando como si nada tuviese remedio. Me agrada, más a la imaginación que a los sentidos, la tristeza dispersa que está conmigo. Vago, y hojeo para mí, sin leerlo, un libro de texto intercalado de imágenes rápidas, de las cuales voy formando indolentemente una idea que nunca se completa.

Algunos leen tan rápido como miran, y concluyen sin haberlo visto todo.

Así saco del libro que se me hojea en el alma una historia vaga aún por contar, memoria de otro vagabundo, retazos de descripciones del crepúsculo o la luz de la luna, con parques en medio, y varias figuras de seda, pasando, pasando.

No distingo entre tedio y oro. Sigo, simultáneamente, por la calle, por la tarde y por la lectura soñada, y los caminos se recorren verdaderamente. Emigro y descanso, como si estuviera a bordo con el barco ya en alta mar.

Súbitas, las farolas muertas coinciden con las luces por los prolongamientos dobles de la calle larga y curva. De golpe mi tristeza aumenta. Y es que el libro terminó. Hay sólo, en la viscosidad aérea de la calle abstracta, un hilo externo de sentimiento, como la baba del Destino idiota, goteándome sobre la conciencia del alma.

Otra vida, la de la ciudad que anochece. Otra alma, la de quien mira la noche. Sigo incierto y alegórico, irrealmente sintiente. Soy como una historia que alguien hubiese contado, y, de tan bien contada, anduviese carnal pero no mucho en este mundo novela, al principio de un capítulo: «A esa hora se podía ver a un hombre seguir lentamente por la calle de...»

¿Qué tengo yo que ver con la vida?...

## 169.

**Intervalo (I)**

Antefallé la vida, porque ni soñándola me pareció deleitosa.

Llegó hasta mí el cansancio de los sueños... Tuve al sentirlo una sensación extrema y falsa, como la de haber llegado al final de una carretera infinita. Hice transbordo de mí, no sé a dónde, y allí me quedé estancado e inútil. Soy algo que fui. No me encuentro donde me siento y si me busco, no sé quién es el que me busca. El tedio de todo me ablanda.

Me siento expulsado de mi alma.

Asisto a mí. Me presencio. Mis sensaciones pasan delante de no sé qué mirar mío las cosas externas. Me aborrezco a mí mismo en todo. Todas las cosas son, hasta sus raíces de misterio, del color de mi aborrecimiento.

Estaban ya mustias las flores que las Horas me entregaron. Mi única acción posible es irlas deshojando lentamente. ¡Y eso es tan complejo de envejecimientos!

La más mínima acción me duele como una heroicidad... El más pequeño gesto me pesa en el idearlo, como si fuera una cosa que yo realmente pensase en hacer.

No aspiro a nada. Me duele la vida. Estoy mal donde estoy y mal donde pienso en poder estar.

Lo ideal sería no tener más acción que la acción falsa de un rebote: subir para caer en el mismo sitio, brillar al sol sin utilidad alguna y hacer ruido en el silencio de la noche para que quien sueñe piense en ríos en su sueño y sonría olvidadamente.

## 170.

### Intervalo (II)

Esta hora horrorosa que o decrece hacia posible o crece hacia mortal.

Que nunca raye la mañana, y que yo y esta alcoba entera, y su atmósfera interior a la que pertenezco, todo se espiritualice en Noche, se absolutice en la Tiniebla y no quede de mí una sombra que manche de mi memoria lo que sea que aquí quede.

## 171.

### Estética del desaliento

Publicarse –socialización de sí mismo. ¡Qué innoble necesidad! Pero aun así lejos de un *acto* –el editor gana, el tipógrafo produce. El mérito de la incoherencia al menos.

Una de las preocupaciones mayores del hombre, alcanzada la edad lúcida, es moldearse, agente y pensante, a imagen y semejanza de su ideal. Puesto que ningún ideal encarna tanto como el de la inercia toda la lógica de nuestra aristocracia de alma ante el ruido y // exteriores modernas, lo Inerte, lo Inactivo debe ser nuestro Ideal. ¿Fútil? Tal vez. Pero eso sólo preocupará como un mal a aquellos para quienes la futilidad es un atractivo.

## 172.

El entusiasmo es una grosería.

La expresión del entusiasmo es, más que nada, una violación de los derechos de nuestra insinceridad.

Nunca sabemos cuándo somos sinceros. Tal vez nunca lo seamos. E incluso aunque seamos sinceros hoy, por la mañana podemos serlo por un motivo contrario.

Por mí no tuve convicciones. Tuve siempre impresiones. Nunca podría odiar una tierra en la que hubiese visto un ocaso escandaloso.

Exteriorizar impresiones es más persuadirnos de que las tenemos que tenerlas.

## 173.

En lo que somos y en lo que queremos somos la Muerte. La Muerte nos cerca y nos penetra. La vivimos y a eso llamamos vida.

Vivimos, dormimos y soñamos la muerte de los muertos, y morimos la de la vida.

Muerte es lo que tenemos, muerte lo que deseamos. Nuestra vida que vivimos es muerte.

## 174.

Todo se me evapora. Mi vida entera, mis recuerdos, mi imaginación y lo que contiene, mi personalidad, todo se me evapora.

Continuamente siento que fui otro, que sentí otro, que pensé otro. Aquello a lo que asisto es un espectáculo con otro escenario. Y aquello a lo que asisto soy yo.

Encuentro a veces, en la confusión vulgar de mis cajones literarios, papeles escritos por mí hace diez años, hace quince años, hace más años tal vez. Y muchos de ellos me parecen de un extraño; no me reconozco en ellos. Hubo alguien que los escribió, y fui yo. Los sentí yo, pero fue como en otra vida, de la que me hubiese despertado ahora como de un sueño ajeno.

Es frecuente que encuentre cosas que escribí cuando aún era muy joven –extractos de los diecisiete, extractos de los veinte. Y algunos de ellos tienen un poder de expresión que no recuerdo haber tenido en esa altura de la vida. Hay en ciertas frases, en varios períodos, cosas escritas a pocos pasos de mi adolescencia, que me parecen producto de lo que soy ahora, educado por los años y las cosas. Reconozco que soy el mismo que era. Y, teniendo sentido que estoy hoy en un progreso grande de lo que fui, pregunto dónde está el progreso si entonces era el mismo que soy hoy.

Hay en esto un misterio que me desvirtúa y me oprime.

Hace sólo unos días tuve una impresión asombrosa de un breve escrito de mi pasado. Recuerdo perfectamente que mi escrúpulo, al menos relativo, por el lenguaje, data de hace pocos años. Encontré en un cajón un escrito mío, mucho más antiguo, en el que ese mismo escrúpulo estaba fuertemente acentuado. No me comprendí en el pasado positivamente. ¿Cómo avancé hacia lo que ya era? ¿Cómo me conocí hoy lo que me desconocí ayer? Y todo se me confunde en un laberinto donde, conmigo, me extravío de mí.

Devaneo con el pensamiento, y estoy seguro de que esto que escribo, ya lo escribí. Recuerdo. Y pregunto al que en mí presume de ser si no habrá en el platonismo de las sensaciones otra anamnesis más inclinada, otro recuerdo de una vida anterior que sólo sea de esta vida...

Dios mío, Dios mío, ¿a quién asisto? ¿Cuántos soy? ¿Quién es yo? ¿Qué es este intervalo entre yo y yo?

### 175.

Otra vez me encontré con un pasaje mío, escrito en francés, por el que habían pasado ya quince años. Nunca estuve en Francia, nunca traté de cerca con franceses, nunca tuve experiencia, por tanto, de esa lengua, de la que me había deshabituado. Leo hoy tanto en francés como siempre leí. Soy más viejo, soy más práctico de pensamiento: debo haber progresado. Y esa pieza de mi pasado lejano tiene una confianza en el uso del francés que hoy no tengo; el estilo es fluido, como hoy no lo podría tener en ese idioma; hay párrafos enteros, frases completas, formas y modos de expresión, que acentúan un dominio de esa lengua que había perdido sin recordar que lo tenía. ¿Cómo se explica esto? ¿A quién he sustituido dentro de mí?

Bien sé que es fácil formar una teoría de la fluidez de las cosas y de las almas, comprender que somos un transcurso interior de la vida, imaginar que lo que somos es una gran cantidad, que pasamos por nosotros mismos, que fuimos muchos... Pero aquí hay algo más que el mero transcurso de la personalidad entre los márgenes: existe el otro absoluto, un ser ajeno que fue mío. Que perdiese, con el aumento de la edad, la imaginación, la emoción, un tipo de inteligencia, una manera de sentir –todo esto, aun dándome pena, no me daría asombro. ¿Pero a qué asisto cuando me leo como a un extraño? ¿A qué lado estoy si me veo en el fondo?

Otras veces encuentro pasajes que no recuerdo haber escrito –lo cual no es para maravillarse–, y que ni recuerdo poder haber escrito –lo cual me aterroriza.

Ciertas frases son de otra mentalidad. Es como si encontrase un retrato antiguo, indudablemente mío, con una estatura diferente, con unas facciones desconocidas –pero indiscutiblemente yo, aterradoramente yo.

### 176.

Tengo las opiniones más contrapuestas, las creencias más diversas... Es que nunca pienso, ni hablo ni actúo... Piensa, habla y actúa por mí siempre un sueño cualquiera mío, en el que me encarno por el momento. Voy a hablar y hablo yo-otro. De *mío,* sólo siento una incapacidad enorme, un vacío inmenso, una incompetencia ante todo lo que es la vida. No conozco los gestos de ningún acto que sea real, //.

Nunca aprendí a existir.

Todo lo que quiero consigo, siempre que sea dentro de mí.

Quiero que la lectura de este libro os deje la impresión de haber atravesado una pesadilla voluptuosa.

Lo que antes era moral, es estético ahora para nosotros... Lo que era social es hoy individual...

Por qué mirar los crepúsculos si tengo en mí miles de crepúsculos diferentes –algunos de los cuales no lo son– y si, además de mirarlos dentro de mí, yo mismo *los soy,* por dentro?

## 177.

El ocaso está esparcido por las nubes sueltas que tiene todo el cielo. Reflejos de todos los colores, reflejos blandos, llenan las diversidades del aire alto, flotan ausentes en las grandes tristezas de la altura. Por las cimas de los tejados erguidos, medio color, medio sombras, los últimos rayos lentos del sol yéndose toman formas de color que no son suyas ni las de las cosas en que se posan. Hay un vasto sosiego encima del nivel ruidoso de la ciudad, que se va también sosegando. Todo respira más allá del color y del sonido, en una inhalación profunda y muda.

En las casas coloridas que el sol no ve, los colores empiezan a tomar tonos de grises de ellas. Hay frío en la diversidad de estos colores. Duerme una pequeña inquietud en los valles falsos de las calles. Duerme y sosiega. Y poco a poco, en las más bajas de las nubes altas, empiezan los reflejos a ser de sombra; sólo en aquella pequeña nube, que flota águila blanca encima de todo, el sol conserva, de lejos su oro risueño.

Todo lo que he buscado en la vida, yo mismo lo dejé sin buscar. Soy como alguien que busca distraídamente lo que, en el sueño entre la búsqueda, ya olvidó lo que era. Se hace más real que la cosa buscada el gesto real de las manos visibles que buscan, revolviendo, descolocando, asentando, y existen blancas y largas, con cinco dedos cada una exactamente.

Todo lo que he tenido es como este cielo, alto y diferentemente el mismo, jirones de nada tocados por una luz lejana, fragmentos de falsa vida que la muerte dora desde lejos, con su sonrisa triste de verdad entera. Todo lo que he tenido, sí, ha sido no haber sabido buscar, señor feudal de pantanos en la tarde, príncipe desierto de una ciudad de túmulos vacíos.

Todo lo que soy, o lo que fui, o lo que pienso que soy o fui, todo eso pierde de repente –en estos pensamientos míos y en la súbita pérdida de luz de la nube alta– el secreto, la verdad, la ventura tal vez, que había en no sé qué que tiene por debajo la vida. Todo eso, como un sol que falta, es lo que me queda, y sobre los altos tejados, en cambio, la luz deja resbalar sus manos, y sale a la vista, en la unidad de los tejados, la sombra íntima de todo.

Vaga gota trémula, clarea pequeña a lo lejos la primera estrella.

### 178.

Todos los movimientos de la sensibilidad, por agradables que sean, son siempre interrupciones de un estado, que no sé en qué consiste, que es la vida íntima de esa misma sensibilidad. No sólo las grandes preocupaciones que nos distraen de nosotros mismos, sino incluso las más pequeñas irritaciones, perturban una quietud a la que todos, sin saberlo, aspiramos.

Vivimos casi siempre fuera de nosotros, y la vida misma es una perpetua dispersión. Sin embargo, es a nosotros adonde tendemos, como hacia un centro en torno al cual hacemos, como los planetas, elipses absurdas y distantes.

### 179.

Soy más antiguo que el Tiempo y el Espacio porque soy consciente. Las cosas derivan de mí; la Naturaleza entera es la primogénita de mi sensación.

Busco, no encuentro. Quiero, y no puedo.

Sin mí, el sol nace y se apaga; sin mí, la lluvia cae y el viento gime.

No son por mí las estaciones, ni el curso de los meses, ni el paso de las horas.

Dueño del mundo en mí, como de tierras que no puedo traer conmigo, //.

### 180.

Ese lugar activo de sensaciones, mi alma pasea a veces conmigo conscientemente por las calles nocturnas de la ciudad, en las horas tediosas en que me siento como un sueño entre sueños de otra especie, a la luz del gas, por el ruido transitorio de los vehículos.

Al mismo tiempo que en cuerpo me agazapo por callejones y callejuelas, se me torna compleja el alma en laberintos de sensación. Todo lo que aflictivamente puede dar la noción de irrealidad y de existencia fingida, todo lo que deletrea, sin ser al raciocinio, pero concretamente todo cuanto es más hueco el lugar del universo, se me desarrolla entonces objetivamente en el espíritu apartado. Me angustia, no sé por qué, esa extensión objetiva de calles estrechas, y largas, esa consecución de farolas, árboles, ventanas iluminadas y oscuras, portones cerrados y abiertos, bultos heterogéneamente nocturnos que mi corta vista, en la mayor imprecisión que les da, ayuda a tornar subjetivamente monstruosos, incomprensibles y reales.

Fragmentos verbales de envidia, de lujuria, de trivialidad chocan con mi sentido del oído. Susurrados murmullos // ondulan hacia mi conciencia.

Poco a poco, voy perdiendo la conciencia nítida de que existo coextensivamente con todo esto, de que realmente me muevo, oyendo y poco viendo, entre sombras que representan seres y lugares donde hay seres. Me resulta, gradualmente, oscuramente, indistintamente incomprensible cómo puede ser todo esto ante el tiempo eterno y el espacio infinito.

Paso de aquí, por asociación pasiva de ideas, a pensar en los hombres que de ese espacio y de ese tiempo tuvieran la conciencia analizadora y comprendedoramente perdida. Se me revela grotesca la idea de que, entre hombres como estos, en noches sin duda como esta, en ciudades ciertamente no esencialmente diferentes de la que pienso, los Platones, los Escotos Erígenas, los Kants, los Hegels como si se olvidaran de todo esto, como si se hubieran vuelto diferentes de estas gentes //. Y eran de la misma humanidad //.

Yo mismo que paseo aquí con estos pensamientos, con qué horrorosa nitidez, al pensarlos, me siento distante, ajeno, confuso y //.

Acabo mi peregrinación solitaria. Un vasto silencio, que sonidos pequeños no alteran cómo se siente, como que me asalta y subyuga. Un cansancio inmenso de las meras cosas, de simplemente estar aquí, de // encontrarme de este modo me pesa del espíritu hasta el cuerpo //. Casi me sorprendo queriendo gritar, de lo mucho que me siento hundiéndome en un océano de // inmensidad que no tiene nada que ver con la infinitud del espacio, ni con la eternidad del tiempo, ni con cualquier cosa susceptible de medida y nombre. En estos momentos de terror sumamente silencioso no sé lo que soy materialmente, lo que acostumbro a hacer, lo que suelo querer, sentir y pensar. Me siento perdido de mí mismo, fuera de mi alcance. El ansia moral de luchar, el esfuerzo intelectual de sistematizar y comprender, la inquieta aspiración artista de producir algo que ahora no comprendo, pero que recuerdo comprender, y que llamo belleza, todo esto se me sume en el instinto de lo real, todo esto se me figura ni digno de ser pensado inútil, vacío y lejano. Me siento solo como un vacío, una ilusión del alma, un lugar de un ser, una oscuridad de la conciencia donde un extraño insecto // buscase en vano al menos el cálido recuerdo de una luz.

### 181.

**Intervalo doloroso**

Soñar, ¿para qué?
¿Qué hice de mí mismo? Nada.
Si se espiritualizara en Noche, si //.
Estatua Interior sin contornos, Sueño Exterior sin ser soñado.

### 182.

He sido siempre un soñador irónico, infiel a las promesas interiores. Disfruté siempre, como otro y extranjero, las derrotas de mis ensoñaciones, asistente casual a lo que pensé ser. Nunca creí aquello en que creía. Me llené las manos de arena, la llamé oro, y abrí las manos a que toda chorrease. La frase fue la única verdad. Con la frase dicha estaba todo hecho; lo más era la arena que siempre había sido.

Si no fuera a soñar siempre, por vivir en perpetua alienación, podría felizmente, llamarme un realista, es decir, un individuo para quien el mundo exterior es una nación independiente. Pero prefiero no darme nombre, ser lo que soy con una cierta oscuridad y tener conmigo la malicia de no saberme prever.

Tengo una especie de deber de soñar siempre, pues, no siendo más, ni queriendo ser más, porque no soy más, que un espectador de mí mismo, tengo que dar el mejor espectáculo que pueda. Así me construyo con oro y seda, en salas supuestas, palco falso, antiguo decorado, sueño creado entre juegos de luces blandas y músicas invisibles.

Guardo, íntimo, como el recuerdo de un beso grato, el recuerdo de infancia de un teatro donde el decorado azulado y lunar representaba la terraza de un palacio imposible. Había, pintado también, un parque vasto alrededor, y gasté el alma en vivir como real todo aquello. La música, que sonaba dulcemente en aquella ocasión mental de mi experiencia de la vida, traía hacia algo real febril ese escenario regalado.

El decorado era definitivamente azulado y lunar. En el escenario no recuerdo quién aparecía, pero la pieza que pongo en el paisaje recordado me sale hoy de los versos de Verlaine y de Pessanha; no era la que medio recuerdo, interpretada en el escenario vivo a este lado de esa realidad de azul música. Era mía y fluida, mascarada inmensa y lunar, interludio a plata y azul finalizado.

Después vino la vida. Aquella noche me llevaron a cenar al Leão. Tengo aún en la memoria el recuerdo de los filetes en el paladar de la saudade –filetes, sé o supongo, como hoy nadie hace o yo no como. Y todo se mezcla para mí –infancia, vivida a la distancia, comida sabrosa de noche, decorado lunar, Verlaine futuro y yo presente– en una diagonal difusa, en un espacio falso entre lo que fui y lo que soy.

## 183.

Prefiero la prosa al verso, como forma de arte, por dos razones, de las cuales la primera, que es mía, es que no tengo elección, porque soy incapaz de escribir en verso. La segunda, sin embargo, es de todos, y no es –creo– una sombra o un disfraz de la primera. Vale pues la pena que yo la deshebre, porque toca en el sentido íntimo de todo el valor del arte.

Considero el verso como algo intermedio, un pasaje de la música hacia la prosa. Como la música, el verso está limitado por leyes rítmicas que, aunque no sean las leyes rígidas del verso regular, existen todavía como resguardos, coacciones, dispositivos automáticos de opresión y castigo. En la prosa hablamos libres. Podemos incluir ritmos musicales, y aun así pensar. Podemos incluir ritmos poéticos, y aun así estar fuera de ellos. Un ritmo ocasional de verso no estorba la prosa; un ritmo ocasional de prosa hace tropezar el verso.

En la prosa se engloba todo el arte, en parte porque en la palabra se contiene todo el mundo, en parte porque la palabra libre se contiene toda la posibilidad de decirlo y pensarlo. En la prosa damos todo, por transposición: el color y la forma, que la pintura sólo puede dar directamente, en ellas mismas, sin dimensión íntima; el ritmo, que la música sólo puede dar directamente, en sí mismo, sin cuerpo formal, ni aquel segundo cuerpo que es la idea; la estructura, que el arquitecto tiene que formar de cosas duras, dadas, externas, y nos levantamos en ritmos, en indecisiones, en transcursos y fluideces; la realidad, que el escultor tiene que dejar en el mundo, sin aura ni transustanciación; la poesía, en fin, en la que el poeta, como el iniciado en una orden oculta, es siervo, aunque voluntario, de un grado y de un ritual.

Creo que, en un mundo civilizado perfecto, no habría más arte que la prosa. Dejaríamos los ocasos a los propios ocasos, cuidando sólo, en el arte, de comprenderlos verbalmente, transmitiéndolos así en música inteligible de color. No haríamos escultura de los cuerpos, que guardarían propios, vistos y tocados, su relieve móvil y su calor suave. Haríamos casas sólo para vivir en ellas, que es, en fin, para lo que están. La poesía quedaría para que los niños se acercaran a la futura prosa; que la poesía es, claro, algo infantil, mnemónico, auxiliar e inicial.

Hasta las artes menores, o las que así podemos llamar, se reflejan, murmullos, en la prosa. Hay prosa que danza, que canta, que se declama a sí misma. Hay ritmos verbales que son bailados, en los que la idea se desnuda sinuosamente, en una sensualidad translúcida y perfecta. Y hay también en la prosa sutilezas convulsas en las que un gran actor, el Verbo, se transmuta rítmicamente en sustancia corpórea, el misterio impalpable del universo.

### 184.

Leer es soñar de la mano de otro. Leer mal y en alto es liberarnos de la mano que nos conduce. La superficialidad en la erudición es el único modo de leer bien y ser profundo.

¡Qué cosa tan mísera y baja que es la vida! Date cuenta de que para ser baja y mísera basta con no quererla, te viene dado, no depende de tu voluntad, ni siquiera de tu ilusión de tu voluntad.

Morir es ser otros totalmente. Por eso el suicidio es cobardía; es entregarnos totalmente a la vida.

### 185.

El arte es esquivar actuar, o vivir. El arte es la expresión intelectual de la emoción, distinta de la vida, que es la expresión volitiva de la emoción. Lo que no tenemos, o no osamos, o no conseguimos, podemos poseerlo en un sueño, y es con este sueño que hacemos arte. Otras veces, la emoción es tan fuerte que, ahora reducida a la acción, la acción, a la que se redujo, no la satisface; con la emoción que queda, que se dejó inexpresa en la vida, se forma la obra de arte. Así, hay dos tipos de artista: el que expresa lo que no tiene y el que expresa lo que sobró de lo que tuvo.

### 186.

Hacer una obra y reconocerla como mala después de hecha es una de las tragedias del alma. Sobre todo es grande cuando se reconoce que esa obra es la mejor que se podía hacer.

Pero al ir a escribir una obra, saber de antemano que tiene que ser imperfecta y fallida; cuando la escribes, te das cuenta de que es imperfecta y defectuosa –esto es lo máximo de la tortura y la humillación del espíritu. No sólo de los versos que escribo siento que no me satisfacen, sino que sé que los versos por escribir tampoco me han de satisfacer. Lo sé tanto filosóficamente, como carnalmente, por una entrevisión oscura y gladiolada.

¿Por qué escribo entonces? Porque, predicador que soy de la renuncia, no aprendí aún a ejecutarla plenamente. No aprendí a abdicar de la tendencia al verso y la prosa. Tengo que escribir como cumpliendo un castigo. Y el mayor castigo es el de saber que lo que escribo resulta enteramente fútil, fallido e incierto.

De niño escribía ya versos. Entonces escribía versos muy malos, pero los creía perfectos. Nunca más volveré a tener el placer falso de producir una obra perfecta. Lo que escribo hoy es mucho mejor. Es mejor, incluso, de lo que lo podrían escribir los mejores. Pero está infinitamente por debajo de lo que yo, no sé por qué, siento que podría –o tal vez sea, que debería– escribir. Lloro sobre mis versos malos de la infancia como un niño muerto, un hijo muerto, una última esperanza que se hubiese ido.

### 187.

Cuanto más avanzamos en la vida, más nos convencemos de dos verdades que todavía se contradicen. La primera es que, ante la realidad de la vida, palidecen todas las ficciones de la literatura y el arte. Dan, es cierto, un placer más noble que los de la vida, pero son como los sueños, en que sentimos sentimientos que en la vida no se sienten, y se combinan formas que en la vida no se encuentran; son, sin embargo, sueños de los que se despierta, que no constituyen ni recuerdos ni saudades, con los que vivimos después una segunda vida.

La segunda es que, siendo el deseo de toda alma noble el recorrer la vida en su totalidad, tener experiencia de todas las cosas, de todos los lugares y de todos los sentimientos vividos, y siendo esto imposible, la vida sólo subjetivamente puede ser vivida en su totalidad, sólo negada puede vivirse en su sustancia total.

Estas dos verdades son irreductibles la una en la otra. El sabio se abstendrá de querer combinarlas, y se abstendrá también de repudiar a una o la otra. Tendrá, aun así, que seguir una, saudoso de la que no sigue, o repudiar ambas, alzándose sobre sí mismo en un nirvana propio.

Feliz quien no exige de la vida más de lo que ella espontáneamente le da, guiándose por el instinto de los gatos, que buscan el sol cuando hay sol, y cuando no hay sol el calor, donde quiera que esté. Feliz quien abdica de su personalidad por la imaginación, y se deleita en la contemplación de las vidas ajenas, viviendo, no todas las impresiones, sino el espectáculo externo de todas las impresiones ajenas. Feliz, en fin, aquel que abdica de todo y a quien, porque abdicó de todo, nada se le puede quitar ni disminuir.

El campesino, el lector de novelas, el puro asceta —estos tres son los felices de la vida, porque son estos tres quienes abdican de la personalidad— uno porque vive del instinto, que es impersonal, otro porque vive de la imaginación, que es olvido, el tercero porque no vive y, no habiendo muerto, duerme.

Nada me satisface, nada me consuela, todo —haya existido o no— me sacia. No quiero tener el alma y no quiero abdicar de ella. Deseo lo que no deseo y abdico de lo que no tengo. No puedo ser nada ni todo: soy el puente de paso entre lo que no tengo y lo que no quiero.

### 188.

... la tristeza solemne que habita en todas las cosas grandes —en las cimas y en las grandes vidas, en las noches profundas como en los poemas eternos.

### 189.

Podemos morir si sólo amamos. Faltamos si nos entretuvimos.

### 190.

Sólo una vez fui verdaderamente amado. Simpatías, las tuve siempre, y de todos.

Ni al más casual le ha sido fácil ser grosero, o ser brusco, o ser hasta frío para conmigo.

Algunas simpatías tuve que, con mi ayuda mía, podría —al menos quizás— haber convertido en amor o afecto. Nunca tuve paciencia o atención del espíritu para siquiera desear emplear ese esfuerzo.

Al principio de observar esto en mí, pensé —tanto nos desconocemos— que había en este caso de mi alma una razón de timidez. Pero después descubrí que no la había; había un tedio de las emociones, diferente del tedio de la vida, una impaciencia de conectarme a cualquier sentimiento continuo, especialmente cuando había que dedicarle un esfuerzo sostenido. ¿Para qué? Pensaba para mí lo que en mí no piensa. Tengo la suficiente sutileza, el suficiente tacto psicológico para saber el «cómo»; el «cómo del cómo» siempre se me escapó. Mi franqueza de voluntad comenzó siempre por ser una franqueza de la voluntad de tener voluntad. Así me sucedió en las emociones, como me ocurre en mi inteligencia, y en la voluntad misma, y en todo cuanto es vida.

Pero aquella vez en que una malicia de la oportunidad me hizo pensar que amaba, y verificar de veras que era amado, me quedé, primero, atontado y confuso, como si me hubiera tocado la lotería en una moneda no convertible. Me quedé, después, porque nadie es humano sin serlo, ligeramente envanecido; esta emoción, no obstante, que parecería la más natural, pasó rápidamente. La sucedió un sentimiento difícil de definir, pero en el que se destacaban incómodamente las sensaciones de tedio, de humillación y de fatiga.

De tedio, como si el Destino me hubiera impuesto una tarea en tardes desconocidas. De tedio, como si un nuevo deber –el de una horrorosa reciprocidad– me fuese dado con la ironía de un privilegio, del que yo tendría aún que aburrirme, agradeciéndoselo al Destino. De tedio, como si no me bastase la monotonía inconsistente de la vida, para ahora sobreponérsele a la monotonía obligatoria de un sentimiento definido.

Y de humillación, sí, de humillación. Tardé en percibir a qué venía un sentimiento aparentemente tan poco justificado por su causa. El amor a ser amado debería haberme aparecido. Debería haberme envanecido de que alguien reparara atentamente en mi existencia como ser amable. Pero aparte del breve momento de verdadero envanecimiento, en el que no sé si el asombro tuvo más parte que la propia vanidad, humillación fue la sensación que recibí de mí. Sentí que me era dada una especie de premio destinado a otro –premio, sí, de valor para quien naturalmente lo merecía.

Pero fatiga, sobre todo fatiga –la fatiga que pasa el tedio. Comprendí entonces una frase de Chateaubriand que siempre me había confundido por falta de experiencia de mí mismo.

Dice Chateaubriand, tomando como modelo a René, «al amarlo lo cansaban» –*on le fatigait en l'aimant*. Vi, con asombro, que esto representaba una experiencia idéntica a la mía, y cuya verdad, por tanto, no tenía derecho a negar.

¡La fatiga de ser amado, de ser amado de veras! ¡La fatiga de ser el objeto del fardo de las emociones ajenas! Convertir a quien quisiera verse ser libre, siempre libre, en el chico de los recados de la responsabilidad de corresponder, de la decencia de no alejarse, para que no se suponga que se es príncipe de las emociones y se reniegue al máximo que un alma humana puede dar. ¡La fatiga de volverse nuestra existencia absolutamente dependiente de una relación con un sentimiento de otro! ¡La fatiga de, en cualquier caso, tener forzosamente que sentir, de tener forzosamente, aunque sin reciprocidad, que amar un poco también!

Pasó de mí, como hasta mí vino, ese episodio en la sombra. Hoy no queda de él nada, ni en mi inteligencia ni en mi emoción. No me trajo experiencia alguna que yo no pudiese haber deducido de las leyes de la vida humana cuyo conocimiento instintivo albergo en mí porque soy humano.

No me produjo ni placer siquiera que recuerde con tristeza, o pesar que recuerde también con tristeza también. Tengo la impresión de que fue algo que leí en algún sitio, un incidente sucedido a otra persona, una novela de la que leí la mitad, y de la que faltaba la otra mitad, sin que me importase su falta, pues hasta donde la leí era cierta, y, aunque no tuviese sentido, tal era ya que no le podría dar sentido la parte hablante, cualquiera que fuese su enredo.

Me queda sólo una gratitud a quien me amó. Pero es una gratitud abstracta, pasmada, más de la inteligencia que de cualquier emoción. Siento pena de que alguien sintiese pena por mi causa; de eso tengo pena, y no me da pena nada más.

No es natural que la vida me traiga otro encuentro con las emociones naturales.

Casi deseo que aparezca para ver cómo me siento esa segunda vez, después de haber atravesado todo un extenso análisis de la primera experiencia. Es posible que sienta menos; y también es posible que sienta más. Si el destino lo da, que lo dé. Sobre las emociones tengo curiosidad. Sobre los hechos, cualesquiera que sean, no tengo curiosidad ninguna.

## 191.

Ser mayor jubilado me parece algo ideal. Es una pena no poder haber sido eternamente un mayor recién jubilado.

La sed de ser completo me ha dejado en este estado de pena inútil.

La futilidad trágica de la vida.

Mi curiosidad hermana de las alondras.

La angustia pérfida de los atardeceres, tímido enjambre en las auroras.

Sentémonos aquí. Desde aquí se ve más cielo. Y consoladora es la expansión enorme de esta altura estrellada. Duele la vida menos al verla; pasa por nuestra cara caliente de la vida el movimiento pequeño de un abanico leve.

## 192.

Tuve siempre una repugnancia casi física por las cosas secretas –intrigas, diplomacia, sociedades secretas, ocultismo. Sobre todo me molestaron especialmente estas dos últimas cosas– la pretensión, que tienen ciertos hombres, de que, por acuerdos con Dioses o Maestros o Demiurgos, saben –allí entre ellos, aparte de todos nosotros– los grandes secretos que constituyen los agujeros del mundo.

No puedo creer que sea así. Puedo creer que alguien lo juzgue así. ¿Por qué no estará toda esa gente loca, o engañada? ¿Por ser muchos? Pero hay alucinaciones colectivas.

Lo que sobre todo me impresiona, en esos maestros y conocedores de lo invisible, es que cuando escriben para contarnos o sugerirnos sus misterios, escriben todos mal. Me ofende la idea de que un hombre sea capaz de dominar al Diablo y no sea capaz de dominar la lengua portuguesa. ¿Por qué el comercio con los demonios ha de ser más fácil que el comercio con la gramática? Quien, a través de largos ejercicios de atención y de voluntad, consigue, según dice, tener visiones astrales, ¿por qué no puede, con menos dispendio de una cosa y de otra, tener la visión de la sintaxis? ¿Qué hay en el dogma y en el ritual de la Alta Magia que impide a alguien escribir, ya no digo con claridad, pues puede ser que la oscuridad sea de la ley oculta, pero al menos con elegancia y fluidez, pues en lo abstruso mismo puede haber elegancia y fluidez? ¿Por qué ha de gastarse toda la energía del alma en el estudio de la lengua de los dioses, y no ha de sobrar un mísero bocado para estudiar el color y el ritmo del lenguaje de los hombres?

Desconfío de los maestros que no pueden ser primarios. Son para mí como aquellos poetas extraños que son incapaces de escribir como los demás. Acepto que sean extraños, pero me gustaría que me demostraran que lo son por superioridad a lo normal y no por impotencia.

Dicen que hay grandes matemáticos que yerran sumas sencillas; pero aquí la comparación no es con errar, sino con desconocer. Acepto que un gran matemático sume dos y dos para dar cinco: es un acto de distracción, y nos puede pasar a todos. Lo que no acepto es que no sepa qué es sumar, ni cómo se hace. Es este es el caso de los maestros de lo oculto, en su inmensa mayoría.

### 193.

El pensamiento puede tener elevación sin ser elegante, y en la proporción en que no tenga elegancia, perderá la acción sobre los demás. La fuerza sin la destreza es una simple masa.

### 194.

Haber tocado los pies de Cristo no es disculpa para defectos de puntuación.

Si un hombre escribe bien sólo cuando está borracho, le diré: emborráchese. Y si me dijera que su hígado sufre por ello, le respondo: ¿qué es su hígado?, es una cosa muerta que vive mientras usted vive, y los poemas que escribe viven sin mientras.

## 195.

Me gusta decir. Diré mejor: me gusta hablar. Las palabras son para mí cuerpos tocables, sirenas visibles, sensualidades incorporadas. Tal vez porque la sensualidad real no tiene para mí interés de ninguna clase –ni siquiera mental u onírica– se me transmutó el deseo a aquello que en mí crea ritmos verbales, o los escucha de otros. Me estremezco si lo dicen bien. Tal página de Fialho, tal página de Chateaubriand, hacen hormiguear toda mi vida en todas las venas, me hacen rabiar trémulamente quieto de un placer inalcanzable que estoy teniendo. Tal página, incluso, de Vieira, en su fría perfección de ingeniería sintáctica, me hace temblar como una rama al viento, en un delirio pasivo de algo movido.

Como todos los grandes apasionados, me gusta la delicia de la pérdida de mí, en que el gozo de la entrega se sufre enteramente. Y, así, muchas veces, escribo sin querer pensar, en un devaneo externo, dejando que las palabras me hagan fiestas, niño pequeño en el regazo de ellas. Son frases sin sentido, recorriendo mórbidas, en una fluidez de agua sentida, un olvidarse de río en que las olas se mezclan e indefinen, tornándose siempre otras, sucediéndose a sí mismas. Así las ideas, las imágenes, trémulas de expresión, pasan por mí en cortejos sonoros de sedas desteñidas, donde un luar idea brujulea, golpeado y confuso.

No lloro por nada que la vida traiga o lleve. Pero hay páginas de prosa que me han hecho llorar. Me acuerdo, como de lo que estoy viendo, de la noche en que, de niño, leí por primera vez en una antología el famoso pasaje de Vieira sobre el rey Salomón. «Construyó Salomón un palacio...». Y fui leyendo, hasta el final, tembloroso, confuso; luego estallé en lágrimas felices, como ninguna felicidad real me hará llorar, como ninguna tristeza de la vida me hará imitar. Aquel movimiento hierático de nuestra clara lengua majestuosa, aquel explicar las ideas en las palabras inevitables, correr de agua porque hay una pendiente, aquel asombro vocálico en que los sonidos son colores ideales –todo esto nubló mi instinto como una gran emoción política. Y, dije, lloré; hoy, recordando, todavía lloro. No es no– la saudade de la infancia, de lo que no tengo saudades: es la saudade de la emoción de aquel momento, la pena de no poder leer ya por primera vez aquella gran certeza sinfónica.

No tengo ningún sentimiento político ni social. Tengo, no obstante, un sentimiento patriótico. Mi patria es la lengua portuguesa. No me importaría que invadiesen o tomasen Portugal, siempre que no me molestaran personalmente. Pero odio, con odio verdadero, con el único odio que siento, no a quien escribe mal portugués, no a quien no sabe sintaxis, no a quien escribe en ortografía simplificada, sino la página mal escrita, como a una persona, la sintaxis incorrecta, como gente a quien golpear, la ortografía sin ípsilon, como el escupitajo directo que me da asco independientemente de quien lo escupa.

Sí, porque la ortografía también es gente. La palabra es completa vista y oída. Y la gala de la transliteración grecorromana la atavía para mí con su verdadero manto regio, por el cual es señora y reina.

## 196.

El arte consiste en hacer sentir a los otros lo que nosotros sentimos, en liberarlos de sí mismos, ofreciéndoles nuestra personalidad para una liberación especial.

Lo que siento, en la verdadera sustancia con que lo siento, es absolutamente incomunicable; y cuanto más profundamente lo siento, más incomunicable es. Para que yo, pues, pueda transmitir a otros lo que siento, tengo que traducir mis sentimientos a su lenguaje, esto es, tengo que decir las cosas como si fueran las que yo siento, para que él, al leerlas, sienta exactamente lo que yo sentí. Y como este otro es, por hipótesis del arte, no esta o aquella persona, sino toda la gente, esto es, aquella persona que es común a todas las personas, lo que, al final, tengo que hacer es convertir mis sentimientos en un sentimiento humano típico, aunque pervirtiendo la verdadera naturaleza de aquello que sentí.

Todo lo que es abstracto es difícil de comprender, porque es difícil que consiga la atención de quien lo lea. Daré, por eso, un ejemplo sencillo, en que las abstracciones que formé se concretarán. Supóngase que, por un motivo cualquiera, que puede ser el cansancio de hacer cuentas o el tedio de no tener qué hacer, cae sobre mí una tristeza vaga de la vida, una angustia de mí que me perturba y me inquieta. Si voy a traducir esta emoción por frases que la ciñan de cerca, cuanto más de cerca la ciño, más la doy como propiamente mía, menos, por tanto, la comunico a otros. Y, si no hay que comunicarla a otros, es más justo y más fácil sentirla sin escribirla.

Supóngase, sin embargo, que deseo comunicarla a otros, es decir, hacer de ella arte, pues el arte es la comunicación a los otros de nuestra identidad íntima con ellos; sin el que ni hay comunicación ni necesidad de hacerla. Busco cuál será la emoción humana vulgar que tenga el tono, el tipo, la forma de esta emoción en que estoy ahora, por las razones inhumanas y particulares de ser un contable cansado o un lisboeta aborrecido. Y compruebo que el tipo de emoción vulgar que produce, en el alma vulgar, esta misma emoción es saudade de la infancia perdida.

Tengo la llave para la puerta de mi tema. Escribo y lloro mi infancia perdida; me demoro conmovido en los pormenores de personas y mobiliario de la vieja casa en la provincia; evoco la felicidad de no tener derechos ni deberes, de ser libre por no saber pensar ni sentir –y esta evocación, si fuera bien hecha como prosa y visiones, va a despertar en mi lector exactamente la emoción que yo sentí, y que nada tenía que ver con la infancia.

¿Mentí? No, entendí. Que la mentira, salvo la que es infantil y espontánea, y nace de la voluntad de estar soñando, es solamente la noción de la existencia real de los otros y de la necesidad de adaptarse a esa existencia la nuestra, que no puede adaptarse a ella. La mentira es simplemente el lenguaje ideal del alma, pues, así como nos servimos de palabras, que son sonidos articulados de una forma absurda, para en lenguaje real traducir los más íntimos y sutiles movimientos de la emoción y del pensamiento, que las palabras forzosamente no podrán nunca traducir, así nos servimos de la mentira y la ficción para entendernos los unos a los otros, lo que con la verdad, propia e intransmisible, nunca se podría hacer.

El arte miente porque es social. Y hay sólo dos grandes formas de arte –una que se dirige a nuestra alma profunda, la otra que se dirige a nuestra alma atenta. La primera es la poesía, la novela la segunda. La primera empieza a mentir en la propia estructura; la segunda comienza a mentir en la propia intención. Una pretende darnos la verdad por medio de líneas variadamente regladas, que mienten a la inherencia del habla; la otra pretende darnos la verdad a través de una realidad que todos sabemos que nunca existió.

Fingir es amar. Nunca veo una sonrisa hermosa o una mirada significativa que no me plantee de repente, sea de quien fuere la mirada o la sonrisa, cuál es, en el fondo del alma en cuyo rostro se sonríe o mira, el estadista que nos quiere comprar o la prostituta que quiere que la compremos. Pero el estadista que nos compra amó, al menos, comprarnos; y la prostituta, a quien compramos, amó, al menos, que la comprásemos. No huimos, por más que queramos, de la fraternidad universal. Nos amamos todos unos a los otros, y la mentira es el beso que intercambiamos.

### 197.

No toquemos la vida ni con las puntas de los dedos.

No amemos ni con el pensamiento.

Que ningún beso de mujer, ni siquiera en sueños, sea una sensación nuestra.

Artífices de la morbidez, refinémonos en enseñar a desilusionarse. Curiosos de la vida, escudriñemos desde todos los muros, cansados de saber que no vamos a ver nada nuevo ni bello.

Tejedores de desesperanza, tejamos mortajas solamente –mortajas blancas para los sueños que nunca soñamos, mortajas negras para los días que morimos, mortajas de color de ceniza para los gestos que sólo soñamos, mortajas imperiales de púrpura para nuestras sensaciones inútiles.

Por los montes y por los valles y los márgenes // de los pantanos, cazan cazadores el lobo y la corza //, y también el pato salvaje. Odiémoslos, no porque cazan, sino porque gozan (y nosotros gozamos).

Sea la expresión de nuestro rostro una sonrisa pálida, como de alguien que va a llorar, una mirada vacía, como de alguien que no quiere ver, un desdén esparcido por todas las facciones, como el de alguien que desprecia la vida y la vive sólo para tener que despreciarla.

Y sea nuestro desprecio para los que trabajan y luchan y nuestro odio para los que esperan y confían.

### 198.

Estoy casi convencido de que nunca estoy despierto. No sé si no sueño cuando vivo, si no vivo cuando sueño, o si el sueño y la vida no son en mí cosas mixtas, interseccionadas, de que mi ser consciente se forme por interpenetración.

A veces, en plena vida activa, en que, evidentemente, estoy tan claro para mí como todos los otros, viene hasta mi suposición una sensación extraña de duda; no sé si existo, siento posible ser el sueño de otro, se me figura, casi carnalmente, que podré ser personaje de una novela, moviéndome, en las ondas largas de un estilo, en la verdad hecha de una gran narración.

He reparado, muchas veces, en que ciertos personajes de novela toman para nosotros una relevancia que nunca podrían alcanzar los que son nuestros conocidos y amigos, los que hablan con nosotros y nos oyen, en la vida visible y real. Y esto hace que sueñe la pregunta de si no será todo en la totalidad de este mundo una serie entreinserta de sueños y romances, como cajitas dentro de cajitas mayores –unas dentro de otras y éstas en otras más– siendo todo una historia con historias, como *Las mil y una noches,* transcurriendo falsa en la noche eterna.

Si pienso, todo me parece absurdo; si siento, todo me parece extraño; si quiero, lo que quiero es algo en mí. Siempre que en mí hay acción, reconozco que no fui yo. Si sueño, parece que me escriben. Si siento, parece que me pintan. Si quiero, parece que me ponen en un vehículo, como la mercancía que se envían, y que sigo con un movimiento que creo propio hacia donde no quise que fuese salvo después de estar allí.

¡Qué confusión es todo! ¡Cómo ver es mejor que pensar, y leer mejor que escribir! Lo que veo, puede ser que me engañe, pero no lo creo mío. Lo que leo, puede ser que me pese, pero no me perturba haberlo escrito. ¡Cómo todo duele si lo pensamos como conscientes de pensar, como seres espirituales en quienes se dio aquel segundo desdoblamiento de la conciencia por el cual sabemos que sabemos! Aunque el día esté precioso, no puedo dejar de pensar así... ¿Pensar o sentir, o qué cosa tercera entre los escenarios apartados? Tedios del crepúsculo y del desaliño, abanicos cerrados, cansancio de haber tenido que vivir...

### 199.

Paseábamos, jóvenes aún, bajo los árboles altos y el vago susurro de la floresta. En los claros, súbitamente emergidos del azar del camino, la luz de la luna los hacía lagos y las márgenes, enmarañadas de ramas, eran más noche que la misma noche.

La brisa vaga de los grandes bosques respiraba con sonido entre la arboleda. Hablábamos de las cosas imposibles; y nuestras voces eran parte de la noche, de la luz de la luna y de la floresta. Las oíamos como si fuesen de otros.

No carecía de caminos la floresta incierta. Había atajos que conocíamos, sin querer, conocíamos, y nuestros pasos ondeaban en ellos entre los moteamientos de las sombras y el paletar vago de la luz de la luna dura y fría. Hablábamos de las cosas imposibles y todo el paisaje real era imposible también.

### 200.

Adoramos la perfección, porque no la podemos tener; la detestaríamos si la tuviéramos.

Lo perfecto es lo inhumano, porque lo humano es imperfecto.

El odio sordo al paraíso –el deseo, como el de la pobre infeliz, de que hubiese campo en el cielo. Sí, no son los éxtasis de lo abstracto, ni las maravillas de lo absoluto, lo que puede encantar un alma que siente: son los hogares y las laderas de los montes, las islas verdes en los mares azules, los caminos a través de los árboles y las largas horas de descanso en las quintas ancestrales, aunque nunca los tengamos. Si no hubiera tierra en el cielo, más vale que no hubiera cielo. Sea entonces todo o nada, y acabe la novela que no tenía enredo.

Para poder obtener la perfección, sería precisa una frialdad desconocida para el hombre; y no habría entonces corazón de hombre con el que amar la propia perfección.

Nos asombramos, adorando, de la tensión hacia la perfección de los grandes artistas.

Amamos su aproximación de lo perfecto, pero la amamos porque es sólo aproximación.

## 201.

La habilidad de construir sueños complejos me hizo crear obstáculos inútiles en la vida.

En la destrucción de la unidad de mi espíritu, liberé pequeños impulsos, bien capaces de inhibirse y esconderse, por sutiles y fuertes, pero lo bastante grandes para ser sacrificadamente instintos, instintos realizables.

Soñando, tanto, me torné nítido en el sueño, pero, llegando a verme en sueños tal cual soy, feo y grotesco, la conducción del propio sueño me faltó.

Ni puedo tampoco tener compasión de mí, porque no llego a ser jorobado ni cojo o manco. Soy totalmente inestético.

¿Cómo saber de amor si ni en sueños me juzgo digno de eso?

... ... ... ...

**La tragedia del espejo**

Los antiguos apenas se veían a sí mismos. Hoy nos vemos en todas las posiciones. De ahí nuestro pavor y nuestro asco por nosotros mismos.

Todo hombre precisa para poder vivir y amar idealizarse a sí mismo (y, por ende, a aquellos a quienes ame). Nos amamos *por eso*. Desde el momento en que me visiono y me comparo a un ideal, no muy alto, más bien bajo, de belleza humana, desisto de la vida real y del amor.

... ... ... ...

El falso sentimiento estético de los griegos.

¡Qué infeliz debía ser un pueblo que concebía tales estatuas y era (por fuerza) tan imperfecto físicamente, como todo hombre real!

Esto es, los griegos serían muy infelices si sintiesen eso. Pero no hay trazos de ese sentimiento en su literatura. Y es que ese sentimiento es puramente moderno. *El hombre antiguo no tenía la objetivación de la propia personalidad.* Eso vendría a través del cristianismo.

Incluso una mujer bella no satisface como una estatua. Porque una mujer es bella *y otras cosas –físicas y morales–* que no son *la belleza.* Una estatua es *sólo bella.* (Y sólo piedra aparte de eso, pero la piedra no es *nada* para nosotros, por eso la despreciamos, mirando sólo la belleza).

## 202.

Si yo hubiera escrito el *Rey Lear,* cargaría con remordimientos toda mi vida posterior. Porque esa obra es tan grande, que enormes abultan sus defectos, sus monstruosos defectos, las cosas mínimas que están en ciertas escenas y la perfección posible de ellas.

No es el sol con manchas; es una estatua griega partida. Todo lo que se ha hecho está lleno de errores, de falta de perspectiva, de ignorancia, de rasgos de mal gusto, de flaquezas y desatenciones.

Escribir una obra de arte con el preciso tamaño para ser grande, y la precisa perfección para ser sublime, nadie tiene el don divino para hacerlo, la suerte de haberlo hecho. Lo que no puede salir de un chorro sufre de lo accidentado de nuestro espíritu.

Si pienso en esto entra en mi imaginación un desconsuelo enorme, una dolorosa certeza de nunca poder hacer nada bueno ni útil para la Belleza. No hay método para obtener la Perfección excepto ser Dios. Nuestro mayor esfuerzo dura tiempo; el tiempo que dura atraviesa diversos estados de nuestra alma, y cada estado de alma, como no es otro, cualquiera, perturba con su personalidad la individualidad de la obra. Solo tenemos la certeza de escribir mal, cuando escribimos; la única obra grande y perfecta es la que nunca se sueñe realizar.

Escúchame más, y compadécete. Oye todo esto y dime después si el sueño no vale más que la vida. El trabajo nunca da resultado. El esfuerzo nunca llega a ninguna parte. Sólo la abstención es noble y elevada, porque reconoce que la realización es siempre inferior, y que la obra hecha es siempre la sombra grotesca de la obra soñada.

Poder escribir, en palabras sobre el papel, que se puedan después leer en alto y oír, ¡los diálogos de los personajes de mis dramas imaginados! Esos dramas tienen una acción perfecta y sin quiebra, diálogos impecables, pero ni la acción se esboza en mí en extensión, para que yo la pueda proyectar en realización; ni son propiamente palabras lo que forma la sustancia de esos diálogos íntimos, para que, oídas con atención, yo las pueda traducir a escritas.

Amo a algunos poetas líricos porque no fueron poetas épicos o dramáticos, porque tuvieron la justa intuición de no querer nunca más realización que la de un momento de sentimiento o del sueño. Lo que se puede escribir inconscientemente –tanto mide lo posible perfecto. Ningún drama de Shakespeare satisface como una lírica de Heine. Es perfecta la lírica de Heine, y todo el drama –de un Shakespeare o de otro– es imperfecto siempre. Poder construir, erigir un todo, componer una cosa que sea como un cuerpo humano, con perfecta correspondencia en sus partes, y con una vida, una vida de unidad y congruencia, unificando la dispersión de hechuras de sus partes.

Tú, que me oyes y apenas me escuchas, ¡no sabes lo que es esta tragedia! Perder padre y madre, no alcanzar la gloria ni la felicidad, no tener un amigo ni un amor –todo esto se puede soportar; lo que no se puede soportar es soñar una cosa bella que no sea posible conseguir en actos o palabras. La conciencia del trabajo perfecto, la saciedad de la obra conseguida– suave es el sueño bajo esta sombra de árbol, en el verano calmo.

### 203.

Las frases que nunca escribiré, los paisajes que no podré nunca describir, con qué claridad se las digo a mi inercia y las describo en mi meditación, cuando, recostado, no pertenezco a la vida más que en la distancia. Tallo frases enteras, perfectas palabra por palabra, contextos de dramas se me narran construidos en el espíritu, siento el movimiento métrico y verbal de grandes poemas en todas las palabras, y un gran entusiasmo, como un esclavo que no veo, me sigue en la penumbra. Pero si diera un paso, desde la silla, donde recuesto estas sensaciones casi cumplidas, a la mesa donde querría escribirlas, las palabras huyeron, los dramas murieron, del vínculo vital que unía el murmullo rítmico no queda más que una saudade lejana, un resto de sol sobre montes lejanos, un viento que levanta las hojas al pie del umbral desierto, un parentesco nunca revelado, la orgía de otros, la mujer, que nuestra intuición dice que miraría hacia atrás, y nunca llegó a existir.

Proyectos, los he tenido todos. La *Ilíada* que compuse tuvo una lógica de estructura, una concatenación orgánica de episodios que Homero no podía conseguir. La perfección estudiada de mis versos por completar en palabras dejó pobre la precisión de Virgilio y floja la fuerza de Milton. Las sátiras alegóricas que hice excedieron todas a Swift en la precisión simbólica de los particulares exactamente ligados. ¡Y cuántos Horacios fui!

Y siempre que me levanté de la silla donde, en verdad, estas cosas no fueron absolutamente soñadas, tuve la doble tragedia de saberlas nulas y de saber que no fueron todas sueño, que algo quedó de ellos en el umbral abstracto de yo pensar y ellas ser.

Fui genio más que en los sueños y menos que en la vida. Mi tragedia es esta. Fui el corredor que cayó casi en la meta, siendo hasta ahí el primero.

## 204.

Si hubiese en el arte el mester de perfeccionador, yo tendría en la vida una función...

Tener la obra hecha por otros, y trabajar sólo en perfeccionarla... Así, tal vez, se hizo la *Ilíada*...

¡Sólo no tener el esfuerzo de la creación primitiva!

¡Cómo envidio a los que escriben novelas, que las comienzan, las hacen y las acaban!

Sé imaginarlas, capítulo a capítulo, a veces con las frases del diálogo y las que están entre el diálogo, pero no sabría decir en el papel esos sueños de escribir, //.

## 205.

Todo cuanto es acción, sea la guerra o el raciocinio, es falso; y todo cuanto es abdicación es falso también. ¡Si pudiese yo saber cómo no actuar ni abdicar de actuar! Sería esa la corona de sueño de mi gloria, el cetro del silencio de mi grandeza.

Yo ni siquiera sufro. Mi desdén por todo es tan grande que me desdeño a mí mismo; que, como desprecio los sufrimientos ajenos, desprecio también los míos, y así aplasto bajo mi desdén mi propio sufrimiento.

Ah, pero así sufro más... Porque dar valor al propio sufrimiento le pone el oro de un sol del orgullo. Sufrir mucho puede dar la ilusión de ser el Elegido del Dolor. Así //.

## 206.

**Intervalo doloroso (III)**

Como alguien cuyos ojos, levantados de un largo // de un libro, reciben la violencia hacia ellos de un mero y claro sol natural, si levanto a veces mis ojos de verme, me duele y me arde mirar la nitidez e independencia de mí de la vida claramente externa, de la existencia de los otros, de la posición y la correlación de los movimientos en el espacio. Tropiezo en los sentimientos reales de los otros, el antagonismo de sus psiquismos con el mío se enreda y obstaculiza mis pasos, resbalo y deambulo por entre y por sobre el sonido de sus palabras extrañas que se oyen en mí, el apoyo fuerte y cierto de sus pasos en el suelo actual, sus gestos que existen verdaderamente, sus varios y complejos modos de ser otras personas que no variantes de la mía.

Me encuentro entonces, en estos abismos en que me precipito a veces, desamparado y hueco, pareciendo que morí y vivo, pálida sombra dolorida, que la primera brisa echará por tierra y el primer contacto deshará en polvo.

Me pregunto entonces si valdrá la pena todo el esfuerzo que puse en aislarme y elevarme, si el lento calvario que hice de mí para mi Gloria Crucificada, valdrá religiosamente la pena. Y, aunque sepa que valió, me pesa en ese momento el sentimiento de que no valió, que no valdrá nunca.

## 207.

El dinero, los niños, los locos //.

Nunca se debe envidiar la riqueza, salvo platónicamente; la riqueza es libertad.

## 208.

El dinero es bello, porque es una liberación, //.

Querer ir a morir a Pekín y no poder es una de las cosas que pesan sobre mí como la idea de un cataclismo próximo.

Los compradores de cosas inútiles siempre son más sabios de lo que creen –compran pequeños sueños. Son niños en el adquirir. Todos los pequeños objetos inútiles cuyo exhibir al saber que tienen dinero, los hace comprarlos, nos poseen en la actitud feliz de un niño que recoge conchitas en la playa –una imagen que, más que ninguna otra, les da toda la felicidad pueril. ¡Recoger conchas en la playa! Nunca hay dos iguales para el niño. Se duerme con las dos más bonitas en la mano, y cuando se las pierden o quitan – ¡el crimen! ¡Robarle trozos exteriores del alma! ¡Arrancarle pedazos de sueño!– llora como un Dios a quien robasen un universo recién creado.

## 209.

La manía del absurdo y de la paradoja es la alegría animal de los tristes. Como el hombre normal dice disparates por vitalidad, y por sangre da palmadas en las espaldas de los otros, los incapaces de entusiasmo y de alegría dan volteretas en la inteligencia y, a su frío modo, hacen los gestos calientes de la vida.

## 210.

La *reductio ad absurdum* es una de mis bebidas predilectas.

## 211.

¡Cuántas veces, en el transcurso de los mundos, no habrá un cometa errante puesto fin a una Tierra! A una catástrofe tan de la materia está ligada la suerte de tanto proyecto del espíritu. La Muerte espía, como una hermana del espíritu, y el Destino //.

Muerte es estar sujetos a un exterior cualquiera, y nosotros, en cada momento de nuestra vida, somos reflejos y efecto de lo que nos cerca.

La muerte subyace nuestro gesto vivido. Muertos nacemos, muertos vivimos, muertos ya entramos en la muerte. Compuestos de células viviendo de su desagregación, estamos hechos de muerte.

## 212.

Pertenezco a una generación que heredó el descreimiento en la fe cristiana y creó en sí misma un descreimiento en todas las demás fes. Nuestros padres tenían aún el impulso creador, que transferían del cristianismo a otras formas de ilusión. Unos eran entusiastas de la igualdad social, otros estaban enamorados sólo de la belleza, otros tenían fe en la ciencia y sus beneficios, y había otros que, más cristianos aún, iban a buscar a Orientes y Occidentes otras formas religiosas, con las que entretener la conciencia, sin ellas hueca, de meramente vivir.

Todo eso hemos perdido, de todos estos consuelos nacimos huérfanos. Cada civilización sigue la línea íntima de una religión que la representa: pasar a otras religiones es perder esa, y por fin perderlas todas.

Nosotros perdimos esa, y las otras también.

Quedamos, pues, cada uno entregado a sí mismo, en la desolación de sentirse vivir. Un barco parece ser un objeto cuyo fin es navegar, pero su fin no es navegar, sino llegar a un puerto. Nosotros nos encontramos navegando, sin la idea del puerto al que nos deberíamos acoger.

Reproducimos así, en la especie dolorosa, la fórmula aventurera de los argonautas: navegar es preciso, vivir no es preciso.

Sin ilusiones, vivimos sólo del sueño, que es la ilusión de quien no puede tener ilusiones.

Viviendo de nosotros mismos, nos disminuimos, porque el hombre completo es el hombre que se ignora. Sin fe, no tenemos esperanza, y sin esperanza, no tenemos propiamente vida. No teniendo una idea del futuro, tampoco tenemos una idea del hoy, porque el hoy, para el hombre de acción, no es más que un prólogo del futuro. La energía para luchar nació muerta con nosotros, porque nacimos sin el entusiasmo de la lucha.

Algunos nos estancamos en la conquista vana de lo cotidiano, miserables y bajos buscando el pan de cada día, y queriendo obtenerlo sin el trabajo sentido, sin la conciencia del esfuerzo, sin la nobleza de la consecución.

Otros, de mejor estirpe, nos abstuvimos de la cosa pública, no queriendo nada y no deseando nada, e intentando llevar al calvario del olvido la cruz de simplemente existir. Imposible esfuerzo, en quien no tiene, como portador de la Cruz, un origen divino en la conciencia.

Otros se entregaron, atareados fuera del alma, al culto de la confusión y del ruido, creyendo vivir cuando oían, creyendo amar cuando chocaban contra las exterioridades del amor. Vivir nos dolía, porque sabíamos que estábamos vivos; morir no nos aterraba porque habíamos perdido la noción normal de la muerte.

Pero otros, Raza del Fin, límite espiritual de la Hora Muerta, no tuvieron el coraje de la negación y del refugio de sí mismos. Lo que vivieron fue como negación, como descontento y desconsuelo. Pero lo vivimos desde dentro, sin gestos, cerrados siempre, al menos en el género de vida, entre las cuatro paredes de la habitación y las cuatro paredes del no saber actuar.

213.

**Estética del desaliento**

Ya que no podemos extraer belleza de la vida, busquemos al menos extraer belleza de no poder extraer belleza de la vida. Hagamos de nuestro fracaso una victoria, una cosa positiva y erguida, con columnas, majestuosidad y aquiescencia espiritual.

Si la vida no nos dio más que una celda de reclusión, hagamos por ornamentarla, aunque no sea más, con las sombras de nuestros sueños, dibujos de colores mixtos esculpiendo nuestro olvido sobre la parada exterioridad de los muros.

Como todo soñador, sentí siempre que mi mester era crear. Como nunca supe hacer un esfuerzo o activar una intención, crear me coincidió siempre con soñar, querer o desear, y hacer gestos con soñar los gestos que desearía poder hacer.

### 214.

A mi incapacidad de vivir la tildé de genio, a mi cobardía la coloreé como refinamiento. Me puse a mí, Dios dorado con oro falso, en un altar de cartón pintado para parecer mármol.

Pero yo no me engañé, ni en la memoria // de mi engañarme.

### 215.

Perder el tiempo conlleva una estética. Hay, para los sutiles en las sensaciones, un formulario de la inercia que incluye recetas para todas las formas de lucidez. La estrategia con la que se lucha con la noción de las conveniencias sociales, con los impulsos de los instintos, con las solicitaciones del sentimiento, exige un estudio que cualquier mero esteta no soporta hacer. A una precisa etiología de los escrúpulos debe seguirla un diagnóstico irónico del servilismo a la normalidad. Hay que cultivar, también, la agilidad contra las intrusiones de la vida; un cuidado debe acorazarnos contra sentir las opiniones ajenas, y una blanda indiferencia acolcharnos el alma contra los golpes sordos de la coexistencia con los otros.

### 216.

La oportunidad es como el dinero, que, en realidad, no es más que una oportunidad. Para quien actúa, la oportunidad es un episodio de la voluntad, y la voluntad no me interesa. Para quien, como yo, no actúa, la oportunidad es el canto de la falta de sirenas. Tiene que ser despreciado con voluptuosidad, guardado alto para ningún uso.

Tener ocasión de... En ese campo se dispondrá la estatua de la renuncia.

Oh, amplios campos al sol, el espectador, gracias a quien estáis vivos, os contempla desde la sombra.

El alcohol de las grandes palabras y de largas frases que como olas levantan la respiración de su ritmo y se deshacen sonriendo, en la ironía de las serpientes de la espuma, en la magnificencia triste de las penumbras.

*217.*

Por fácil que sea, todo el gesto representa la violación de un secreto espiritual. Todo el gesto es un acto revolucionario; un exilio, tal vez, de la verdadera // de nuestros propósitos.

La acción es una enfermedad del pensamiento, un cáncer de la imaginación. Actuar es exiliarse. Toda la acción es incompleta e imperfecta. El poema que yo sueño no tiene fallos más que cuando intento realizarlo. En el mito de Jesús está escrito esto; Dios, al hacerse hombre, sólo puede acabar con el martirio. El supremo soñador tiene por hijo el martirio supremo.

Las sombras rotas del follaje, el canto trémulo de las aves, los brazos extendidos de los ríos, temblando al sol su lucir fresco, las verduras, las amapolas, y la simplicidad de las sensaciones –cuando siento esto, siento de él saudades, como si al sentirlo no lo sintiese.

Las horas, como un carro al atardecer, vuelven chirriando por las sombras de mis pensamientos. Si levanto los ojos de mi pensamiento, me arden del espectáculo del mundo.

Para realizar un sueño es preciso olvidarlo, distraer de él la atención. Por eso realizar es no realizar. La vida está llena de paradojas como las rosas de espinas.

Desearía hacer la apoteosis de una incoherencia nueva, que se quedase como la constitución negativa de la nueva anarquía de las almas. Compilar un sumario de mis sueños siempre me pareció útil para la humanidad. Por eso mismo me abstuve de intentarlo. La idea de que lo que yo hacía pudiese ser aprovechable me hirió, me secó para mí mismo.

Tengo quintas en los alrededores de la Vida. Paso ausencias de la Ciudad de mi Acción entre los árboles y las flores de mi devaneo. A mi retiro ni siquiera llegan verdes los ecos de la vida de mis gestos. Duermo a mi memoria como procesiones infinitas. En los cálices de mi meditación sólo bebo la sonrisa del vino dorado; sólo lo bebo con los ojos, cerrándolos, y la Vida pasa como una vela lejana.

Los días soleados me saben a lo que no tengo. El cielo azul y las nubes blancas, los árboles, la flauta que allí falta –églogas incompletas por el estremecimiento de las ramas... Todo esto es el arpa muda por donde rozo la levedad de mis dedos.

La academia vegetal de los silencios... tu nombre sonando como las amapolas... los tanques... mi regreso... el padre loco que enloqueció en la misa. Estos recuerdos son de mis sueños... No cierro los ojos pero no veo nada... No están aquí las cosas que veo... Aguas...

En una confusión de enmarañamientos, el verde de los árboles es parte de mi sangre. Me golpea la vida en el corazón distante... Yo no fui destinado a la realidad, y la vida quiso venir a verse conmigo.

¡La tortura del destino! ¡Quién sabe si moriré mañana! ¡Quién sabe si no va a sucederme hoy algo terrible para mi alma!... A veces, cuando pienso en estas cosas, me aterra la tiranía suprema que nos hace tener que dar pasos, sin saber qué acontecimiento la incertidumbre de mí va a encontrar.

## 218.

Me duelen la cabeza y el universo. Los dolores físicos, más nítidamente dolores que los morales, desarrollan, por un reflejo en el espíritu, tragedias incontenidas en ellos. Traen una impaciencia de todo que, como es de todo, no excluye ninguna de las estrellas. No comulgo, no comulgué nunca, no podré, supongo, nunca comulgar con ese concepto bastardo por el cual somos, como almas, consecuencias de una cosa material llamada cerebro, que existe, por nacimiento, dentro de otra cosa material llamada cráneo. No puedo ser materialista, que es lo que, creo, se llama ese concepto, porque no puedo establecer una relación clara –una relación visual, diré– entre una masa visible de materia gris, o de otro color cualquiera, y esta cosa que soy yo que detrás de mi mirada ve los cielos y los piensa, e imagina cielos que no existen. Pero, aunque nunca pueda caer en el abismo de suponer que una cosa puede ser otra sólo porque están en el mismo lugar, como la pared y mi sombra en ella, o que depender el alma del cerebro sea más que depender yo, para mi trayecto, del vehículo en el que voy, creo, todavía, que hay entre lo que en nosotros es sólo espíritu y lo que en nosotros es espíritu del cuerpo una relación de convivencia en la que pueden surgir discusiones. Y la que surge normalmente es la de que la persona más ordinaria incomoda a la persona que lo es menos.

Me duele la cabeza hoy, y tal vez sea del estómago que me duele. Pero el dolor, una vez sugerido del estómago a la cabeza, va a interrumpir las meditaciones que tengo detrás de tener cerebro. Quien me tapa los ojos no me ciega, sino que me impide ver. Y así ahora, porque me duele la cabeza, encuentro sin valía ni nobleza el espectáculo, en este momento monótono y absurdo, de lo que ahí fuera mal quiero ver como mundo. Me duele la cabeza, y quiere decir que tengo conciencia de una ofensa que la materia me hace y que, como todas las ofensas, me indigna, me predispone a estar mal con todo el mundo, incluyendo al que está próximo pero no me ofendió.

Mi deseo es de morir, al menos temporalmente, pero esto, como he dicho, sólo porque me duele la cabeza. Y en este momento, de repente, recuerdo con qué mejor nobleza uno de los grandes prosistas diría esto. Desplegaría, período a período, la pena anónima del mundo; a sus ojos imaginadores de párrafos surgirían, diversos, los dramas humanos que existen en la tierra, y a través del palpitar de fuentes febriles, se alzaría en el papel toda una metafísica de la desgracia. Yo, sin embargo, no tengo nobleza estilística. Me duele la cabeza porque me duele la cabeza. Me duele el universo porque la cabeza me duele. Pero el universo que realmente me duele no es el verdadero, el que existe porque no sabe que existo, sino aquel, mío de mí, que, si me paso las manos por los cabellos, me hace parecer sentir que sufren sólo para hacerme sufrir.

## 219.

... El asombro que me causa mi capacidad para la angustia. No siendo, por naturaleza, un metafísico, he pasado días de angustia aguda, incluso física, con la indecisión de problemas metafísicos y religiosos...

Vi rápido que lo que yo tenía por la solución del problema religioso era resolver un problema emotivo en términos de razón.

## 220.

Ningún problema tiene solución. Ninguno de nosotros desata el nudo gordiano; todos nosotros o desistimos o lo cortamos. Resolvemos bruscamente, con el sentimiento, los problemas de la inteligencia, y lo hacemos o por cansancio de pensar, o por timidez de sacar conclusiones, o por la absurda necesidad de encontrar apoyo, o por el impulso gregario de volver a los otros y a la vida.

Como nunca podemos conocer todos los elementos de una cuestión, nunca la podemos resolver.

Para alcanzar la verdad nos faltan datos suficientes, y procesos intelectuales que agoten la interpretación de esos datos.

## 221.

Pasaron meses desde lo último que escribí. He estado en un sueño del entendimiento por el cual he sido otro en la vida. Una sensación de felicidad trasladada ha sido frecuente. No he existido, he sido otro, he vivido sin pensar.

Hoy, de repente, volví a lo que soy o me sueño. Fue un momento de gran cansancio, después de un trabajo sin relevancia. Apoyé la cabeza contra las manos, hincados los codos en la mesa alta inclinada. Y, cerrados los ojos, me di la vuelta.

En un sueño falso lejano recordé todo lo que había sido, y fue con una nitidez de paisaje visto que se me apareció de repente, antes o después de todo, el lado ancho de la quinta vieja, desde donde, en medio de la visión, se alzaba vacía la era.

Sentí inmediatamente la inutilidad de la vida. Ver, sentir, recordar, olvidar –todo eso se me confundió, en un vago dolor en los codos, con el murmullo incierto de la calle cercana y los pequeños ruidos del trabajo sosegado en la oficina callada.

Cuando, depuestas las manos en la mesa, miré hacia lo que allí veía la mirada, miré lo que debía ser un cansancio lleno de mundos muertos, la primera cosa que vi, con ver, fue una gran mosca (¡aquel vago zumbido que no era de la oficina!) posada encima del tintero. La contemplé desde el fondo del abismo, anónimo y despierto. Tenía tonos verdes de azul oscuro y era lustrosa con un asco que no era feo. ¡Una vida!

¿Quién sabe para qué fuerzas supremas, dioses o demonios de la Verdad en cuya sombra erramos, no seré más que la mosca lustrosa que se posa un momento frente a ellos? ¿Apreciación fácil? ¿Observación ya hecha? ¿Filosofía sin pensamiento? Tal vez, pero no pensé: sentí. Fue carnalmente, directamente, con un horror profundo y oscuro, como hice la comparación risible. Fui mosca cuando me comparé con la mosca. Me sentí mosca cuando supuse que lo sentía. Y me sentí un alma de mosca, me dormí mosca, me sentí cerrado como una mosca. Y el mayor horror es que al mismo tiempo me sentí yo. Sin querer, levanté los ojos en dirección al techo, no fuese a caer sobre mí una regla suprema, a aplastarme, como yo podría aplastar aquella mosca. Afortunadamente, cuando bajé los ojos, la mosca, sin ruido que yo oyese, había desaparecido. La oficina involuntaria estaba otra vez sin filosofía.

### 222.

«Sentir es un fastidio». Estas palabras casuales de no sé quién que conocí en conversación durante unos minutos, me quedaron siempre brillando en el suelo de la memoria. La propia forma plebeya de la frase le da sal y pimienta.

## 223.

La más vil de todas las necesidades –la de la confidencia, la de la confesión. Es la necesidad del alma de ser exterior.

Confiesa, sí; pero confiesa lo que no sientes. Libera tu alma, sí, del peso de sus secretos, diciéndolos; pero siempre que los secretos que cuentes, nunca los hayas tenido. Miéntete a ti mismo antes de decir esa verdad. Expresar es siempre errar. Sé consciente: que expresar sea, para ti, mentir.

## 224.

No sé lo que es el tiempo. No sé cuál es la verdadera medida que tiene, si tiene alguna. La del reloj sé que es falsa: divide el tiempo espacialmente, por fuera. La de las emociones sé también que es falsa: divide, no el tiempo, sino la sensación de él. La de los sueños es falsa; en ellos rozamos el tiempo, a veces prolongadamente, otras veces deprisa, y lo que vivimos es apresurado o lento conforme a algo del transcurrir cuya naturaleza ignoro.

Creo, a veces, que todo es falso, y que el tiempo no es más que un marco para encuadrar lo que le es ajeno. En el recuerdo que tengo de mi vida pasada, los tiempos están dispuestos en niveles y planos absurdos, siendo yo más joven en cierto episodio de los quince años solemnes que en otro de la infancia sentado entre juguetes.

Se me enmaraña la conciencia si pienso en estas cosas. Presiento un error en todo esto; pero no sé de qué lado está. Es como si asistiese a una suerte de prestidigitación, donde, por ser así, me supiese engañado, pero no concibiese cuál es la técnica, o la mecánica, del engaño.

Me llegan, entonces, pensamientos absurdos, que no consigo todavía repeler como absurdos del todo. Pienso si un hombre que medita pausadamente dentro de un coche que va deprisa va rápido o despacio. Pienso si serán iguales las velocidades idénticas con que caen al mar el suicida y el que se desequilibró en la explanada. Pienso si son realmente sincrónicos los movimientos, que ocupan el mismo tiempo, en los cuales fumo un cigarrillo, escribo este pasaje y pienso oscuramente.

De dos ruedas en el mismo eje podemos pensar que hay siempre una que está más adelante, aunque sea fracciones de milímetro. Un microscopio exageraría esta dislocación hasta hacerla casi increíble, imposible si no fuese real. ¿Y por qué no existe el microscopio de tener razón frente a la mala vista? ¿Son consideraciones inútiles? Bien lo sé. ¿Son ilusiones de la consideración? Acepto. ¿Qué es, no obstante, esto que nos mide sin medida y nos mata sin ser? Y es en estos momentos, en que ni sé si el tiempo existe, cuando lo siento como una persona, y tengo voluntad de dormir.

## *225.*

**Apoteosis del absurdo**

Hablo en serio y tristemente; este tema no es para alegrarse, porque las alegrías del sueño son contradictorias y entristecidas, y por eso apacibles de una misteriosa manera especial.

Sigo en mí, imparcialmente, esas cosas deliciosas y absurdas que yo no puedo poder ver porque son ilógicas a la vista –puentes sin dónde ni hacia dónde, carreteras sin principio ni fin, paisajes invertidos // –lo absurdo, lo ilógico, lo contradictorio, todo cuanto nos desliga y aleja de lo real y de su séquito disforme de pensamientos prácticos y sentimientos humanos y deseos de acción útil y fructífera. El absurdo nos salva de llegar a pesar del tedio a ese estado de ánimo que empieza por sentir la dulce furia de soñar.

Y yo llego a tener no sé qué misterioso modo de visionar esos absurdos –no sé explicarlo, pero veo estos absurdos.

## *226.*

Absurdemos la vida, de este a oeste.

## *227.*

Todo mi pensamiento, por más que yo quiera arreglarlo, se convierte, tarde o temprano, en devaneo. Donde quisiera poner argumentos o hacer correr raciocinios, surgen frases, primero expresivas del propio pensamiento, después subsidiarias de las primeras, por fin sombras y derivaciones de aquellas frases subsidiarias. Empiezo a meditar la existencia de Dios, y me encuentro hablando de parques remotos, de cortejos feudales, de ríos pasando medio mudos bajo las ventanas a las que me asomo; y me encuentro hablando de ellos porque me encuentro viéndolos, sintiéndolos, y hay un breve momento en que una brisa real me toca en la cara, surgida de la superficie del río soñado a través de metáforas, del feudalismo estético de mi abandono central.

Me gusta pensar porque sé que no tardaré en no pensar. El raciocinio me encanta como un punto de partida –estación fría y metálica donde se embarca para el gran Sur. Me esfuerzo, a veces, por meditar un gran problema metafísico o hasta social, pues sé que la voz ronca del pensamiento tiene para mí colas de pavo real, que se me irán abriendo sin yo olvidar que pienso, y que el destino de la humanidad es una puerta en un muro que no hay, y que yo puedo por tanto abrirla a los jardines que se me antoje.

Bendito sea aquel elemento irónico de los destinos que da a los pobres de vida el sueño como pensamiento, así como da a los pobres de sueño, o a la vida como pensamiento o el pensamiento como vida.

Pero hasta el sueño por facilidad de pensar se me vuelve cansado. Y entonces abro los ojos de soñar, llego a la ventana y transfiero el sueño a las calles y los tejados. Y es en la contemplación distraída y profunda de los aglomerados de las tejas separadas en tejados, cubriendo el contagio astral de las gentes de las calles, que se me desprende en verdad el alma, y no pienso, no sueño, no veo, no necesito; contemplo entonces de verdad la abstracción de la Naturaleza, la diferencia entre el hombre y Dios.

## 228.

La vida es un viaje experimental, hecho involuntariamente. Es un viaje del espíritu a través de la materia, y, puesto que es el espíritu el que viaja, es en él donde se vive. Hay, por eso, almas contemplativas que han vivido más intensa, más extensa, más tumultuosamente que otras que han vivido externas. El resultado es todo. Lo que se sintió fue lo que se vivió. Uno se recoge tan cansado de un sueño como de un trabajo visible. Nunca se vivió tanto como cuando se pensó mucho.

Quien está en la esquina de la sala baila con todos los bailarines. Ve todo, y, porque ve todo, vive todo. Como todo, a fin de cuentas, es una sensación nuestra, tanto vale el contacto con un cuerpo como su visión, o, incluso, su simple recuerdo. Bailo, pues, cuando veo bailar. Digo, como el poeta inglés, narrando que contemplaba, tendido en la hierba a lo lejos, a tres segadores: «Un cuarto está segando, y ése soy yo».

Viene todo esto, que va dicho como va sentido, a propósito del gran cansancio, aparentemente sin causa, que descendió hoy de repente sobre mí. Estoy no sólo cansado, sino amargado, y la amargura es también desconocida. Estoy angustiado, al borde de las lágrimas no de lágrimas que se lloran, sino que se reprimen, lágrimas de una dolencia del alma, que no de un dolor sensible.

¡Tanto he vivido sin haber vivido! ¡Tanto he pensado sin haber pensado! Pesan sobre mí mundos de violencias paradas, de aventuras tenidas sin movimiento. Estoy harto de lo que nunca tuve ni tendré, tedioso de dioses por existir. Traigo conmigo las heridas de todas las batallas que evité. Mi cuerpo muscular está molido del esfuerzo que ni siquiera pensé en hacer.

Aburrido, mudo, nulo... El cielo sobre mí es un verano muerto, imperfecto. Lo miro como si no estuviese. Duermo lo que pienso, estoy acostado andando, sufro sin sentir. Mi gran nostalgia es de nada, es nada, como el cielo alto que no veo, y que miro impersonalmente.

## 229.

Supongo que soy lo que llaman un decadente, que hay en mí, como definición externa de mi espíritu, esos destellos tristes de una extrañeza postiza que incorporan en palabras inesperadas un alma ansiosa y malabar. Siento que soy así y que soy absurdo. Por eso busco, por una imitación de una hipótesis de los clásicos, figurar al menos en una matemática expresiva las expresiones decorativas de mi alma sustituida. En cierta altura de la cogitación escrita, ya no sé dónde tengo el centro de la atención: si en las sensaciones dispersas que procuro describir, como tapices desconocidos, si en las palabras con que, queriendo describir la propia descripción, me embreño, me descamino y veo otras cosas. Se forman en mí asociaciones de ideas, de imágenes, de palabras –todo lúcido y difuso– y tanto estoy diciendo lo que siento, como lo que supongo que siento, sin distinguir lo que el alma me sugiere de lo que las imágenes, que el alma dejó caer, me enfloran en el suelo, ni, tampoco, si el sonido de una palabra bárbara, o un ritmo de frase interpuesta, me apartan del asunto ya claro, de la sensación ya aparcada, y me absuelven de pensar y de decir, como grandes viajes para distraerse. Y todo esto, que, si lo repito, debería darme una sensación de futilidad, de bancarrota, de sufrimiento, no consigue sino darme alas de oro. Cuando hablo de imágenes, tal vez por que fuese a condenar el abuso de ellas, me nacen imágenes; en cuanto me elevo fuera de mí para repudiar lo que no siento, ya lo siento, y el propio repudio es una sensación con bordados; desde que, perdida en fin la fe en el esfuerzo, me quiero abandonar al extravío, un término clásico, un adjetivo espacial y sobrio, me hacen de repente, como una luz de sol, ver clara delante de mí la página escrita duermemente, y las letras de la tinta de mi pluma son un absurdo mapa de señales mágicas. Y me depongo como la pluma, y trazo la capa de reclinarme sin nexo, lejano, intermedio y súcubo, final como un náufrago ahogándose a la vista de islas maravillosas, en aquellos mismos mares dorados de violeta con los que en lechos remotos verdaderamente soñó.

## 230.

Tornar puramente literaria la receptividad de los sentidos, y las emociones, cuando acaso inferioricen aparecer, convertirlas en materia aparecida para con ellas esculpir estatuas de palabras fluidas y lamientes.

## 231.

El lema que hoy más requiero para definición de mi espíritu es el de creador de indiferencias. Más que nada, querría que mi acción en la vida fuese educar a los otros a sentir cada vez más para sí mismos, y cada vez menos según la ley dinámica de la colectividad... Educar en esa antisepsia espiritual por la cual no puede haber contagio de vulgaridad, me parece el más constelado destino del pedagogo íntimo que yo querría ser. Que cuantos me leyesen aprendiesen –pero poco a poco, como el asunto manda– a no tener sensación ninguna ante las miradas ajenas y las opiniones de los otros, ese destino enguirnaldaría suficientemente el estancamiento escolástico de mi vida.

La incapacidad de actuar fue siempre en mí una molestia con una etiología metafísica. Hacer un gesto fue siempre, para mi sentimiento de las cosas, una perturbación, un desdoblamiento, en el universo exterior; moverme me dio siempre la impresión de que no dejaría intactas las estrellas ni los cielos sin mudanza. Por eso la importancia metafísica del más pequeño gesto pronto tomó un relevo atónito dentro de mí. Adquirí ante la actuación un escrúpulo de honestidad trascendental, que me inhibe, desde que lo fijé en mi conciencia, de tener relaciones muy acentuadas con el mundo palpable.

## 232.

Saber ser supersticioso aún es una de las artes que, realizadas en su auge, marcan al hombre superior.

## 233.

Desde que, conforme puedo, medito y observo, he notado que en nada los hombres saben la verdad, ni están de acuerdo, que sea realmente supremo en la vida o útil para vivirla. La ciencia más exacta es la matemática, que vive en la clausura de sus propias reglas y leyes; sirve, sí, para, por aplicación, dilucidar otras ciencias, pero dilucida lo que estas descubren, no las ayuda a descubrir. En las otras ciencias, nada es seguro y aceptado salvo lo que nada pesa para los fines supremos de la vida. La física sabe bien cuál es el coeficiente de dilatación del hierro: no sabe cuál es la verdadera mecánica de la constitución del mundo. Y cuanto más subimos en lo que desearíamos saber, más descendemos en lo que sabemos. La metafísica, que sería la guía suprema porque es ella y sólo ella la que se dirige a los fines supremos de la verdad y de la vida –esa ni siquiera es teoría científica, sino solamente un monte de ladrillos formando, en estas manos o en aquellas, casas sin forma que ninguna argamasa liga.

Observo, también, que entre la vida de los hombres y la de los animales no hay otra diferencia aparte de la manera en que se engañan o la ignoran. Los animales no saben lo que hacen: nacen, crecen, viven, mueren sin pensamiento, reflexión o verdaderamente futuro. ¿Cuántos hombres, no obstante, viven de modo diferente al de los animales? Dormimos todos, y la diferencia está sólo en los sueños, y en el grado y la calidad de soñar. Tal vez la muerte nos despierte, pero para eso tampoco hay respuesta más que la de la fe, para quien creer es tener; la de la esperanza, para quien desear es poseer, la de la caridad, para quien dar es recibir.

Llueve, en esta tarde fría de invierno triste, como si hubiese llovido, así monótonamente, desde la primera página del mundo. Llueve, y mis sentimientos, como si la lluvia los doblegase, inclinan su mirada cruda hacia la tierra de la ciudad, donde corre un agua que nada alimenta, que nada lava, que nada alegra. Llueve, y yo siento súbitamente la opresión inmensa de ser un animal que no sabe lo que es, soñando el pensamiento y la emoción, encogido, como en un tugurio, en una región espacial del ser, contento de un pequeño calor como de una verdad eterna.

## 234.

Con un puro caro y los ojos cerrados se es rico.

Como quien visita un lugar donde pasó la juventud, consigo, con un cigarro barato, regresar entero al lugar de mi vida donde tenía por costumbre fumarlos. Y a través del sabor leve del humo, todo el pasado vuelve a mí.

Otras veces será un cierto dulce. Un simple bombón de chocolate me estropea a veces los nervios con el exceso de recuerdos que los estremece. ¡La infancia! Y entre mis dientes que se clavan en la masa oscura y blanda, muerdo y saboreo mis humildes felicidades de compañero alegre de soldados de plomo, de caballero congruente con la caña casual de mi caballo. Me suben las lágrimas a los ojos y junto con el sabor del chocolate se mezcla en mi sabor mi felicidad pasada, mi infancia ida, y pertenezco voluptuosamente a la suavidad de mi dolor.

No por simple es menos solemne este ritual mío del paladar.

Pero es el humo del cigarro lo que más espiritualmente me reconstruye momentos pasados. Apenas roza mi conciencia de tener paladar. Por eso más en gas y transparencia me evoca las horas que morí, más lejanas las hace presentes, más brumosas cuando me envuelven, más etéreas cuando las corporizo. Un cigarro inaceptable, un puro barato nublan de suavidad algunos de mis momentos. Con qué sutil plausibilidad de sabor-aroma, realzo los escenarios muertos y represento otra vez las comedias de mi pasado, tan siglo dieciocho siempre por el apartamiento malicioso y cansado, tan medievales siempre por lo irremediablemente perdido.

## 235.

Creé para mí, fausto de un oprobio, una pompa del dolor y de apagamiento. No hice de mi dolor un poema; hice de él, no obstante, un cortejo. Y desde la ventana hacia mí contemplo, espantado, los ocasos escarlatas, los crepúsculos vagos de dolores sin razón, donde pasan, en los ceremoniales de mi descamino, los pajes, las libreas, los payasos de mi incompetencia nativa para existir.

El niño, que nada mató en mí, asiste aún, con fiebre y cintas, al circo que me doy. Se ríe de los payasos, sin haber aquí fuera circo; pone en los habilidosos y en los acróbatas ojos de quien ve allí toda la vida. Y así, sin alegría, pero contento, entre las cuatro paredes de mi cuarto duerme, por inocencia, con su papel pobre feo y gastado, toda la angustia insospechada de un alma humana que transborda, toda la desesperación sin remedio de un corazón a quien Dios abandonó.

Camino, no por las calles, sino a través de mi dolor. Las casas alineadas son las imposibilidades que me cercan, en el alma; // mis pasos suenan en el paseo como un repicar ridículo a muertos, un ruido de espectro en la noche, final como un recibo o una cueva.

Me separo de mí y veo que soy un fondo de un pozo.

Murió quien yo nunca fui. Dios olvidó quien yo había de ser. Sólo el interludio vacío.

Si fuese músico escribiría mi propia marcha fúnebre, ¡y con qué razón la escribiría!

## 236.

Reencarnarme en una piedra, en una mota de polvo –me llora en el alma este deseo.

Cada vez le encuentro menos sabor a todo, hasta no encontrarle sabor a nada.

## 237.

No me encuentro un sentido... La vida pesa... Toda la emoción es demasiado para mí... Mi corazón es un privilegio de Dios... ¿A qué cortejos pertenecí, que un cansancio de no sé qué pompas arrulla mi saudade?

¿Y qué palios?, ¿qué secuencias de estrellas?, ¿qué lirios?, ¿qué banderines?, ¿qué vidrieras?

¿Por qué misterio a la sombra de árboles pasaron las mejores fantasías, que en este mundo tanto recuerdan las aguas, los cipreses y los bojes, y no encuentran palios para sus procesiones más que entre las consecuencias de abstenerse?

... ... ... ...

### Caleidoscopio

No hables... Sucedes demasiado... Siento pena de estar viéndote... ¿Cuándo serás sólo una saudade mía? Hasta entonces, ¡cuántas no serás! Y tener yo que pensar que te puedo ver es un puente viejo donde nadie pasa... La vida es esto. Los otros abandonaron los remos... No hay ya disciplina en las cohortes... Se fueron los caballeros con la mañana y el sonido de las lanzas... Tus castillos se quedaron esperando estar desiertos... Ningún viento abandonó las hileras de los árboles en lo alto... Pórticos inútiles, vajillas guardadas, heraldos de profecías –eso pertenece a los crepúsculos abatidos en los templos y no ahora, al encontrarnos, porque no hay razón para tilos dando sombra sino tus dedos y su gesto tardío...

Razón de sobra para territorios remotos... Tratados hechos por vidrieras de reyes... Lirios de cuadros religiosos... ¿A quién espera el séquito?... ¿Por dónde se elevó el águila perdida?

## 238.

Enrollar el mundo alrededor de nuestros dedos, como un hilo o una cinta con la que juega una mujer que sueña en la ventana.

Se resume todo al final en procurar sentir el tedio de modo que no duela.

Sería interesante poder ser dos reyes al mismo tiempo: ser no el alma única de ellos dos, sino las dos almas.

## 239.

La vida, para la mayoría de los hombres, es una molestia pasada sin darse cuenta, una cosa triste compuesta de intervalos alegres, algo así como los momentos de anécdotas que cuentan los veladores de muertos, para pasar el sosiego de la noche y la obligación de velar. Siempre me ha parecido inútil considerar la vida como un valle de lágrimas: es un valle de lágrimas, sí, pero donde raras veces se llora. Decía Heine que, después de las grandes tragedias, acabamos siempre sonándonos. Como judío, y por tanto universal, vio con claridad la naturaleza universal de la humanidad.

La vida sería insoportable si tomásemos conciencia de ella. Afortunadamente no lo hacemos. Vivimos con la misma inconsciencia que los animales, del mismo modo fútil e inútil, y si anticipamos la muerte, que es de suponer, sin que sea seguro, que ellos no anticipan, la anticipamos a través de tantos olvidos, de tantas distracciones y desvíos, que apenas podemos decir que pensamos en ella. Así se vive, y es poco para creernos superiores a los animales. Nuestra diferencia con ellos consiste en el detalle puramente externo de hablar y escribir, en tener inteligencia abstracta para distraernos de tenerla concreta, y en imaginar cosas imposibles. Pero todo esto son accidentes de nuestro organismo fundamental. Hablar y escribir no aportan nada nuevo a nuestro instinto primordial de vivir sin saber cómo. Nuestra inteligencia abstracta no sirve más que para hacer sistemas, o ideas medio sistemas, de lo que en los animales es estar al sol. Nuestra imaginación de lo imposible no es por ventura propia, pues ya vi gatos mirar la luna, y no sé si no la querrían.

Todo el mundo, toda la vida, es un vasto sistema de inconsciencias operando a través de conciencias individuales. Así como con dos gases, pasando por ellos una corriente eléctrica, se hace un líquido, así con dos conciencias –la de nuestro ser concreto y la de nuestro ser abstracto– se hace, pasando por ellas la vida y el mundo, una inconsciencia superior.

Feliz, pues, el que no piensa, porque realiza por instinto y destino orgánico lo que todos nosotros tenemos que realizar por desvío y destino inorgánico o social. Dichoso el que más se asemeja a los brutos, porque es sin esfuerzo lo que todos nosotros somos con trabajo impuesto; porque sabe el camino a casa, que nosotros no encontramos más que por atajos de ficción y regreso; porque, enraizado como un árbol, es parte del paisaje y por tanto de la belleza, y no, como nosotros, mitos del paso, figurantes de trapo vivo de la inutilidad y el olvido.

## 240.

No creo mucho en la felicidad de los animales, salvo cuando me apetece hablar de ella como marco de un sentimiento que su suposición acentúa. Para ser feliz, es preciso saber que se es feliz. No hay felicidad en dormir sin sueños, sino solamente en despertar sabiendo que se durmió sin sueños. La felicidad está fuera de la felicidad.

No hay felicidad excepto con conocimiento. Pero el conocimiento de la felicidad es infeliz, porque conocerse feliz es conocerse pasando por la felicidad, y teniendo, luego ya, que dejarla atrás. Saber es matar, en la felicidad como en todo. No saber, sin embargo, es no existir.

Sólo el absoluto de Hegel consiguió, en páginas, ser dos cosas al mismo tiempo. El no ser y el ser se funden y confunden en las sensaciones y razones de la vida: se excluyen, por una síntesis a la inversa.

¿Qué hacer? Aislar el momento como una cosa y ser feliz ahora, en el momento en que se siente la felicidad, sin pensar más que en lo que se siente, excluyendo lo demás, excluyendo todo. Enjaular el pensamiento en la sensación, //.

Es esta mi creencia esta tarde. Mañana por la mañana ya no será ésta, porque mañana por la mañana seré ya otro. ¿Qué creyente seré mañana? No lo sé, porque sería preciso estar ya allí para saberlo. Ni el Dios eterno en que hoy creo lo sabrá mañana ni hoy, porque hoy soy yo y mañana él tal vez ya no haya nunca existido.

## 241.

El orgullo es la certeza emotiva de la grandeza propia. La vanidad es la certeza emotiva de que los demás ven en nosotros, o nos atribuyen, tal grandeza. Los dos sentimientos ni necesariamente se conjugan, ni por naturaleza se oponen. Son diferentes pero conjugables.

El orgullo, cuando existe solo, sin añadido de vanidad, se manifiesta, en su resultado, como timidez: quien se siente grande, pero no confía en que los otros lo reconozcan como tal, recela de confrontar la opinión que tiene de sí mismo con la opinión que los otros puedan tener de él.

La vanidad, cuando existe sola, sin el añadido del orgullo, lo cual es posible pero raro, se manifiesta, en su resultado, por la audacia. Quien tiene la certeza de que los demás ven en él valor nada recela de ellos. Puede haber coraje físico sin vanidad; puede haber coraje moral sin vanidad; no puede haber audacia sin vanidad. Y por audacia se entiende la confianza en la iniciativa. La audacia puede no ir acompañada de coraje, físico o moral, pues estas disposiciones del carácter son de orden diferente, y con ella inconmensurables.

## 242.

No conozco placer como el de los libros, y poco leo. Los libros son presentaciones a los sueños, y no precisa presentaciones quien, con la facilidad de la vida, entra en conversación con ellos. Nunca pude leer un libro con entrega a él; siempre, a cada paso, el comentario de la inteligencia o de la imaginación me estorbó la secuencia de la propia narrativa. Al cabo de unos minutos, quien escribía era yo, y lo que estaba escrito no estaba en ningún sitio.

Mis lecturas predilectas son la repetición de libros banales que duermen conmigo a mi cabecera. Hay dos que no me dejan nunca –*La retórica* del padre Figueiredo y las *Reflexiones sobre la lengua portuguesa* del padre Freire. Estos libros, los releo siempre a bien; y si bien es cierto que ya los leí todos muchas veces, también es cierto que ninguno de ellos lo leí en secuencia. Les debo a esos libros una disciplina que creo casi imposible en mí mismo –una regla del escribir objetivado, una ley de la razón de que las cosas estén escritas.

El estilo afectado, claustral y frustrado del padre Figueiredo es una disciplina que hace las delicias de mi entendimiento. La difusión, casi siempre sin disciplina, del padre Freire, entretiene mi espíritu sin cansarlo, y me educa sin darme preocupación. Son espíritus de eruditos y de sosegados lo que hace bien a mi nula disposición a ser como ellos, o como cualquier otra persona.

Leo y me abandono, no a la lectura, sino a mí mismo. Leo y me adormezco, y es como entre sueños que sigo la descripción de las figuras de retórica del padre Figueiredo, y por bosques de maravilla oigo al padre Freire enseñar que se debe decir Magdalena, pues Madalena dice sólo el vulgo.

## 243.

Detesto la lectura. Siento un tedio anticipado por las páginas desconocidas. Sólo soy capaz de leer lo que ya conozco. Mi libro de cabecera es *La retórica* del padre Figueiredo, donde cada noche leo por milésima vez la descripción, en estilo de un portugués conventual y cierto, de las figuras de retórica, cuyos nombres, mil veces leídos, aún no he retenido. Pero me acuna el lenguaje, y si me faltasen las palabras justas escritas con *C* dormiría inquieto.

Debo con todo al libro del padre Figueiredo, con su exageración de purismo, el relativo escrúpulo que tengo –todo lo que puedo tener– de escribir la lengua en la que me registro con la propiedad que //.

Y leo:

*(un extracto del P. Figueiredo)*
–principios, medios y finales,
y esto me consuela de vivir.

O bien
*(un pasaje sobre figuras)*
que vuelve al prefacio.

No exagero ni una pulgada verbal: siento todo esto.

Como otros pueden leer pasajes de la Biblia, yo los leo de esta *Retórica*. Tengo la ventaja del descanso y de la falta de devoción.

## 244.

Releo, en una de estas somnolencias sin sueño, en que nos entretenemos inteligentemente sin la inteligencia, algunas de las páginas que formarán, todas juntas, mi libro de impresiones sin nexo. Y de ellas me sube, como un olor de algo conocido, una impresión desierta de monotonía. Siento que, aun al decir que soy siempre diferente, dije siempre la misma cosa; que soy más análogo a mí mismo de lo que querría confesar; que, a fin de cuentas, ni tuve la alegría de ganar ni la emoción de perder. Soy una ausencia de saldo de mí mismo, con un equilibrio involuntario que me desola y enflaquece.

Todo, cuanto escribí, es sombrío. Se diría que mi vida, aun la mental, es un día de lluvia lenta, en que todo es desacontecimiento y penumbra, privilegio vacío y razón olvidada. Me desolo a seda rota. Me desconozco a luz y tedio.

Mi esfuerzo humilde, de decir quién soy siquiera, por registrar, como una máquina de nervios, las impresiones mínimas de mi vida subjetiva y aguda, todo esto se me vació como un cubo en el que tropezasen, y se mojó por la tierra como el agua de todo. Me fabriqué con pinturas falsas, acabé en un imperio de buhardilla. Mi corazón, de quien hilé los grandes acontecimientos de la prosa vívida, me parece hoy, escrito en la distancia de estas páginas releídas con otra alma, una bomba de patio provinciana, instalada por instinto y maniobrada por servicio. Naufragué sin tormenta en un mar donde se puede estar de pie.

Y pregunto, a lo que me queda de consciente en esta serie confusa de intervalos entre cosas que no existen, de qué me sirvió llenar tantas páginas de frases que creí mías, de emociones que sentí como pensadas, de banderas y estandartes de ejércitos que son, al final, papeles pegados con saliva por la hija del mendigo bajo el alero del tejado.

Pregunto a lo que queda de mí a qué vienen estas páginas inútiles, consagradas a la basura y al desvío, perdidas antes de estar entre los papeles rasgados del Destino.

Pregunto, y prosigo. Escribo la pregunta, la envuelvo en nuevas frases, la desmadejo de nuevas emociones. Y mañana volveré a escribir, en la secuencia de mi libro estúpido, las impresiones diarias de mi disuasión con frío.

Sigan, tal como son. Jugado el dominó, y ganado el juego, o perdido, las fichas se giran hacia abajo y el juego finalizado es negro.

### 245.

Qué de Infiernos y Purgatorios y Paraísos tengo en mí –¿y quién me conoce un gesto en desacuerdo con la vida, tan calmo y tan plácido?

No escribo en portugués. Escribo yo mismo.

### 246.

Cuando vivimos constantemente en lo abstracto –sea lo abstracto del pensamiento, sea el de la sensación pensada– no pasa mucho tiempo antes de que, contra nuestro propio sentimiento o voluntad, se nos vuelvan fantasmas aquellas cosas de la vida real que, de acuerdo con nosotros mismos, más deberíamos sentir. Por muy amigo, y amigo de verdad, que yo sea de alguien, saber que está enfermo, o que murió, no me da más que una impresión vaga, incierta, apagada, que me avergüenzo de sentir. Sólo la visión directa del caso, su paisaje, me daría emoción. A fuerza de vivir de imaginar, se gasta el poder de imaginar, sobre todo el de imaginar lo real. Viviendo mentalmente de lo que no existe ni puede existir, acabamos por no poder pensar en lo que puede existir.

Me dijeron hoy que había ingresado en el hospital, para ser operado, un viejo amigo mío, que no veo hace mucho tiempo, pero que sinceramente recuerdo siempre con lo que supongo ser saudade. La única sensación que recibí, positiva y clara, fue la del fastidio que sería para mí tener que ir a visitarlo, con la alternativa irónica de, no teniendo paciencia para la visita, quedarme arrepentido de no hacerla.

Nada más... De tanto lidiar con sombras, yo mismo me convertí en una sombra –en lo que pienso, en lo que siento, en lo que soy. La saudade de lo normal que nunca fui entra entonces en la sustancia de mi ser. Pero aún es eso, y sólo eso, lo que siento. No siento propiamente pena del amigo que va a ser operado. No siento propiamente pena de todas las personas que van a ser operadas, de todos cuantos sufren y penan en este mundo. Siento pena, solamente, de no saber ser quien sienta pena.

Y, en un momento, estoy pensando en otra cosa, inevitablemente, por un impulso que no sé lo que es. Y entonces, como si estuviese delirando, se me mezcla con lo que no llegué a sentir, con lo que no pude ser, un rumor de árboles, un sonido del agua corriendo por estanques, una quinta inexistente... Me esfuerzo por sentir, pero ya no sé cómo se siente. Me volví la sombra de mí mismo, a quien entregaría mi ser. Al contrario que aquel Peter Schlemil del cuento alemán, no vendí al Diablo mi sombra, sino mi sustancia. Sufro de no sufrir, de no saber sufrir. ¿Vivo o finjo que vivo? ¿Duermo o estoy despierto? Una vaga brisa, que sale fresca del calor del día, me hace olvidar todo. Me pesan los párpados agradablemente... Siento que este mismo sol dora los campos donde no estoy y donde no quiero estar... Del medio de los ruidos de la ciudad sale un gran silencio... ¡Qué suave! ¡Pero cuánto más suave, tal vez, si yo pudiera sentirlo!...

### 247.

El propio escribir perdió la dulzura para mí. Se banalizó tanto, no sólo el acto de dar expresión a emociones, sino también el de refinar frases, que escribo como quien come o bebe, con más o menos atención, pero medio ajeno y desinteresado, medio atento, y sin entusiasmo ni vigor.

### 248.

Hablar es tener demasiada consideración con los otros. Por la boca mueren el pez y Oscar Wilde.

### 249.

Mientras que podamos considerar este mundo una ilusión y un fantasma, podremos considerar todo lo que nos sucede como un sueño, una cosa que fingió ser porque dormíamos. Y entonces nace en nosotros una indiferencia sutil y profunda ante todos los desaires y desastres de la vida. Los que mueren doblaron una esquina, y por eso los dejamos de ver; los que sufren pasan por delante de nosotros, si sentimos, como una pesadilla, si pensamos, como un devaneo ingrato. Y nuestro propio sufrimiento no será más que esa nada.

En este mundo dormimos sobre el lado izquierdo y oímos en los sueños la existencia opresa del corazón.

Nada más... Un poco de sol, un poco de brisa, unos árboles que enmarcan la distancia, el deseo de ser feliz, la tristeza de los días que pasan, la ciencia siempre incierta y la verdad siempre por descubrir... Nada más, nada más... Sí, nada más...

### 250.

Alcanzar, en el estado místico, sólo lo que ese estado tiene de grato, sin lo que tiene de exigente; ser el extático de ningún dios, el místico o epopeya sin iniciación; pasar el curso de los días en la meditación de un paraíso en que no se cree –todo sabe bien al alma, si ella conoce lo que es desconocer.

Van altas, por encima de donde estoy, cuerpo dentro de una sombra, las nubes silenciosas; van altas, por encima de donde estoy, alma cautiva en un cuerpo, las verdades desconocidas... Va alto todo... Y todo pasa en lo alto como aquí abajo, sin una nube que deje más que lluvia, o verdad que deje más que dolor... Sí, todo lo que es alto pasa alto, y pasa; todo lo que es deseable está lejos y pasa lejos... Sí, todo atrae, todo es ajeno y todo pasa.

¿Qué me importa saber, al sol o a la lluvia, cuerpo o alma, que pasaré también? Nada, salvo la esperanza de que todo sea nada y, por tanto, la nada sea todo.

### 251.

En cualquier espíritu, que no sea disforme, existe la creencia en Dios. En cualquier espíritu, que no sea disforme, no existe la creencia en un Dios definido. Es cualquier ser, existente e imposible, que rige todo; cuya persona, si la tiene, nadie puede definir; cuyos fines, si los usa, nadie puede comprender. Llamándolo Dios decimos todo, porque, no teniendo la palabra Dios un significado preciso, así la afirmamos sin decir nada. Los atributos de infinito, eterno, omnipotente, sumamente justo o bondadoso, que a veces le asociamos, se desprenden por sí solos como todos los adjetivos innecesarios, cuando el sustantivo basta.

Y Él, a quien, por indefinido, no podemos dar atributos, es, por eso mismo, un sustantivo absoluto.

La misma certeza, y la misma vaguedad, existen en cuanto a la supervivencia del alma. Todos sabemos que morimos; todos sentimos que no moriremos. No es tanto un deseo, ni una esperanza, lo que nos trae esa visión en la oscuridad de que la muerte es un malentendido: es un razonamiento hecho con las entrañas, que repudia //.

## 252.

**Un día**

En vez de almorzar –necesidad que tengo que hacer sucederme todos los días– fui a ver el Tajo, y volví a vagar por las calles sin siquiera suponer que resultaba útil a mi alma verlo. Aun así...

Vivir no vale la pena. Sólo mirar es lo que vale la pena. Poder mirar sin vivir colmaría la felicidad, pero es imposible, como todo lo que acostumbra a ser lo que soñamos. ¡El éxtasis que no incluyese la vida!...

¡Crear al menos un pesimismo nuevo, una nueva negación, para que tuviésemos la ilusión de que algo de nosotros, aunque para mal, quedaba!

## 253.

«¿De qué se ríe usted?», me preguntó sin mal la voz de Moreira desde el otro lado de los dos estantes de mi mesa.

«Era un cambio de nombres que iba haciendo...», y calmé los pulmones al hablar. «Ah», dijo Moreira rápidamente, y la paz polvorienta descendió de nuevo sobre el despacho y sobre mí.

¡El señor Vizconde de Chateaubriand aquí haciendo cuentas! ¡El señor profesor Amiel aquí en un alto banco real! ¡El señor Conde Alfred de Vigny debiendo en el Grandela! ¡Senancour en los Douradores!

Ni Bourget, pobre tipo, que le cuesta leer como una escalera sin ascensor... Me vuelvo por detrás del parapeto para ver bien de nuevo mi Boulevard de Saint Germain, y justamente en esta altura el socio del campesino está escupiendo a la calle.

Y entre pensar todo esto y estar fumando, y no conectar bien una cosa y otra, la risa mental encuentra el humo, y, envolviéndose en la garganta, se expande en un ataque tímido de risa audible.

## 254.

**Declaración de diferencia**

Las cosas del Estado y de la ciudad no nos afectan. Nada nos importa que los ministros y los cortesanos hagan falsa gerencia de los asuntos de la nación. Todo sucede allá fuera, como el barro en los días de lluvia. No es asunto nuestro, que tenga que ver al mismo tiempo con nosotros.

De igual modo no nos interesan las grandes convulsiones, como la guerra y las crisis de los países. Mientras no entren en nuestra casa, nada nos importa a qué puertas llamen. Esto, que parece que se apoya en un gran desprecio por los otros, realmente sólo se basa en nuestro aprecio escéptico por nosotros mismos.

No somos bondadosos ni caritativos –no porque seamos lo contrario, sino porque no somos ni una cosa ni la otra. La bondad es la delicadeza de las almas groseras. Tiene para nosotros el interés de un episodio pasado en otras almas, y con otras formas de pensar. Observamos, y ni aprobamos ni dejamos de aprobar. Nuestro menester es no ser nada.

Seríamos anarquistas si hubiéramos nacido en las clases que a sí mismas se llaman desprotegidas, o en otras cualesquiera de donde se pueda descender o ascender. Pero, en verdad, nosotros somos, en general, criaturas nacidas en los intersticios de las clases y divisiones sociales –casi siempre en ese espacio decadente entre la aristocracia y la (alta) burguesía, el lugar social de los genios y de los locos con quien se puede simpatizar.

La acción nos desorienta, en parte por incompetencia física, aún más por inapetencia moral. Nos parece inmoral actuar. Todo el pensamiento nos parece degradado por la expresión en palabras, que lo convierten en cosa de otros, que lo hacen comprensible a los que lo comprenden.

Nuestra simpatía es grande por el ocultismo y las artes de lo oculto. No somos, sin embargo, ocultistas. Nos falla para eso la voluntad innata y, además la paciencia para educarlo de modo que se convierta en el instrumento perfecto de los magos y de los magnetizadores. Pero simpatizamos con el ocultismo, sobre todo porque suele explicarse de tal manera que muchos que leen, e incluso muchos que creen entender, no entienden nada. Es soberbiamente superior esta actitud misteriosa. Es, más allá de eso, fuente copiosa de sensaciones del misterio y de terror: las larvas de lo astral, los extraños seres con cuerpos diferentes que la magia ceremonial evoca en sus templos, las presencias desencarnadas de la materia de este plano, que rondan nuestros sentidos cerrados, en el silencio físico del sonido interior –todo esto nos acaricia con una mano viscosa y terrible, en el desamparo y en la oscuridad.

Pero no simpatizamos con los ocultistas en la medida en que son apóstoles y amantes de la humanidad; eso los despoja de su misterio. La única razón para que un ocultista funcione en lo astral es a condición de hacerlo por estética superior, y no con el siniestro propósito de hacer bien a nadie.

Casi sin saberlo, nos muerde una simpatía ancestral por la magia negra, por las formas prohibidas de la ciencia trascendente, por los Señores del Poder que se vendieron a la Condenación y a la Reencarnación degradada. Nuestros ojos de débiles y de inciertos se pierden, con un celo femenino, en la teoría de los grados invertidos, en los ritos inversos, en la curva siniestra de la jerarquía descendente.

Satanás, sin que lo queramos, tiene para nosotros una sugestión como de macho para hembra. La serpiente de la Inteligencia Material se nos enroscó en el corazón, como en el Caduceo simbólico del Dios que comunica: Mercurio, señor de la comprensión.

Aquellos de nosotros que no son pederastas desearían tener el coraje de serlo. Toda la inapetencia para la acción inevitablemente feminiza. Fallamos en nuestra verdadera profesión de amas de casa y de señoras de castillos sin hacer nada por un cambio de sexo en la encarnación presente. Aunque no creamos absolutamente en esto, sabe a la sangre de la ironía hacer como si lo creyésemos.

Todo esto no es por maldad, sino sólo por debilidad. Adoramos, a solas, el mal, no porque sea el mal, sino porque es más intenso y fuerte que el Bien, y todo cuanto es intenso y fuerte atrae los nervios que debían ser de mujer. *Pecca fortiter* no puede estar con nosotros, que no tenemos fuerza, ni siquiera la de la inteligencia, que es la que tenemos.

Piensa en pecar fuertemente: es lo máximo que para nosotros puede valer esa indicación aguda. Pero ni siquiera a veces eso nos es posible: la propia vida interior tiene una realidad que a veces nos duele por ser una realidad cualquiera. Tener leyes para la asociación de ideas, como para todas las operaciones del espíritu, insulta a nuestra indisciplina innata.

### 255.

**Educación sentimental**

Para quien hace del sueño la vida, y del cultivo en invernadero de sus sensaciones una religión y una política, para ese el primer paso, el que acusa en el alma que él dio el primer paso, es el sentir las cosas mínimas extraordinaria y desmedidamente. Este es el primer paso, y el paso simplemente primero no es más que esto. Saber poner en saborear una taza de té la voluptuosidad extrema que el hombre normal sólo puede encontrar en las grandes alegrías que vienen de toda la ambición súbitamente satisfecha, o de las saudades de repente desaparecidas, o en los actos finales y carnales del amor; poder encontrar en la visión de un ocaso o en la contemplación de un detalle decorativo esa exasperación de sentirlos que generalmente sólo puede dar, no lo que se ve o lo que se oye, sino lo que se huele o saborea –esa proximidad del objeto de la sensación que sólo las sensaciones carnales: el tacto, el gusto, el olfato, esculpen de encuentro a la conciencia; poder volver la visión interior, el oído del sueño –todos los sentidos supuestos y de lo supuesto– receptores tangibles como sentidos girados hacia lo externo: escojo estas, y las análogas, supónganse, de entre las sensaciones que el cultivador del sentimiento logra, educado ya, convertir en espasmos, para que den una noción concreta y cercana de lo que busco decir.

Llegar, sin embargo, a este grado de sensación, supone al amante de sensaciones el correspondiente peso o carga física que correspondientemente siente, con idéntico exaspero consciente, lo doloroso que impone desde el exterior, y a veces desde el interior también, sobre su momento de atención. Es entonces cuando constata que sentir excesivamente, si a veces es gozar en exceso, otras es sufrir con intensidad, y porque lo constata, el soñador es llevado a dar el segundo paso en su ascensión hacia sí mismo. Dejo de lado el paso que podrá o no dar, y que, dependiendo de que él lo pueda dar o no, determinará tal o cual actitud, modo de proceder, en los pasos que vaya dando, según pueda o no aislarse por completo de la vida real (si es rico, o no, redunda en eso). Porque supongo comprendido en las entrelíneas de lo que narro, conforme sea posible o no que el soñador se aísle y se entregue, tiene que concentrarse con mayor o menor intensidad sobre su obra de despertar enfermizamente el funcionamiento de sus sensaciones de las cosas y de los sueños. Quien tiene que vivir entre los hombres, activamente y encontrándolos –y es realmente posible reducir al mínimo la intimidad que hay que tener con ellos (la intimidad, y no el mero contacto con la gente, es lo que es perjudicial)–, tendrá que helar toda su superficie de convivencia para que todo gesto fraternal y social que se les haga resbale y no entre o no se imprima. Parece mucho, pero es poco. Los hombres son fáciles de alejar: basta con no aproximarnos. En fin, paso sobre este punto y regreso a lo que estaba explicando.

Crear una agudeza y una complejidad inmediatas a las sensaciones más simples y fatales, conduce, decía, a aumentar inmoderadamente el gozo que da sentir, pero también a elevar con despropósito el sufrimiento que viene de sentir. Por eso el segundo paso del soñador deberá ser evitar el sufrimiento. No deberá evitarlo como un estoico o un epicúreo de la primera manera –desnidificándose a sí mismo, porque así se endurecerá tanto ante el placer como ante el dolor. Por el contrario, debe buscar el placer en el dolor y pasar enseguida a educarse para sentir el dolor falsamente, esto es, a tener algún placer al sentir el dolor. Hay varios caminos para esta actitud. Uno es aplicarse exageradamente a analizar el dolor, habiendo dispuesto primero el espíritu para no analizar el placer, sino sólo para sentirlo; es una actitud más fácil, para los superiores, por supuesto, de lo que parece así dicha. Analizar el dolor y habituarse a entregarse al dolor siempre que aparece, y hasta que eso suceda por instinto y sin pensar en eso, el análisis, acrecienta a todo el dolor el placer de analizar. Exagerado el poder y el instinto de analizar, en breve su ejercicio absorbe todo y del dolor queda sólo un tema indefinido para el análisis.

Otro método, más sutil y más difícil, es habituarse a encarnar el dolor en una determinada figura ideal. Crear otro Yo que sea el encargado de sufrir en nosotros, de sufrir lo que sufrimos. Crear entonces un sadismo interior, masoquista, que goce su sufrimiento como si fuera de otro. Este método –cuyo primer aspecto, leído, es de imposible– no es fácil, pero está lejos de contener dificultades para los doctos en la mentira interior. Pero es eminentemente realizable. Y entonces, conseguido esto, qué sabor a sangre y a dolencia, ¡qué extraño sabor a goce lejano y decadente, el que visten el dolor y el sufrimiento! El dolor se parece al auge inquieto y agonizante de los espasmos. El sufrimiento, el sufrimiento largo y lento, tiene el amarillo íntimo de la vaga felicidad de las convalecencias profundamente sentidas. Y un esmero gastado de desasosiego y dolencia aproxima esa sensación compleja de la inquietud que los placeres causan en la idea de que huirán, y al dolor que los placeres quitan al antecansancio que nace de pensar en el cansancio que traerán.

Existe un tercer método para sutilizar en placeres los dolores y hacer de las dudas y las preocupaciones un lecho blando. Es dar a las angustias y a los sufrimientos, por una aplicación irritada de la atención, una intensidad tan grande que por el propio exceso traigan el placer del exceso, así como por la violencia sugieran a quienes, por hábito y educación del alma, al placer se entregan y se dedican, el placer que duele porque es mucho placer, el goce que sabe a sangre porque abrió una herida. Y cuando, como en mí –exquisito como soy de refinamientos falsos, arquitecto que me construyo de sensaciones sutilizadas a través de la inteligencia, de la abdicación de la vida, del análisis y del propio dolor– los tres métodos se emplean conjuntamente, cuando un dolor, sentido, inmediatamente, y sin demoras para estrategia íntima, es analizado hasta la sequedad, colocado en un Yo exterior hasta la tiranía, y enterrado en mí hasta la cima de ser dolor, entonces verdaderamente yo me siento el triunfador y el héroe. Entonces se me para la vida, y el arte se arroja a mis pies.

Todo esto constituye apenas el segundo paso que el soñador debe dar hacia su sueño.

El tercer paso, el que conduce al umbral del Templo —ese ¿quién que no soy yo lo supo dar? Ese es el que cuesta porque requiere el esfuerzo interior que es inmensamente más difícil que el esfuerzo en la vida, pero que trae compensaciones por fuera del alma que la vida nunca podrá dar. Ese paso es, todo eso sucedido, todo eso total y conjuntamente hecho —sí, empleados los tres métodos sutiles y empleados hasta gastarse—, pasar la sensación inmediatamente a través de la inteligencia pura, filtrarla por el análisis superior, para que se esculpa literariamente y tome forma y relieve propios. Entonces yo la fijé del todo. Entonces hice lo irreal real y di a lo intangible un pedestal eterno. Entonces fui yo, dentro de mí, coronado el Emperador.

Porque no creas que escribo para publicar, ni para escribir ni para hacer arte, incluso. Escribo, porque ese es el fin, el refinamiento supremo, el refinamiento temperamentalmente ilógico // de mi cultura de estados de alma. Si doy en una sensación mía y la desenredo hasta poder tejer con ella la realidad interior que yo llamo Floresta del Ajenamiento o El Viaje Nunca Hecho, creed que lo hago no para que la prosa suene lúcida y temblorosa, ni siquiera para que yo goce con la prosa —aunque también quiero eso, también ese refinamiento final asociado, como una bella caída de telón sobre mis escenarios soñados— sino para que dé completa exterioridad a lo que es interior, para que así realice lo irrealizable, conjugue lo contradictorio y, volviendo el sueño exterior, le dé su máximo poder de puro sueño, estancador de vida que soy, burilador de inexactitudes, paje doliente de mi alma Reina, leyéndole al crepúsculo no los poemas que están en el libro, abierto sobre mis rodillas, de mi Vida, sino los poemas que voy construyendo y fingiendo que leo, y ella fingiendo que oye, en cuanto la Tarde, allá fuera, no sé cómo ni dónde, dulcifica sobre esta metáfora erguida dentro de mí en Realidad Absoluta la luz tenue y última de un misterioso día espiritual.

## 256.

### Examen de conciencia

Vivir la vida en sueño y falsamente es siempre vivir la vida. Abdicar es actuar. Soñar es confesar la necesidad de vivir, sustituyendo la vida real por la vida irreal, y eso es una confesión de la inalienabilidad de querer vivir.

¿Qué es todo esto sino la búsqueda de la felicidad? ¿Acaso alguien busca otra cosa?

¿El devaneo continuo, el análisis ininterrumpido me dieron algo *esencialmente* distinto de lo que la vida me daría?

Separándome de los hombres no me encontré, ni //.

Este libro es sólo un estado de alma, analizado desde todos los lados, recorrido en todas direcciones.

¿Alguna cosa nueva, al menos, me trajo esta actitud? Ni ese consuelo se me ofrece. Estaba todo ya en Heráclito y en el Eclesiastés: *La vida es un juego de niños en la arena... vanidad y aflicción de espíritu...* Y en Job pobre, en una sola frase: *Mi alma está cansada de mi vida.*

En Pascal:

En Vigny: *En toi (la rêverie continuelle a tué l'action).*

En Amiel, tan completamente en Amiel:

*... (ciertas frases) ...*

En Verlaine, en los simbolistas, //.

Tantos enfermos como yo... Ni siquiera el privilegio de una pequeña originalidad de la enfermedad... Hago lo que tantos antes de mí hicieron... Sufro lo que ya es tan viejo sufrir... ¿Para qué pienso estas cosas, si ya tantos las pensaron y las sufrieron?

Y aun así, sí, algo nuevo traje. Pero de eso no soy responsable. Vino de la Noche y brilla en mí como una estrella... Todo mi esfuerzo no lo produjo ni lo apagó... Soy un puente entre dos misterios, sin saber cómo me construyeron...

Me escucho soñar. Me arrullo con el sonido de mis imágenes... Se me difuminan en recónditas melodías //.

¡El sonido de una frase imaginada vale tantos gestos! ¡Una metáfora consuela de tantas cosas!

Me escucho... Son ceremonias en mí... Cortejos... Lentejuelas en mi tedio... Bailes de máscaras... Asisto a mi alma con deslumbramiento...

Caleidoscopio de fragmentadas secuencias, de //.

Pompa de las sensaciones demasiado vividas... Lechos regios en castillos desiertos, joyas de princesas muertas, por saeteras de castillos ensenadas avistadas; viran sin duda los barcos a la vista y podrá, para los más infelices, haber cortejos en los exilios... Orquestas adormecidas, hilos de // bordando sedas...

## 257.

### Laguna de la posesión (I)

La posesión es para mí una laguna absurda –muy grande, muy oscura, muy poco profunda. Parece profunda el agua porque es falsa de tan sucia.

¿La muerte? Pero la muerte está dentro de la vida. ¿Muero totalmente? No sé de la vida. ¿Me sobrevivo? Continúo viviendo.

¿El sueño? Pero el sueño está dentro de la vida. ¿Vivimos el sueño? Lo vivimos. ¿Sólo lo soñamos? Morimos. Y la muerte está dentro de la vida.

Como nuestra sombra la vida nos persigue. Y sólo no hay sombra cuando todo es sombra. La vida sólo no nos persigue cuando nos entregamos a ella.

Lo que hay más doloroso en un sueño es no existir. Realmente, no se puede soñar.

¿Qué es *poseer?* No lo sabemos. ¿Cómo querer entonces poseer algo? Diréis que no sabemos lo que es la vida, y vivimos... ¿Pero nosotros vivimos realmente? ¿Vivir sin saber realmente lo que es la vida será vivir?

## 258.

**Laguna de la posesión (II)**

Nada se penetra, ni átomos ni almas. Por eso nada posee nada. Desde la verdad hasta un pañuelo, todo es imposeíble. La propiedad no es un robo: no es nada.

## 259.

**Leyenda imperial**

Mi Imaginación es una ciudad en Oriente. Toda su composición de realidad en el espacio tiene la voluptuosidad de superficie de una alfombra rica y suave. Las tiendas que multicoloran sus calles destacan sobre no sé qué fondo que no es el suyo, como bordados de amarillo o rojo sobre satenes azul clarísimo. Toda la historia pasada de esta ciudad vuela en torno a la lámpara de mi sueño como una mariposa apenas oída en la penumbra de la habitación. Mi fantasía habitó entre pompas antaño y recibió de manos de reinas veladas joyas de antigüedad. Alfombraron suavidades íntimas los arenales de mi inexistencia y, hálitos de penumbras, las algas flotaron sobre lo visible de mis ríos. Fui por eso pórticos en civilizaciones perdidas, fiebres de arabescos en frisos muertos, ennegrecimientos de eternidad en los escombros de las columnas partidas, mástiles apenas en los naufragios remotos, escalones sólo de tronos abatidos, velos que no velan nada, y como que velando sombras, fantasmas levantados del suelo como humo de incensarios oscilados. Funesto fue mi reinado y llena de guerras en las fronteras lejanas mi paz imperial en mi palacio. Próximo siempre el ruido indeciso de las fiestas lejanas; procesiones siempre para ver pasar bajo mis ventanas; pero ni peces de oro encarnado en mis piscinas, ni pomos entre los verdores parados de mi pomar; ni tampoco, pobres chabolas donde los otros son felices, el humo de las chimeneas más allá de los árboles adormeció con baladas de simplicidad el misterio congénito de mi conciencia de mí.

## 260.

### La manera de soñar bien

Cuidarás primero de no respetar nada, de no creer nada, de no // en nada. Guardarás, de tu actitud ante lo que no respetes, la voluntad de respetar algo; de tu disgusto hacia lo que no amas, el deseo doloroso de amar a alguien; de tu desprecio por la vida guardarás la idea de que debe ser bueno vivirla y amarla. Y así habrás construido los cimientos para el edificio de tus sueños.

Fíjate bien en que la obra que te propones hacer sea la más alta de todas. Soñar es encontrarnos. Serás el Colón de tu alma. Vas a buscar sus paisajes. Cuida bien pues que tu rumbo sea correcto y no puedan errar tus instrumentos.

El arte de soñar es difícil porque es un arte de pasividad, donde lo que hay de esfuerzo está en la concentración de la ausencia de esfuerzo. El arte de dormir, si lo hubiese, debería ser de algún modo parecido a éste.

Fíjate bien: el arte de soñar no es el arte de orientar los sueños. Orientar es actuar. El soñador verdadero se entrega a sí mismo, se deja poseer por sí mismo.

Huye de todas las provocaciones materiales. Hay al principio la tentación de masturbarse. Hay la del alcohol, hay la del opio, hay la de //. Todo eso es esfuerzo y búsqueda. Para ser un buen soñador, tienes que no ser más que un soñador. El opio y la morfina se compran en las farmacias –¿cómo, pensando en esto, quieres poder soñar a través de ellos? La masturbación es una cosa física –cómo quieres tú que //.

Que te sueñes masturbándote, bueno; que al soñar te veas fumando opio, recibiendo morfina y te embriagues con la idea del opio, // de la morfina de los sueños –no hay sino que elogiarte por eso: estás en tu papel áureo de soñador perfecto.

Créete siempre más triste e infeliz de lo que eres. No hace ningún mal. Es incluso, por ilusión, un poco la escalera para el sueño.

### 261.

Con este soñar tanto, todo en la vida te hará sufrir más, //.
Será tu cruz.

### 262.

–Pospón todo. Nunca se debe hacer hoy lo que se puede dejar de
hacer también mañana. Ni siquiera es necesario que se haga algo, ni
mañana ni hoy.

–Nunca pienses en lo que vas a hacer. No lo hagas.

–Vive tu vida. No seas vivido por ella. En la verdad y en el error, en
la alegría y en el malestar, sé tú mismo. Sólo podrás hacer eso soñando,
porque tu vida real, tu vida humana es aquella que no es tuya, sino de
los otros. Así, sustituirás el sueño por la vida y te preocuparás sólo
de soñar con perfección. En todos tus actos de la vida real, desde el
nacimiento hasta la muerte, tú no actúas, eres actuado; tú no vives, sólo
eres vivido.

Conviértete, para los otros, en una esfinge absurda. Enciérrate, pero
sin dar un portazo, en tu torre de marfil. Y tu torre de marfil eres tú
mismo.

Y si alguien te dijera que esto es falso y absurdo, no lo creas. Pero
tampoco creas lo que yo te diga, porque no se debe creer en nada.

–Desprecia todo, pero de modo que despreciarlo no te incomode. No
te creas superior al despreciar. El arte del desprecio noble está en eso.

### 263.

**La manera de soñar bien de los metafísicos**

Raciocinio, // –todo será fácil y //, porque es todo para mi sueño.
Me mando soñarlo y lo sueño. A veces creo en mí un filósofo, que me
traza cuidadosamente las filosofías mientras yo, paje //, cortejo a su
hija, cuya alma soy, en la ventana de su casa.

Me limitan, está claro, mis conocimientos. No puedo crear a un
matemático... Pero me contento con lo que tengo, que da para combinaciones infinitas y sueños sin número. Quién sabe, además, si a fuerza
de soñar no conseguiré aún más... Pero no vale la pena. Me basto así.

Pulverización de la personalidad: no sé cuáles son mis ideas, ni mis
sentimientos, ni mi carácter... Si siento una cosa, vagamente la siento
en la persona visualizada de una criatura cualquiera que aparece en mí.

*Sustituí mis sueños por mí mismo.* Cada persona es sólo el sueño de sí misma. Yo ni eso soy.

Nunca leer un libro hasta el final, ni leerlo seguido y sin saltar. Nunca supe lo que sentía. Cuando me hablaban de tal o cual emoción y la describían, siempre sentí que describían algo de mi alma, pero, después, pensando, lo dudé siempre. Lo que me siento ser, nunca sé si lo soy realmente, o si sólo creo que lo soy. Soy trozos de personajes de dramas míos.

El esfuerzo es inútil, pero entretiene. El raciocinio es estéril, pero divierte. Amar es aburrido, pero es tal vez preferible a no amar. El sueño, sin embargo, lo sustituye todo. En él puede haber toda la noción de esfuerzo sin el esfuerzo real. Dentro del sueño puedo entrar en batallas sin riesgo de tener miedo o de resultar herido. Puedo razonar, sin tener pensado llegar nunca a una verdad, a la que me duela no llegar nunca; sin querer resolver un problema, que vea que nunca resuelvo; sin que //. Puedo amar sin que me rechacen, o me traicionen, o me aborrezcan. Puedo cambiar de amada y ella siempre será la misma. Y si quiero que me traicione y que me esquive, puedo dar órdenes de que eso me suceda, y siempre como yo quiera, siempre como yo lo disfruto. En sueños puedo vivir las mayores angustias, las mayores torturas, las mayores victorias. Puedo vivir todo eso tal como si fuera de la vida: depende sólo de mi poder para volver el sueño vívido, nítido y real. Eso exige estudio y paciencia interior.

Hay varias maneras de soñar. Una es abandonarse a los sueños, sin procurar volverlos nítidos, dejarse ir en la vaguedad y el crepúsculo de sus sensaciones. Es inferior y cansa, porque esta forma de soñar es monótona, siempre la misma. Existe el sueño claro y dirigido, pero aquí el esfuerzo por dirigir el sueño traiciona el artificio excesivamente. El artista supremo, el soñador tal como soy, tiene sólo el esfuerzo de querer que el sueño sea *tal,* que tome tales caprichos... y se despliega ante él así como él lo desearía, pero no podría concebir, se fatigaría de hacerlo. Quiero soñarme rey... En un acto brusco, lo quiero. Y aquí estoy súbito rey de algún país. Cuál, de qué tipo, el sueño me lo dirá... Porque llegué a esta victoria sobre lo que sueño –que mis sueños me traigan siempre inesperadamente lo que quiero. Muchas veces perfeccionan, al traerla nítida, la idea cuya vaga orden apenas recibieron. Soy totalmente incapaz de imaginar conscientemente las Edades Medias de diversos espacios y de diversas Tierras que he vivido en sueños. Me deslumbra el exceso de imaginación que desconocía en mí, y voy viendo. Dejo a los sueños ir... Los tengo tan puros que siempre exceden lo que espero de ellos. Son siempre más bellos de lo que yo quiero. Pero esto sólo el soñador perfeccionado lo puede esperar alcanzar. Me ha llevado años buscar soñadoramente esto. Hoy lo consigo sin esfuerzo...

La mejor manera de empezar a soñar es mediante libros. Las novelas sirven de mucho para el principiante. Aprender a entregarse completamente a la lectura, a vivir absolutamente con los personajes de una novela, es el primer paso. Que nuestra familia y sus penas nos parezcan chirriantes y repugnantes al lado de esas, he ahí la señal del progreso.

Debemos evitar leer novelas literarias donde la atención sea desviada a la forma de la novela. No me avergüenza confesar que así comencé. Es curioso, pero las novelas policíacas, las // leía por una intuición. Nunca pude leer novelas amorosas detenidamente. Pero eso es una cuestión personal, por no tener temperamento de enamorado, ni siquiera en sueños. Cada uno que cultive, sin embargo, el temperamento que tenga. Recordemos siempre que soñar es buscarnos. Lo sensual deberá, para sus lecturas, escoger las opuestas a las que fueron mías.

Cuando la sensación *física* llega, se puede decir que el soñador superó el primer grado del sueño. Es decir, cuando una novela sobre combates, fugas, batallas, nos deja el cuerpo *realmente* molido, las piernas cansadas... el primer grado está asegurado. En el caso de lo sensual, deberá –sin ninguna masturbación más que mental– tener una eyaculación cuando un momento de esos llegue en la novela.

Después intentará traducir todo eso a lo mental. La eyaculación, en el caso de lo sensual (que escojo como ejemplo, porque es el más violento y relevante) deberá sentirse sin que se haya dado. El cansancio será mucho mayor, pero el placer es completamente más intenso.

En el tercer grado, pasa toda la sensación a ser mental. Aumenta el placer y aumenta el cansancio, pero el cuerpo ya no siente nada, y en lugar de los miembros laxos, la inteligencia, la idea y la emoción se quedan relajadas y flojas... Una vez aquí es hora de pasar al nivel supremo del sueño.

El segundo grado es construir novelas para uno mismo. Sólo debe intentarse esto cuando se está perfectamente mentalizado *el sueño,* como dije antes. Si no, el esfuerzo inicial de crear las novelas, perturbará la perfecta mentalización del gozo.

*Tercer grado.*

Ya educada la imaginación, basta querer, y ella se encargará de construir los sueños por sí misma.

Ya aquí, el cansancio es casi nulo, incluso mentalmente. Hay una disolución absoluta de la personalidad. Somos mera ceniza, dotada de alma, sin forma –ni siquiera la del agua, que es la de la vasija que la contiene.

Bien preparada esta //, dramas pueden aparecer en nosotros, verso a verso, desarrollándose ajenos y perfectos. Tal vez ya no exista la fuerza de escribirlos –ni eso será preciso. Podremos crear de segunda mano –imaginar en nosotros un poeta escribiendo, y él escribirá de una manera, otro poeta quizá escribirá de otra... Yo, en virtud de haber apurado inmensamente esta facultad, puedo escribir de innumerables maneras diferentes, todas originales.

El más alto grado del sueño es cuando, creado un cuadro con personajes, vivimos *todos ellos* al mismo tiempo –*somos todas esas almas conjunta e interactivamente*. Es increíble el grado de despersonalización y de grisura del espíritu al que esto lleva, y es difícil, lo confieso, huir a un cansancio general de todo el ser al hacerlo... ¡Pero el triunfo es tal!

Este es el único ascetismo posible. No hay fe en él, ni un Dios. Dios soy yo.

## 264.

### Marcha fúnebre

¿Qué hace cada uno en este mundo, que lo perturbe o lo cambie? ¿Cada hombre qué vale, que no valga otro hombre? Valen los hombres vulgares unos por los otros, los hombres de acción por la fuerza que interpretan, los hombres de pensamiento por lo que crean.

Lo que creaste para la humanidad está a merced del enfriamiento de la Tierra. Lo que diste a los demás, lo que está lleno de ti, y nadie lo entenderá, o de tu época, y otras épocas no lo entenderán, o apela a todas las épocas y no lo entenderá el abismo final, en que todas las épocas se precipitan.

Damos pasos, gestos en las sombras, ventanas. Detrás de nosotros, el Misterio nos //.

Estamos todos muertos, con una duración justa. Nunca mayor o menor. Algunos mueren en cuanto mueren, otros viven un poco, en la memoria de los que los vieron y oyeron; otros, permanecen en la memoria de la nación que los tuvo; algunos alcanzan la memoria de la civilización que los poseyó; pocos abarcan, de lado a lado, el lapso contrario de civilizaciones diferentes... Pero a todos cerca el abismo del tiempo, que por fin los engulle, a todos come el hambre del abismo //.

Lo perenne es un deseo, y lo eterno una ilusión.

Muerte somos y muerte viviremos. Muertos nacemos, muertos morimos; muertos ya, entramos en la Muerte.

Todo lo que vive, vive porque cambia; cambia porque pasa; y, porque pasa, muere. Todo cuanto vive perpetuamente se vuelve otra cosa, constantemente se niega y se hurta a la vida.

La vida es pues un intervalo, un nexo, una relación, pero una relación entre lo que pasó y lo que pasará, intervalo muerto entre la Muerte y la Muerte.

... la inteligencia, ficción de la superficie y del descamino.

La vida de la materia o es puro sueño, o un mero juego atómico, que desconoce las conclusiones de nuestra inteligencia y los motivos de nuestra emoción. Así la esencia de la vida es una ilusión, o apariencia, y como hay sólo ser o no-ser, y la ilusión y apariencia, por no ser nada, tiene que ser no-ser, la vida es la muerte.

¡Vano el esfuerzo que se construye con los ojos en la ilusión de no morir! «Poema eterno», decimos nosotros; «palabras que nunca morirán». Pero el enfriamiento material de la tierra se llevará no sólo a los vivos que la pueblan, con el //.

Un Homero o un Milton no pueden más que un cometa que choca con la Tierra.

## 265.

### Marcha fúnebre para el rey Luis II de Baviera (I)

Hoy, más demorada que nunca, vino la Muerte a vender a mi umbral. Delante de mí, más demorada que nunca, desdobló las alfombras, las sedas, y los damascos, de su olvido y de su consuelo. Sonreía ante ellos, por elogio, y sin importarle que yo lo viera. Pero cuando me tentaba comprar, me dijo que no los vendía. No había venido para que yo quisiese lo que me mostraba, sino para que, por lo que mostraba, la quisiese a ella. Y de sus alfombras, me dijo que eran las que se disfrutaban en su palacio lejano; de sus sedas, que no se trabajaban otras en su castillo a la sombra; de sus damascos, que mejores aún eran los que cubrían, tapices, los retablos de su estancia más allá del mundo.

El apego natal, que me ataba a mi umbral desvestido, con gesto suave lo desligó. «Tu hogar», dijo, «no tiene lumbre: ¿para qué quieres un hogar?». «Tu mesa», dijo, «no tiene pan: ¿para qué te sirve tu mesa?». «Tu vida», dijo, «no tiene quien la acompañe: ¿para qué te seduce tu vida?».

«Soy», dijo ella, «la lumbre de las chimeneas apagadas, el pan de las mesas desiertas, la compañera solícita de los solitarios y los incomprendidos. La gloria, que falta en el mundo, es pompa en mi negro dominio. En mi imperio, el amor no se cansa, porque sufra por tener; ni duele, porque se canse de no haber tenido nunca. Mi mano se posa leve en los cabellos de los que piensan, y ellos olvidan; contra mi seno se apoyan los que en vano esperaron, y al fin confían».

«El amor, que me tienen», dijo ella, «no tiene pasión, que hagan consumir; celos, que hagan desvariar; olvido, que desluzca. Amarme es como una noche de verano, cuando los mendigos duermen al relente, y parecen piedras al borde de los caminos. De mis labios mudos no sale canto como el de las sirenas, ni melodía como la de los árboles y las fuentes; pero mi silencio acoge como una música indecisa, mi sosiego acaricia como el torpor de una brisa».

«¿Qué tienes tú» –dijo ella– «¿que te ligue a la vida? El amor no te busca, la gloria no te procura, el poder no te encuentra. La casa, que heredaste, la heredaste en ruinas. Las tierras, que recibiste, la helada había quemado sus retoños, y el sol ardido sus promesas. Nunca viste, más que seco, el pozo de tu quinta. Se pudrieron, antes de verlas, las hojas de tus estanques. Las malas hierbas cubrieron los callejones y las alamedas, por donde tus pies nunca pasaron».

«Pero en mi dominio, donde sólo la noche reina, tendrás consuelo, porque no tendrás la esperanza; tendrás el olvido, porque no tendrás el deseo, tendrás el descanso, porque no tendrás la vida».

Y me mostró cómo de estéril era la esperanza de mejores días, cuando no se había nacido con un alma, con la que los días buenos se obtuviesen. Me mostró cómo el sueño no consuela, porque la vida duele más cuando despierta. Me mostró cómo el sueño no descansa, porque lo habitan fantasmas, sombras de las cosas, rastros de los gestos, embriones muertos de los deseos, despojos del naufragio de vivir.

Y, así diciendo, doblaba lentamente, más demorada que nunca, sus alfombras, donde mis ojos se tentaban, sus sedas, que mi alma codiciaba, los damascos de sus retablos, donde ya mis lágrimas caían.

«¿Por qué has de intentar ser como los otros, si estás condenada a ti? ¿Para qué has de reír, si, cuando ríes, tu propia alegría sincera es falsa, porque nace de olvidarte de quién eres? ¿Para qué has de llorar, si sientes que de nada te sirve, y lloras más porque las lágrimas no te consuelen, que porque las lágrimas te consuelen?

Si eres feliz cuando ríes, cuando ríes vences; si entonces eres feliz, porque no recuerdas quién eres, ¿cuánto más feliz serás conmigo, donde ya no recordarás nada?

Si descansas perfectamente, si duermes sin soñar, ¿cómo no vas a descansar en mi lecho, donde el sueño nunca tiene sueños? Si un momento te elevas, porque ves la Belleza, y te olvidas de ti y de la Vida, ¿cómo no vas a elevarte en mi palacio, cuya belleza nocturna no sufre discordancia, ni edad, ni corrupción; en mis salones donde ningún viento perturba los cortinajes, ningún polvo cubre los respaldos, ninguna luz desluce, poco a poco, los terciopelos y tapicerías, ningún tiempo amarillea la blancura de los ornamentos blancos?

Ven a mi cariño, que no sufre mudanza; ¡a mi amor, que no tiene cese! Bebe de mi copa, que no se agota, el néctar supremo que no marea ni amarga, que no repugna ni embriaga. ¡Contempla, desde la ventana de mi castillo, no la luz de la luna y el mar, que son cosas bellas y por eso imperfectas; sino la noche vasta y maternal, el esplendor indiviso del abismo profundo!

En mis brazos olvidarás el propio camino doloroso que te trajo a ellos. ¡Contra mi pecho ya no sentirás más el propio amor con el que lo buscaste! Siéntate a mi lado, en mi trono, y serás para siempre el emperador indestronable del Misterio y del Grial, coexistirás con los dioses y con los destinos, en no ser nada, en no tener aquí y allá, en no necesitar ni lo que te sobre, ni lo que te falte, ni siquiera incluso lo que te baste.

Seré tu esposa materna, tu hermana gemela encontrada. Y casadas conmigo todas tus angustias, regresado a mí todo lo que en ti buscabas y no tenías, tú mismo te perderás en mi sustancia mística, en mi existencia negada, en mi seno donde las cosas se apagan, en mi seno donde las almas se abisman, en mi seno donde los dioses se desvanecen».

* * *

¡Señor Rey del Desapego y de la Renuncia, Emperador de la Muerte y del Naufragio, sueño vivo errando, fastuoso, entre las ruinas y los caminos del mundo!

¡Señor Rey de la Desesperanza entre pompas, dueño doloroso de los palacios que no lo satisfacen, maestro de los cortejos y de los aparatos que no consiguen apagar la vida!

¡Señor Rey levantado de las tumbas, que viniste en la noche y a la luz de la luna, a contar tu vida a las vidas, paje de los lirios deshojados, heraldo imperial de la frialdad de los marfiles!

¡Señor Rey Pastor de las Vigilias, caballero andante de las Angustias, sin gloria y sin dama bajo la luna de los caminos, señor en los bosques, en los acantilados, perfil mudo, de visera caída, pasando por los valles, incomprendido por las aldeas, despreciado por los pueblos, despreciado por las ciudades!

¡Señor Rey que la Muerte consagró suyo, pálido y absurdo, olvidado y desconocido, reinando entre piedras enmarañadas y terciopelos viejos, en su trono al fin de lo Posible, con su corte irreal rodeándolo, sombras, y su milicia fantástica, guardándolo, misteriosa y vacía!

¡Traed, pajes; traed, vírgenes; traed, siervos y siervas, las copas, las salvas y las guirnaldas para el festín al que la Muerte convida! Traedlas y venid de negro, con la cabeza coronada de mirtos.

Mandrágora sea lo que traigáis en las copas, // en las salvas, y las guirnaldas sean de violetas y //, de todas las flores que recuerden a la tristeza.

Va el Rey a cenar con la Muerte, en su palacio antiguo, al borde del lago, entre las montañas, lejos de la vida, ajeno al mundo.

Sean de instrumentos extraños, cuyo mero sonido haga llorar, las orquestas que se preparan para la fiesta. Vistan los siervos libreas sobrias de colores desconocidos, fastuosos y simples como los catafalcos de los héroes.

Y, antes de que el festín comience, pase por las alamedas de los grandes parques el gran cortejo medieval de púrpuras muertas, el gran ceremonial silencioso en marcha, como la belleza en una pesadilla.

¡La Muerte es el triunfo de la Vida!

Por la muerte vivimos, porque sólo somos hoy porque morimos ayer. Por la muerte esperamos, porque sólo podemos creer en mañana por la confianza en la Muerte de hoy.

Por la Muerte vivimos cuando soñamos, porque soñar es negar la vida. ¡Por la Muerte morimos cuando vivimos, porque vivir es negar la eternidad! La Muerte nos guía, la muerte nos busca, la muerte nos acompaña. Todo lo que tenemos es muerte, todo lo que queremos es muerte, todo lo que deseamos querer.

Una brisa de atención recorre las alas.

He aquí lo que va a llegar, con la muerte que nadie ve y la // que no llega nunca.

¡Heraldos, tocad! ¡Atended!

Tu amor por las cosas soñadas era tu desprecio por las cosas vividas.

¡Rey-Virgen que despreciaste el amor,
Rey-Sombra que desdeñaste la luz,
Rey-Sueño que no quisiste la vida!

¡Entre el estrépito sordo de címbalos y atabales, la Sombra te aclama Emperador!

### 266.

... y al fondo la Muerte como todo el Cielo.

*267 (Vicente Guedes).*

## Marcha fúnebre para el rey Luis II de Baviera (II)

¡Y hacia ti, oh Muerte, va nuestra alma y nuestra creencia, nuestra esperanza y nuestro saludo!

¡Señora de las Últimas Cosas, Nombre Carnal del Misterio y del Abismo –alienta y consuela a quien te busca, sin osar procurarte!

¡Señora del Consuelo, Lago al luar, entre roquedos, lejos del barro y la polución de la Vida!

¡Virgen-Madre del Mundo absurdo, forma del Caos incomprendido, arrastra y extiende tu reino sobre todas las cosas –sobre las flores que presienten que se mustian, sobre las fieras que se estremecen de viejas, sobre las almas que nacieron para amarte entre el error y la ilusión de la vida!

La vida, espiral de la Nada, infinitamente ansiosa por lo que no puede haber.

*268 (Vicente Guedes).*

Traed vosotros el palio de oro y muerte, caballero del desciframiento inútil. A sangre y rosas recordad el sueño inútil que se agostó en los jarrones, antes de la mano blanca que los tirase. Pisad leve, como heraldo de las sedas, la sala quieta, en el antebrillo del tedio, en la hora mortecina de los candelabros claros, en el charol de las pedrerías cerradas a llave y aburrimiento.

Quien vos erais, señor, quedó entre las sirenas, en el olvido lunar de los mares muertos. Oyó las canciones de la locura de las aguas, que no llegan a la luna sino por deseo, y deshojó, una a una, las rosas en el jardín del palacio del logro interrumpido. El sonido de las violas de haber mejores cosas apartó la atención de sus oídos de las palabras imperiales entre rumores.

Vuestra mano dejó la mano de quien interrumpió porque fue preciso ir más cerca de la lejanía traída por suspiros. El lago entre árboles era como un sueño de agua en el medio de arboledas de islas, ¿y el deseo? Era como una hora de luar parada al acontecimiento nube, el cielo incierto y el paso de pajes //.

*269 (Vicente Guedes).*

**Luis II -end of 2**

... y bajado el puente levadizo, para que entre, cuando llegue para entrar.

*270.*

**Máximas**

–Tener opiniones definidas y ciertas, instintos, pasiones y un carácter fijo y conocido –todo esto se suma al horror de hacer de nuestra alma un hecho, de materializarla y hacerla exterior. Vivir en un dulce y fluido estado de ignorancia de las cosas y de uno mismo es el único modo de vida que a un sabio conviene y calienta.

–Saber interponerse constantemente entre uno mismo y las cosas es el más alto grado de sabiduría y prudencia.

–Nuestra personalidad debe ser incorruptible, incluso por nosotros mismos: de ahí nuestro deber de soñar siempre, e incluirnos en nuestros sueños, para que no nos sea posible tener opiniones a nuestro respecto.

Y especialmente debemos evitar la invasión de nuestra personalidad por los otros. Todo interés ajeno por nosotros es una indelicadeza sin igual. Lo que libra al vulgar saludo –¿cómo está?– de ser una inexcusable grosería es ser en general absolutamente hueca e insincera.

–Amar es cansarse de estar solo: es una cobardía por tanto, y una traición a nosotros mismos (importa soberanamente que no amemos).

–Dar buenos consejos es insultar la facultad de errar que Dios dio a los otros. Y, además, los actos ajenos deben tener la ventaja de no ser también nuestros. Sólo es comprensible que se pida consejos a los demás para saber bien, al actuar de modo contrario, que somos completamente nosotros, completamente en desacuerdo con la Otredad.

–La única ventaja de estudiar es disfrutar de cuanto los otros no dijeron.

–El arte es un aislamiento. Todo artista debe tratar de aislar a los otros, llevar a sus almas el deseo de estar solos. El triunfo supremo de un artista es cuando al leer sus obras el lector prefiere tenerlas y no leerlas. No es porque esto suceda a los consagrados; es porque es el mayor homenaje //.

–Ser lúcido es estar indispuesto con uno mismo, el legítimo estado de espíritu para mirar dentro de uno mismo es el estado // de quien observa nervios e indecisiones.

–La única actitud intelectual digna de una criatura superior es la de una tranquila y fría compasión por todo cuanto no le es propio. No es que esa actitud tenga el más mínimo cuño de ser justa o verdadera; pero es tan envidiable que es necesario tenerla.

## III. Espacios exteriores

*Uno de los maleficios de pensar es ver cuando se está pensando. Los que piensan con el raciocinio están distraídos, los que piensan con su emoción están durmiendo. Los que piensan con la voluntad están muertos. Yo, no obstante, pienso con la imaginación, y todo cuanto debería ser en mí razón, o pena, o impulso, se me reduce a algo indiferente y distante, como este lago muerto entre acantilados donde lo último del sol cuelga en su partida.* (F. 346).

### 271.

Devaneo entre Cascais y Lisboa. Fui a pagar a Cascais una contribución del jefe Vasques, de una casa que tiene en Estoril. Gocé anticipadamente del placer de ir, una hora para allá, una hora para acá, viendo los aspectos siempre distintos del gran río y su hoz atlántica. En verdad, a la ida, me perdí en meditaciones abstractas, viendo sin ver los paisajes acuáticos que me alegraba ir a ver, y al volver me perdí en la fijación de estas sensaciones. No sería capaz de describir ni el más mínimo detalle del viaje, ni el más pequeño trecho visible. Gané estas páginas, por olvido y contradicción. No sé si eso es mejor o peor que lo contrario, que tampoco sé lo que es.

El tren aminora, es el Cais do Sodré. He llegado a Lisboa, pero no a una conclusión.

### 272.

Tal vez ya es hora de que haga el único esfuerzo de observar mi propia vida. Me veo en medio de un desierto inmenso. Surjo de lo que fui internamente ayer, procuro explicarme a mí mismo cómo he llegado aquí.

### 273.

Encaro serenamente, sin nada más que lo que en el alma represente una sonrisa, el cerrárseme la vida siempre en esta Rua dos Douradores. En este escritorio, en esta atmósfera de esta gente. Tener para comer y beber y dónde habitar, y el poco espacio libre en el tiempo para soñar, escribir –dormir– ¿qué más les puedo pedir a los Dioses o esperar del Destino?

Tuve grandes ambiciones y sueños dilatados, pero esos también los tuvo el mozo de los recados o la costurera, porque sueños los tiene todo el mundo: lo que nos diferencia es la fuerza para conseguirlos o el destino de conseguirse en nosotros.

En sueños soy igual al mozo de los recados y a la costurera. Sólo me diferencia de ellos el saber escribir. Sí, es un acto, una realidad mía que me diferencia de ellos. En el alma soy igual.

Bien sé que hay islas al sur, y grandes pasiones cosmopolitas, y //.

Si yo tuviese el mundo en la mano, lo cambiaría, estoy seguro, por un billete a la Rua dos Douradores.

Tal vez mi destino sea ser contable eternamente, y la poesía o la literatura una mariposa que, posándose en mi cabeza, me vuelva tanto más ridículo cuanto mayor sea su propia belleza.

Tendré saudades de Moreira, pero ¿qué son las saudades comparadas con las grandes ascensiones?

Sé bien que el día en que sea contable en la casa Vasques y Cía., será uno de los mejores días de mi vida. Lo sé con una anticipación amarga e irónica, pero lo sé con la ventaja intelectual de la certeza.

## 274.

En la abertura de la playa al borde del mar, entre la maleza y los arenales de la orilla, subía desde la incertidumbre del abismo nulo la inconstancia del deseo inflamado. No habría que escoger entre los trigos y los muchos, y la distancia continuaba entre cipreses.

El sortilegio de las palabras aisladas, o reunidas según un acuerdo de sonidos, con resonancias íntimas y sentidos divergentes en el mismo momento en que convergen, la pompa de las frases puestas entre los sentidos de las otras, malignidad de los vestigios, esperanza de los bosques, y nada más que la tranquilidad de las albercas entre las fincas de la infancia de mis subterfugios... Así, entre los muros altos de la audacia absurda, en las hileras de árboles y en los sobresaltos de lo que se marchita, otro y no yo oiría de los labios tristes la confesión negada a mejores insistencias. Nunca, entre el tintineo de las lanzas en el patio por ver, ni con los caballeros regresando de la carretera vista desde lo alto del muro, habría más sosiego en el Solar dos Últimos, ni se recordaría otro nombre, de este lado de la carretera, sino el que encantaba de noche, con el de las moras, al niño que murió después, de la vida y de la maravilla.

Leves, entre los surcos que había en la hierba, porque los pasos abrían nadas entre el verdor agitado, los pasajes de los últimos perdidos sonaban arrastradamente, como reminiscencias de lo venidero. Eran viejos los que habrían de venir, y sólo nuevos los que no vendrían nunca. Los tambores redoblaban al borde de la carretera y los clarines colgaban nulos en las manos flojas, que los dejarían si aún tuviesen fuerza para dejar algo.

Pero, de nuevo, en la consecuencia del sortilegio, sonaban altos los alaridos callados, y los perros tergiversaban en los callejones vistos. Todo era absurdo, como un luto, y las princesas de los sueños de los otros paseaban sin claustros indefinidamente.

## 275.

Escribo con una pena extraña, siervo de un sofoco intelectual, que me viene de la perfección de la tarde. Este cielo de azul precioso, desmayándose a tonos de color rosa pálido sobre una brisa igual y blanda, le da a la conciencia de mí una voluntad de que yo grite. Estoy escribiendo, al final, por fuga y refugio. Evito las ideas. Olvido las expresiones exactas, y ellas se me iluminan en el acto físico de escribir, como si la misma pluma las produjese.

De lo que pensé, de lo que sólo sentí, sobrevive, oscura, una voluntad inútil de llorar.

## 276.

Soy de aquellas almas que las mujeres dicen que aman, y nunca reconocen cuando encuentran; de aquellas que, si las reconociesen, ni aun así las reconocerían. Sufro la delicadeza de mis sentimientos con una atención desdeñosa. Tengo todas las cualidades, por las cuales son admirados los poetas románticos, incluso la falta de esas cualidades, por la cual se es realmente poeta romántico. Me encuentro descrito (en parte) en varios romances como protagonista de varios enredos; pero lo esencial de mi vida, como de mi alma, es no ser nunca protagonista.

No tengo una idea de mí mismo; ni la que consiste en una falta de idea de mí mismo. Soy un nómada de la consciencia de mí. Escaparon en la primera guardia los rebaños de mi riqueza íntima.

La única tragedia es no podernos concebir trágicos. Vi siempre nítidamente mi coexistencia con el mundo. Nunca sentí nítidamente mi falta de coexistir con él; por eso nunca fui uno normal.

Actuar es reposar.

Todos los problemas son insolubles. La esencia de tener un problema es no tener una solución. Buscar un hecho significa no tener un hecho. Pensar es no saber existir.

Paso horas, a veces, en el Terreiro do Paço, a la orilla del río, meditando en vano. Mi impaciencia constantemente me quiere arrancar de ese sosiego, y mi inercia constantemente me detiene en él. Medito, entonces, en una modorra de lo físico, que se parece a la sensualidad sólo como el susurro del viento recuerda voces, en la eterna insaciabilidad de mis deseos vagos, en la perenne inestabilidad de mis ansias imposibles. Sufro, principalmente, del mal de poder sufrir. Me falta algo que no deseo, y sufro porque eso no sea exactamente sufrir.

El muelle, la tarde, la maresía, entran todos, y entran juntos, en la composición de mi angustia. Las flautas de los pastores imposibles no son más suaves que el que aquí no haya flautas y ello me las recuerde. Los idilios lejanos, al pie de riachuelos, me duelen este momento análogo por dentro, //.

### 277.

La vida puede sentirse como una náusea en el estómago, la existencia de la propia alma como una incomodidad de los músculos. La desolación del espíritu, cuando es agudamente sentida, hace mareas, de lejos, en el cuerpo, y duele por delegación.

Soy consciente de mí en un día, en el que el dolor de ser consciente es, como dice el poeta,

*languidez, mareo*
*y angustioso afán.*

### 278.

*(storm)*
Sobra silencio oscuro lívidamente. A su modo, cerca, entre el errar raro y rápido de las carrozas, retumba un camión –eco ridículo, mecánico, de lo que va real en la distancia próxima de los cielos.

De nuevo, sin aviso, chorro de luz magnética, pestañeando. Golpea el corazón un trago breve. Se quiebra una redoma en lo alto, en astillas grandes de cúpula. Un paño nuevo de mala lluvia agrede el sonido del suelo.

*(jefe Vasques)* Su cara lívida está de un verde falso y desnortado. Lo noto, entre el aire difícil del pecho, con la fraternidad de saber que también estaré así.

### 279.

Cuando duermo muchos sueños, vengo a la calle, con ojos abiertos, aún con su rastro y su seguridad. Y me asombro del automatismo mío con el que los otros me desconocen. Porque atravieso la vida cotidiana sin quitar la mano del ama astral, y mis pasos en la calle van concordes y consonantes con oscuros designios de la imaginación de dormir. Y en la calle voy seguro; no trastabillo; respondo bien, existo.

Pero, cuando hay un intervalo, y no tengo que vigilar el curso de mi marcha, para evitar vehículos y no estorbar a peatones, cuando no tengo que hablar con nadie, no me molesta la entrada por una puerta cercana, me alejo de nuevo en las aguas del sueño, como un barco de papel doblado en picos, y de nuevo regreso a la ilusión moribunda que calentó la vaga consciencia de la mañana naciendo entre el sonido de los carros que hortalizan.

Y entonces, en plena vida, sucede que el sueño tiene grandes películas. Bajo por una calle irreal de la Baixa y la realidad de las vidas que no son me ata, con cariño, la cabeza en un trapo blanco de reminiscencias falsas. Soy navegante en un desconocimiento de mí. Vencí todo allí donde nunca estuve. Y es una brisa nueva esta somnolencia con la que puedo andar, curvado hacia delante en una marcha sobre lo imposible.

Cada cual tiene su alcohol. Tengo suficiente alcohol en existir. Borracho de sentirme, deambulo y ando seguro. Si son horas, recojo en la oficina como cualquier otro. Si no son horas, voy hasta el río a mirar el río, como cualquiera. Soy igual. Y detrás de eso, cielo mío, me constelo a escondidas y tengo mi infinito.

## 280.

El silencio que sale del sonido de la lluvia se esparce, en un crescendo de monotonía cenicienta, por la calle estrecha que observo. Estoy durmiendo despierto, de pie contra la vidriera, en la que me apoyo como en todo. Busco en mí qué sensaciones son las que tengo durante este caer deshilachado de agua sombríamente luminosa que se destaca contra las fachadas sucias y, aún más, contra las ventanas abiertas. Yo no sé lo que siento, no sé lo que quiero sentir, no sé lo que pienso ni lo que soy. Toda la amargura retrasada de mi vida desviste, ante mis ojos sin sensación, el traje de alegría natural que usa en los acasos prolongados de todos los días. Verifico que, tantas veces alegre, tantas veces contento, estoy siempre triste. Y lo que en mí verifica esto está detrás de mí, como que se apoya sobre mi apoyado en la ventana, y, por sobre mis hombros, o hasta mi cabeza, observa, con ojos más íntimos que los míos, la lluvia lenta, un poco ondulada ya, que filigrana de movimiento el aire pardo y malo.

Abandonar todos los deberes, incluso los que no nos exigen, repudiar todos los hogares, también los que no fuesen nuestros, vivir de lo impreciso y del vestigio, entre grandes púrpuras de locura, y rentas falsas de majestades soñadas... Ser cualquier cosa que no sienta el pesar de la lluvia externa, ni la pena de la vacuidad íntima... Errar sin alma ni pensamiento, sensación desprovista de sí misma, por carreteras rodeando montañas, por valles sumidos entre laderas escarpadas, longincuo, sumergido y fatal... Perderse entre paisajes como cuadros. No-ser de lejos y en colores.

Un soplo leve de viento, que detrás de la ventana no siento, rasga en desniveles aéreos la caída rectilínea de la lluvia. Clarea alguna parte del cielo que no veo. Lo noto porque, por detrás de los cristales medio limpios de la ventana siguiente, ya veo vagamente el calendario en la pared de dentro, que hasta ahora no veía.

Olvido. No veo, sin pensar.

Cesa la lluvia, y de ella queda, un momento, una llovizna de diamantes mínimos, como si, en lo alto, algo como un gran mantel se sacudiese azulmente esas migajitas. Se siente qué parte del cielo está ya abierta. Se ve, a través de la ventana siguiente, el calendario más nítidamente. Tiene una cara de mujer, y el resto es fácil porque lo reconozco, y la pasta dentífrica es la más conocida de todas.

Pero, ¿en qué pensaba yo antes de perderme mirando? No sé. ¿Voluntad? ¿Esfuerzo? ¿Vida? Con un gran avance de luz se siente que el cielo es ya casi todo azul. Pero no hay sosiego –¡ay, ni lo habrá nunca!– en el fondo de mi corazón, pozo viejo al final de la finca vendida, memoria de la infancia encerrada al polvo en el sótano de una casa ajena. No hay sosiego –y ¡ay de mí! Ni siquiera hay deseo de tenerlo...

## 281.

En el alto yermo de los montes naturales tenemos, cuando llegamos, la sensación del privilegio. Somos más altos, con toda nuestra estatura, que la altura de los montes. Lo máximo de la Naturaleza, por lo menos en aquel lugar, nos queda sobre las plantas de los pies. Somos, por posición, reyes del mundo visible. A nuestro alrededor, todo es más bajo: la vida es cuesta que desciende, planicie que yace, ante la elevación y la cima que somos.

Todo en nosotros es accidente y malicia, y esta altura que tenemos, no la tenemos; no somos más altos en lo alto que nuestra altura. Eso mismo que pisamos, nos levanta; y, si somos altos, es por aquello mismo de que somos más altos.

Se respira mejor cuando se es rico; se es más libre cuando se es célebre; la propia posesión de un título de nobleza es un pequeño monte. Todo es artificio, pero el artificio ni siquiera es nuestro. Subimos a él, o nos llevaron hasta él, o nacemos en la casa del monte.

Grande, sin embargo, es el que considera que del valle al cielo, o del monte al cielo, la distancia que supone diferencia no hace diferencia. Cuando el diluvio creciese, estaríamos mejor en los montes. Pero cuando la maldición de Dios fuesen rayos, como la de Júpiter, o vientos, como la de Eolo, el cobijo sería no haber subido, y la defensa arrastrarnos.

Sabio de verdad es el que tiene la posibilidad de la altura en los músculos y la negativa a subir en el conocimiento. Tiene, por visión, todos los montes; y tiene, por posición, todos los valles. El sol que dora las cumbres las dorará para él más que para quien allí lo sufre; y el palacio alto entre florestas será más bello para quien contempla el valle que para quien lo olvida en las salas que constituyen una prisión.

Con estas reflexiones me consuelo, puesto que no me puedo consolar con la vida. Y el símbolo se me funde con la realidad cuando, transeúnte de cuerpo y alma por estas calles bajas que van a dar al Tajo, veo los altos claros de la ciudad refulgir, como la gloria ajena, en las luces variadas de un sol que ya ni está poniéndose.

### 282.

**Tormenta**

Entre donde había nubes paradas, el azul del cielo estaba sucio de blanco transparente.

El mozo, al final de la oficina, suspende un momento el cordel atado al envoltorio eterno...

«Como esta sólo me acuerdo de una», comenta estadísticamente.

Un silencio frío. Los sonidos de la calle como si fuesen cortados a navaja. Se oyó, prolongadamente, como un malestar de todo, un suspender cósmico de la respiración. Había parado el universo entero. Momentos, momentos, momentos. Las tinieblas se acarbonaron de silencio.

De repente, acero vivo, //.

¡Qué humano era el toque metálico de los eléctricos! ¡Qué paisaje alegre la simple lluvia en la calle resucitada del abismo!

¡Oh, Lisboa, mi hogar!

### 283.

Para sentir la delicia y el terror de la velocidad no se necesitan automóviles veloces ni trenes expresos. Me basta un tranvía y la espantosa facultad de abstracción que tengo y cultivo.

En un tranvía en marcha yo sé, por una actitud instintiva e instantánea de análisis, separar la idea de tranvía de la idea de velocidad, separarlas de todo, hasta que sean cosas reales distintas. Después, puedo notarme siguiendo no dentro del tranvía sino dentro de su Mera Velocidad. Y, avanzando, si acaso quiero el delirio de la velocidad enorme, puedo transportar la idea al Puro Concepto de la Velocidad y aumentarla o disminuirla como me plazca, alargarla más allá de todas las velocidades posibles de los vehículos mecánicos.

Correr riesgos reales, más allá de aterrorizarme –no es por miedo por lo que yo siento excesivamente–, me perturba la atención perfecta a mis sensaciones, lo que me incomoda y me despersonaliza.

Nunca voy a donde hay riesgo. Tengo miedo y tedio de los peligros. Un ocaso es un fenómeno intelectual.

*284.*

Pienso a veces con agrado (en bisección) en la posibilidad de una geografía de nuestra conciencia de nosotros mismos. A mi modo de ver, el historiador futuro de sus propias sensaciones podrá quizás reducir a una ciencia precisa su actitud para con su propia conciencia de su alma. Mientras tanto, vamos en principio en este arte difícil –arte aún, química de sensaciones en su estado alquímico por ahora. Ese científico de pasado mañana tendrá un escrúpulo especial por su propia vida interior. Creará en sí mismo el instrumento de precisión para reducir lo analizado. No veo dificultad esencial en construir un instrumento de precisión, para uso autoanalítico, con aceros y bronces sólo del espíritu. Me refiero a aceros y bronces realmente aceros y bronces, pero del espíritu. Y tal vez incluso es así como debe ser construido. Será tal vez preciso lograr la idea de un instrumento de precisión, materialmente viendo esa idea, para poder proceder a un análisis íntimo riguroso. Y naturalmente será necesario reducir también el espíritu a una especie de materia real con una especie de espacio en el que existe. Depende todo eso de la agudización extrema de nuestras sensaciones interiores, que, llevadas hasta donde puedan ser, sin duda revelarán, o crearán en nosotros un espacio real como el espacio que hay donde están las cosas de la materia, y que, además, es irreal como cosa.

Tampoco sé si este espacio interior no será casi una dimensión de lo otro. Tal vez la investigación científica del futuro venga a descubrir que todo son dimensiones del mismo espacio, ni material ni espiritual por eso. En una dimensión viviremos cuerpo; en la otra viviremos alma. Y hay quizá otras dimensiones en las que vivimos otras cosas igualmente reales de nosotros. A veces me complace dejarme poseer por la meditación inútil del punto hasta el que puede llevar esta investigación.

Tal vez se descubra que aquello a lo que llamamos Dios, y que tan patentemente está en otro plano diferente de la lógica y la realidad, es un modo nuestro de existencia, una sensación de nosotros en otra dimensión del ser. Esto no me parece imposible. Los sueños también serán quizás o aún otra dimensión en la que vivimos, o un cruce de dos dimensiones; como un cuerpo vive en lo alto, lo largo y lo ancho, nuestros sueños, quién sabe, vivirán en el ideal, en el yo y en el espacio. En el espacio por su representación visible; en el ideal por su presentación de otro género diferente de la materia; en el yo por su íntima dimensión de los nuestros. El propio yo, el de cada uno de nosotros, es quizás una dimensión divina. Todo esto es complejo y, a su tiempo, sin duda, será determinado. Los soñadores actuales son quizás los grandes precursores de la ciencia final del futuro. No creo, está claro, en una ciencia final del futuro. Pero eso no importa nada para el caso.

Hago a veces metafísicas de estas, con la atención escrupulosa y respetuosa de quien trabaja de verdad y hace ciencia. Ya he dicho que llega a ser posible que la esté haciendo realmente. Lo esencial es que no me enorgullezca mucho de esto, dado que el orgullo es perjudicial para la exacta imparcialidad de la precisión científica.

### 285.

Después de que los últimos calores del estío dejaran de ser ásperos en el sol apagado, comenzaba el otoño antes de que viniese, con una leve tristeza, prolijamente indefinida, que parecía una voluntad de no sonreír al cielo. Era un azul a veces más claro, otras más verde, por la propia ausencia de sustancia en el color alto; era una especie de olvido en las nubes, púrpuras diferentes y desvaídas; era, no ya un torpor, sino un tedio, por toda la soledad tranquila por donde nubes atraviesan.

La entrada del verdadero otoño fue después anunciada por un frío dentro del no-frío del aire, por un desvaírse de los colores que aún no se habían desvanecido, por algo de penumbra y de alejamiento en lo que había sido el tono de los paisajes y el aspecto disperso de las cosas. Nada iba a morir todavía, pero todo, como en una sonrisa que aún faltaba, se convertía en saudade para la vida.

Venía, por fin, el otoño cierto: el aire se tornaba frío de viento; sonaban hojas en un tono seco, aunque no fuesen hojas secas; toda la tierra adquiría el color y la forma impalpable de un pantano incierto. Se descoloraba lo que había sido sonrisa última, en un cansancio de párpados, en una indiferencia de gestos. Y así, todo cuanto siente, o suponemos que siente, abrazaba, íntima, al pecho su propia despedida.

Un sonido de remolino en un atrio fluctuaba a través de nuestra conciencia de otra cosa cualquiera. Complacía convalecer para sentir verdaderamente la vida.

Pero las primeras lluvias del invierno, venidas aún en el otoño ya duro, lavaban estas medias tintas como sin respeto. Vientos altos, silbando en cosas paradas, amotinando cosas atadas, cosas pegadas, arrastrando cosas móviles, levantaban, entre los gritos irregulares de la lluvia, palabras ausentes de protesta anónima, sonidos tristes y casi rabiosos de desesperación sin alma.

Y por fin, el otoño cesaba, a frío y gris. Era un otoño de invierno lo que llegaba ahora, un polvo tornado barro de todo, pero, al mismo tiempo, algo de lo que el frío del invierno trae de bueno, un duro verano acabado, primavera por llegar, otoño definiéndose en invierno por fin. Y en el aire alto, por donde los tonos apagados ya no recordaban ni calor ni tristeza, todo era propicio a la noche y a la meditación indefinida.

Así era todo para mí antes de que lo pensase. Hoy, si lo escribo, es porque lo recuerdo. El otoño que tengo es lo que perdí.

## 286.

Hay un cansancio de la inteligencia abstracta, y es el más horroroso de los cansancios. No pesa como el cansancio del cuerpo, ni inquieta como el cansancio del conocimiento y de la emoción. Es un peso de la conciencia del mundo, un no poder respirar con el alma. Entonces, como si el viento diese en ellas, y fuesen nubes, todas las ideas en las que hemos sentido la vida, todas las ambiciones y los designios en los que hemos fundado la esperanza de su continuación, se rasgan, se abren, se apartan tornadas en cenizas de niebla, harapos de lo que ni fue ni podría ser. Y detrás de la derrota surge pura la solidez negra e implacable del cielo desierto y estrellado.

El misterio de la vida nos duele y nos aterroriza de muchas maneras. Unas veces se nos viene encima, visible sólo cuando no giramos para ver, y es toda la verdad en su horror profundísimo de desconocernos.

Pero este horror que hoy me anula es menos noble y más roedor. Es una voluntad de no querer tener pensamiento, un deseo de nunca haber sido nada, una desesperación consciente de todas las células del cuerpo del alma. Es el sentimiento súbito de estar enclaustrado en una celda infinita. ¿A dónde pensar en huir, si la celda lo es todo?

Y entonces me asalta el deseo desbordante, absurdo, de una especie de satanismo que precedió a Satán, de que un día, un día sin tiempo ni sustancia, se encuentre una fuga hacia fuera de Dios y lo más profundo de nosotros deje, no sé cómo, de formar parte del ser o del no-ser.

## 287.

Vivir una vida desapasionada y culta, al relente de las ideas, leyendo, soñando, y pensando en escribir, una vida suficientemente lenta para estar siempre a la orilla del tedio, lo bastante meditada como para nunca encontrarse en él. Vivir esa vida lejos de las emociones y de los pensamientos, sólo en el pensamiento de las emociones y en la emoción de los pensamientos. Estancarse al sol, doradamente, como un lago oscuro rodeado de flores. Tener, en la sombra, aquella hidalguía de la individualidad que consiste en no insistir para nada con la vida. Ser en el volteo de los mundos como una polvareda de flores, que un viento incógnito yergue por el aire de la tarde, y el torpor del anochecer deja bajar al azar en cualquier sitio, indistinta entre cosas mayores. Ser esto con un conocimiento seguro, ni alegre ni triste, reconocido al sol de su brillo y a las estrellas de su apartamiento. No ser más, no tener más, no querer más... La música del hambriento, la canción del ciego, la reliquia del viandante incógnito, los pasos en el desierto del camello vacío sin destino...

## 288.

Releo pasivamente, recibiendo lo que siento como una inspiración y una liberación, aquellas frases simples de Caeiro, en la referencia natural a lo que resulta del pequeño tamaño de su aldea. Allí, dice él, porque es pequeña, se puede ver más del mundo que en la ciudad; y por eso la aldea es mayor que la ciudad...

> «Porque soy del tamaño de lo que veo
> y no del tamaño de mi estatura.»

Frases como estas, que parecen crecer sin voluntad que las hubiese dicho, me limpian de toda la metafísica que espontáneamente añado a la vida. Después de leerlas, llego a mi ventana sobre la calle estrecha, miro el cielo grande y los muchos astros, y soy libre con un esplendor alado cuya vibración me estremece todo el cuerpo.

«¡Soy del tamaño de lo que veo!». Cada vez que pienso esta frase con toda la atención de mis nervios, me parece más destinada a reconstruir en constelación el universo. «¡Soy del tamaño de lo que veo!». Qué gran fuerza mental va desde el pozo de las emociones profundas hasta las altas estrellas que se reflejan en él y, así, en cierto modo, allí están.

Y ya ahora, consciente de saber ver, miro la vasta metafísica objetiva de todos los cielos con una seguridad que me da voluntad de morir cantando. «¡Soy del tamaño de lo que veo!». Y el vago luar, enteramente mío, comienza vagamente a estropear el azul medio negro del horizonte.

Tengo voluntad de erguir los brazos y gritar cosas de un salvajismo ignorado, de decir palabras a los misterios altos, de afirmar una nueva personalidad vasta a los grandes espacios de la materia vacía.

Pero me recojo y me ablando. «¡Soy del tamaño de lo que veo!». Y la frase queda en mí convertida en alma entera, asocio a ella todas las emociones que siento, y sobre mí, por dentro, como sobre la ciudad por fuera, cae la paz indescifrable del duro luar que comienza dura con el anochecer.

## 289.

... en el desaliño triste de mis emociones confusas...

Y una tristeza de crepúsculo, hecha de cansancios y de renuncias falsas, un tedio de sentir algo, un dolor como de un sollozo ahogado o de una verdad obtenida. Se desarrolla en mi alma desatenta este paisaje de abdicaciones: avenidas de gestos abandonados, canteros altos de sueños ni siquiera bien soñados, inconsecuencias, como muros de boj que dividen caminos vacíos, suposiciones, como viejos tanques sin un chorro vivo, todo se enmaraña y se visualiza pobre en el desaliño triste de mis emociones confusas.

## 290.

Espaciado, el pestañeo blanquiazul de una luciérnaga se va sucediendo a sí mismo. En torno a él, oscuro, el campo es una gran falta de ruido que huele casi bien. La paz de todo duele y pesa. Un tedio informe me ahoga.

Pocas veces voy al campo, casi ninguna paso un día allí, o me quedo de un día para otro. Pero hoy, que este amigo, en cuya casa estoy, no me permitió no aceptar su invitación, vine para aquí lleno de vergüenza, como un tímido a una gran fiesta–, llegué aquí con alegría, disfruté del aire y el paisaje amplio, desayuné y comí bien, y ahora, noche profunda, en mi habitación sin luz, el lugar vago me llena de angustia.

La ventana de la habitación donde dormiré mira al campo abierto, a un campo indefinido, que es todos los campos, a la gran noche vagamente constelada donde una brisa que no se oye se siente. Sentado a la ventana, contemplo con los sentidos esta nada de la vida universal que está ahí fuera. El momento se armoniza en una sensación inquieta, desde la invisibilidad visible de todo hasta la madera vagamente rugosa de haberse descascarillado la pintura vieja del alféizar blancuzco donde se apoya de lado mi mano izquierda extendida.

Cuántas veces, aun con todo, no ansío visualmente esta paz de la que casi huiría ahora, si fuese fácil o decente. ¡Cuántas veces juzgo creer –allá abajo, entre las calles estrechas de casas altas– que la paz, la prosa, lo definitivo estarían antes aquí, entre las cosas naturales, que allí donde el mantel de la civilización hace olvidar el pino ya pintado en que se asienta! Y ahora, aquí, sintiéndome saludable, cansado y bien, estoy intranquilo, estoy preso, estoy saudoso.

No sé si es a mí a quien sucede, si a todos los que la civilización hizo nacer por segunda vez. Pero me parece que para mí, o para los que sienten como yo, lo artificial pasó a ser lo natural, y es lo natural lo que es extraño. No lo digo bien: lo artificial no pasó a ser lo natural; lo natural pasó a ser diferente. Evito y detesto los vehículos, evito y detesto los productos de la ciencia –teléfonos, telégrafos– que vuelven fácil la vida, o los subproductos de la fantasía –fonógrafos, receptores hertzianos– que, para quienes divierten, la tornan divertida.

Nada de eso me interesa, nada de eso deseo. Pero amo el Tajo porque hay una ciudad grande a sus orillas. Disfruto del cielo porque lo veo desde un cuarto piso de la calle de la Baixa. Nada me puede dar el campo o la naturaleza que valga la majestad irregular de la ciudad tranquila, bajo el luar, vista desde la Graça o desde São Pedro de Alcântara. No hay para mí flores como, al sol, el colorido variadísimo de Lisboa.

La belleza de un cuerpo desnudo, sólo la sienten las razas vestidas. El pudor vale sobre todo para la sensualidad, como el obstáculo para la energía.

La artificialidad es la manera de gozar la naturalidad. Lo que gocé de estos campos vastos, lo gocé porque no vivo aquí. No siente la libertad quien nunca vivió constreñido.

La civilización es una educación en naturaleza. Lo artificial es el camino para una apreciación de lo natural.

Lo que es necesario, entonces, es que nunca tomemos lo artificial por natural. Es en la armonía entre lo natural y lo artificial en lo que consiste la naturalidad del alma humana superior.

### 291.

El cielo negro al fondo del sur del Tajo era siniestramente negro contra las alas, por contraste, vívidamente blancas de las gaviotas en vuelo inquieto. El día, entonces, ya no estaba tempestuoso. Toda la masa de la amenaza de la lluvia había pasado a suspenderse sobre la otra orilla, y la ciudad baja, húmeda aún del poco que había llovido, sonreía desde el suelo a un cielo cuyo Norte se azulaba aún un poco blancamente. El frescor de la Primavera era levemente frío.

En un momento como este, vacío e imponderable, me place conducir voluntariamente el pensamiento hacia una meditación que no sea nada, sino que retenga, en su limpidez de nula, algo de la frialdad yerma del día esclarecido, con el fondo negro a lo lejos, y ciertas intuiciones, como gaviotas, evocando por contraste el misterio de todo en gran negrura.

Mas, de repente, al contrario de mi propósito literario íntimo, el fondo negro del cielo del Sur me evoca, por recuerdo verdadero o falso, otro cielo, quizá visto en otra vida, en un Norte de río menor, con juncales tristes y sin ninguna ciudad. Sin que yo sepa cómo, un paisaje para patos bravos se arrastra por mi imaginación y con la nitidez de un sueño raro me siento próximo a la extensión que imagino.

Tierra de juncales a la orilla de los ríos, terreno para cazadores y angustias, las márgenes irregulares entran, como pequeños cabos sucios, en las aguas de color de plomo amarillo, y vuelven a entrar en bahías limosas, para barcos casi de juguete, en riberas que tienen agua que reluce sobre el fango oculto entre los mástiles verdinegros de los juncos, por donde no se puede andar.

La desolación es de un cielo ceniciento muerto, arracimándose aquí y allá en nubes más negras que el tono del cielo. No noto viento, pero lo hay, y la otra margen, al final, es una isla larga, tras la cual se divisa –¡río grande y abandonado!– la otra margen verdadera, acostada en la distancia sin relevo.

Nadie llega allí, ni llegará. Aunque, por una fuga contradictoria del tiempo y del espacio, yo me pudiese evadir del mundo hacia ese paisaje, nadie llegaría nunca allí. Esperaría en vano lo que no sabría que esperaba, ni habría si no, el final de todo, un caer lento de la noche, tornándose todo el espacio, lentamente, del color de las nubes más negras, que poco a poco se sumergían en el conjunto abolido del cielo.

Y, de repente, siento aquí el frío de allí. Me toca en el cuerpo, procedente de los huesos. Respiro alto y despierto. El hombre, que se cruza conmigo sobre la Arcada al pie de la Bolsa, me mira con la desconfianza de quien no sabe explicar. El cielo negro, abrazándose, descendió más bajo sobre el Sur.

### 292.

El viento se levantó... Primero era como la voz de un vacío... un soplar del espacio al interior de un agujero, una falta en el silencio del aire. Después se levantó un sollozo, un lamento del fondo del mundo, al oírse que temblaban las ventanas y que era realmente viento. Después sonó más alto, bramido sordo, un bramar sin ser entre el aumentar nocturno, un rechinar de cosas, un caer de instantes, un átomo de fin del mundo.

Después, parecía que //.

### 293.

El ambiente es el alma de las cosas. Cada cosa tiene una expresión propia, y esa expresión le viene de fuera.

Cada cosa es la intersección de tres líneas, y esas tres líneas forman esa cosa: una cantidad de materia, el modo en que interpretamos, y el ambiente en el que está. Esta mesa, en la que estoy escribiendo, es un trozo de madera, es una mesa, es un mueble entre otros de esta habitación. Mi impresión de esta mesa, si la quiero transcribir, tendrá que estar compuesta de las nociones de que es de madera, de que yo llamo a esto una mesa y le atribuyo ciertos usos y fines, y de que en ella se reflejan, se insertan, y la transforman, los objetos en cuya yuxtaposición ella tiene alma externa, lo que le está puesto encima. Y el propio color que le fue dado, el desvaírse de ese color, las manchas y roturas que tiene –todo eso, nótese, le vino de fuera, y es eso lo que, más que su esencia de madera, le da el alma. Y lo íntimo de esa alma, que es el ser mesa, también le vino dado de fuera, que es la personalidad.

Creo, pues, que no hay error humano, ni literario, en atribuir alma a las cosas que llamamos inanimadas. Ser una cosa es ser objeto de una atribución. Puede ser falso decir que un árbol siente, que un río «corre», que una puesta de sol es melancólica o un mar tranquilo (azul por el cielo que no tiene) es sonriente (por el sol que tiene fuera). Pero tal vez me equivoco al atribuir belleza a las cosas. Tal vez me equivoco al atribuir color, forma, quizás hasta ser, a las cosas. Este mar es agua salada. Esta puesta de sol es empezar a faltar la luz del sol en esta latitud y longitud. Este niño que juega delante de mí es un montón intelectual de células –pero, es una relojería de movimientos subatómicos, extraña conglomeración eléctrica de millones de sistemas solares en miniatura mínima.

Todo viene de fuera, e incluso el alma humana no es quizá más que el rayo de sol que brilla y aísla del suelo donde yace el monte de estiércol que es el cuerpo.

En estas consideraciones está quizá toda una filosofía, para quien pueda tener la fuerza de sacar conclusiones. Yo no la tengo, me surgen atentos pensamientos vagos, de posibilidades lógicas, y todo se me desvanece en una visión de un rayo de sol dorando estiércol como paja oscura húmedamente aplastada, en el suelo casi negro al pie de un muro de pedruscos.

Así soy. Cuando quiero pensar, veo. Cuando quiero descender en mi alma, me quedo de repente parado, olvidado, en el comienzo de la espiral de la escalera profunda, mirando por la ventana del piso alto el sol que moja de despedida rúbea el aglomerado difuso de los tejados.

294.

Leve, como una cosa que comenzase, la maresía de la brisa paró sobre el Tajo y se esparció suciamente por los principios de la Baixa. Nauseaba frescamente, en un torpor frío de mar tibio. Sentí la vida en el estómago, y el olfato se me convirtió en una cosa por detrás de los ojos. Altas, se posaban en nada nubes ralas, remolinos, en un gris que se desmorona en blanco falso. La atmósfera era una amenaza de cielo cobarde, como la de una tormenta inaudible, hecha de aire solamente.

Había estancamiento en el propio vuelo de las gaviotas; parecían cosas más leves que el aire, dejadas en él por alguien. Nada asfixiaba. La tarde caía en un desasosiego nuestro; el aire refrescaba intermitentemente.

¡Pobres de las esperanzas que he tenido, salidas de la vida que he tenido que tener! Son como esta hora y este aire, nieblas sin niebla, pespuntes rotos de tormenta falsa. Tengo voluntad de gritar, para acabar con el paisaje y la meditación. Pero hay gotas de mar en mi propósito, y la bajamar en mí dejó a descubierto la negritud lodosa que está ahí fuera y que solamente veo por el olor.

¡Tanta inconsecuencia en querer bastarme! ¡Tanta conciencia sarcástica de las sensaciones supuestas! Tanto enredo del alma con las sensaciones, de los pensamientos con el aire y el río, para decir que me duele la vida en el olfato y en la conciencia, para no saber decir, como en la frase simple y total del Libro de Job: «¡Mi alma está cansada de mi vida!».

## 295.

Cuántas veces, presa de la superficie y del embrujo, me siento hombre. Entonces convivo con alegría y existo con claridad. Nado por la superficie. Y me resulta agradable recibir el sueldo e ir a casa. Siento el tiempo sin verlo, y me agrada cualquier cosa orgánica. Si medito, no pienso. En esos días me gustan mucho los jardines.

No sé qué cosa extraña y pobre existe en la sustancia íntima de los jardines de la ciudad que sólo puedo sentir bien cuando no me siento bien yo. Un jardín es un resumen de la civilización –una modificación anónima de la Naturaleza. Las plantas están allí, pero hay calles –calles. Crecen árboles, pero hay bancos por debajo de su sombra. En el alineamiento orientado a los cuatro lados de la ciudad, allí sólo plaza, los bancos son mayores y tienen casi siempre una abundancia de poca gente.

No odio la regularidad de las flores en macizos. Odio, no obstante, el empleo público de las flores. Si los macizos estuviesen en parques cerrados, si los árboles creciesen en rincones feudales, si los bancos no tuviesen a alguien, tendría con qué consolarme en la contemplación inútil de los jardines. Así, en la ciudad, reglados pero útiles, los jardines son para mí como jaulas, en que las espontaneidades coloridas de los árboles y de las flores no tienen sino espacio para no tenerlo, lugar para no salir de él, y la belleza propia sin la vida que le pertenece.

Pero hay días en que este es el paisaje que me pertenece, en que entro como un figurante en una tragedia cómica. En esos días estoy errado, pero, por lo menos en cierto modo, soy más feliz. Si me distraigo, pienso que tengo realmente casa, hogar, adonde volver. Si me olvido, soy normal, guardado para un fin, escojo otro traje y leo un periódico entero.

Pero la ilusión no dura mucho, tanto porque no dura como porque viene la noche. Y el color de las flores, la sombra de los árboles, el alineamiento de las calles y los macizos, todo se atenúa y se encoge. Por encima del error y de yo estar hombre se abre de repente, como si la luz del día fuese un telón de teatro que lo escondiese para mí, el gran escenario de las estrellas. Y entonces olvido con los ojos la platea amorfa y espero a los primeros actores con un sobresalto de niño en el circo.

Estoy libre y perdido.

Siento. Me enfrío de fiebre. Soy yo.

## 296.

El cansancio de todas las ilusiones y de todo lo que hay en las ilusiones –la pérdida de ellas, la inutilidad de tenerlas, el antecansancio de tener que tenerlas para perderlas, la pena de haberlas tenido, la vergüenza intelectual de haberlas tenido sabiendo que tendrían tal fin.

La conciencia de la inconsciencia de la vida es el mayor martirio impuesto a la inteligencia. Hay inteligencias inconscientes –brillos del espíritu, corrientes de entendimiento, misterios y filosofías– que tienen el mismo automatismo que los reflejos corpóreos, que la gestión que el hígado y los riñones hacen de sus secreciones.

## 297.

Llueve mucho, más, siempre más... Hay como una cosa que va a abatirse en el exterior negro...

Todo lo amontonado irregular y montañoso de la ciudad me parece hoy una planicie, una planicie de lluvia. Por donde quiera que alargue los ojos todo es color de lluvia, negro pálido.

Tengo sensaciones extrañas, todas ellas frías. Ahora me parece que el paisaje esencial es bruma, y que las casas son la bruma que la vela.

Una especie de preneurosis de lo que seré cuando ya no sea me hiela el cuerpo y el alma. Algo parecido a un recuerdo de mi muerte futura me estremece por dentro. En una niebla de intuición, me siento, materia muerta, caído en la lluvia, gemido por el viento. Y el frío de lo que no sentiré muerde el corazón actual.

## 298.

Dice Amiel que un paisaje es un estado del alma, pero la frase es un éxito flojo de un soñador débil. Desde que el paisaje es paisaje, deja de ser un estado del alma. Objetivar es crear, y nadie dice que un poema hecho es un estado de estar pensando en hacerlo. Ver es tal vez soñar, pero si lo llamamos ver en vez de llamarlo soñar, es que distinguimos entre soñar y ver.

Por lo demás, ¿de qué sirven estas especulaciones de psicología verbal? Independientemente de mí crece hierba, llueve en la hierba que crece, el sol dora la extensión de la hierba que creció o va a crecer; se elevan los montes de mucha antigüedad, y el viento pasa del mismo modo que Homero, aunque no existiese, lo oyó. Más cierto era decir que un estado del alma es un paisaje; habría en la frase la ventaja de no contener la mentira de una teoría, sino únicamente la verdad de una metáfora.

Estas palabras casuales me fueron dictadas por la gran extensión de la ciudad, vista a la luz universal de sol, desde lo alto de São Pedro de Alcântara. Cada vez que así contemplo una extensión larga, y me abandono desde el metro setenta de altura, y sesenta y un kilos de peso, en que físicamente consisto, tengo una gran sonrisa metafísica para los que sueñan que el sueño es sueño, y amo la verdad del exterior absoluto con una virtud noble del entendimiento.

El Tajo al fondo es un lago azul, y los montes del otro lado son de una Suiza achatada. Sale un navío pequeño –vapor de carga oscuro– de los lados del Poço do Bispo para la barra que no veo. ¡Que todos los Dioses me conserven, hasta la hora en que cese este aspecto mío de mí, la noción clara y solar de la realidad externa, el instinto de mi inimportancia, la comodidad de ser pequeño y de poder pensar en ser feliz!

### 299.

*(Our childhood is playing with cotton reels, etc.)*

Yo nunca he hecho sino soñar. Ha sido ese, y sólo ese, el sentido de mi vida interior. Los mayores dolores de mi vida se me atenúan cuando, abriendo la ventana hacia la calle de mi sueño, olvido la vista en su movimiento.

Nunca pretendí ser nada más que un soñador. A quien me habló de vivir nunca presté atención. Pertenecí siempre a lo que no está donde estoy y a lo que nunca pude ser. Todo lo que no es mío, por bajo que sea, tiene siempre poesía para mí. Nunca amé nada salvo ninguna cosa. Nunca deseé salvo lo que no podía imaginar. A la vida nunca le pedí sino que pasase por mí sin que yo la sintiese. Del amor sólo exigí que nunca dejase de ser un sueño lejano. En mis propios paisajes interiores, irreales todos ellos, fue siempre lo lejano lo que me atrajo, y los acueductos que se esfumaban casi en la distancia de mis paisajes soñados, tenían una dulzura de sueño en relación a las otras partes del paisaje –una dulzura que hacía que yo las pudiese amar.

Mi manía de crear un mundo falso me acompaña aún, y sólo en mi muerte me abandonará. No alineo hoy en mis cajones vagones de tranvía ni peones de ajedrez –con un alfil o un caballo si acaso sobresaliendo– pero siento pena de no hacerlo... y alineo en mi imaginación, cómodamente, como quien en invierno se calienta junto a un hogar, figuras que habitan, y son constantes y vivas, en mi vida interior. Tengo un mundo de amigos dentro de mí, con vidas propias, reales, definidas e imperfectas.

Algunos pasan dificultades, otros tienen una vida bohemia, pinto-resca y humilde. Hay otros que son cajeros –viajantes (poder soñarme cajero-viajante fue siempre una de mis grandes ambiciones ¡irrealizable infelizmente!). Otros viven en aldeas y pueblos allá en las fronteras de un Portugal dentro de mí; ven la ciudad, donde quizá los encuentro y re-conozco, abriéndoles los brazos, emotivamente... Y cuando sueño esto, y me veo encontrándolos, todo yo me alegro, me realizo, me impulso, me brillan los ojos, abro los brazos y tengo una felicidad enorme, real, incomparable.

¡Ay, no existen saudades más dolorosas que las cosas que nunca han sido! Lo que yo siento cuando pienso en el pasado que tuve en la época real, cuando lloro sobre el cadáver de la vida de mi infancia partida,... incluso eso no alcanza el fervor doloroso y trémulo con el que lloro so-bre no ser reales las figuras humildes de mis sueños, las propias figuras secundarias que recuerdo haber visto sólo una vez, por casualidad, en mi pseudovida, al girar una esquina de mi visión, al pasar por un portal en una calle que subí y recorrí por ese sueño.

¡La rabia de que la saudade no pueda reavivarse y levantarse de nuevo nunca es tan lacrimosa contra Dios, que creó imposibilidades, como cuando pienso que mis amigos de sueño, con los que pasé tan-tos detalles de una vida supuesta, con los que tantas conversaciones iluminadas, en cafés imaginarios, he tenido, no pertenecerán, al final, a ningún espacio en el que puedan ser, realmente, independientes de mi conciencia de ellos! ¡Oh, el pasado muerto que yo traigo conmigo y que estuvo solamente conmigo! Las flores del jardín de la pequeña casa de campo, y que nunca existió más que en mí. ¡Las huertas, los pomares, el pinar, de la quinta que fue sólo un sueño mío! ¡Mis vacaciones supues-tas, mis paseos por un campo que nunca existió! Los árboles junto a la carretera, los atajos, las piedras, los campesinos que pasan... todo esto, que nunca pasó de un sueño, está grabado en mi memoria haciéndome daño y yo, que pasé horas soñándolos, paso horas después recordando haberlos soñado y es de verdad saudade lo que tengo, un pasado que lloro, una vida real muerta que miro, solemne en su ataúd.

Hay también los paisajes y las vidas que no fueron enteramente interiores. Ciertos cuadros, sin demasiado relevo artístico, ciertos oleo-grabados que había en paredes con las que conviví muchas horas –pasa-ron a la realidad dentro de mí. Aquí la sensación era otra, más punzante y más triste. Me quemaba no poder estar allí, querer que ellos fuesen reales o no. ¡No ser yo, al menos, una figura más dibujada al pie de aquel bosque, a la luz de la luna que había en un pequeño grabado de una habitación en la que dormí cuando ya no era pequeño! ¡No poder pensar que estaba allí oculto, en el bosque a la orilla del río, por aquel

luar eterno (ahora mal dibujado), viendo al hombre que pasa en un barco por debajo de la inclinación de un sauce! ¡Aquí el no poder soñar enteramente me dolía. Las facciones de mi saudade eran otras. Los gestos
de mi desesperación eran diferentes. La imposibilidad que me torturaba
era de otro orden de angustia. ¡Ay, que no tenga todo esto un sentido en
Dios, una realización conforme al espíritu de mis deseos, no sé dónde,
por un tiempo vertical, consustanciado con la dirección de mis saudades y de mis devaneos! ¡No tener, por lo menos sólo para mí, un paraíso
hecho de esto! No poder encontrar los amigos que soñé, pasear por las
calles que creé, despertar, entre el ruido de los gallos y de las gallinas,
y el rumorear matutino de la casa, en la casa de campo en la que me supuse... y todo esto más perfectamente arreglado por Dios, dispuesto en
ese orden perfecto para existir, en una forma precisa para tenerlo yo que
ni mis propios sueños alcanzan más que en la falta de una dimensión del
espacio íntimo que entretiene esas pobres realidades...

Levanto la cabeza del papel en el que escribo... Es pronto aún. Apenas pasa el mediodía y es domingo. El mal de la vida, la dolencia de ser
consciente, entra en mi propio cuerpo y me perturba. ¡Que no haya islas
para los incómodos, alamedas vetustas, inencontrables de otros, para
los aislados en el soñar! ¡Tener que vivir y, por poco que sea, tener que
actuar!; tener que rozar, por el hecho de haber otra gente, real también,
la vida! Tener que estar aquí escribiendo esto, por necesitar en el alma
hacerlo, e incluso esto no poder soñarlo apenas, exprimirlo sin palabras,
incluso sin consciencia, por una construcción de mí mismo en música
y desvaimiento, de manera que me subiesen las lágrimas a los ojos sólo
de sentir que me expreso, y yo fluyese, como un río encantado, por
lentas pendientes de mí mismo, cada vez más hacia lo inconsciente y lo
Distante, sin sentido ninguno excepto Dios.

### 300.

En mí fue siempre menor la intensidad de las sensaciones que la intensidad de la conciencia de ellas. Sufrí siempre más con la conciencia
de estar sufriendo que con el sufrimiento de que tenía conciencia.

La vida de mis emociones se cambió, en su origen, para las salas
del pensamiento, y allí viví siempre más ampliamente el conocimiento
emotivo de la vida.

Y como el pensamiento, cuando alberga la emoción, se vuelve más
exigente que ella, el régimen de conciencia, en el que pasé a vivir lo que
sentía, me volvió más cotidiana, más epidérmica, más titilante la manera de sentir.

Me creé eco y abismo, pensando. Me multipliqué profundizándome. El episodio más pequeño –una alteración saliendo de la luz, la caída enrollada de una hoja seca, el pétalo que se despega amarilleado, la voz del otro lado del muro con los pasos de quien la dice junto los de quien la debe escuchar, el portón entreabierto de la quinta vieja, el patio abriéndose con un arco de las casas viejas a la luz de la luna –todas estas cosas, que no me pertenecen, me atan la meditación sensible con lazos de resonancia y de saudade. En cada una de esas sensaciones soy otro, me renuevo dolorosamente en cada impresión indefinida.

Vivo de impresiones que no me pertenecen, manirroto de renuncias, otro en el modo en que soy yo.

## 301.

Vivir es ser otro. Ni sentir es posible si hoy se siente como ayer se sintió: sentir hoy lo mismo que ayer no es sentir –es recordar hoy lo que se sintió ayer, ser hoy el cadáver vivo de lo que ayer fue la vida perdida.

Apagar todo del cuadro de un día para otro, ser nuevo con cada nueva madrugada, en una revirginidad perpetua de la emoción –esto, y sólo esto, vale la pena ser o tener, para ser o tener lo que imperfectamente somos.

Esta madrugada es la primera del mundo. Nunca este color rosa amarilleando hacia el blanco caliente se posó así en el rostro con que las casas del oeste encaran llenas de ojos vidriados el silencio que viene en la luz creciente. Nunca tuve esta hora, ni esta luz, ni este ser mío. Por la mañana lo que fue será otra cosa, y lo que yo vea será visto por ojos recompuestos, llenos de una nueva visión.

¡Altos montes de la ciudad! Grandes arquitecturas que las laderas escarpadas aseguran y engrandecen, resbaladuras de edificios diversamente amontonados, que la luz teje de sombras y quemaduras –sois hoy, sois yo, porque os veo, sois lo que no seréis por la mañana, y os amo desde la amurada como un navío que pasa por otro navío y hay saudades desconocidas en el paso.

## 302.

Duré horas incógnitas, momentos sucesivos sin relación, en el paseo en el que fui, de noche, a la orilla solitaria del mar. Todos los pensamientos, que han hecho vivir a hombres, todas las emociones, que los hombres han dejado de vivir, pasaron por mi mente, como un resumen oscuro de la historia, en esa meditación mía caminada a la orilla del mar.

Sufrí en mí, conmigo, las aspiraciones de todas las eras, y conmigo pasearon, a la orilla oída del mar, los desasosiegos de todos los tiempos. Lo que los hombres quisieron y no hicieron, lo que mataron haciéndolo, lo que las almas fueron y nadie dijo –de todo esto se formó el alma sensible con la que paseé de noche a la orilla del mar. Y lo que los amantes habían extrañado en el otro amante, lo que la mujer ocultó siempre al marido de quien es, lo que la madre piensa del hijo que no tuvo, el que tuvo forma sólo en una sonrisa o en una oportunidad, en un tiempo que no fue ese o en una emoción que falta –todo eso, en mi paseo a la orilla del mar, fue conmigo y volvió conmigo, y las olas retorcían magnamente el acompañamiento que me hacía dormirlo.

Somos quienes no somos y la vida es rápida y triste. El sonido de las olas por la noche es un sonido de la noche; ¡y cuántos lo oyeron en la propia alma, como la esperanza constante que se deshace en lo oscuro con un sonido sordo de espuma honda! ¡Qué lágrimas lloraron los que obtuvieron, qué lágrimas perdieron los que consiguieron! Y todo esto, en el paseo a la orilla del mar, se convirtió en mi secreto de la noche y de la confidencia del abismo. ¡Cuántos somos! ¡Cuántos nos engañamos! ¡Qué mares suenan en nosotros, en la noche de ser nosotros, por las playas que nos sentimos ser en los alargamientos de la emoción!

Aquello que se perdió, aquello que se debería haber querido, aquello que se obtuvo y satisfizo por error, lo que amamos y perdimos y, después de perder, vimos, amándolo por haberlo perdido, que no lo habíamos amado; lo que creíamos que pensábamos cuando sentíamos; lo que era una memoria y creíamos que era una emoción; y todo el mar, viniendo allá, rumoroso y fresco, del gran fondo de toda la noche, a romper en espuma fina en la playa, en el decurso nocturno de mi paseo a la orilla del mar...

¿Quién sabe en realidad lo que piensa, o lo que desea? ¿Quién sabe lo que es para uno mismo? ¡Cuántas cosas sugiere la música y nos sabe bien que no puedan ser! ¡Cuántas la noche recuerda y lloramos, y no fueron nunca! Como una voz suelta de la paz que se tumba a lo largo, el enrollamiento de la ola explota y se enfría y hay una salivación audible de la playa invisible hacia afuera.

¡Cuánto muero si siento por todo! ¡Cuánto siento si vago así, incorpóreo y humano, con el corazón parado como una playa, y todo el mar de todo, en la noche en la que vivimos, batiendo alto, broma, y se enfría, en mi eterno paseo nocturno a la orilla del mar!

## 303.

Veo los paisajes soñados con la misma claridad con las que observo los reales. Si me asomo a mis sueños me asomo a cualquier cosa. Si veo la vida pasar, sueño cualquier cosa.

Alguien dijo de alguien que para él las figuras de los sueños tenían el mismo relieve y perfil que las figuras de la vida. Para mí, aunque comprendería que se me aplicase una frase semejante, no la aceptaría. Las figuras de los sueños no son iguales para mí que las de la vida. Son paralelas. Cada vida –la de los sueños y la del mundo– tiene una realidad igual y propia, más diferente. Como las cosas próximas y las cosas remotas. Las figuras de los sueños están más cercanas a mí, pero //.

## 304.

El verdadero sabio es el que se dispone de modo que los acontecimientos exteriores lo alteren mínimamente. Para eso necesita acorazarse rodeándose de realidades más próximas a sí mismo que a los hechos, y a través de las cuales los hechos, alterados de acuerdo con ellas, le lleguen.

## 305.

Hay una erudición del conocimiento, que es propiamente lo que se llama erudición, y hay una erudición del entendimiento, que es lo que se llama cultura. Pero hay también una erudición de la sensibilidad.

La erudición de la sensibilidad no tiene nada que ver con la experiencia de la vida. La experiencia de la vida nada enseña, como la historia nada informa. La verdadera experiencia consiste en restringir el contacto con la realidad y aumentar el análisis de ese contacto. Así la sensibilidad se alarga y profundiza, porque en nosotros está todo; basta que lo busquemos y lo sepamos buscar.

¿Qué es viajar y para qué sirve viajar? Cualquier poniente es el poniente; no es menester ir a verlo a Constantinopla. ¿La sensación de libertad, que nace de los viajes? Puedo tenerla viajando de Lisboa a Benfica, y tenerla más intensamente que el que va de Lisboa a China, porque si la liberación no está en mí, no está, para mí, en parte alguna. «Cualquier carretera», dijo Carlyle, «hasta esta carretera de Entepfuhl, te lleva hasta fin del mundo». Pero la carretera de Entepfuhl, si se siguiese entera, y hasta el final, vuelve a Entepfuhl; de modo que el Entepfuhl, donde ya estábamos, es ese mismo fin del mundo que íbamos a buscar.

Condillac comienza su famoso libro: «Por muy alto que subamos y muy bajo que descendamos, nunca salimos de nuestras sensaciones». Nunca desembarcamos de nosotros mismos. Nunca llegamos a otro, salvo otrándonos por la imaginación sensible de nosotros mismos. Los verdaderos paisajes son los que nosotros mismos creamos, porque así, siendo sus dioses, los vemos como verdaderamente son, que es como fueron creados. No es ninguna de las siete partidas del mundo la que me interesa y puedo verdaderamente ver; la octava partida es la que recorro y es mía.

Quien cruzó todos los mares cruzó solamente la monotonía de sí mismo. Ya crucé más mares que nadie. Ya vi más montañas de las que hay en la Tierra. Pasé ya por más ciudades que las existentes, y los grandes ríos de ningunos mundos fluyeron, absolutos, bajo mis ojos contemplativos. Si viajase, encontraría la copia débil de lo que ya había visto sin viajar.

En los países que los otros visitan, los visitan anónimos y peregrinos. En los países que he visitado, he sido, no sólo el placer escondido del viajante incógnito, sino la majestad del Rey que allí reina, y el pueblo cuyo uso allí habita, y la historia entera de aquella nación y de las otras. Los mismos paisajes, las mismas casas yo las vi porque las fui, hechas en Dios con la sustancia de mi imaginación.

### 306.

La renuncia es la liberación. No querer es poder.

¿Qué me puede dar China que mi alma no me haya dado ya? Y, si mi alma no me lo puede dar, ¿cómo me lo dará China, si es con mi alma con lo que veré China, si la viera? Podré ir a buscar riqueza a Oriente, pero no riqueza del alma, porque la riqueza de mi alma soy yo, y yo estoy donde estoy, sin Oriente o con él.

Comprendo que viaje quien es incapaz de sentir. Por eso son tan pobres siempre como libros de experiencia los libros de viajes, valiosos solamente para la imaginación de quien los escribe. Y si quien los escribe tiene imaginación, tanto nos puede encantar con la descripción minuciosa, fotográfica a estandartes, de paisajes que imaginó, como con la descripción, forzosamente menos minuciosa, de los paisajes que supuso ver. Somos todos miopes, excepto hacia dentro. Sólo el sueño ve con la mirada.

En el fondo, hay en nuestra experiencia de la tierra sólo dos cosas –lo universal y lo particular–. Describir lo universal es describir lo que es común a toda el alma humana y a toda la experiencia humana –el cielo vasto, con el día y la noche que suceden de él y en él; el discurrir de los ríos –todos de la misma agua sororal y fresca; los mares, montañas trémulamente extensas, guardando la majestad de la altura en el secreto de la profundidad; los campos, las estaciones, las casas, las caras, los gestos; el traje y las sonrisas; el amor y las guerras; los dioses, finitos e infinitos; la Noche sin forma, madre del origen del mundo; el Hado, el monstruo intelectual que es todo... Describiendo esto, o cualquier cosa universal como esto, hablo con el alma el lenguaje primitivo y divino, el idioma adánico que todos entienden. ¿Pero qué idioma astillado y babélico hablaría yo cuando describiese el Elevador de Santa Justa, la Catedral de Reims, las calzas de los zuavos, la manera en que el portugués se pronuncia en Trás-os-Montes? Estas cosas son accidentes de la superficie; pueden sentirse con el andar pero no con el sentir. Lo que en el Elevador de Santa Justa es universal es la mecánica facilitando el mundo. Lo que en la Catedral de Reims es verdad no es la Catedral ni Reims, sino la majestad religiosa de los edificios consagrados al conocimiento de la profundidad del alma humana. Lo que en las calzas de los zuavos es eterno es la ficción colorida de los trajes, lenguaje humano, creando una simplicidad social que es a su modo una nueva desnudez. Lo que en las pronunciaciones locales es universal es el timbre casero de las voces de la gente que vive espontánea, la diversidad de los seres juntos, la sucesión multicolor de las maneras, las diferencias de los pueblos, y la vasta variedad de las naciones.

Transeúntes eternos por nosotros mismos, no hay más paisaje que el que somos. Nada poseemos, porque ni a nosotros nos poseemos. Nada tenemos porque nada somos. ¿Qué manos extenderé para qué universo? El universo no es mío: soy yo.

*307.*

**Paisaje de lluvia (I)**

En cada gota de lluvia mi vida fallada llora en la naturaleza. Hay algo de mi desasosiego en la gota a gota, en el golpeteo a golpeteo con el que la tristeza del día se deshace inútilmente sobre la tierra.

Llueve tanto, tanto. Mi alma es húmeda de oírlo. Tanto... Mi carne es líquida y acuosa en torno a mi sensación de ella.

Un frío desasosegado pone manos gélidas en torno a mi pobre corazón. Las horas cenicientas y // se alargan, se aplanan en el tiempo; los momentos se arrastran.

¡Cómo llueve!

Los canalones chorrean pequeños torrentes de agua siempre súbitos. Desciende por mi saber que hay caños un barullo perturbador de descenso de agua. Bate contra la ventana, indolente, gimoteante, la lluvia; //.

Una mano fría me aprieta la garganta y no me deja respirar la vida. Todo muere en mí, incluso saber que puedo soñar. De ningún modo físico estoy bien. Todas las suavidades en las que me reclino tienen aristas para mi alma. Todas las miradas adonde miro están tan oscuras de golpearlas esta luz empobrecida del día para morirse sin dolor.

### 308.

Lo más miserable de los sueños es que todo el mundo los tiene. En cualquier cosa piensa en la oscuridad el mozo de los recados que modorrea de día contra la lámpara el intervalo de los encargos. Sé en qué entrepiensa: es lo mismo en lo que yo me abismo entre asiento y asiento en el tedio estival de la oficina quietísima.

### 309.

Siento más pena de los que sueñan con lo probable, lo legítimo y lo próximo, que los que devanean sobre lo lejano y lo extraño. Los que sueñan grandemente, o están locos y creen en lo que sueñan y son felices, o son simples devaneadores, para quienes el devaneo es la música del alma, que los acuna sin decirles nada. Pero el que sueña lo posible tiene la posibilidad real de la verdadera desilusión. No me puede pesar mucho no haber conseguido ser emperador romano, pero puede dolerme no haber hablado siquiera a la costurera que, cerca de las nueve, siempre dobla la esquina a la derecha. El sueño que nos promete lo imposible ya en eso nos priva de ello, pero el sueño que nos promete lo posible se entromete con la propia vida y delega en ella su solución. Uno vive exclusivo e independiente; el otro sumiso a las contingencias de lo que acontece.

Por eso amo los paisajes imposibles y las grandes áreas desiertas de las llanuras donde nunca estaré. Las épocas históricas pasadas son pura maravilla, pues desde luego no puedo suponer que se realizarán conmigo. Duermo cuando sueño lo que no hay; voy a despertar cuando sueño lo que puede haber.

Me asomo, desde una de las ventanas del balcón de la oficina abandonado al mediodía, sobre la calle donde mi distracción siente movimientos de gente en los ojos, y no los ve, desde la distancia de la meditación. Duermo sobre los codos donde la barandilla me duele, y sé de nada con una gran promesa. Los pormenores de la calle parada do de muchos andan se me destacan con un apartamiento mental: las cajas amontonadas en el carro, los sacos a la puerta del almacén del otro, el vislumbre de las botellas de aquel vino de Oporto que sueño que nadie puede comprar. Se me aísla el espíritu de la mitad de la materia. Investigo con la imaginación. La gente que pasa por la calle es siempre la misma que pasó hace poco, es siempre el aspecto fluctuante de alguien, manchas de movimiento, voces de incertidumbre, cosas que pasan y no llegan a acontecer.

La anotación con la conciencia de los sentidos, antes que con los sentidos mismos... La posibilidad de otras cosas... Y, de repente, suena, detrás de mí en el despacho, la llegada metafísicamente abrupta del joven. Siento que podría matarlo por interrumpir lo que yo no estaba pensando. Lo miro, girándome, con un silencio lleno de odio, escucho anticipadamente, en una tensión de homicidio latente, la voz que va a usar para decirme algo. Sonríe desde el fondo de la casa y me da las buenas tardes en voz alta. Lo odio como al universo. Tengo los ojos pesados de sopor.

## 310.

Después de todos los días de lluvia, de nuevo el cielo trae el azul, que había escondido, a los grandes espacios de arriba. Entre las calles, donde los charcos duermen como las calles, donde las pozas duermen como charcos del campo, y la alegría clara que refresca arriba, hay un contraste que torna agradables las calles sucias y primaveral el cielo de invierno bueno. Es domingo y no tengo nada que hacer. Ni siquiera tengo ganas de soñar, el día es tan bueno.

Lo disfruto con una sinceridad de sentidos a la que la inteligencia se abandona.

Paseo como un vendedor liberado. Me siento viejo, sólo para tener el placer de sentirme rejuvenecer.

En la gran plaza dominical hay un movimiento solemne de otra especie de día. En São Domingos está la salida de una misa, y otra va a comenzar. Veo a unos que salen y unos que aún no entraron, esperando a algunos que no están viendo quién sale.

Todas estas cosas no tienen importancia. Son, como todo en el común de la vida, un sueño de los misterios y las almenas, y desde allí miro, como un heraldo llegado, a la planicie de mi meditación.

Otrora, niño, yo iba a esta misma misa, o tal vez a otra, pero debía ser ésta.

Me ponía, con la debida conciencia, mi único traje mejor, y disfrutaba de todo, hasta de lo que no tenía motivos para disfrutar. Vivía por fuera y el traje estaba limpio y nuevo. ¿Qué más quiere quien tiene que morir y no sabe de la mano de la madre?

Otrora disfrutaba todo esto, pero sólo ahora, tal vez, comprendo cuánto lo disfrutaba. Entraba en misa como en un gran misterio, y salía de misa como al claro de un bosque. Y así es como verdaderamente era, y aún verdaderamente es. Sólo el ser que no cree y es adulto, con un alma que recuerda y llora, son ficción y el trastorno, el desaliño y la losa fría.

Sí, lo que soy sería insoportable si no pudiera recordar lo que fui. Esta multitud ajena que aún sale de misa, y el comienzo de la multitud posible que empieza a llegar para entrar en la otra –todo esto son barcos que pasan por un río lento, bajo las ventanas abiertas de mi hogar construido en el margen.

Recuerdos, domingos, misas, placer de haber sido, milagro del tiempo que quedó por haber pasado, y no olvida nunca por qué fue mío... Diagonal absurda de las sensaciones normales, sonido súbito de carruaje en la plaza que suena ruedas en el fondo de los silencios ruidosos de los automóviles, y de cualquier modo, por una paradoja maternal del tiempo, subsiste hoy, aquí mismo, entre lo que soy y lo que perdí, en el intervalo de mí que llamo yo...

### 311.

Lento, bajo la luna fuera de noche lenta, el viento agita cosas que hacen sombras en movimiento. No es quizá más que la ropa que dejaron tendida en el piso de arriba, pero la sombra, en sí, no conoce camisas y fluctúa impalpable en un acuerdo mudo con todo.

Dejé abiertas las puertas de la ventana para despertarme temprano, pero hasta ahora, y la noche ya es tan vieja que nada se oye, no pude rendirme al sueño ni estar despierto bien.

Un luar está más allá de las sombras de mi habitación, pero no pasa por la ventana. Existe, como un día de plata hueca, y los tejados del edificio vecino, que veo desde la cama, son líquidos de blancura ennegrecida. Como felicitaciones desde arriba a alguien que no oye, hay una paz triste en el luar duro.

Y sin ver, sin pensar, ojos cerrados ya sobre el sueño ausente, medito con qué palabras verdaderas se puede describir un luar. Los antiguos dirían que el luar es blanco, o que es de plata. Pero la falsa blancura del luar es de muchos colores.

Si me levantase de la cama y mirara detrás de los cristales fríos, sé que, en el alto aire aislado, el luar es de un blanco ceniciento azulado de amarillo desvaído; que, sobre los tejados diversos, en desequilibrios de negrura de unos a otros, ora dora de blanco oscuro los tenues edificios, ora inunda de un color sin color el encarnado castaño de las tejas altas. Al final de la calle, abismo plácido, donde las piedras desnudas se redondean irregularmente, no tiene más color que un azul que viene tal vez del gris ceniciento de las piedras. Al final del horizonte, será casi azul oscuro, distinto del azul negro del cielo del fondo. En las ventanas donde pega, es de amarillo negro.

Desde aquí, desde la cama, si abro los ojos, que tienen el sueño que no tengo, es un aire de nieve tornada al color donde flotan filamentos de madreperla templada. Y, si lo pienso con lo que siento, es un aburrimiento convertido en sombra blanca, oscureciéndose como si ojos se cerrasen sobre esa indistinta blancura.

*312.*

Después de que las últimas lluvias pasaran hacia el sur, y sólo quedase el viento que las barrió, regresó a los montones de la ciudad la alegría del sol cierto y apareció mucha ropa blanca colgada saltando en las cuerdas estiradas por palos medios en las ventanas altas de edificios de todos los colores.

También me puse contento, porque existo. Salí de casa con un gran fin, que era, al final, llegar a tiempo a la oficina. Pero en este día, la propia compulsión de la vida participaba en aquella otra buena compulsión que hace al sol salir en las horas del almanaque, según la latitud y la longitud de los lugares de la tierra. Me sentí feliz por no poder sentirme infeliz. Bajé la calle descansadamente, lleno de certeza, porque, por fin, la oficina conocida, la gente conocida en ella, eran certezas. No sorprende que me sintiese libre, sin saber de qué. En las cestas posadas junto a las aceras de la Rua da Prata los plátanos para vender, al sol, eran de un amarillo fuerte.

Me contento, al final, con muy poco: que haya parado la lluvia, que haya un sol bueno en este Sur feliz, los plátanos más amarillos por tener manchas negras, la gente que los vende porque habla, las aceras de la Rua da Prata, el Tajo al fondo, azul reverdecido a oro, todo este rincón doméstico del sistema del Universo.

Vendrá el día en que no vea esto más, en que me sobrevivirán los plátanos del borde de la acera, y las voces de las vendedoras solitarias, y los periódicos del día que el niño pequeño extendió de lado a lado en la esquina de otro paseo de la calle. Bien sé que los plátanos serán otros, y que las vendedoras serán distintas, y que los periódicos tendrán, a quien se baje para verlos, una fecha que no es la de hoy. Pero ellos, porque no viven, duran aún más que otros; yo, porque vivo, paso aunque sea el mismo.

Este momento podría yo bien solemnizarlo comprando plátanos, pues me parece que en estos se proyectó el sol todo el día como un faro sin máquina. Pero siento vergüenza de los rituales, de los símbolos, de comprar cosas en la calle. Podrían no envolverme bien los plátanos, no vendérmelos como deben ser vendidos porque yo no los sepa comprar como deben ser comprados. Podrían extrañarse de mi voz al preguntar el precio. Más vale escribir que atreverse a vivir, aunque vivir no sea más que comprar plátanos al sol, en cuanto que el sol dura y hay plátanos que vender.

Más tarde, tal vez... Sí, más tarde... Otro, tal vez... No sé...

## 313.

Desde el principio aburrido del día caliente y falso nubes oscuras y de contornos mal rotos rondaban la ciudad oprimida. De los lados que llamamos de la barra, sucesivas y torvas, estas nubes se superponían, y una anticipación de tragedia se extendía con ellas desde el indefinido rencor de las calles contra el sol alterado.

Era mediodía y ya, al salir a comer, pesaba una esperanza mala en la atmósfera empalidecida. Harapos de nubes desharrapadas negreaban delante de ella. El cielo, a los lados del Castillo, estaba limpio pero de un mal color azul. Había sol, pero no apetecía disfrutarlo.

A la una y media de la tarde, cuando se volvía a la oficina, parecía más limpio el cielo, pero sólo hacia un lado antiguo. A los lados de la barra estaba de facto más descubierto. Sobre la parte norte de la ciudad, sin embargo, las nubes se conjugaban lentamente en una sola nube –negra, implacable, que avanzaban lentamente con garras romas de blanco ceniciento en la punta de brazos negros. Dentro de poco alcanzaría el sol. Y los ruidos de la ciudad parece que se ahogaban esperándola. Era, o parecía, un poco más límpido el cielo hacia los lados del este, pero el calor lo hacía más desagradable. Se sudaba a la sombra de la sala grande del despacho.

«Viene una gran tormenta», dijo Moreira, y pasó la página del *Razão.*

A las tres de la tarde, había fallado ya toda la acción del sol. Fue preciso –y era triste por ser verano– encender la luz eléctrica –primero al fondo de la sala grande donde estaban empaquetando los envíos, después ya en el centro de la sala, donde se hacía difícil distinguir sin error los albaranes y anotar en ellos los números de las señas de los billetes de tren. Finalmente, pasaron casi cuatro horas, ni siquiera nosotros –los privilegiados de las ventanas– veíamos lo suficiente como para trabajar. La oficina estaba iluminada. El jefe Vasques quitó la mampara del despacho y dijo al salir: «Eh, Moreira, tenía que ir a Benfica, pero no voy; se va a hartar de llover». «Y es allí de ese lado», respondió Moreira, que vivía al pie de la Avenida. Los ruidos de la calle de repente se destacaron, se alteraron un poco, y era, no sé por qué, un poco triste el sonido de las campanas de los tranvías en la calle paralela y cercana.

## 314.

Antes de que acabe el verano y llegue el otoño, en el intervalo cálido en el que el aire es pesado y los colores se ablandan, las tardes acostumbran a usar un traje sensible de arrogancia falsa. Son comparables a esos artificios de la imaginación en los que las saudades son de nada, y se prolongan indefinidas como estelas de navíos formando la misma serpiente sucesiva.

En esas tardes me llena, como un mar en marea, un sentimiento que es peor que el tedio, pero al que no corresponde otro nombre salvo tedio –un sentimiento de desolación sin lugar, un naufragio del alma entera. Siento que perdí un Dios omnipotente, que la Sustancia de todo murió. Y el universo sensible es para mí un cadáver que amé cuando era vida; pero todo se ha vuelto nada en la luz aún caliente de las últimas nubes coloridas.

Mi tedio asume aspectos de horror; mi aburrimiento es un miedo. Mi sudor no es frío, pero es fría mi conciencia de mi sudor. No hay malestar físico, salvo que el malestar del alma es tan grande que pasa por los poros del cuerpo y lo inunda a él también.

Es tan magno el tedio, tan soberano el horror de estar vivo, que no concibo que haya algo que pudiese servir de lenitivo, de antídoto, de bálsamo u olvido para ello. Dormir me horroriza como todo. Morir me horroriza como todo lo demás. Ir y parar son la misma cosa imposible. Esperar y descreer se equivalen en frío y en gris. Soy una estantería de frascos vacíos.

Aun así, ¡qué saudade de futuro, si dejo que mis ojos ordinarios reciban el saludo muerto del día iluminado que se acaba! ¡Qué gran entierro de la esperanza va por la callada dorada aún de los cielos inertes, qué cortejo de vacuos y nadas se extiende a azul rubicundo que va a ser pálido por las vastas planicies del espacio blanco!

No sé lo que quiero ni lo que no quiero. Dejé de saber querer, de saber cómo se quiere, de saber las emociones o los pensamientos con que ordinariamente se conoce que estamos queriendo, o queriendo querer. No sé quién o lo que soy. Como alguien soterrado bajo un muro que se desmoronó, yazgo bajo el vacío derrumbado del universo entero. Y así voy, tras el rastro de mí mismo, hasta que la noche entre y un poco de la caricia de ser diferente ondule, como una brisa, por el comienzo de mi inconsciencia de mí.

¡Ah, y la luna alta y más grande de estas noches plácidas, cálidas de angustia y desasosiego! La paz siniestra de la belleza celeste, la ironía fría del aire caliente, azul negro embrumado de luna y tímido de estrellas.

315.

**Prosa de vacaciones**

La playa pequeña, formando una bahía pequeñísima, excluida del mundo por dos promontorios en miniatura, era, en aquellas vacaciones de tres días, mi retiro de mí mismo. Se bajaba a la playa por una escalera tosca, que empezaba, arriba, en escalera de madera, y en medio se convertía en recorte de escalones en la roca, con pasamanos de hierro oxidado. Y, siempre que bajaba por la escalera vieja, y sobre todo de la piedra a los pies hacia abajo, salía de mi propia existencia, encontrándome.

Dicen los ocultistas, o algunos de ellos, que hay momentos supremos del alma en los que esta recuerda, con la emoción o con parte de su memoria, un momento, o un aspecto, o una sombra, de una encarnación anterior. Y entonces, como regresa a un tiempo que está más próximo que su presente al origen y al principio de las cosas, siente, en cierto modo, una infancia y una liberación.

Se diría que, bajando aquella escalera poco usada ahora, y entrando lentamente en la playa pequeña siempre desierta, yo empleaba un proceso mágico para encontrarme más próximo a la mónada posible que soy. Ciertos modos y rasgos de mi vida cotidiana –representados en mi ser constante por deseos, repugnancias, preocupaciones– desaparecían de mí como emboscados al acecho, se apagaban en las sombras hasta no percibirse lo que eran, y yo alcanzaba un estado de distancia íntima en el que me resultaba difícil acordarme de ayer, o conocer como mío el ser que en mí está vivo todos los días. Mis emociones de constantemente, mis hábitos regularmente irregulares, mis charlas con los demás, mis adaptaciones a la constitución social del mundo –todo esto me parecían cosas leídas en alguna parte, páginas inertes de una biografía impresa, detalles de alguna novela, en esos capítulos de intervalo que leemos pensando en otra cosa, y el hilo de la narración se desmadeja hasta cubrir el suelo.

Entonces, en la playa rumorosa sólo por las olas propias, o por el viento que pasaba alto, como un gran avión inexistente, me entregaba a un nuevo tipo de sueños: cosas informes y suaves, maravillas de la impresión profunda, sin imágenes, sin emociones, limpias como el cielo y las aguas, y sonando, como las volutas desenredándose del mar alzante, del fondo de una gran verdad; trémulamente de un azul oblicuo a lo lejos, verdeando en la llegada con transparencias de otros tonos verde-sucios, y, después de romper, crujiendo, los mil brazos deshechos, y desalargarlos en arena amorenada y espuma desbabada, congregando en sí todas las resacas, los retornos a la libertad del origen, las saudades divinas, las memorias, como ésta que informemente no me dolía, de un estado anterior, feliz por bueno o por otro, un cuerpo de saudade con alma de espuma, el reposo, la muerte, el todo o nada que cerca como un gran mar la isla de náufragos que es la vida.

Y yo dormía sin sueño, desviado ya de lo que venía a sentir, crepúsculo de mí mismo, sonido de agua entre árboles, calma de los grandes ríos, frescura de las tardes tristes, lento arfar del pecho blanco del sueño de infancia de la contemplación.

## 316.

La dulzura de no tener familia ni compañía, ese suave sabor como del exilio, en que sentimos el orgullo del destierro desdibujarse en voluptuosidad incierta la vaga inquietud de estar lejos, todo esto lo disfruto a mi manera, indiferentemente. Porque uno de los detalles característicos de mi actitud espiritual es que la atención no debe cultivarse exageradamente, e incluso el sueño debe ser mirado alto, con una conciencia aristocrática de estar haciéndolo existir. Dar demasiada importancia al sueño sería dar demasiada importancia, al final, a una cosa que se separó de nosotros mismos, que se alzó, lo que puede, en la realidad, y que, por eso, perdió el derecho absoluto a nuestra delicadeza para con ella.

## 317.

La vulgaridad es un hogar. Lo cotidiano es materno. Después de una incursión larga en la gran poesía, en los montes de la aspiración sublime, en los peñascos de lo trascendente y lo oculto, sabe mejor que bien, sabe a todo lo caliente en la vida, regresar a la posada donde ríen los bobos felices, beber con ellos, bobo también, como Dios nos hizo, contento del universo que nos fue dado y dejando el resto a los que escalan montañas para no hacer nada allá en lo alto.

Nada me conmueve que se diga, de un hombre que tengo por loco o necio, que supera a un hombre vulgar en muchos casos y logros de la vida. Los epilépticos son, en la crisis, fortísimos; los paranoicos razonan como pocos hombres normales consiguen discurrir; los delirantes con manía religiosa reúnen multitudes de creyentes como pocos (si alguno) demagogos las reúnen, y con una fuerza íntima que estos no logran dar a sus secuaces.

Y todo esto no prueba más que la locura es la locura. Prefiero la derrota con el conocimiento de la belleza de las flores que la victoria en medio de los desiertos, llena de la ceguera del alma a solas con su nulidad separada.

Cuántas veces el propio sueño fútil me deja un horror a la vida interior, una náusea física de los misticismos y de las contemplaciones. Con qué prisa huyo de casa, donde así soñé, a la oficina; y veo la cara de Moreira como si llegase finalmente a un puerto. Considerando bien todo, prefiero a Moreira al mundo astral; prefiero la realidad a la verdad; prefiero la vida, vamos, al mismo Dios que la creó. Así me la dio, así la viviré. Sueño porque sueño, pero no sufro el insulto propio de dar a los sueños otro valor que no sea el de mi teatro íntimo, como no doy al vino, del que aún no me abstengo, el nombre de alimento o de necesidad de la vida.

## 318.

Desde antes de la mañana temprano, contra el uso solar de esta ciudad clara, la niebla envolvía, en un manto leve, que el sol fue crecientemente dorando, las casas sucesivas, los espacios abolidos, los accidentes de la tierra y de las construcciones. Llegada, sin embargo, la hora alta antes del mediodía, empezó a deshilarse la bruma blanda, y, en hálitos de sombras de velos, a cesar imponderablemente. A las diez de la mañana, sólo un tenue mal azular del cielo revelaba que la niebla había se había ido.

Los rasgos de la ciudad renacieron de resbalar la máscara de lo que tapaba. Como si una ventana se abriese, el día ya rayado rayó. Hubo un ligero cambio en los ruidos de todo. Aparecieron también. Un tono azul se insinuó hasta en las piedras de las calles y en las auras impersonales de los transeúntes. El sol era caliente, pero húmedamente caliente aún. Lo cubría invisiblemente la niebla que ya no existía.

El despertar de una ciudad, sea entre niebla o de otro modo, es siempre para mí una cosa más enternecedora que el despuntar de la aurora sobre los campos. Renace mucho más, hay mucho más que esperar, cuando, en vez de sólo dorar, primero de luz oscura, después de luz húmeda, más tarde de oro luminoso, los prados, los relieves de los arbustos, las palmas de las manos de las hojas, el sol multiplica sus posibles efectos en las ventanas, en los muros, en los tejados –en las ventanas tantas, en los muros tan diferentes, en los tejados tan variados– gran mañana distinta a tantas realidades distintas. Una aurora en el campo me hace bien; una aurora en la ciudad me hace bien y mal, y por eso me hace más que bien. Sí, porque la mayor esperanza que me trae tiene, como todas las esperanzas, ese sabor lejano y anhelante de no ser realidad. La mañana en el campo existe; la mañana de la ciudad promete. Una hace vivir; la otra hace pensar. Y yo siempre sentiré, como los grandes malditos, que más vale pensar que vivir.

## 319.

Tras los primeros menos-calores del verano acabado llegaron, en los azares de las tardes, ciertos coloridos más blandos del cielo amplio, ciertos retoques de brisa fría que anunciaban el otoño. No era aún el desverdecer del follaje, ni el desprenderse de las hojas, ni esa vaga angustia que acompaña a nuestra sensación de muerte externa, porque habrá de ser también la nuestra. Era como un cansancio del esfuerzo existente, un vago sueño sobreviniendo a los últimos gestos de acción. Ay, son tardes de tan apenada indiferencia que, antes de que comience en las cosas, comienza en nosotros el otoño.

Cada otoño que viene está más cerca del último otoño que tendremos, y lo mismo es verdad del verano o del estío; pero el otoño recuerda, por lo que es, el final de todo, y en el verano o el estío es fácil, de tanto mirar, que lo olvidemos. No es, todavía, el otoño, no está todavía en el aire el amarillo de las hojas caídas o la húmeda tristeza del tiempo que va a ser invierno más tarde. Pero hay un resquicio de tristeza anticipada, una pena vestida para el viaje, en el sentimiento en el que estamos vagamente atentos a la difusión colorida de las cosas, al otro tono del viento, al sosiego más viejo que se arrastra, si la noche cae, por la presencia inevitable del universo.

Sí, pasaremos todos, pasaremos todo. Nada quedará de lo que usó sentimientos y guantes, de lo que habló de la muerte y de la política local. Como es la misma luz que ilumina los rostros de los santos y las polainas de los transeúntes, así será la misma falta de luz que dejará en lo oscuro la nada que queda de unos haber sido santos y otros usadores de polainas. En el vasto remolino, como el de las hojas secas, en el que yace indolente el mundo entero, tanto dan los reinos como los vestidos de las costureras, y las trenzas de las niñas rubias van en el mismo giro mortal que los cetros que representaron imperios. Todo es nada, y en el atrio de lo Invisible, cuya puerta abierta muestra sólo, delante, una puerta cerrada, bailan, siervas de ese viento que las revuelve sin manos, todas las cosas, pequeñas y grandes, que habían formado, para nosotros y en nosotros, el sistema sentido del universo. Todo es sombra y polvo agitado, y no hay más voz que la del sonido que hace lo que el viento levanta y arrastra, ni más silencio que el que el viento deja. Unos, hojas leves, menos pegadas al suelo por más leves, van por lo alto del torbellino del Atrio y caen más lejos que el círculo de los pesados. Otros, invisibles casi, polvo igual, diferente sólo si los viésemos de cerca hace cama en el remolino. Otros más, miniaturas de troncos, son arrastrados a la rueda y cesan aquí y allí. Un día, al final del conocimiento de las cosas, se abrirá la puerta del fondo y todo lo que fuimos –basura de estrellas y almas– será barrido afuera de la casa, para que lo que hay recomience.

Mi corazón me duele como un cuerpo extraño. Mi cerebro duerme todo cuanto siento. Sí, es el comienzo del otoño que trae al aire y a mi alma esa luz sin sonrisa que va festoneando de amarillo muerto la redondez confusa de las pocas nubes de poniente. Sí, es el principio del otoño, y el conocimiento claro, en la hora límpida, de la insuficiencia anónima de todo.

El otoño, sí, el otoño, lo que hay o lo que va a haber, y el cansancio anticipado de todos los gestos, la desilusión anticipada de todos los sueños. ¿Qué puedo esperar de qué? Ya, en lo que pienso de mí, me voy entre las hojas y el polvo del atrio, en la órbita sin sentido de ninguna cosa, haciendo sonido de vida sobre las losas limpias que un sol angular dora por fin desde no sé dónde.

Todo lo que pensé, todo lo que soñé, todo lo que hice o no hice –todo esto se irá en otoño, como las cerillas gastadas que ensucian el suelo en distintas direcciones, o los papeles arrugados en bolas falsas, o los grandes imperios, todas las religiones, las filosofías con las que jugaron, haciéndolas, los niños soñolientos del abismo. Todo lo que fue mi alma, desde todo a lo que aspiré hasta la casa vulgar en que vivo, desde los dioses que tuve hasta el jefe Vasques que tengo, todo se va en el otoño, todo en el otoño, en la ternura indiferente del otoño. Todo en el otoño, sí, todo en otoño...

### 320.

No se sabe si lo que acaba el día con nosotros termina en pena inútil, o si lo que somos es falso entre penumbras, y no hay más que el gran silencio sin patos cayendo sobre los lagos donde los juncos levantan su hieratismo desfalleciente. No se sabe nada, ni la memoria queda de las historias de infancia, algas, ni la caricia tardía de los cielos futuros, brisa en la que la imprecisión se abre lentamente en estrellas.

La lámpara votiva oscila incierta en el templo donde ya nadie anda, se paralizan los estanques al sol de las quintas desiertas, no se conoce el nombre inscrito en el tronco antaño, y los privilegios de los desconocidos se fueron, como papel mal rasgado, por caminos llenos de un gran viento, a los azares de los obstáculos que los pararon. Otros se asomarán a la misma ventana, duermen los que se olvidaron de la mala sombra, nostálgicos del sol que no tuvieron; y yo mismo, que oso sin gestos, acabaré sin remordimientos, entre juncos empapados, embarrado por el río cercano y el cansancio flojo, bajo grandes otoños de tarde, en confines imposibles. Y a través de todo, como un silbido de angustia desnuda, sentiré mi alma tras el ensueño –aullido hondo y puro, inútil en la oscuridad del mundo.

*321.*

Nubes... Hoy tengo conciencia del cielo, porque hay días en que no lo miro pero lo siento, viviendo en la ciudad y no en la naturaleza que lo incluye. Nubes... Son hoy la principal realidad, y me preocupan como si el velar del cielo fuese uno de los grandes peligros de mi destino. Nubes... Pasan de la barra hacia el Castillo, de oeste a este, en un tumulto disperso y desnudo, blanco a veces, si van desharrapadas en la vanguardia de no sé qué; medio negro otras, si, más lentas, tardan en ser barridas por el viento audible; negras de un blanco sucio si, como si quisieran quedarse, ennegrecen más por la venida que por la sombra lo que las calles abren de falso espacio entre las líneas de cierre de las casas.

Nubes... Existo sin saberlo y moriré sin quererlo. Soy el intervalo entre lo que soy y lo que no soy, entre lo que sueño y lo que la vida hace de mí, la media abstracta y carnal entre cosas que no son nada, siendo yo nada también. Nubes... Qué desasosiego si siento, qué incomodidad si pienso, ¡qué inútil si quiero! Nubes... Están pasando siempre, algunas muy grandes, parece, porque las casas no las dejan ver si son menos grandes de lo que parecen, que van a tomar todo el cielo; otras de tamaño incierto, pueden ser dos juntas o una que se va a partir en dos, sin sentido en el aire alto contra el cielo fatigado; otras más, pequeñas, parecen juguetes de cosas poderosas, bolas irregulares de un juego absurdo, sólo a un lado, en un gran aislamiento, frías.

Nubes... Me interrogo y me desconozco. No he hecho nada útil ni haré justificable. He gastado la parte de mi vida que no perdí en interpretar confusamente cualquier cosa, haciendo versos en prosa las sensaciones intransmisibles con las que hago mío el universo desconocido. Estoy harto de mí, objetiva y subjetivamente. Estoy harto de todo, y del todo de todo. Las nubes... Lo son todo, desmantelamientos de lo alto, cosas que ya sólo son reales entre la tierra nula y el cielo que no existe; harapos indescriptibles del tedio que les impongo; niebla condensada en amenazas de color ausente; algodones sucios de un hospital sin paredes. Nubes... Son como yo, un pasaje deshecho entre el cielo y la tierra, al sabor de un impulso invisible, tronando o no tronando, alegrando blancas u oscureciendo negras, ficciones del intervalo y del descamino, lejos del ruido de la tierra y sin tener el silencio del cielo. Nubes... Continúan pasando, continúan siempre pasando, pasarán siempre continuando, en un enrollamiento discontinuo de madejas desvaídas, en un alargamiento difuso de falso cielo deshecho.

### 322.

Fluido, el abandono del día finaliza entre púrpuras agotados. Nadie me dirá quién soy, ni sabrá quién fui. Descendí de la montaña ignorada al valle que ignoraría, y mis pasos fueron, en la lenta tarde, vestigios dejados en los claros del bosque. Todos los que amé me olvidaron en la sombra. Nadie supo del último barco. En el correo no había noticia de la carta que nadie habría de escribir.

Pero todo era falso. No contaron historias que otros hubiesen contado, ni se sabe seguro de lo que partió una vez, en la esperanza del embarque falso, hijo de la bruma futura y de la indecisión por venir. Tengo nombre entre los que tardan, y ese nombre es sombra como todo.

### 323.

**Floresta**

¡Pero ay, ni la alcoba era cierta –era la alcoba vieja de mi infancia perdida! Como una niebla, se alejó, atravesó materialmente las paredes blancas de mi cuarto real, y este emergió nítido y menor que la sombra, como la vida y el día, como el paso del carrocero y el sonido vago del látigo que pone los músculos a levantarse del cuerpo tendido de la bestia somnolienta.

### 324.

¡Cuántas cosas, que damos por ciertas o justas, no son más que los vestigios de nuestros sueños, el sonambulismo de nuestra incomprensión! ¿Sabe acaso alguien lo que es justo o correcto? ¡Cuántas cosas, que tenemos por bellas, no son más que el uso del tiempo, la ficción del lugar y la hora! ¡Cuántas cosas, que tenemos por nuestras, no son más que aquello de lo que somos perfectos espejos, o envolturas transparentes, ajenas en la sangre a la raza de su naturaleza!

Cuanto más medito sobre la capacidad, que tenemos, de engañarnos, más se escurre entre los dedos flojos la arena fina de las certezas deshechas. Y todo el mundo me surge, en momentos en que la meditación se convierte en un sentimiento, y con eso mi mente se obnubila, como una bruma hecha de sombra, un crepúsculo de los ángulos y de las aristas, una ficción del interludio, una demora de la antemañana. Todo se me transforma en un absoluto muerto de sí mismo, un estancamiento de pormenores. Y los mismos sentidos con que transfiero la meditación para olvidarla, son una especie de sueño, algo remoto y secuaz, intersticio, diferencia, acaso de las sombras y de la confusión.

En esos momentos, en que comprendería a los ascetas y a los retirados, si hubiese en mí el poder de comprender a los que se empeñan en cualquier esfuerzo con fines absolutos, o en cualquier creencia capaz de producir un esfuerzo, crearía, si pudiese, toda una estética del desconsuelo, una rítmica íntima de canción de cuna, colada por las ternuras de la noche en grandes alejamientos de otros hogares.

Me encontré hoy en calles, separadamente, a dos amigos míos que se habían enfadado el uno con el otro. Cada uno me contó la historia de por qué se habían enfadado. Cada uno me contó la verdad. Cada uno me contó sus razones. Ambos tenían toda la razón. No era que uno viera una cosa y el otro otra, o que uno viera un lado de las cosas y el otro un lado diferente. No: cada uno veía las cosas exactamente como habían pasado, cada uno las veía con un criterio idéntico al del otro, pero cada uno veía una cosa diferente, y cada uno, por tanto, tenía razón.

Quedé confuso de esta doble existencia de la verdad.

### 325.

Como los días en que la tormenta se prepara y los ruidos de la calle hablan alto con una voz solitaria.

La calle se frunció con la luz intensa y pálida, y la negrura sucia tembló, de este a oeste del mundo, con un estruendo hecho de descoyuntamientos reverberantes... La tristeza dura de la lluvia bruta empeoró el aire negro de intensidad fea. Frío, tibio, caliente –todo al mismo tiempo–, el aire en todas partes estaba errado. Y, a continuación, por la amplia sala, una cuña de luz metálica abrió brecha entre los restos de cuerpos humanos, y, con un sobresalto helado, un pedrusco de sonido golpeó por todas partes, desfalleciendo en un silencio duro. El sonido de la lluvia disminuyó como una voz de menos peso. El ruido de las calles disminuyó angustiosamente. Nueva luz, de un amarilleado rápido, entolda la negrura sorda, pero ahora había una respiración posible antes de que el puño de sonido trémulo resonase súbito desde otro punto; como una despedida furiosa, la tormenta empezaba a no estar aquí.

... con un susurro arrastrado y final, sin luz en la luz que aumentaba, el temblor de la tormenta se calmaba en las distancias lejanas –rodaba en Almada...

Una súbita luz formidable se hizo añicos. Se astilló dentro de los cerebros y los pensamientos. Todo se astilló. Todo se detuvo. Los corazones se pararon por un momento. Todos son personas muy sensibles. El silencio aterra como si hubiese muerte. El sonido de la lluvia que aumenta alivia como lágrimas de todo. Hay plomo.

### 326.

La espada de un relámpago flojo giró sombríamente en la amplia sala. Y el sonido por venir, suspendido durante una amplia respiración, retumbó, emigrando profundo. El sonido de la lluvia lloró alto, como plañideras en intervalos de discursos. Los pequeños sonidos se destacaron en el interior, inquietos.

### 327.

... ese episodio de la imaginación que llamamos realidad.

Hace dos días que llueve y que cae del cielo ceniciento y frío una cierta lluvia, del color que tiene, que aflige el alma. Hace dos días... Estoy triste de sentir, y lo pienso en la ventana con el sonido del agua que gotea y la lluvia que cae. Tengo el corazón oprimido y los recuerdos transformados en angustias.

Sin sueño, ni razón para tenerlo, hay en mí una gran voluntad de dormir. Hace tiempo, cuando era niño y feliz, vivía en una casa del patio de al lado la voz de un papagayo verde de colores. Nunca, en los días de lluvia, se le entristecía la voz, y clamaba, sin dudar desde su refugio, algún sentimiento constante, que se cernía sobre la tristeza como un gramófono anticipado.

¿Pensé en este papagayo porque estoy triste, y la infancia lejana me lo recuerda? No, pensé en él realmente, porque desde el patio vecino de ahora, una voz de papagayo grita enrevesadamente.

Todo se me confunde. Cuando creo que recuerdo, es otra cosa lo que pienso; si veo, ignoro, y cuando me distraigo, veo nítidamente.

Doy la espalda a la ventana gris, de vidrios fríos a las manos que la tocan. Y llevo conmigo, por un sortilegio de penumbra, de repente, el interior de la casa antigua, fuera de la cual, en el patio de al lado, el papagayo gritaba: y mis ojos se adormecen de toda la irreparabilidad de haber efectivamente vivido.

### 328.

Sí, es el ocaso. Llego a la hoz de la Rua da Alfândega, lento y disperso, y, al clarearme el Terreiro do Paço, veo nítido el sin sol del cielo occidental. Ese cielo es de un verde azulado y blanco grisáceo donde, del lado izquierdo, sobre los montes del otro margen, se esconde, amontonada, una niebla acastañada de color de rosa muerto. Hay una gran paz que no tengo dispersa fríamente en el aire otoñal abstracto. Sufro de no tener el placer vago de suponer que existe. Pero, en realidad, no hay paz ni falta de paz: cielo sólo, cielo de todos los colores que desmayan: azul blanco, verde aún azulado, gris pálido entre verde y azul, vagos tonos remotos de colores de nubes que no son, amarilladamente oscurecidas de rojo final. Y todo esto es una visión que se apaga en el mismo momento en que se tiene, un intervalo entre nada y nada, alado, puesto alto, en tonalidades de cielo y pena, prolijo e indefinido.

Siento y olvido. Una saudade, que es la de todos por todo, me invade como un opio del aire frío. Hay en mí un éxtasis de ver, íntimo y postizo. A los lados de la barra, donde al haber cesado el sol cada vez se acaba más, la luz se extingue en blanco lívido que se azula de un enverdecido frío. Hay en el aire un torpor de lo que no se consigue nunca. Calla alto el paisaje del cielo.

En esta hora, en que me siento hasta desbordar, quisiera tener la malicia entera de decir, el capricho libre de un estilo por destino. Pero no, sólo el alto cielo lo es todo, remoto, aboliéndose, la emoción que tengo, y que es tantas, juntas y confusas, no es más que el reflejo de ese cielo nulo en un lago en mí –lago recluso entre roquedos verticales, callado, mirada de muerto, en el que la altura se contempla, olvidada.

Tantas veces, tantas, como ahora, me ha pesado sentir que siento –sentir como angustia sólo por sentir, la inquietud de estar aquí, la saudade de otra cosa que no se conoció, el ocaso de todas las emociones, amarillearme descolorido hacia la tristeza gris en mi conciencia externa de mí.

Ay, ¿quién me salvará de existir? No es la muerte lo que quiero, ni la vida: es esa otra cosa que brilla en el fondo del ansia como un diamante posible en una cueva a la que no se puede descender. Es todo el peso y toda la pena de este universo real e imposible, de este cielo estandarte de un ejército desconocido, estos tonos que empalidecen por el aire ficticio, de donde el creciente imaginario de la luna emerge en una blancura eléctrica parada, recortada a lejos y a insensible.

Es toda la falta de un Dios verdadero la que es el cadáver vacío del cielo alto y del alma cerrada. ¡Cárcel infinita –porque eres infinito, no se puede huir de ti!

### 329.

Con qué lujuria y trascendente // yo, a veces, paseando de noche en las calles de la ciudad y mirando, desde dentro del alma, las líneas de los edificios, las diferencias de las construcciones, las minuciosidades de su arquitectura, la luz en algunas ventanas, las macetas con plantas haciendo irregularidades en los balcones –contemplando todo esto, dije, con qué alegría de intuición me subía a los labios de la conciencia este grito de redención: ¡pero nada de esto es real!

### 330.

Todo se penetra. La lectura de los clásicos, que no hablan de ocasos, me ha tornado inteligibles muchos ocasos, en todos sus colores. Hay una relación entre la competencia sintáctica, por la cual se distingue el valor del pero, del más, y del sin embargo, y la capacidad de comprender cuándo el azul del cielo es realmente verde, y qué parte de amarillo existe en el verde azul del cielo.

En el fondo, es lo mismo: la capacidad de distinguir y de sutilizar. Sin sintaxis no hay emoción duradera. La inmortalidad es una función de los gramáticos.

### 331.

**Paisaje de lluvia (II)**

Toda la noche, y a través de las horas, el rumor de la lluvia fluyó. Toda la noche, conmigo entredespierto, su monotonía fría insistió en mis ventanas. Ora un rasgo de viento, en aire más alto, azotaba, y el agua ondeaba de sonido y pasaba manos rápidas por la ventana; ora un sonido sordo sólo hacía sueño en el exterior muerto. Mi alma era la misma de siempre, entre sábanas como entre personas, dolorosamente consciente del mundo. Tardaba el día como la felicidad, y aquella hora parecía que tardaba indefinidamente.

¡Si el día y la felicidad nunca viniesen! Si esperar, al menos, pudiese sin tener siquiera la desilusión de conseguir.

El sonido casual de un coche lento, áspero saltando en las piedras, crecía desde el fondo de la calle, traqueteaba bajo la ventana, se apagaba hacia el fondo del vago sueño que yo no conseguía del todo. Golpeaba, de vez en cuando, una puerta de escalera. A veces se oía un repiqueteo líquido de pasos, un rozar entre sí de ropas mojadas. Una u otra voz, cuando los pasos eran más, sonaba fuerte y atacaba. Después el silencio volvía, con los pasos que se apagaban, y la lluvia continuaba, innumerablemente.

En las paredes oscuramente visibles de mi habitación, si yo abría los ojos del sueño falso, flotaban fragmentos de por hacer, vagas luces, trazos negros, cosas de nada que subían y bajaban. Los muebles, mayores que de día, manchaban vagamente el absurdo de la oscuridad. La puerta estaba indicada por algo ni más blanco ni más negro que la noche, sino diferente. En cuanto a la ventana, yo sólo la oía.

Nueva, fluida, incierta, la lluvia sonaba. Los momentos tardaban al sonido de ella. La soledad de mi alma se ensanchaba, se extendía, envolvía lo que sentía, lo que quería, lo que iba a soñar. Los objetos vagos, participantes, en la sombra, de mi insomnio, empezaron a tener un lugar y un dolor en mi desolación.

## 332.

**Sueño triangular (I)**

La luz se había tornado de un amarillo exageradamente lento, un amarillo sucio de lividez. Los intervalos entre las cosas habían crecido, y los sonidos, más espaciados de una manera nueva, se sucedían desligadamente. Cuando se oían acababan de repente, como cortados. El calor, que parecía haber aumentado, parecía estar, el calor, frío. Por la ligera rendija de la ventana se veía la actitud de exagerada expectativa del único árbol visible. Su verde era otro. El silencio le había entrado como un color. En la atmósfera se habían cerrado pétalos. Y en la propia composición del espacio una interrelación diferente de algo parecido a los planos había alterado y quebrado el modo de los sonidos, de las luces y de los colores de usar la extensión.

## 333.

¡Aparte de esos sueños vulgares, que son las vergonzosas corrientes de las alforjas del alma, que nadie osará confesar, y oprimen las vigilias como fantasmas sucios, viscosidades y burbujas sebosas de la sensibilidad reprimida, lo que de ridículo, lo que de aterrador e indecible, el alma puede, aunque con esfuerzo, reconocer en sus recovecos!

El alma humana es un manicomio de caricaturas. Si un alma pudiera revelarse con verdad, y no hubiese un pudor más profundo que todas las vergüenzas conocidas y definidas, sería, como dicen de la verdad, un pozo, pero un pozo siniestro lleno de ecos vagos, habitado por vidas innobles, viscosidades sin vida, babosas sin ser, mocos de la subjetividad.

### 334.

Quien quisiera hacer un catálogo de monstruos sólo tendría que fotografiar en palabras aquellas cosas que la noche trae a las almas somnolientas que no consiguen dormir. Esas cosas tienen toda la incoherencia del sueño sin la disculpa desconocida de estar durmiéndose. Revolotean como murciélagos sobre la pasividad del alma, o vampiros que chupan la sangre de la sumisión.

### 335.

Cuando vine por primera vez a Lisboa, se oía, en el piso de arriba de donde vivíamos, un sonido de piano tocado en escalas, aprendizaje monótono de la niña que nunca vi. Descubro hoy que, por procesos de infiltración que desconozco, tengo aún en las cuevas del alma, audibles si abren la puerta de abajo, las escalas repetidas, tecleadas, de la niña hoy otra señora, o muerta y cerrada en un lugar blanco donde verdean negros los cipreses.

Yo era niño, y hoy no lo soy; el sonido, sin embargo, es igual en el recuerdo que en la verdad, y tiene, perennemente presente, si se yergue de donde finge que duerme, el mismo tecleo lento, la misma rítmica monotonía. Me invade, de considerarlo o sentirlo, una tristeza difusa, angustiosa, mía.

No lloro la pérdida de mi infancia; lloro que todo, y en ello (mi) infancia, se pierda. Es la fuga abstracta del tiempo, no la fuga concreta del tiempo que es mío, lo que me duele en el cerebro físico por la recurrencia repetida, involuntaria, de las escalas de piano de allá arriba, terriblemente anónimo y distante. Es todo el misterio de que nada dura lo que martillea repetidamente cosas que no llegan a ser música, pero son saudade, en el fondo absurdo de mi recuerdo.

Insensiblemente, en un levantamiento visual, veo la salita que nunca vi, donde la aprendiza que nunca conocí está aún hoy relatando, dedo a dedo cuidadoso, las escalas siempre iguales de lo que ya está muerto. Veo, voy viendo más, reconstruyo viendo. Y toda la casa de arriba, nostálgica hoy pero no ayer, se eleva ficticia desde mi contemplación desentendida.

Supongo, sin embargo, que en todo esto estoy traducido, que la añoranza que siento no es realmente mía, ni realmente abstracta, sino la emoción interceptada de no sé qué tercero, para quien estas emociones, que en mí son literarias, fuesen –Vieira diría– literales. Es en mi suposición de sentir donde me duele y angustia, y las saudades, a cuya sensación se marean mis propios ojos, es por imaginación y otredad que las pienso y las siento.

Y siempre, con una constancia que viene del fondo del mundo, con una persistencia que estudia metafísicamente, suenan, suenan, suenan, las escalas de quien aprende piano, por la espina dorsal física de mi recuerdo. Son las calles antiguas con otra gente, hoy las mismas calles distintas; son personas muertas que me están hablando, a través de la transparencia de su ausencia hoy; son remordimientos de lo que hice o no hice, sonidos de arroyos en la noche, ruidos abajo en la casa en silencio.

Tengo ganas de gritar dentro de la cabeza. Quiero parar, aplastar, partir ese imposible disco gramofónico que suena dentro de mí en casa ajena, torturador intangible. Quiero mandar parar el alma, para que ella, como un vehículo que me ocupase, avance sola y me deje. Odio tener que oír. Y por fin soy yo, en mi cerebro directamente sensible, en mi piel estremecida, en mis nervios puestos al desnudo, las teclas tecladas en escalas, oh piano horroroso y personal de nuestro recuerdo.

Y siempre, siempre, como en una parte del cerebro que se hiciese independiente, suenan, suenan, suenan las escalas allá abajo allá arriba, de la primera casa de Lisboa donde vine a vivir.

## 336.

Es la última muerte del Capitán Nemo. En breve moriré también.
Fue toda mi infancia pasada la que en ese momento quedó privada de poder durar.

## 337.

El olfato es una vista extraña. Evoca paisajes sentimentales por un dibujo súbito del subconsciente. He sentido esto muchas veces. Paso por una calle. No veo nada, o más bien, mirándolo todo, veo como toda la gente ve. Sé que voy por una calle y no sé que existe con lados hechos por casas diferentes construidas para gente humana. Paso por una calle. De una panadería sale un olor a pan nauseabundo por dulce: y mi infancia se levanta desde determinado barrio distante, y otra panadería me surge desde aquel reino de las hadas que es todo lo que se nos murió. Paso por una calle. Huele de repente a las frutas del tablero inclinado de la tienda estrecha; y mi breve vida de campo, no sé ya cuándo ni dónde, tiene árboles al final y sosiego en mi corazón, indiscutiblemente niño. Paso por una calle. Me trastorna, sin que lo espere, un olor a las cajas del carpintero: Cesário mío, te apareces y yo soy al fin feliz porque regresé, a través de la memoria, a la única verdad, que es la literatura.

## 338.

Oh noche donde las estrellas mienten su luz, oh noche, única cosa del tamaño del Universo, hazme, cuerpo y alma, parte de tu cuerpo, que yo me pierda en ser mera tiniebla y me vuelva noche también, sin sueños que sean estrellas en mí, sin sol que ilumine el futuro.

## 339.

Primero es un sonido que hace otro sonido, en el cóncavo nocturno de las cosas. Después es un aullido vago, acompañado por el oscilar rasco de los carteles de la calle. Después, aún, hay un alto súbito en la voz bramada del espacio, y todo se estremece, no oscila, y hay silencio en el miedo de todo esto como un miedo sordo que ve otro miedo mudo pasar.

Después no hay nada más que el viento, sólo el viento, y me fijo con sueño en que las puertas se estremecen presas y las ventanas dan el sonido del cristal que se resiste.

No duermo. Entresoy. Tengo vestigios en la conciencia. Pesa en mí el sueño sin que la inconsciencia pese... No sé nada. El viento... Despierto y reduermo, y aún no dormí. Hay un paisaje de sonido alto y torvo más allá de que me desconozco. No me conozco. Gozo, recatado, la posibilidad de dormir. En efecto duermo, pero no sé si duermo. Hay siempre en lo que creo que es el sueño, un sonido de fin de todo, el viento en lo oscuro, y, si escucho más, el sonido conmigo de los pulmones y del corazón.

## 340.

Después de que el final de los astros se emblanqueció hasta la nada en el cielo matutino, y la brisa se tornó menos fría en el amarillo mal anaranjado de la luz sobre las pocas nubes bajas, pude por fin, yo que no dormí, levantar lentamente el cuerpo exhausto de la cama desde donde había pensado el universo.

Llegué a la ventana con los ojos calientes de no estar cerrados. Por sobre los tejados densos la luz hacía diferencias de amarillo pálido. Me quedé a contemplarlo todo con la gran estupidez de la falta de sueño. En los bultos erguidos de las casas altas, el amarillo era aéreo y nulo. En el fondo de occidente, hacia donde yo miraba, el horizonte ya era de un blanco verde.

Sé que el día va a ser para mí pesado como no percibir nada. Sé que todo cuanto hoy haga va a participar, no del cansancio del sueño que no tuve, sino del insomnio que tuve. Sé que voy a experimentar un sonambulismo más acentuado, más epidérmico, no sólo porque no dormí, sino porque no pude dormir.

Hay días que son filosofías, que nos insinúan interpretaciones de la vida, que son notas marginales, llenas de gran crítica, en el libro de nuestro destino universal. Este día es uno de los que siento así. Me parece, absurdamente, que es con mis ojos pesados y mi cerebro nulo que, lápiz absurdo, se van trazando las letras del comentario inútil y profundo.

## 341.

La libertad es la posibilidad de aislamiento. Eres libre si puedes alejarte de los hombres, sin que obligue a buscarlos la necesidad de dinero, o la necesidad gregaria, o el amor, o la gloria, o la curiosidad, que en el silencio y en la soledad no pueden tener alimento. Si te resulta imposible vivir solo, naciste esclavo. Puedes tener todas las grandezas del espíritu, todas las del alma: eres un esclavo noble, o un siervo inteligente: no eres libre. Y no está contigo la tragedia, porque la tragedia de nacer así no es tu culpa, sino del Destino consigo mismo solamente. Pero ay de ti si la opresión de la vida, ella misma, te obliga a ser esclavo. Ay de ti, si, habiendo nacido libre, capaz de bastarte y de separarte, la penuria te fuerza a convivir. Esa, sí, es tu tragedia, y la que traes contigo.

Nacer libre es la mayor grandeza del hombre, lo que hace al ermitaño humilde superior a los reyes, e incluso a los dioses, que se bastan por la fuerza, pero no por el desprecio de ella.

La muerte es una liberación porque morir es no necesitar a otros. El pobre esclavo se ve libre a la fuerza de sus placeres, de sus penas, de su vida deseada y continua. Se ve libre el rey de sus dominios, que no quería dejar. Las que repartieron amor se ven libres de los triunfos que adoran. Los que vencieron se ven libres de las victorias para las que su vida se destinó.

Por eso la muerte ennoblece, viste de colores desconocidos el pobre cuerpo absurdo.

Es que allí está un hombre libre, aunque no lo quisiese ser. Es que allí está un esclavo, aunque llorando por perder su servidumbre. Como un rey cuya mayor pompa es su nombre de rey, y que puede ser risible como hombre, pero como rey es superior, así el muerto puede ser deforme, pero es superior, porque la muerte lo liberó.

Cierro, cansado, las puertas de mis ventanas; excluyo el mundo y por un momento tengo la libertad. Mañana volveré a ser esclavo; sin embargo, ahora, solo, sin necesidad de nadie, receloso solamente de que alguna voz o presencia venga a interrumpirme, tengo mi pequeña libertad, mis momentos de *excelsis*.

En la silla, donde me recuesto, olvido la vida que me oprime. No me duele más que haberme dolido.

*342.*

**Sueño triangular (II)**

En mi sueño en el tranvía me estremecí –es que por mi alma de Príncipe Lejano pasó un escalofrío de presagio...

Un silencio ruidoso de amenazas invadió como una brisa lívida la atmósfera visible de la salita.

Todo esto por haber un brillo excesivo e inquietante en el luar sobre el océano que no se ondula ya, sino que se estremece; se volvió evidente –y yo aún no los oí– que hay cipreses al pie del palacio del Príncipe.

El acero del primer relámpago volteó vagamente a lo lejos... Es color de relámpago el luar sobre el mar alto y todo esto es ser ruinas ya y pasado retirado a mi palacio del príncipe que nunca fui...

Con un ruido soturno y aproximándose el navío corta las aguas, la salita se oscurece lívidamente, y no murió, no está atrapado en ningún sitio, no sé qué se hizo de él –del príncipe– ¿qué gélida cosa desconocida es ahora el destino para él?

*343.*

La única manera de tener sensaciones nuevas es construirte un alma nueva.

Baldío esfuerzo el tuyo si quieres sentir otras cosas sin sentir de otra manera, y sentir de otra manera sin cambiar de alma. Porque las cosas son como nosotros las sentimos –¿hace cuánto tiempo que sabes esto sin saberlo?– y el único modo de haber cosas nuevas, de sentir cosas nuevas es haber novedad en el sentirlas.

Muda de alma. ¿Cómo? Descúbrelo tú.

Desde que nacemos hasta que morimos cambiamos de alma lentamente, como de cuerpo. Consigue un medio de hacer rápida esa mudanza, como en ciertas enfermedades, o ciertas convalecencias, rápidamente el cuerpo se nos muda.

No bajes nunca a dar conferencias, para que no parezca que tenemos opiniones, o que bajamos al público para hablar con él. Si él quiere, que nos lea.

Además, el conferenciante parece actor, criatura que el buen artista desprecia, el esquinero del Arte.

### 344.

Descubrí que pienso siempre, y atiendo siempre, dos cosas al mismo tiempo. Todo el mundo, supongo, será un poco así. Hay ciertas impresiones tan vagas que sólo después, porque nos acordamos de ellas, sabemos que las tuvimos; de esas impresiones, creo, se formará una parte –la parte interna, tal vez– de la doble atención de todos los hombres. Sucede conmigo que tienen igual relevo las dos realidades a las que atiendo. En esto consiste mi originalidad. En esto, tal vez, consiste mi tragedia, y su comedia.

Escribo atentamente, curvado sobre el libro en el que anoto con asientos la historia inútil de una firma oscura; y al mismo tiempo mi pensamiento sigue, con igual atención, la ruta de un navío inexistente por paisajes de un oriente que no existe. Las dos cosas están igualmente nítidas, igualmente visibles ante mí: la hoja donde escribo con cuidado, en las líneas pautadas, los versos de la epopeya comercial de Vasques y Cía., y el tranvía donde veo con cuidado, cerca de la pauta alquitranada de los intersticios de las tablas, las sillas largas alineadas, y las piernas salientes de los que descansan en el viaje.

Se interpone el saliente de la sala de fumadores; por eso sólo las piernas se ven.

Avanzo la pluma hacia el tintero y desde la puerta de la sala de fumadores –aquí mismo al pie de donde siento que estoy– sale el bulto del desconocido. Me da la espalda y avanza hacia los demás. Su modo de andar es lento y las caderas no dicen mucho. Es inglés. Empiezo otro asiento. Tanto vi que me iba engañando. Es a débito y no a crédito de la cuenta de Marques. (Lo veo gordo, amable, chistoso, y, en un momento, el navío desaparece).

Si yo fuera atropellado por una bicicleta de niño, esa bicicleta de niño se convertiría en mi historia.

## 345.

Reconozco hoy que fallé; sólo me asombro, a veces, de no haber previsto que fallaría. ¿Qué había en mí que pronosticase un triunfo? Yo no tenía la fuerza ciega de los vencedores, o la visión certera de los locos... Estaba lúcido y triste como un día frío.

Las cosas claras reconfortan, y las cosas al sol reconfortan. Ver pasar la vida bajo un día azul me compensa de muchas otras cosas. Olvido indefinidamente, olvido más de lo que podría recordar. Mi corazón translúcido y aéreo está penetrado por la suficiencia de las cosas, y mirar me basta cariñosamente. Nunca fui más que una visión incorpórea, despojada de toda alma salvo un vago aire que pasó y que veía.

Tengo elementos espirituales de un bohemio, de esos que dejan a la vida ir como una cosa que se escapa de las manos y en el momento exacto en que el gesto de obtenerla duerme en la mera idea de hacerlo. Pero no tuve la compensación externa del espíritu bohemio –el descuido fácil de las emociones inmediatas y abandonadas. Nunca fui más que un bohemio aislado, lo cual es absurdo; o que un bohemio místico, que es otra cosa imposible.

Ciertas horas-intervalos que he vivido, horas delante de la Naturaleza, esculpidas en la ternura del aislamiento, se quedarán conmigo para siempre como medallas. En esos momentos olvidé todos mis propósitos de vida, todas mis direcciones deseadas. Disfruté de no ser nada con una plenitud de bonanza espiritual, cayendo en el regazo azul de mis aspiraciones. No gocé nunca, tal vez, una hora indeleble, exenta de un fondo espiritual de fracaso y de desánimo. En todas mis horas libres un dolor dormía, florecía vagamente, por detrás de los muros de mi conciencia, en otras quintas; pero el aroma y el color mismo de esas flores tristes atravesaban intuitivamente los muros, y el lado de allá de ellas, donde florecían las rosas, nunca dejaba de ser, en el misterio confuso de mi ser, un lado de aquí borroso en mi somnolencia de vivir.

Fue en un mar interior donde el río de mi vida terminó. Alrededor de mi solar soñado todos los árboles estaban en el otoño. Este paisaje circular es la corona de espinas de mi alma. Los momentos más felices de mi vida fueron sueños, y sueños de tristeza, y me veía en sus lagos como un Narciso ciego, que disfrutase el frescor cercano del agua, sintiéndose inclinado sobre ella, por una visión previa y nocturna, reservada en secreto a las emociones abstractas, vivida en los recovecos de la imaginación con un cuidado maternal en preferirla.

Tus collares de perlas falsas amaron conmigo las horas mejores. Eran claveles las flores preferidas, quizá porque no significaban refinamientos. Tus labios festejaban sobriamente la ironía de su propia sonrisa. ¿Comprendías bien tu destino? Por conocerlo sin que lo comprendieses el misterio escrito en la tristeza de tus ojos había sombreado tus labios desistidos. Nuestra Patria estaba demasiado lejos para rosas. En las cascadas de nuestros jardines, el agua estaba pelúcida de silencios. En las pequeñas cavidades rugosas de las piedras, por donde el agua escogía, había secretos que tuvimos de niños, sueños del tamaño parado de nuestros soldados de plomo, que podían ponerse en las piedras de la cascada, en la ejecución estática de una gran acción militar, sin que faltase nada a nuestros sueños, ni nada tardase a nuestras suposiciones.

Sé que fracasé. Disfruto de la voluptuosidad indeterminada del fracaso como quien da un aprecio exhausto a una fiebre que lo enclaustra.

Tuve un cierto talento para la amistad, pero nunca tuve amigos, bien porque ellos me faltasen, o bien porque la amistad que concebí era un error de mis sueños. Viví siempre aislado, y cada vez más aislado, cuando más atención me di a mí.

## 346.

Flota a la superficie del cansancio algo áureo que hay sobre las aguas cuando el sol final las abandona. Me veo como el lago que imaginé, y lo que veo en ese lago soy yo. No sé cómo expliqué esta imagen, o este símbolo, ni este yo en el que me figuro. Pero lo que tengo como cierto es que veo, como si de hecho viese, un sol detrás de las montañas, dando rayos perdidos sobre el lago que los recibe en oro oscuro.

Uno de los maleficios de pensar es ver cuando se está pensando. Los que piensan con el raciocinio están distraídos, los que piensan con su emoción están durmiendo. Los que piensan con la voluntad están muertos. Yo, no obstante, pienso con la imaginación, y todo cuanto debería ser en mí razón, o pena, o impulso, se me reduce a algo indiferente y distante, como este lago muerto entre acantilados donde lo último del sol cuelga en su partida.

Porque paré, se estremecieron las aguas. Porque reflexioné, el sol se recogió. Cierro los ojos lentos y llenos de sueño, y no hay dentro de mí más que una región lacustre donde la noche empieza a dejar de ser día en un reflejo castaño oscuro de aguas de donde las aguas surgen.

Porque escribí, no dije nada. Mi impresión es que lo que existe está siempre en otra región, más allá de los montes, y que hay grandes viajes por hacer si tenemos almas con las que dar pasos.

Cesé, como el sol en mi paisaje. No queda, de lo que fue dicho o visto, más que una noche ya cerrada, llena de brillo muerto de lagos, en una planicie sin patos salvajes, muerta, fluida, húmeda y siniestra.

### 347.

No creo en el paisaje. No lo digo porque crea en «el paisaje es un estado del alma» de Amiel, uno de los buenos momentos verbales de su insoportable interioridad. Lo digo porque no lo creo.

### 348.

En mi alma innoble y profunda registro, día a día, las impresiones que forman la sustancia externa de mi conciencia de mí. Las pongo en palabras vacías, que me abandonan en cuanto las escribo, y vagan, independientes de mí, por laderas y praderas de imágenes, por áreas de conceptos, por avenidas de confusiones. Esto de nada me sirve, pues nada me sirve de nada. Pero me desaflijo escribiendo, como quien respira mejor sin que la enfermedad haya pasado.

Hay quien, estando distraído, escribe trazos y nombres absurdos en el secante de bordes apretados. Estas páginas son los garabatos de mi inconsciencia intelectual de mí mismo. Las relleno en una modorra de sentirme, como un gato al sol, y las releo, a veces con un vago asombro tardío, como de haberme acordado de una cosa que siempre olvidé.

Cuando escribo, me visito solemnemente. Tengo habitaciones especiales, recordadas por otros en los intersticios de la figuración, donde me deleito analizando lo que no siento, y me examino como un cuadro en la sombra.

Perdí, antes de nacer, mi castillo antiguo. Se vendieron, antes de que yo fuese, los tapices de mi palacio ancestral. Mi solar de antes de la vida cayó en ruinas, y sólo en ciertos momentos, cuando la luz de la luna nace en mí sobre los juncos del río, me enfría la saudade de los lados donde el resto desdentado de los muros se recorta negro contra el cielo de azul oscuro blanqueado hasta amarillo de leche.

Me reconozco en las esfinges. Y del regazo de la reina que me habla cae, como en un episodio de bordado inútil, el carrete olvidado de mi alma. Rueda bajo el mostrador de embutidos, y hay algo en mí que lo sigue como ojos hasta que se pierde en un gran horror de túmulo y de final.

## 349.

Nunca duermo: vivo y sueño, o más bien, sueño en vida y durmiendo, que también es vida. No hay interrupción en mi conciencia: siento lo que me rodea si no duermo aún, o no duermo bien; empiezo después a soñar desde que de verdad duermo. Así lo que soy es un perpetuo despliegue de imágenes, conectadas o desconectadas, fingiendo siempre ser externas, unas puestas entre los hombres y la luz, si estoy despierto, otras puestas entre los fantasmas y la sin luz que se ve, si estoy durmiendo. Verdaderamente, no sé cómo distinguir una cosa de otra, ni me atrevo a afirmar si no duermo cuando estoy despierto, si no estoy despierto cuando duermo.

La vida es un ovillo que alguien enmarañó. Hay un sentido en ella, si está desenrollada y extendida, o se envuelve bien. Pero tal como está, es un problema sin ovillo propio, un embrollo sin lugar.

Siento esto, que después escribiré, porque ya voy soñando las frases que decir, cuando, a través de la noche de medio dormir, siento, junto con los paisajes de sueños vagos, el ruido de la lluvia allá fuera, volviéndonos más difusos aún. Son adivinanzas del vacío, trémulas de abismo, y a través de ellas se extiende, inútil, la planicie externa de la lluvia constante, minucia abundante del paisaje del olvido. ¿Esperanza? Nada. Del cielo invisible desciende la pena-agua que el viento alza. Continúo durmiendo.

Era, sin duda, en las alamedas del parque donde pasó la tragedia que resultó ser vida.

Eran dos y hermosos y deseaban ser otra cosa; el amor les tardaba en el tedio del futuro, y la saudade de lo que habría de ser vida ya era luar del amor que no habían tenido. Así, a la luz de la luna de los bosques próximos, pues a través de ellos se colaba la luna, paseaban, de la mano, sin deseos ni esperanzas, a través del desierto propio de las zonas abandonadas. Eran niños completamente, porque no lo eran en realidad. De callejón en callejón, siluetas entre árbol y árbol, recorrían en papel recortado aquel paisaje de nadie.

Y así desaparecieron hacia los estanques, cada vez más juntos y separados, y el ruido de la lluvia vaga que cesa es de los surtidores del lugar a donde iban. Soy el amor que ellos tuvieron y por eso los sé oír en la noche en que no duermo, y también sé vivir infeliz.

## 350.

**Paciencias**

Las viejas tías de los que las tuvieron, en las tardes a petróleo de las casas vagas de la provincia, se entretenían el rato en que la criada se adormila al sonido creciente de la tetera con la ociosidad metódica y repetida de hacer solitarios con cartas. Alguien que se coloca en mi lugar tiene saudades en mí de ese sosiego inútil. Viene el té y la baraja vieja se amontona regular al borde de la mesa. El aparador enorme oscurece la sombra, en el comedor apenumbrado. Suda de sueño la cara de la criada apresurada lentamente por acabar. Veo todo eso en mí con una angustia y una saudade independientes de tener relación con cualquier cosa. Y, sin querer, me pongo a ponderar cuál es el estado de espíritu de quien hace solitarios con cartas.

## 351.

No es en los amplios campos ni en los jardines grandes donde veo llegar la primavera. Es en los pocos árboles pobres de una plaza pequeña de la ciudad. Allí el verdor destaca como una limosna y es alegre como una buena tristeza.

Amo estas plazas solitarias, intercaladas entre calles de poco tráfico, y ellas mismas sin más tráfico que las calles. Son claros inútiles, cosas que esperan, entre tumultos lejanos. Son algo de aldea en la ciudad.

Paso por ellas, subo cualquiera de sus calles afluentes, después bajo de nuevo esa calle, para regresar a ellas. Visto desde el otro lado es diferente, pero la misma paz deja dorar de saudade súbita –sol en el ocaso– el lado que no vi a la ida.

Todo es inútil, y yo lo siento como tal. Cuanto viví se me olvidó como si lo oyera distraído. Cuanto seré no lo recuerdo como si lo hubiera vivido y olvidado.

Un ocaso de pena leve flota vago en torno a mí. Todo se enfría, no porque se enfríe, sino porque entré en una calle estrecha y la plaza cesó.

## 352.

La mañana, medio fría, medio tibia, se pasea por las casas raras de las laderas del extremo de la ciudad. Una niebla ligera, llena de despertar, se deshilachaba, sin contornos, en el adormecimiento de las cuestas. (No hacía frío, salvo por tener que recomenzar la vida). Y todo aquello

–toda esa frescura lenta de la mañana leve, era análogo a una alegría que él nunca había podido tener.

El coche descendía lentamente en camino hacia las avenidas. A medida que se aproximaba a la mayor aglomeración de casas, una sensación de pérdida se hacía con su espíritu vagamente. La realidad humana comenzaba a despuntar.

En estas horas matinales, en que la sombra ya desapareció, pero todavía no su peso leve, al espíritu que se deja llevar por los impulsos de la hora le apetece la llegada y el puerto antiguo al sol. Alegraría, no que el instante se fijase, como en los momentos solemnes del paisaje, o en el tranquilo luar sobre el río, sino que la vida hubiese sido otra, de modo que este momento pudiese tener otro sabor que se reconociese más propio.

Se adelgazaba más la bruma incierta. El sol invadía más las cosas. Los sonidos de la vida se acentuaban en el entorno.

Sería seguro, en un momento como estos, no alcanzar nunca la realidad humana para la que nuestra vida está destinada. Quedar suspendido, entre la bruma y la mañana, imponderablemente, no en espíritu, sino en un cuerpo espiritualizado, en vida real alada, apelaba, más que a otra cosa, a nuestro deseo de buscar un refugio, incluso sin razón para buscarlo.

Sentir todo sutilmente nos vuelve indiferentes, salvo para lo que no se puede obtener –sensaciones por llegar a un alma aún en embrión para ellas, actividades humanas congruentes con sentir profundamente, pasiones y emociones perdidas entre logros de otras especies.

Los árboles, en su alineamiento por las avenidas, eran independientes de todo esto.

El momento acabó en la ciudad, como la ladera al otro lado del río cuando el barco llega al muelle. Trajo consigo, mientras no tocó la orilla, el paisaje de la otra orilla pegado a la amurada, aferrándose a la barandilla; ella se despegó cuando se oyó el sonido de la amurada contra las piedras. El hombre de pantalones arremangados sobre las rodillas echó un gancho al cabo, y fue definitivo y concluyente su gesto natural. Terminó metafísicamente en la imposibilidad de nuestra alma de seguir teniendo la alegría de una angustia dudosa. Los muchachos del muelle nos miraban como a cualquier otra persona que no tuviese aquella emoción impropia para la parte útil de los embarques.

## 353.

El calor, como una ropa invisible, da ganas de quitárselo.

## 354.

Ya me sentí inquieto. De repente, el silencio dejó de respirar.

Súbito, de acero, un día infinito se hizo añicos. Me agazapé, animal, sobre la mesa, con las manos como garras inútiles sobre la mesa lisa. Una luz sin alma había entrado en los recovecos y en las almas, y un sonido de una montaña próxima se desplomó desde lo alto, rasgando en un grito sedas del abismo. Mi corazón paró. Me golpeó la garganta. Mi conciencia sólo vio un borrón de tinta sobre el papel.

## 355.

Después de que cesó el calor, y el principio leve de la lluvia creció para oírse, se quedó en el aire una tranquilidad que el aire del calor no tenía, una nueva paz en la que el agua ponía una brisa suya. Tan clara era la alegría de esta lluvia blanda, sin tempestad en la oscuridad, que aquellos mismos, que eran casi todos, que no tenían paraguas ni ropa impermeable, reían y hablaban a su paso rápido por la calle lustrosa.

En un intervalo de indolencia, llegué a la ventana abierta de la oficina –el calor la hizo abrir, la lluvia no la hizo cerrar– y contemplé con atención intensa e indiferente, que es mi modo, lo mismo que acabo de describir con precisión antes de haberlo visto. Sí, allá iba la alegría a los dos banales, hablando sonrientes bajo la lluvia fina, con pasos más rápidos que apresurados, en la claridad limpia del día que se veló.

Pero de repente, desde la sorpresa de una esquina que ya estaba allí, rodó a mi vista un hombre viejo y mezquino, pobre pero no humilde, que seguía impaciente bajo la lluvia que se había suavizado. Este, que ciertamente no tenía propósito, tenía al menos impaciencia. Lo miré con la atención, no ya desatenta, que se da a las cosas, sino definidora, que se da a los símbolos. Era el símbolo de nadie; por eso tenía prisa. Era el símbolo de quien nada había sido, por eso sufría. Era parte, no de los que se sientan a sonreír la alegría incómoda de la lluvia, sino de la misma lluvia: un inconsciente, tanto que sentía la realidad.

No era esto, no obstante, lo que quería decir. Entre mi observación del transeúnte que, al final, perdí inmediatamente de vista, por no seguir mirándolo, y el nexo de estas observaciones se me insertó un misterio de la desatención, una emergencia del alma que me dejó sin capacidad de proseguir. Y al fondo de mi desconexión, sin que yo los oiga, oigo los sonidos de las charlas de los mozos de empaquetado, allá al fondo de la oficina, en la parte que es el principio del almacén, y veo sin ver las cuerdas de embalar de los paquetes postales, pasados dos veces, con los nudos atados dos veces, alrededor de los paquetes en papel pardo fuerte, sobre la mesa bajo la ventana que da al zaguán, entre bromas y tijeras.

Ver es haber visto.

## 356.

En la perfección nítida del día se estanca aun así el aire lleno de sol. No es la presión presente de la tormenta futura, malestar de los cuerpos involuntarios, apagada imprecisión del cielo azul verdadero. Es el torpor sensible de la insinuación del ocio, pluma rozando leve la cara que se adormece. Es estío, pero verano. Apetece el campo hasta a quien no le gusta.

Si yo fuera otra persona, pienso, este sería para mí un día feliz, pues lo sentiría sin pensar en él. Concluiría con una alegría de anticipación mi trabajo normal –aquel que me resulta monótonamente anormal todos los días. Cogería el coche a Benfica, con amigos combinados. Cenaríamos, en pleno fin de sol, entre huertas. La alegría en la que estaríamos sería parte del paisaje, y por todos cuantos nos viesen, reconocida como de allí.

Pero como soy yo, disfruto un poco el poco que es imaginarme ese otro. Sí, entonces él –yo, bajo una parra o árbol, comerá el doble de lo que sé comer, beberá el doble de lo que oso beber, reirá el doble de lo que puedo pensar en reír. Luego él, yo ahora. Sí, un momento fui otro: vi, viví, en otro, esa alegría humilde y humana de existir como un animal en mangas de camisa. ¡Gran día el que me hizo soñar así! Es todo azul y sublime en lo alto como mi sueño efímero de ser un oficinista con buena salud en no sé qué vacaciones de fin de día.

## 357.

El campo es donde no estamos. Allí, sólo allí, hay sombras verdaderas y arbolado verdadero.

La vida es la vacilación entre una exclamación y una interrogación. En la duda, hay un punto final.

El milagro es la pereza de Dios, o más bien, la pereza que Le atribuimos, inventando el milagro.

Los dioses son la encarnación de lo que nunca podremos ser.

El cansancio de todas las hipótesis...

### 358.

La leve embriaguez de la fiebre ligera, cuando un malestar suave y penetrante y frío sale por los huesos doloridos y caliente en los ojos bajo sienes que laten –a ese malestar lo quiero como un esclavo a un tirano amado. Me da esa quebrada pasividad trémula en la que entreveo visiones, doblo esquinas de ideas y entre interpolaciones de sentimientos siento que me descoyunto.

Pensar, sentir, querer se convierten en una sola cosa confusa. Las creencias, las sensaciones, las cosas imaginadas y las cosas realizadas están descolocadas, son como el contenido, mezclado en el suelo, de varios cajones volcados.

### 359.

La sensación de la convalecencia, sobre todo si nos hizo sentir mal en los nervios por la enfermedad que la precedió, tiene algo de alegría triste. Hay un otoño en las emociones y en los pensamientos, o, más bien, uno de aquellos principios de primavera que, salvo que no caen hojas, parecen, en el aire y en el cielo, el otoño.

El cansancio sienta bien, y lo bien que sienta duele un poco. Nos sentimos un poco aparte de la vida, aunque en ella, como en el balcón de la casa en que vivimos. Estamos contemplativos sin pensar, sentimos sin emoción definible. La voluntad se sosiega, pues no hay necesidad de ella.

Es entonces cuando ciertos recuerdos, ciertas esperanzas, ciertos vagos deseos suben lentamente la rampa de la conciencia, como caminantes errantes vistos desde lo alto del monte. Recuerdos de cosas fútiles, esperanzas de cosas que no dolía que no fuesen, deseos que no tuvieron violencia de naturaleza o emisión, que nunca pudieron querer ser.

Cuando el día se ajusta a estas sensaciones, como hoy, que, aunque es verano, está medio nublado con azules, y un vago viento por no ser caliente es casi frío, entonces se acentúa ese estado del alma en que pensamos, sentimos, vivimos estas impresiones. No es que sean más claros los recuerdos, las esperanzas, los deseos que teníamos. Pero se siente más, y su suma incierta pesa un poco, absurdamente, sobre el corazón.

Hay algo distante en mí en este momento. Estoy de hecho en el balcón de la vida, pero no es realmente de esta vida. Estoy encima de ella, y viéndola desde donde la veo. Yace delante de mí, descendiendo en terrazas y resbalamientos, como un paisaje diverso, hasta los humos sobre casas blancas de las aldeas del valle. Si cierro los ojos, sigo viendo, porque no veía. Soy todo yo una vaga saudade, ni del pasado ni del futuro: soy una saudade del presente, anónima, prolija e incomprendida.

### 360.

Los clasificadores de cosas, que son esos hombres de ciencia cuya ciencia es sólo clasificar, ignoran, en general, que lo clasificable es infinito y por lo tanto no se puede clasificar. Pero lo que me asombra es que ignoran la existencia de inclasificables incógnitos, cosas del alma y de la conciencia que están en los intersticios del conocimiento.

Quizá porque yo piense de más o sueñe de más, lo cierto es que no distingo entre la realidad que existe y el sueño, que es la realidad que no existe. Y así intercalo en mis meditaciones del cielo y de la tierra cosas que no brillan de sol o se pisan con pies: maravillas fluidas de la imaginación.

Me doro de ocasos supuestos, pero lo supuesto está vivo en la suposición. Me alegro de brisas imaginarias, pero lo imaginario vive cuando se imagina. Tengo alma por hipótesis varias, pero estas hipótesis tienen alma propia, y me dan por tanto la que tienen.

No hay más problema que el de la realidad, y ese es insoluble y vivo. ¿Qué sé yo de la diferencia entre un árbol y un sueño? Puedo tocar el árbol; sé que tengo el sueño. ¿Qué es esto, en su verdad?

¿Qué es esto? Soy yo que, sólo en la oficina desierta, puedo vivir imaginando sin desventaja de la inteligencia. No sufro, al pensar, interrupción de los escritorios abandonados y de la sección de envíos sólo con papel y cordeles en rollos. Estoy, no en mi silla alta, sino recostado, por una promoción pendiente, en el sillón de brazos redondos de Moreira. Tal vez sea la influencia del lugar lo que me unge de distraído. Los días de calor fuerte me dan sueño; duermo sin dormir por falta de energía. Y por eso pienso así.

### 361.

Ya me cansa la calle, pero no, no me cansa: todo es calle en la vida. Está la taberna de enfrente, que veo si miro por encima del hombro derecho; y está el convento de enfrente, que puedo ver si miro por encima del hombro izquierdo; y, en el medio, que no veré si no me doy la vuelta del todo, el zapatero llena de sonido regular el portal de la oficina de la Compañía Africana. Los otros pisos son indeterminados. En el tercero hay una pensión, dicen que inmoral, pero eso es como toda la vida.

¿Cansarme la calle? Me canso sólo cuando pienso. Cuando miro la calle, o la siento, no pienso: trabajo con un gran reposo íntimo, metido en aquel rincón, escrituralmente nadie. No tengo alma, nadie tiene alma –todo es trabajo en la carne. Lejos, donde se divierten los millonarios, siempre en su propio extranjero, también hay trabajo, y tampoco hay alma. Queda de todo uno u otro poeta. Quién me diera que de mí quedase una frase, una cosa dicha de la que se dijese, *¡Bien hecho!,* como los números que voy inscribiendo, copiándolos, en el libro de mi vida entera.

Nunca dejaré, creo, de ser ayudante de contable en un almacén de paños. Deseo, con una sinceridad que es feroz, no pasar nunca a contable.

### 362.

El mundo exterior existe como un actor en un escenario: está ahí pero es otra cosa.

### 363.

... y todo es una dolencia incurable.

La ociosidad de sentir, el disgusto de tener que no saber hacer nada, la incapacidad de actuar, como un //.

### 364.

¿Niebla o humo? ¿Subía de la tierra o descendía del cielo? No se sabía: era más como una dolencia del aire que un descenso o una emanación. A veces parecía más una enfermedad de los ojos que una realidad de la naturaleza.

Fuese lo que fuese corría por todo el paisaje una inquietud turbia, hecha de olvido y atenuación. Era como si el silencio del mal sol tomase para sí un cuerpo imperfecto. Se diría que iba a suceder cualquier cosa y que por todas partes había una intuición, por la cual lo invisible se velaba.

Era difícil decir si el cielo tenía nubes o más bien niebla. Era un torpor pálido, aquí y allá colorido, un agrisamiento imponderablemente amarillado, salvo donde se difuminaba en un color de rosa falso, o donde se estancaba, azuleciendo, pero ahí no se distinguía si era el cielo el que se revelaba, o si era otro azul el que lo encubría.

Nada era definido, ni lo indefinido. Por eso apetecía llamar humo a la niebla, porque no parecía niebla, o preguntar si era niebla o humo, porque nada se percibía de lo que era. El propio calor del aire colaboraba en la duda. No era calor, ni frío, ni fresco; parecía componer su temperatura de elementos sacados de cosas diferentes del calor. Se diría, de verdad, que una niebla fría a la vista era caliente al tacto, como si tacto y vista fuesen dos modos sensibles del mismo sentido.

Ni era, en torno a los contornos de los árboles, o en las esquinas de los edificios, esa difuminación de recortes o de aristas, que la verdadera niebla trajo, estancándose, o el verdadero humo, mutable, entreabre y oscurece.

Era como si cada cosa proyectase desde sí misma una sombra vagamente diurna, en todos los sentidos, sin luz que la explicase como sombra, sin lugar de proyección que la justificase como visible.

Ni visible era: era como un comienzo de ir a verse cualquier cosa, pero en todas partes por igual, como si el revelarla dudase en aparecer.

¿Y qué sentimiento había? La imposibilidad de tenerlo, el corazón deshecho en la cabeza, los sentimientos confundidos, un torpor de la existencia despierta, un apurar de algo anímico como el oído para una revelación definitiva, inútil, siempre apareciendo ya, como la verdad, siempre, como la verdad, gemela de nunca aparecer.

Hasta la voluntad de dormir, que recuerda al pensamiento, desapetece, por parecer un esfuerzo el mero bostezo de tenerla. Hasta dejar de ver hace que duelan los ojos. Y, en la abdicación incolora del alma entera, sólo los ruidos exteriores, lejos, son el mundo imposible que aún existe.

Ah, otro mundo, otras cosas, otra alma con que sentirlas, ¡otro pensamiento con que conocer esa alma! ¡Todo, hasta el tedio, menos este esfumarse común del alma y de las cosas, este desamparo azulado de la indefinición de todo!

## 365.

Caminábamos, juntos y separados, entre los desvíos bruscos del bosque. Nuestros pasos, que eran lo ajeno de nosotros, iban unidos, por unísonos, en la blandura estallante de las hojas, que tapizaban, amarillas y medio verdes, la irregularidad del suelo. Pero iban también desunidos porque éramos dos pensamientos, y no había entre nosotros nada común, salvo que lo que no éramos pisaba al mismo tiempo el mismo suelo oído.

Había entrado ya el comienzo del otoño, y, más allá de las hojas que pisábamos, oíamos caer continuamente, en el acompañamiento brusco del viento, otras hojas, o sonidos de hojas, por donde íbamos o habíamos ido. No había más paisaje que el bosque que los velaba a todos. Bastaba, no obstante, como sitio y lugar para los que, como nosotros, no teníamos por vida más que el caminar unísono y diverso sobre un suelo mortal. Era –creo– el final de un día, o de cualquier día, o tal vez de todos los días, en un otoño todos los otoños, en el bosque simbólico y verdadero.

Qué casas, qué deberes, qué amores habíamos dejado –nosotros mismos no los sabríamos decir. No éramos, en ese momento, más que caminantes entre lo que habíamos olvidado y lo que no sabíamos, caballeros al pie del ideal abandonado. Pero en eso, como en el sonido constante de las hojas pisadas, y en el sonido siempre brusco del viento incierto, estaba la razón de ser de nuestra ida, o de nuestra venida, pues, no sabiendo el camino o porqué camino, no sabíamos si partíamos, si llegábamos. Y siempre, a nuestro alrededor, sin lugar sabido o caída vista, el sonido de las hojas que se escombraban adormecía de tristeza el bosque.

Ninguno de nosotros quería saber del otro, pero ninguno de los dos proseguiría sin él. La compañía que nos hacíamos era una especie de sueño que tenía cada uno de nosotros. El sonido de nuestros pasos unísonos ayudaba a cada uno a pensar sin el otro, y los propios pasos solitarios lo habrían despertado. El bosque era todo claros falsos, como si fuese falso, o estuviese acabando, pero ni acababa la falsedad, ni acababa el bosque. Nuestros pasos unísonos seguían constantes, y en torno a lo que oíamos de las hojas pisadas había un sonido vago de hojas cayendo, en el bosque vuelto todo, en el bosque igual al universo.

¿Quiénes éramos? ¿Seríamos dos o dos formas de uno? No lo sabíamos ni lo preguntábamos. Debía existir un sol vago, pues en el bosque no era noche. Debía existir un fin vago, pues caminábamos. Debía existir algún mundo, pues existía un bosque. Nosotros, sin embargo, éramos ajenos a lo que fuese o pudiese ser, caminantes unísonos e interminables sobre hojas muertas, oyentes anónimos e imposibles de hojas cayendo. Nada más. Un susurro, ora brusco, ora suave, del viento desconocido, un murmullo, ora alto, ora bajo, de las hojas presas, un resquicio, una duda, un propósito terminado, una ilusión que no fue –el bosque, los dos caminantes, y yo, yo, que no sé cuál de ellos era, o si era o dos, o ninguno, y asistí, sin ver el fin, a la tragedia de que no hubiera nunca más que el otoño y el bosque, y el viento siempre brusco e incierto, y las hojas siempre caídas o cayendo. Y siempre, como si ciertamente hubiera fuera un sol y un día, se veía claramente, sin ningún fin, en el silencio rumoroso del bosque.

### 366.

Después de que las últimas lluvias dejaran el cielo y se quedaran en la tierra –cielo limpio, tierra húmeda y espejeante–, la mayor claridad de la vida que con el azul volvió a lo alto, y en la frescura de haber habido agua se alegró abajo, dejó un cielo propio en las almas, una frescura propia en los corazones.

Somos, por poco que lo queramos, siervos del momento y de sus colores y formas, súbditos del cielo y de la tierra. Aquel de entre nosotros que más se enreda en sí mismo, despreciando lo que le rodea, incluso él, no se enreda por los mismos caminos cuando llueve que cuando el cielo está bien. Oscuras transmutaciones, sentidas tal vez sólo en lo íntimo de los sentimientos abstractos, si operan porque llueve o dejó de llover, si sienten sin que se sientan porque sin sentir el tiempo se sintió.

Cada uno de nosotros es varios, es muchos, es una prolijidad de sí mismos. Por eso aquel que desprecia el medio ambiente no es lo mismo que de él se alegra o padece. En la vasta colonia de nuestro ser hay gente de muchas especies, pensando y sintiendo de forma diferente.

En este mismo momento, en que escribo, en un intervalo legítimo del trabajo hoy escaso, estas pocas palabras de impresión, soy yo quien las escribe atentamente, soy yo el que está contento de no tener en este momento que trabajar, soy el que está viendo el cielo allá fuera, invisible desde aquí, soy el que está pensando todo esto, soy el que siente el cuerpo contento y las manos aún vagamente frías. Y todo este mundo mío de gente entre sí ajena proyecta, como una multitud diversa pero compacta, una sombra única –este cuerpo silencioso y escribiente con el que me reclino, de pie, contra el alto escritorio de Borges, donde vine a buscar mi secante, que le presté.

## 367.

Por entre las casas, en intercalaciones de luz y sombra –o mejor, de luz y de menos luz– la mañana se desata sobre la ciudad. Parece que no viene del sol sino de la ciudad, y que es de los muros y de los tejados que la luz de lo alto se desprende –no de ellos físicamente, sino de ellos por estar allí.

Siento, al sentirla, una gran esperanza; pero reconozco que la esperanza es literaria. Mañana, primavera, esperanza, están ligadas en música por la misma intención melódica; están unidas en el alma por la misma memoria de una igual intención. No: si a mí mismo me observo, como observo la ciudad, reconozco que lo que tengo que esperar es que este día acabe, como todos los días. La razón también ve la aurora. La esperanza que puso en ella, si la hubo, no era mía; fue la de los hombres que viven la hora que pasa, y a quien encarné, sin querer, el entendimiento exterior en este momento.

¿Esperar? ¿Qué tengo que esperar? El día no me promete más que el día, y yo sé que tiene principio y final. La luz me anima pero no me mejora, que saldré de aquí como aquí vine – más viejo en horas, más alegre una sensación, más triste un pensamiento. En lo que nace, tanto podemos sentir lo que nace como pensar lo que ha de morir. Ahora, a la luz amplia y alta, el paisaje de la ciudad es como de un campo de casas –es natural, es extensa, es combinada. Pero incluso a la vista de todo esto, ¿podré yo olvidar que existo? Mi conciencia de la ciudad es, por dentro, mi conciencia de mí.

Me acuerdo de repente de cuando era niño, y veía, como hoy no puedo ver, la mañana despuntar sobre la ciudad. Antes no despuntaba para mí, sino para la vida, porque entonces yo, no siendo consciente, era la vida. Veía la mañana y tenía alegría; hoy veo la mañana, y tengo alegría, y estoy triste. El niño se quedó pero enmudeció. Veo como veía, pero por detrás de los ojos me veo viendo; y sólo con esto se me oscurece el sol y el verde de los árboles es viejo y las flores se marchitan antes de aparecer. Sí, antes era de aquí; hoy, con cada paisaje, por muy nuevo que sea para mí, regreso extranjero, huésped y peregrino de su presentación, forastero de lo que veo y oigo, viejo de mí.

Ya vi todo, incluso lo que nunca vi, y lo que nunca veré. En mi sangre corre hasta la memoria de los paisajes futuros, y la angustia de lo que tendré que ver de nuevo y una monotonía anticipada para mí.

Y apoyado en el alféizar, disfrutando del día, sobre el volumen variado de toda la ciudad, sólo un pensamiento me llena el alma –la voluntad íntima de morir, de acabar, de no ver más luz sobre ciudad alguna, de no pensar, de no sentir, de dejar atrás, como un papel de embalar, el curso del sol y de los días, de desnudar, como un traje pesado, al borde del gran lecho, el esfuerzo involuntario de ser.

## 368.

Tengo por intuición que para las criaturas como yo ninguna circunstancia material puede ser propicia, ningún caso de la vida tener una solución favorable. Si ya por otras razones me aparto de la vida, esta contribuye también para que me aleje. Esas sumas de hechos que, para los hombres vulgares, inevitabilizarían el éxito, tienen, en lo que a mí respecta, un resultado diferente, inesperado y adverso.

Me nace, a veces, de esta constatación, una impresión dolorosa de enemistad divina. Me parece que sólo por un ordenar consciente de los hechos, de modo que sean maléficos, puede haberme sucedido la serie de desastres que define mi vida.

De todo esto resulta, con mi esfuerzo, que yo no intento nunca demasiado. La suerte, si quiere, que venga a mí. Sé de sobra que mi mayor esfuerzo no llega al logro que en otros llegaría. Por eso me abandono a la suerte, sin esperar nada de ella. ¿Para qué?

Mi estoicismo es una necesidad orgánica. Necesito acorazarme contra la vida. Como todo estoicismo no pasa de un epicureísmo severo, deseo, cuanto sea posible, hacer que mi desgracia me divierta. No sé hasta qué punto lo consigo. No sé hasta qué punto consigo nada. No sé hasta qué punto cualquier cosa se puede conseguir...

Donde otro vencería, no por su esfuerzo, sino por una inevitabilidad de las cosas, yo ni por esa inevitabilidad, ni por ese esfuerzo, venzo o vencería.

Nací tal vez, espiritualmente, en un día corto de invierno. Llegó pronto la noche a mi ser. Sólo en frustración y abandono puedo realizar mi vida.

En el fondo, nada de esto es estoico. Es sólo en las palabras donde hay nobleza de mi sufrimiento. Me quejo, como una criada enferma. Me atormento, como un ama de casa.

Mi vida es enteramente fútil y enteramente triste.

## 369.

Como Diógenes a Alejandro, sólo pedí a la vida que no me quitara el sol. Tuve deseos, pero me fue negada la razón de tenerlos. Lo que encontré, más valdría haberlo encontrado realmente. El sueño //.

... ... ... ...

He construido de paseo frases perfectas, de las que después no me acuerdo en casa. La poesía inefable de esas frases –no sé si será toda de lo que fueron, si parte de no haber sido nunca.

... ... ... ...

Dudo en todo, muchas veces sin saber por qué. Que a veces busco, como línea recta que me es propia, concibiéndola mentalmente como la línea recta ideal, la distancia menos corta entre dos puntos. Nunca tuve el arte de estar vivo activamente. Erré siempre los gestos que nadie yerra; lo que los otros nacieron para hacer, me esforcé siempre para no dejar de hacerlo. Deseé siempre conseguir lo que otros consiguieron casi sin desearlo. Entre yo y la vida siempre ha habido cristales ahumados: no supe de ella por la vista, ni por el tacto; ni la viví en vida o en plano, fui el devaneo de lo que quise ser, mi sueño comenzó en mi voluntad, mi propósito fue siempre la primera ficción de lo que nunca fui.

Nunca supe si era de más mi sensibilidad para mi inteligencia o mi inteligencia para mi sensibilidad. Siempre llegué tarde, no sé a cuál, tal vez a ambas, o una u otra, o fue la tercera la que tardó.

... ... ... ...

¿De los soñadores de milenios? –socialistas, anarquistas, humanitarios de toda especie– tengo la náusea física, del estómago. Son los idealistas sin ideal. Son los pensadores sin pensamiento. Quieren la superficie de la vida por una fatalidad de basura, que flota en la superficie del agua y se juzga piensa bello, porque las conchas dispersas flotan en la superficie del agua también.

### 370.

Dios me creó para ser niño, y me dejó siempre niño. Pero, ¿por qué dejó que la Vida me golpease y me quitase los juguetes, y me dejase solo en el recreo, estrujando con manos tan débiles el mandilón azul sucio de lágrimas copiosas? Si yo no podría vivir sin ser acariñado, ¿por qué tiraron fuera mi cariño? Ah, cada vez que veo en las calles un niño llorando, un niño exiliado de los otros, me duele más que la tristeza del niño en el horror desprevenido de mi corazón exhausto. Me duelo con toda la estatura de la vida sentida, y son mías las manos que retuercen el borde del mandilón, son mías las bocas torcidas de las lágrimas verdaderas, es mía la flaqueza, es mía la soledad, y las risas de la vida adulta que pasa me hieren como luces de fósforos rascados en el relleno sensible de mi corazón.

### 371.

Pero los paisajes soñados son sólo humos de paisajes conocidos y el tedio de soñarlos también es casi tan grande como el tedio de mirar hacia el mundo.

### 372.

**El viaje en la cabeza**

Desde mi cuarto piso sobre el infinito, en la plausible intimidad de la tarde que sucede, en la ventana para el principio de las estrellas, mis sueños van, por acuerdo de ritmo con la distancia expuesta, hacia los viajes a los países desconocidos, o supuestos, o solamente imposibles.

### 373.

Surge de los lados del oriente la luz rubia de la luna de oro. El rastro que hace en el río largo abre serpientes en el mar.

### 374.

Son satenes prolijos, púrpuras perplejas donde los imperios siguieron su rumbo de muerte entre banderas exóticas de calles anchas y lujurias de la frondosidad de doseles sobre paradas. Palios pasaron. Había calles oscuras o limpias en los transcursos de las procesiones. Chispeaban frío las armas portadas en las solemnes lentitudes de las inútiles marchas... Olvidados los jardines en los suburbios y las aguas en los surtidores mera continuación de lo dejado, cayendo risas lejanas entre recuerdos de plazas, no es que las estatuas de las avenidas hablasen, ni que se perdiesen, entre amarillos en secuencia, los tonos del otoño orlando tumbas. Las alabardas, esquinas para épocas pomposas, verde-negro, púrpura viejo y granate el tono de los ropajes; plazas desiertas en medio de los desdenes; y nunca más por entre los macizos donde se marchita pasearán las sombras que han dejado los contornos de los acueductos.

Tanto los tambores, los tambores atronaron la hora trémula.

### 375.

Todos los días ocurren en el mundo cosas que no son explicables por las leyes que conocemos de las cosas. Todos los días, habladas en los momentos, olvidan, y el mismo misterio que las trajo las lleva, convirtiéndose el secreto en olvido. Tal es la ley de lo que tiene que ser olvidado porque no puede ser explicado. La luz del sol continúa regulando el mundo visible. Lo ajeno nos acecha desde la sombra.

### 376.

El propio sueño me castiga. Adquirí en él tal lucidez que veo como real cada cosa que sueño. Yo perdí, por tanto, todo cuanto la valoraba como soñada.

¿Me sueño famoso? Siento todo el desnudamiento que hay en la gloria, toda la pérdida de la intimidad y anonimato con que nos resulta dolorosa.

### 377.

(Luares)

... mojadamente sucio de castaño muerto.

... en los resbalamientos nítidos de los tejados superpuestos, blanco ceniciento, mojadamente sucio de castaño muerto.

### 378.

... y se nivela en conglomerados de sombra, recortados por un lado en blanco, con diferencias azuladas de madreperla fría.

### 379.

**Paisaje de lluvia (III)**

Y por fin –lo veo de memoria–, por sobre la oscuridad de los tejados lustrosos, la luz fría de la mañana templada raya como un suplicio del Apocalipsis. Es otra vez la noche inmensa de la claridad que aumenta. Es otra vez el horror de siempre: el día, la vida, la utilidad ficticia, la actividad sin remedio. Es otra vez mi personalidad física, visible, social, transmisible por palabras que no dicen nada, usable por los gestos de los otros y por la conciencia ajena. Soy yo otra vez, tal y como no soy. Con el principio de la luz de tinieblas que llena de dudas grisáceas las rendijas de las puertas de las ventanas –¡tan lejos de herméticas, Dios mío!–, voy sintiendo que no podré guardar más mi refugio de estar acostado, de no estar durmiendo sino de poder estarlo, de ir soñando, sin saber que hay verdad ni realidad, entre un calor fresco de ropa limpia y un desconocimiento, a salvo de comodidad, de la existencia de mi cuerpo. Voy sintiendo rehuirme la inconsciencia feliz con que disfruto de mi conciencia, el amodorramiento de animal con que miro, entre párpados de gato al sol, los movimientos de la lógica de mi imaginación desprendida. Voy sintiendo hundírseme los privilegios de la penumbra, y los ríos lentos bajo los árboles de las pestañas entrevistas, y el susurro de las cascadas perdidas entre el sonido de la sangre lenta en los oídos y el vago perdurar de la lluvia. Voy perdiéndome hasta vivo.

No sé si duermo, o si sólo siento que duermo. No sueño el intervalo adecuado, pero noto, como si empezase a despertar de un sueño no dormido, los primeros ruidos de la vida de la ciudad, que suben, como una riada, del lugar vago, allá abajo, donde están las calles que hizo Dios. Son sonidos alegres, colados por la tristeza de la lluvia que hay, o, tal vez que hubo –pues no la oigo ahora–, sólo el gris excesivo de la luz agrietada hasta más lejos que me da sombras de una claridad floja, insuficiente para la altura de la madrugada, que no sé cuál es... Son sonidos alegres y dispersos y me duelen en el corazón como si me viniesen, con ellos, a llamar a un examen o a una ejecución. Cada día, si lo oigo levantarse de la cama donde no sé, me parece el día de un gran acontecimiento mío que no tendré coraje para afrontar. Cada día, si lo siento levantarse del lecho de las sombras, con un caer de ropas de cama por las calles y callejones, me viene a llamar a un tribunal. Voy a ser juzgado en cada hoy que hay. Y el condenado perenne que hay en mí se agarra al lecho como la madre que perdió, y acaricia la almohada como si el ama lo defendiese de las puertas.

La siesta feliz del bicho grande a la sombra de los árboles, el cansancio fresco del desharrapado entre la hierba alta, el torpor del negro en la tarde cálida y lejana, la delicia del bostezo que pesa en los ojos flojos, todo lo que acaricia el olvido, haciendo sueño, recostando, pie a pie, las puertas de la ventana del alma, el sosiego del reposo en la cabeza, la caricia anónima de dormir.

Dormir, estar lejos sin saberlo, estar distante, olvidar con el propio cuerpo; tener la libertad de ser inconsciente, un refugio de lago olvidado, estancado entre árboles frondosos, en las vastas distancias de los bosques.

Una nada con respiración por fuera, una muerte leve de la que se despierta con añoranza y frescura, un ceder de los tejidos del alma al masaje del olvido.

Ah, y de nuevo, como la protesta recomenzada de quien no se convenció, oigo el alarido brusco de la lluvia salpicar en el universo aclarado. Siento un frío hasta los huesos supuestos, como si tuviese miedo. Y agazapado, nulo, humano a solas conmigo en la poca oscuridad que aún me queda, lloro, sí, lloro, lloro de soledad y de vida, y mi pena fútil como un coche sin ruedas, yace al borde de la realidad entre los estiércoles del abandono. Lloro por todo, entre la pérdida del regazo, la muerte de la mano que me daban, los brazos que no supe cómo me sostuvieron, el hombro que nunca podría tener... Y el día que despunta para siempre, la pena que despunta en mí como la verdad cruda del día, lo que soñé, lo que pensé, lo que se olvidó en mí –todo eso, en una amalgama de sombras, de ficciones y de remordimientos, se mezcla en el rastro en que van los mundos y cae entre las cosas de la vida como el esqueleto de un racimo de uvas, comido en la esquina por los chavales que lo robaron.

El ruido del día humano aumenta de repente, como el sonido de una campana de llamada. Estalla dentro de la casa el cerrojo suave de la primera puerta que se abre para vivir. Oigo zapatillas en un pasillo absurdo que conduce hasta mi corazón. Y en un gesto brusco, como quien por fin se matase, arrojo sobre el cuerpo duro las ropas profundas de la cama que me abriga. Desperté. El sonido de la lluvia se desvae hacia arriba en el exterior indefinido. Me siento más feliz. Cumplí una cosa que ignoro. Me levanto, voy a la ventana, abro las puertas con una decisión de mucho coraje. Luce un día de lluvia clara que me ahoga los ojos en una luz opaca. Abro las propias ventanas de cristal. El aire fresco humedece mi piel caliente. Llueve, sí, pero aunque sea lo mismo, ¡es al final tanto menos!

Quiero refrescarme, vivir, e inclino mi cuello a la vida, como a un yugo inmenso.

### 380.

Hay sosiegos del campo en la ciudad. Hay momentos, sobre todo en los mediodías de verano, en que, en esta Lisboa luminosa, el campo, como un viento, nos invade. Y aquí mismo, en la Rua dos Douradores, tenemos el buen sueño.

¡Qué bueno para el alma ver callar, bajo un sol alto quieto, estos carros con paja, estas cajas por hacer, estos transeúntes lentos, de aldea transferida! Yo mismo, mirándolos desde la ventana de la oficina, donde estoy solo, me transmuto: estoy en una ciudad tranquila de provincias, estancado en una aldeúcha desconocida, y porque me siento otro soy feliz.

Lo sé: si alzo los ojos, está delante de mí la línea sórdida de las casas, las ventanas sin lavar de todas las oficinas de la Baixa, las ventanas sin sentido de los pisos más altos donde aún se vive, y, en lo alto, en lo angular de las buhardillas, la ropa de siempre, al sol entre macetas y plantas. Lo sé, pero es tan suave la luz que dora todo esto, tan sin sentido el aire tranquilo que me envuelve, que no tengo siquiera razón visual para abdicar de mi aldea postiza, de mi ciudad de provincias donde el comercio es un sosiego.

Lo sé, lo sé... Es verdad que es la hora de comer, o de descansar, o de un paréntesis. Todo va bien por la superficie de la vida. Yo mismo duermo, aunque me asome al balcón, como si fuese la amurada de un barco sobre un paisaje nuevo. Yo mismo ni pienso, como si estuviese en la provincia. Y, súbitamente, otra cosa me surge, me envuelve, me ordena: veo, detrás del mediodía del pueblo, toda la vida en todo el pueblo; veo la gran felicidad estúpida de la vida doméstica, la gran felicidad estúpida de la vida de los campos, la gran felicidad estúpida del sosiego en la sordidez. Veo, porque veo. Pero no vi y despierto. Miro alrededor, sonriendo, y, antes de nada, me sacudo los codos del traje desgraciadamente oscuro, todo el polvo de la barandilla del balcón, que nadie limpió, ignorando que tendría un día, en un momento que fuese, que ser amurada sin polvo posible de un barco singlando en un turismo infinito.

### 381.

Un azul emblanquecido de verde nocturno recortaba en castaño negro, vagamente aureolado de gris amarilleado, la irregularidad fría de los edificios que se encontraban en el horizonte del verano.

Dominábamos antaño el mar físico, creando la civilización universal; dominemos ahora el mar psíquico, la emoción, la madre temperamento, creando la civilización intelectual.

### 382.

... la agudeza dolorosa de mis sensaciones, aun de las que sean de alegría; la alegría de la agudeza de mis sensaciones, aunque sean de tristeza.

Escribo en un domingo, ya entrada la mañana, en un día amplio de luz suave, en que, por sobre los tejados de la ciudad interrumpida, el azul del cielo siempre inédito cierra en el olvido la existencia misteriosa de las estrellas...

Es domingo en mí también... También mi corazón va a una iglesia que no sabe dónde está, y va vestido con un traje de terciopelo infantil, con la cara colorada de las primeras impresiones, sonriendo sin ojos tristes por encima de un cuello muy grande.

### 383.

El cielo de verano prolongado todos los días se despertaba de azul verde opaco, y pronto se volvía azul grisáceo de blanco mudo. En el occidente, no obstante, era del color que le acostumbran a llamar, a todo él.

Decir la verdad, encontrar lo que se espera, negar la ilusión de todo –¡cuántos lo usan en el hundimiento y el declive, y como los nombres ilustres manchan de mayúsculas, como las de las tierras geográficas, las agudezas de las páginas sobrias y leídas!

¡Cosmorama de suceder mañana lo que no podría haber sucedido nunca! ¡Lapislázuli de las emociones discontinuas! ¿Cuántos recuerdos alberga una suposición facticia, recuerdos, visión solamente? Y en un delirio intersticiado de certezas, leve, breve, suave, el murmullo del agua de todos los parques nace, emoción, del fondo de mi conciencia de mí. Sin nadie los bancos antiguos y las avenidas arrastran a donde ellas están su melancolía de calles vacías.

¡Noche en Heliópolis! ¡Noche en Heliópolis! ¡Noche en Heliópolis! ¿Quién me dirá las palabras inútiles, me compensará la sangre e indecisión?

### 384.

Florece alto en la soledad nocturna una lámpara incógnita detrás de una ventana. Todo lo demás en la ciudad que veo está oscuro, salvo donde reflejos débiles de la luz de las calles suben vagamente y hacen aquí y allá flotar un luar inverso, muy pálido. En la negrura de la noche, las propias casas destacan poco, entre sí, sus diversos colores, o tonos de colores: sólo diferencias vagas, se diría abstractas, irregularizan el conjunto atropellado.

Un hilo invisible me une al dueño anónimo de la lámpara. No es la circunstancia común de estar ambos despiertos: no en eso una reciprocidad posible, pues, estando yo a la ventana en la oscuridad, él nunca podría verme. Es otra cosa, mía sólo, que se engancha un poco con la sensación de aislamiento, que participa de la noche y del silencio, que escoge aquella lámpara como punto de apoyo porque es el único punto de apoyo que hay. Parece que es porque está él encendido que la noche está tan oscura. Parece que es porque yo estoy despierto, soñando en la oscuridad, que él está alumbrando.

Todo lo que existe, existe quizás porque otra cosa existe. Nada es, todo coexiste: tal vez sea así. Siento que yo no existiría en este momento –que no existiría, al menos, del modo en que estoy existiendo, con esta conciencia presente de mí, que por ser conciencia y presente es en este momento enteramente yo–, si esa lámpara no estuviera encendida allí, en alguna parte, faro no indicando nada en un falso privilegio de altura. Siento esto porque no siento nada. Pienso esto porque esto es nada. Nada, nada, parte de la noche y del silencio y de lo que con ellos yo soy de nulo, de negativo, de intervalo, espacio entre yo y yo, cosa olvidada de algún dios...

### 385.

Como una esperanza negra, algo más anticipatorio se cernió: la misma lluvia pareció intimidarse; una negrura sorda enmudeció sobre el ambiente. Y súbitamente, como un grito, un formidable día se hizo añicos. Una luz de infierno frío había visitado el contenido de todo, y llenado los cerebros y los recovecos. Todo se pasmó. Un peso respirado cayó de todo porque el golpe había pasado. La lluvia triste era alegre con su ruido bruto y humilde. Sin querer, el corazón se sentía y pensar era un atontamiento. Una vaga religión se formaba en la oficina. Nadie era quien era, y el jefe Vasques, apareció a la puerta de la oficina para pensar en decir algo. Moreira sonrió, con los alrededores de la cara aún teñidos de amarillo del miedo súbito. Y su sonrisa decía que sin duda el siguiente trueno debería estar ya más lejos. Una carroza rápida estorbó alto los ruidos de la calle. Involuntariamente el teléfono tiritó. El jefe Vasques, en vez de retirarse a su despacho, avanzó hacia el aparato de la sala grande. Hubo una pausa y un silencio y la lluvia caía como una pesadilla. El jefe Vasques se olvidó del teléfono, que no sonó más. El joven se movía, al fondo de la casa, como una cosa incómoda.

Una gran alegría, llena de descanso y libertad, nos desconcertó a todos. Trabajábamos medio tontos, agradables, sociables con una profusión natural. El joven, sin que nadie se lo dijese, abrió amplias las ventanas. Un olor a algo fresco, como el aire de agua, entró en la gran sala. La lluvia, ya leve, caía humildemente. Los sonidos de la calle, que seguían siendo los mismos, eran diferentes. Se oía la voz de los carreteros, y eran realmente gente. Nítidamente, en la calle de al lado, las campanillas de los tranvías tenían también una sociabilidad con nosotros. Una carcajada de niña desierta hacía de canario en la atmósfera limpia. La lluvia leve decreció.

Eran las seis. Se cerraba la oficina. El jefe Vasques dijo, desde la mampara entreabierta: «Pueden salir», y lo dijo como una bendición comercial. Me levanté enseguida, cerré el libro y lo guardé. Puse la pluma visiblemente sobre la depresión del tintero, y, avanzando hacia Moreira, le dije un esperanzado «hasta mañana» lleno de esperanza, y le estreché la mano como después de un gran favor.

### 386.

¿Viajar? Para viajar basta existir. Voy de día en día, como de estación en estación, en el tren de mi cuerpo, o de mi destino, asomado a las calles y las plazas, sobre los gestos y los rostros, siempre iguales y siempre diferentes, como, al final, lo son los paisajes.

Si imagino, veo. ¿Qué más hago si viajo? Sólo la franqueza extrema de la imaginación justifica tener que desplazarse para sentir.

«Cualquier camino, este mismo camino de Entepfuhl, te llevará hasta el fin del mundo». Pero el fin del mundo, desde que el mundo se consumó dándole la vuelta, es el mismo Entepfuhl de donde se partió.

En realidad, el fin del mundo, como el principio, es nuestro concepto del mundo. Es en nosotros donde los paisajes tienen paisaje. Por eso, si los imagino, los creo; si los creo, son; si son, los veo como los otros. ¿Para qué viajar? En Madrid, en Berlín, en Persia, en China, en los dos Polos, ¿dónde estaría yo si no en mí mismo, y en el tipo y género de mis sensaciones?

La vida es lo que hacemos de ella. Los viajes son los viajeros. Lo que vemos, no es lo que vemos, sino lo que somos.

## 387.

El único viajero con alma de verdad que conocí era un oficinista que había en otra casa, donde en tiempos estuve empleado. Este muchachito coleccionaba folletos de propaganda de ciudades, países y compañías de transporte; tenía mapas –unos arrancados de periódicos, otros que pedía aquí y allá–; tenía, recortados de periódicos y revistas, ilustraciones de paisajes, grabados de costumbres exóticas, retratos de barcos y navíos. Iba a las agencias de turismo, en nombre de una oficina hipotética, o tal vez en nombre de cualquier oficina existente, posiblemente la misma donde estaba, y pedía folletos sobre viajes a Italia, folletos sobre viajes a la India, folletos dando las conexiones entre Portugal y Australia.

No sólo era el mayor viajero, porque era el más verdadero que he conocido: era también una de las personas más felices que he podido encontrar. Lamento no saber qué se hizo de él, o, en verdad, supongo solamente que debería sentir pena; en realidad no la siento, pues hoy, que pasaron diez años, o más, desde el breve tiempo en que lo conocí, debe ser hombre, estúpido, cumplidor de sus deberes, casado tal vez, sustentáculo social de alguien –muerto, en fin, en su propia vida. Es hasta capaz de haber viajado con el cuerpo, él que tan bien viajaba con el alma.

Recuerdo de repente: él sabía exactamente por qué vías férreas se iba de París a Bucarest, por qué vías férreas se viajaba a Inglaterra, y, a través de las malas pronunciaciones de los nombres extraños, existía la certeza aureolada de su grandeza de alma. Hoy, sí, debe haber existido para muerto, pero tal vez un día, de viejo, se acuerde de cómo es no sólo mejor, sino más verdadero, soñar con Burdeos que desembarcar en Burdeos.

Y, de ahí, tal vez todo esto tuviese otra explicación cualquiera, y él estuviese solamente imitando a alguien. O... Sí, pienso a veces, considerando la diferencia hedionda entre la inteligencia de los niños y la estupidez de los adultos, que nos acompaña en la infancia un espíritu guardián que nos presta su inteligencia astral, y que después, tal vez con pena, pero por una ley elevada, nos abandona, como las madres animales a las crías crecidas, al cebado que es nuestro destino.

## 388.

Desde la terraza de este café miro trémulamente la vida. Poco veo de ella –la extendida– en esta su concentración en esta plaza nítida y mía. Un marasmo, como un comienzo de borrachera, ilumina mi alma de cosas. Discurre fuera de mí, en los pasos de los que pasan y en la furia regulada de movimientos, la vida evidente es unánime. En esta hora de los sentidos me estancaré y todo me parecerá otra cosa –mis sensaciones un error confuso y lúcido– despliego alas pero no me muevo, como un cóndor supuesto.

Hombre de ideas que soy, ¿quién sabe si mi mayor aspiración no es realmente no pasar de ocupar este lugar a esta mesa de este café?

Todo es vano, como agitar las cenizas, vago como el momento en que aún no es antemañana.

Y la luz golpea tan serena y perfectamente las cosas, las dora tan de realidad sonriente y triste. Todo el misterio del mundo desciende hasta que ante mis ojos se esculpe en banalidad y en calle.

Ah, ¡cómo las cosas cotidianas nos restriegan misterios! ¡Cómo la superficie que toca la luz, de esta vida compleja de humanos, la Hora, sonrisa incierta, sube a los labios del Misterio! ¡Qué moderno suena todo esto! ¡Y, en el fondo, tan antiguo, tan oculto, tan teniendo otro sentido diferente de aquel que es luz en todo esto!

## 389.

La lectura de los periódicos, siempre penosa desde el punto de vista estético, lo es frecuentemente también desde el punto de vista moral, aun para quien tenga pocas preocupaciones morales.

Las guerras y las revoluciones –siempre hay una u otra en curso– llegan, en la lectura de sus efectos, a causar no horror sino tedio. No es la crueldad de todos aquellos muertos y heridos, el sacrificio de todos los que mueren batiéndose, o son muertos sin que se batan, lo que pesa duramente en el alma: es la estupidez que sacrifica vidas y haberes a algo inevitablemente inútil.

Todos los ideales y todas las ambiciones son un desvarío de comadres hombres. No hay imperio que valga que por él se rompa el muñeco de un niño. No hay ideal que merezca el sacrificio de un tren de hojalata. ¿Qué imperio es útil o qué ideal fecundo? Todo es humanidad, y la humanidad es siempre la misma: variable pero imperfeccionable, oscilante, pero improgresiva. Ante el curso inimplorable de las cosas, la vida que tuvimos sin saber cómo y que perderemos sin saber cuándo, el juego de diez mil ajedreces que es la vida en común y lucha, el tedio de contemplar sin utilidad lo que no se realiza nunca // –qué puede hacer el sabio sino pedir el descanso, el no tener que pensar en vivir, pues basta tener que vivir, un pequeño lugar al sol y al aire y al menos el sueño de que hay paz al otro lado de las montañas.

### 390.

Todos esos desafortunados acontecimientos de nuestras vidas, en los que fuimos, o ridículos, o miserables, o atrasados, considerémoslos, a la luz de nuestra serenidad íntima, como inconvenientes de viaje. En este mundo, viajeros, voluntarios o involuntarios, entre nada y nada o entre todo y todo, somos solamente pasajeros, que no deben dar demasiada importancia a los contratiempos del viaje, a los baches del trayecto. Me consuelo con esto, no sé si porque me consuelo, o porque hay algo en esto que me consuela. Pero el consuelo ficticio se me vuelve verdad si no pienso en él.

Y después, ¡hay tantos consuelos! Está el cielo azul alto, limpio y sereno, donde flotan nubes imperfectas. Está la brisa leve, que agita las ramas densas de los árboles, si es en el campo; que hace oscilar las ropas extendidas, en los cuartos pisos, o quintos, si es en la ciudad. Está el calor o el fresco, si los hay, y siempre, en el fondo, un recuerdo, o una saudade, o una esperanza, y una sonrisa de nadie en la ventana de nada, lo que deseamos golpeando la puerta de lo que somos, como mendigos que son Cristo.

### 391.

¡Hace cuánto tiempo que no escribo! Pasé, en días, siglos de renuncia incierta. Me estanqué, como un lago desierto, entre paisajes que no existen.

Mientras tanto, me iba bien la monotonía variada de los días, la sucesión nunca igual de horas iguales, la vida. Me iba bien. Si durmiese, no me iría de otro modo. Me estanqué, como un lago que no existe, entre paisajes desiertos.

Es frecuente desconocerme –lo que sucede con frecuencia a los que se conocen. Asisto a mí en los varios disfraces con que estoy vivo. Poseo de lo que cambia lo que es siempre lo mismo, de lo que se hace todo lo que es nada.

Recuerdo, lejana en mí, como si viajara hacia adentro, la monotonía, todavía tan diferente, de aquella casa de provincia... Allí pasé mi infancia, pero no sabría decir, si quisiese hacerlo, si con más o menos felicidad de la que paso la vida de hoy.

Hoy paso mi vida. Era otro el que soy que vivía allí: son vidas diferentes, diversas, incomparables. Las mismas monotonías, que las aproximan por fuera, eran sin duda diferentes por dentro. No eran dos monotonías, sino dos vidas.

¿Con qué propósito recuerdo? El cansancio. Recordar es un descanso, porque es no actuar. Cuántas veces, para mayor descanso, recuerdo lo que nunca fui, y no hay nitidez ni saudade en mis recuerdos de la provincia donde estuve como las que moran; tabla a tabla del suelo, oscilar a oscilar de otrora, en las vastas salas donde nunca viví.

De tal modo me convertí en la ficción de mí mismo que cualquier sentimiento natural, que yo tengo, desde luego, desde que se nace, se convierte en un sentimiento de la imaginación –la memoria en sueño, el sueño en olvidarme de él, el conocerme en no pensar en mí.

De tal modo me desvestí de mi propio ser, que existir es vestirme. Sólo disfrazado soy yo. Y a mi alrededor todos los ponientes desconocidos doran, muriendo, los paisajes que nunca veré.

### 392.

Las cosas modernas son:
1.   La evolución de los espejos;
2.   Los armarios.

Pasamos a ser criaturas vestidas, de cuerpo y alma.

Y, como el alma corresponde siempre al cuerpo, un ropaje espiritual se estableció. Pasamos a tener alma esencialmente vestida, así como pasamos –hombres, cuerpos– a la categoría de animales vestidos.

No es sólo el hecho de que nuestro traje se vuelva una parte de nosotros. Es también la complicación de ese traje y su curiosa cualidad de no tener casi ninguna relación con los elementos de la elegancia natural del cuerpo ni con los de sus movimientos.

Si me pidieran que explicase qué es mi estado de ánimo, a través de una razón social, respondería mudamente apuntando hacia un espejo, hacia una percha o una pluma con tinta.

### 393.

En la neblina leve de la mañana de media primavera, la Baixa despierta entorpecida y el sol nace como lentamente. Hay una alegría sosegada en el aire con mitad de frío, y la vida, al soplo leve de una brisa que no existe, tirita vagamente del frío que ya pasó, por el recuerdo del frío más que por el frío, por la comparación con el verano próximo más que por el tiempo que está haciendo.

No abrieron aún las tiendas, salvo las lecherías y los cafés, pero el descanso no es de torpor, como el domingo; es sólo descanso. Un vestigio rubio se antecede en el aire que se revela, y el azul colorea pálidamente a través de la bruma que se deshila. El comienzo del movimiento rarea por las calles, se destaca la separación de los peatones, y en las pocas ventanas abiertas, altas, madrugan también apariciones. Los tranvías trazan a medio aire pliegue móvil, amarillo y numcrado. Y, de minuto a minuto, sensiblemente, las calles se desdesiertan.

Bogo, atención sólo de los sentidos, sin pensamiento ni emoción. Desperté pronto; vine a la calle sin prejuicios. Examino como quien medita. Veo como quien piensa. Y una leve niebla de emoción se yergue absolutamente en mí; la bruma que va saliendo del exterior parece que se me infiltra lentamente.

Sin querer, siento que he estado pensando en mi vida. No me fijé en eso, pero así fue. Pensaba que sólo veía y oía, que ya no era, en todo este viaje ocioso, que un reflector de imágenes dadas, un biombo blanco donde la realidad proyecta colores y luz en vez de sombras. Pero era más, sin saberlo. Era aún el alma que se niega, y mi propio abstracto observar era una negación aún.

Se entolda el aire de una falta de niebla, se entolda de luz pálida, en la cual la niebla como que se mezcló. Noto súbitamente que el ruido es mucho mayor, que mucha más gente existe. Los pasos de los más transeúntes son menos apresurados. Aparece, para romper su ausencia y la menor prisa de los otros, el correr andado de las pescaderas, la oscilación de los panaderos, monstruosos de cesto, y la igualdad divergente de las vendedoras de todo lo demás pero se desmonotoniza sólo en el contenido de las cestas, donde los colores divergen más que las cosas. Los lecheros entrechocan, como llaves huecas y absurdas, las latas desiguales de su oficio andante. Los policías se estancan en los cruces, el desmentido uniformado de la civilización al movimiento invisible de la subida del día.

Quién me diera, en este momento lo siento, ser alguien que pudiese ver esto como si no tuviese con él más relación que verlo —¡contemplar todo como si fuera el viajante adulto llegado hoy a la superficie de la vida! No haber aprendido, desde el nacimiento, a dar sentidos dados a todas estas cosas, poder verlas en la expresión que tienen separadamente de la expresión que les fue impuesta. Poder conocer en la pescadera su realidad humana independiente de llamarse pescadera, y de saber que existe y que vende. Ver al policía como Dios lo ve. Percatarse de todo por primera vez, no apocalípticamente, como revelaciones del Misterio, sino directamente como floraciones de la Realidad.

Suenan –deben ser ocho las que no cuento– campanadas de horas de campana o de reloj grande. Despierto por la banalidad de que haya horas, clausura que la vida social impone a la continuidad del tiempo, frontera en lo abstracto, límite en lo desconocido. Despierto y, mirándolo todo, ahora ya lleno de vida y humanidad acostumbrada, veo que la niebla que salió de todo del cielo, salvo lo que en el azul aún cuelga de aún no ser del todo azul, me entró verdaderamente en el alma, y al mismo tiempo entró en la parte de dentro de todas las cosas, que es por donde ellas tienen contacto con mi alma. Perdí la visión de lo que veía. Me cegué con la vista. Siento ya con la banalidad del conocimiento. Esto ahora no es ya la Realidad: es simplemente la Vida.

... Sí, la Vida a la que yo también pertenezco, y que también me pertenece a mí; no ya la Realidad, que es sólo de Dios, o de sí misma, que no contiene misterio ni verdad, que, puesto que es real o lo finge ser, existe fija en algún lugar, libre de ser temporal o eterna, imagen absoluta, idea de un alma que fuese exterior.

Vuelvo lentos los pasos más rápidos de lo que creo hacia la puerta donde subiré de nuevo a casa. Pero no entro; vacilo; sigo adelante. La Praça da Figueira, bostezando venderes de varios colores, me cubre restregándose el horizonte de ambulante. Avanzo lentamente, muerto, y mi visión ya no es mía, ya no es nada: es sólo la del animal humano que heredó sin querer la cultura griega, el orden romano, la moral cristiana y todas las demás ilusiones que forman la civilización en que siento. ¿Dónde estarán los vivos?

### 394.

Me gustaría estar en el campo para que me gustase estar en la ciudad. Me gusta sin eso, estar en la ciudad, pero con eso mi gusto serían dos.

### 395.

Parecerá a muchos que este diario mío, hecho para mí, es demasiado artificial. Pero está en mi naturaleza ser artificial. ¿Con qué he de entretenerme, después, sino con escribir cuidadosamente estos apuntes espirituales? Por lo demás, no los escribo cuidadosamente. E, incluso, sin cuidado limador los agrupo. Pienso naturalmente en este lenguaje mío esmerado.

Soy un hombre para quien el mundo exterior es una realidad interior. Siento esto no metafísicamente, sino con los sentidos usuales con que cojo la realidad.

Mi frivolidad de ayer es hoy una saudade constante que me roe la vida.

Hay claustros en la hora. Se entardeció en los esquives. En los ojos azules de los estanques una última desesperación refleja la muerte del sol. Nosotros éramos tanto de los parques antiguos; de modo tan voluptuoso estábamos incorporados a la presencia de las estatuas, en la talla inglesa de las callejuelas. ¡Los vestidos, los espadines, las *perruques,* los meneos y los cortejos pertenecían tanto a la sustancia de que nuestro espíritu estaba hecho! ¿Nosotros quiénes? Sólo el arroyo, en el jardín desierto, agua alada yendo ya menos alta en su triste acto de querer volar.

### 396.

... y los lirios en las orillas de ríos remotos, fríos –perdidos en una tarde eterna sin nada más en continentes verdaderos.

### 397.

*(Lunar scene)*
Todo el paisaje no está en ninguna parte.

### 398.

Abajo, apartándose de la cima donde estoy en desniveles de sombra, duerme al luar, álgida, la ciudad entera.

Una desesperación de mí, una angustia de existir preso en mí se derrama por mí entero sin excederme, me confunde el ser en ternura, miedo, dolor y desolación.

Un exceso tan inexplicable de pena absurda, un dolor tan desolado, tan huérfano, tan metafísicamente mío //.

### 399.

Se extiende ante mis ojos saudosos la ciudad incierta y silente.

Las casas se desigualan en un aglomerado retenido, y el luar, con manchas de incertidumbre, estanca de madreperla los zarandeos muertos de la profusión. Hay tejados y sombras, ventanas y Edad Media. No hay necesidad de alrededores. Flota en lo que se ve un vislumbre de lejanía. Por encima de donde veo hay ramas negras de árboles, y yo tengo el sueño de la ciudad entera en mi corazón disuadido. ¡Lisboa al luar y mi cansancio de mañana!

¡Qué noche! Placiera a quien causó los pormenores del mundo que no hubiese para mí mejor estado o melodía que el momento lunar destacado en que me desconozco conocido.

Ni brisa, ni gente interrumpe lo que no pienso. Tengo sueño del mismo modo que tengo vida. Sólo me siento en los párpados, como si hubiera un quehacer que pesase. Oigo mi respiración. ¿Duermo o estoy despierto?

Me cuesta un plomo de los sentidos moverme con los pies adonde vivo. La caricia del apagamiento, la flor dada de lo inútil, mi nombre nunca pronunciado, mi desasosiego entre orillas, los privilegios de deberes cedidos, y, en el último recodo del parque ancestral, el otro siglo como una rosaleda.

## 400.

Entré en el barbero del modo acostumbrado, con el placer de resultarme fácil entrar sin vergüenza en casas conocidas. Mi sensibilidad de nuevo es angustiante: siento calma sólo donde ya he estado.

Cuando me senté en la silla, pregunté, por un recuerdo casual, al chico barbero que me iba colocando en el cuello una sábana fría y limpia, cómo iba el compañero de la silla de la derecha, más viejo y con espíritu, que estaba enfermo.

Le pregunté sin que me pesase la necesidad de preguntar: se me presentó la oportunidad por el lugar y el recuerdo. «Murió ayer», respondió sin tono la voz que estaba detrás de la toalla y de mí, y cuyos dedos se alzaban de la última inserción en la nuca, entre el cuello y yo. Toda mi buena disposición irracional murió de repente, como el barbero eternamente ausente de la silla de al lado. Hizo frío en todo lo que pensé. No dije nada.

¡Saudades! Las tengo hasta de lo que no fue nada para mí, por una angustia de la fuga del tiempo y una dolencia del misterio de la vida. Caras que veía habitualmente en mis calles habituales –si dejo de verlas entristezco; y no fueron nada para mí, a no ser el símbolo de toda la vida.

¿El viejo sin interés con pantalones sucios, que cruzaba frecuentemente conmigo a las nueve y media de la mañana? ¿El lotero cojo que me molestaba inútilmente? ¿El viejo redondo y colorado con el puro en la puerta del estanco? ¿El dueño pálido del estanco? ¿Qué se hizo de todos ellos, que, porque los vi y los volví a ver, fueron parte de mi vida? Mañana también yo me desvaneceré de la Rua da Prata, de la Rua dos Douradores, de la Rua dos Fanqueiros. Mañana también yo –el alma que siente y piensa, el universo que soy para mí– sí, mañana también yo seré lo que dejó de pasar en estas calles, lo que otros vagamente evocarán con un «¿qué será de él?». Y todo lo que hago, todo lo que siento, todo lo que vivo, no será más que un transeúnte menos en las calles de una ciudad cualquiera.

*401.*

**La divina envidia**

Siempre que tengo una sensación agradable en compañía de otros, les envidio la parte que tuvieron en esa sensación. Me parece un impudor que sientan lo mismo que yo, que me devoren el alma por medio del alma, unísonamente sintiendo, de ellos.

La gran dificultad del orgullo que me ofrece la contemplación de los paisajes, es la dolorosa circunstancia de haberlos con certeza contemplado ya otra persona con una intención igual.

En momentos diferentes, es cierto, y en otros días. Pero hacerme notar esto sería acariciarme y amansarme con una escolástica que soy superior a merecer. Sé que poco importa la diferencia, que con el mismo espíritu en el mirar, otros tuvieron ante el paisaje un modo de ver, no como, sino parecido al mío.

Me esfuerzo por eso para alterar siempre lo que veo de modo que se vuelva indiscutiblemente mío –de alterar, manteniéndola mismamente bella y en el mismo orden de línea de belleza, la línea del perfil de las montañas; de sustituir ciertos árboles y flores por otros, vastamente los mismos diferentísimamente; de ver otros colores de efecto idéntico en el ocaso– y así creo, de educado que soy, y con el mismo gesto de mirar con que espontáneamente veo, un modo interior del exterior.

Esto, sin embargo, es el grado ínfimo de sustitución de lo visible. En mis buenos y abandonados momentos de sueño arquitecto mucho más.

Hago que el paisaje tenga para mí los efectos de la música, que me evoque imágenes visuales –curioso y dificilísimo triunfo del éxtasis, tan difícil porque el agente evocador es del mismo orden de sensaciones que lo que ha de evocar,

Mi triunfo máximo en el género fue cuando, a cierta hora ambigua de aspecto y luz, mirando hacia el Cais do Sodré nítidamente, *lo vi* una pagoda china con extraños cascabeles en las puntas de los tejados como sombreros absurdos –curiosa pagoda china *pintada* en el espacio, sobre el espacio-satén, no sé cómo, sobre el espacio que perdura en la abominable tercera dimensión. Y la hora me olió verdaderamente a un tejido arrastrado y lejano y con una gran envidia de realidad...

## 402.

**Carta**

Ojalá supieses comprender tu deber de ser meramente el sueño de un soñador. Ser sólo el incensario de la catedral de los devaneos. Tallar tus gestos como sueños, para que fuesen apenas ventanas abiertas a paisajes nuevos de tu alma. De tal modo arquitectar tu cuerpo en remedos de sueño que no fuera posible verte sin pensar en otra cosa, que recordaras todo menos a ti mismo, que verte fuera oír música y atravesar, sonámbulo, grandes paisajes de lagos muertos, vagas florestas silenciosas perdidas al fondo de otras épocas, donde invisibles pares diversos viven sentimientos que no tenemos.

No te querría para nada más que para no tenerte. Querría que, soñando yo y si tú aparecieses, yo pudiese imaginarme aún soñando –ni viéndote quizá, pero quizá notando que el luar había llenado de // los lagos muertos y que ecos de canciones ondeaban súbitamente en el gran bosque inexplícito, perdido en épocas imposibles.

La visión de ti sería el lecho donde mi alma se adormeciese, niña enferma, para soñar otra vez con otro cielo. ¿Hablar? Sí, pero que oírte fuese no oírte sino ver grandes puentes al luar uniendo las dos orillas oscuras del río que va a dar al antiguo mar donde las carabelas son nuevas para siempre.

¿Sonreías? Yo no sabía de eso, pero en mis cielos interiores andaban las estrellas. Me mirabas durmiendo. Yo no me fijaba en eso, sino en el barco lejano cuya vela de sueño iba bajo la luna, pasando lejanas marinas.

## 403.

**Cascada**

El niño sabe que la muñeca no es real, y la trata como real, hasta llorarla y disgustarse cuando se rompe. El arte del niño es irrealizar. Bendita sea esa edad errada de la vida, cuando se niega la vida por no haber sexo, cuando se niega la realidad por jugar, tomando por reales las cosas que no lo son.

Que yo me vuelva niño y lo sea siempre, sin que me importen los valores que los hombres dan a las cosas ni las relaciones que los hombres establecen entre ellas. Y, cuando era pequeño, ponía muchas veces soldados de plomo patas arriba... ¿Y hay argumento alguno, con forma lógica de convencer, que nos pruebe que los soldados reales no deben andar cabeza abajo...?

El niño no da más valor al oro que al vidrio. Y realmente, ¿el oro vale más? El niño halla oscuramente absurdas las pasiones, las rabias, los recelos que ve esculpidos en los gestos adultos. ¿Y no son en verdad absurdos y vanos todos nuestros recelos y todos nuestros odios, y todos nuestros amores?

¡Oh divina y absurda intuición infantil! ¡Visión verdadera de las cosas, que nosotros vestimos de convenciones al verlas en su mayor desnudez, que nosotros embrumamos de ideas nuestras en nuestro mirarlas más directo!

¿Será Dios un niño muy grande? ¿El universo entero no parece un juego, una jugarreta de niño travieso? Tan irreal //.

Os lancé, riendo, esta idea al aire, ¡y mirad cómo al verla distante de mí de repente veo lo horrorosa que es! ¡Y quién sabe si no contiene la verdad! Y cae y se me rompe a los pies, en polvo de horror y astillas de misterio...

Despierto para saber que existo...

Un gran tedio incierto gorgotea, erróneamente fresco al oído, por la cascada, colmenar abajo, allá al fondo estúpido del jardín.

## 404.

### Cenotafio

Ni viuda ni hijo le puso en la boca el óbolo para pagar a Caronte. Están velados para nosotros los ojos con que cruza la Estigia y vio nueve veces reflejado en las aguas profundas el rostro que no conocemos. No tiene nombre entre nosotros la sombra ahora errante en las márgenes de los ríos soturnos; su nombre es sombra también.

Murió por la Patria, sin saber cómo ni por qué. Su sacrificio tuvo la gloria de no conocerse. Dio la vida con toda la entereza del alma: por instinto, no por deber; por amor a la Patria, no por conciencia de ella. La defendió como quien defiende a una madre, de quien somos hijos no por lógica, sino por nacimiento. Fiel al secreto primigenio, no pensó ni quiso, sino que vivió su muerte instintivamente, como había vivido su vida. La sombra que usa ahora se hermana con los que cayeron en las Termópilas, fieles en la carne al juramento en que habían nacido.

Murió por la Patria como el sol nace todos los días. Fue por naturaleza lo que la Muerte haría de él.

No cayó siervo de una fe ardiente, no lo mataron combatiendo por la bajeza de un gran ideal. Libre de la injuria de la fe y del insulto del humanitarismo, no cayó en defensa de una idea política, o del futuro de la humanidad, o de una religión aún por haber. Lejos de la fe en otro mundo, con la que se engañan los crédulos de Mahoma y los secuaces de Cristo, vio la muerte llegar sin esperar en ella la vida, vio la vida pasar sin esperar una vida mejor.

Pasó naturalmente, como el viento y el día, llevando consigo el alma, que lo había hecho diferente. Se sumergió en la sombra como quien entra por la puerta adonde llega. Murió por la Patria, lo único superior a nosotros de que tenemos conocimiento y razón. El paraíso del mahometano o cristiano, el olvido trascendente del budista no se reflejó en los ojos cuando en ellos se apagó la llama, que lo hacía vivo en la tierra.

No supo quién era, como no sabemos quién es. Cumplió su deber, sin saber que lo cumplía, lo guio lo que hace florecer las rosas y ser bella la muerte de las hojas. La vida no tiene razón mejor, ni la muerte mejor galardón.

Visita ahora, conforme los dioses conceden, las regiones donde no hay luz, pasando los lamentos de Cocito y el fuego de Flegetonte y oyendo en la noche el lapso débil de la lívida ola letea.

Él es anónimo como el instinto que lo mató. No pensó que iba a morir por la Patria; murió por ella. No decidió cumplir con su deber; lo cumplió. A quien no tuvo nombre en el alma, justo es que no preguntemos qué nombre definió su cuerpo. Fue portugués, no siendo tal o cual portugués, es el portugués sin limitación.

Su lugar no está al pie de los creadores de Portugal, cuya estatura es otra, y otra la conciencia. No le cabe la compañía de los semidioses, por cuya audacia crecieron los caminos del mar y hubo más tierra de la que cabía a nuestro alcance.

Ni estatua ni lápida narran quién fue lo que fue todos nosotros; como es todo pueblo, debe tener por tumba toda esta tierra. En su propia memoria lo debemos sepultar, y por lápida ponerle su ejemplo solamente.

## 405.

### Milímetros

*(Sensaciones de cosas mínimas)*
Como el presente es antiquísimo, porque todo cuando existió fue presente, yo siento hacia las cosas, porque pertenecen al presente, cariños de anticuario, y furias de coleccionista precedido por quien me quita mis errores sobre las cosas con plausibles, y hasta verdaderas explicaciones científicas y fundamentadas.

Las diversas posiciones que una mariposa que vuela ocupa sucesivamente en el espacio son a mis ojos maravillados varias cosas que quedan visiblemente en el espacio. Mis reminiscencias son tan vívidas que sólo las sensaciones mínimas, y de cosas pequeñísimas, son las que experimento intensamente. Será por mi amor a lo fútil que esto me sucede. Puede ser que sea por mi escrúpulo en el detalle. Pero pienso más –no lo sé, estas son las cosas que nunca analizo– que es porque lo mínimo, por no tener absolutamente ninguna importancia social o práctica, tiene, por la mera ausencia de eso, una independencia absoluta de asociaciones sucias con la realidad. Lo mínimo me sabe a irreal. Lo inútil es bello porque es menos real que lo útil, que se continúa y prolonga, al tiempo que lo maravilloso fútil, lo glorioso infinitesimal se queda donde está, no pasa de ser lo que es, vive libre e independiente. Lo inútil y lo fútil abren en nuestra vida real intervalos de estética humilde. ¡Cuánto no me provoca en el alma de sueños y amorosas delicias la mera existencia insignificante de un alfiler prendido en una cinta! ¡Triste por quien no sabe la importancia que eso tiene!

Después, entre las sensaciones que más penetrantemente duelen hasta ser agradables, el desasosiego del misterio es una de las más complejas y extensas. Y el misterio nunca es tan transparente como en la contemplación de las cosas pequeñitas, que, como no se mueven, son perfectamente translúcidas para él, y se detienen para dejarlo pasar. Es más difícil tener sentimiento de misterio contemplando una batalla –y, sin embargo, pensar en lo absurdo de que haya gente, y sociedades y combates entre ellas es de lo que mejor puede desplegar dentro de nuestro pensamiento la bandera de conquista del misterio– que ante la contemplación de una pequeña piedra erigida en un camino, que, por no provocar idea alguna más allá de la de su propia existencia, ninguna otra idea puede provocar, si continuamos pensando, que, inmediatamente después, la de su misterio de existir.

¡Benditos sean los instantes, y los milímetros, y las sombras de las pequeñas cosas, aún más humildes que ellas! Los instantes, //. Los milímetros –qué impresión de asombro y de osadía su existencia muy próximos entre sí de lado a lado de una cinta métrica me causa. A veces sufro y gozo con estas cosas. Tengo un orgullo tosco en eso.

Soy una placa fotográfica prolijamente impresionable. Todos los detalles se me graban desproporcionadamente en un todo. Sólo me ocupo de mí. El mundo exterior me resulta siempre evidentemente sensación. Nunca me olvido de que siento.

406.

## En la floresta del ajenamiento

Sé que desperté y que aún duermo. Mi cuerpo antiguo, molido de vivir, me dice que es muy pronto aún... Me siento febril desde lejos. Siento un peso, no sé por qué...

En un torpor lúcido, pesadamente incorpóreo, me estanco, entre el sueño y la vigilia, en un sueño que es una sombra de soñar. Mi atención flota entre dos mundos y ve ciegamente la profundidad de un mar y la profundidad de un cielo; y estas profundidades se interpenetran, se mezclan, y yo no sé dónde estoy ni lo que sueño.

Un viento de sombras sopla cenizas de propósitos muertos sobre lo que soy despierto. Cae de un firmamento desconocido un orballo tibio de tedio. Una gran angustia inerte me manosea el alma por dentro e, incierta, me altera, como la brisa a los perfiles de las copas.

En la alcoba mórbida y cálida la antemañana de afuera es sólo un hálito de penumbra. Soy todo confusión quieta... ¿Para qué ha de despuntar un día? Me cuesta saber que despuntará, como si fuese un esfuerzo mío hacerlo aparecer.

Con una lentitud confusa me calmo. Me entorpezco. Floto en el aire, entre velar y dormir, y otra especie de realidad surge, y yo en medio de ella, no sé de qué dónde que no es este...

Surge pero no apaga esta, esta de la alcoba templada, esa de una floresta extraña. Coexisten en mi atención encadenada las dos realidades, como dos que se mezclan.

¡Qué nítido de otro y de ella ese trémulo paisaje transparente!...

¿Y quién es esta mujer que conmigo viste de observada esa floresta ajena? ¿Para qué tengo un momento de preguntármelo?... Yo ni sé quererlo saber...

La alcoba vaga es un cristal oscuro a través del cual, consciente de él, veo este paisaje... Y ese paisaje lo conozco desde hace mucho tiempo, y hace mucho tiempo que con esta mujer que desconozco erro, por otra realidad, a través de la irrealidad de ella. Siento en mí siglos de conocer aquellos árboles y aquellas flores y aquellas vías en desvíos y aquel ser mío que allí vaga, antiguo y ostensible a mi mirada, que al saber que estoy en esta alcoba se viste de sombras de ver...

De vez en cuando, por la floresta donde de lejos me veo y siento, un viento lento barre un humo, y ese humo es la visión nítida y oscura de la alcoba en la que estoy actualmente, de estos vagos muebles y cortinas y de su torpor nocturno.

Despúes ese viento pasa y vuelve a ser todo sólo el paisaje de aquel otro mundo...

Otras veces, esta estrecha habitación es sólo una bruma gris en el horizonte de esa tierra distinta... Y hay momentos en que el suelo que allí pisamos es esta alcoba visible...

Sueño y me pierdo, doble de ser yo y esa mujer... Un gran cansancio es un fuego negro que me consume... Una gran ansia pasiva es la vida falsa que me estrecha...

¡Oh felicidad desvaída!... ¡El eterno estar en el bifurcar de los caminos!... Yo sueño y por detrás de mi atención sueña conmigo alguien... Y tal vez yo no sea más que un sueño de ese Alguien que no existe...

¡Allá fuera la mañana tan lejana! ¡La floresta tan aquí ante otros ojos míos!

Y yo, que lejos de este paisaje casi la olvido, y al tenerla tengo saudades de ella, y al recorrerla la lloro y a ella aspiro...

¡Los árboles! ¡Las flores! ¡El esconderse copado de los caminos!...

Paseábamos a veces, del brazo, bajo los cedros y los olivos y ninguno de nosotros pensaba en vivir. Nuestra carne nos resultaba un perfume vago y nuestra vida un eco de sonido de fuente. Nos dábamos las manos y nuestras miradas se preguntaban lo que sería ser sensual y querer realizar en carne la ilusión del amor...

En nuestro jardín había flores de todas las bellezas... –rosas de contornos enrollados, lirios de un blanco amarilleante, amapolas que estarían ocultas si su rubor no delatase presencia, escasas violetas en el borde erizado de los canteros, miosotas mínimas, camelias estériles de perfume... Y, pasmados por encima de las altas hierbas, ojos, los girasoles aislados nos miraban fijamente.

Nos rozábamos el alma entera con el frescor visible de los musgos y tuvimos, al pasar por las palmeras, la intuición sutil de otras tierras... Y nos subía el llanto al recuerdo, porque ni siquiera aquí, al ser felices, lo éramos...

Robles llenos de siglos nudosos hacían tropezar nuestros pies en los tentáculos muertos de sus raíces... Plátanos estacaban... Y a lo lejos, entre árbol y árbol de cerca, pendían en el silencio de las parras los racimos negreantes de las uvas...

Nuestro sueño de vivir iba delante de nosotros, alado, y teníamos para él una sonrisa igual y ajena, combinada en las almas, sin mirarnos, sin saber uno del otro más que la presencia apoyada de un brazo contra la atención entregada del otro brazo que lo sentía.

Nuestra vida no tenía dentro. Éramos fuera y otros. Nos desconocíamos, como si hubiésemos aparecido a nuestras almas después de un viaje a través de sueños...

Nos habíamos olvidado del tiempo, y el espacio inmenso se nos había empequeñecido en la atención. ¿Fuera de aquellos árboles próximos, de aquellas parras alejadas, de aquellos montes últimos en el horizonte habría algo real, algo merecedor de la mirada abierta que se da a las cosas que existen...?

En la clepsidra de nuestra imperfección gotas regulares de sueño marcaban horas irreales... Nada vale la pena, oh mi amor lejano, excepto saber lo suave que es saber que nada vale la pena...

El movimiento parado de los árboles; el sosiego inquieto de las fuentes; el hálito indefinible del ritmo íntimo de las savias; el atardecer lento de las cosas, que parece venirles de dentro a dar manos de concordancia espiritual a la tristeza lejana, y cerca del alma, del alto silencio del cielo; la caída de las hojas, acompasada e inútil, gotas de olvido, en las que el paisaje se vuelve todo a nuestros oídos y se entristece en nosotros como una patria recordada –todo esto, como un cinturón desatándose, nos ceñía, inciertamente.

Allí vivimos en un tiempo que no sabía transcurrir, un espacio sobre el que no se podía pensar que se pudiese medir. Un transcurrir fuera del Tiempo, una extensión que desconocía los hábitos de la realidad del espacio... ¡Qué horas, oh compañera inútil de mi tedio, qué horas de desasosiego feliz pretendieron ser nuestras allí! Horas de grisura de espíritu, días de saudade espacial, siglos interiores de paisaje externo... Y no nos preguntábamos para qué era aquello, porque disfrutábamos al saber que aquello no era para nada.

Sabíamos allí, por una intuición que ciertamente no teníamos, que este dolorido mundo donde seríamos dos, si existía, era más allá de la línea extrema donde las montañas hálitos de formas, y más allá de ella no había nada. Y a causa de la contradicción de saber esto, nuestra hora allí era tan oscura como una caverna en tierra de supersticiosos, y nuestro sentirla era extraño como un perfil de la ciudad morisca contra un cielo de crepúsculo otoñal...

Orlas de mares desconocidos tocaban, en el horizonte de oírnos, playas que nunca podríamos ver, y nos daba felicidad escuchar, hasta verlo en nosotros, ese mar donde sin duda navegaban carabelas con otros fines para recorrerlo, diferentes de los fines útiles y mandados de la Tierra.

Reparábamos de repente, como quien repara en que vive, en que el aire estaba lleno de cantos de ave, y que, como perfumes antiguos en satenes, la marejada estregada de las hojas estaba más arraigada en nosotros que la conciencia de oírnos.

Y así el murmullo de los pájaros, el susurro de las arboledas y el fondo monótono y olvidado del mar eterno ponían en nuestra vida abandonada una aureola de desconocimiento. Dormimos allí despiertos días, contentos de no ser nada, de no tener deseos ni esperanzas, de habernos olvidado del color de los amores y del sabor de los odios. Nos creíamos inmortales...

Allí vivimos horas llenas de otro modo de sentirlas, horas de una imperfección vacía y tan perfectas por eso, tan diagonales a la certeza rectangular de la vida... Horas imperiales depuestas, horas vestidas de púrpura gastada, horas caídas en ese mundo de otro mundo más lleno del orgullo de tener más desmanteladas angustias...

Y nos dolía gozar de aquello, nos dolía... Porque, a pesar de lo que tenía de exilio tranquilo, todo aquel paisaje nos sabía a ser este mundo, toda ella estaba húmeda de la pompa de un vago tedio, triste y enorme y perverso como la decadencia de un imperio ignoto...

En las cortinas de nuestra alcoba la mañana es una sombra de luz. Mis labios, que yo sé que están pálidos, saben el uno al otro a no querer tener vida.

El aire de nuestro cuarto neutro es pesado como un cortinaje. Nuestra atención somnolienta al misterio de todo esto es suave como una cola de vestido arrastrado en un ceremonial en el crepúsculo.

Ninguna ansia nuestra tiene razón de ser. Nuestra atención es un absurdo consentido por nuestra inercia alada.

No sé qué aceites de penumbra ungen nuestra idea de nuestro cuerpo. El cansancio que tenemos es la sombra de un cansancio. Nos viene de muy lejos, como nuestra idea de tener nuestra vida...

Ninguno de nosotros tiene nombre o existencia plausible. Si pudiésemos ser ruidosos hasta el punto de imaginarnos riendo, reiríamos sin duda de creernos vivos. El frescor tibio de la sábana nos acaricia (a ti como a mí, seguro) los pies que se sienten, el uno al otro, desnudos.

Desengañémonos, mi amor, de la vida y de sus modos. Huyamos de ser nosotros... No quitemos del dedo el anillo mágico que llama, al moverlo, a las hadas del silencio y a los elfos de la sombra y a los gnomos del olvido...

Y he aquí que, cuando vamos a soñar con hablar de ella, surge ante nosotros otra vez, la floresta feraz, pero ahora más perturbada por nuestra perturbación y más triste por nuestra tristeza. Huye de delante de ella, como una neblina que se deshoja, nuestra idea del mundo real, y yo me poseo otra vez en mi sueño errante, que esta floresta misteriosa enmarca...

Las flores, ¡las flores que allí viví! Flores que la vista traducía a sus nombres, conociéndolas, y cuyo perfume el alma cogía, no en ellas sino en la melodía de los nombres... Flores cuyos nombres eran repetidos en secuencia, orquestas de perfumes sonoros... Árboles cuya voluptuosidad verde ponía sombra y frescor en cómo se llamaban... Frutos cuyo nombre era un clavar de dientes en el alma de su pulpa... Sombras que eran reliquias de otroras felices... Claros, claros claros, que eran sonrisas más francas del paisaje a punto de bostezar... ¡Oh horas multicolores! ¡Instantes-flores, minutos-árboles, oh tiempo muerto de espacio y cubierto de flores, y del perfume de las flores, y el perfume de nombres de flores!...

¡Locura de sueño en aquel silencio ajeno!...

Nuestra vida era toda la vida... Nuestro amor era el perfume del amor... Vivíamos horas imposibles, llenas de ser nosotros... Y esto porque sabíamos, con toda la carne de nuestra carne, que no éramos una realidad...

Éramos impersonales, huecos de nosotros, otra cosa cualquiera... Éramos aquel paisaje difuminado en la conciencia de sí mismo... Y así como él era dos –de realidad que era, e ilusión– así éramos nosotros oscuramente dos, ninguno de nosotros sabiendo bien si el otro no era él mismo, si el incierto otro viviría...

Cuando emergíamos de repente ante el estancamiento de los lagos, nos sentíamos como si quisiésemos sollozar... Allí aquel paisaje tenía los ojos arrasados de agua, ojos parados, llenos del tedio incalculable de ser... Llenos, sí, del tedio de ser, de tener que ser algo, realidad o ilusión –y ese tedio tenía su patria y su voz en la mudez y en el exilio de los lagos, tanto de nosotros con ellos quedaba, simbolizado y absorto...

¡Y qué fresco y feliz horror que allí no hubiera nadie! Ni siquiera nosotros, que por allí estábamos... Porque nosotros no éramos nadie. Ni siquiera éramos cosa alguna... No teníamos vida que la Muerte precisase para matar. Éramos tan tenues y pequeños que el viento del transcurrir nos había dejado inútiles y el tiempo pasaba por nosotros acariciándonos como una brisa por la copa de una palmera.

No teníamos época ni propósito. Toda la finalidad de las cosas y de los seres nos había dejado a la puerta de aquel paraíso de ausencia. Se había inmovilizado, para que la sintiésemos, el alma rugosa de los troncos, el alma extendida de las hojas, el alma núbil de las flores, el alma curva de los frutos...

Y así morimos nuestra vida, tan atentos separadamente a morirla que no reparamos en que éramos uno sólo, que cada uno de nosotros era una ilusión del otro, y cada uno, dentro de sí, el mero eco de su propio ser...

Zumba una mosca, incierta y mínima...

Rayan en mi atención vagos ruidos, nítidos y dispersos, que llenan del ser ya día mi conciencia de nuestro cuarto... ¿Nuestro cuarto? ¿Nuestro de qué dos, si estoy solo? No lo sé. Todo se funde y sólo queda, huyendo, una realidad-bruma que mi incertidumbre zozobra y mi comprenderme, arrullado de opios, adormece.

La mañana rompió, como una caída, desde la cima pálida de la Hora...

Acabaron de arder, mi amor, en la chimenea de nuestra vida, los troncos de nuestros sueños...

Desengañémonos de la esperanza, porque traiciona, del amor, porque cansa, de la vida, porque harta y no sacia, y hasta de la muerte, porque trae más de lo que se quiere y menos de lo que se espera.

Desengañémonos, oh, Velada, de nuestro propio tedio, porque envejece de sí mismo y no se atreve a ser toda la angustia que es y no lloremos, no odiemos, no deseemos...

Cubramos, oh Silenciosa, con una sábana de lino fino el perfil tieso y muerto de nuestra Imperfección...

## 407.

### Sinfonía de la noche inquieta

Crepúsculo en ciudades antiguas, con tradiciones desconocidas escritas en las piedras negras de los edificios pesados; las auroras trémulas en las campiñas anegadas, pantanosas, húmedas como el aire antes del sol; los callejones, donde todo es posible, las arcas pesadas en las salas vetustas; el pozo al final de la quinta a la luz de la luna; la carta fechada de los primeros amores de nuestra abuela que no conocemos; el moho de las habitaciones donde se arrincona el pasado; la espingarda que nadie hoy sabe usar; la fiebre en las tardes calurosas en la ventana; nadie en la carretera; el sueño con sobresaltos; la molestia que se arrastra por las viñas; campanas; la pena claustral de vivir... Hora de bendiciones tus manos sutiles... La caricia nunca viene, la piedra del anillo sangra en lo casi oscuro... Fiestas de iglesia sin creencia en el alma: la belleza material de los santos toscos y feos, pasiones románticas en la idea de tenerlas, el aroma a mar, en la noche entrada, en los muelles de la ciudad humedecida al refrescar...

Delgadas, tus manos se levantan sobre quien la vida secuestra. Largos corredores, y las buhardillas, ventanas cerradas siempre abiertas, el frío en el suelo como las tumbas, la saudade de amar como un viaje por hacer a las tierras incompletas... Nombres de reinas antiguas... Vidrieras donde pintaron condes fuertes... La luz matutina vagamente esparcida, como un incienso frío por el aire de la iglesia concentrado en la oscuridad del suelo impenetrable... Las manos secas la una contra la otra.

Los escrúpulos del monje que, en el libro antiquísimo encuentra, en los guarismos absurdos, las enseñanzas de los magos, y en los grabados decorativos los pasos de la Iniciación.

Playa al sol la fiebre en mí... El mar luciendo mi angustia en la garganta... Las velas a lo lejos y cómo andan en mi fiebre... En la fiebre las escaleras a la playa... Calor en la brisa fresca, transmarina, *mare vorax, minax, mare tenebrosum* –la noche oscura allá lejos para los argonautas y en mi frente ardiendo las carabelas primitivas...

Todo es de los otros, menos la pena de no tenerlo.

Dame la aguja... Hoy faltan en el interior de casa sus pasos pequeños y el desconocimiento de dónde está ella metida, todo lo que estará bordando con pliegues, con colores, con alfileres. Hoy sus costuras están cerradas para siempre en cajones corredizos en la cómoda –superfluas– y no hay calor de brazos soñados alrededor del cuello de la madre.

## 408.

**Viaje nunca hecho**

Fue por un crepúsculo de vago otoño cuando partí en ese viaje que nunca hice.

El cielo –imposiblemente me acuerdo– era de un resto rojo de oro triste, y la línea agónica de los montes, lúcida, tenía una aureola cuyos tonos de muerte le penetraban suavizadores, en la astucia de su contorno. Desde la otra borda del barco (estaba más frío y era más noche en ese lado del toldo) el océano se temblaba hasta donde el horizonte este se entristecía, y donde, poniendo penumbras de noche en la línea líquida y oscura del mar extremo, un hálito de tiniebla flotaba como una niebla en día de calor.

El mar, recuerdo, tenía tonalidades de sombra, de mezcla con figuras ondeadas de luz vaga –y era todo misterioso como una idea triste en una hora de alegría, profética no sé de qué.

No partí de un puerto conocido. Ni hoy sé qué puerto era, porque aún no estuve nunca allí. También, igualmente, el propósito ritual de mi viaje era ir en busca de puertos inexistentes –puertos que fuesen sólo entrar-a-puertos; ensenadas olvidadas de ríos estrechos entre ciudades irreprensiblemente irreales. Creéis, sin duda, al leerme, que mis palabras son absurdas. Es que nunca habéis viajado como yo.

¿Yo partí? No os juraría que partí. Me encontré en otras partes, vi otros puertos, pasé por ciudades que no eran aquella, aunque ni aquella ni esas fuesen ciudades algunas. Juraros que fui yo quien partió y no el paisaje, que fui yo quien visitó otras tierras y no ellas quienes me visitaron a mí –no lo puedo hacer. Yo que, sin saber lo que es la vida, ni sé si soy yo el que la vivo si es ella la que me vive (tenga ese verbo hueco «vivir» el sentido que quiera tener), desde luego no os voy a jurar nada.

Viajé. Creo inútil explicaros que no tardé ni meses, ni días, ni ninguna otra cantidad cualquiera de cualquier medida de tiempo viajando. Viajé en el tiempo, es cierto, pero no del este lado del tiempo, donde lo contamos por horas, días y meses; fue del otro lado del tiempo que yo viajé, donde el tiempo no se mide. Discurre, pero sin que sea posible medirlo. Es como si fuera más rápido que el tiempo que nos vemos viviendo. Me preguntáis, y a vosotros, seguro, qué sentido tienen estas frases; nunca cometáis ese error. Despedíos del error infantil de preguntar el sentido de las cosas y las palabras. Nada tiene un sentido.

¿En qué barco hice ese viaje? En el vapor Cualquiera. Leéis. Yo también, y de vosotros tal vez. ¿Quién os dice, y a mí, que no escribo símbolos para que los dioses entiendan?

No importa. Partí al crepúsculo. Tengo aún en el oído el ruido férreo de arrastrar el ancla a vapor. En el soslayo de mi memoria se mueven aún lentamente, para al fin entrar en su posición de inercia, los brazos del guindaste del barco, que llevaban horas trabajando, los brazos de la grúa de a bordo, que hacía horas que me habían lastimado mi vista continua de cajas y barriles. Estos surgían súbitos, sujetos entre sí por una cadena, desde encima de la borda donde chocaban, rascando, y después, oscilando, se iban dejando empujar, empujar, hasta quedar por encima de la bodega, a donde, súbitos, descendían, hasta, con un choque sordo y maderoso, llegaban aplastadoramente a un lugar oculto de la bodega. Después sonaban allá abajo al desatarnos; enseguida subía sólo la corriente vacilante en el aire, y recomenzaba todo, como inútilmente.

¿Yo para qué os cuento esto? Porque es absurdo estar contándolo, puesto que es de mis viajes de lo que dije que os hablaría.

Visité Nuevas Europas y otras Constantinoplas acogieron mi venida velera en Bósforos falsos. ¿Venida velera, os sorprende? Es como os digo, así mismo. El vapor en que partí llegó barco de vela al puerto... Que esto es imposible, decís. Por eso me sucedió. Nos llegaron, en otros vapores, noticias de guerras soñadas en Indias imposibles. Y, al oír hablar de aquellas tierras, tuvimos inoportunamente saudades de la nuestra, dejada tan atrás, quién sabe si en aquel mundo.

## 409.

Y así me escondo detrás de la puerta, para que la Realidad, cuando entra, no me vea. Me escondo debajo de la mesa, donde, súbitamente, le doy sustos a la Posibilidad. De modo que me desligo de mí, como los dos brazos de un abrazo, los dos grandes tedios que me constriñen –el tedio de poder vivir sólo en lo Real, y el tedio de poder concebir sólo lo Posible.

Triunfo así sobre toda realidad. ¿Castillos de arena, mis triunfos?... ¿De qué cosa esencialmente divina son los castillos que no son de arena?

¿Cómo sabéis que, viajando así, no me rejuvenezco oscuramente?

Infantil de absurdo, revivo mi niñez y juego con las ideas de las cosas como con soldados de plomo, con los cuales, de niño, hacía cosas que chocaban con la idea de soldado.

Ebrio de errores, me pierdo por momentos de sentirme vivir.

### 410.

—¿Naufragios? No, nunca tuve ninguno. Pero tengo la impresión de que en todos mis viajes naufragué, estando mi salvación escondida en inconsciencias intervalantes.

—Sueños vagos, luces confusas, paisajes perplejos: he aquí lo que me queda en el alma de tanto que viajé.

Tengo la impresión de que conocí horas de todos los colores, amores de todos los sabores, ansias de todos los tamaños. Me desmedí por la vida y nunca me basté ni me soñé bastándome.

—Necesito explicarle que viajé realmente. Pero todo me sabe a constarme que viajé, pero no lo he vivido. He llevado de un lado a otro, de norte a sur..., de este a oeste, el cansancio de haber tenido un pasado, el tedio de vivir un presente, y el desasosiego de tener que tener un futuro. Pero tanto me esfuerzo que dejo todo en el presente, matando dentro de mí el pasado y el futuro.

—He paseado por los márgenes de los ríos cuyos nombres me he encontrado ignorando. En las mesas de los cafés de las ciudades visitadas me he descubierto percibiendo que todo me sabía a sueño, a vaguedad. ¡He llegado a tener a veces la duda de si no continuaba sentado a la mesa de nuestra casa antigua, inmóvil y deslumbrada por sueños! No le puedo asegurar que eso no suceda, que yo no esté allí aún ahora, que todo esto, incluyendo esta conversación contigo, no sea falso y supuesto. ¿El señor quién es? Se da el hecho aún absurdo de no poder explicarlo...

### 411.

No desembarcar pues no tiene muelles donde se desembarque. Nunca llegar implica no llegar nunca.

## 412.

**Vía láctea**

... con meneos de frase de una espiritualidad venenosa...

... rituales de púrpura rota, ceremoniales misteriosos de ritos contemporáneos de nadie.

... secuestradas sensaciones sentidas en otro cuerpo que no es el físico, pero cuerpo y físico a su modo, intervalando sutilezas entre lo complejo y lo simple...

... lagunas donde flota, pelúcida, una intuición de oro mate, tenuemente desnuda de haberse alguna vez realizado, y sin duda por coleantes refinamientos, lirio entre manos muy blancas...

... pactos entre el torpor y la angustia, verdinegros, tibios a la vista, cansados entre centinelas de tedio...

... nácar de inútiles consecuencias, alabastro de frecuentes maceraciones –oro, púrpura y orlas los entretenimientos con ocasos, pero no barcos para mejores orillas, ni puentes para crepúsculos mayores...

... ni siquiera a la orilla de la idea de estanques, de muchos estanques, lejanos a través de álamos, o cipreses tal vez, según las sílabas sentidas con que la hora pronunciaba su nombre...

... por eso ventanas abiertas sobre muelles, continuo chapotear contra dársenas, séquito confuso como ópalos, loco y absorto, entre lo que amarantos y terebintos escriben los insomnios de entendimiento en los muros oscuros del poder oír...

... hilos de plata rara, nexos de púrpura deshilachada, bajo tilos sentimientos inútiles, y por callejas donde bojes callan, pares antiguos, abanicos súbitos, gestos vagos, y mejores jardines sin duda esperan el cansancio plácido de no más que callejas y alamedas...

... quincunces, pérgolas, cavernas de artificio, parterres cuidados, fuentes, todo el arte sobrante de maestros muertos que tenían, entre duelos íntimos de insatisfecho con lo evidente, decidido procesiones de cosas para sueños por las calles estrechas de las aldeas antiguas de las sensaciones...

... tonadas a mármol en lejanos palacios, reminiscencias poniendo manos sobre las nuestras, miradas casuales de indecisiones ocasos en cielos fatídicos, anocheciendo en estrellas sobre silencios de imperios que decaen...

\* \* \*

Reducir la sensación a una ciencia, hacer del análisis psicológico un método preciso como un instrumento de microscopio –pretensión que ocupa, sed tranquila, el nexo de voluntad de mi vida...

Es entre la sensación y la conciencia de ella por donde pasan todas las grandes tragedias de mi vida. En esa región indeterminada, sombría, de bosques y sonidos de agua toda, neutral hasta el ruido de nuestras guerras, discurre ese ser mío cuya visión en vano busco...

Yazgo mi vida. (Mis sensaciones son un epitafio gongórico sobre mi vida muerta). Me acontezco la muerte y el ocaso. Lo más que puedo esculpir es sepulcro mío la belleza interior.

Los portones de mi alejamiento se extienden a parques de infinito, pero nadie pasa por ellos, ni siquiera en mi sueño –pero abiertos siempre para lo inútil y de hierro eternamente para lo falso...

Deshojo apoteosis en los jardines de las pompas interiores y entre bojes de sueño piso, con una sonoridad dura, las callejuelas que conducen a Confuso.

Acampé Imperios en el Confuso, al lado de silencios, en la guerra aduladora en que acabará el Exacto.

El hombre de ciencia reconoce que la única realidad para él es él mismo, y el único mundo real el mundo tal como su sensación se lo da. Por eso, en lugar de seguir el falso camino de procurar ajustar sus sensaciones a las de los otros, ciencia objetiva, procura, antes, conocer perfectamente su mundo, y su personalidad. Nada más objetivo que sus sueños. Nada más suyo que su conciencia de sí. Sobre esas dos realidades refina él su ciencia. Es muy diferente ya de la ciencia de los antiguos científicos, que, lejos de buscar las leyes de su propia personalidad y la organización de sus sueños, buscaban las leyes del «exterior» y la organización de aquello a lo que llamaban «Naturaleza».

* * *

En mí lo que hay de primordial es el hábito y el modo de soñar. Las circunstancias de mi vida, desde niño solo y tranquilo, otras fuerzas tal vez, moldeándome, de lejos, por herencias oscuras a su siniestro corte, hicieron de mi espíritu una constante corriente de devaneos. Todo lo que soy está en esto, e incluso aquello que en mí parece lejos de destacar al soñador, pertenece sin escrúpulo al alma de quien sólo sueña, elevada ella a su mayor grado.

Quiero, para mi propio gusto de analizarme, ir, en la medida en que a eso me adapte, ir poniendo en palabras los procesos mentales que en mí son uno sólo, ese, el de una vida dedicada al sueño, de un alma educada sólo en soñar.

Viéndome desde fuera, como casi siempre me veo, soy un inepto para la acción, perturbado por tener que dar pasos y hacer gestos, incapaz de hablar con los otros, sin lucidez interior para entretenerme con lo que me suponga esfuerzo para el espíritu, ni secuencia física para aplicarme a cualquier mero mecanismo de entretenimiento trabajando.

Eso es natural que yo lo sea. El soñador se entiende que sea así. Toda la realidad me perturba. El habla de los demás me lanza a una angustia enorme. La realidad de otras almas me sorprende constantemente. La vasta red de inconsciencias que es toda la acción que veo me parece una ilusión absurda, sin coherencia plausible, nada.

Pero si se cree que desconozco los trámites de la psicología ajena, que yerro la percepción nítida de los motivos y de los íntimos pensamientos de los demás, habrá engaño sobre lo que soy.

Porque yo no soy sólo un soñador, sino soy un soñador exclusivamente. El hábito único de soñar me dio una extraordinaria nitidez de visión interior. No sólo veo con espantoso y a veces perturbador relieve las figuras y los *décors* de mis sueños, sino con igual relieve veo mis ideas abstractas, mis sentimientos humanos –lo que de ellos me queda–, mis secretos impulsos, mis actitudes psíquicas hacia mí mismo.

Afirmo que mis propias ideas abstractas, yo las veo en mí, yo con una interior visión real las veo en un espacio interno. Y así sus meandros son visibles para mí en sus formas mínimas.

Por eso me conozco enteramente, y, a través de conocerme enteramente, conozco enteramente a toda la humanidad. No hay bajo impulso, como no hay noble intención que no haya sido un relámpago en mi alma; y yo sé con qué gestos cada uno se muestra. Bajo las máscaras que usan las malas ideas, de buenas o indiferentes, incluso dentro de nosotros por los gestos las conozco por quienes son. Sé lo que en nosotros se esfuerza por eludirnos. Y así a la mayoría de las personas que veo las conozco mejor que ellas a sí mismas. Me dedico muchas veces a sondearlos, porque así los hago míos. Conquisto el psiquismo que explico, porque para mí soñar es poseer. Y así se ve cómo es natural que yo, soñador que soy, sea el analítico que me reconozco.

Entre las pocas cosas que a veces me complace leer, destaco, por eso, las obras de teatro. Todos los días se estrenan obras en mí, y yo conozco a fondo cómo se proyecta un alma en la proyección de Mercator, planamente. Me entretengo poco, sin embargo, con esto; tan constantes, vulgares y enormes son los errores de los dramaturgos. Nunca ningún drama me contentó. Conociendo la psicología humana con una nitidez de relámpago, que sondea todos los recovecos con una sola mirada, el análisis crudo y la construcción de los dramaturgos me hiere, y lo poco que leo en este género me disgusta como un borrón de tinta atravesado en la escritura.

Las cosas son el material de mis sueños; por eso presto una atención distraídamente sobreatenta a ciertos detalles del Exterior.

Para dar relevo a mis sueños necesito conocer cómo los paisajes reales y los personajes reales de la vida nos aparecen en relieve. Porque la visión del soñador no es como la visión del que ve las cosas. En el sueño, no hay el asentar de la vista sobre lo importante y lo inimportante de un objeto que hay en la realidad. Sólo lo importante es lo que el soñador ve. La realidad verdadera de un objeto apenas es parte de él: el resto es el pesado tributo que paga a la materia a cambio de existir en el espacio. Del mismo modo, no hay en el espacio realidad para ciertos fenómenos que en el sueño son palpablemente reales. Un ocaso real es imponderable y transitorio. Un ocaso de sueño es fijo y eterno. Quien sabe escribir es quien sabe ver sus sueños claramente (y es así) o ver en sueño la vida, ver la vida inmaterialmente, sacándole fotografías con la cámara del devaneo, sobre la cual los rayos de lo pesado, de lo útil y de lo circunscrito no tienen acción, ennegreciendo la placa espiritual.

En mí esta actitud, que el mucho soñar me enquistó, me hace ver siempre de la realidad la parte que es sueño. Mi visión de las cosas suprime siempre en ellas lo que mi sueño no puede utilizar. Y así vivo siempre en sueños, incluso cuando vivo en la vida. Contemplar un ocaso en mí o un ocaso en el Exterior es para mí la misma cosa, porque veo de la misma manera, pues mi visión está tallada mismamente.

Por eso la idea que tengo de mí es una idea que a muchos parecerá errónea. En cierto modo es errónea. Pero yo me sueño a mí mismo y de mí escojo lo que es soñable, componiéndome y recomponiéndome de todas las maneras hasta estar bien delante lo que exijo de lo que soy y no soy. A veces el mejor modo de ver un objeto es anularlo; pero él subsiste, no sé explicar cómo, hecho de materia de negación y anulación; así hago a grandes espacios reales de mi ser, que, suprimidos en mi imagen de mí, me transfiguran hacia mi realidad.

¿Cómo entonces no me engaño sobre mis íntimos procesos de ilusión de mí? Porque el proceso que arranca hacia una realidad más que real un aspecto del mundo o una figura de sueño, arranca también hacia más que real una emoción o un pensamiento; lo despoja por tanto de todo pertrecho de noble o puro cuando, como casi siempre sucede, no lo es. Repárese en que mi objetividad es absoluta, la más absoluta de todas. Yo creo el objeto absoluto, con cualidades de absoluto en su concreto. No hui de la vida propiamente, en el sentido de buscar para mi alma una cama más suave, sólo cambié de vida y encontré en mis sueños la misma objetividad que encontraba en la vida. Mis sueños –en otra página todo esto– se yerguen independientes de mi voluntad y muchas veces me chocan y me hieren. Muchas veces lo que descubro en mí me desola, me avergüenza (tal vez por un resto humano en mí –¿qué es la vergüenza?). Y me asusta.

En mí, el devaneo ininterrumpido ha sustituido a la atención. He pasado a superponer a las cosas vistas, incluso cuando soñadamente vistas, otros sueños que traigo conmigo. Desatento ya lo suficiente como para hacer bien aquello que yo llamaba ver cosas en sueños, aun así, porque esa desatención estaba motivada por un perpetuo devaneo y una, tampoco exageradamente atenta, preocupación por el transcurso de mis sueños, superpongo lo que sueño al sueño que veo e intersecciono la realidad ya desnuda de materia con un inmaterial absoluto.

De ahí la habilidad que adquirí de seguir varias ideas al mismo tiempo, observar las cosas y a la vez soñar asuntos muy diversos, estar a un tiempo soñando un ocaso real sobre el Tajo real y una mañana soñada sobre un Pacífico interior; y las dos cosas soñadas se intercalan la una en la otra, entre sí, sin mezclarlas, sin confundirlas más que el estado emocional diferente que cada una provoca, y soy como alguien que viese pasar por la calle a mucha gente y simultáneamente sintiese por dentro las almas de todos –lo que tendría que dar una unidad de sensación– al mismo tiempo que vería los cuerpos diversos –esos tenía que verlos diferentes– cruzarse en la calle llena de movimientos de piernas.

## IV. Gentes

*La amo como al ocaso y al luar, con el deseo de que el momento permanezca, pero sin ser mío en él más que la sensación de tenerlo.* (F. 484).

## 413.

Es una oleografía sin remedio. La observo sin saber si veo. En el escaparate hay otras como aquella. Está en el centro del escaparate del vano de la escalera.

Ella abraza la primavera contra su seno y los ojos con que me observa son tristes. Sonríe con el brillo del papel verde y el color de su rostro es encarnado. El cielo detrás de ella es azul de paño claro. Tiene una boca recortada y casi pequeña desde cuya expresión postal los ojos me contemplan siempre con una gran pena. El brazo que sostiene las flores me recuerda al de alguien. El vestido o blusa está abierto en un escote ladeado. Los ojos son realmente tristes: me miran desde la profundidad de la realidad litográfica como una verdad cualquiera. Ella llegó con la primavera. Sus ojos tristes son grandes, pero tampoco es por eso. Me separo de delante del escaparate con una gran violencia sobre los pies. Cruzo la calle y me giro con una revuelta impotente. Ella aún sujeta la primavera que le dieron y sus ojos son tristes como lo que yo no tengo en la vida. Vista de lejos, la oleografía al final tiene más colores: la figura tiene una cinta de un color rosa intenso perfilando lo alto del cabello; no me había fijado. Hay en los ojos humanos, aunque litográficos, una cosa terrible: el aviso inevitable de la conciencia, el grito clandestino de tener alma. Con gran esfuerzo me levanto del sueño en que me mojo y sacudo, como un perro, la humedad de la penumbra brumosa. Y por encima de mi desertar, en una despedida de otra cosa distinta, los ojos tristes de la vida entera, de esta oleografía metafísica que contemplamos a distancia, me observan como si yo supiese de Dios. El grabado tiene un calendario en la base. Está enmarcado por arriba y por abajo por dos listones negros con un borde chato mal pintado. Entre lo alto y lo bajo de su límite, encima de 1929 con viñeta obsoletamente caligráfica cubriendo el inevitable uno de enero, los ojos tristes me sonríen irónicamente.

Es curioso de dónde, al final, yo conocía la figura. En la oficina hay, en la esquina del fondo, un calendario idéntico, que he visto muchas veces. Pero, por un misterio, oleográfico o mío, la idéntica de la oficina no tiene ojos con pena. Es sólo una oleografía. (Es de papel que brilla y duerme por encima de la cabeza del zurdo Alves su vivir abatido).

Quiero sonreír a todo esto, pero siento un gran malestar. Siento un frío de enfermedad súbita en el alma. No tengo fuerzas para rebelarme contra ese absurdo. ¿A qué ventana para qué secreto de Dios me acercaría yo sin querer? ¿Adónde da el escaparate del vano de la escalera? ¿Qué ojos me miraban en la oleografía? Estoy casi temblando. Levanto involuntariamente los ojos hacia la esquina alejada de la oficina donde está la verdadera oleografía. Levanto constantemente hacia allá los ojos.

## 414.

Dar a cada emoción una personalidad, a cada estado del alma un alma.

Doblaron la curva del camino y eran muchas chicas. Venían cantando por la carretera, y el sonido de sus voces eran felices. Ellas no sé lo que serían. Las escuché un rato de lejos, sin sentimiento propio. Una amargura por ellas se me asentó en el corazón.

¿Por el futuro de ellas? ¿Por la inconsciencia de ellas? No directamente por ellas –o, ¿quién sabe?, tal vez sólo por mí.

## 415.

Después de que las últimas gotas de lluvia comenzaron a retrasarse en caer en los tejados, y por el centro empedrado de la calle el azul del cielo empezó a espejarse lentamente, el sonido de los vehículos tomó otro canto, más alto y alegre, y se oyó el abrir de ventanas deshaciendo el olvido del sol. Entonces, por la calle estrecha, desde el fondo de la esquina próxima, estalló el convite alto del primer vendedor de lotería, y los clavos clavados en las cajas de la tienda vecina reverberaron por el espacio claro.

Era un festivo incierto, legal y que no se mantenía. Había sosiego y trabajo conjuntos, y yo no tenía nada que hacer. Me había levantado temprano y tardaba en prepararme para existir. Paseaba de un lado a otro de la habitación y soñaba en alto cosas sin nexo ni posibilidad: gestos que había olvidado hacer, ambiciones imposibles realizadas sin rumbo, conversaciones firmes y continuas que, si fuesen, habrían sido. Y en este devaneo sin grandeza ni calma, en esta demora sin esperanza ni fin, gastaban mis pasos la mañana libre, y mis palabras altas, dichas en bajo sonaban múltiples en el claustro de mi simple aislamiento.

Mi figura humana, si la consideraba con una atención externa, era del ridículo que todo cuanto es humano asume siempre que es íntimo. Había vestido, sobre los trajes simples del sueño abandonado, una bata vieja, que me sirve para estas vigilias matutinas. Mis zapatillas viejas estaban rotas, principalmente las del pie izquierdo. Y, con las manos en los bolsillos del abrigo póstumo, hacía la avenida de mi habitación corta en pasos largos y decididos, cumpliendo con el devaneo inútil un sueño igual al de toda la gente.

Todavía, por la frescura abierta de mi única ventana, se oía caer de los tejados las gotas gruesas de la acumulación de la lluvia ida. Todavía, leves, había frescores de haber llovido. El cielo, no obstante, era de un azul conquistador, y las nubes que quedaban de la lluvia derrotada o cansada cedían, retirando hacia los lados del Castillo los caminos legítimos del cielo entero.

Era el momento de estar alegre. Pero me pesaba cualquier cosa, un ansia desconocida, un deseo sin definición, ni siquiera común. Me tardaba, tal vez, la sensación de estar vivo. Y, cuando me asomé a la ventana altísima, sobre la calle que miré sin verla, me sentí de repente uno de aquellos trapos de limpiar cosas sucias, que se llevan a la ventana para secar, pero se olvidan, engurruñados, en el alféizar que manchan lentamente.

## 416.

Muchas veces para entretenerme –porque nada entretiene como las ciencias, o las cosas con maneras de ciencias, usadas fútilmente– me pongo escrupulosamente a estudiar mi psiquismo a través de la forma en que lo encaran los otros. Raras veces es triste el placer a veces doloroso que esta táctica fútil me causa.

Generalmente, procuro estudiar la impresión general que causo en los otros, sacando conclusiones. En general soy una criatura con la que los otros simpatizan, con la que simpatizan, incluso, con un vago y curioso respeto. Pero no despierto ninguna simpatía violenta. Nadie será nunca conmovidamente mi amigo. Por eso tantos me pueden respetar.

## 417.

Hay sensaciones que son sueños, que ocupan como una niebla toda la extensión del espíritu, que no dejan pensar, que no dejan actuar, que no dejan claramente ser. Como si no hubiésemos dormido, sobrevive en nosotros algo del sueño, y hay un torpor del sol del día calentando la superficie estancada de los sentidos. Es una borrachera de no ser nada, y la voluntad es un balde tirado del escalón al jardín por un movimiento indolente del pie al pasar.

Se mira, pero no se ve. La larga calle ajetreada de bichos humanos es una especie de cartel tumbado donde las letras fuesen móviles y no formasen sentidos. Las casas solamente casas. Se pierde la posibilidad de dar un sentido a lo que se ve, pero se ve bien lo que es, sí.

Los martillazos a la puerta del taller del cajero suenan con una extrañeza próxima. Suenan enormemente separadas, cada una con eco y sin provecho. Los ruidos de las carrozas parecen de un día en que viene tormenta. Las voces salen del aire, y no de gargantas. En el fondo, el río está cansado.

No es tedio lo que se siente. No es pena lo que se siente. Ni siquiera es cansancio lo que se siente. Es una voluntad de dormir con otra personalidad, de olvidar con mejoría de vencimiento. No se siente nada, a no ser un automatismo aquí abajo, a hacer unas piernas que nos pertenecen golpear en el suelo, en la marcha involuntaria, unos pies que se sienten dentro de los zapatos. Ni esto se siente quizás. En torno a los ojos y como dedos en los oídos hay una apertura dentro de la cabeza.

Parece un constipado en el alma. Y con la imagen literaria de estar enfermo nace un deseo de que la vida fuese una convalecencia, sin andar; y la idea de convalecencia evoca las fincas de los alrededores, pero hacia dentro, donde hay hogares, lejos de la calle y de las ruedas. Sí, no se siente nada. Se pasa conscientemente, a dormir sólo con la imposibilidad de dar al cuerpo otra dirección, la puerta donde se debe entrar. Se pasa todo. ¿Qué fue de la pandereta, oso parado?

## 418.

Ninguna idea brillante consigue entrar en circulación si no es sumándose un elemento de estupidez. El pensamiento colectivo es estúpido porque es colectivo: nada pasa las barreras de lo colectivo sin dejar en ellas, como un tributo indirecto, la mayor parte de la inteligencia que trae consigo.

En la juventud somos dos: está en nosotros la coexistencia de nuestra propia inteligencia, que puede ser grande, y la de la estupidez de nuestra inexperiencia, que forma una segunda inteligencia inferior. Sólo cuando llegamos a la otra edad se da en nosotros la unificación. De ahí la acción siempre frustrada de la juventud –debida, no a su inexperiencia, sino a su no-unidad.

Al hombre superiormente inteligente no le queda hoy otro camino que el de la abdicación.

## 419.

**Estética de la abdicación**

Conformarse es someterse y vencer es conformarse, ser vencido. Por eso toda la victoria es una grosería. Los vencedores pierden siempre todas las cualidades de desaliento con el presente que los llevaron a la lucha que les dio la victoria. Se quedan satisfechos, y satisfecho sólo puede estar aquel que se conforma, que no tiene la mentalidad del vencedor. Vence sólo quien nunca consigue. Sólo es fuerte quien se desanima siempre. Lo mejor y lo más púrpura es abdicar. El imperio supremo es del Emperador que abdica de toda la vida normal, de los otros hombres, en quien el cuidado de la supremacía no pesa como un fardo de joyas.

## 420.

A veces, cuando levanto la cabeza atontada de los libros en los que escribo las cuentas ajenas y la ausencia de vida propia, siento una náusea física, que puede ser de curvarme, pero que trasciende los números y la desilusión. La vida me disgusta como un remedio inútil. Y es entonces cuando siento con visiones claras lo fácil que sería el alejamiento de este tedio si yo tuviese la simple fuerza de querer apartarlo de verdad.

Vivimos por la acción, es decir, por la voluntad. A los que no sabemos querer, seamos genios o mendigos, nos hermana la impotencia. ¿De qué me sirve citarme como genio si resulto ayudante de contable? Cuando Cesário Verde comunicó al médico que era, no el señor Verde empleado de comercio, sino el poeta Cesário Verde, usó uno de aquellos verbalismos del orgullo inútil que sudan el olor de la vanidad. Lo que él fue siempre, infeliz, fue el señor Verde empleado de comercio. El poeta nació después de morir, porque fue después de morir él cuando nació la apreciación del poeta.

Actuar, eso es la verdadera inteligencia. Seré lo que quiera. Pero tengo que querer lo que sea. El éxito está en tener éxito, y no en tener condiciones de éxito. Condiciones de palacio tiene cualquier terreno grande, pero ¿dónde estará el palacio si no lo hiciesen allí?

Mi orgullo lapidado por ciegos y mi desilusión pisada por mendigos //.

«Te quiero sólo para sueño», dicen a la mujer amada, en versos que no le envían, los que no osan decirle nada. Este «te quiero sólo para sueño» es un verso de un viejo poema mío. Registro la memoria con una sonrisa, y ni la sonrisa comento.

## . 421.

Cuando no hay otra virtud en mí, hay al menos la de la perpetua novedad de la sensación liberada.

Bajando hoy la Rua Nova do Almada, reparo de repente en la espalda del hombre que la bajaba delante de mí. Era la espalda vulgar de un hombre cualquiera, la chaqueta de un traje modesto en una espalda de transeúnte ocasional. Llevaba una cartera vieja debajo del brazo izquierdo, y ponía en el suelo, al ritmo de su paso, un paraguas enrollado, que agarraba por el mango curvo con la mano derecha.

Sentí de repente una cosa parecida a la ternura por ese hombre. Sentí por él la ternura que se siente por la vulgaridad humana común, por lo banal cotidiano del cabeza de familia que va al trabajo, por su hogar alegre y humilde, por las pequeñas alegrías y tristezas de las que forzosamente se compone su vida, por la inocencia de vivir sin analizar, por la naturalidad animal de aquella espalda vestida.

Desvío los ojos de la espalda de mi adelantado, y al pasar a todos los otros, a los que veo andando en esta calle, a todos abarco nítidamente en la misma ternura absurda y fría que me vino de los hombros del inconsciente al que sigo. Todo esto es lo mismo que él; todas estas muchachas que hablan para el *atelier,* estos empleados jóvenes que ríen yendo a la oficina, estas criadas pechugonas que regresan de las compras cargadas, estos mozos de los primeros recados –todo esto es una misma inconsciencia diversificada por caras y cuerpos que se distinguen, como fantoches movidos por las cuerdas que van a dar a los mismos dedos de la mano de quien es invisible. Pasan con todas las actitudes con las que se define la conciencia, y no tienen conciencia de nada, porque no tienen conciencia de tener conciencia. Unos inteligentes, otros estúpidos, son todos igualmente estúpidos. Unos viejos, otros jóvenes, son de la misma edad. Unos hombres, otras mujeres, son del mismo sexo que no existe.

Volví los ojos a la espalda del hombre, ventana por donde vi estos pensamientos.

La sensación era exactamente idéntica a aquella que nos asalta delante de alguien que duerme. Todo lo que duerme es niño otra vez. Tal vez porque en el sueño no se puede hacer mal, y no se da cuenta de la vida, el mayor criminal, el más cerrado egoísta, es sagrado, por una magia natural. Entre matar a quien duerme y matar a un niño, no conozco diferencia apreciable.

Ahora la espalda de este hombre duerme. Todo él, que camina delante de mí con un paso igual al mío, duerme. Va inconsciente. Vive inconsciente. Duerme, porque todos dormimos. Toda la vida es un sueño. Nadie sabe lo que hace, nadie sabe lo que quiere, nadie sabe lo que sabe. Dormimos la vida, eternos hijos del Destino. Por eso siento, si pienso con esta sensación, una ternura informe e inmensa por toda la humanidad infantil, por toda la vida social durmiente, por todos, por todo.

Es un humanitarismo directo, sin conclusiones ni propósitos, el que me asalta en este momento. Sufro una ternura como si un Dios viese. Los veo a todos a través de una compasión de único consciente, los pobres diablos hombres, el pobre diablo humanidad. ¿Qué está haciendo todo esto aquí?

Todos los movimientos e intenciones de la vida, desde la simple vida de los pulmones hasta la construcción de las ciudades y la fronterización de los imperios, los considero como una somnolencia, cosas como sueños o reposos, pasadas involuntariamente en el intervalo entre una realidad y otra realidad, entre un día y otro día del Absoluto. Y, como alguien abstractamente materno, me embrujo de noche sobre los hijos malos como sobre los buenos, comunes al sueño en que son míos. Me enternezco con una amplitud de cosa infinita.

## 422.

El hombre vulgar, por muy dura que le resulte la vida, tiene al menos la felicidad de no pensar en ella. Vivir la vida en transcurso, exteriormente, como un gato o un perro –así lo hacen los hombres en general, y así se debe vivir la vida para que pueda contar la satisfacción del gato y del perro.

Pensar es destruir. El propio proceso mismo del pensamiento lo indica para el mismo pensamiento, porque pensar es descomponer. Si los hombres supiesen meditar en el misterio de la vida, si supiesen sentir las mil complejidades que espían el alma en cada pormenor de la acción, no actuarían nunca, no vivirían incluso. Se matarían de asustados, como los que se suicidan para no ser guillotinados al día siguiente.

## 423.

Aquello que, creo, produce en mí el sentimiento profundo, en el que vivo, de incongruencia con los otros, es que la mayoría piensa con la sensibilidad, y yo siento con el pensamiento.

Para el hombre vulgar, sentir es vivir y pensar es saber vivir. Para mí pensar es vivir y sentir no es más que el alimento de pensar.

Es curioso que, siendo escasa mi capacidad de entusiasmo, es naturalmente más solicitada por los que se me oponen en temperamento que por los que son de mi especie espiritual. A nadie admiro, en la literatura, más que a los clásicos, que es a quienes menos me parezco. Si tengo que escoger, para una lectura única, entre Chateaubriand y Vieira, escogería a Vieira sin necesidad de meditar.

Cuanto más diferente de mí es alguien, más real me parece, porque menos depende de mi subjetividad. Y por eso mi estudio atento y constante es esa misma humanidad vulgar que me repugna y de la que me alejo. La amo porque la odio. Me gusta verla porque detesto sentirla. El paisaje, tan admirable como cuadro es en general incómodo como lecho.

## 424.

Todo hombre de hoy, en quien la estatura moral y el relevo intelectual no sean de pigmeo o de charro, ama, cuando ama, con el amor romántico. El amor romántico es un producto extremo de siglos sobre siglos de influencia cristiana; y, tanto su sustancia, como la secuencia de su desarrollo, se puede dar a conocer a quien no lo perciba comparándolo con un vestido, o traje, que el alma o la imaginación fabrican para vestir con él a las criaturas, que quizá aparezcan, y a las que el espíritu crea que les cabe.

Pero todo el traje, como no es eterno, dura lo que dura; y en breve, sobre el vestido del ideal que formamos, que se gangrena, surge el cuerpo real de la persona humana, en quien lo vestimos.

El amor romántico, por tanto, es un camino de desilusión. Sólo no lo es cuando la desilusión, aceptada desde el principio, decide variar de ideal constantemente, tejer constantemente, en las oficinas del alma, nuevos trajes, con los que renovar constantemente el aspecto de la criatura, por ellos vestida.

## 425.

Nunca amamos a alguien. Amamos, solamente, la idea que nos hacemos de alguien. Es un concepto nuestro –en suma, es a nosotros mismos– a quien amamos.

Esto es verdad en toda la escala del amor. En el amor sexual buscamos un placer nuestro dado por medio de un cuerpo extraño. En el amor diferente del sexual, buscamos un placer nuestro dado por medio de una idea nuestra. Lo onanista es abyecto, pero, en verdad, lo onanista es la perfecta expresión lógica de lo amoroso. Es lo único que no disfraza ni se engaña.

Las relaciones entre un alma y otra, a través de cosas tan inciertas y divergentes como las palabras comunes y los gestos que se emprenden, son materia de extraña complejidad. En el propio acto en el que nos conocemos, nos desconocemos. Dicen los dos «te amo» o lo piensan y lo sienten por intercambio, y cada uno quiere decir una idea diferente, una vida diferente, hasta, quizá, un color o un aroma diferente, en la suma abstracta de impresiones que constituyen la actividad del alma.

Hoy estoy lúcido como si no existiese. Mi pensamiento está desnudo como un esqueleto, sin los trapos carnales de la ilusión de explicar. Y estas consideraciones, que formo y abandono, no nacen de nada –de nada, al menos, que esté en la platea de la consciencia. Tal vez aquella desilusión del tendero con la novia que tenía, tal vez cualquier frase leída en los sucesos amorosos que recogen los periódicos de los extranjeros, tal vez hasta una vaga náusea que me trago y no me explico físicamente...

Se equivocó el escoliasta de Virgilio. Es de comprender que sobre todo nos cansamos. Vivir no es pensar.

### 426.

Dos, tres días de parecido de principio de amor...

Todo esto vale para el esteta por las sensaciones que le causa. Avanzar más sería entrar en el dominio en el que comienzan los celos, el sufrimiento, la excitación. En esta antecámara de la emoción está toda la suavidad del amor sin su profundidad –un gozo leve, por tanto, aroma vago de deseos, y, si con eso se pierde la grandeza que hay en la tragedia del amor, véase que, para el esteta, las tragedias son cosas interesantes de observar, pero incómodas de sufrir. El propio cultivo de la imaginación está perjudicado por el de la vida. Reina quien no está entre los vulgares.

Al final, esto bien me contentaría si yo consiguiese persuadirme de que esta teoría no es lo que es, un complejo barullo que hago a los oídos de mi inteligencia para que ella no perciba que, en el fondo, sólo está mi timidez, mi incompetencia para la vida.

### 427.

**Estética del artificio**

La vida perjudica la expresión de la vida. Si yo viviese un gran amor nunca lo podría contar.

Yo mismo no sé si este yo, que os expongo, por estas coleantes páginas, realmente existe o es sólo un concepto estético y falso que he hecho de mí mismo. Sí, es así. Me vivo estéticamente en otro. Esculpí mi vida como una estatua de materia ajena a mi ser. A veces no me reconozco, tan exterior me he puesto respecto a mí, y tan de modo puramente artístico empleé mi conciencia de mí mismo. ¿Quién soy por detrás de esta irrealidad? No sé. Debo ser alguien. Y si no busco vivir, actuar, sentir, es –creedme bien– para no perturbar las líneas *hechas* de mi personalidad supuesta. Quiero ser tal cual quise ser y no soy. Si yo viviese me iba a destruir. Quiero ser una obra de arte, del alma por lo menos, ya que del cuerpo no lo puedo ser. Por eso me esculpí en calma y aislamiento y me puse en la estufa, lejos de los aires frescos y de las luces francas –donde mi artificialidad, flor absurda, florezca en apartada belleza.

Pienso a veces en lo bello que sería poder, unificando mis sueños, crearme una vida continua, sucediéndose, dentro del discurrir de días enteros, con convivencias imaginarias con gente creada, e ir viviendo, sufriendo, gozando esa vida falsa. Allí me sucederían desgracias; grandes alegrías caerían sobre mí. Y nada de eso sería real. Pero habría tenido una lógica soberbia, suya; sería todo siguiendo un ritmo de voluptuosa falsedad, pasando todo en una ciudad hecha de mi alma, perdida hasta el muelle a la orilla de una bahía tranquila, muy lejos dentro de mí, muy lejos... Y todo nítido, inevitable, como en la vida exterior, pero estética distante del Sol.

### 428.

Organizar nuestra vida de modo que sea para los otros un misterio, que quien mejor nos conozca, sólo nos desconozca más de cerca que los otros. Yo tallé así mi vida, casi sin pensar en eso, pero puse tanto arte instintivo en hacerlo que para mí mismo me torné en una no del todo clara y nítida individualidad mía.

### 429.

Colaborar, unirse, actuar con otros, es un impulso metafísicamente mórbido. El alma que es dada al individuo, no debe ser prestada a sus relaciones con los otros. El hecho divino de existir no debe entregarse al hecho satánico de coexistir.

Al actuar con los demás pierdo, al menos, una cosa, que es actuar solo.

Cuando me entrego, aunque parezca que me expando, me limito. Convivir es morir. Para mí, sólo mi autoconciencia es real; los otros son fenómenos inciertos en esa conciencia, a los que sería morboso dar una realidad muy verdadera.

El niño, que quiere por fuerza hacer su voluntad, data de más cerca de Dios, porque quiere existir.

Nuestra vida adulta se reduce a dar limosnas a los otros. Vivimos todos de la limosna ajena. Desperdiciamos nuestra personalidad en orgías de coexistencia.

Cada palabra hablada nos traiciona. La única comunicación tolerable es la palabra escrita, porque no es una piedra en un puente entre almas, sino un rayo de luz entre astros.

Explicar es descreer. Toda filosofía es una diplomacia bajo la especie de la eternidad //, como la diplomacia, una cosa sustancialmente falsa, que existe no como cosa, sino entera y absolutamente para un fin.

El único destino noble de un escritor que se publica es no tener una celebridad que merezca. Pero el verdadero destino noble es el del escritor que no se publica. No digo que no escriba, porque no es escritor. Estoy hablando de quien por naturaleza escribe, y por condición espiritual no ofrece lo que escribe.

Escribir es objetivar los sueños, crear un mundo exterior como premio ? evidente por nuestra índole de creadores. Publicar es dar ese mundo exterior a los otros; pero, ¿para qué, si el mundo exterior común a nosotros y a ellos es el «mundo exterior», el de la materia, el mundo visible y tangible? ¿Qué tienen que ver los otros con el universo que hay en mí?

## 430.

Una sola cosa me maravilla más que la estupidez con la que la mayoría de los hombres viven su vida: es la inteligencia que yace en esa estupidez.

La monotonía de las vidas vulgares es, aparentemente, pavorosa. Estoy comiendo en este restaurante vulgar, y miro, más allá del mostrador, la figura del cocinero, y, aquí a mi lado, al viejo camarero que me sirve, como hace treinta años, creo, que sirve en esta casa. ¿Qué vidas son las de estos hombres?

Hace cuarenta años que aquella figura de hombre vive casi todo el día en una cocina; tiene algunos breves descansos; duerme relativamente pocas horas; va de vez en cuando a la tierra, de donde regresa sin vacilar y sin pena; almacena lentamente dinero lento, que no se propone gastar; enfermaría si tuviera que abandonar su cocina (definitivamente) por los campos que compró en Galicia; está en Lisboa desde hace cuarenta años y ni siquiera ha ido nunca a la Rotunda, ni a un teatro, y sólo hay un día de Coliseo –payasos en los vestigios interiores de su vida. Se casó, no sé con quién ni por qué, tiene cuatro hijos y una hija, y su sonrisa al asomarse al balcón hacia donde yo estoy, expresa una felicidad grande, una solemne, satisfecha felicidad. Y él no disimula, ni hay razón para que disimule. Si la siente, es porque realmente la tiene.

¿Y el camarero viejo que me sirve, que acaba de servirme lo que debe ser el millonésimo café de su depositar café en mesas? Tiene la misma vida que la del cocinero, con la sola diferencia de cuatro o cinco metros –los que distan de la localización de uno en la cocina hasta la localización del otro en la parte de fuera de la casa de comidas. Por lo demás, sólo tiene dos hijos, va más veces a Galicia, ha visto más Lisboa que el otro, y conoce Oporto, donde estuvo cuatro años, y es igualmente feliz.

Contemplo, con un pasmo asustado, el panorama de estas vidas, y descubro, al ir a tener horror, pena, rebeldía ante ellas, que quien no tiene ni horror, ni pena, ni rebeldía, son los mismos que tendrían derecho a tenerlas, los mismos que viven esas vidas. Es el error central de la imaginación literaria: suponer que los otros somos nosotros y que deben sentir lo mismo que nosotros. Pero afortunadamente para la humanidad, cada hombre es sólo quien es, y siendo dado al genio, apenas, el ser algunos otros más.

Todo, al final, es dado en relación a aquello en que es dado. Un pequeño incidente de calle, que llama a la puerta al cocinero de esta casa, lo entretiene más de lo que me entretiene a mí la contemplación de la idea más original, la lectura del mejor libro, el más agradecido de los sueños inútiles. Y si la vida es esencialmente monotonía, el hecho es que él ha escapado de la monotonía más que yo. Y escapa de la monotonía más fácilmente que yo. La verdad no está ni con él ni conmigo, porque no está con nadie; pero la felicidad está con él de verdad.

Sabio es quien monotoniza la existencia, pues entonces cada pequeño incidente tiene un privilegio de maravilla. El cazador de leones no tiene aventuras más allá del tercer león.

Para mi cocinero monótono, una escena de bofetadas en la calle siempre tiene algo de apocalipsis modesto. Quien nunca salió de Lisboa viaja infinitamente en coche hasta Benfica, y, si un día va a Sintra, se siente como si hubiera viajado a Marte. El viajante que recorrió la tierra a lo largo y ancho no encuentra novedades después de ocho mil kilómetros, porque encuentra sólo cosas nuevas; otra vez la novedad, la vejez de lo eterno nuevo, pero el concepto abstracto de novedad se quedó en el mar con la segunda de ellas.

Un hombre puede, si tiene verdadera sabiduría, gozar del espectáculo entero del mundo en una silla, sin saber leer, sin hablar con nadie, sólo con el uso de sus sentidos y su alma no saber estar triste.

Monotonizar la existencia, para que no sea monótona. Tornar anodina la vida cotidiana, para que la menor cosa sea una distracción. En medio de mi trabajo de todos los días, aburrido, igual y sin sentido, me surgen visiones de fuga, vestigios soñados de islas lejanas, fiestas en parques de otras épocas, otros paisajes, otros sentimientos, otras épocas, otros paisajes, otros sentimientos, otro yo. Pero reconozco, entre dos asientos, que si tuviera todo eso, nada de eso sería mío. Más vale, en verdad, el jefe Vasques que los Reyes del Sueño; más vale, de hecho, la oficina de la Rua dos Douradores que las grandes extensiones de los parques imposibles. Teniendo al jefe Vasques, puedo disfrutar del sueño de los Reyes del Sueño. Pero si tuviera a los Reyes del Sueño, ¿qué me quedaría para soñar? Si tuviese los paisajes imposibles, ¿qué me quedaría de imposible?

La monotonía, la igualdad aburrida de los propios días, la ninguna diferencia de hoy a ayer –que esto me quede siempre, con el alma despierta para disfrutar de la mosca que me distrae, pasando casual ante mis ojos, de la carcajada la risa que se alza voluble de la calle incierta, la vasta liberación de ser horas de cerrar la oficina, el reposo infinito de un día festivo.

Puedo imaginarme todo, porque no soy nada. Si fuera algo, no podría imaginar. El ayudante del contable puede soñarse emperador romano; el rey de Inglaterra no lo puede hacer, porque el rey de Inglaterra está privado de ser, en sueños, otro rey que no sea el rey que es. Su realidad no le deja sentir.

### 431.

He asistido, sin saberlo, al desfallecimiento gradual de mi vida, a la zozobra lenta de todo cuanto quise ser. Puedo decir, con esa verdad que no necesita flores para que se sepa que está muerta, que no hay cosa que yo haya querido, o en que haya puesto, por un momento, el sueño sólo de ese momento, que no se me haya deshecho bajo las ventanas como polvo pareciendo piedra caída de un jarrón de un piso alto. Parece, incluso, que el Destino haya siempre procurado, primero, hacerme amar o querer aquello que él mismo había dispuesto para que al día siguiente yo viese que no lo tenía ni lo tendría.

Espectador irónico de mí mismo, nunca, sin embargo, me desanimé de observar la vida. Y, como sé, hoy, por anticipación de cada vaga esperanza que será desilusionada, sufro el gozo especial de gozar ya la desilusión con la esperanza, como un amargo con dulce que hace dulce lo dulce frente a lo amargo. Soy un estratega oscuro que, habiendo perdido todas las batallas, traza ya, en el papel de sus planos, disfrutándole el esquema, los pormenores de su retirada fatal, en la víspera de cada nueva batalla.

Me ha perseguido, como un ser maligno, el destino de no poder desear sin saber que tendré que no tener. Si un momento veo en la calle la figura núbil de una chica e, indiferentemente que sea, tengo un momento de suponer cómo sería si fuera mía, es siempre cierto que, a diez pasos de mi sueño, esa chica se encuentra al hombre que veo que es el marido o el amante. Un romántico haría de esto una tragedia; un extraño sentiría esto como una comedia. Yo, sin embargo, mezclo las dos cosas, pues soy romántico en mí y me extraño a mí, y paso la página hacia otra ironía.

Unos dicen que sin esperanza la vida es imposible, otros que con esperanza está vacía. Para mí, que hoy no espero ni desespero, es un simple cuadro externo, que me incluye a mí, y al que asisto como un espectáculo sin enredo, hecho sólo para divertir los ojos, bailado sin nexo, mecer de hojas al viento, nubes en que la luz del sol muda de colores, barrios de calles antiguas, colocados al azar en diferentes partes de la ciudad.

Soy, en gran parte, la misma prosa que escribo. Me desenrollo en períodos y párrafos, me hago puntuaciones y, en la distribución desencadenada de imágenes, me visto, como los niños, de rey con papel de periódico, o, al modo en que hago ritmo de una serie de palabras, me decoro, como los locos, con flores secas que continúan vivas en mis sueños. Y, sobre todo, estoy tranquilo, como un muñeco de serrín que, tomando conciencia de sí mismo, sacudiese de vez en cuando la cabeza, para que el cascabel de la punta del gorro de pico (parte integrante de la misma cabeza) haga sonar algo, vida tintineada del muerto, aviso mínimo al Destino.

¡Cuántas veces, sin embargo, en pleno medio de esta insatisfacción sosegada, no me sube poco a poco a la emoción consciente el sentimiento de vacío y del tedio de pensar así!

¡Cuántas veces no siento, como quien escucha una conversación a través de sonidos que cesan y recomienzan, la amargura esencial de esta vida extraña a la vida humana –vida en la que nada pasa salvo en la conciencia de ella! ¡Cuántas veces, despertando de mí mismo, no entreveo, desde el exilio que soy, cuánto mejor sería ser el nadie de todos, el feliz que tiene al menos la amargura real, el contento que tiene cansancio en vez de tedio, que sufre en vez de suponer que sufre, que se mata, sí, en vez de morir!

Me convertí en una figura de un libro, una vida leída. Lo que siento es (sin que yo quiera) sentido para escribir que se sintió. Lo que pienso está inmediatamente en palabras, mezclado con imágenes que lo deshacen, abierto en ritmos que son otra cosa cualquiera. De tanto recomponerme, me destruí. De tanto pensarme, soy ya mis pensamientos pero no yo. Me sondé y dejé caer la sonda; vivo pensando si soy profundo o no, sin otra sonda ahora que la mirada que me muestra, claro a negro en el espejo del pozo alto, mi propio rostro que me contempla contemplándolo.

Soy una especie de carta de jugar, de naipe antiguo y desconocido, la única que queda de la baraja perdida. No tengo sentido, no sé de mi valor, no tengo a quien compararme para encontrarme, no a quien servir para conocerme. Y así, en imágenes sucesivas en las que me describo –no sin verdad, sino con mentiras– me voy quedando más en las imágenes que en mí mismo, diciéndome hasta no ser, escribiendo con el alma como tinta, útil para nada más que para escribir con ella. Pero cesa la reacción, y de nuevo me resigno. Vuelvo en mí a lo que soy, aunque no sea nada. Y algo de lágrimas sin llanto arde en mis ojos hieráticos, algo de la angustia que no tuve, me ampolla la garganta seca. Pero ay, entonces ni siquiera sé lo que lloré, si hubiese llorado, ni por qué no lloré. La ficción me acompaña, como mi sombra. Y lo que quiero es dormir.

## 432.

Una de mis preocupaciones constantes es comprender cómo otra gente existe, cómo hay almas que no sean la mía, conciencias extrañas a mi conciencia que, por ser conciencia, me parece ser la única. Comprendo bien que el hombre que está delante de mí, y me habla con palabras iguales a las mías, y me hace gestos que son como los que yo hago o podría hacer, sea en cierto modo mi semejante. Pero lo mismo me ocurre con los grabados que sueño a partir de ilustraciones, con los personajes que veo de las novelas, con las personas dramáticas que me hablan en el palco a través de los actores que las representan.

Nadie, supongo, admite verdaderamente la existencia real de otra persona. Puede admitir que esa persona esté viva, que sienta y piensa como él; pero habrá siempre un elemento anónimo de diferencia, una desventaja materializada. Hay figuras de tiempos pasados, imágenes espíritus en los libros, que son para nosotros realidades mayores que aquellas indiferencias encarnadas que hablan con nosotros por encima de los balcones, o nos miran por casualidad en los tranvías, o nos rozan, transeúntes, en el azar muerto de las calles. Los otros no son para nosotros más que paisaje, y, casi siempre, paisaje invisible de calle conocida.

Tengo por más mías, con mayor parentesco e intimidad, ciertas figuras que están escritas en libros, ciertas imágenes que conocí en estampas, que a muchas personas, a quienes llaman reales, que son de esa inutilidad metafísica llamada carne y hueso. Y «carne y hueso», de hecho, las describe bien: parecen cosas cortadas colocadas en el exterior marmóreo de una carnicería, muertes sangrando como vidas, las patas y las chuletas del Destino.

No me avergüenzo de sentirme así porque ya vi que todos se sienten así. Lo que parece haber de desprecio entre hombre y hombre, de indiferente que permite que se mate gente sin que se sienta que se mata, como entre asesinos, o sin que se piense que se está matando, como entre los soldados, es que nadie presta la debida atención al hecho, parece que abstruso, de que los otros son almas también.

En ciertos días, en ciertas horas, traídas a mí por no sé qué brisa, abiertas a mí por el abrir de no sé qué puerta, siento de repente que el tendero de la esquina es un ser espiritual, que el dependiente, que en este momento se inclina a la puerta sobre el saco de patatas, es, verdaderamente, un alma capaz de sufrir.

Cuando ayer me dijeron que el empleado del estanco se había suicidado, tuve una impresión de mentira. Pobre, ¡existía también! Nos habíamos olvidado de eso, todos nosotros, todos los que le conocíamos del mismo modo que los que no lo habían conocido.

Mañana lo olvidaremos mejor. Pero había alma, la había, para que se matase. ¿Pasiones? ¿Angustias? Sin duda... Pero para mí, como para toda la humanidad, sólo existe el recuerdo de una sonrisa tonta por encima de una chaqueta de mezclilla, sucia, y desigual en los hombros. Es todo lo que me queda, a mí, de quien tanto sintió que se mató de sentir, porque, al fin y al cabo, de otra cosa no se debe matar alguien...

Pensé una vez, al comprarle cigarrillos, que se quedaría calvo pronto. Al final no tuvo tiempo de quedarse calvo. Es uno de los recuerdos que me quedan de él. ¿Qué otro me habría de quedar si este, al final no es de él más que un pensamiento mío?

Tengo súbitamente la visión del cadáver, del ataúd en que lo metieron, de la tumba, completamente ajena, a la que se lo han tenido que llevar. Y veo, de repente, que el estanquero era, en cierto modo, con abrigo torcido y todo, la humanidad entera.

Fue sólo un momento. Hoy, ahora, claramente, como hombre que soy, él murió. Nada más.

Sí, los otros no existen... Es para mí que este ocaso se estanca, pesadamente alado, sus colores neblinosos y duros. Para mí, bajo el sol poniente, tiembla, sin que yo vea que corre, el gran río. ¿Fue enterrado hoy en la fosa común el empleado del estanco? No es para él el ocaso de hoy. Pero, de pensarlo, y sin que yo quiera, también dejó de ser para mí...

### 433.

... barcos que pasan en la noche y ni se saludan ni se conocen.

### 434.

Hay un gran cansancio en el alma de mi corazón. Me entristece quien yo nunca fui, y no sé qué especie de saudade es el recuerdo que tengo de él. Caí entre las esperanzas y los vestigios, con todos los ponientes //.

### 435.

Hay criaturas que sufren realmente por no poder haber vivido en la vida real con el señor Pickwick y darle un apretón de mano al señor Wardle. Soy uno de ellos. He llorado lágrimas verdaderas por esa novela, por no haber vivido en aquella época, con aquella gente, gente real.

Los desastres en las novelas son siempre hermosos porque no corre sangre auténtica en ellas, ni se pudren los muertos en las novelas, ni la podredumbre está podrida en las novelas.

Cuando el señor Pickwick es ridículo, no es ridículo, porque lo es en una novela. ¿Quién sabe si la novela no será una más perfecta realidad y vida que Dios crea a través de nosotros, que nosotros –quién sabe– existimos sólo para crear? Las civilizaciones parece que no existieran salvo para producir arte y literatura; es, palabras, lo que de ellas habla y permanece. ¿Por qué no serán estas figuras extrahumanas verdaderamente reales? Duele malamente en mi existencia mental pensar que esto pueda ser así...

### 436.

Los sentimientos que más duelen, las emociones que más punzan, son las que son absurdas –el ansia de cosas imposibles, precisamente porque son imposibles, la saudade de lo que nunca fue, el deseo de lo que podría haber sido, la pena de no ser otro, la insatisfacción de la existencia del mundo. Todos estos medios tonos de la conciencia del alma crean en nosotros un paisaje dolorido, un eterno ocaso de lo que somos. Sentirnos es entonces un campo desierto oscureciéndose, triste de juncos al pie de un río sin barcas, ennegreciéndose claramente entre márgenes lejanas.

No sé si estos sentimientos son una locura lenta del desconsuelo, si son reminiscencias de algún otro mundo en el que hubiésemos estado –reminiscencias cruzadas y mezcladas, como cosas vistas en sueños, absurdas en la figura que vemos pero no en el origen si lo supiésemos. No sé si hubo otros seres que fuimos, cuya mayor completitud sentimos hoy, en la sombra que somos de ellos, de una manera incompleta –perdida la solidez y nosotros figurándonosla mal en las dos únicas dimensiones de la sombra que vivimos.

Sé que estos pensamientos de la emoción duelen con rabia en el alma. La imposibilidad de que nos figure algo a lo que correspondan, la imposibilidad de encontrar algo que sustituya aquella a la que se abrazan en la visión –todo esto pesa como una condena dada que no se sabe dónde, ni por quién, ni por qué.

Pero lo que queda de sentir todo esto es ciertamente un mal sabor de la vida y de todos sus gestos, un cansancio anticipado de los deseos y de todos sus modos, un disgusto anónimo de todos los sentimientos. En estas horas de pena sutil, se hace imposible, hasta en sueños, ser amante, ser héroe, ser feliz. Todo eso está vacío, hasta en la idea de lo que es. Todo está dicho en otro idioma, para nosotros incomprensible, meros sonidos de sílabas sin forma en el entendimiento. La vida es hueca, el alma es hueca, el mundo es hueco. Todos los dioses mueren de una muerte mayor que la muerte. Todo está más vacío que el vacío. Es todo un caos de cosas nada.

Si pienso esto y miro, para ver si la realidad me mata la sed, veo casas inexpresivas, caras inexpresivas, gestos inexpresivos. Piedras, cuerpos, ideas –está todo muerto. Todos los movimientos son paradas, la misma parada todos ellos. Nada me dice nada. Nada me es conocido, no porque lo extrañe sino porque no sé lo que es. Se perdió el mundo. Y en el fondo de mi alma –como única realidad de este momento– hay una tristeza intensa e invisible, una tristeza como el sonido de quien llora en una habitación oscura.

## 437.

Siento el tiempo con un dolor enorme. Es siempre con una conmoción exagerada que abandono cualquier cosa. La pobre habitación alquilada donde pasé unos meses, la mesa del hotel de provincias donde pasé seis días, incluso la triste sala de espera de la estación de ferrocarril donde pasé dos horas esperando el tren –sí, pero las cosas pequeñas de la vida, cuando las abandono y pienso, con toda la sensibilidad de mis nervios, que nunca más las veré y las tendré, al menos en aquel preciso y exacto momento, me duelen metafísicamente. Se me abre un abismo en el alma y un soplo frío de la boca de Dios me roza por la cara lívida.

¡El tiempo! ¡El pasado! Ahí en algún lugar, una voz, un canto, un perfume ocasional levantó en mi alma el telón de mis recuerdos... ¡Lo que fui y nunca volveré a ser! ¡Lo que tuve y no volveré a tener! ¡Los muertos! Los muertos que me amaron en mi infancia. Cuando los evoco, toda el alma se me enfría y me siento desterrado de corazones, solo en la noche de mí mismo, llorando como un mendigo el silencio cerrado de todas las puertas.

### 438.

Así como, lo sepamos o no, tenemos todos una metafísica, así también, lo queramos o no, tenemos todos una moral. Yo tengo una moral muy sencilla: no hacer mal ni bien a nadie. No hacer daño a nadie, porque no sólo reconozco en los otros el mismo derecho que creo que me corresponde, que no me incomoden, sino que creo que bastan los males naturales para que el mal que tenga que haber en el mundo sea suficiente. Vivimos todos, en este mundo, a bordo de un barco salido de un puerto que desconocemos a un puerto que ignoramos; debemos tener, los unos para con los otros, una amabilidad de viaje. No hacer el bien, porque no sé lo que es el bien, ni si lo hago cuando creo que lo hago. ¿Sé yo qué daño hago si doy limosna? ¿Sé yo qué daño a qué males produzco si educo o instruyo? Ante la duda, me abstengo. Y pienso, además, que auxiliar o esclarecer es, en cierto modo, hacer el mal de intervenir en la vida ajena. La bondad es un capricho temperamental: no tenemos derecho a hacer a los demás víctimas de nuestros caprichos, aunque sean de humanidad o de ternura. Los beneficios son cosas que se infligen; por eso los abomino fríamente.

Si no hago el bien, por moral, tampoco exijo que me lo hagan. Si caigo enfermo, lo que más me pesa es que obligo a alguien a tratarme, cosa que me repugnaría hacer a otra persona. Nunca he visitado a un amigo enfermo. Siempre que, habiendo caído enfermo, me visitaron, sufrí cada visita como una molestia, un insulto, una violación injustificable de mi intimidad decisiva. No me gusta que me den cosas; parecen con eso obligarme a que las dé también –a los mismos o a otros, a quien sea.

Soy altamente sociable de un modo altamente negativo. Soy la inofensividad encarnada. Pero no soy más que eso, no quiero ser más que eso, no puedo ser más que eso. Tengo hacia todo lo que existe una ternura visual, un cariño de inteligencia –nada en el corazón. No tengo fe en nada, esperanza en nada, caridad en nada. Abomino con náusea y pasmo a los sinceros de todas las sinceridades y a los místicos de todos los misticismos, o, antes y mejor, las sinceridades de todos los sinceros y el misticismo de todos los místicos. Esta náusea es casi física cuando esos misticismos son activos, cuando pretenden convencer a la inteligencia ajena, o mover la voluntad ajena, o encontrar la verdad o reformar el mundo.

Me considero afortunado por no tener ya parientes. No me veo así en la obligación, que inevitablemente me pesaría, de tener que amar a alguien. No tengo saudades, salvo literariamente. Recuerdo mi infancia con lágrimas, pero son lágrimas rítmicas, donde ya se prepara la prosa. La recuerdo como una cosa externa y a través de cosas externas; sólo recuerdo las cosas externas. No es sosiego de las tardes de provincia lo que me enternece de la infancia que viví en ellas, es la disposición de la mesa para el té, son los bultos de los muebles por la casa, son las caras y los gestos físicos de las personas. Es de cuadros de lo que tengo saudades. Por eso me enternece tanto mi infancia como la de otra persona: son ambas, en el pasado que no sé lo que es, fenómenos puramente visuales, que siento con atención literaria. Me enternezco, sí, pero no es porque recuerdo, sino porque veo.

Nunca amé a nadie. Lo que más amé son sensaciones mías —estados de visualidad consciente, impresiones de audición despierta, perfumes que son una forma de que la humildad del mundo exterior hable conmigo, me cuente cosas del pasado (tan fácil de recordar por los olores)— esto es, de darme más realidad, más emoción, que el simple pan que se cuece al fondo de la panadería, como en aquella tarde lejana en que volvía del entierro de mi tío que me quiso tanto y había en mí vagamente la ternura de un alivio, no sé bien de qué.

Es esta mi moral, o mi metafísica, o yo. Transeúnte de todo —hasta de mi propia alma— no pertenezco a nada, no deseo nada, no soy nada —centro abstracto de sensaciones impersonales, espejo caído sintiente virado hacia la variedad del mundo. Con esto, no sé si soy feliz o infeliz; ni me importa.

## 439.

Cuando era niño recogía los tranvías. Los amaba con un amor doloroso —qué bien que me acuerdo— porque tenía por que ellos no fuesen reales una inmensa compasión...

Cuando un día conseguí tener en las manos un resto de unas piezas de ajedrez, ¡qué alegría la mía! Dispuse luego nombres para las figuras y pasaron a pertenecer a mi mundo de sueño.

Esas figuras se me definían nítidamente. Tenían vidas distintas. Vivía uno –cuyo carácter yo había decretado violento y *sportsman*– en una caja que estaba encima de mi cómoda, por donde paseaba, en la tarde en que yo, y después él, regresábamos del colegio, un tranvía de interiores de cajas de fósforos de madera, atadas con no sé qué arreglo de alambre. Él saltaba siempre con el tranvía en marcha. ¡Oh mi infancia muerta! ¡El cadáver siempre vivo en mi pecho! Cuando me acuerdo de estos juegos míos de niño ya crecido, la sensación de lágrimas me calienta los ojos y una saudade aguda e inútil me roe como un remordimiento. Todo aquello pasó, quedó yerto y visible, visualizable, en mi pasado, en mi perpetua idea de mi cuarto de entonces, la rueda de mi persona invisualizable de niño, vista desde dentro, que iba de la cómoda al tocador, y del tocador a la cama, conduciendo por el aire, imaginándolo parte de la línea de transportes, el tranvía rudimentario que llevaba a casa a mis escolares de madera ridículos.

A unos yo atribuía vicios –fumo, robo– pero no soy de índole sexual y no les atribuía actos, salvo, creo, una predilección, que me parecía un acto de jugar, de besar chicas y mirarles las piernas. Les hacía fumar papel enrollado detrás de una caja grande que había encima de una maleta. A veces aparecía en el lugar un profesor, y era con toda la emoción de ellos que yo me veía obligado a sentir, que yo colocaba enseguida el cigarrillo falso y ponía al fumador mirando con curiosidad en la esquina, esperando al profesor, y saludándolo, no recuerdo bien cómo, a su paso inevitable... A veces, estaban lejos el uno del otro y yo no podía con un brazo maniobrar a ese y al otro con el otro. Tenía que hacerlos andar alternativamente. Me dolía aquello como hoy me duele no poder dar expresión a una vida... Ah, pero, ¿por qué recuerdo esto? ¿Por qué no me quedé siempre como un niño? ¿Por qué no morí allí, en uno de esos momentos, preso de las astucias de mis compañeros y de la llegada como inesperada de mis profesores? Hoy no puedo hacer esto... hoy tengo sólo la realidad, con la que no puedo jugar... ¡Pobre niño exiliado en su virilidad! ¿Por qué tuve yo que crecer?

Hoy, cuando recuerdo esto, me vienen saudades de más cosas que todo esto. Murió en mí más que mi pasado.

### 440.

El alma humana es víctima tan inevitable del dolor que sufre el dolor de la sorpresa dolorosa incluso con lo que debería esperar. Tal hombre, que toda la vida habló de la inconstancia y volubilidad femeninas como algo natural y típico, tendrá toda la angustia de la sorpresa triste cuando se encuentre traicionado en el amor –tal cual, no otro, como si hubiera siempre tenido por dogma o esperanza la fidelidad y firmeza de la mujer. Otro, que todo lo tiene por hueco y vacío, sentirá como un rayo súbito el descubrimiento de que tiene por nada lo que escribe, o que es estéril su esfuerzo por enseñar, o que es falsa la comunicabilidad de su emoción.

No hay que creer que los hombres, a quienes estos desastres acontecen, y otros desastres como estos, fuesen poco sinceros en las cosas que dijeron, o que escribieron, y en cuya sustancia esos desastres eran previsibles o ciertos. Nada tiene que ver la sinceridad de la afirmación inteligente con la naturalidad de la emoción espontánea. Y esto parece poder ser así, el alma parece poder así tener sorpresas, sólo para que el dolor no falte, el oprobio no deje de caberle, la pena no le escasee como quiñón igualitario de la vida. Todos somos iguales en la capacidad para el error y el sufrimiento. Sólo no lo pasa quien no lo siente; y los más altos, los más nobles, los más previsores, son los que llegan a pasar y a sufrir lo que preveían y lo que desdeñaban. Es a esto a lo que se llama Vida.

## 441.

Considerar todas las cosas que nos suceden como accidentes o episodios de una novela, a la que asistimos no con nuestra atención sino con la vida –sólo con esta actitud podremos vencer la malicia de los días y los caprichos de los sucesos.

## 442.

La vida práctica siempre me pareció el menos cómodo de los suicidios. Actuar fue siempre para mí la condena violenta del sueño injustamente condenado. Tener influencia en el mundo exterior, alterar cosas, trasponer seres, influir en la gente –todo esto me pareció siempre de una sustancia más nebulosa que la de mis devaneos. La futilidad inmanente de todas las formas de acción fue, desde mi infancia, una de las medidas más apreciadas de mi desapego hasta de mí.

Actuar es reaccionar contra sí mismo. Influir es salir de casa.

Siempre pensé lo absurdo que es que, donde la realidad sustancial es una serie de sensaciones, hubiese cosas tan complicadamente simples como negocios, industrias, relaciones sociales y familiares, tan desoladoramente incomprensibles frente a la actitud interior del alma hacia la idea de verdad.

### 443.

De mi abstención de colaborar en la existencia del mundo exterior proviene, entre otras cosas, un fenómeno psíquico curioso.

Absteniéndome enteramente de la acción, desinteresándome de las Cosas, consigo ver el mundo exterior cuando lo contemplo con una objetividad perfecta. Como nada interesa o lleva a tener razón para alterarlo, no lo altero.

Y así consigo //.

### 444.

Siempre que pueden, se sientan frente al espejo. Hablan con nosotros y coquetean con los ojos consigo mismos. A veces, como en los enamoramientos, se distraen de la conversación. Fui siempre simpático con ellos, porque mi aversión adulta a mi aspecto me obligó siempre a elegir el espejo como una cosa a la que dar la espalda. Así, y ellos por instinto lo reconocían tratándome siempre bien, yo era el chico escuchador que les dejaba siempre libres la vanidad y la tribuna.

En conjunto, no eran malos chicos; particularmente eran mejores y peores. Tenían generosidades y ternuras insospechadas para un observador de mediocridades, bajezas y sordideces difíciles de adivinar por cualquier ser humano normal. Miseria, envidia e ilusión –así los resumo, y en eso resumiría aquella parte de ese ambiente que se infiltra en la obra de los hombres de valor que alguna vez hicieron de esa estancia de resaca un barbecho de engañados. (Es, en la obra de Fialho, la envidia flagrante, la grosería vulgar, la inelegancia nauseabunda...).

Unos tienen gracia, otros tienen sólo gracia, otros aún no existen. La gracia de los cafés se divide en comentarios ingeniosos sobre los ausentes y comentarios insolentes sobre los presentes. Este tipo de ingenio se le llama normalmente sólo grosería. Nada hay más indicador de la pobreza de la mente que no saber hacer espíritu salvo con personas.

Pasé, vi y, a diferencia de ellos, vencí. Porque mi victoria consistió en ver. Reconocí la identidad de todos los reunidos inferiores: vine a encontrar aquí, en la casa donde tengo una habitación, la misma alma sórdida que los cafés me habían revelado, salvo, gracias a todos los dioses, la noción de vencer en París. La dueña de esta casa se atreve con Avenidas Novas en algunos de sus momentos de ilusión, pero del extranjero está a salvo, y mi corazón se enternece.

Conservo de este paso por el túmulo de la voluntad la memoria de un tedio nauseado y de algunas anécdotas con gracia.

Van a un entierro, y parece que ya en el camino del cementerio se olvidó en el café el pasado, pues va callado ahora.

... y la posteridad nunca sabrá de ellos, escondidos de ella para siempre bajo la mole negra de los estandartes ganados en sus victorias de decir.

## 445.

Desde la mitad del siglo dieciocho, una enfermedad terrible descendió progresivamente sobre la civilización. Diecisiete siglos de aspiración cristiana constantemente embaucada, cinco siglos de aspiración pagana perennemente postergada –el catolicismo que había fallado como cristianismo, el renacimiento que había fallado como paganismo, la reforma que había fallado como fenómeno universal. El desastre de todo cuanto se soñó, la vergüenza de todo cuanto se consiguió, la miseria de vivir sin una vida digna que los otros pudieran tener con nosotros, y sin vida de los otros que pudiéramos dignamente tener.

Esto cayó en las almas y las envenenó. El horror a la acción, por tener que ser vil en una sociedad vil, emporcó los espíritus. La actividad superior del alma adoleció; sólo la actividad inferior, por estar más vitalizada, no decayó; inerte la otra, asumió la regencia del mundo.

Así nacieron una literatura y un arte hechos de los elementos secundarios del pensamiento –el romanticismo; y una vida social hecha de los elementos secundarios de la actividad– la democracia moderna.

Las almas nacidas para mandar sólo tenían el remedio de abstenerse. Las almas nacidas para crear, en una sociedad donde las fuerzas creadoras fallaban, tenían por único mundo plástico a su voluntad el mundo irreal de sus sueños, la esterilidad introspectiva de la propia alma.

Llamamos «románticos», por igual, a los grandes que fallaron y a los pequeños que se revelaron. Pero no hay semejanza salvo en la sentimentalidad evidente; aunque en unos la sentimentalidad muestra la imposibilidad del uso activo de la inteligencia; en otros muestra la ausencia de la inteligencia misma. Son fruto de la misma época un Chateaubriand y un Hugo, un Vigny y un Michelet. Pero un Chateaubriand es un alma grande que disminuye; un Hugo es un alma pequeña que se distiende con el viento del tiempo; un Vigny es un genio que tuvo que huir; un Michelet una mujer que tuvo que ser hombre de genio. En el padre de todos ellos, Jean-Jacques Rousseau, las dos tendencias están juntas. La inteligencia en él era de creador, la sensibilidad de esclavo. Afirmó ambas por igual. Pero la sensibilidad social, que tenía, envenenó sus teorías, que la inteligencia sólo dispone claramente. La inteligencia que tenía sólo sirvió para lamentar la miseria de coexistir con semejante sensibilidad.

Jean-Jacques Rousseau es el hombre moderno, pero más completo que cualquier hombre moderno. De las flaquezas que le hicieron fallar, extrajo –¡ay de él y de nosotros!– las fuerzas que lo hicieron triunfar. Lo que salió de él venció, pero en los lábaros de su victoria, cuando entró en la Ciudad, se vio que estaba escrita, como lema, la palabra «Derrota». Lo que de él quedó atrás, incapaz del esfuerzo de vencer, fueron las coronas y los cetros, la majestad de mandar y la gloria de vencer por destino interno.

### 446.

El mundo, en el cual nacemos, sufre de siglo y medio de renuncia y de violencia –de la renuncia de los superiores y de la violencia de los inferiores, que es su victoria.

Ninguna cualidad superior puede afirmarse modernamente, tanto en la acción como en el pensamiento, en la esfera política como en la especulativa.

La ruina de la influencia aristocrática creó una atmósfera de brutalidad y de indiferencia por las artes, donde una sensibilidad fina no tiene refugio. Duele más, cada vez más, el contacto del alma con la vida. El esfuerzo es cada vez más doloroso, porque son cada vez más odiosas las condiciones externas del esfuerzo.

La ruina de los ideales clásicos hace de todos artistas posibles, y por tanto malos artistas. Cuando el criterio del arte era la construcción sólida, la observancia cuidada de reglas –pocos podían intentar ser artistas, y gran parte de ellos son muy buenos. Pero cuando el arte pasó de ser considerado creación, para pasar a ser considerado expresión de sentimientos, todo el mundo pudo ser artista, porque todos tienen sentimientos.

### 447.

Ningún premio cierto tiene la virtud, ningún castigo cierto el pecado. Ni sería justo que hubiese tal premio ni tal castigo. La virtud o el pecado son manifestaciones inevitables de organismos condenados a lo uno o a lo otro, cumpliendo la pena de ser buenos o la pena de ser malos. Por eso todas las religiones colocan las recompensas y los castigos merecidos por quien, nada siendo ni pudiendo, nada pueden merecer, en otros mundos, de los que ninguna ciencia puede dar noticia, de los que ninguna fe puede transmitir la visión.

Abdiquemos, pues, de toda creencia sincera, como de toda la preocupación de influir en los demás.

La vida, decía Tarde, es la búsqueda de lo imposible a través de lo inútil. Busquemos siempre lo imposible, porque tal es nuestro destino; busquémoslo a través de lo inútil, porque pasa camino por otro puente; ascendamos, no obstante, a la conciencia de que nada buscamos que pueda obtenerse, por nada pasamos que merezca un cariño o una saudade.

Nos cansamos de todo menos de comprender, decía el escolástico. Comprendamos, comprendamos siempre, y hagamos por tejer astutamente coronas o guirnaldas que han de mustiarse también, las flores espectrales de esa comprensión.

## 448.

Nos cansamos de todo, excepto de comprender. El sentido de la frase es a veces difícil de alcanzar.

Nos cansamos de pensar para llegar a una conclusión, porque cuanto más se piensa, más se analiza, más se distingue, menos se llega a una conclusión.

Caímos entonces en aquel estado de inercia en que lo que más queremos es entender bien lo que es expuesto –una actitud estética, pues queremos comprender sin interesarnos, sin que nos importe que lo comprendido sea o no verdadero, sin que veamos más en lo que comprendemos que la forma exacta en la que fue expuesto, la posición de belleza racional que tiene para nosotros.

Nos cansamos de pensar, de tener opiniones nuestras, de querer pensar para actuar. No nos cansamos, sin embargo, de tener, aunque transitoriamente, las opiniones ajenas, con el único fin de sentir su influencia y no seguir su impulso.

## 449.

Más de una vez, al pasear lentamente por las calles por la tarde, me ha golpeado en el alma, con una violencia súbita y apabullante, la extrañísima presencia de la organización de las cosas. No son realmente las cosas naturales las que tanto me afectan, las que tan poderosamente me traen este sentimiento: son más las calles, los letreros, la gente vestida y hablando, los trabajos, los periódicos, la inteligencia de todo. O, más bien, es el hecho de que existan calles, letreros, trabajos, hombres, sociedad, todo a entenderse y a seguir y a abrir caminos.

Miro al hombre directamente y veo que es tan inconsciente como un perro o un gato; habla con una inconsciencia de otro orden; se organiza en sociedad por una inconsciencia de otro orden, absolutamente inferior a la que emplean las hormigas y las abejas en su vida social. Y entonces, tanto o más que de la existencia de organismos, tanto o más que de la existencia de leyes físicas rígidas e intelectuales, se me revela por una luz evidente la inteligencia que crea e impregna el mundo.

Me golpea entonces, siempre que así me siento, la vieja frase de no sé qué escolástico: *Deus est anima brutorum,* Dios es el alma de los brutos. Así acertó el autor de la frase, que es maravillosa, a explicar la certeza con que el instinto guía a los animales inferiores, en los que no podemos ver ninguna inteligencia, o más que un esbozo de ella. Pero todos somos animales inferiores –hablar y pensar son sólo nuevos instintos, menos seguros que los otros porque son nuevos. Y la frase del escolástico, tan justa en su belleza, se alarga, y digo: Dios es el alma de todo.

Nunca comprendí que quien una vez consideró este gran hecho de la relojería universal pudiese negar al relojero del que el mismo Voltaire no descreyó. Comprendo que, atendiendo a ciertos hechos aparentemente desviados de un plan (y sería necesario conocer el plan para saber si están desviados), se atribuya a esa inteligencia suprema algún elemento de imperfección. Eso lo comprendo, aunque no lo acepte. Comprendo también que, atendiendo al mal que hay en el mundo, no se pueda aceptar la bondad infinita de esa inteligencia creadora. Pero que se niegue la existencia de esa inteligencia, o sea, de Dios, es algo que me parece una de aquellas estupideces que tantas veces afligen, en un punto de la inteligencia, a hombres que, en todos los demás puntos de inteligencia, pueden ser superiores; como los que siempre se equivocan en las sumas, o, también, y poniendo ya en juego la inteligencia de la necesidad, los que no sienten la música, o la pintura o la poesía.

No acepto, digo, ni el criterio del relojero imperfecto ni el del relojero sin benevolencia. No acepto el criterio del relojero imperfecto porque esos pormenores del gobierno y ajuste del mundo, que nos parecen lapsos o sinrazones, no pueden así darse verdaderamente sin que sepamos el plan. Vemos claramente un plan en todo; vemos ciertas cosas que nos parecen sin razón, pero hay que considerar que, si hay en todo una razón, habrá en eso también la misma razón que hay en todo. Vemos la razón, pero no el plan; ¿cómo diremos, entonces que ciertas cosas están fuera del plan que no sabemos cuál es? Así como un poeta de ritmos sutiles puede intercalar un verso arrítmico con fines rítmicos, esto es, con el propio fin de que parece apartarse, y un crítico más purista de lo rectilíneo que del ritmo llamará errado ese verso, así el Creador puede intercalar lo que nuestra estrecha inteligencia considera arritmias en el transcurso majestuoso de su ritmo metafísico.

Ni siquiera acepto, he dicho, el criterio relojero sin benevolencia. Estoy de acuerdo en que es un argumento de más difícil respuesta, pero lo es solo aparentemente. Podemos decir que no sabemos bien lo que es el mal, no pudiendo por eso afirmar si algo es malo o bueno. Lo cierto, sin embargo, es que un dolor, aunque sea para nuestro bien, es en sí mismo un mal, y eso basta para que haya mal en el mundo. Basta un dolor de muelas para hacernos descreer en la bondad del Creador. Pero el error esencial de este argumento parece residir en nuestro completo desconocimiento del plan de Dios, y nuestro igual desconocimiento de lo que pueda ser, como persona inteligente, el Infinito Intelectual. La existencia del mal no puede ser negada, pero la maldad de la existencia del mal puede no ser aceptada. Confieso que el problema subsiste, pero subsiste porque subsiste nuestra imperfección.

## 450.

Si algo hay que esta vida tiene para nosotros, y, salvo la misma vida, tengamos que agradecer a los Dioses, es el don de desconocernos: de desconocernos a nosotros mismos y de desconocernos los unos a los otros. El alma humana es un abismo oscuro y viscoso, un pozo que no se usa en la superficie del mundo. Nadie se amaría a sí mismo si de verdad se conociese, y así, no teniendo la vanidad, que es la sangre de la vida espiritual, moriríamos en el alma de anemia. Nadie conoce a otro, y está bien que no lo conozca, y, si lo conociese, conocería en él, aunque sea madre, esposa o hijo, el íntimo, metafísico enemigo.

Nos entendemos porque nos ignoramos. Qué sería de tantos cónyuges felices si pudieran ver en el alma del otro, si pudiesen ver el uno en el alma del otro, si pudiesen entenderse, como dicen los románticos, que no conocen el peligro –aunque el peligro fútil– de lo que dicen. Todos los casados del mundo están mal casados, porque cada uno guarda consigo, en los secretos donde el alma es del Diablo, la imagen sutil del hombre deseado, que no es aquél, la figura voluble de la mujer sublime, que aquella no realizó. Los más felices ignoran en sí mismos estas sus disposiciones frustradas; los menos felices no las ignoran, pero no las conocen, y sólo uno u otro arranque frustrado, una u otra aspereza en el trato, evoca en la superficie casual de los gestos y de las palabras, al Demonio oculto, a la antigua Eva, al Caballero y la Sílfide.

La vida que se vive es un desentendimiento fluido, una media alegre entre la grandeza que no hay y la felicidad que no puede haber. Estamos contentos porque, hasta al pensar y al sentir, somos capaces de no creer en la existencia del alma. En el baile de máscaras en el que vivimos, nos basta el agrado del traje, que en el baile lo es todo. Somos siervos de las luces y los colores, vamos en la danza como en la verdad, y no hay para nosotros –salvo si, desiertos, no bailamos– conocimiento del gran frío de la noche exterior, del cuerpo mortal bajo los harapos que le sobreviven, de todo cuanto, solos, pensamos que es esencialmente nosotros, pero al final no es más que la parodia íntima de la verdad de lo que nos suponemos.

Todo lo que hacemos o decimos, todo lo que pensamos o sentimos, trae la misma máscara y el mismo dominó. Por más que desnudemos lo que vestimos, nunca llegamos a la desnudez, pues la desnudez es un fenómeno del alma y no de quitarse un traje. Así, vestidos de cuerpo y alma, con nuestros múltiples trajes tan pegados a nosotros como las plumas de las aves, vivimos felices o infelices, o ni siquiera hasta sabiendo lo que somos, el breve espacio que nos dan los dioses para divertirlos, como niños que juegan a cosas serias.

Uno u otro de nosotros, liberado o maldito, ve de repente –pero incluso ese pocas veces ve– que todo lo que somos es lo que no somos, que nos equivocamos en lo que consideramos cierto y no tenemos razón en lo que consideramos justo. Y él, quien, en un breve instante, ve el universo desnudo, habla una filosofía o canta una religión; y la filosofía se escucha y la religión hace eco, y los que creen en la filosofía pasan a usarla como prenda que no ven, y los que creen en la religión pasan a ponerla como una máscara que olvidan.

Y siempre, desconociéndonos a nosotros y a los otros, y por eso entendiéndonos alegremente, pasamos, entre las volutas de la danza o en las conversaciones de descanso, humanos, fútiles, con seriedad, al son de la gran orquesta de los astros, bajo las miradas desdeñosas y ajenos de los organizadores del espectáculo.

Sólo ellos saben que somos presa de la ilusión que nos crearon. Pero, ¿cuál es la razón de esta ilusión, y por qué existe esa, o cualquier, ilusión, o por qué ellos, ilusos también, nos concedieron tener la ilusión que nos crearon? –eso, por supuesto, ni ellos mismos lo saben.

## 451.

En mí, todos los afectos se pasan a la superficie, pero sinceramente. He sido siempre actor, y de verdad. Siempre que amé, fingí que amé, y para mí mismo lo finjo.

## 452.

Llegué hoy, de repente, a una sensación absurda y justa. Me di cuenta, en un relámpago íntimo, de que no soy nadie. Nadie, absolutamente nadie. Cuando brilló el relámpago, aquello donde supuse una ciudad era una llanura desierta; y la luz siniestra que me mostró a mí no reveló un cielo sobre ella. Me robaron el poder de ser antes de que el mundo fuera. Si tenía que reencarnarme, me reencarné sin mí, sin haberme yo reencarnado.

Soy los alrededores de un pueblo que no existe, el comentario prolijo de un libro que no se escribió. No soy nadie, nadie. No sé sentir, no sé pensar, no sé querer. Soy una figura de novela por escribir, pasando aérea, y deshecha sin haber sido, entre los sueños de quien no me supo completar.

Pienso siempre, siento siempre; pero mi pensamiento no contiene raciocinios, mi emoción no contiene emociones. Estoy cayendo, por la trampilla de allá arriba, por todo el espacio infinito, en una caída sin dirección, infinita y vacía. Mi alma es un maelstrom negro, vasto vértigo que circunda el vacío, movimiento de un océano infinito alrededor de un agujero en la nada, y en las aguas que son más giro que aguas flotan todas las imágenes de lo que vi y oí en el mundo –van casas, caras, libros, cajas, rastros de música y sílabas de voces, en un torbellino siniestro y sin fondo.

Y yo, verdaderamente yo, soy el centro que no hay en esto más que a través de una geometría del abismo; soy la nada en torno a la cual este movimiento gira, sólo para que gire, sin que este centro exista salvo porque todo el círculo lo tiene. Yo, verdaderamente yo, soy el pozo sin muros, pero con la viscosidad de los muros, el centro de todo sin nada alrededor.

Y es, en mí, como si el infierno mismo se riera, sin la humanidad de los diablos que ríen siquiera, la locura graznada del universo muerto, el cadáver rodante del espacio físico, el fin de todos los mundos fluctuando negro en el viento, disforme, anacrónico, sin Dios que lo haya creado, sin él mismo que rueda en las tinieblas de las tinieblas, imposible, único, todo.

¡Poder saber pensar! ¡Poder saber sentir!

Mi madre murió muy pronto, y no la llegué a conocer...

## 453.

Haber leído ya los *Pickwick Papers* es una de las grandes tragedias de mi vida. (No puedo leerlos de nuevo).

## 454.

El arte nos libra ilusoriamente de la sordidez de ser. Cuando sentimos los males y las injurias de Hamlet, príncipe de Dinamarca, no sentimos los nuestros –viles porque son nuestros y viles porque son viles.

El amor, el sueño, las drogas e intoxicantes, son formas elementales del arte, o, si no, de producir el mismo efecto que él. Pero amor, sueño y drogas tienen cada uno su desilusión. El amor harta y desilusiona. Del sueño se despierta, y, cuando se durmió, no se vivió. Las drogas se pagan con la ruina de aquel mismo físico que sirvieron para estimular. Pero en el arte no hay desilusión porque la ilusión fue admitida desde el principio. Del arte no hay despertar porque la ilusión fue admitida desde el principio. Del arte no hay despertar, porque en él no dormimos, aunque soñásemos. En el arte no hay tributo o multa que paguemos por haber gozado de él.

El placer que nos ofrece, como en cierto modo no es nuestro, no tenemos nosotros que pagarlo o que arrepentirnos de él.

Por arte se entiende todo lo que nos deleita sin que sea nuestro –el rastro del pasaje, la sonrisa dada a otro, el ocaso, el poema, el universo objetivo.

Poseer es perder. Sentir sin poseer es guardar, porque es extraer de una cosa su esencia.

## 455.

No el amor, sino los alrededores es lo que vale la pena...

La represión del amor ilumina los fenómenos de éste con mucha más claridad que la misma experiencia. Hay virginidades de gran entendimiento. Actuar compensa y confunde. Poseer es ser poseído, y por tanto perderse. Sólo la idea alcanza, sin estropearse, el conocimiento de la realidad.

## 456.

Cristo es una forma de la emoción.

En el panteón hay lugar para los dioses que se excluyen unos a otros, y todos tienen asiento y regencia. Cada uno puede ser todo, porque aquí no hay límites, ni siquiera lógicos, y gozamos, en la convivencia de varios inmortales, de la coexistencia de diferentes infinitos y de diversas eternidades.

## 457.

La historia niega las cosas ciertas. Hay períodos de orden en que todo es vil y períodos de desorden en que todo es elevado. Las decadencias son fértiles en virilidad mental; las épocas de fuerza en franqueza del espíritu. Todo se mezcla y se cruza, y no hay verdad sino en suponerla.

¡Tantos nobles ideales caídos entre el estiércol, tantas ansias verdaderas extraviadas entre la inmundicia!

Para mí son iguales, dioses u hombres, en la confusión prolija del destino incierto. Desfilan ante mí. En este cuarto piso incógnito, en sucesiones de sueños, y no son más para mí de lo que fueron para los que creían en ellos. Fetiches de los negros de ojos inciertos y espantados, dioses-bichos de los salvajes de sertones enmarañados, símbolos figurados de egipcios, claras divinidades griegas, graves dioses romanos. Mitra señor del Sol y de la emoción, Jesús señor de la consecuencia y de la caridad, criterios varios del mismo Cristo, santos nuevos dioses de las nuevas poblaciones, todos desfilan, todos en la marcha fúnebre (romería o entierro) del error y de la ilusión. Marchan todos, y detrás de ellos marchan, sombras vacías, los sueños que, por ser sombras en el suelo, los peores soñadores creen que están asentados sobre la tierra –pobres conceptos sin alma ni figura, Libertad, Humanidad, Felicidad, el Futuro Mejor, la Ciencia Social, y se arrastran en la solidez de la oscuridad como hojas movidas un poco al frente por una caída de manto regio que hubiese sido robado por mendigos.

## 458.

Ay, es un error doloroso y craso aquella distinción que los revolucionarios establecen entre burgueses y pueblo, o hidalgos y pueblo, o gobernantes y gobernados. La distinción es entre adaptados e inadaptados: lo demás es literatura, y mala literatura. El mendigo, si es adaptado, puede mañana ser rey, aunque perdió con eso la virtud de ser mendigo. Pasó la frontera y perdió la nacionalidad.

Esto me consuela en este escritorio estrecho, cuyas ventanas mal lavadas dan a una calle sin alegría. Esto me consuela, en lo cual tengo por hermanos a los creadores de la conciencia del mundo –el dramaturgo desordenado William Shakespeare, el maestro de escuela John Milton, el holgazán Dante Alighieri, // y hasta, si la cita se permite, aquel Jesucristo que no fue nada en el mundo, tanto que se duda de él por la historia. Los otros son de otra especie –el consejero de Estado

Johann Wolfgang von Goethe, el senador Victor Hugo, el jefe Lenin, el jefe Mussolini //.

Nosotros en la sombra, entre los mozos de recados y los barberos, constituimos la humanidad //.

De un lado están los reyes, con su prestigio, los emperadores, con su gloria, los genios, con su aura, los santos, con su aureola, los jefes del pueblo, con su dominio, las prostitutas, los profetas y los ricos... Del otro lado estamos nosotros –el mozo de los recados de la esquina, el dramaturgo desordenado William Shakespeare, el barbero de las anécdotas, el maestro de escuela John Milton, el carpintero de la tienda, el holgazán Dante Alighieri, los que la muerte olvida o consagra, y la vida olvidó sin consagrar.

### 459.

El gobierno del mundo comienza en nosotros mismos. No son los sinceros los que gobiernan el mundo, pero tampoco los insinceros. Son los que construyen en sí mismos una sinceridad real por medios artificiales y automáticos; esa sinceridad constituye su fuerza, y ella es la que irradia hacia la sinceridad menos falsa de los otros. Saber engañarse bien es la primera cualidad del estadista. Sólo a los poetas y a los filósofos les compete la visión práctica del mundo, porque sólo a ellos es dado no tener ilusiones. Ver claro es no actuar.

### 460.

Una opinión es una grosería, incluso cuando no es sincera.

Toda sinceridad es una intolerancia. No hay liberales sinceros. Por lo demás, no hay liberales.

### 461.

Todo allí es fallido, anónimo e imperteneciente. Vi allí grandes movimientos de ternura, que me parecieron revelar el fondo de pobres almas tristes; descubrí que esos movimientos no duraban más que la hora en que eran palabras, y que tenían raíz cuántas veces lo noté con la sagacidad de los silenciosos– en la analogía de algo con lo piadoso, perdida con la rapidez de la novedad de la anotación, y otras veces en el vino de la cena del enternecido. Había siempre una relación sistematizada entre el humanitarismo y el aguardiente de bagazo, y fueron muchos los grandes gestos que sufrieron la copa superflua o el pleonasmo de la sed.

Todas estas criaturas habían vendido su alma a un diablo de la plebe infernal, avariento de sordideces y relajamientos. Vivían la intoxicación de la vanidad y del ocio, y morían suavemente, entre cojines de palabras, en un arrugamiento de alacranes de esputo.

Lo más extraordinario de toda esta gente era la ninguna importancia, en ningún sentido, de toda ella. Unos eran redactores de los principales periódicos, y conseguían no existir; otros tenían puestos públicos a la vista en el directorio y conseguían no figurar en nada de la vida; otros eran poetas incluso consagrados, pero una misma polvareda de ceniza les tornaba lívidas las caras bobas, y todo era una tumba de embalsamados hieráticos, puestos con las manos en la espalda en posturas de vidas.

Guardo del poco tiempo que me estanqué en ese exilio de la viveza mental, un recuerdo de buenos momentos de gracia franca, de muchos momentos monótonos y tristes, de algunos perfiles recortados de la nada, de algunos gestos dados a los siervos del azar, y, en resumen, un tedio de náusea física y la memoria de algunas anécdotas con espíritu.

Entre ellos se intercalaban, como espacios, unos hombres de más edad, algunos con dichos de espíritu pasado, que hablaban mal como los otros, y de las mismas personas.

Nunca sentí tanta simpatía por los inferiores de la gloria pública como cuando los vi insultados por estos inferiores sin querer esa pobre gloria. Reconocí la razón del triunfo porque los parias del Grande triunfaban en relación a ellos, y no en relación a la humanidad.

Pobres diablos siempre con hambre –o con hambre de almuerzo o con hambre de celebridad, o hambrientos de los postres de la vida. Quien los oiga, y no los conozca, cree estar escrutando a los maestros de Napoleón y a los instructores de Shakespeare.

Hay los que vencen en el amor, los que vencen en la política, los que vencen en el arte. Los primeros tienen la ventaja de la narrativa, porque se puede vencer largamente en el amor sin tener conocimiento famoso de lo que sucedió. Es cierto que, al oír contar a cualquiera de estos individuos sus maratones sexuales, una vaga sospecha nos invade, a la altura de la séptima desfloración. Los que son amantes de señoras de título, o muy conocidas (son, de hecho, casi todos), gastan tanto en condesas que una estadística de sus conquistas no dejaría serias y comedidas ni a las bisabuelas de los títulos presentes.

Otros se especializan en el conflicto físico, y mataron a los campeones de boxeo de Europa en una noche de reyerta, en la esquina del Chiado. Unos son influyentes con todos los ministros de todos los ministerios, y estos son de los que menos hay que dudar, porque no repugnan.

Unos son grandes sádicos, otros son grandes pederastas, otros confiesan, con una tristeza de voz alta, que son brutales con las mujeres. Las llevaron allí, a latigazos, por los caminos de la vida. Al final, quedan a deber el café.

Están los poetas, están los //.

No conozco mejor cura para toda esta muchedumbre de sombras que el conocimiento directo de la vida humana corriente, en su realidad comercial, por ejemplo, como la que me surge en la oficina de la Rua dos Douradores. Con qué alivio yo volvía de aquel manicomio de títeres a la presencia real de Moreira, mi jefe, un contable auténtico y entendido, mal vestido y tratado, pero que era lo que ninguno de los otros podía ser, lo que se llama un hombre...

## 462.

La mayoría de los hombres viven con espontaneidad una vida ficticia y ajena. *La mayoría de las personas son otras personas,* dijo Oscar Wilde, y lo dijo bien. Unos gastan la vida en busca de algo que no quieren; otros se emplean en la busca de lo que quieren y no les sirve; otros más se pierden //.

Pero la mayoría es feliz y disfruta de la vida por lo que vale. En general, el hombre llora poco, y, cuando se queja, es su literatura. El pesimismo tiene poca viabilidad como fórmula democrática. Los que lloran el mal del mundo están aislados: sólo lloran lo propio. ¿Un Leopardi o un Antero no tienen amado o amante? El universo es un mal. ¿Un Vigny no tiene amado o amante? El mundo es una cárcel. ¿Un Chateaubriand sueña más de lo posible? La vida humana es tedio. ¿Un Job está cubierto de ampollas? La tierra está cubierta de ampollas. ¿Pisan los callos del triste? Ay de los pies de los soles y las estrellas.

Ajena a esto, y llorando sólo lo necesario en el menor tiempo posible –cuando se le muere el hijo, al que olvidará durante años, salvo en los aniversarios; cuando pierde dinero, y llora hasta que encuentra otro, o no se adapta al estado de la pérdida–, la humanidad continúa digiriendo y amando. La vitalidad recupera y reanima. Los muertos quedan enterrados. Las pérdidas quedan perdidas.

Cuando veo un gato al sol me acuerdo siempre del hombre al sol.

## 463.

Se fue hoy, dijeron que definitivamente, a la que es su tierra natal, el llamado ayudante de la oficina, el mismo hombre que he estado habituado a considerar como parte de esta casa humana, y, por tanto como parte de mí y del mundo que es mío. Hoy se marchó. En el pasillo, encontrándonos casuales para la sorpresa esperada de la despedida, le di un abrazo tímidamente correspondido, y tuve el contra-alma suficiente para no llorar como deseaban sin mí mis ojos calientes.

Cada cosa que fue nuestra, aunque sólo fuera por los accidentes de convivencia o de la visión, porque fue nuestra, se vuelve nosotros. Lo que se fue hoy, pues, para una tierra gallega que ignoro, no fue, para mí, el oficinista: fue una parte vital, por visual y humana, de la sustancia de mi vida. Fui hoy disminuido. Ya no soy completamente el mismo. El ayudante de oficina ya se fue.

Todo lo que pasa en el lugar donde vivimos pasa en nosotros. Todo lo que cesa en lo que vemos cesa en nosotros. Todo lo que fue, si lo vimos cuando era, fue sacado de nosotros cuando se fue. El ayudante de oficina ya se fue.

Más pesado, más viejo, menos voluntario, me siento en el escritorio alto y comienzo la continuación de la escritura de ayer. Pero la vaga tragedia de hoy interrumpe con meditaciones, que tengo que dominar a la fuerza, el proceso automático de la escritura como debe ser. No tengo alma para trabajar sino porque puedo, con una inercia activa, ser esclavo de mí. El ayudante de oficina ya se fue.

Sí, mañana, u otro día, o cuando quiera que suene para mí la campana sin sonido de la muerte o de la partida, yo también seré el que aquí ya no está, copista antiguo que va a ser arrumbado en el armario bajo el vano de la escalera. Sí, mañana, o cuando el Destino diga, tendrá fin lo que fingió en mí que fui yo. ¿Me iré a la tierra natal? No sé adónde iré. Hoy, la tragedia es visible por la falta, sensible porque no merecer que se sienta. Dios mío, Dios mío, el ayudante de oficina ya se fue.

## 464.

Todo es absurdo. Este empeña la vida en ganar dinero que guarda, y ni tiene hijos a los que dejárselo ni esperanza de que el cielo le reserve una trascendencia de ese dinero. Aquel empeña el esfuerzo en ganar fama, para después de muerto, y no cree en aquella supervivencia que le dé el conocimiento de la fama. El otro se dedica a buscar cosas que realmente no le gustan. Más allá, hay uno que //.

Uno lee para saber, inútilmente. Otro disfruta para vivir, inútilmente.

Voy en un tranvía, y me voy fijando lentamente, conforme es mi costumbre, en todos los detalles de las personas que van delante de mí. Para mí los detalles son cosas, voces, frases. En este vestido de la chica que va delante de mí, descompongo el vestido en el tejido de que se compone, el trabajo con que lo hicieron –pues lo veo vestido y no paño– y el bordado leve que festonea la parte que rodea el cuello se me divide en el hilo de seda, con el que se bordó, y el trabajo que se empleó en bordarlo. E inmediatamente, como en un libro primario de economía política, se desdoblan ante mí las fábricas y los trabajos –la fábrica donde se hizo el tejido; la fábrica donde se hizo el hilo de seda, de un tono más oscuro, con que se orla de cositas retorcidas su lugar junto al cuello; y veo las secciones de las fábricas, las máquinas, los obreros, las costureras, mis ojos vueltos hacia dentro penetran en las oficinas, veo a los encargados procurar estar sosegados, sigo, en los libros, la contabilidad de todo; pero no es sólo esto: veo, más allá, las vidas domésticas de los que viven su vida social en esas fábricas y esas oficinas... Toda la vida social yace a mis ojos sólo porque tengo delante de mí, debajo de un cuello moreno, que por el otro lado tiene no sé qué cara, un orlar irregular regular verde oscuro sobre un verde claro de vestido.

Más allá de esto presiento los amores, las secrecías del alma, de todos los que han trabajado para que esta mujer que está ante mí en el tranvía use, alrededor de su cuello mortal, la banalidad sinuosa de un hilo de seda verde oscuro haciendo inutilidades por la orla de un paño de un verde menos oscuro.

Me atonto. Los bancos del tranvía, de un entretejido de paja fuerte y pequeña, me llevan a regiones distantes, se me multiplican en industrias, trabajadores, casas de trabajadores, vidas, realidades, todo.

Salgo del vagón exhausto y sonámbulo. Viví la vida entera.

### 465.

Cada vez que viajo, viajo inmenso. El cansancio que traigo conmigo de un viaje en tren hasta Cascais es como si fuese el de haber, en ese poco tiempo, recorrido los paisajes de campo y ciudad de cuatro o cinco países.

Cada casa por la que paso, cada chalet, cada casita aislada encalada de blanco y de silencio –en cada una de ellas en un momento me concibo viviendo, primero feliz, luego lleno de tedio, cansado después; y siento que, habiéndola abandonado, llevo conmigo una enorme saudade por el tiempo que viví allí. De modo que todos mis viajes son una cosecha dolorosa y feliz de grandes alegrías, de tedios enormes, de innumerables falsas saudades.

Después, al pasar delante de casas, de pueblos, de chalets, voy viviendo en mí todas las vidas de las criaturas que allí están. Vivo todas aquellas vidas domésticas al mismo tiempo. Soy el padre, la madre, los hijos, los primos, la criada y el primo de la criada, al mismo tiempo y todo junto, por el arte especial que tengo de sentir al mismo tiempo varias sensaciones diversas, de vivir al mismo tiempo –y al mismo tiempo por fuera, viéndolas y por dentro, sintiéndolas– la vida de varias criaturas.

Creé en mí varias personalidades. Creo personalidades constantemente. Cada sueño mío es inmediatamente, luego al aparecer soñado, encarnado en otra persona, que luego pasa a soñarlo, y yo no.

Para crear, me destruí. Tanto me exterioricé dentro de mí, que dentro de mí sólo existo exteriormente. Soy la escena desnuda por donde pasan varios actores representando varias piezas.

### 466.

El placer de elogiarnos a nosotros mismos...

... ... ... ...

**Paisaje de lluvia (IV)**

Me huele a frío, a pena, a ser imposibles todos los caminos hacia la idea de todos los ideales.

Las mujeres contemporáneas esculpen tales arreglos de su porte y de su figura, que dan una dolorosa impresión de efímeras e insustituibles...

Sus // y aderezos tales las aliñan y colorean, que más decorativas se tornan que carnalmente vivientes. Frisos, paneles, cuadros –no son, en la realidad de la vista, más de lo que tanto...

El mero voltear de un chal por encima de los hombros supone hoy más conciencia en la visión del gesto en quien lo hace que antiguamente. Antes el chal era parte del traje; hoy es un detalle resultante de intuiciones de puro sentido *estético*.

Así, en estos nuestros días, tan vívidos a través de hacer todo arte, todo arranca pétalos al consciente y se integra // en una volubilidad extática.

Tránsfugas de cuadros no hechos todas esas figuras femeninas... Hay a veces detalles de más en ellas... Ciertos perfiles existen con exagerada nitidez. Juegan a irreales por el exceso con que se separan, líneas puras, del ambiente de fondo.

467.

Mi alma es una orquesta oculta; no sé qué instrumentos tañen y chillan, cuerdas y arpas, timbales y tambores, dentro de mí. Sólo me conozco como sinfonía.

... ... ... ...

Todo el esfuerzo es un crimen porque todo el gesto es un sueño muerto.

... ... ... ...

Tus manos son tórtolas presas. Tus labios son tórtolas mudas (que mis ojos ven arrullarse).

Todos tus gestos son aves. Eres golondrina al agacharte, cóndor al mirarme, águila en tus éxtasis de orgullosa indiferente. Es toda crujido de alas, como de los //, la laguna de mi verte.

Eres toda alada, toda //.

... ... ... ...

Llueve, llueve, llueve...

Llueve constantemente, gemidoramente, //.

Mi cuerpo me tiembla el alma de frío... No un frío que hay en el espacio, sino un frío que hay en ver la lluvia...

... ... ... ...

Todo el placer es un vicio, porque buscar el placer es lo que todos hacen en la vida, y el único vicio negro es hacer lo que toda la gente hace.

468.

A veces, sin que lo espere o deba esperarlo, el sofoco de lo vulgar me toma la garganta y tengo la náusea física de la voz y del gesto del llamado semejante. La náusea física directa, sentida directamente en el estómago y en la cabeza, maravilla estúpida de la sensibilidad despierta... Cada individuo que me habla, cada cara cuyos ojos me observan, me afecta como un insulto o como una porquería. Desbordo horror de todo. Entontezco de sentirme sentirlos. Y sucede, casi siempre, en estos momentos de desolación estomacal, que hay un hombre, una mujer, incluso un niño, que se alza ante mí como un representante real de la banalidad que me tortura. No representante por una emoción mía, subjetiva y pensada, sino por una verdad objetiva, realmente conforme por fuera con lo que siento por dentro, que surge por magia analógica y me trae el ejemplo para la regla que pienso.

## 469.

Hay días en que cada persona que encuentro, y, aún más las personas habituales de mi convivencia forzada y cotidiana, asumen aspectos de símbolos, y, o aislados o conectándose, forman una escritura profética u oculta, descriptiva en sombras de mi vida. La oficina se convierte para mí en una página con palabras de gente; la calle es un libro; las palabras intercambiadas con los habituales, los deshabituales que encuentro, son decires para los que me falta el diccionario pero no del todo el entendimiento. Hablan, expresan, pero no es de sí mismos de quien hablan, ni a sí mismos a quien explican; son palabras, decía, y no muestran, dejan transparentar. Pero, en mi visión crepuscular, sólo distingo vagamente lo que esas ventanas súbitas, reveladas en la superficie de las cosas, admiten del interior que velan y revelan. Entiendo sin conocimiento, como un ciego al que le hablen de colores.

Pasando a veces por la calle, oigo trozos de conversaciones íntimas, y casi todas son de la otra mujer, del otro hombre, del chico de la tercera o del amante de aquel, //.

Llevo conmigo, sólo de oír estas sombras de discurso humano, que es al final el todo en que se ocupan la mayoría de las vidas conscientes, un aburrimiento de asco, una angustia de exilio entre arañas y la conciencia súbita de mi encogimiento entre gente real; la condena de ser vecino igual, para el dueño y el lugar, que los demás inquilinos de la aglomeración, mirando con asco, a través de las rejas traseras del almacén de la tienda, la basura que se amontona bajo la lluvia en el zaguán que es mi vida.

## 470.

Me irrita la felicidad de todos estos hombres que no saben que son infelices. Su vida humana está llena de todo lo que constituiría una serie de angustias para una sensibilidad verdadera. Pero como su verdadera vida es vegetativa, lo que sufren pasa por ellos sin tocarles en el alma, y viven una vida que se puede comparar solamente a la de un hombre con dolor de muelas que hubiese recibido una fortuna, la fortuna auténtica de estar viviendo sin dar por eso, el mayor don que los dioses conceden, porque es el don de ser semejante a ellos, superior como ellos (aunque de otro modo) a la alegría y al dolor.

Por esto, con todo, los amo a todos. ¡Mis queridos vegetales!

### 471.

Desearía construir un código de inercia para los superiores en las sociedades modernas.

La sociedad se gobernaría espontáneamente y a sí misma, si no contuviese gente de sensibilidad e inteligencia. Crean que es la única cosa que la perjudica. Las sociedades primitivas tenían una existencia feliz más o menos así.

La pena es que la expulsión de los superiores de la sociedad resultaría en que muriesen porque no saben trabajar. Y tal vez morirían de aburrimiento, por no haber espacios de estupidez entre ellos. Pero yo hablo del punto de vista de la felicidad humana.

Cada superior que se manifestase en la sociedad sería expulsado a la isla de los superiores. Los superiores serían alimentados, como animales enjaulados, por la sociedad normal.

Créanme: si no hubiese gente inteligente que apuntase los varios malestares humanos, la humanidad no se daría cuenta de ellos. Y las criaturas de sensibilidad hacen sufrir a los demás por simpatía.

Por ello, puesto que vivimos en sociedad, el único deber de los superiores es reducir al mínimo su participación en la vida de la tribu. No leer periódicos, o leerlos sólo para lo poco importante y curioso que pasa. Nadie imagina la voluptuosidad que les arranco a las noticias breves de provincias. Los meros nombres me abren puertas a lo vago.

El supremo estado honroso para un hombre superior es no saber quién es el jefe de Estado de su país, o si vive bajo una monarquía o una república.

Toda su actitud debe ser colocarse de modo que el paso de las cosas, de los acontecimientos, no le moleste. Si no lo hace, tendrá que interesarse por los demás para poder cuidar de sí mismo.

### 472.

Un quietismo estético de la vida, por el cual consigamos que los insultos y las humillaciones, que la vida y los vivos nos infligen, no lleguen a más que a una periferia despreciable de la sensibilidad, al recinto exterior del alma consciente.

Todos tenemos por donde ser despreciables. Cada uno de nosotros lleva consigo un crimen cometido o el crimen que el alma no le deja hacer.

## 473.

En la gran claridad del día, el sosiego de los sonidos es de oro también. Hay suavidad en lo que sucede. Si me dijesen que había guerra, yo diría que no había guerra. En un día así nada puede haber que pese sobre no tener más que suavidad.

## 474.

Junta tus manos, ponlas entre las mías y escúchame, oh mi amor.

Quiero, hablando con una voz suave y arrulladora, como la de un confesor que aconseja, decirte cuánto el ansia de alcanzar queda más acá de lo que alcanzamos.

Quiero rezar contigo, mi voz con tu atención, la letanía de la desesperanza.

No hay obra de artista que no hubiera podido ser más perfecta. Leído verso por verso, el mayor poema pocos versos tiene que no pudiesen ser mejores, pocos episodios que no pudiesen ser mejores, pocos episodios que no pudiesen ser más intensos, y nunca su conjunto es tan perfecto que no lo pudiese ser muchísimo más.

¡Ay del artista que se fija en esto! ¡Que un día piensa en esto! Nunca más su trabajo es alegría, ni su sueño sosiego. Es un joven sin juventud y envejece descontento.

¿Y por qué expresarlo? Lo poco que se dice mejor estaría sin ser dicho.

Si yo bien pudiese convencerme realmente de lo hermosa que es la renuncia, ¡cuán dolorosamente feliz para siempre yo sería!

Porque Tú no amas lo que yo digo con los oídos con que yo me oigo decirlo. Yo mismo si me oigo hablar alto, los oídos con los que me oigo hablar alto no me escuchan del mismo modo que el oído íntimo con el que me oigo pensar palabras. Si yo me equivoco, oyéndome, y tengo que preguntar, tantas veces, a mí mismo lo que quise decir, ¡cuánto los otros no me entenderán!

La comprensión que los demás tienen de nosotros no se compone de inteligencias tan complejas.

La delicia de verse comprendido, no la puede tener quien se quiera ver comprendido, porque sólo a los complejos e incomprendidos les sucede eso; y los otros, los simples, aquellos que los otros pueden comprender –esos nunca tienen el deseo de ser comprendidos.

## 475.

¿Pensaste ya, oh Otra, cuán invisibles somos los unos para los otros? ¿Pensaste ya en cuánto nos desconocemos? Nos vemos y no nos vemos. Nos oímos y cada uno escucha sólo una voz que está dentro de sí.

Las palabras de los demás son errores de nuestro oído, naufragios de nuestro entender. ¿Con qué confianza creemos en *nuestro* sentido de las palabras de los otros? Nos saben a muerte, voluptuosidades que otros ponen en palabras. Leemos voluptuosidad y vida en lo que otros dejan caer de sus labios sin intención de dar sentido profundo.

La voz de los arroyos que interpretas, pura explicadora, la voz de los árboles donde ponemos sentido a su murmullo –ah, mi amor ignoto, ¡cuánto todo eso es nosotros y fantasías de ceniza que se filtra por los barrotes de nuestra celda!

## 476.

Visto que tal vez no todo sea falso, que nada, oh mi amor, nos cure del placer casi espasmo de mentir.

¡Refinamiento último! ¡Perversión máxima! La mentira absurda tiene todo el encanto de lo perverso con el último y mayor encanto de ser inocente. La perversión de propósito inocente, ¿quién excederá, al //, el refinamiento máximo de esto? La perversión que ni siquiera aspira a darnos placer, que ni siquiera tiene la furia de causarnos dolor, que cae al suelo entre el placer y el dolor, ¡inútil y absurda como un juguete mal hecho con el que un adulto quisiera divertirse!

¿No conoces, oh Deliciosa, el placer de comprar cosas que no son necesarias? ¿Sabes el sabor a los caminos que, si los tomásemos distraídos, sería por error que los tomaríamos?

¿Qué acto humano tiene un color tan bello como los actos espurios –// que mienten a su propia naturaleza y desmienten su intención?

¡Lo sublime de desperdiciar una vida que podría ser útil, de nunca ejecutar una obra que por fuerza sería bella, de abandonar a medio camino la carretera correcta hacia la victoria!

Ah, mi amor, la gloria de las obras que se perdieron y nunca se hallarán, de los tratados que hoy sólo son títulos, de las bibliotecas que se ardieron, de las estatuas que se partieron.

Qué santificados del Absurdo los artistas que quemaron una obra muy bella, los que, pudiendo hacer una obra bella, a propósito la hicieron imperfecta, de aquellos poetas máximos del Silencio que, reconociendo que podrían hacer una obra del todo perfecta, preferirán coronarla de no hacerla nunca. (Si ha de ser imperfecta, adelante).

¡Cuánto más bella sería la *Gioconda* si no la pudiésemos ver! ¡Y si quien la robase la quemase, qué artista sería, qué mayor artista más grande que aquel que la pintó!

¿Por qué es bello el arte? Porque es inútil. ¿Por qué es fea la vida? Porque es toda fines y propósitos e intenciones. Todos sus caminos son para ir de un punto a otro. ¡Quién nos diera el camino hecho desde un lugar donde nadie parte para un lugar a donde nadie va! ¿Quién daría su vida por construir una carretera que empieza en medio de un campo y acaba en medio de otro; que, prolongada, sería útil, pero que se quedó, sublimemente, sólo en medio de una carretera?

¿La belleza de las ruinas? El no servir ya para nada.

¿La dulzura del pasado? Recordarlo, porque recordarlo es hacerlo presente, y no lo es, ni puede ser –el absurdo, mi amor, el absurdo.

Y digo esto: ¿por qué escribo yo este libro? Porque lo reconozco imperfecto. Soñado sería la perfección; escrito, se imperfecciona; por eso lo escribo.

Y, sobre todo, porque defiendo la inutilidad, el absurdo, // –yo escribo este libro para mentirme a mí mismo, para traicionar mi propia teoría.

Y la suprema gloria de todo esto, mi amor, es pensar que tal vez esto no sea verdad, ni yo lo crea verdadero.

Y cuando la mentira empiece a darnos placer, digamos la verdad para mentirle. Y cuando nos cause angustia, paremos, para que el sufrimiento no nos dignifique o perversamente plazca...

### 477.

No sé cuántos habrán contemplado, con la mirada que merece, una calle desierta con gente en ella. Ya este modo de decir parece querer decir otra cosa, y efectivamente quiere decirla. Una calle desierta no es una calle por donde no pasa nadie, sino una calle donde los que pasan, pasan por ella como si estuviese desierta. No hay dificultad en comprender esto una vez que se ha visto: una cebra es imposible para quien no conozca más que un burro.

Las sensaciones se ajustan, dentro de nosotros, a ciertos grados y tipos de comprensión de las mismas. Hay maneras de entender que tienen maneras de ser entendidas.

Hay días en que sube en mí, como de la tierra ajena a la cabeza propia, un tedio, una pena, una angustia de vivir que sólo no me resulta insoportable porque de hecho la soporto. Es un estrangulamiento de la vida en mí mismo, un deseo de ser otra persona en todos los poros, una breve noticia del fin.

## 478.

Lo que tengo sobre todo es cansancio, y ese desasosiego que es gemelo del cansancio cuando este no tiene otra razón de ser que estar siendo. Tengo un recelo íntimo de los gestos a esbozar, una timidez intelectual de las palabras que decir. Todo me parece anticipadamente frustrante.

El insoportable tedio de todas estas caras, estúpidos de inteligencia o de falta de ella, grotescas hasta la náusea de felices o infelices, horrorosas porque existen, marea separada de cosas vivas que me resultan ajenas...

## 479.

Siempre me ha preocupado, en aquellas horas ocasionales de desapego en que tomamos conciencia de nosotros mismos como individuos de que somos otros para otros, la imaginación de la figura que presento físicamente, e incluso moralmente, para aquellos que me miran y me hablan, o todos los días o por casualidad.

Estamos todos habituados a considerarnos como primordialmente realidades mentales, y a los demás como directamente realidades físicas; vagamente nos consideramos como gente física; a efectos de los ojos de los demás; vagamente consideramos a los demás como realidades mentales, pero sólo en el amor o en el conflicto tomamos verdadera conciencia realmente de que los otros tienen, ante todo, alma, como nosotros para nosotros.

Me pierdo, por eso, a veces, en una imaginación fútil de qué clase de gente seré para los que me ven, cómo es mi voz, qué tipo de figura dejo escrita en la memoria involuntaria de los demás, de qué manera mis gestos, mis palabras, mi vida aparente, se graban en las retinas de la interpretación ajena. Nunca conseguí verme desde fuera. No hay espejo que nos muestre a nosotros mismos como fueras, porque no hay espejo que nos saque de nosotros mismos. Era precisa otra alma, otra colocación del mirar y del pensar. Si yo fuese un actor habitual de cine, o grabase en discos audibles mi voz alta, estoy seguro de que del mismo modo quedaría lejos de saber lo que soy del lado de allá, pues, quiera lo que quiera que haga, grabe lo que grabe de mí mismo, estoy siempre aquí dentro, en la quinta de muros altos de mi conciencia de mí.

No sé si los demás serán así, si la ciencia de la vida no consistirá esencialmente en ser tan ajeno a uno mismo que instintivamente se consigue una enajenación y se puede participar de la vida como ajeno a la conciencia; o si los otros, más ensimismados que yo, no serán de todo la brutalidad de sólo ser ellos, viviendo exteriormente por ese milagro por el cual las abejas forman sociedades más organizadas que cualquier nación, y las hormigas se comunican entre sí con un habla de antenas mínimas que excede en los resultados a nuestra compleja ausencia de entendernos.

La geografía de la conciencia de la realidad es de una gran complejidad de costas, accidentadísima de montañas y lagos. Y todo me parece, si medito de más, una especie de mapa como el de *Pays du Tendre* o de los *Viajes de Gulliver,* un juego de exactitud inscrita en un libro irónico o fantasioso para deleite de los seres superiores que saben dónde las tierras son tierras.

Todo es complejo para quien piensa, y sin duda el pensamiento lo hace más complejo por voluptuosidad propia. Pero quien piensa tiene la necesidad de justificar su abdicación con un vasto programa de comprensión, expuesto, como las razones de los que mienten, con todos los pormenores excesivos que descubren, con el esparcir de la tierra, la raíz de la mentira.

Todo es complejo, o soy lo que soy. Pero, de cualquier modo, no importa porque, de cualquier modo, nada importa. Todo esto, todas estas consideraciones extraviadas de la calle ancha, vegetan en los patios de los dioses exclusos como enredaderas lejos de los muros. Y sonrío, en la noche en que concluyo sin fin estas consideraciones sin engranaje, ante la ironía vital que las hace surgir de un alma humana, huérfana, de antes de las estrellas, de las grandes razones del Destino.

### 480.

**Un día (zig-zag)**

¡No haber sido madame de harén! ¡Qué pena siento de mí por no haberme pasado eso!

Al final de este día, queda lo que de ayer quedó y quedará mañana: el ansia insaciable e innúmera de ser siempre el mismo y otro.

Por escalones de sueños y cansancios míos desciende de tu irrealidad, desciende y ven a sustituir al mundo.

### 481.

**Glorificación de las estériles**

Si de entre las mujeres de la tierra alguna vez encuentro esposa, que tu oración por mí sea esta –que de cualquier modo sea estéril. Pero pide también, si rezas por mí, que yo no llegue nunca a tomar esa esposa supuesta.

Sólo la esterilidad es noble y digna. Sólo matar lo que nunca fue es raro y sublime y absurdo.

## 482.

Yo no sueño con poseerte. ¿Para qué? Sería traducir a plebeyo mi sueño. Poseer un cuerpo es ser banal. Soñar con poseer un cuerpo es tal vez peor, aunque sea difícil serlo: es soñarse banal –el horror supremo.

Y ya que queremos ser estériles, seamos también castos, porque nada puede haber más innoble y bajo que, renegando de la Naturaleza lo que en ella es fecundado, guardar vilmente de ella lo que nos place en lo que renegamos. No hay noblezas a trozos.

Seamos castos como ermitaños, puros como cuerpos soñados, resignados a ser todo esto, como monjitas locas...

Que nuestro amor sea una oración... Úngeme de verte que yo haré de mis momentos de soñarte un rosario donde mis tedios serán padrenuestros y mis angustias avemarías...

Quedémonos así eternamente, como la figura de un hombre en una vidriera frente a una mujer en otra vidriera... Entre nosotros, sombras cuyos pasos fríos, la humanidad pasando... Murmullos de plegarias, secretos de // voluntad pasan entre nosotros... Unas veces se llena bien el aire de inciensos. Otras veces, a este lado y aquel una figura de estola rezará aspersiones...Y nosotros siempre las mismas vidrieras, en colores cuando nos dé el sol, en líneas cuando la noche caiga... Los siglos no tocarán en nuestro silencio vítreo... Fuera pasarán civilizaciones, estallarán revueltas, se arremolinarán fiestas, correrán mansos cotidianos pueblos... Y nosotros, oh mi amor irreal, tendremos siempre el mismo gesto inútil, la misma existencia falsa, y la misma // hasta que un día, al final de varios siglos de imperios, la Iglesia finalmente caiga y todo acabe...

Pero nosotros que no sabemos de ella permaneceremos, no sé cómo, no sé en qué espacio, no sé por cuánto tiempo, vidrieras eternas, horas de ingenuo dibujo pintado por un artista cualquiera que lleva mucho tiempo durmiendo bajo una tumba gótica donde dos ángeles de manos juntas hielan en mármol la idea de muerte.

## 483.

Las cosas soñadas sólo tienen el lado de aquí... No se puede ver el otro lado... No puedes rodearlas... Lo malo de las cosas en la vida es que las podemos ir mirando por todos los lados... Las cosas del sueño sólo tienen el lado que vemos... Tienen una sola cara, como nuestras almas.

## 484.

### Carta para no mandar

La excuso de comparecer en mi idea de usted.
Su vida //.
Ese no es mi amor; es sólo su vida.
La amo como al ocaso y al luar, con el deseo de que el momento permanezca, pero sin ser mío en él más que la sensación de tenerlo.

## 485.

Nada pesa tanto como el afecto ajeno –ni el odio ajeno, pues el odio es más intermitente que el afecto; siendo una emoción desagradable, tiende, por instinto de quien la tiene, a ser menos frecuente. Pero tanto el odio como el amor nos oprimen; ambos nos buscan y nos persiguen, no nos dejan solos.

Mi ideal sería vivir todo en romance, reposando en la vida, leer mis emociones, vivir mi desprecio de ellas. Para quien tenga la imaginación a flor de piel, las aventuras de un protagonista de novela son suficiente emoción propia, y más, porque son suyas y nuestras. No hay gran aventura como haber amado a Lady Macbeth, con amor verdadero y directo; ¿qué tiene que hacer quien así amó salvo, por descanso, no amar en esta vida a nadie?

No sé qué sentido tiene este viaje que me he visto obligado a hacer, entre una noche y otra noche, en compañía del universo entero. Sé que puedo leer para distraerme. Considero la lectura como el modo más sencillo de entretener este, o cualquier otro, viaje; y, de vez en cuando, alzo los ojos del libro donde estoy sintiendo verdaderamente, y veo, como extranjero, el paisaje que huye –campos, ciudades, hombres y mujeres, afectos y saudades–, y todo eso no es para mí más que un episodio de mi reposo, una distracción inerte en la que descanso los ojos de las páginas demasiado leídas.

Sólo lo que soñamos es lo que verdaderamente somos, porque lo demás, por estar realizado, pertenece al mundo y a toda la gente. Si cumpliese algún sueño, tendría celos de él, pues me habría traicionado al haberse dejado cumplir. He realizado todo lo que quería, dice el débil, y es mentira; la verdad es que ha soñado proféticamente todo lo que la vida realizó de él. Nada realizamos. La vida nos tira como una piedra, y nosotros vamos diciendo en el aire: «Aquí voy en movimiento».

Sea lo que fuere este interludio mimado bajo el proyector del sol y las lentejuelas de las estrellas, ciertamente no hace daño saber que es un interludio; si lo que está más allá de las puertas del teatro es la vida, viviremos; si es la muerte, moriremos, y la obra no tiene nada que ver con eso.

Por eso nunca me siento tan próximo a la verdad, tan sensiblemente iniciado, como en las raras veces en que voy al teatro o al circo: sé entonces que por fin estoy viendo una representación perfecta de la vida. Y los actores y actrices, los payasos y los prestidigitadores son cosas importantes y fútiles, como el sol y la luna, el amor y la muerte, la peste, el hambre, la guerra, la humanidad. Todo es teatro. Ay, ¿quiero la verdad? Voy a continuar la novela...

## 486.

Es regla de la vida que podemos, y debemos, aprender de todos. Hay cosas de la seriedad de la vida que podemos aprender con charlatanes y bandidos, hay filosofías que nos administran los estúpidos, hay lecciones de firmeza y de ley que vienen en el azar y en los que son del azar. Todo está en todo.

En ciertos momentos muy claros de la meditación, como aquellos en que, al principio de la tarde, deambulo observador por las calles, cada persona me trae una noticia, cada casa me da una novedad, cada cartel tiene un aviso para mí.

Mi paseo callado es una conversación continua, y todos nosotros, hombres, casas, piedras, carteles y cielo, somos una gran multitud amiga, empujándonos con palabras en la gran procesión del Destino.

## 487.

Vi y oí ayer a un gran hombre. No quiero decir un gran hombre atribuido, sino un gran hombre que de verdad lo es. Tiene valía, si la hay en este mundo; saben que tiene valía, y él sabe que lo saben. Tiene, pues, todas las condiciones para que yo lo llame un gran hombre. Es, efectivamente, lo que le llamo.

El aspecto físico es el de un tendero cansado. Su cara muestra rastros de fatiga, pero tanto podrían ser de pensar de más como de no vivir higiénicamente. Los gestos son cualesquiera. La mirada tiene una cierta viveza –privilegio de quien no es miope. La voz es un poco embrollada, como si los inicios de una parálisis general estropeasen esa emisión del alma. Y el alma emitida diserta sobre la política de partidos, sobre la devaluación del escudo, y sobre lo que hay de miserables en sus colegas de grandeza.

Si no supiese quién es él, no lo conocería por la estampa. Sé bien que no hay que hacerse de los grandes hombres aquella idea heroica que se forman las almas simples: que un gran poeta debe ser un Apolo de cuerpo y un Napoleón de expresión; o, con menos exigencias, un hombre de distinción y un rostro expresivo. Sé bien que estas cosas son humanidades naturales y absurdas. Pero si no se espera todo o casi todo, sí se espera algo. Y, cuando se pasa de la figura vista al alma hablada, no hay sin duda que esperar espíritu o vivacidad, pero hay al menos que contar con inteligencia, con, al menos, la sombra de la elevación.

Todo esto –estas decepciones humanas– nos hace pensar en lo que puede realmente haber de verdad en el concepto vulgar de inspiración. Parece que este cuerpo destinado a comerciante y esta alma destinada a hombre culto son, cuando están solos, investidos misteriosamente de algo interior que les es externo, y que no hablan, sino que se habla en ellos, y la voz dice lo que fue mentira que dijeron.

Son especulaciones casuales e inútiles. Llego a sentir pena de tenerlas. No disminuye con ellas la valía del hombre; no aumenta con ellas la expresión de su cuerpo. Pero, en realidad, nada cambia nada, y lo que decimos o hacemos roza sólo las cumbres de los montes, en cuyos valles duermen las cosas.

### 488.

Nadie comprende a otro. Somos, como dijo el poeta, islas en el mar de la vida; corre entre nosotros el mar que nos define y separa. Por más que un alma se esfuerce por saber lo que es otra alma, sólo sabrá lo que le diga una palabra –sombra disforme en el suelo de su entendimiento.

Amo las expresiones porque no sé nada de lo que expresan. Soy como el maestro de Saint-Martin: me contento con lo que me es dado. Veo, y ya es mucho. ¿Quién es capaz de entender?

Tal vez sea por este escepticismo de lo inteligible que yo encare de igual modo un árbol y una cara, un cartel y una sonrisa. (Todo es natural, todo artificial, todo igual). Todo lo que veo es para mí lo único visible, sea el cielo alto azul de verde blanco de la mañana que ha de venir, sea la mueca falsa en que se contrae el rostro de quien está sufriendo ante testigos la muerte de quien ama.

Dibujos, ilustraciones y páginas que existen y se vuelven... Mi corazón no está en ellas, ni casi mi atención, que los recorre desde fuera, como una mosca sobre un trozo de papel.

¿Sé yo siquiera si siento, si pienso, si existo? Nada: sólo un esquema objetivo de colores, de formas, de impresiones de que soy el espejo oscilante, por vender, inútil.

### 489.

Comparados con los hombres simples y auténticos, que pasan por las calles de la vida, con un destino natural y ajustado, esas figuras de los cafés asumen un aspecto que no sé definir si no es comparándolas a ciertos duendes de sueños, figuras que no son de pesadilla ni de pena, pero cuyo recuerdo, al despertar, nos deja, sin que sepamos por qué, un sabor a un asco pasado, un disgusto de cualquier cosa que está con ellos pero que no puede definirse como siendo de ellos.

Veo las figuras de los genios y de los vencedores reales, aunque pequeños, caminar en la noche de las cosas, sin saber lo que cortan sus proas altivas, en ese mar de sargazo de paja de embalaje y virutas de corcho.

Allí se resume todo, como en el suelo del zaguán del local de la oficina, que, visto a través de los barrotes de la ventana del almacén, parece una celda para guardar basura.

### 490.

La búsqueda de la verdad –sea la verdad subjetiva del convencimiento, la objetiva de la realidad, o la social del dinero o del poder– trae siempre consigo, si en ella se emplea quien merece premio, el conocimiento último de su inexistencia. La suerte grande de la vida sale solamente a los que la compraron por casualidad.

El arte es valioso porque nos saca de aquí.

### 491.

Es legítima toda la violación de la ley moral que se haga en obediencia a una ley moral superior. No es disculpable robar pan por tener hambre. Es disculpable para un artista robar diez mil escudos para garantizar su vida y su tranquilidad durante dos años, siempre que su obra tenga un fin civilizador; si es una mera obra estética, no vale el argumento.

### 492.

Nosotros no podemos amar, hijo. El amor es la más carnal de las ilusiones. Amar es poseer, escucha. ¿Y qué posee el que ama? ¿El cuerpo? Para poseerlo sería preciso hacer nuestra su materia, comerlo, incluirlo en nosotros... Y esa imposibilidad sería temporal, porque nuestro propio cuerpo pasa y se transforma, porque no poseemos nuestro cuerpo (poseemos sólo nuestra sensación de él), y porque, una vez poseído ese cuerpo amado, se haría nuestro, dejaría de ser otro, y el amor, por tanto, con la desaparición del otro ser, desaparecería.

¿Poseemos el alma? Óyeme en silencio: Nosotros no la poseemos. Ni nuestra alma es nuestra siquiera. ¿Cómo, además, poseer un alma? Entre alma y alma existe el abismo de ser «almas».

¿Qué poseemos? ¿Qué poseemos? ¿Qué nos impulsa a amar? ¿La belleza? ¿Y nosotros la poseemos amando? La más feroz y dominadora posesión de un cuerpo, ¿qué es lo que posee de él? Ni el cuerpo, ni el alma, ni la belleza siquiera. La posesión de un cuerpo bello no abraza la belleza, abraza la carne celulada y graosienta; el beso no toca en la belleza de la boca, sino en la carne húmeda de los labios perecederos y mucosos; la propia cópula es sólo un contacto, un contacto refregado y próximo, pero no una penetración *real,* siquiera de un cuerpo por otro cuerpo... ¿Qué poseemos nosotros? ¿Qué poseemos?

¿Nuestras sensaciones, al menos? ¿Es, al menos el amor un medio de poseernos, a nosotros, en nuestras sensaciones? ¿Es, al menos un modo de soñarnos nítidamente, y más gloriosamente por tanto, el sueño de que existimos y, al menos, desaparecida la sensación, queda la memoria de esta siempre con nosotros, y así realmente poseemos?...

Desengañémonos hasta de esto. Ni nuestras sensaciones poseemos. No por la memoria. La memoria, al final, es la sensación del pasado... Y toda la sensación es una ilusión...

–Escúchame, escúchame siempre. Escúchame y no mires, por la ventana abierta, la otra margen llana del río, ni el crepúsculo //, ni ese silbido de un tren que corta el lejos difuso //. –Escúchame en silencio...

Nosotros no poseemos nuestras sensaciones... Nosotros no nos poseemos en ellas...

(Urna inclinada, el crepúsculo vierte sobre nosotros un aceite de // donde las horas, pétalos de rosas, flotan espaciadamente).

## 493.

Yo no poseo mi cuerpo –¿cómo puedo yo poseer con él? Yo no poseo mi alma –¿cómo puedo poseer con ella? No comprendo mi espíritu –¿cómo puedo a través de él comprender?

No poseemos ni el cuerpo ni una verdad, ni siquiera una ilusión. Somos fantasmas de mentiras. Sombras de ilusiones, nuestra vida está hueca por fuera y por dentro.

¿Conoce alguien las fronteras de su alma, para que pueda decir –yo soy yo?

Pero sé que lo que yo siento, lo siento yo.

Cuando otro posee ese cuerpo, ¿posee en él lo mismo que yo? No. Posee otra sensación.

¿Poseemos nosotros alguna cosa? Si nosotros no sabemos lo que somos, ¿cómo sabemos nosotros lo que poseemos?

Si de lo que comes, dijeses: «poseo esto», te comprendería. Porque sin duda lo que comes, lo incluyes en ti, lo transformas en materia tuya, lo sientes entrar en ti y pertenecerte. Pero con lo que comes no hablas de «posesión». ¿A qué llamas poseer?

## 494.

La locura llamada afirmar, enfermedad llamada creer, infamia llamada ser feliz –todo esto huele a mundo, sabe a lo triste que es la tierra.

Sé indiferente. Ama el ocaso y el amanecer, porque no hay utilidad, ni siquiera para ti, en amarlos. Viste tu ser del oro de la tarde muerta, como un rey depuesto en una mañana de rosas, con mayo en las nubes blancas y la sonrisa de las quintas lejanas. Que tu ansia muera entre mirtos, tu tedio cese entre tamarindos, y el sonido del agua acompañe todo esto como un atardecer al pie de las orillas, y el río, sin más sentido que fluir, eterno, a mareas lejanas. El resto es la vida que nos deja, la llama que muere en nuestra mirada, la púrpura gastada antes de vestirnos, la luna que vela nuestro abandono, las estrellas que extienden su silencio sobre nuestra hora de desengaño. Asidua, la pena estéril y amiga que nos acerca a su pecho con amor.

Mi destino es la decadencia.

Mi dominio estuvo otrora en valles profundos. El sonido de aguas que nunca sintieron sangre regaba el mundo de mis sueños. La copa de los árboles que olvida la vida fue verde siempre en mis olvidos. La luna era fluida como agua entre piedras. El amor nunca llegó a aquel valle y por eso todo allí era feliz. Mero sueño, sin amor, ni dioses en templos,

pasando entre la brisa y la hora una y sin saber de saudades en las creencias más ebrias, más evasivas.

## 495.

Paisajes inútiles como los que cubren las tazas chinas, partiendo del
asa y acabando en el asa, de repente. Las tazas son siempre tan pequeñas... ¿Hasta dónde se prolongaría, y con qué // de porcelana, el paisaje
que no se prolongó más allá del asa de la taza?

Es posible para ciertas almas sentir un dolor profundo porque el
paisaje pintado en un abanico chino no tenga tres dimensiones.

## 496.

... y los crisantemos padecen su vida laxa en jardines apenumbrados
de contenerlos.

... la lujuria japonesa por tener evidentemente sólo dos dimensiones.

... la existencia colorida sobre transparencias aburridas de las figuras
japonesas en las tazas.

... una mesa puesta para un té discreto —mero pretexto para conversaciones enteramente estériles— siempre tuvo para mí algo de ser e
individualidad con alma. Forma, como un organismo, ¡un todo sintéti-
co! que no es la pura suma de las partes que lo componen.

## 497.

¿Y los diálogos en los jardines fantásticos que rodean mal definidos
ciertas tazas? ¿Qué palabras sublimes no deben estar intercambiando
las dos figuras que se asientan del otro lado de la tetera? Y yo sin oídos
apropiados para oírlas, ¡muerto en humanidad policroma!

¡Deliciosa psicología de las cosas verdaderamente estáticas! La
eternidad la teje y el gesto que tiene una figura pintada desdeña, desde
lo alto de su eternidad visible, nuestra fiebre transitoria, que nunca se
demora en las ventanas de una actitud ni se retrasa a las puertas de una
mueca.

¡Qué curioso debe de ser el folclore del colorido pueblo de los paneles! Los amores de las figuras bordadas —amores de dos dimensiones,
de una castidad geométrica— deben de ser para el entretenimiento de los
psicólogos osados.

No amamos, sino que fingimos amar. El verdadero amor, el inmortal e inútil, pertenece a aquellas figuras en las que el cambio no entra, por su naturaleza estática. Desde que lo conozco, el japonés que se

sienta en el abombamiento de mi tetera no ha cambiado... No saborea nunca las manos de la mujer que está a una distancia equivocada de él. Un colorido extinto, como de un sol despejado, entornado, irrealiza eternamente las laderas de ese monte. Y todo eso obedece a un instante más fiel de pena que esta que inútilmente tortura la fragilidad fingida de mis horas exhaustas.

### 498.

En esta era metálica de los bárbaros, sólo un culto metódicamente excesivo de nuestras facultades de soñar, de analizar y de atraer puede servir de salvaguardia a nuestra personalidad, para que no se deshaga o para que sea nula o idéntica a las demás.

Lo que nuestras sensaciones tienen de real es precisamente lo que tienen de no nuestras. Lo que hay de común en las sensaciones es lo que forma la realidad. Por eso nuestra individualidad en nuestras sensaciones está sólo en la parte errónea de ellas. La alegría que yo tendría si viese un día el sol escarlata. ¡Sería tan mío aquel sol, sólo mío!

### 499.

Nunca dejo saber a mis sentimientos lo que les voy a hacer sentir... Juego con mis sensaciones como una princesa llena de tedio con sus grandes gatos listos y crueles...

Cierro súbitamente puertas dentro de mí por donde ciertas sensaciones podrían realizarse. Retiro bruscamente de su camino los objetos espirituales que les van a grabar ciertos gestos.

Pequeñas frases sin sentido, metidas en las conversaciones que suponemos estar teniendo; afirmaciones absurdas hechas con cenizas de otras que ya de por sí no significan nada...

–Su mirada tiene algo de música tocada a bordo de un barco, en el medio misterioso de un río con bosques en la orilla opuesta...

=No digas que es por una noche de luna. Abomino las noches de luna... Hay quien acostumbra realmente a tocar música en noches de luna...

–Eso también es posible... Y es lamentable, está claro... Pero su mirada tiene realmente el deseo de ser nostálgica de algo... Le falta el sentimiento que expresa... Encuentro en la falsedad de su expresión una cantidad de ilusiones que he tenido...

=Crea que siento a veces lo que digo, e incluso, a pesar de ser mujer, lo que digo con la mirada...

–¿No estás siendo cruel contigo mismo? ¿Sentimos realmente lo que pensamos que estamos sintiendo? Esta conversación nuestra, por ejemplo, ¿tiene atisbos de realidad? No los tiene. En una novela no sería admitida.

=Con mucha razón... No tengo la absoluta certeza de estar hablando con usted, fíjese. A pesar de ser mujer, me creé un deber de ser estampa de un libro de impresiones de un dibujante loco... Tengo en mí detalles exageradamente nítidos... Da un poco, bien lo sé, la impresión de realidad excesiva y un poco forzada... Creo que la única cosa digna de una mujer contemporánea es este ideal de ser estampa. Cuando era niña quería ser la reina de un naipe cualquiera en una baraja antigua que había en mi casa... Encontraba ese menester de una heráldica realmente compasiva... Pero cuando se es niña, se tienen aspiraciones morales de estas... Sólo más tarde, en la edad en que nuestras aspiraciones son todas inmorales, pensamos en ello en serio...

–Yo, como nunca hablo con niños, creo en su instinto artista... ¿Sabe, mientras hablo, ahora mismo, estoy intentando penetrar en el íntimo sentido de esas cosas que me estaba diciendo... ¿Me perdona?

–No del todo. Nunca se debe penetrar en los sentimientos que los otros fingen que tienen. Son siempre excesivamente íntimos... Crea que me duele realmente estar haciéndole estas confidencias íntimas, que, aunque son todas falsas, representan verdaderos harapos de mi pobre alma... En el fondo, créame, lo que somos que es más doloroso es lo que no somos realmente, y nuestras mayores tragedias pasan en nuestra idea de nosotros.

–Eso es tan cierto... ¿Para qué decirlo? Me hirió. ¿Para qué quitar de nuestra conversación su irrealidad constante? Así es casi una conversación posible, pasada a una mesa de té, entre una mujer bella y un imaginador de sensaciones.

–Sí, sí... Es mi turno de pedir perdón... Pero mire que estaba distraída y no reparé realmente en que había dicho una cosa justa... Cambiemos de tema... ¡Qué tarde es siempre!... No se vuelva a enfadar... Mire que esta frase mía no tiene absolutamente ningún sentido...

–No me pida disculpas, no repare en que estamos hablando... Toda buena conversación debe ser un monólogo de dos... Debemos, al final, no poder tener la certeza de si conversamos realmente con alguien o si imaginamos totalmente la conversación... Las mejores y las más íntimas conversaciones, y sobre todo las menos instructivas moralmente, son las que los novelistas mantienen entre dos personajes de sus novelas... Como ejemplo...

–¡Por amor de Dios! No irá a ponerme un ejemplo de verdad... Eso sólo se hace en las gramáticas; no sé si recuerda que ni los profesores las leen.

–¿Leyó alguna vez una gramática?

–Yo nunca. Tuve siempre una aversión profunda a saber cómo se dicen las cosas... Mi única simpatía, en las gramáticas, era hacia las excepciones y los pleonasmos... Escapar de las reglas y decir cosas inútiles resume bien la actitud esencialmente moderna... ¿No es así como se dice?

–Absolutamente... Lo que hay de antipático en las gramáticas (¿ya vio la deliciosa imposibilidad de estar hablando de este asunto?) –lo más desagradable de las gramáticas es el verbo, los verbos... Son las palabras las que dan sentido a las frases... Una frase honesta debe siempre poder tener varios sentidos... ¡Los verbos! Un amigo mío que se suicidó –cada vez que tengo una conversación un poco larga suicido a un amigo– se había propuesto dedicar toda su vida a destruir los verbos...

=¿Por qué se suicidó?

–Espera, aún no lo sé... Quería descubrir y fijar la forma de no completar frases sin que parezca que lo hace. Solía decirme que buscaba el microbio de la significación... Se suicidó, claro está, porque un día cayó en la inmensa responsabilidad que había asumido... La importancia del problema acabó con su cerebro... Un revólver y...

–Ah, no... Eso en modo alguno... ¿No ve que no podía ser un revólver? Un hombre de esos nunca se pega un tiro en la cabeza... El señor poco se entiende con los amigos que nunca tuvo... Es un defecto grande, ¿sabe? Mi mejor amiga –una chica deliciosa que yo inventé.

–¿Se llevan bien?

=Tanto como es posible... Pero esa chica, no se imagina, //.

Las dos criaturas que estaban en la mesa de té ciertamente no tuvieron con certeza esta conversación. Pero estaban tan arregladas y bien vestidas que era una pena que no hablasen así... Por eso escribí esta conversación para que la hubieran mantenido... Sus actitudes, sus pequeños gestos, sus niñerías de miradas y sonrisas en los momentos de conversación que abren intervalos en el sentimiento de existir, decían claramente lo que fielmente finjo que informo... Cuando ambos se casasen un día sin duda cada uno por su lado –con la intención de estar más juntos, para poder casarse el uno con el otro– si ellos por casualidad mirasen estas páginas, creo que reconocerán lo que nunca dijeron y que no dejarán de agradecerme que haya interpretado tan bien, no sólo lo que ellos son realmente, sino lo que ellos nunca desearon ser ni sabían que eran...

Ellos, si me leen, crean que fue esto lo que realmente dijeron. En la conversación aparente que ellos escucharon el uno al otro, faltaban tantas cosas que // –faltó el perfume de la hora, el aroma del té, el significado para el caso del ramo de // que ella llevaba al pecho... Todo eso, que así formó parte de la conversación, se olvidaron de decirlo... Pero todo esto estaba allí y lo que yo hago es, más que un trabajo literario, un trabajo de historiador. Reconstruyo, completando... Y eso servirá de disculpa ante ellos, por haber estado tan fijamente escuchando lo que decían y no querían decir.

### 500.

El pueblo es buen tipo.

El pueblo nunca es humanitario. Lo más fundamental en la criatura del pueblo es la atención estrecha a sus intereses y la exclusión cuidadosa, practicada tanto cuanto es posible, de los intereses ajenos.

Cuando el pueblo pierde la tradición, quiere decir que se rompió el lazo social; y cuando se rompe el lazo social, resulta que se rompe el lazo social entre la minoría y el pueblo. Y cuando se rompe el lazo entre la minoría y el pueblo, acaban el arte y la verdadera ciencia, cesan los agentes principales de cuya existencia deriva la civilización.

Existir es renegar. ¿Qué soy yo hoy, viviendo hoy, sino la renegación de lo que fui ayer, de que fui ayer? Existir es desmentirse. No hay nada más simbólico de la vida que esas noticias de periódico que niegan hoy lo que el propio periódico dijo ayer.

Querer es no poder. Quien puede, quiso antes de poder sólo después de poder. Quien quiere nunca ha de poder, porque se pierde en querer. Creo que estos principios son fundamentales.

### 501.

... miserables como los fines de la vida que vivimos, sin que queramos nosotros tales fines.

La mayoría, si no la totalidad, de los hombres vive una vida miserable, miserable en todas sus alegrías, y miserable en casi todos sus dolores, salvo en las que se fundamentan en la muerte, porque en esas colabora el Misterio.

Oigo, cribados por mi falta de atención, los ruidos que suben, fluidos y dispersos, como ondas interfluyentes, al azar y desde fuera, como si viniesen de otro mundo: gritos de vendedores, que venden lo natural, como la hortaliza, o lo social, como la lotería; el rascar redondo de ruedas –carros y coches rápidos, a saltos–; automóviles, pero oídos más en el movimiento que en el giro; o tal sacudida de cualquier cosa o paño en cualquier ventana; el silbido del muchacho; la carcajada del piso alto; el gemido metálico del tranvía en la otra calle; lo que mezclado emerge de lo transversal; subidas, bajadas, silencios de lo variado; truenos atrofiados del transporte; algunos pasos; principios, medios y fines de voces –y todo esto existe para mí, que duermo pensándolo, como una piedra entre hierba, de algún modo despertando desde fuera de lugar.

Después, y al lado, desde dentro de casa nuevos sonidos confluyen con los otros: los pasos, los platos, la escoba, la canción interrumpida (medio fado); la víspera en la combinación en el balcón; la irritación de lo que falta en la mesa; la petición de los cigarros que quedaron encima de la cómoda –todo esto es la realidad, la realidad anafrodisíaca que no entra en mi imaginación.

Leves los pasos de la criada ayudante, chinelas que vuelvo a ver con trenza roja y negra; seguros, firmes, los pasos de bota del hijo de la casa que sale y se despide alto, con el portazo cortando el eco del luego que viene después del hasta; un sosiego, como si el mundo acabase en este cuarto piso alto; ruido de loza que va a lavarse; correr de agua; «entonces no te dije que»... Y el silencio silba desde el río.

Pero yo me amodorro, digestivo e imaginador. Tengo tiempo, entre sinestesias. Y es prodigioso pensar que yo no querría, si ahora preguntasen y yo respondiese, mejor breve vida que estos lentos minutos, esta nulidad del pensamiento, de la emoción, de la acción, casi de la misma sensación, el ocaso nato de la voluntad dispersa. Y entonces reflexiono, casi sin pensar, que la mayoría, si no la totalidad, de los hombres viven así, más alto o más bajo, parados o andando, pero con la misma modorra hacia los fines últimos, el mismo abandono de los propósitos formados, la misma sensación de la vida. Siempre que veo un gato al sol me recuerda a la humanidad. Cada vez que veo dormir me acuerdo de que todo es sueño. Siempre que alguien me dice que soñó, pienso si piensa que nunca hizo otra cosa que soñar. El ruido en la calle crece, como si una puerta se abriese, y tocan la campanilla.

Lo que fue era nada, porque la puerta se cerró después. Los pasos cesan al final del pasillo. Los platos lavados levantan la voz de agua y loza. El camión pasa estremeciendo los fondos, y como todo acaba, me levanto de pensar.

## 502.

Y así como sueño, razono si quiero, porque eso es sólo otra especie de sueño.

Príncipe de mejores horas, otrora yo fui tu princesa, y nos amamos con un amor de otra especie, cuya memoria me duele.

## 503.

Cantaba, en una voz muy suave, una canción de un país lejano. La música hacía familiares las palabras desconocidas. Parecía el fado para el alma, pero no tenía con él semejanza alguna.

La canción decía, con las palabras veladas y la melodía humana, cosas que están en el alma de todos y que nadie conoce. Cantaba con una especie de somnolencia, ignorando con la mirada a los oyentes, en un pequeño éxtasis de calle.

El pueblo reunido lo oía sin gran burla visible. La canción era de toda la gente, y las palabras hablaban a veces con nosotros, secreto oriental de una raza perdida. El ruido de la ciudad no se oía si lo oíamos, y pasaban las carrozas tan cerca que una me rozó las faldas de la chaqueta. Pero la sentí y no la oí. Había una absorción en el canto de lo desconocido que le hacía bien a lo que en nosotros sueña o no consigue. Era un caso de calle, y todos reparamos en que el policía había doblado la esquina lentamente. Se acercó con la misma lentitud. Se quedó parado un rato detrás del chico de los paraguas, como quien mira algo. A estas alturas el cantante paró. Nadie dijo nada. Entonces el policía intervino.

## 504.

Las figuras imaginarias tienen más relevancia y verdad que las reales.

Mi mundo imaginario siempre ha sido el único mundo verdadero para mí. Nunca tuve amores tan reales, tan llenos de brío, de sangre y de vida como los que tuve con figuras que yo mismo creé. ¡Qué puro! Tengo saudades de ellos porque, como los otros, pasan...

## 505.

A veces, en mis diálogos conmigo, en las tardes exquisitas de la Imaginación, en coloquios cansados en crepúsculos de salones supuestos, me pregunto, en esos intervalos de la conversación en que me quedo a solas con un interlocutor más yo que los otros, interlocutor que los demás, por qué razón verdadera no habrá nuestra época científica extendido su voluntad de comprender hasta los asuntos que son artificiales. Y una de las preguntas donde con más languidez me demoro es por qué no se hace, además de la psicología usual de las criaturas humanas y subhumanas, una psicología también –que debe existir– de las figuras artificiales y de las criaturas cuya existencia sucede sólo en las alfombras y los cuadros. Triste noción tiene de la realidad quien la limita a lo orgánico, y no pone la idea de un alma dentro de las estatuas y los bordados. Donde hay forma hay alma.

No son una ociosidad estas elucubraciones mías, sino una elucubración científica como cualquier otra. Por eso, antes de y sin tener una respuesta, supongo lo posible actual y me entrego, en análisis interiores, a la visión imaginada de aspectos posibles de este *desideratum* realizado. En cuanto lo pienso, dentro de la visión de mi espíritu surgen científicos inclinados sobre estampas, sabiendo bien que esas estampas son vidas; microscopistas de la tesitura rugosa de los tapices; físicos de su diseño amplio y brujuleante en los contornos; químicos, sí, de la idea de las formas y de los colores en los cuadros; geólogos de las capas estráticas de los camafeos; psicólogos, en fin –y esto es lo que más importa– que, una a una, anotan y recogen las sensaciones que debe sentir una estatuilla, las ideas que deben pasar por la psique colorida de una figura de cuadro o de vidriera, los impulsos locos, las pasiones sin freno, las compasiones y odios ocasionales y // que tienen una curiosa especie de rigidez y muerte en los gestos eternos de los bajorrelieves, en los invisibles movimientos de los figurantes en los lienzos.

Más que otras artes, la literatura y la música son propicias a las sutilezas de un psicólogo. Las figuras de novela son –como todos saben– tan reales como cualquiera de nosotros. Ciertos aspectos de los sonidos tienen un alma alada y rápida, pero susceptible de psicología y sociología. Porque –bueno es que los ignorantes lo sepan– las sociedades existen dentro de los colores, de los sonidos, de las frases, y hay regímenes y revoluciones, reinados, políticas y // –los hay en absoluto y sin metáfora– en el conjunto matemático de las sinfonías, en el Todo organizado de las novelas, en los metros cuadrados de un cuadro complejo, donde gozan, sufren, se mezclan las actitudes coloridas de guerreros, de amantes o de figuras simbólicas.

Cuando se rompió una taza de mi colección japonesa, supe que más que un descuido de manos de una criada había sido la causa. Yo había estudiado los anhelos de las figuras que habitan las curvas de esa // de loza; la resolución tenebrosa de suicidio que las tomó no me causó espanto. Se sirvieron de la criada, como uno de nosotros de un revólver. Saber esto es estar más allá de la ciencia moderna, ¡y con qué precisión yo sé esto!

### 506.

Cosas de nada, naturales de la vida, insignificancias de lo usual y lo cutre, polvo que subraya con un trazo apagado y grotesco la sordidez y vileza de mi vida humana –el Libro de Caja abierto delante de ojos cuya vida sueña con todos los orientes; la broma inofensiva del encargado de la oficina que ofende a todo el universo, avisar al jefe de que telefonee, que es la amiga, por nombre y dueña, en medio de la meditación del período más insexual de una teoría estética e inútil.

Después los amigos, buenos chicos, buenos chicos, tan agradable estar hablando con ellos, comer con ellos, cenar con ellos, y todo, no sé cómo, tan sórdido, tan cutre, tan pequeño, siempre en el almacén de paños aunque esté en la calle, siempre delante del libro de caja aunque esté en el extranjero, siempre con el jefe, aunque esté en el infinito.

Todos tenemos un encargado de la oficina, con el chiste siempre inoportuno, y el alma fuera del universo en su conjunto. Todos tienen al jefe y a la amiga del jefe, y la llamada telefónica en el momento siempre inoportuno en que la tarde admirable desciende y las amantes inventan disculpas o más bien avisan por los otros de la amiga –que está tomando té *chic,* como los otros sabemos.

Pero todos los que sueñan, aunque no sueñen con oficinas de la Baixa, ni delante de un mostrador en un almacén de paños –todos tienen un Libro de Caja delante– sea la mujer con la que se casaron, sea la administración de la fortuna que les llega por herencia, sea lo que fuere, mientras que positivamente sea.

Todos nosotros, que soñamos y pensamos, somos ayudantes de contable de un almacén de paños, o de cualquier otro almacén, en una Baixa cualquiera. Escrituramos y perdemos; sumamos y pasamos; cerramos el balance y el saldo invisible está siempre contra nosotros.

Escribo sonriendo con las palabras, pero mi corazón está como si se pudiese partir, partir como las cosas que se quiebran, en fragmentos, en cascotes, en basura, que el cubo se lleva con un gesto de llevar sobre los hombros al carro eterno de todos los Ayuntamientos.

Y todo espera, abierto y decorado, al Rey que vendrá, y ya llega, porque la polvareda del cortejo es una nueva bruma en el oriente lento, y las lanzas ya brillan a lo lejos con una madrugada suya.

## 507.

**Marcha fúnebre**

Figuras hieráticas, de jerarquías desconocidas, se alinean en los pasillos para esperarte –pajes de dulzura rubia, jóvenes de // en destellos dispersos de espadas desnudas, en reflejos irregulares de cascos y adornos altos, en vislumbres sombríos de oro mate y sedas.

Todo cuanto enferma a la imaginación, lo que de fúnebre duele en las pompas y cansa en las victorias, el misticismo de la nada, el ascetismo de la absoluta negación.

No los siete palmos de tierra fría que se cierran sobre los ojos cerrados bajo el sol caliente al lado de la hierba verde, sino la muerte que excede nuestra vida y es una vida ella misma –una muerta presencia en algún dios, el ignoto dios de la religión de los mismos dioses.

El Ganges pasa también por la Rua dos Douradores. Todas las épocas están en esta habitación estrecha –la mezcla // la sucesión multicolor de las maneras, las distancias de los pueblos, y la vasta variedad de las naciones.

Y allí, en éxtasis de horror sin nombre, sé esperar la Muerte entre espadas y almenas.

## 508.

### Estética de la indiferencia

Ante cada cosa que el soñador debe procurar sentir está la nítida indiferencia que ella, en cuanto que es cosa, le causa.

Saber, con un inmediato instinto, abstraer de cada objeto o acontecimiento lo que puede tener de soñable, dejando muerto en el Mundo Exterior todo cuanto tiene de real –esto es lo que el sabio debe procurar realizar en sí mismo.

Nunca sentir sinceramente sus propios sentimientos, y elevar su pálido triunfo hasta el punto de mirar indiferentemente hacia sus propias ambiciones, ansias y angustias como quien pasa por quien no le interesa.

El mayor dominio de uno mismo es la indiferencia hacia uno mismo, teniéndose, alma y cuerpo, por la casa y la finca donde el Destino quiso que pasáramos nuestra vida.

Tratar sus propios sueños e íntimos deseos altivamente, en *grand seigneur,* poniendo una íntima delicadeza en no fijarse en ellos. Tener pudor de sí mismo; percibir que en nuestra presencia no estamos solos, que somos testigos de nosotros mismos, y que por eso importa actuar ante nosotros mismos como ante un extraño, con una estudiada y serena línea exterior, indiferente por hidalga, y fría por indiferente.

Para no descender a nuestros propios ojos, basta que nos habituemos a no tener ni ambiciones ni pasiones, ni deseos ni esperanzas, ni impulsos ni desasosiegos. Para conseguir esto recordemos siempre que estamos siempre en presencia nuestra, que nunca estamos solos, para poder estar a voluntad. Y así dominaremos el tener pasiones y ambiciones, porque pasiones y ambiciones son desescudarnos; no tendremos deseos ni esperanzas, porque deseos y esperanzas son gestos bruscos y poco elegantes; ni tendremos impulsos y desasosiegos, porque la precipitación es una indelicadeza a ojos de los demás, y la impaciencia es siempre una grosería.

El aristócrata es aquel que nunca olvida que nunca está solo; por eso las praxis y los protocolos son el privilegio de la aristocracia. Interioricemos al aristócrata. Arranquémoslo de los salones y los jardines, pasándolo a nuestra alma y a nuestra conciencia de existir. Estemos siempre ante nosotros en protocolos y praxis, en gestos estudiados y para otros.

Cada uno de nosotros es toda una sociedad, todo un barrio del Misterio, conviene que al menos volvamos elegante y distinta la vida de este barrio, que en las fiestas de nuestras sensaciones haya refinamiento y recato, y pompa sobria y cortesía en los banquetes de nuestros pensamientos. En torno a nosotros podrán las otras almas alzarse de sus barrios sucios y pobres; marquemos nítidamente dónde lo nuestro acaba y comienza, y desde la fachada de nuestros edificios hasta las alcobas de nuestras timideces, todo sea hidalgo y sereno, esculpido en una elegancia o sordina de exhibición.

Saber encontrar a cada sensación el modo sereno de que se realice. Hacer el amor resumirse sólo a una sombra de un sueño de amor, pálido y trémulo intervalo entre las crestas de dos pequeñas olas donde golpea el luar. Volver el deseo una cosa inútil e inofensiva, algo como la sonrisa delicada del alma a solas consigo misma; hacer de ella una cosa que nunca piensa realizarse ni decirse. Al odio adormecerlo como a una serpiente prisionera, y decir al miedo que de sus gestos guarde sólo su agonía en la mirada, y en la mirada de nuestra alma, la única actitud compatible con ser estético.

## 509.

En todos los lugares de la vida, en todas las situaciones y convivencias, fui siempre, para todos, un intruso. Por lo menos, fui siempre un extraño. En medio de parientes, y de conocidos, fui siempre sentido como alguien de fuera. No digo que lo fuese, sólo una vez siquiera, si lo pienso. Pero lo fui siempre por una actitud espontánea del promedio de los temperamentos ajenos.

Fui siempre, en todas partes y por todos, tratado con simpatía. A poquísimos, creo, habrá tan poca gente levantado la voz, o fruncido el ceño, o hablado alto o con acritud. Pero la simpatía, con que siempre me trataron, estuvo siempre exenta de afecto merecido por el intruso. Para los más naturalmente íntimos, yo era siempre un huésped, al que, como huésped, se trata bien, pero siempre con la atención debida al extraño, y la falta de afecto que merece el intruso.

No dudo que todo esto de la actitud de los otros derive principalmente de alguna oscura causa intrínseca a mi propio temperamento. Soy quizás de una frialdad comunicativa, que involuntariamente obliga a los otros a reflejar mi modo de poco sentir.

Adquiero, por naturaleza, rápidamente conocimientos. Me tardan poco las simpatías de los otros. Pero los afectos nunca llegan. Dedicaciones nunca las conocí. Amar, fue cosa que siempre me pareció imposible, como que un extraño me trate de tú.

No sé si se sufre con esto, si lo acepto como un destino indiferente, en el que no hay que sufrir ni que aceptar.

Deseé siempre agradar. Me dolió siempre que me fuesen indiferentes. Huérfano de la Fortuna, tengo, como todos los huérfanos, la necesidad de ser objeto del afecto de alguien. Pasé siempre hambre de realización de esa necesidad. Tanto me adapté a esa hambre inevitable que, a veces, ni siquiera sé si siento la necesidad de comer.

Con esto o sin esto la vida me duele.

Los demás tienen quien se dedique a ellos. Yo nunca tuve siquiera a nadie que pensase en dedicarse a mí. Sirven a los otros: a mí me tratan bien.

Reconozco en mí la capacidad de provocar respeto, pero no afecto. Por desgracia, no he hecho nada que justifique por sí mismo ese respeto empezado por quien lo sienta; de modo que ni llega a respetarme de verdad.

Creo a veces que disfruto de sufrir. Pero en verdad preferiría otra cosa.

No tengo aptitudes de jefe, ni de secuaz. Ni siquiera las tengo de satisfecho, que son las que valen cuando esas otras falten.

Otros, menos inteligentes que yo, son más fuertes. Adaptan mejor su vida a la de otros; manejan más hábilmente su inteligencia. Tengo todas las cualidades para influir, menos el arte de hacerlo, o la voluntad, incluso, de quererlo.

Si un día amase, no sería amado.

Basta con querer una cosa para que se muera. Mi destino, no obstante, no tiene la fuerza de ser mortal para nada. Tiene la flaqueza de ser mortal en las cosas para mí.

## 510.

Habiendo visto con qué lucidez y coherencia lógica ciertos locos justifican, a sí mismos y a los otros, sus ideas delirantes, perdí para siempre la segura certeza de la lucidez de mi lucidez.

## 511.

Una de las grandes tragedias de mi vida –pero de esas tragedias que suceden en la sombra y en el subterfugio– es la de no poder sentir nada naturalmente. Soy capaz de amar y odiar, como todos, recelar y entusiasmarme; pero ni mi amor, ni mi odio, ni mi recelo, ni mi entusiasmo, son exactamente las mismas cosas que son. O les falta cualquier elemento, o se les añade alguno. Lo cierto es que son cualquier otra cosa, y lo que siento no está acorde con la vida.

En los espíritus que llaman calculadores –y la palabra está muy bien delineada– los sentimientos sufren la delimitación del cálculo, del escrúpulo egoísta, y parecen diferentes. En los espíritus a los que llaman propiamente escrupulosos, la misma descolocación de los instintos naturales se nota. En mí se nota la misma perturbación de la certeza del sentimiento, pero no soy calculador, ni soy escrupuloso. No tengo disculpa para sentirme mal. Por instinto desnaturalizo los instintos. Sin querer, quiero erradamente.

## 512.

Esclavo del temperamento como de las circunstancias, insultado por la indiferencia de los hombres como por su afecto a quien suponen que soy.

Los insultos humanos del Destino.

## 513.

Pasé entre ellos como extranjero, pero ninguno vio lo que yo era. Viví entre ellos como espía, y nadie, ni siquiera yo, sospechó que lo era. Todos me tenían por pariente: nadie sabía que me habían cambiado al nacer. Así fui igual a los otros sin parecido, hermano de todos sin ser de la familia.

Venía de prodigiosas tierras, de paisajes mejores que la vida, pero de las tierras nunca hablé, salvo conmigo, y de los paisajes, vistos si soñaba, nunca les di noticia. Mis pasos eran como los suyos sobre los parqués y las losas, pero mi corazón estaba lejos, aunque latiese cerca, señor falso de un cuerpo desterrado y extraño.

Nadie me conoció bajo la máscara de la identidad, ni supo nunca que era máscara, porque nadie sabía que en este mundo hay enmascarados. Nadie supuso que al pie de mí estuviese siempre otro, que al final era yo. Habían pensado siempre que yo era idéntico a mí.

Me cobijaron en sus casas, sus manos estrecharon las mías, me vieron pasar por la calle como si estuviese allí; pero quien soy no estuvo nunca en aquellas salas, quien vivo no tiene manos que otros estrechen, quien me conozco no tiene calles por donde pasar, a no ser que sean todas las calles, ni que en ellas lo vea, a no ser que él mismo sea todos los otros.

Vivimos todos distantes y anónimos; disfrazados, sufrimos desconocidos. Para unos, sin embargo, esta distancia entre un ser y él mismo nunca se revela; para otros es de vez en cuando iluminada, de horror o de pena, por un relámpago sin límites; pero para otros aún es esa la dolorosa constancia y cotidianidad de la vida.

Saber bien que quien somos no está con nosotros, que lo que pensamos o sentimos es siempre una traducción, que lo que queremos no lo quisimos, ni siquiera lo quiso nadie –saber todo esto a cada minuto, sentir todo esto en cada sentimiento, ¿no será esto ser extranjero en tu propia alma, exiliado en las propias sensaciones?

Pero la máscara, que estuve mirando inerte, y que hablaba en la esquina con un hombre sin máscara en esta noche de fin de Carnaval, por fin extendió la mano y se despidió riendo. El hombre natural siguió a la izquierda, por la travesía en cuya esquina estaba. La máscara –dominó sin gracia– caminó de frente, alejándose entre sombras y luces accidentales, en una despedida definitiva y ajena a lo que yo estaba pensando. Sólo entonces reparé en que había más en la calle que las farolas encendidas, y, nublándose donde estas no estaban, un luar vago, oculto, mudo, llena de nada como la vida...

## 514.

### Consejos a las malcasadas

*(Las malcasadas son todas las mujeres casadas y algunas solteras).*
Libraos sobre todo de cultivar sentimientos humanitarios. El humanitarismo es una grosería. Escribo en frío, razonadamente, pensando en vuestro bienestar, pobres malcasadas.

Todo el arte, toda la liberación, está en someter el espíritu lo menos posible, dejando al cuerpo que se someta a voluntad.

Ser inmoral no vale la pena, porque disminuye a los ojos de los otros vuestra personalidad, o la banaliza.

Ser inmoral dentro de sí, rodeada del máximo respeto ajeno. Ser esposa y madre corpóreamente virginal y dedicada, y haber no obstante cometido *débauches* inexplicables con todos los hombres del barrio, desde los tenderos hasta los // del vecindario –esto es lo que mejor sabor tiene para quien realmente quiere disfrutar y extender su individualidad, sin descender al método de criada de servir, que, por ser también de ellas, es bajo, ni caer en la honestidad rigurosa de la mujer profundamente estúpida, que es ciertamente hija del interés.

Según vuestra superioridad, almas femeninas que me leéis, sabréis comprender lo que escribo. Todo placer es del cerebro; todos los crímenes, ya se dice, «es en nuestros sueños donde se cometen». Me acuerdo de un crimen bello, real. Nunca lo tuve. Son bellos los que nosotros no recordamos. ¿Borgia cometió bellos crímenes? Creedme que no los cometió. Quien los cometió bellísimos, purpúreos, fastuosos, fue nuestro sueño de Borgia, fue la idea de Borgia que hay en nosotros. Tengo la certeza de que el César Borgia que existió era un banal y un estúpido; tenía que serlo, porque existir es siempre estúpido y banal.

Os doy estos consejos desinteresadamente, aplicando mi método a un caso que no me interesa. Personalmente, mis sueños son de Imperio y gloria; no son sensuales de ninguna manera. Pero quiero seros útil, aun cuando sólo sea para fastidiarme, porque detesto la utilidad. Soy altruista a mi modo.

## 515.

Me propongo enseñarles a traicionar a su marido en la imaginación.

Créanme: sólo las criaturas ordinarias traicionan realmente al marido. El pudor es una condición *sine qua non* del placer sexual. Entregarse a más de un hombre mata el pudor.

Estoy de acuerdo en que la inferioridad femenina precisa de macho. Creo que, al menos, se debe limitar a un macho sólo, el suyo, haciendo de él, si lo necesitase, centro de un círculo, de rayo creciente, de machos imaginados.

La mejor ocasión para hacer eso es en los días que anteceden a la menstruación.

Así:

Imaginan a su marido más blanco de cuerpo. Si imaginan bien, lo sentirán más blanco sobre sí.

Retengan todo gesto de sensualidad excesiva. Besen al marido que estuviera encima de su cuerpo, y cambien con la imaginación al hombre para mirar al bello que tienen encima del alma.

La esencia del placer es el desdoblamiento. Abran la ventana al Felino que llevan dentro.

Como *tracasser* a tu marido.

Es importante que el marido a veces se enfade.

Lo esencial es empezar a sentir la atracción por las cosas que repugnan, sin perder la disciplina exterior.

La mayor indisciplina interior junto a la máxima disciplina exterior compone la perfecta sensualidad. Cada gesto que *realiza* un sueño o un deseo, lo irrealiza realmente.

La *sustitución* no es tan difícil como creen. Llamo sustitución a la práctica que consiste en imaginarse disfrutando con un hombre A cuando se está copulando con un hombre B.

## 516.

Mis queridas discípulas, les deseo, con un fiel cumplimiento de mis consejos, innumerables y desdobladas voluptuosidades no con el, sino *a través del,* animal macho a que la Iglesia o el Estado haya atado por el vientre y por el apellido.

Es hincando los pies en la tierra como el ave emprende el vuelo. Que esta imagen, hijas mías, os sea el perpetuo recuerdo del único mandamiento espiritual.

Ser una cocotte, llena de todos los modos de vicios, sin traicionar a tu marido, ni siquiera con una mirada –la voluptuosidad de esto, si supieseis conseguirlo.

Ser una cocotte *hacia adentro,* traicionar al marido *hacia adentro,* estar traicionándolo en los abrazos que le dais, no ser para él el sentido del beso que le dais –oh mujeres superiores, oh mis misteriosas Cerebrales– la voluptuosidad es eso.

¿Por qué no aconsejo esto a los hombres también? Porque el hombre es otra especie de ser. Si es inferior, le recomiendo que use cuantas mujeres pueda: haga eso y sírvase de mi desprecio cuando //. Y el hombre superior no tiene necesidad de mujer ninguna. No necesita posesión sexual para su voluptuosidad. Pero la mujer, aunque superior, no acepta esto: la mujer es esencialmente sexual.

517.

**Diario al azar**

Todos los días la Materia me maltrata. Mi sensibilidad es una llama al viento.

Paso por una calle y estoy viendo en los rostros de los transeúntes, no la expresión que ellos realmente tienen, sino la expresión que tendrían para conmigo si supiesen mi vida, y cómo soy, si yo mostrase transparente en mis gestos y en mi cara la anormalidad ridícula y tímida de mi alma. En ojos que no me miran, sospecho burlas que creo naturales, dirigidas contra la excepción inelegante que soy entre un mundo de gente que actúa y goza; y sobre el fondo que supongo de fisonomías que se carcajean ante la tímida gesticulación de mi vida una conciencia de ella que superpongo e interpongo. En vano, después de pensar esto, procuro convencerme de que de mí, y sólo de mí, la idea de la burla y el oprobio leve parte de mí solamente. No puedo ya llamar a mí la imagen de verme ridículo, una vez objetivado en los otros. Me siento de repente sofocado y vacilante en una estufa de mofas y enemistades. Todos me señalan con el dedo desde el fondo de sus almas. Me lapidan con alegres y desdeñosas bromas todos los que pasan junto a mí. Camino entre fantasmas enemigos que mi imaginación enferma imaginó y localizó en personas reales. Todo me abofetea y se burla de mí. Y a veces, en pleno medio de la calle –inobservado, al fin y al cabo– paro, vacilo, busco una súbita nueva dimensión, una puerta al interior del espacio, al otro lado del espacio, donde pueda sin demora escapar de mi conciencia de los otros, de mi intuición demasiado objetivada de la realidad de las almas vivas ajenas.

¿Será que mi hábito de colocarme en el alma de los otros, me lleva a verme como los otros me ven, o me verían si se fijaran en mí? Sí. Y una vez yo perciba cómo ellos sentirían mi respeto si me conociesen, es como si ellos lo sintieran de verdad, lo estuviesen sintiendo, y sintiéndolo, exprimiéndolo en aquel momento. Convivir con los otros es una tortura para mí. Y yo tengo a los otros en mí. Incluso lejos de ellos, me veo obligado a la convivencia. Sólo, multitudes me rodean. No tengo adónde huir a no ser que huya de mí.

¡Oh, grandes montes al crepúsculo, calles casi estrechas a la luz de la luna, tener vuestra inconsciencia de //, vuestra espiritualidad de Materia solamente, sin interior, sin sensibilidad, sin lugar donde poner sentimientos, ni pensamientos, ni desasosiegos del espíritu! ¡Árboles tan sólo árboles, con un verdor tan agradable a los ojos, tan externo a mis preocupaciones y a mis penas, tan consolador para mis angustias porque no tienes ojos con que contemplarlos ni alma que, mirando por esos ojos, pueda no comprenderlos y burlarse de ellos! Piedras del camino, troncos podados, mera tierra anónima del suelo de todas partes, hermana mía porque vuestra insensibilidad hacia mi alma es una caricia y un descanso... Conjunto al sol o bajo la luna de la Tierra madre mía, tan enternecidamente mi madre, porque no puedes criticarme, como mi propia madre humana puede, porque no tienes alma con que sin pensar en eso me analices, ni rápidas miradas que delatan pensamientos sobre mí que ni a ti mismo confieses. Mar enorme, mi ruidoso compañero de la infancia, que me descansas y me acunas, porque tu voz no es humana y no puede un día citar en voz baja a oídos humanos mis flaquezas, y mis imperfecciones. Cielo vasto, cielo azul, cielo cercano al misterio de los ángeles, coetáneo //, tú no me miras con ojos verdes, tú si pones el sol a tu pecho no lo haces para atraerme, ni si te // de estrellas lo haces para desdeñarme... Paz inmensa de la Naturaleza, maternal por su ignorancia de mí; sosiego apartado de los astros y de los sistemas, tan hermano en tu nada poder saber sobre mí. Quería rezar a vuestra inmensidad y a vuestra calma, como muestra de gratitud por teneros y poder amar sin sospechas ni dudas; quería dar oídos a vuestro no poder oír, y vosotros siempre sin oír, dar ojos a vuestra sublime ceguera, pero vosotros sin ver, y ser objeto de vuestras atenciones por esos ignotos ojos y oídos, consolado de estar presente en vuestro Nada atento como de una muerte definitiva, lejana, sin esperanza de otra vida, más allá de Dios y de las posibilidades de ser, voluptuosamente nulo y del color espiritual de todas las materias...

### 518.

**Diario lúcido**

Mi vida, tragedia caída bajo los pasos de los ángeles y de la que sólo el primer acto se representó.

Amigos, ninguno. Sólo unos conocidos que creen que simpatizan conmigo y tendrían tal vez pena si un tren me atropellase y el funeral fuese en día de lluvia.

El premio natural de mi alejamiento de la vida fue la incapacidad, que creé en los otros, de sentir conmigo. En torno a mí hay una aureola de frialdad, un halo de hielo que repele a los otros. Aún no conseguí no sufrir con mi soledad. Tan difícil es obtener la distinción de espíritu que permita al aislamiento ser un descanso sin angustia.

Nunca di crédito a la amistad que me mostraron, como tampoco se lo habría dado al Amor, si me lo hubieran mostrado, lo cual sería imposible. Aunque nunca me hice ilusiones respecto a quienes decían ser mis amigos, conseguí siempre sufrir desilusiones con ellos, tan complejo y sutil es mi destino de sufrir.

Nunca dudé de que todos me traicionarían, y siempre me asombré cuando me traicionaron. Cuando llegaba lo que yo esperaba, siempre era inesperado para mí.

Como nunca descubrí en mí cualidades que atrajeran a nadie, nunca pude creer que nadie se sintiera atraído por mí. La opinión sería de una modestia estúpida, si hechos sobre hechos –esos hechos inesperados que yo esperaba– no la viniesen a confirmar siempre. Tampoco puedo concebir que me estimen por compasión, porque, aunque físicamente mal presentado e inaceptable, no tengo ese grado de torpeza orgánica con el que entro en la órbita de la compasión ajena, ni siquiera esa simpatía que la atrae cuando no sea patentemente merecida; y para lo que en mí merece piedad, no la puede haber, porque nunca hay piedad para los lisiados de espíritu. De modo que caí en ese centro de gravedad del desdén ajeno, en que no me inclino a la simpatía de nadie.

Toda mi vida ha sido querer adaptarme a esto sin sentir en exceso la crudeza y la abyección.

Es preciso cierto coraje intelectual para que un individuo reconozca sin temor que no pasa de un despojo humano, aborto superviviente, loco aunque fuera de las fronteras de la adaptación perfecta a su destino, aceptar sin revuelta, sin resignación, sin ningún gesto, o esbozo de gesto, la maldición orgánica que la Naturaleza le impone. Querer que no sufra con eso, es querer de más, porque no cabe en lo humano el aceptar el mal, viéndolo bien, y llamarle bien; y, aceptándolo como mal, no es posible no sufrir con él.

Concebirme desde fuera fue mi desgracia –la desgracia para mi felicidad. Me vi como los otros me ven, y pasé a despreciarme –no tanto porque reconociese en mí un orden tal de cualidades que yo por ellas mereciese desprecio, sino porque pasé a verme como los otros me ven y a sentir el desprecio que ellos puedan sentir por mí. Sufrí la humillación de conocerme. Como este calvario no tiene nobleza, ni resurrección días después, yo no pude más que sufrir con su ignobilidad.

Comprendí que era imposible que alguien me amase, a no ser que le faltase de todo el sentido estético –y entonces lo despreciaría por eso; y que incluso simpatizar conmigo no podía pasar de un capricho de la indiferencia ajena.

¡Ver claro en nosotros y en cómo los otros nos ven! ¡Ver esta verdad frente a frente! Y al final el grito de Cristo en el Calvario, cuando vio, frente a frente, *su* verdad: Señor, Señor, ¿por qué me abandonaste?

*519.*

## Nuestra Señora del Silencio

A veces cuando, abatido y humilde, la propia fuerza de soñar se deshoja y se seca, y mi único sueño sólo puede ser pensar en mis sueños, entonces los hojeo, como un libro que se hojea y se vuelve a hojear sin leer más que palabras inevitables. Es entonces cuando me pregunto quién eres, figura que atraviesas todas mis antiguas visiones demoradas de otros paisajes y de interiores antiguos y de ceremoniales fastuosos de silencio. En todos mis sueños, o apareces, sueño o, realidad falsa, me acompañas. Visito contigo regiones que son tal vez sueños tuyos, tierras que son tal vez cuerpos tuyos de ausencia y deshumanidad, tu cuerpo esencial descontornado en planicie tranquila y monte de perfil frío en un jardín de palacio oculto. Tal vez no tenga otro sueño más que tú, tal vez sea en tus ojos, apoyando mi cara en la tuya, donde leeré esos paisajes imposibles, esos tedios falsos, esos sentimientos que habitan las sombras de mis cansancios y las grutas de mis desasosiegos. ¿Quién sabe si los paisajes de mis sueños no son mi forma de no soñarte? ¿No sé quién eres tú, pero sé con certeza lo que soy? ¿Sé yo lo que es soñar para saber lo que vale llamarte mi sueño? ¿Sé yo si no eres una parte, quién sabe si la parte esencial y real, de mí? ¿Y sé que yo no soy el sueño y tú la realidad, y yo un sueño tuyo y no tú un sueño que yo sueñe?

¿Qué tipo de vida tienes? ¿Qué modo de ver es el modo en que te veo? ¿Tu perfil? Nunca es el mismo, pero no cambia nunca. Y yo digo esto porque sé, aunque no sepa lo que sé. ¿Tu cuerpo? Desnudo es lo mismo que vestido, sentado está en la misma actitud que tumbado o de pie. ¿Qué significa esto, que no significa nada?

\* \* \*

Mi vida es tan triste, y ni siquiera pienso en llorarla; mis horas tan falsas, y ni siquiera sueño el gesto de partirlas.

¿Cómo no soñarte? ¿Cómo no soñarte? Señora de las Horas que pasan, Madonna de las aguas estancadas y las algas muertas, Diosa Tutelar de los desiertos abiertos y de los paisajes negros de roquedos estériles –líbrame de mi juventud.

Consoladora de los que no tienen consuelo, Lágrima de los que nunca lloran, Hora que nunca suena –líbrame de la alegría y la felicidad.

Opio de todos los silencios, Lira que no se toca, vidriera de lejanía y de abandono –haz que yo sea odiado por los hombres y escarnecido por las mujeres.

Címbalo de Extremaunción, Caricia sin gesto, Paloma muerta a la sombra, Aceite de horas pasadas soñando –líbrame de la religión, porque es suave; y de la incredulidad, porque es fuerte.

Lirio abanicando por la tarde, Cofre de rosas marchitas, silencio entre oración y oración.

Me llena de asco de vivir, de odio por estar sano, de desprecio por ser joven.

Hazme inútil y estéril, oh, Acogedora de todos los sueños vagos; hazme puro sin razón de serlo, y falso sin amor de ser, oh, Agua Corriente de las Tristezas Vividas; que mi boca sea un paisaje de hielos, mis ojos dos lagos muertos, mis gestos un deshojar lento de árboles viejitos –¡Oh, Letanía de Desasosiegos, oh, Misa-Violeta de Cansancios, oh, Corola, oh, Fluido, oh, Ascensión!...

¡Qué pena tener que rezarte como una mujer, y no quererte // como a un hombre, y no poder elevarte los ojos de mi sueño como Aurora –¡al contrario del sexo irreal de los ángeles que nunca entraron en el cielo!

\* \* \*

Te rezo mi amor porque mi amor es ya una oración; pero ni siquiera te concibo como amada, ni te elevo ante mí como santa.

Que tus actos sean la estatua de la renuncia, tus gestos el pedestal de la indiferencia, tus palabras las vidrieras de la negación.

\* \* \*

Esplendor de la nada, nombre del abismo, sosiego del Más Allá...

Virgen eterna antes de los dioses y de los padres de los dioses, y de los padres de los padres de los dioses, infecunda de todos los mundos, estéril de todas las almas...

A ti se ofrecen los días y los seres; los astros son votos en tu templo, y el cansancio de los dioses vuelve a tu regazo como el ave al nido que no sabe cómo hizo.

Que del auge de la angustia se aviste el día, y si ningún día se avista, ¡que sea ese el día que se aviste!

Brilla, ausencia de sol; brilla, luar que cesas...

Sólo tú, sol que no brillas, iluminas las cavernas, porque las cavernas son tus hijas. Sólo tú, luna que no hay, das a las grutas porque las cavernas //.

Tú eres el sexo de las formas soñadas, del sexo nulo de las figuras. Mero perfil a veces, mera actitud otras veces, otras sólo gesto lento –eres momentos, actitudes, espiritualizadas en mías.

Ninguna fascinación por el sexo se subentiende en mi soñarte, bajo tu vestido vago de madonna de los silencios interiores. Tus senos no son de los que se piensa en besar. Tu cuerpo es todo carne-alma, pero no es alma es cuerpo. La materia de tu carne no es espiritual, pero es espíritu. Eres la mujer anterior a la Caída, escultura aún de aquel barro que // paraíso.

Mi horror a las mujeres reales que tienen sexo es el camino por el que fui a tu encuentro. ¿Las de la tierra, que para ser tienen que soportar el peso movedizo de un hombre –quien las puede amar, que no se le deshoje el amor en espera del placer que sirve el sexo...? ¿Quién puede respetar a la Esposa sin tener que pensar que es una mujer en otra posición de cópula...? ¿Quién no se enfada de tener madre por haber sido tan vulvar en su origen, tan asquerosamente parido? ¿Qué asco de nosotros mismos no castiga la idea del origen carnal de nuestra alma? –de esa inquietud // corpórea de donde nuestra carne nace y, por bella que sea, se desprende del origen y se nos asquea de nata.

Los idealistas falsos de la vida real hacen versos a la Esposa, se arrodillan a la idea de Madre... Su idealismo es un vestido que tapa, no es un sueño que crea.

Pura sólo tú, Señora de los Sueños, que yo puedo concebir amante sin concebir mácula porque eres irreal. A ti puedo concebirte madre, adorándote, porque nunca te manchaste ni del horror de ser fecundada, ni del horror de parir.

¿Cómo no adorarte, si sólo tú eres adorable? ¿Cómo no amarte si sólo tú eres digna de amor?

¿Quién sabe si soñándote no te creo, real en otra realidad; si no serás mía allí, en otro y puro mundo, donde sin cuerpo táctil nos amemos, con otra forma de abrazar y otras actitudes esenciales de posesión? ¿Quién sabe incluso si no existías ya y yo no te creé ni te vi apenas, con otra visión, interior y pura, en un otro y perfecto mundo? ¿Quién sabe si mi soñarte no fue encontrarte simplemente, si mi amarte no fue pensar en ti, si mi desprecio por la carne y mi asco por el amor no fueron la oscura ansia con que, ignorándote, te esperaba, y la vaga aspiración con que, desconociéndote, te quería?

No sé incluso si te amé ya, en un vago dónde, cuya saudade este tedio perenne mío tal vez sea. Tal vez seas una saudade mía, cuerpo de ausencia, presencia de Distancia, hembra tal vez por otras razones distintas a las de serlo.

Puedo pensarte virgen y también madre porque no eres de este mundo. El niño que tienes en los brazos nunca fue tan joven para que tuvieses que ensuciarlo de tenerlo en el vientre. Nunca fuiste otra de la que eres y ¿cómo no ser virgen por tanto? Puedo amarte y también adorarte porque mi amor no te posee y mi adoración no te aparta.

Sé el Día Eterno y que mis atardeceres sean rayos de tu sol poseídos en ti.

Sé el Crepúsculo Invisible y que mis ansias y desasosiegos sean las tintas de tu indecisión, las sombras de tu incertidumbre.

Sé la Noche Total, conviértete en Noche Única y que todo yo me pierda y se olvide en ti, y que mis sueños brillen, estrellas, en tu cuerpo de distancia y negación...

Sea yo los pliegues de tu manto, las joyas de tu tiara, y el otro oro de los anillos de tus dedos.

Ceniza de tu hogar, ¿qué importa que yo sea polvo? Ventana en tu habitación, ¿qué importa que yo sea espacio? Hora en tu clepsidra, ¿qué importa que yo pase, si por ser tuyo me quedaré, que yo muera si por ser tuyo no moriré, que yo te pierda si perderte es encontrarte?

Realizadora de los absurdos, Seguidora de frases sin nexo. Que tu silencio me arrulle, que tu // me adormezca, que tu mero ser me acaricie y me mime y me reconforte, oh, heráldica del Más Allá, oh, imperial de Ausencia; Virgen-Madre de todos los silencios, Hogar de las almas que tienen frío, Ángel de la Guarda de los abandonados, Paisaje humano e irreal de triste y eterna Perfección.

*  *  *

Tú no eres mujer. Ni siquiera dentro de mí evocas alguna cosa que pueda sentir femenina. Es cuando hablo de ti que las palabras te llaman hembra, y las expresiones te perfilan de mujer. Porque tengo que hablarte con ternura y amoroso sueño, las palabras encuentran voz para eso sólo en tratarte como femenina.

Pero tú, en tu vaga esencia, no eres nada. No tienes realidad, ni siquiera una realidad sólo tuya. Propiamente, no te veo, ni siquiera te siento. Eres como un sentimiento que fuese propio objeto y perteneciese todo a lo íntimo de sí mismo. Eres siempre el paisaje que estuve casi para poder ver, el festón del vestido que por poco no pude ver, perdido en un eterno. Ahora más allá de la curva del camino. Tu perfil es no ser nada, y el contorno de tu cuerpo irreal desata en perlas separadas el collar de la idea de contorno. Ya pasaste, y ya fuiste y ya te amé –sentirte presente es sentir esto.

Ocupas el intervalo de mis pensamientos y los intersticios de mis sensaciones. Por eso no te pienso ni te siento, pero mis pensamientos son ojivales de sentirte, y mis sentimientos góticos de evocarte.

Luna de memorias perdidas sobre el negro paisaje nítido de vacío de mi imperfección comprendiéndose. Mi ser te siente vagamente, como si fuera un cinto tuyo el que te sintiera. Me inclino sobre tu rostro blanco en las aguas nocturnas de mi desasosiego, en mi saber que eres luna en mi cielo para que lo causes, o extraña luna submarina para que, no sé cómo, lo finjas.

¡Quién pudiera crear la Nueva Mirada con que te viera, los Nuevos Pensamientos y Sentimientos que tuviesen que poder pensarte y sentirte!

Al querer tocar tu manto, mis expresiones cansan el esfuerzo extendido de los gestos de sus manos, y un cansancio rígido y doloroso se hiela en mis palabras. Por eso, curva un vuelo de ave, que parece que se aproxima y nunca llega, en torno a lo que yo querría decir de ti, pero la materia de mis frases no sabe imitar la sustancia del sonido de tus pasos ni del rastro de tus miradas, ni del color triste y vacío de la curva de los gestos que no hiciste nunca.

\* \* \*

Y si acaso hablo con alguien lejano, y si, hoy nube de posibilidad, mañana caes, lluvia de real sobre la tierra, no olvides nunca tu divinidad original de mi sueño. Sé siempre en la vida lo que pueda ser el sueño de un aislado y nunca el refugio de un amante. Cumple tu deber de mero vaso. Cumple tu menester de ánfora inútil. Que nadie diga de ti lo que el alma del río puede decir de las orillas, que existen para limitarlo. Mejor no correr en la vida, antes secarse de soñar.

Que tu genio sea el ser superflua, y tu vida el arte de mirarla, de ser la mirada, la nunca idéntica. No seas nunca nada más.

Hoy sólo eres el perfil creado de este libro, una hora carnalizada y separada de las otras horas. Si tuviese la certeza de lo que eras, levantaría una religión sobre el sueño de amarte. Eres lo que le falta a todo. Eres lo que a cada cosa falta para poderla amar siempre. Llave perdida de las puertas del Templo, camino encubierto del palacio, Isla lejana que la bruma nunca deja ver...

### 520.

## El amante visual

*Anteros*

Tengo del amor profundo y de su uso provechoso un concepto superficial y decorativo. Estoy sujeto a pasiones visuales. Guardo intacto el corazón dado a más irreales destinos.

No recuerdo haber amado más que el «cuadro» de alguien, el puro exterior —en que el alma no entra el alma más que para hacer ese exterior animado y vivo— y así diferente de los cuadros que los pintores hacen.

Amo así: fijo, por bella, atractiva o, de cualquier otro modo, amable, una figura, de mujer o de hombre –donde no hay deseo no hay preferencia de sexo– y esa figura me obceca, me prende, se apodera de mí. Pero no quiero más que verla, ni miro nada con más horror que la posibilidad de llegar a conocer y a hablar con la persona real que esa figura aparentemente manifiesta.

Amo con la mirada, y ni siquiera con la fantasía. Porque con nada fantaseo de esa figura que me prende. No me imagino ligado a ella de otra manera, porque mi amor ciertamente no tiene más que decir. No me interesa saber quién es, qué hace, qué piensa la criatura que me da a ver su aspecto exterior.

La inmensa serie de personas y de cosas que forma el mundo es para mí una galería interminable de cuadros, cuyo interior no me interesa. No me interesa, porque el alma es monótona y siempre la misma en todos; difieren sólo sus manifestaciones personales, y lo mejor de ella es lo que desborda al sueño, a los modos, a los gestos, y así entra en el cuadro que me prende, y en el que veo caras constantes en esa afición.

Para mí una criatura no tiene alma. El alma está sólo consigo misma.

Así vivo, en visión pura, el exterior animado de las cosas y de los seres, indiferente, como un dios de otro mundo, al contenido espiritual de estos. Profundizo en el ser mismo sólo en extensión, y cuando anhelo profundidad, es en mí, y en mi concepto de las cosas, donde la busco.

¿Qué puede darme el conocimiento personal de la criatura que tanto amo en *décor?* No una desilusión, porque, como en ella sólo amo el aspecto, y nada de ella fantaseo, su estupidez o mediocridad nada me quita, porque yo no esperaba nada más que el aspecto que no tenía que esperar, y el aspecto persiste. Pero el conocimiento personal es nocivo porque es inútil, y el material inútil es nocivo siempre. ¿Saber el nombre de la criatura para qué? Y es lo primero que, presentado a ella, me quedo sabiendo.

El conocimiento personal tiene que ser, también, de libertad de contemplación, la que mi tipo de amor desea. No podemos observar, contemplar en libertad a quien conocemos personalmente. Lo superfluo es de menos para el artista, porque, perturbándolo, disminuye el efecto. Mi destino natural de contemplador indefinido y apasionado de las apariencias y de la manifestación de las cosas –objetivista de los sueños, amante visual de las formas y de los aspectos de la naturaleza.

No es un caso de lo que los psiquiatras llaman onanismo psíquico, ni siquiera de lo que llaman erotomanía. No fantaseo, como en el onanismo psíquico; no me figuro en sueños como un amante carnal, o amigo siquiera de la criatura que miro y recuerdo: nada fantaseo de ella. Ni, como el erotómano, la idealizo y la transporto fuera de la esfera de la estética concreta: no quiero de ella, o pienso en ella, más que lo que me da a los ojos y a la memoria directa y pura de lo que los ojos vieron.

### 521.

Ni en torno a estas figuras, con cuya contemplación me entretengo, es mi costumbre tejer cualquier enredo de fantasía. Las veo, y su valor para mí está sólo en ser vistas. Cualquier otra cosa que les añadiera las disminuiría, porque reduciría su «visibilidad», por así decirlo.

Cuando fantasease con ellas, forzosamente, en el mismo momento de fantasear, yo lo sabría como falso; y si lo soñado me agrada, lo falso me repugna. El sueño puro me encanta, el sueño que no tiene relación con la realidad, ni punto de contacto con ella. El sueño imperfecto, con punto de partida en la vida, me disgusta, o, mejor dicho, me disgustaría si me metiera en él.

Para mí la humanidad es un vasto motivo de decoración, que vive por los ojos y por los oídos y, también, por la emoción psicológica. Nada más quiero de la vida aparte de asistir a ella. Nada más quiero de mí aparte de asistir a la vida.

Soy como un ser de otra existencia que pasa indefinidamente interesado a través de ésta. En todo soy ajeno a ella. Hay entre yo y ella como un cristal. Quiero ese cristal siempre muy claro, para poder examinarla sin falta de medio intermedio; pero quiero siempre el cristal.

Para todo espíritu científicamente constituido, ver en una cosa más de lo que hay es ver menos esa cosa. Lo que materialmente se añade, espiritualmente la disminuye.

Atribuyo a este estado de alma mi repugnancia por los museos. El museo, para mí, es la vida entera, en la que la pintura es siempre exacta, y sólo puede haber inexactitud en la imperfección del contemplador. Pero esa imperfección, o hago por disminuirla, o, si no puedo, me contento con que así sea, porque, como todo, no puede ser más que así.

### 522.

**El comandante**

Nada hay que tan íntimamente revele, que tan completamente interprete la sustancia de mi desgracia nata como el tipo de devaneo que, en verdad, más aprecio, el bálsamo que más a menudo elijo para mi angustia de existir. El resumen de la esencia de lo que deseo es sólo esto: dormir la vida. Quiero de más a la vida, para poder desearla ida; quiero de más no vivirla para tener sobre la vida un ansia demasiado inoportuna.

Así, es este, que voy a dejar escrito, el mejor de mis sueños preferidos. Por la noche, a veces, con la casa en silencio porque los dueños salieron o callaron, cierro los cristales de mi ventana y los cubro con las pesadas puertas; inmerso en un traje viejo, me acurruco en el sillón profundo y me prendo en el sueño de que soy un comandante retirado en un hotel de provincias, a la hora de la sobremesa, cuando sea, con uno u otro más sobrio, el huésped lento que se quedó sin razón.

Supongo que nací así. No me interesa la juventud del comandante retirado, ni los grados militares a los que ascendió hasta llegar a mi anhelo. Independiente del Tiempo y de la Vida, el comandante que me supongo no es posterior a ninguna vida que tuviese; no tiene, ni tuvo parientes; existe eternamente en aquella vida en aquel hotel provinciano, cansado ya de conversaciones de anécdotas que tuvo con los compañeros en la demora.

## 523.

### El río de la posesión

Que todos somos diferentes, es un axioma de nuestra naturalidad. Sólo nos parecemos de lejos, en la proporción, por tanto, en que no somos nosotros. La vida es, por eso, para los indefinidos; sólo pueden convivir quienes nunca se definen, y no son, el uno y el otro, nadie.

Cada uno de nosotros es dos, y cuando dos personas se encuentran, se aproximan, se unen, es raro que las cuatro puedan estar de acuerdo. El hombre que sueña en cada hombre que actúa, si tantas veces se enemista con el hombre que actúa, ¿cómo no se enemistará con el hombre que actúa y el hombre que sueña en el Otro?

Somos fuerzas porque somos vidas. Cada uno de nosotros tiende hacia sí mismo con escala en los otros. Si tenemos por nosotros mismos el respeto de encontrarnos interesantes, //. Toda aproximación es un conflicto. El otro es siempre el obstáculo para quien busca. Sólo quien no busca es feliz; porque sólo quien no busca, encuentra, dado que quien no busca ya tiene, y ya tener, sea lo que fuere, es ser feliz, así como no pensar es la parte mejor de ser rico.

Te miro, dentro de mí, novia supuesta, y ya nos desencontramos antes de que existas. Mi hábito de soñar claro me da una noción justa de la realidad. Quien sueña de más necesita dar realidad al sueño. Quien da realidad al sueño tiene que dar al sueño el equilibrio de la realidad. Quien da al sueño el equilibrio de realidad, sufre la realidad de soñar tanto como la realidad de la vida (y lo irreal del sueño con el sentir la vida irreal).

Te estoy esperando, en devaneo, en nuestro cuarto con dos puertas, y sueño que vienes y en mi sueño entras hasta mí por la puerta de la derecha; si, cuando entras, entras por la puerta de la izquierda, hay ya una diferencia entre tú y mi sueño. Toda la tragedia humana está en este pequeño ejemplo de cómo aquellos con quienes pensamos nunca son aquellos en quienes pensamos.

El amor pierde identidad en la diferencia, lo que es imposible ya en la lógica, cuanto más en el mundo. El amor quiere poseer, quiere hacer suyo lo que tiene que quedar fuera para que sepa que se vuelve suyo y no lo es. Amar es entregarse. Cuanto mayor la entrega, mayor el amor. Pero la entrega total entrega también la conciencia del otro. El amor más grande es por eso la muerte, o el olvido, o la renuncia a todos los amores que son los absurdos del amor.

En la terraza antigua del palacio, elevado sobre el mar, meditaremos en silencio la diferencia entre nosotros. Yo era príncipe y tú princesa, en la terraza a la orilla del mar. Nuestro amor nació de nuestro encuentro, como la belleza se creó del encuentro de la luna con las aguas.

El amor quiere la posesión, pero no sabe lo que es la posesión. Si no soy mío, ¿cómo seré tuyo, o tú mía? Si no poseo mi propio ser, ¿cómo poseeré un ser ajeno? Si soy ya diferente de aquel a quien soy idéntico, ¿cómo seré idéntico a aquel de quien soy diferente?

El amor es un misticismo que quiere practicarse, una imposibilidad que sólo es soñada como debiendo ser realizada.

Metafísico. Pero toda la vida es una metafísica a oscuras con un rumor de dioses y el desconocimiento de la ruta como única vía.

La peor astucia conmigo de mi decadencia es mi amor a la salud y a la claridad. Siempre pensé que un cuerpo hermoso y el ritmo feliz de un andar joven tenían más competencia en el mundo que todos los sueños que hay en mí. Es con una alegría de vejez por el espíritu que a veces sigo –sin envidia ni deseo– a las parejas casuales que la tarde junta y caminan del brazo hacia la conciencia inconsciente de la juventud. Los disfruto como disfruto una verdad, sin pensar si me incumbe o no. Si los comparo conmigo, sigo disfrutándolos, pero como quien disfruta una verdad que lo hiere, añadiendo al dolor de la herida la conciencia de haber comprendido a los dioses.

Soy lo contrario a los espiritualistas simbolistas para quienes todo el ser, y todo el acontecimiento, es la sombra de una realidad de la que apenas es sombra. Cada cosa, para mí, es, en vez de un punto de llegada, un punto de partida. Para el ocultista todo acaba en todo; todo comienza en todo, para mí.

Procedo, como ellos, por analogía y sugestión, pero el jardín pequeño que les sugiere el orden y la belleza del alma, a mí no me recuerda más que el jardín más grande donde puedo estar, lejos de los hombres, feliz con la vida que no puede ser. Cada cosa me sugiere no la realidad de la que es sombra, sino la realidad hacia donde es el camino.

El Jardim da Estrela, por la tarde, es para mí la sugerencia de un parque antiguo, en los siglos anteriores al descontento del alma.

*524.*

### El sensacionista

En este crepúsculo de las disciplinas, en que las creencias mueren y los cultos se cubren de polvo, nuestras sensaciones son la única realidad que nos queda. El único escrúpulo que preocupa, la única ciencia que satisface son los de la sensación.

Un decorativismo interior se me acentúa como el modo superior y esclarecido de dar un destino a nuestras vidas. Si pudiese mi vida ser vivida en paños de arras del espíritu yo no tendría abismos que lamentar.

Pertenezco a una generación –o más bien a una parte de una generación– que perdió todo el respeto por el pasado y toda la creencia o esperanza en el futuro. Vivimos por eso del presente con las ganas y el hambre de quien no tiene otra casa. Y, como es en nuestras sensaciones, y sobre todo en nuestros sueños, sólo sensaciones inútiles, que encontramos un presente que no recuerda ni el pasado ni el futuro, sonreímos a nuestra vida interior y nos desinteresamos con una somnolencia altiva de la realidad cuantitativa de las cosas.

Quizá no seamos muy diferentes de aquellos que, por la vida, sólo piensan en divertirse. Pero el sol de nuestra preocupación egoísta está en el ocaso, y es en colores de crepúsculo y contradicción donde nuestro hedonismo se enfría.

Convalecemos. En general somos criaturas que no aprendimos ningún arte ni oficio, ni siquiera disfrutar de la vida. Extraños a convivencias demoradas, nos aburrimos en general de los mayores amigos, después de estar con ellos media hora; sólo estamos deseosos de verlos cuando pensamos en verlos, y los mejores momentos en que los acompañamos son aquellos en los que sólo soñamos que estamos con ellos. No sé si esto indica poca amistad. Tal vez no lo indica. Lo que es cierto es que las cosas que más amamos, o creemos amar, sólo tienen su pleno valor cuando son simplemente soñadas.

No nos gustan los espectáculos. Despreciamos a actores y bailarines. Todo espectáculo es una imitación degradada de lo que había solamente que soñar.

Indiferentes –no de origen, sino por una educación de los sentimientos que varias experiencias dolorosas en general nos obligan a hacer –a la opinión de los otros, siempre corteses para con ellos, y gustándoles incluso, a través de una indiferencia interesada, porque toda la gente es interesante y convertible en sueño, en otras personas, pasamos sin habilidad para amar, nos antecansan las palabras que sería preciso decir para volverse amado. Por lo demás, ¿quién de nosotros quiere ser amado? El «on le fatigait en l'aimant» de René no es la etiqueta adecuada para nosotros. La sola idea de ser amados nos fatiga, nos fatiga hasta la alarma.

Mi vida es una fiebre perpetua, una sed siempre renovada. La vida real me aplana como un día de calor. Hay una cierta bajeza en la forma en que me aplana.

525.

**Pastoral de Pedro**

No sé dónde te vi ni cuándo. No sé si fue en un cuadro o si fue en el campo real, al pie de árboles y hierbas contemporáneas del cuerpo; fue en un cuadro tal vez, tan idílico y legible es el recuerdo que de ti conservo. Ni siquiera sé cuándo sucedió esto, o si pasó realmente –porque puede ser que ni en cuadro yo te viese–, pero sé con todo el sentimiento de mi inteligencia que ése fue el momento más tranquilo de mi vida.

Venías, boyerita leve, al lado de un buey manso y enorme, tranquilos por la línea ancha de la carretera. Desde lejos –me parece– os vi, y vinisteis hasta mí y pasasteis. Pareciste no reparar en mi presencia. Ibas lenta y guardadora descuidada del buey grande. Tu mirada había olvidado recordar y tenía un gran claro de vida del alma; te había abandonado la conciencia de ti misma. En ese momento no eras nada más que un //.

Viéndote recordé que las ciudades cambian pero los campos son eternos. Llaman bíblicas a las piedras y a los montes, porque son los mismos, del mismo modo que los de los tiempos bíblicos deberían haber sido.

Es en el perfil pasajero de tu figura anónima donde pongo toda la evocación de los campos, y toda la calma que nunca he tenido viene a mi alma cuando pienso en ti. Tu caminar tenía un balanceo leve, una ondulación incierta, en cada gesto que hacías se posaba un ave, tenías lianas invisibles enredadas en el // de tu busto. Tu silencio –era el caer de la tarde, y balaba un cansancio de rebaños, traqueteando, por las pálidas laderas de la hora– tu silencio era el canto del último pastor que, por olvidado, una égloga jamás escrita de Virgilio, quedó eternamente encantado, y eterna en los campos, silueta. Era posible que estuvieras sonriendo; para ti sólo, para tu alma, viéndote a ti en tu idea, sonriendo. Pero tus labios estaban tranquilos como la silueta de los montes; y el gesto, que mal recuerdo, de tus manos rústicas enguirnaldado con flores del campo.

Fue en un cuadro, sí, donde te vi. Pero ¿de dónde viene esta idea de que te vi acercarte y pasar a mi lado y yo seguir, sin darme la vuelta por estar viéndote siempre y aún? Para el tiempo para dejarte pasar, y yo te equivoco cuando te quiero colocar en la vida –o en la semejanza de la vida.

*526.*

**Peristilo**

En momentos en que el paisaje es un halo de Vida, y el sueño es sólo soñarse, yo erigí, amor mío, en el silencio de mi desasosiego, este libro extraño como los portones abiertos en una casa abandonada.

Cogí para escribirlo el alma de todas las flores, y de los momentos efímeros de todos los cantos de todas las aves, tejí eternidad y el estancamiento. Tejedora //, me senté a la ventana de mi vida y olvidé que habitaba y era, tejiendo sábanas para amortajar mi tedio en los manteles de lino casto para los altares de mi silencio, y yo te ofrezco este libro porque sé que es bello e inútil. Nada enseña, nada hace creer, nada hace sentir. Arroyo que discurre hacia un abismo gris que el viento dispersa y ni abona ni daña –puse toda mi alma en hacerlo, pero no pensé en él, sino sólo en mí, que estoy triste, y en ti, que no eres nadie.

Y porque este libro es absurdo, yo lo amo; porque es inútil, yo lo quiero dar; y porque de nada sirve querer dártelo, yo te lo doy...

Reza por mí al leerlo, bendíceme de amarlo y olvidarlo como el Sol de hoy al Sol de ayer (como olvido a esas mujeres en los sueños que nunca supe que soñé).

Torre del Silencio de mis anhelos, ¡que este libro sea el claro de luna que te hizo otra en la noche del Misterio Antiguo!

Río de Imperfección dolorida, que este libro sea el barco dejado por tus aguas abajo para acabar mar que se sueñe.

Paisaje de Alejamiento y de Abandono, que este libro sea tuyo como tu Hora y se limite de ti como de la Hora de púrpura falsa.

* * *

Corren ríos, ríos eternos bajo la ventana de mi silencio. Veo la otra orilla siempre y no sé por qué no sueño con estar allí, otro y feliz. Tal vez porque sólo tú consuelas, y sólo tú acunas, y sólo tú unges y oficias.

¿Qué misa blanca interrumpes para lanzarme la bendición de mostrarte siendo? ¿En qué punto ondeado de la danza te paras, y el Tiempo contigo, para de tu parar hacer puente a mi alma y de tu sonrisa púrpura de mi fausto?

Cisne de desasosiego rítmico, lira de horas inmortales, arpa incierta de pesares míticos –tú eres la Esperada y la Ida, la que acaricia y hiere, la que dora de dolor las alegrías y corona de rosas las tristezas.

¿Qué Dios te creó, qué Dios odiado por el Dios que hizo el mundo?

Tú no lo sabes, tú no sabes que no lo sabes, tú no quieres saber ni no saber. Desnudaste de propósitos tu vida, nimbaste de irrealidad tu mostrarte, te vestiste de perfección y de intangibilidad, para que ni las Horas te besasen, ni los Días te sonriesen, ni las Noches te viniesen a poner la luna entre las manos para que pareciese un lirio.

Deshoja sobre mí, amor mío, pétalos de las mejores rosas, de los más perfectos lirios, pétalos de crisantemos // olorosos a la melodía de su nombre.

Y yo moriré en mí tu vida, oh, Virgen que ningún abrazo espera, que ningún beso busca, que ningún pensamiento desflora.

Atrio sólo atrio de todas las esperanzas, Umbral de todos los deseos, // Ventana para todos los sueños, Belvedere para todos los paisajes que son floresta nocturna y río lejano trémulo de mucha luz de luna...

\* \* \*

Tú no existes, bien lo sé, pero ¿sé con certeza si existo? Yo, que te existo en mí, ¿tendré más vida real que tú, que la propia vida que te vive?

Llama tornada aureola, presencia ausente, silencio rítmico y hembra, crepúsculo de vaga carne, copa olvidada para el festín, vidriera pintada por un pintor-sueño en una Edad Media de otra Tierra.

Cáliz y hostia de refinamiento casto, altar abandonado de santa aún viva, corola de lirio soñado del jardín donde nunca nadie entró...

Eres la única forma que no causa tedio, porque eres siempre mudable con nuestro sentimiento, porque, como besas nuestra alegría, acunas nuestro dolor, y para nuestro tedio, eres el opio que conforta y el sueño que descansa, y la muerte que cruza y junta las manos.

Ángel, ¿de qué materia está hecha tu materia alada? ¿Qué vida te ata a qué tierra, a ti que eres vuelo nunca alzado, un ascenso estancado, gesto de encanto y de descanso?

\* \* \*

Haré que soñarte sea ser fuerte, y mi prosa, cuando hable de tu Belleza, tendrá melodías de forma, curvas de estrofas, esplendores súbitos como los de los versos inmortales.

Versos, prosas que no se piensan escribir, sino soñar apenas.

Creemos, oh Sólo-Mía, tú por existir y yo por verte existir, un arte distinto de todo el arte habido.

De tu cuerpo de ánfora inútil sepa yo sacar el alma de nuevos versos, y de tu ritmo lento de ola silenciosa sepan mis dedos trémulos ir a buscar las líneas pérfidas de una prosa virgen de ser oída.

Que tu sonrisa melodiosa yéndose sea para mí símbolo y emblema visible del sollozo callado del innumerable mundo al saberse error e imperfección.

Que tus manos de arpa me cierren los párpados cuando muera de haber dado mi vida para construirte. Y tú, que no eres nadie, serás para siempre, oh, Suprema, el arte querido de los dioses que nunca fueron, y la madre virgen y estéril de los dioses que nunca serán.

## 527.

### Una carta

Hace un número impreciso de muchos meses que me ve mirarla, mirarla constantemente, siempre con la misma mirada incierta y solícita. Yo sé que se ha fijado en eso. Y como se ha fijado, debe haber encontrado extraño que esa mirada, no siendo exactamente tímida, nunca esbozase un significado. Siempre atento, vago y lo mismo, como contento de ser sólo la tristeza de eso... Nada más... Y dentro de su pensar en eso –sea cual sea el sentimiento con el que ha pensado en mí– debe haber escudriñado mis posibles intenciones. Debe haberse explicado a sí misma, sin satisfacerse, que yo soy o un tímido especial y original, o una especie cualquiera de algo emparentado con estar loco.

Yo no soy, mi Señora, ante el hecho de mirarla, ni estrictamente un tímido, ni exactamente un loco. Soy otra cosa primera y diversa, como, sin esperanza de que me crea, le voy a exponer. Cuántas veces yo susurraba a su ser soñado: Cumpla su deber de ánfora inútil, cumpla su menester de mera copa.

¡Con qué saudade de la idea que quise forjarme de usted percibí un día que estaba casada! El día que percibí eso fue trágico en mi vida. No tuve celos de su marido. Nunca pensé si los tenía. Tuve simplemente saudades de mi idea de usted. Si yo un día supiese este absurdo –que una mujer en un cuadro– sí, esa –estaba casada, la misma sería mi dolor.

¿Poseerla? No sé cómo se hace eso. E incluso aunque tuviese sobre mí la mancha humana de saberlo, ¡qué infame sería yo para mí mismo, qué insultante agente de mi propia grandeza, al pensar siquiera en nivelarme con su marido!

¿Poseerla? Un día que quizá pase sola por una calle oscura un asaltante puede someterla y poseerla, puede hasta fecundarla y dejar tras de sí ese rastro uterino. Si poseerla es poseer su cuerpo, ¿qué valor tiene eso?

¿Qué no le posee el alma? ¿Cómo se posee un alma? Y ¿puede haber un amante hábil que consiga poseerle esa «alma»? Que sea ese su marido... ¿Quería que descendiese a su nivel?

¡Cuántas horas he pasado en secreta convivencia con la idea de usted! ¡Nos hemos amado tanto, dentro de mis sueños! Pero incluso ahí, se lo juro, nunca me soñé poseyéndola. Soy un delicado y un casto incluso en mis sueños. Respeto hasta la idea de una mujer bella.

\* \* \*

Yo no sabría nunca cómo conseguir que mi alma llevase mi cuerpo a poseer el suyo. Dentro de mí, incluso al pensar en ello tropiezo con obstáculos que no veo, me enredo en telas que no sé lo que son. ¿Cuánto más me pasaría si quisiera poseerla realmente?

Que yo –se lo repito– era incapaz de intentar hacerlo. Ni siquiera consigo soñar con ello.

Son estas, mi Señora, las palabras que tengo que escribir al margen del significado de su mirada involuntariamente interrogativa. Es en este libro donde, primero, leerá esta carta para usted. Si no supiera que es para usted, me resignaré a que así sea. Escribo más para entretenerme que para decirle algo. Sólo las cartas comerciales son dirigidas. Todas las otras deben, al menos para el hombre superior, ser sólo de él para sí mismo.

No tengo más que decirle. Crea que le admiro tanto como puedo. Me sería agradable que pensase en mí a veces.

### 528.

**Sentimiento apocalíptico**

Pensando que cada paso en mi vida era un contacto con el horror de lo Nuevo, y que cada nueva persona que conocía era un nuevo fragmento vivo de lo desconocido que ponía encima de mi mesa para cotidiana meditación aterrorizada –decidí abstenerme de todo, no avanzar para nada, reducir la acción al mínimo, hurtarme lo más posible de ser hallado bien por los hombres, bien por los acontecimientos, requintar mi abstinencia y abdicar como un bizantino. Hasta tal punto vivir me aterroriza y me tortura.

Decidirme, finalizar algo, salir de lo dudoso y de lo oscuro, son cosas que se me figuran catástrofes, cataclismos universales.

Siento la vida como un apocalipsis y cataclismo. Día a día en mí aumenta la incompetencia para esbozar gestos siquiera, para concebirme siquiera en situaciones claras de la realidad.

La presencia de los otros –tan inesperada en mi alma en todo momento– día a día me resulta más dolorosa y angustiante. Hablar con los demás me llena de escalofríos. Si muestran interés por mí, huyo. Si me miran, me estremezco. Si //.

Estoy en una defensa perpetua. Me doy a la vida y a otros. No puedo mirar la realidad frente a frente. El mismo sol ya me desanima y me desola. Sólo en la noche, y en la noche a solas conmigo, ajeno, olvidado, perdido –sin conexión con la realidad ni parte con la utilidad– me encuentro y me doy consuelo.

Tengo frío de la vida. Todo es sótanos húmedos y catacumbas sin luz en mi existencia. Soy la gran derrota del último ejército que sostuvo el último imperio. Me sé el fin de una civilización antigua y dominadora. Estoy solo y abandonado, yo que me acostumbré a mandar a otros. Estoy sin amigo, sin guía, yo a quien siempre otros guiaron...

Algo en mí pide eternamente compasión –y llora sobre sí como sobre un dios muerto, sin altares en el culto, cuando la venida blanca de los bárbaros rejuveneció en las fronteras y la vida vino a pedir cuentas al imperio por lo que había hecho de la alegría.

Tengo siempre recelo de que hablen de mí. Fracasé en todo. Nada osé siquiera pensar en ser; pensar que lo desearía ni siquiera lo soñé, porque en el propio sueño me conocía incompatible para la vida, hasta en mi estado visionario de soñador solamente.

Ni un sentimiento levanta mi cabeza de la almohada donde la hundo por no poder con el cuerpo, ni con la idea de que vivo, ni siquiera con la idea absoluta de la vida.

No hablo la lengua de las realidades, y entre las cosas de la vida trastabillo como un enfermo de cama larga que se levanta por primera vez. Sólo en la cama me siento en la vida normal. Cuando la fiebre llega me agrada cosa natural // a mi estado yacente. Como una llama al viento, tiemblo y me mareo. Sólo en el aire muerto de las habitaciones cerradas respiro la normalidad de mi vida.

Ni una saudade me queda ya de las brisas a la orilla de los mares. Me conformé con tener mi alma por convento y yo no ser más para mí que otoño sobre descampados secos, sin más vida viva que un reflejo como de una luz que acaba en la oscuridad endoselada de los estanques, sin más esfuerzo y color que el esplendor violeta-exilio del fin del ocaso sobre las colinas.

En el fondo ningún otro placer que el análisis del dolor, ni otra voluptuosidad que la del colorear líquido y enfermizo de las sensaciones cuando se desmenuzan y se descomponen –leves pasos en la sombra incierta, suaves al oído, y nosotros ni siquiera nos volvemos para saber de quién son, vagos cantos lejanos, cuyas palabras no buscamos recoger, sino donde nos arrulla más la indecisión de lo que dirán y la incertidumbre del lugar de donde vienen; tenues secretos de aguas pálidas, llenando de lejos leves los espacios y nocturnos; cascabeles de coches lejanos, ¿regresando de dónde? Y qué alegrías allá dentro, que no se oyen aquí, somnolientas en el letargo suave en la tarde donde el verano se olvida hacia el otoño... Murieron las flores del jardín, y, mustias, son otras flores –más antiguas, más nobles, más coetáneas a amarillo muerto con el misterio y el silencio y el abandono. Las burbujas de agua que afloran en los estanques tienen su razón para los sueños. ¡Croar distante de ranas! ¡Oh, campo muerto en mí! ¡Oh, sosiego rústico pasado en sueños! ¡Oh, mi vida inútil como un maltés que no trabaja y duerme al borde de los caminos con el aroma de los prados entrándole en el alma como una niebla, en un sueño translúcido y fresco, hondo y lleno de entender con todo que nada ata a nada, nocturno, ignorado, nómada y cansado bajo la compasión fría de las estrellas.

Sigo el curso de mis sueños, de imágenes a otras imágenes; desplegando, como un abanico, las metáforas casuales en grandes cuadros de visión interna; desato la vida de mí, y me la pongo como una prenda apretada. Me escondo entre los árboles, lejos de los caminos. Me pierdo. Y consigo, por momentos, olvidar mi gusto por la vida, desprenderme de la idea de luz y bullicio y acabar conscientemente, absurdamente por las sensaciones fuera, con un imperio de ruinas angustiadas, y una entrada entre estandartes y tambores de victoria en una gran ciudad final donde no lloraría nada, ni desearía nada, y ni a mí mismo pediría ser.

Me duelen las superficies de las aguas de los estanques que creé en sueños. Es mía la palidez de la luna que veo sobre paisajes de bosques. Y mi cansancio el otoño de los cielos estancados que recuerdo y no vi nunca. Me pesa toda mi vida muerta, todos mis sueños faltos, todo lo mío que no fue mío, en el azul de mis cielos interiores, en el tintincar a la vista del correr de mis ríos en el alma, en el vasto e inquieto sosiego de los trigos en las planicies que veo y que no veo.

Una taza de café, un tabaco que se fuma y cuyo aroma nos atraviesa, los ojos casi cerrados en una habitación en penumbra... No quiero más de la vida que mis sueños y esto... ¿Si es poco? No lo sé. ¿Sé acaso lo que es poco o lo que es mucho?

Tarde de verano ahí fuera cómo me gustaría ser otro... Abro la ventana. Todo ahí fuera es suave, pero me hiere como un dolor incierto, como una sensación vaga de descontento.

Y una última cosa me hiere, me rasga, me desgarra el alma entera. Es que yo, a esta hora, en esta ventana, ante estas cosas tristes y suaves, debería ser una figura estética, bella, como una figura en un cuadro –y no lo soy, ni esto soy...

La hora que pase y olvide... La noche que venga, que crezca, que caiga sobre todo y nunca se alce. Que esta alma sea mi tumba para siempre, y que se absolute en tiniebla y yo nunca más pueda vivir sin sentir ni desear.

# ÍNDICE

Prólogo . . . . . . . . . . . . . . . . . . . . . . . . . . . . . . . . . . . . . . . .    5

Familias temáticas . . . . . . . . . . . . . . . . . . . . . . . . . . . . . . .    7

Nota sobre la traducción . . . . . . . . . . . . . . . . . . . . . . . . .    9

Libro del desasosiego . . . . . . . . . . . . . . . . . . . . . . . . . . . .   11

   I.   Rua dos Douradores . . . . . . . . . . . . . . . . . . . . . . . .   17

  II.   Ser-escribir . . . . . . . . . . . . . . . . . . . . . . . . . . . . . . . .   63

 III.   Espacios exteriores . . . . . . . . . . . . . . . . . . . . . . . .  201

 IV.   Gentes . . . . . . . . . . . . . . . . . . . . . . . . . . . . . . . . . . . .  305